Susan Mallery

Herbstfreundinnen

Roman

Aus dem amerikanischen Englisch von
Ivonne Senn

HarperCollins

Die Originalausgabe erschien 2021 unter dem Titel
The Vineyard at Painted Moon bei HQN Books, Toronto.

1. Auflage 2022

Deutsche Erstausgabe

Published by arrangement with
HARLEQUIN ENTERPRISES II B.V./SARL
Gesetzt aus der Stempel Garamond
von GGP Media GmbH, Pößneck
Druck und Bindung von CPI books GmbH, Leck
Printed in Germany
ISBN 978-3-365-00070-0
www.harpercollins.de

Klimaneutral
Druckprodukt
ClimatePartner.com/15109-2009-1001

FSC
MIX
Papier
FSC® C083411

1. KAPITEL

»Also, nicht dass das, was du anhast, nicht toll aussieht, aber die Party beginnt in einer Stunde.«

Mackenzie Dienes schaute von dem Weinstock auf, den sie gerade inspiziert hatte. In Gedanken war sie noch bei den kleinen, festen Trauben, die im späten September reif und süß zur Ernte bereit wären. Bis dahin würde sie ihre Fortschritte genau beobachten, sie in Gedanken zu Höchstleistungen anfeuern und sie vor allen Gefahren beschützen, seien es Schimmel, schlechtes Wetter oder hungrige Rehe.

Nun schaute sie blinzelnd den Mann an, der vor ihr stand. Er war groß und vertraut, hatte ein gewinnendes Lächeln und breite, starke Schultern.

»Party?«, fragte sie und ließ die Gedanken an den Weinberg ziehen. Ja, sie erinnerte sich. Heute war tatsächlich der Tag der jährlichen Sommersonnenwendfeier, die von der Barcellona-Familie ausgerichtet wurde. Da sie – wenn auch nur durch Heirat und nicht namentlich – eine Barcellona war, wurde von ihr erwartet, dass sie daran teilnahm.

Und das will ich ja auch, sagte sie sich. Es war immer ein schönes Fest, und Stephanie, ihre Schwägerin, arbeitete hart dafür, dass der Abend perfekt wurde.

»Die Party«, wiederholte sie ein wenig panisch, bevor sie an sich hinunterschaute. »Mist. Wie spät ist es?«

Rhys, ihr Mann, schüttelte den Kopf. »Du hörst mir wirklich nicht zu, oder? Wir haben noch eine Stunde. Das reicht locker.«

Sie zog die Handschuhe aus und steckte sie in die linke Vordertasche ihres Overalls, dann trat sie hinter Rhys und versetzte ihm einen kleinen Schubs in Richtung des Trucks, mit dem er in die westlichen Weinberge gefahren war.

»Das sagst du so. Du brauchst nur zu duschen und dich anzuziehen. Ich hingegen muss noch ganz viele Frauensachen machen.«

»Wofür du normalerweise nicht mehr als zehn Minuten brauchst.« Er legte den Arm um sie, und gemeinsam gingen sie zum Truck. »Bist du zufrieden mit den Trauben?«

»Ich glaube schon.« Sie warf einen Blick zu den gesunden Weinstöcken, die zu beiden Seiten des Wegs wuchsen. »Vielleicht müssen wir sie in ein paar Wochen ein wenig ausdünnen, aber bis jetzt sieht alles gut aus.«

Als sie sich auf die durchgehende Sitzbank in dem alten Truck setzten, schaute Rhys sie an. Mackenzie wusste, die Chancen standen fünfzig zu fünfzig, dass er sie auf die Ausdünnung ansprechen würde. Immerhin war er der Manager des Weinguts. Eigentlich traf er alle Entscheidungen, wobei er durchaus ihren Rat einholte, aber keine Anweisungen von ihr annahm. Als Kellermeisterin kümmerte sie sich um die Trauben von dem Moment an, in dem sie gepflückt wurden, bis zur Abfüllung in die Flaschen.

Doch in Bel Après überlagerten sich die Verantwortungsbereiche manchmal. Sie waren eine große, laute Familie, in der jeder seine Meinung vertrat. Was ihre Weine anging, ignorierte Mackenzie die meisten Ratschläge, hielt sich jedoch nicht zurück, ihre Ansichten, was *seine* Arbeit anging, laut kundzutun, wie Rhys nie müde wurde zu betonen.

Er fuhr über den Schotterweg, der einmal um das Weingut herumführte, und hielt neben ihrem Truck an. Nachdem Mackenzie eingestiegen war, startete sie den Motor und folgte ihrem Mann zurück zum Familiensitz. Die Hauptstraße, die nach Walla Walla führte, war voller Touristen, die den längsten Tag des Jahres genießen wollten. Mackenzie reihte sich in den zäh fließenden Verkehr ein und bemühte sich, nicht ständig auf die Uhr am Armaturenbrett zu schauen, während die Autoschlange nur sehr langsam dahinkroch.

Auf beiden Seiten der Straße erstreckten sich die Weinberge – links flach bis zum Horizont, rechts die Hügel hinauf. Hellgrüne

Blätter zierten die stämmigen Rebstöcke, die durch ihren sorgfältigen Schnitt genauso gediehen wie von Mackenzie geplant. Zwischen den langen, ordentlichen Reihen wuchs Gras, das die Feuchtigkeit hielt und die Wurzeln vor der Hitze schützte.

Ihre gesunden Pflanzen anzuschauen lenkte sie davon ab, dass sie und Rhys viel zu spät dran waren.

Zwanzig Minuten später bog sie hinter ihm vom Highway auf eine weniger befahrene Landstraße ab – eine Ausweichstrecke, die ebenfalls nach Hause führte. Fünf Minuten darauf parkten sie die Trucks bei den Lagerhallen hinter dem großen Verkostungsraum. Rhys hatte sich bereits in eines der Golfcarts gesetzt, mit denen die Familie auf dem riesigen Anwesen schnell von einem Gebäude zum nächsten kam. Sie setzte sich neben ihn, und er fuhr los.

Die *Bel Après Winery* und das sie umgebende Land befanden sich seit beinahe sechzig Jahren im Besitz der Familie Barcellona. Rhys und seine Geschwister waren die dritte Generation, die das Weingut leitete. Das Originalhaus war inzwischen mehrmals renoviert und erweitert worden. Als Rhys und Mackenzie geheiratet hatten, hatte Rhys' Mutter Barbara vorgeschlagen, dass sie sich ein Haus in der Nähe bauten, anstatt jeden Tag den langen Weg aus der Stadt auf sich zu nehmen. Da Mackenzie darauf bedacht gewesen war, sich mit ihrer neuen Schwiegermutter gut zu stellen, hatte sie eingewilligt.

Also war ein großes, zweistöckiges Haus errichtet worden. Barbara und Mackenzie hatten jeden Raum selbst gestaltet, und alles – von den Lichtschaltern bis zu den Türklinken – zeugte von ihrer gegenseitigen Zuneigung.

Ein paar Jahre später hatte Stephanie, das zweitälteste von Barbaras vier Kindern, sich scheiden lassen und war mit ihren beiden Kindern nach Hause zurückgezogen. Das hatte dazu geführt, dass ein weiteres Haus gebaut werden musste. Als die jüngste der drei Schwestern geheiratet hatte, war das letzte Haus dazugekommen. Nur Lori, die mittlere Tochter, wohnte noch im Haupthaus.

Alle vier Häuser waren um einen riesigen Innenhof angeordnet und mit Wegen aus mexikanischen Steinfliesen miteinander verbunden, die von weinbewachsenen Laubengängen beschattet wurden. Die Familie nutzte diesen Platz für gemeinsame Mahlzeiten und als Spielplatz für die Kinder. Wenn eine der Frauen Kekse backte, wurde eine Keksfahne an die Tür gehängt, die jeden einlud, vorbeizukommen und sich zu bedienen. Zu Weihnachten wurde ein großer Baum von Wishing Tree herbeigeschafft, und für die jährliche Sommersonnenwendfeier wurden Dutzende lange Tische aufgestellt, um den über zweihundert Gästen genügend Platz zu bieten.

Rhys fuhr gegen den Uhrzeigersinn hinter dem großen Hauptgebäude entlang. Normalerweise wäre er quer über den Innenhof gefahren, aber da die Vorbereitungen für die Feier schon in vollem Gange waren, musste er diesen Umweg nehmen. Vor dem Hintereingang zu ihrem Haus blieb er kurz stehen, und sie eilten beide hinein.

Im Vorraum zogen sie ihre Stiefel aus, dann rannten sie gemeinsam die Treppe hinauf und trennten sich oben, um in ihre separaten Badezimmer zu hasten.

Dort angekommen, stellte Mackenzie die Dusche an. Zum Glück wusste sie bereits, welches Kleid sie anziehen wollte. Schnell sprang sie unter den warmen Wasserstrahl, trocknete sich danach ab und wickelte sich ein Handtuch um die nassen Haare. Dann cremte sie sich mit der parfümierten Bodylotion ein, die Rhys ihr geschenkt hatte. Warum irgendjemand nach Kokosnuss und Vanille riechen wollte, war ihr zwar nicht klar, aber ihm gefiel es.

Lächelnd betrat sie ihren begehbaren Kleiderschrank und zog die Schublade mit der Unterwäsche auf. Rechts lagen die ganzen praktischen Slips, die sie normalerweise trug – links fanden sich die etwas schickeren Modelle für besondere Gelegenheiten. Sie wählte ein schwarzes Höschen aus und zog es an, dann suchte sie in einer zweiten Schublade nach dem passenden Push-up-BH. Nachdem ihre kaum vorhandenen Kurven so bestmöglich in

Szene gesetzt worden waren, zog Mackenzie ihren Morgenmantel über und kehrte ins Badezimmer zurück.

Während die Lockenwickler aufheizten, nahm sie sich ein paar Minuten, um Eyeliner und Wimperntusche aufzutragen. Da sie nach dem Tag draußen leicht gebräunt war, machte sie sich nicht die Mühe, sich weiter zu schminken.

Für ihre schulterlangen dunkelroten Haare benötigte sie länger. Zuerst musste sie sie föhnen, dann aufdrehen. Mit den Lockenwicklern auf dem Kopf suchte sie nach einem Paar hochhackiger schwarzer Sandaletten, in denen sie am Ende des Abends nicht den Wunsch verspüren würde, sich die Füße abzuhacken.

Nachdem sie die Schuhe gefunden hatte, öffnete sie ihr kleines Schmuckkästchen und steckte sich den Ehe- und Verlobungsring an den linken Ringfinger. Dazu entschied sie sich für kleine Diamantohrstecker. Kaum war sie in das ärmellose schwarze Kleid geschlüpft, kam Rhys herein. Er trug eine schwarze Stoffhose und ein dunkelgraues Hemd.

»Siehst du? Du hast es so viel leichter als ich«, sagte sie seufzend.

»Stimmt, aber am Ende bist du viel schöner. Das sollte es doch wert sein.«

»Ich hätte lieber die Extrazeit.«

Sie drehte sich um, damit er den Reißverschluss ihres Kleides zuziehen konnte, dann beugte sie sich vor und sammelte die Schuhe auf. Gemeinsam gingen sie ins Badezimmer, wo Mackenzie die Lockenwickler aus den Haaren nahm.

»Wir sind spät dran«, sagte sie, als sie einen Blick auf seine Uhr warf. »Deine Mom wird sicher schnippisch reagieren.«

»Ach, sie wird zu viel damit zu tun haben, die Gäste zu begrüßen.«

Der letzte Lockenwickler flog auf den Waschtisch. Mackenzie fuhr sich mit den Fingern durchs Haar und deutete dann aufs Schlafzimmer.

»Rückzug«, orderte sie augenzwinkernd und griff nach der Dose Haarspray.

Rhys begab sich in Sicherheit. Sofort sprühte Mackenzie sich die Locken ein und stürzte dann ins Schlafzimmer, um der tödlichen Wolke zu entkommen. Rhys saß auf der Bank am Fußende des großen Betts. Mackenzie setzte sich neben ihn und zog die Schuhe an.

»Fertig«, verkündete sie und brauchte einen Moment, um sich an das ungewohnte Gefühl zu gewöhnen, auf so hohen Absätzen zu stehen.

Dann ergriff sie das Handgelenk ihres Mannes und schaute erneut auf seine Uhr. »Viertel nach sieben. Barbara wird uns umbringen.«

»Wird sie nicht. Ich bin ihr einziger Sohn, und du bist sowieso ihr Liebling.«

»Wir waren nicht um Punkt sieben fertig. Ich habe schon den Trauermarsch im Ohr. Ich möchte bitte am Red Mountain begraben werden.«

Leise lachend führte Rhys sie nach unten. »Im Weinberg? Ich bin mir nicht sicher, ob eine verwesende Leiche als organischer Dünger durchgeht.«

»Willst du damit sagen, ich bin giftig?«, fragte sie lachend, während sie auf die Haustür zugingen.

»Ich sage, dass du umwerfend bist, und ich möchte, dass wir einen wundervollen Abend haben.«

Da ist etwas in seinem Ton, dachte sie und fing seinen Blick auf. Sie kannte diesen Mann schon ihr ganzes Erwachsenenleben. Sie hatten sich im ersten Jahr auf dem College an Weihnachten kennengelernt. Ihre Mitbewohnerin – seine Schwester Stephanie – hatte Mackenzie überredet, mit zu ihr nach Hause zu kommen, um gemeinsam mit ihrer Familie zu feiern. Dankbar, die Feiertage nicht allein verbringen zu müssen, hatte Mackenzie die Einladung nur zu gern angenommen und sich Hals über Kopf verliebt – nicht nur in den attraktiven älteren Bruder ihrer Freundin, sondern in die gesamte Barcellona-Familie und ihr Weingut. Barbara war wie eine Ersatzmutter gewesen, und die Weinberge … Nun ja, sie waren genauso magisch wie Rhys' sexy Küsse.

Jetzt musterte sie ihren Ehemann und sah den Anflug von Traurigkeit hinter seinem leichten Lächeln. Den erkannte sie, weil sie tief im Inneren das Gleiche empfand. Die Tage, in denen sie sich für heimliche Küsse davongestohlen hatten, waren längst vorbei. Es gab keine sehnsüchtigen Blicke, keine Intimität mehr. Sie hatten eine Routine und ein gemeinsames Leben, aber sie war sich nicht sicher, ob sie auch immer noch eine Ehe führten.

»Das fände ich auch schön«, murmelte sie. Sie wusste, sein Wunsch nach einem schönen Abend war keine Bitte, dass sie sich nicht streiten würden. Denn das taten sie nie. Harsche Worte verlangten nach einem Engagement, das sie beide nicht mehr aufbringen konnten.

»Dann sorgen wir dafür«, sagte er leichthin, nahm ihre Hand und öffnete die Haustür.

Sofort wurden sie von lauten Partygeräuschen empfangen, die sie in Richtung der immer größer werdenden Gästeschar zogen. Mackenzie spürte, wie ihre Laune sich hob, als sie die funkelnden Lichter sah, die um die Pergola gewunden waren, die Tische, die sich unter den leckersten Speisen bogen, die Kisten mit Bel-Après-Wein, angefüllt mit Flaschen, die nur darauf warteten, geöffnet zu werden. Kellner boten auf Tabletts Bruschetta an. Es gab eine Pasta-Bar und einen Tisch für Desserts. Aus den in den Weinreben verborgenen Lautsprechern drang leise Musik, und der köstliche Geruch von Knoblauch mischte sich mit dem süßen Duft der Sommerblumen.

Mackenzie erblickte Stephanie, die sich mit einem der Kellner unterhielt, und drückte ein letztes Mal Rhys' Hand, bevor sie sich von ihm löste und auf ihre Schwägerin zuging.

»Du hast dich mal wieder selbst übertroffen«, sagte sie und umarmte ihre Freundin.

»Ja, ich bin ziemlich gut«, erwiderte diese lachend, dann deutete sie auf die Lichterketten. »Die werden wesentlich hübscher aussehen, wenn die Sonne in ungefähr zwei Stunden untergeht.«

Denn der längste Tag in ihrem Teil von Washington State zählte gute sechzehn Stunden Tageslicht.

»Bist du erschöpft?«, fragte Mackenzie, weil sie wusste, dass Stephanie die letzten drei Wochen damit beschäftigt gewesen war, die Party zu planen und sicherzustellen, dass alles perfekt war.

»Es war die übliche Herausforderung mit ein paar Extras«, erwiderte ihre Schwägerin leichthin. »Ich werde nicht mal andeuten, was das alles war, aber wappne dich für die eine oder andere Überraschung.«

Sofort ließ Mackenzie den Blick über die Menge schweifen. »Ist Kyle da?«

Stephanie war eine zierliche Brünette mit wohlgerundeten Kurven, wunderschönen braunen Augen und einem charmanten Lächeln. Jetzt stöhnte sie auf. »Was? Nein. Das ist es nicht. Ich habe dir doch gesagt, dass ich über ihn hinweg bin. Total und komplett und für immer.«

»Aber er ist hier.«

»Ja. Mom lädt ihn jedes Jahr ein, weil er der Vater von Avery und Carson ist. Dass er auch mein Ex-Mann ist, scheint sie nicht zu interessieren. Du weißt, wie stur sie sein kann.«

Das wusste Mackenzie tatsächlich. Sobald ihre Schwiegermutter sich einmal etwas in den Kopf gesetzt hatte, ließ sie sich von nichts und niemandem mehr umstimmen. Sie hätte als lebendes Beispiel für den Begriff »Konsequenz« im Lexikon verewigt werden können.

»Kyle ist der Vater ihrer ältesten Enkelin und gehört deshalb zur Familie.« Stephanie zog die Nase kraus. »Ich halte das unangenehme Gefühl einfach aus. Das Gute ist, sie bezeichnet ihn als ›Samenspender‹. Das gefällt mir.«

»Wenn er sich doch nur gegen den Ehevertrag gewehrt hätte. Dann hätte Barbara sich wie eine Kobra gegen ihn gewandt.« Mackenzie hielt inne. »Bist du sicher, dass du nicht wieder mit ihm zusammen sein willst?«

»Ja. Absolut. Damit bin ich durch. Er hat mich nach der Scheidung jahrelang an der Nase rumgeführt. Kein Sex mehr mit dem Ex. Seit unserem letzten Mal sind achtzehn Monate vergangen, und ich bleibe standhaft. Ich mag zwar spitz sein wie Nachbars Lumpi, aber ich werde meiner Lust nicht nachgeben.« Sie schaute sich unter den Gästen um. »Vielleicht findet er hier ja eine andere.«

»Hast du dich jemals auf einen anderen eingelassen?«

»Nein, aber es gibt für alles ein erstes Mal.« Sie verzog das Gesicht. »Ich weiß nur nicht, wie das gehen soll. Schleichen wir uns ins Fasslager und treiben es da auf dem Schreibtisch, oder was? Ich kann ihn ja nicht mit nach Hause nehmen – wegen der Kinder. Und es im Auto zu machen ist einfach so billig.«

»Und das Fasslager nicht?«, zog Mackenzie sie lachend auf.

»Ich weiß nicht. Das könnte auch romantisch sein.«

»Oder zumindest berauschend.«

Stephanie winkte ab. »Na gut. Nicht das Fasslager. Aber dann habe ich immer noch keinen Ort, ganz zu schweigen von passenden Anwärtern.« Sie seufzte, als sie auf einen der Tische zuging, an dem Wein ausgeschenkt wurde. »Deshalb habe ich mich auch noch nie auf einen anderen eingelassen. Es ist einfach zu kompliziert. In den Filmen sieht es immer so leicht aus, aber das ist es nicht.«

»Sorry, ich habe in diesen Dingen keinerlei Erfahrung. Ich werde aber mal recherchieren, damit ich nächstes Mal bessere Ratschläge geben kann.«

»Und dafür liebe ich dich so.« Stephanie schüttelte den Kopf. »Offensichtlich sollte ich diese ganze Mann-Schrägstrich-Sex-Sache vergessen und mich auf andere Aspekte meines Lebens konzentrieren.«

Sie bestellten sich beide ein Glas Cabernet. Während Stephanie einfach einen Schluck trank, nahm Mackenzie sich einen Moment Zeit, um die Farbe zu mustern und dann das Aroma einzuatmen. Sie wirbelte den Wein zweimal im Glas herum, sog den Duft dann noch einmal ein und genoss die perfekte Balance aus Früchten und …

»Um Himmels willen, trink den Wein einfach. Ich flehe dich

an«, sagte Stephanie lachend. »Er ist gut. Er war gut, als du beim Pressen der Trauben zugeschaut hast, er war in den Fässern gut. Er war gut, als er in Flaschen abgefüllt wurde, und er war gut, als er seinen bestimmt tausendsten Preis gewonnen hat. Okay? Es ist ein guter Wein. Also entspann dich, und hör für einen Abend auf, Kellermeisterin zu sein.«

»Du bist schlecht drauf.« Mackenzie nahm einen Schluck und lächelte. »Und nur fürs Protokoll, er ist wesentlich besser als gut.«

»Klar, dass du das sagt. Es ist ja schließlich dein Wein.« Lächelnd warf Stephanie einen Blick über Mackenzies Schulter. »Da kommt dein attraktiver Ehemann. Ich schätze, er möchte den ersten Tanz.«

Mackenzie drehte sich um und sah Rhys näher kommen. Er genoss es, auf der Sonnenwendfeier zu tanzen, und drehte mit jedem der weiblichen Gäste eine Runde auf dem Parkett, doch den ersten Tanz reservierte er immer für sie.

»Sollen wir?«, fragte er und streckte ihr die Hand hin.

Mackenzie gab Stephanie ihr Weinglas und folgte ihrem Mann auf die kleine Tanzfläche. Noch gesellte sich niemand zu ihnen, doch das würde sich im Laufe des Abends ändern.

»Wir müssen das Bewässerungssystem am Seven Hills überprüfen«, sagte sie, während sie sich im Rhythmus der Musik bewegten. »Laut Wettervorhersage stehen uns heiße und trockene Wochen bevor, und ich möchte die zugeführte Feuchtigkeit genau kontrollieren.«

Einer der Vorteile der »modernen« Weinberge war, dass man die Qualität des Weins dank ausgeklügelter Bewässerungssysteme genau kontrollieren konnte. Sobald die Früchte voll entwickelt waren, konnte man den Weinstöcken Wasser entziehen und sie somit etwas Stress aussetzen, wie es genannt wurde, damit die Früchte noch besser reiften.

»Ich weiß, dass ich jetzt lieber nicht darauf hinweisen sollte, dass wir den Weinberg erst letzten Monat begangen haben«, sagte Rhys leichthin.

»Das war nur ein Allgemeincheck. Jetzt geht's um ein bestimmtes Detail.«

»Wie du wünschst.« Er wirbelte sie in einem engen Kreis herum. »Vielleicht können wir die Arbeit jetzt mal für den Rest des Abends vergessen?«

»Was?« Warum sollten sie nicht über … »Oh. Die Party. Tut mir leid.«

»Du musst dich nicht entschuldigen. Ich weiß, dass du nie ganz ›außer Dienst‹ bist, aber wenn wir das Thema für den heutigen Abend hintanstellen könnten, wäre ich sehr dankbar.«

Natürlich. Weil er Veranstaltungen wie diese liebte. Er unterhielt sich gern mit seinen Freunden, lernte neue Leute kennen und war generell gern unter Menschen. Rhys war wesentlich extrovertierter als sie. Wenn hier in der Gegend jemand Neues in den Kreis der Winzer aufgenommen wurde, war er der Erste, der hinging und sich vorstellte.

Also nickte Mackenzie zustimmend und suchte krampfhaft nach einem Thema, das nichts mit den Weinbergen oder Wein zu tun hatte.

»Ich hoffe, dass Kyle endlich Stephanie in Ruhe lässt«, sagte sie und hoffte, damit neutraleres Terrain zu betreten. »Sie bemüht sich sehr, das alles hinter sich zu lassen.«

»Sie muss herausfinden, was sie will. Er wird sie immer wieder fragen – es ist an ihr, ein für alle Mal Nein zu sagen und es auch so zu meinen.«

Sie wusste, dass er recht hatte, aber aus irgendeinem Grund irritierte seine schonungslose Zusammenfassung der Lage sie.

»Das klingt nicht sonderlich verständnisvoll«, sagte sie, bevor sie sich zurückhalten konnte. »Kyle ist ein bekannter Sportreporter in Seattle, der ohne Probleme jede Nacht eine andere Frau finden kann. Stephanie ist alleinerziehende Mutter, die in einer Kleinstadt wohnt und im Familienunternehmen arbeitet. Wo genau soll sie da jemanden kennenlernen?«

Ihr Mann starrte sie an. »Was hat das denn damit zu tun, ob sie weiterhin mit Kyle schläft oder nicht?«

Sie zuckte die Schultern. »Sie hat keine anderen Optionen. Und sie ist einsam.«

»Sie wird so lange einsam bleiben, bis sie wieder da rausgeht.«

»Wovon genau sprichst du? Von der riesigen Single-Szene hier in Walla Walla?«

Sie blieben mitten auf der Tanzfläche stehen und sahen einander an. Es ist das erste Mal, dachte Mackenzie, dass wir beide so etwas wie einen Streit haben. Sie hatte keine Ahnung, warum sie so leidenschaftlich war, was dieses Thema anging, oder was genau ihren wachsenden Unmut auslöste. Aber was auch immer es war, die Sommersonnenwendfeier war nicht der richtige Ort, diesen unerklärlichen Gefühlen nachzugeben.

»Es tut mir leid«, sagte sie schnell. »Du hast natürlich recht. Stephanie muss dafür sorgen, dass Kyle keine so große Versuchung mehr für sie darstellt.«

Seine Miene wurde ganz weich. »Ich möchte, dass meine Schwester glücklich ist.«

»Das weiß ich doch.«

»Und ich möchte auch, dass *du* glücklich bist.«

Da schwang etwas in seinen Worten mit. Als wäre er nicht sicher, ob das möglich war.

»Das bin ich«, sagte sie rasch und dachte, dass das beinahe der Wahrheit entsprach.

»Das hoffe ich.«

Sie zwang sich zu einem Lächeln und deutete auf die wachsende Menge an Gästen. »Heute warten viele Frauen darauf, dass du mit ihnen tanzt. Du solltest besser anfangen.«

Kurz musterte er sie, als versuche er, ihre Stimmung zu ergründen. Mackenzie behielt das Lächeln bei, bis er sich abwandte. Nachdem er gegangen war, schaute sie sehnsüchtig zu ihrem Haus. In seiner Stille zu verschwinden war verlockend, aber nicht realistisch. Heute Abend herrschte Anwesenheitspflicht für alle Familienmitglieder, und es kam nicht infrage, sich früh davonzustehlen. Doch bald, versprach sie sich. In der Stille ihres Zimmers würde sie dieses leichte Unbehagen nicht mehr spüren, das sie seit Monaten verfolgte. Allein in der Dunkelheit würde sie ruhig und glücklich sein und nur an die guten Dinge denken, wie an die anstehende Ernte und den Wein, den sie keltern würde. Allein in der Dunkelheit wäre sie endlich wieder sie selbst.

2. KAPITEL

Barbara Barcellona beobachtete ihre lachenden und tanzenden Gäste. Die Sommersonnenwendfeier hatte inzwischen eine zehnjährige Tradition, und Barbara genoss das Fest immer sehr. Sie fühlte sich gut dabei, die großzügige Gastgeberin zu sein, ihr herrliches Anwesen und ihre attraktiven, erwachsenen Kinder zu zeigen. Und sie mochte es, wie alle sich für den Abend herausputzten, dass die Einladungen heiß begehrt waren und diejenigen, die keine erhielten, Pläne schmiedeten, um im nächsten Jahr dabei sein zu können. Ihr gefielen die Musik und das Essen, sogar die Lichterketten, auf denen ihre Tochter Stephanie immer bestand, obwohl die Sonne um halb acht Uhr abends noch am Himmel stand.

Die große Gästeschar war ein Tribut an sie, aber noch wichtiger, sie war ein Tribut an Bel Après. Die Leute kamen, um dem Weingut und allem, wofür es stand, Respekt zu zollen, und das genoss Barbara am meisten.

Vor einundvierzig Jahren, als sie ihren inzwischen verstorbenen Mann geheiratet hatte, hatte Bel Après sich kaum über Wasser halten können. Sie selbst hatte nichts über Wein oder dessen Herstellung gewusst, aber sie hatte sich das Wissen so schnell wie nur möglich angeeignet. Gemeinsam mit James hatte sie das Unternehmen wieder groß gemacht und irgendwann den Posten als Geschäftsführerin übernommen. Sie persönlich hatte die Winzer gefunden, die die Weine herstellten, die Bel Après langsam, aber sicher vor dem Abgrund bewahrt hatten.

Sie ließ den Blick über die Menge gleiten, bis sie ihre Schwiegertochter entdeckte. Mackenzie unterhielt sich mit einigen befreundeten Weingutbesitzern, und Barbara lächelte, als sie sah, wie aufmerksam ihr alle zuhörten. Mackenzie ist wirklich ein Segen, dachte sie voller Wärme. Eine schüchterne, aber talentierte junge Frau, die Barbaras Vision für Bel Après sofort verstanden hatte. Selbst wenn Rhys sie nicht geheiratet hätte, hätte Barbara sie angestellt. Doch er hatte sie geheiratet, und nun gehörte Mackenzie zur Familie.

Die warmen, liebevollen Gefühle verflogen abrupt, als Catherine, ihre Jüngste, sich zu Mackenzie gesellte. Dieses Mädchen, dachte Barbara genervt und musterte das fließende Batikkleid, das vermutlich aus alten Kissenbezügen und Yak-Blase zusammengenäht worden war. Catherines Mission im Leben war es, nicht gewöhnlich zu sein und ihrer Mutter den letzten Nerv zu rauben. Zu Catherines Glück führte die Suche nach Ersterem automatisch zu Letzterem.

Barbara spürte eine Hand an ihrer Taille, dann einen Kuss im Nacken. Lächelnd drehte sie sich zu Giorgio um, der sie an sich zog.

»Du siehst etwas grimmig aus«, bemerkte er und drängte sich an sie. »Erzähl mir, was dich betrübt, meine Liebste, und ich werde eine Lösung finden.«

»Ach, wie sehr ich mir wünschte, dass das möglich wäre.« Seufzend nickte Barbara in Richtung von Mackenzie und Catherine. »Meine Tochter ist das wandelnde Chaos. Kannst du das richten? Und wenn du schon dabei bist, kannst du dafür sorgen, dass sie aufhört, Künstlerin zu spielen, und sich einen ordentlichen Beruf sucht?«

Giorgio war ein großer Mann, der mit seinen fünfundsechzig Jahren immer noch attraktiv und fit wirkte. »Sie ist bezaubernd«, entgegnete er. »Zwar wird sie nie die Schönheit ihrer Mutter besitzen, aber sie ist eine süße und liebenswerte junge Frau.«

»Du bist einfach zu nett.« Sie lächelte ihn an. »Und das meine ich ernst. Hör auf, so nett zu sein. Hast du gesehen, was sie anhat? Wenigstens hat ihr Mann sich etwas Mühe gegeben und sich ein ordentliches Hemd angezogen. Und die Kinder sehen auch vernünftig aus.«

Er nahm sie in die Arme und wirbelte sie im Takt der Musik herum. »Lass sie doch sein, wer sie sein möchte. Zumindest für den heutigen Abend. Denk einfach nur an mich.«

Lachend ließ sie sich von ihm über die Tanzfläche führen. »Das ist leicht.«

Während sie tanzten, kam Catherine erneut in Barbaras Blickfeld. Ihre Tochter lächelte sie an und hob ihr Weinglas wie zum Toast. Irgendetwas muss mit ihr geschehen, dachte Barbara. Aber sie hatte keine Ahnung, was.

»Darf ich unterbrechen, oder stört das die Stimmung?«

Barbara lächelte Rhys, ihren einzigen Sohn, an. »Du darfst.«

Giorgio tat, als wäre er enttäuscht. »Na gut. Ein Tanz, aber dann gehört deine Mutter wieder mir.«

»Ich bringe sie unversehrt zurück«, versprach Rhys und legte ein paar schnelle Schritte aufs Parkett. »Eine tolle Party, Mom.«

»Ja, stimmt. Stephanie hat das zu meiner Überraschung sehr gut gemacht. Und sie hatte recht: Die Bruschetta-Bar ist ziemlich beliebt.« Sie sah ihren Sohn an. »Hast du Catherines Kleid gesehen?«

»Mom, lass gut sein.«

»Sie sieht fürchterlich aus.«

»Jaguar scheint das anders zu sehen.«

Als Barbara seinem Blick folgte, sah sie Catherine und ihren Mann trotz der schnellen Musik langsam und eng umschlungen tanzen. Typisch, dachte sie und seufzte. Gott möge verhüten, dass Catherine im selben Takt tanzt wie alle anderen.

Was Jaguar anging – das war tatsächlich sein Name, Barbara hatte sich seine Geburtsurkunde zeigen lassen, bevor sie der Hochzeit zugestimmt hatte –, so wollte er, was immer Catherine wollte. Die Frau führte ihn förmlich an einem Ring in der Nase herum.

»Hör auf«, schalt Rhys sie. »Du hast diesen ›Meine Tochter nervt mich‹-Blick. Genieß doch einfach die Feier.«

»Das tue ich. Was für ein bezaubernder Abend. Ich werde sogar so tun, als hätte ich nicht bemerkt, dass Mackenzie und du zu spät gekommen seid.«

»Fünfzehn Minuten, Mom. Sie war auf dem westlichen Weinberg und hat mit den Trauben gesprochen.«

»Ist sie immer noch glücklich darüber, wie die Dinge laufen?«

Ihr Sohn lächelte. »Das weißt du genau. Ansonsten wäre sie schon längst in deinem Büro aufgetaucht und hätte dir ganz genau gesagt, was alles falsch läuft.«

Das stimmte. Mackenzie hielt sie immer auf dem Laufenden. Sie waren wirklich ein gutes Team.

Als das Lied endete, führte Rhys sie zu Giorgio zurück, der sich mit einigen Gästen unterhielt. Anschließend ging Barbara zur Bar, um sich ein Glas Wein zu holen. Ihre Jüngste gesellte sich zu ihr.

»Barbara«, sagte Catherine fröhlich. »Was für eine wundervolle Party.«

Barbara bemühte sich, nicht aus der Haut zu fahren. Zu Beginn der Highschool hatte Catherine darauf bestanden, ihren Namen in *Four* zu ändern. Weil sie das vierte Kind war. Barbara hatte sich geweigert, darauf einzugehen, und so hatte Catherine angefangen, sie mit Vornamen anzusprechen – einfach nur, um sie zu ärgern.

Sie verstand einfach nicht, ab welchem Zeitpunkt es mit ihr und ihrer Tochter schiefgelaufen war. Als Mutter war sie immer liebevoll und fair gewesen, hatte die Fernsehzeiten begrenzt und dafür gesorgt, dass ihre Kinder ausreichend Gemüse aßen. Manchmal war das Elterndasein wirklich einfach undankbar.

Sie zeigte auf Catherins Kleid. »Eine Eigenkreation?«

Catherine drehte sich im Kreis. »Genau. Ist es nicht toll?«

»Ganz toll.«

Catherine grinste. »Sarkasmus? Von dir?«

»Was wolltest du denn hören?«

Nichts schien Catherine die gute Laune verderben zu können. »Was du gesagt hast, war perfekt.«

Während ihre Tochter wieder davonschwebte, ging Barbara zu Giorgio. Er legte ihr den Arm um die Taille, was sich zugleich vertraut und tröstlich anfühlte. Sie nickte zu dem, was er ihr erzählte, auch wenn sie seinen Worten nicht wirklich folgte. Was auch immer er sagte, es wäre definitiv charmant. Denn so war er – wortgewandt und nett. Er hatte eine beneidenswerte Art im Umgang mit Menschen und einen natürlichen Charme, den sie nie besessen hatte. Das war es auch, was ihr als Erstes an ihm aufgefallen war – wie leicht alles wirkte, wenn er in der Nähe war.

Dieser Abend, dachte sie zufrieden, ist perfekt. Ihre Kinder und Enkel waren da. Giorgio war da. Die Weinstöcke waren gesund und stark, und im September würde es eine reiche Ernte geben.

Sie erblickte Avery, ihre älteste Enkelin, im Gespräch mit ihrem Vater, dem Ex von Stephanie. Kyle war aalglatt, fand Barbara. Die Ehe war von Anfang an eine Katastrophe gewesen, doch aufgrund von Stephanies Schwangerschaft hatte es keine Möglichkeit gegeben, die Vermählung oder die später folgende Scheidung zu verhindern.

Wenigstens hatten Avery und Carson von der Trennung ihrer Eltern keine seelischen Narben zurückbehalten. Barbara konnte nicht fassen, dass Avery schon sechzehn war. Sie würde Stephanie daran erinnern müssen, ein Auge auf ihre Tochter zu haben, was Jungs und Dates anging. Wenn nicht, würde es eine weitere ungewollte Schwangerschaft in der Familie geben, und das konnte niemand wollen.

Oft sagte sie den Leuten, dass Weinberge und Kinder konstante Sorgen bedeuteten. Immer dann, wenn man sich entspannen wollte, stand eine neue Saison voll neuer Herausforderungen an.

Stephanie kam zu ihr. »Mom, wenn du so weit bist – es ist an der Zeit für den Toast.«

»Ja, ich bin so weit.«

Nachdem Barbara sich kurz entschuldigt hatte, folgte sie ihrer Tochter zu der kleinen Bühne neben der Tanzfläche, auf der der DJ seine Anlage aufgebaut hatte. Sie nahm das angebotene Mikrofon und schaute auf ihre Gäste. Stephanie bat um Ruhe, und ein paar Sekunden später herrschte Schweigen.

»Ich danke euch vielmals, dass ihr mit mir und meiner Familie die zehnte Sommersonnenwendfeier begeht«, sagte sie und hielt kurz inne, als Applaus aufbrandete. Dann hob sie ihr mit Chardonnay gefülltes Glas.

»Auf meine Kinder – möge das nächste Jahr euch Glück bringen. Auf meine Enkel – ihr sollt wissen, dass ihr von uns allen geliebt werdet.« Sie drehte sich zu ihrer Schwiegertochter um und lächelte sie an. »Auf die besondere Tochter meines Herzens – dass du in unser Leben gekommen bist, war der reinste Segen.«

Wieder folgte Applaus.

Barbara sah Giorgio an und lächelte. Sie hatten darüber gesprochen, ob sie ihn erwähnen sollte oder nicht, und er hatte sie gebeten, es nicht zu tun. Immerhin war er nur ihr Freund, und er meinte, an dem heutigen Abend ginge es um die Familie. Was noch ein Grund war, ihn zu lieben. Der Mann verstand sie, und das war einfach großartig.

Erneut hob sie das Glas in Richtung der Gäste. »Auf euch alle, auf einen wundervollen Sommer und ein glückliches Leben.«

»Auf ein glückliches Leben«, tönte es zurück.

»Wie fühlt es sich an, ein Segen zu sein?«, fragte Four grinsend.

Mackenzie unterdrückte ein Stöhnen. »Es ist besser als letztes Jahr, als sie meinte, ich wäre ein Wunder, das in die Familie geschickt wurde, um Bel Après zu neuer Größe zu führen.« Sie schaute ihre jüngste Schwägerin an. »Tut mir leid, dass sie so enthusiastisch ist.«

»Das muss es nicht. Wir lieben dich genauso sehr. Oder vielleicht noch mehr. Denn unsere Liebe ist bedingungslos.«

Damit hat Four recht, dachte Mackenzie. Barbara behauptete immer, dass sie ihr Liebling sei, aber diese Zuneigung war sehr eng mit ihrer Arbeit auf dem Weingut verbunden. Mackenzie war nicht sicher, ob Barbara der Hochzeit zugestimmt hätte, wenn sie kein Interesse an Bel Après gezeigt hätte.

»Sie ist eine Herausforderung«, murmelte sie.

»Allerdings.« Four nickte. »Sie ist meine Mutter, und ich liebe sie, aber irgendetwas stimmt mit ihr nicht. Ich weiß nicht, ob sie als Kind traumatisiert wurde oder ob sie schon gemein auf die Welt gekommen ist.«

Diese heftige Aussage überraschte Mackenzie. »Du findest sie gemein?«

Fours Augen funkelten amüsiert. »Findest du, dass sie nett ist?«

»›Nett‹ würde ich nicht sagen. Sie kann … anspruchsvoll sein. Aber zu mir war sie immer fair.«

»Das stimmt. Und du hast ihre Zuneigung verdient.« Four umarmte sie. »Du hast ein offenes und großes Herz, das uns alle wärmt. Du bist der Feenstaub, der es uns erlaubt zu fliegen.« Sie hob ihr Glas. »Oh, und du bist ein Segen.«

»Dem stimme ich zu.«

Beim Klang der Männerstimme hinter ihr drehte Mackenzie sich um und sah Bruno Provencio auf sie zukommen. Der Mann weiß, wie man sich anzieht, dachte sie. Wie Rhys trug auch er eine legere Hose und ein langärmliges Hemd, aber irgendwie sah es an ihm eleganter aus. Barbara hatte mal erwähnt, dass er seine komplette Kleidung maßschneidern ließ – ein Konzept, das Mackenzie vom Kopf her verstand, das aber im Alltag für sie keinen Sinn ergab. Warum sollte man so viel Zeit aufwenden, wenn man seine Sachen mit nur wenigen Klicks online kaufen und sich nach Hause liefern lassen konnte?

Das hat er vermutlich in seinem ganzen Leben noch nicht gemacht, dachte sie und unterdrückte ein Lächeln. Bruno kam aus reichem Haus. Mit seinen dunklen Haaren und den braunen Augen war er nicht nur unglaublich gut aussehend, sondern er zeigte auch ein natürliches Selbstvertrauen, das seine Attraktivität noch unterstrich.

Eines Tages werde ich auch selbstbewusst sein, sagte sie sich. Und wenn nicht in diesem Leben, dann vielleicht im nächsten.

Sie stöhnte. »Sag nicht Segen, bitte. Barbara war nur …«

»… auf ihre übliche Art charmant«, vervollständigte Bruno den Satz und nahm Mackenzies freie Hand in seine, um sich dann vorzubeugen und ihr einen Kuss auf die Wange zu geben. Das Gleiche tat er bei Four.

»Eine tolle Party, wie immer«, merkte er an.

»Das ist alles Stephanie zu verdanken«, erklärte Mackenzie und stellte ihr leeres Glas auf dem Tablett eines vorbeikommenden Kellners ab.

Bruno hielt ihr die Hand hin. »Ein Tanz?«

Lächelnd nickte sie. Sie war nicht sicher, ob sie ausstrahlte, dass sie nicht tanzen wollte, oder ob ihre Position als Rhys' Frau und Barbaras Schwiegertochter die anderen abschreckte, aber fast keiner der Männer auf der Feier wollte mit ihr tanzen. Doch Bruno fragte sie jedes Jahr – und jedes Jahr sagte sie glücklich Ja.

Sie gesellten sich zu den anderen Paaren auf der Tanzfläche. Rhys unterhielt sich beim Tanzen gerade mit der Besitzerin einer kleinen Boutique aus dem Ort, und Barbara und Giorgio wiegten sich eng umschlungen im Rhythmus der Musik.

Bruno legte eine Hand an Mackenzies Taille, hielt aber bei den ersten Schritten respektvollen Abstand.

»Es ist das perfekte Wetter für die Party«, sagte er.

»Stimmt.« Sie schaute in Richtung der untergehenden Sonne. »Wir haben Glück, dass es nicht zu warm ist.« Knapp dreißig Grad waren noch einigermaßen angenehm, aber alles darüber wurde schnell unerträglich.

»Wir sehen dich in letzter Zeit öfter«, fuhr sie fort. »Hast du einen neuen Kunden in der Gegend?«

Bruno war Weinhändler – zumindest beschrieb er sich so. Sie wusste, dass er auch in ein paar Weingüter investiert hatte und mehr Geld besaß als Krösus. Wenn er in die Stadt kam, flog er immer im Privatjet ein. Doch abgesehen davon war er ein Mysterium. Ein attraktives Mysterium, aber trotzdem …

»Ich denke darüber nach, ein Weingut zu kaufen«, gab er zu.

»Wirklich? Ich wusste, dass du Investor bist, hätte aber nicht gedacht, dass du auch was Eigenes willst.«

Er lächelte schief. »Ich mag es, wenn ich die Kontrolle habe.«

»Kannst du mir sagen, welches Gut du kaufen willst?«, fragte Mackenzie und schüttelte dann schnell den Kopf. »Vergiss es. Vermutlich kannst du das nicht. Aber ich werde trotzdem spekulieren.«

»Schick mir deine Vermutungen per SMS. Ich sage dir, wenn du richtigliegst.«

Sie lachte. »Hier gibt es im Umkreis von hundert Meilen beinahe fünfhundert Weingüter. Bevor ich es erraten habe, habe ich dir so viele Nachrichten geschickt, dass du mich blockieren musst.«

»Ich verspreche, dich nicht zu blockieren.«

»Ein Weingut kaufen … Das ist aufregend. Wenn ich an all die Möglichkeiten denke …«

»Bist du daran interessiert, meine Geschäftspartnerin zu werden?«, zog er sie auf.

Wieder lachte sie. »Du schmeichelst mir, aber Bel Après ist mein Zuhause. Wirst du dann dauerhaft in Walla Walla leben? Was ist mit deiner Familie? Deinen Eltern und Geschwistern?«

»Denen geht es an der Ostküste hervorragend, und mir gefällt das Leben hier. Aber ich werde sie oft besuchen.«

Jetzt war es an ihr, ihn etwas aufzuziehen. »Also willst du nicht *zu* nah bei ihnen wohnen.«

»Besser nicht. Meine Mutter arrangiert gern Blind Dates für mich, die regelmäßig in einer Katastrophe enden.«

»Entfernung ist also dein Freund.« Mackenzie schaute sich um. »Wo wir gerade von Dates sprechen – du hast heute Abend niemanden mitgebracht, oder?«

»Nein.«

Sie fing seinen Blick auf. »Auch auf die Gefahr hin, wie deine Mutter zu klingen: Du bringst nie eine Frau mit. Warum nicht?«

»Weil es da niemanden gibt.«

»Warum nicht? Ich hätte gedacht, für dich wäre es leicht, jemanden zu finden. Du bist ein erfolgreicher, gut aussehender Mann. Die Frauen stehen doch bestimmt Schlange.«

»Flirtest du mit mir?«

Sie lachte. »Ich denke, wir wissen beide, dass Flirten nicht zu meinen Stärken gehört.« Plötzlich kam ihr ein Gedanke. Vielleicht waren die Frauen gar nicht das Problem. »Oder würdest du lieber mit Männern ausgehen und machst dir Sorgen, dass wir damit ein Problem haben? Das hätten wir nicht, versprochen.«

Sie hielt inne, weil sie nicht wusste, wie sie diese etwas ungelenke Unterhaltung, die sie gerade angefangen hatte, weiterführen sollte.

Sein Lächeln wurde breiter. »Ich bin nicht schwul. Ich mag Frauen. Ich habe nur keine ernsthafte Beziehung, weil ich bisher keine Frau getroffen habe, die mich ausreichend interessiert.«

»Warst du mal verheiratet?«

»Ja.«

Erwartungsvoll sah sie ihn an. »Und?«

»Wir haben uns scheiden lassen. Ist schon lange her.«

»Das tut mir leid.«

Er zuckte mit den Schultern. »Damals war es schlimm, aber jetzt nicht mehr.« Er schaute ihr in die Augen. »Ich kann keine Kinder zeugen. Das haben wir erfahren, als sie einfach nicht schwanger wurde. Aber sie wollte unbedingt Mutter werden und hat mich verlassen.«

Mackenzie blieb stehen. »Wie konnte sie so grausam sein? Es gibt doch auch andere Wege, Kinder zu bekommen.«

»An denen war sie nicht interessiert.«

»Tut mir leid, dass ich so neugierig war und dich an eine schwierige Zeit in deinem Leben erinnert habe. Ich sollte mich zukünftig an Small Talk halten.«

Er zog sie ein wenig näher an sich und wirbelte sie herum. »Es macht mir nichts aus, dass du das weißt.«

»Trotzdem tut es mir leid.«

»Okay, dann wechseln wir das Thema. Wie sehr hasst Barbara das Kleid, das Catherine anhat?«

Mackenzie schaute zu ihrer Schwägerin. Ihr extravagantes Kleid strahlte in bunten Farben. Es hatte einen unregelmäßigen Saum und einen kurzen und einen langen Ärmel.

»Ich habe noch nicht mit ihr darüber gesprochen, aber ich bin sicher, es gehört nicht zu ihren Lieblingskleidern.«

»Four genießt es, sie zu quälen. Wenn Barbara aufhören würde, darauf zu reagieren, würde Four auch aufhören, sich so zu benehmen.«

Sie schaute wieder Bruno an. »Das hast du sehr gut beobachtet.«

»Ja, ich bin ein exzellenter Beobachter.«

»Was hast du sonst noch so bemerkt?«

Mehrere Sekunden lang schaute er sie an. Sein Blick war so eindringlich, dass Mackenzie sicher war, er würde etwas sagen, das sie schockieren oder drei Tage lang beschäftigen würde. Doch stattdessen trat er einen Schritt zurück, drückte ihre Hand kurz und ließ sie dann los.

»Ich sollte dich nicht zu lange von den anderen Gästen fernhalten«, erklärte er. »Hab einen schönen Abend.«

Damit ging er und ließ sie allein in der Menge zurück. Sie hatte keine Ahnung, was gerade passiert war und was das alles bedeutete. Oder ob es überhaupt etwas bedeutete.

Je mehr Wein konsumiert wurde, desto lauter und ausgelassener wurde die Party. Köstliche Düfte vom Buffet ließen Mackenzies Magen knurren. Gerade wollte sie sich etwas zu essen holen, da sah sie Rhys in ein Gespräch mit einer blonden Frau vertieft, an deren Namen sie sich nicht erinnern konnte.

Während sie die beiden beobachtete, legte die Frau eine Hand auf Rhys' Unterarm. Sie flirtete eindeutig, und Mackenzie wollte sehen, wie ihr Mann darauf reagierte. Er schenkte der Frau ein angedeutetes Lächeln und trat einen Schritt zurück.

Mackenzie bezweifelte, dass seine Reaktion geplant war – sie wirkte authentisch. Rhys war nicht der Typ, der fremdging. Er war ein guter und loyaler Mann, der seine Verpflichtungen gegenüber ihr, seiner Familie und dem Weingut sehr ernst nahm. Auf ihn konnte sie sich verlassen. Ihm konnte sie vertrauen.

Aber seit beinahe fünf Jahren hatten sie kein gemeinsames Schlafzimmer mehr, und fast genauso lang war es her, dass sie

Sex gehabt hatten. Wenn er nicht mit ihr, seiner Frau, schlief, mit wem dann? Noch während Mackenzie sich die Frage stellte, überlegte sie, ob sie die Antwort wirklich wissen wollte.

Nur fürs Protokoll wollte Stephanie Barcellona festhalten, dass Ex-Männer eine ganz schlechte Idee waren. Vor allem die gut aussehenden mit charmantem Lächeln und wissendem Blick. Die letzte Stunde hatte sie damit verbracht, Kyle aus dem Weg zu gehen, aber egal, wie sehr sie sich beschäftigt gab und dafür sorgte, dass die Party gut lief, er kam ihr immer näher.

Wenn ihre Mutter nur nicht darauf bestanden hätte, ihn einzuladen. Oder besser gesagt, wenn sie, Stephanie, nicht das Rückgrat eines Goldfischs hätte, dann würde sie zu ihm gehen, ihm in die Augen schauen und ihm sagen, dass es vorbei war. V.O.R.B.E.I. Sie war fertig damit, sein Notnagel fürs Bett zu sein, wann immer er in Walla Walla war und ein paar Stunden frei hatte. Ihre Scheidung war über zehn Jahre her. Das war beinahe doppelt so lang, wie ihre Ehe gedauert hatte. Sie mussten sich endlich endgültig trennen. Ein paar Mal im Jahr Sex zu haben half keinem von ihnen. Auch wenn sie sich ziemlich sicher war, dass es ihn nicht störte und sie die Einzige war, die sich wie eine Idiotin vorkam.

Seit ihrem letzten, äh, Zusammentreffen mit Kyle waren achtzehn Monate vergangen. Im letzten Jahr hatte sie die Party und die Feiertage ohne sein geflüstertes »Hey, meine Schöne, lass uns irgendwohin gehen, wo wir ungestört sind« überstanden. Und wenn ich den Rest des Abends standhaft bleibe, sagte sie sich, bin ich endlich frei von ihm. Sie war entschlossen. Sie hatte einen Plan. Unglücklicherweise war sie aber auch scharf.

Verraten von meinen Hormonen, dachte sie düster, als sie zwischen den Gästen umherging und sicherstellte, dass alles in Ordnung war. Während sie das Auffüllen des Buffets überwachte und noch einmal nachschaute, dass in der Bar ausreichend Wein vorrätig war, setzte ein schmerzhaftes Ziehen zwischen ihren Schenkeln ein. Kyle wusste immer genau, wie er sie innerhalb von wenigen Sekunden kommen lassen konnte. Das war zwar demütigend, aber wahr.

Aus dem Augenwinkel erblickte sie ihn. Er kam auf sie zu, und sie marschierte schnell in die entgegengesetzte Richtung. Wenn er in ihre Nähe käme, würde er ihr über den Arm streichen, was ihr immer einen angenehmen Schauer über den Rücken laufen ließ. Dann würde er sich zu ihr beugen und ihr sagen, dass sie einen fabelhaften Hintern hatte, denn Kyle war ein echter Romantiker. Danach würde er sie in eine Ecke drängen, sodass er leicht über ihre Nippel streichen konnte, und sie wäre verloren.

»Das wird nicht passieren«, hauchte sie. »Ich kann das nicht mehr.«

Also duckte sie sich weiterhin weg, schlängelte sich zwischen den Gästen hindurch und kam sich vor wie die Heldin in einem ganz schlechten Film.

Mit einem Mal sah sie Giorgio, der ihr zunickte. Es war an der Zeit.

Alle Gedanken an Kyle verflüchtigten sich schlagartig, als sie in ihrer Tasche nach dem kleinen Samtbeutel tastete, bevor sie zum DJ ging.

»Stephanie«, flüsterte Kyle anzüglich und schloss zu ihr auf.

Sie schaute ihn nicht an, sondern sagte einfach nur: »Nicht jetzt.«

Als sie das Podest erreichte, lächelte sie den DJ an. »Bereit.«

Er fuhr die Musik langsam herunter und reichte Stephanie das Mikrofon. Alle Gäste drehten sich zu ihr um.

»Wenn ich kurz noch mal um eure Aufmerksamkeit bitten darf«, sagte sie und schaute Giorgio an, der trotz des monumental wichtigen Moments unglaublich ruhig wirkte. »Ein gewisser Gentleman würde gern das Wort an seine besondere Lady richten.«

Sie gab ihm das Mikrofon und den Samtbeutel und trat dann zurück in die Menge, die sich inzwischen versammelt hatte.

Avery, ihre sechzehnjährige Tochter, stellte sich neben sie. »Was ist hier los?«

»Guck gut zu. Das wird episch.«

Avery seufzte. »Mom, wir haben doch darüber geredet, dass du keine Jugendsprache benutzen solltest. Das passt nicht zu dir.«

»Ich mach das nur, um dich zu nerven.«

Sie hakten sich unter und lehnten sich aneinander. Stephanie war es egal, dass das Wort zu jugendlich für sie war. Für diesen Moment war es perfekt, denn es würde hundert Prozent episch werden. Das spürte sie.

3. KAPITEL

Barbara hatte keine Ahnung, was vor sich ging, und das gefiel ihr überhaupt nicht. Angespannt schaute sie zwischen Stephanie und Giorgio hin und her und hoffte, dass die beiden nicht etwas Lächerliches tun würden, wie ein Duett zu singen oder so, denn Stephanie hatte keine gute Stimme.

Aber sie vertraute Giorgio. Der Mann kümmerte sich auf eine Weise um sie wie niemand je zuvor, also sollte sie sich am besten einfach entspannen und vorgeben zu genießen, was auch immer die beiden geplant hatten.

Giorgio lächelte sie an, als er ins Mikro sprach. »Hallo, meine Liebste.«

Sie lächelte, ohne etwas zu erwidern. Er wusste, dass sie nicht bloßgestellt werden wollte, und sie vertraute ihm. Das schlechte Gefühl, das sie gerade überkam, würde sie einfach ignorieren.

Er schaute sich unter den Gästen um. »Für diejenigen von euch, die mich nicht sonderlich gut kennen: Ich habe diese wundervolle Frau vor zwei Jahren in Italien kennengelernt. Wir waren bei einer Weinprobe auf einem kleinen Weingut in der Toskana. Es war ein wunderschöner Tag, aber die Frau neben mir war noch viel schöner. Ich konnte meinen Blick nicht von ihr abwenden.«

»Du warst sehr charmant«, sagte sie und entspannte sich ein wenig.

»Äußerlich ja. Aber innerlich schlug mein Herz rasend schnell. Was in meinem Alter gefährlich sein kann.«

Alle lachten.

»Ich habe mich ihr vorgestellt und vorgeschlagen, dass wir uns ein Glas Wein teilen.« Wieder lächelte er. »Sie hat zugestimmt, und ich war so glücklich, dass ich kaum sprechen konnte.« Er schaute Barbara an. »Du hast mir von Bel Après erzählt, von deinen Kindern und Mackenzie, und ich habe die Liebe und den Stolz in deiner Stimme gehört. Innerhalb einer Stunde war ich völlig hin und weg.«

Barbara verlor sich in den Erinnerungen an diese erste Begegnung. Es hatte sie überrascht, dass er sie angesprochen hatte, und sie hatte nicht gewusst, was sie davon halten sollte. Attraktive Männer sprachen niemals mit ihr – zumindest nicht so, wie er es getan hatte. Er war lustig und liebevoll gewesen, und der Nachmittag war nur so verflogen.

»Ich war vorher schon einmal verheiratet«, fuhr er fort. »Meine Frau ist vor fünf Jahren verstorben, und mir ist nie in den Sinn gekommen, dass ich noch einmal die Liebe finden würde. Doch das habe ich. Eine großartige, schillernde Liebe, die mein Herz erfüllt.«

Barbara legte die Hände an ihre Brust und formte stumm die Worte: »Ich auch.«

Dann reichte er Stephanie das Mikrofon und holte etwas aus einem kleinen Beutel, bevor er sich auf ein Knie sinken ließ.

»Barbara Barcellona, du bist die Liebe meines Lebens. Ich liebe und verehre dich. Ich möchte dich glücklich machen und den Rest meiner Tage mit dir verbringen. Willst du mich heiraten?«

Das habe ich nicht kommen sehen, dachte sie und war ernsthaft überrascht von dem Antrag. Sie starrte Giorgio an, versuchte, alles in sich aufzunehmen. Die leise Musik verhallte, bis Barbara nur noch ihren eigenen Herzschlag hören konnte.

Glück wallte in ihr auf, und sie wusste, dass sie nie wieder einen so perfekten Moment erleben würde.

»Ja«, sagte sie, gegen ihre Tränen ankämpfend. »Oh ja, Giorgio. Ich will dich heiraten.« Um sie herum fingen alle an zu jubeln und zu applaudieren.

Giorgio stand auf und steckte ihr einen Ring mit einem großen Diamanten an den Finger. Dann umfasste er ihr Gesicht und küsste sie. Das Gefühl seiner warmen Lippen war magisch. Sie fühlte sich wie eine Prinzessin – und dreißig Jahre jünger.

»Ich liebe dich«, flüsterte er ihr ins Ohr.

»Ich liebe dich auch.«

Noch immer wurde laut applaudiert. Barbaras Kinder eilten herbei und umarmten sie und Giorgio.

»Hast du davon gewusst?«, fragte sie Rhys.

Er grinste. »Er hat mich um Erlaubnis gefragt. Was ich sehr ehrenhaft fand. Ich freue mich für euch, Mom.«

»Ich habe es nicht gewusst.« Mackenzie gab ihr einen Kuss auf die Wange. »Herzlichen Glückwunsch, Barbara. Du wirst eine wunderschöne Braut sein. Und ich weiß, dass Giorgio dich sehr glücklich machen wird.«

Four und Lori umarmten sie ebenfalls.

»Keiner hat uns was davon gesagt.« Four lachte. »Was für eine wundervolle Überraschung.«

»Ich freue mich für euch«, sagte Lori, klang aber nicht sonderlich glücklich.

Barbara nahm an, dass die Wohnverhältnisse ein Problem werden würden. Lori war nie aus dem großen Haus in der Mitte des Anwesens ausgezogen. Es war eine Sache, dass Giorgio bei seinen Besuchen dort übernachtete, aber eine ganz andere, wenn er nun dauerhaft dort wohnen würde. Doch mit dem Problem beschäftige ich mich morgen, entschied sie und nahm sich vor, jeden Moment dieses absolut perfekten Abends zu genießen.

Die Musik wurde wieder lauter, und Giorgio zog sie auf die Tanzfläche. Barbara lachte, als sie die ersten Töne von »Lady in Red« erkannte, und schaute an ihrem roten Cocktailkleid hinunter.

»Deshalb hast du mich also gebeten, das anzuziehen«, sagte sie und sah zu ihm auf.

»Das war alles Teil des Plans.«

Sie lehnte den Kopf gegen seine Schulter. »Du hast mich überrascht.«

»Das freut mich. Rhys hat natürlich davon gewusst. Genau wie Stephanie.«

»Sie haben das Geheimnis für sich behalten.«

»Barbara?«

Sie sah ihn an.

»Du sollst dir um nichts Sorgen machen müssen.« In seinen Augen schimmerte Zuneigung. »Ich unterschreibe gern einen Ehevertrag. Ich möchte nichts von Bel Après haben.«

»Wirklich?«

An einen Ehevertrag hatte sie noch gar nicht gedacht. Vermutlich wäre es ihr vor Mitternacht eingefallen und hätte sie die ganze Nacht wach gehalten. »Danke. Ich werde auch alles unterschreiben, was du willst.«

Giorgio hatte mehr als genug Geld von dem Luft- und Raumfahrtunternehmen, das er in Upstate New York gegründet hatte.

»Wir sind ein sehr modernes Paar«, zog er sie auf.

Sie stellte sich auf die Zehenspitzen und flüsterte ihm ins Ohr: »Ja, und später werden wir ganz viel modernen Sex haben.«

Er lachte leise. »Inwiefern modern? Ich dachte, unser Sexstil wäre eher traditionell.«

Sie grinste. »Wir lassen das Licht an.«

»Ja, das machen wir.«

Sie tanzten drei Lieder lang, bevor sie sich etwas zu trinken holten. Einige der weiblichen Gäste hielten sie auf, um ihren Ring zu bewundern. Barbara hatte noch gar keine Gelegenheit gehabt, ihn genauer anzuschauen. Sie schätzte den Diamanten auf mindestens drei Karat. Ein wenig zu groß und protzig, aber sie war sicher, dass sie ihn tragen konnte.

An der Bar traf sie Stephanie.

»Das war unglaublich.« Ihre Tochter seufzte glücklich. »Ich freue mich so für euch.«

»Das hast du sehr gut gemacht«, erklärte Barbara ihr und bemühte sich, sich die Überraschung nicht anmerken zu lassen. »Der Moment war perfekt.«

Stephanie umarmte sie. »Und als Nächstes kommt die Hochzeit. Sag Bescheid, wenn du meine Hilfe bei der Planung willst, Mom. Das ist eins meiner Talente.«

Eine Hochzeit? So weit hatte Barbara noch gar nicht gedacht.

Aber natürlich würden sie und Giorgio irgendeine Zeremonie haben. In ihrem Alter wäre es sinnvoller, die Feier klein zu halten. Nur die Familie und ein paar enge Freunde.

Sofort erinnerte sie sich an ihre erste Hochzeit. Sie und James waren jung gewesen und hatten kein Geld gehabt, um es für etwas so Albernes wie eine Hochzeit auszugeben. Also hatten sie in einer kleinen Kirche geheiratet und in dem alten Farmhaus gefeiert, in dem sie gewohnt hatten. Es war definitiv keine Traumhochzeit gewesen.

Nun betrachtete sie den Ring, der an ihrer linken Hand funkelte, und schaute dann auf die Gäste, die sich sichtlich amüsierten. Sie war die Matriarchin von Bel Après und die Besitzerin eines erfolgreichen Unternehmens. Geld spielte keine Rolle mehr.

»Giorgio, wie wünschst du dir die Hochzeit?«

Er zog ihre Hand an seine Lippen und hauchte einen Kuss darauf. »Ich will, was immer dich glücklich macht, meine Liebste.«

Er war ein so guter Mann.

Barbara überlegte. Die Hochzeit auf Bel Après auszurichten ergab am meisten Sinn. Hier war genügend Platz für große Veranstaltungen, und auch wenn das Weingut nicht schick genug war, um als besondere Location zu gelten, fanden hier oft Partys für große Kunden oder besondere Anlässe statt. Trotzdem – eine Hochzeit wollte wohl geplant sein.

Barbara schaute ihre älteste Tochter an. Stephanie kümmerte sich um den Laden und den Verkostungsraum. Sie konnte, wenn es darauf ankam, auch den Wein-Club managen, und sie hatte bisher alle möglichen Partys auf dem Anwesen geplant, darunter eine Handvoll Hochzeiten. Auch wenn Stephanie nichts hatte, was man ansatzweise als Talent bezeichnen konnte, war sie doch sehr gut organisiert. Und ehrlich gesagt, wie schwer konnte es sein, eine Hochzeit zu planen?

»Okay«, sagte sie. »Stephanie, du kannst unsere Hochzeit planen. Ich will eine echte Feier«, fügte sie hinzu. »Traditionell. Nichts Modernes. Ich möchte Spaß und Eleganz und ein wenig Glamour, aber mehr nicht.«

Stephanie grinste. »Das kriegen wir hin. Wir können sogar über ein wenig mehr Glamour reden.«

Barbara unterdrückte einen Seufzer. »Das heben wir uns für später auf. Jetzt möchte ich mit meinem Verlobten tanzen.«

Sie streckte Giorgio eine Hand hin. Er zog sie an sich und führte Barbara auf die Tanzfläche. Was habe ich nur für ein Glück, dachte sie und schmiegte sich an ihn. Der Abend war perfekt, und der Rest ihres Lebens würde genauso wundervoll werden.

Zwei Stunden und eine geschätzte halbe Flasche Wein später war Stephanie immer noch dabei zu verarbeiten, was passiert war. Sie war glücklich – natürlich war sie das. Giorgio war ein wunderbarer Mann, der ihre Mutter anbetete. Außerdem war Barbara immer ein wenig nahbarer, wenn er in der Nähe war, und das machte den Umgang mit ihr leichter.

Von dem Antrag hatte sie gewusst. Sie hatte den Ring aufbewahrt und das Timing im Blick gehabt. Nun freute sie sich darauf, ihrer Mutter bei der Planung der Hochzeit zu helfen. Alles war gut. Großartig sogar. Aber – und das war ein großes Aber – sie konnte ihre Gefühle nicht genau deuten.

Es war nicht nur Freude, sondern noch etwas anderes. Etwas, das sie sich unbehaglich fühlen ließ und traurig und vielleicht noch ein paar andere Dinge, die sie nicht benennen konnte oder wollte.

Sie stand an der Bar und gönnte sich noch ein Glas Wein, als die Wahrheit sie traf wie ein Schlag in die Magengrube. Alle Luft wich aus ihren Lungen, und sie musste gegen unerwartete Tränen anblinzeln.

Sie wollte ein anderes Leben. Ihre Kinder waren super, und sie liebte ihre Familie, aber sie wollte mehr. Sie wollte einen Job, den sie liebte – sie wollte sich darauf freuen, wie sie ihren Tag verbrachte, anstatt die Arbeit einfach nur zu erledigen. Sie wollte stolz auf sich sein, wollte mutig sein, und das bedeutete, sie musste ihren Hintern hochkriegen und endlich etwas unternehmen. Sich nur in Wunschträumen zu ergehen war reine Zeitverschwendung. Seit fünf Jahren sprach sie davon, Bel Après zu verlassen und irgendwo anders zu arbeiten, doch sie hatte keinerlei Anstrengungen unternommen, diesen Plan in die Tat umzusetzen.

»Hey, Baby.«

Die leisen Worte wurden von einem Finger begleitet, der von ihrer nackten Schulter zu ihrem Handgelenk strich. Stephanie drehte sich um und sah Kyle, der sie anlächelte.

»Eine großartige Party, wie immer«, sagte er und zwinkerte ihr zu.

»Du bist noch da«, erwiderte sie und versuchte, sich von ihren verwirrenden Gedanken zu befreien.

»Na klar. Ich dachte, wir könnten vielleicht ein paar Stunden zusammen verbringen.«

Sein Tonfall war zweideutig. Und wie um seine Worte zu unterstreichen, legte er ihr eine Hand auf den Rücken und ließ sie hinuntergleiten, um ihren Po zu umfassen.

»Nein. Einfach nein.«

Die Worte kamen ihr über die Lippen, ohne dass sie die Chance hatte, darüber nachzudenken. Schnell trat sie einen Schritt zurück und starrte Kyle an. Dabei kämpfte sie gegen das seltsame Gefühl an, ihn überhaupt nicht zu kennen. Ja, sie waren verheiratet gewesen, aber die Scheidung lag über zehn Jahre zurück. Wie kam sie nur darauf, ein paar Mal im Jahr Sex mit ihm zu haben, wann immer es in seinen Zeitplan passte? Das wollte sie nicht. Und ihn wollte sie auch nicht.

Warum hatte sie sich überhaupt auf dieses traurige Arrangement eingelassen? Und warum hatte sie den ekligen Gedanken ignoriert, dass sie keine Ahnung hatte, mit wie vielen Frauen er regelmäßig schlief? Hatte sie nichts Besseres verdient? Hatte sie es nicht verdient, glücklich zu sein und ihr eigenes geordnetes Leben zu führen? Stattdessen hatte sie sich mit Krumen begnügt, dir ihr Ex-Mann ihr hinwarf. Kyle war eine Ablenkung, und das hatte sie viel zu lang zugelassen.

»Das kann man auch netter formulieren«, grummelte er. »Sag mir einfach, dass du nicht interessiert bist.«

»Ich bin nicht interessiert.« Sie klang entschlossen. »Wir haben schon darüber gesprochen, Kyle. Ich habe dir gesagt, dass ich damit fertig bin, und das meinte ich auch so. Hör auf zu versuchen, mich in dein Bett zu kriegen. Das mache ich nicht mehr mit. Wir sind geschieden und sollten uns entsprechend verhalten.«

Damit ließ sie ihn stehen und suchte nach einer Gruppe, zu der sie sich gesellen konnte. Sie lächelte, als sie ihre Kinder im Gespräch mit Lori sah.

»Habt ihr Spaß?«, fragte sie und stellte sich zwischen Avery und Carson.

»Ja, haben wir.« Avery lachte. »Mom, ich kann nicht glauben, dass du nicht mal eine Andeutung wegen des Antrags hast fallen lassen. Das war so romantisch. Auch wenn sie, nun ja, du weißt schon, echt alt sind.«

»Uralt«, scherzte Stephanie und wandte sich an Carson. »Was denkst du darüber?«

Ihr Vierzehnjähriger überraschte sie, indem er breit grinste. »Das war cool, Mom. Romantisch, so wie es den Mädchen gefällt. Außerdem braucht es echt Mut, so was vor allen Leuten zu fragen. Was, wenn sie Nein gesagt hätte? Das wäre ihm sein Leben lang peinlich gewesen.«

»Liebe verleiht einem Mut«, sagte sie.

Avery seufzte. »Na super. Jetzt wird sie dich zwingen, diesen alten Film zu gucken, den sie so liebt. Wie heißt der noch mal?«

»Teen Lover«, sagten Stephanie und Lori gleichzeitig.

Avery stöhnte. »Genau der.«

»Ich gebe zu, ich glaube, es ist an der Zeit dafür«, sinnierte Stephanie.

»Mach es schnell«, riet ihre Tochter. »Bevor Carson zum Baseball-Camp fährt. Ich will nicht die Einzige sein, die ihn sich angucken muss.«

»Du hast ihn geliebt.«

»Das hättest du wohl gern.«

Carson gähnte. »Es ist spät, Mom. Ich gehe ins Bett.« Er umarmte sie.

Ihr Baby war schon gute zehn Zentimeter größer als sie, und trotzdem musste er noch gewaltig wachsen. Sicher, sie war ziemlich klein, aber dennoch.

Avery umarmte sie ebenfalls. »Wir sehen uns morgen früh, Mom.«

»Gute Nacht.«

Sie sah den beiden nach, als sie quer über den Innenhof zu ihrem Haus gingen, und lächelte dann ihre Schwester an. »Und? Amüsierst du dich?«

»Bis zu der Verlobung schon«, gab Lori scharf zurück.

»Ich dachte, du magst Giorgio.«

»Das tue ich. Aber jetzt wird sich alles ändern.«

»Ich glaube nicht, dass es ihm etwas ausmacht, wenn du weiterhin im Haus wohnst, falls du dir deswegen Sorgen machst. Mom würde dich nie zwingen auszuziehen.«

Loris Miene verfinsterte sich. »Ach bitte. Du weißt, dass sie mich, ohne mit der Wimper zu zucken, rauswerfen würde, wenn es ihren Zwecken dient. Oder wenn Mackenzie sie darum bittet.« Sie atmete scharf aus. »Aber das ist es nicht. Hast du gesehen, wie verliebt die beiden sind? Ich wusste, dass sie glücklich sind, aber ihr Gesichtsausdruck, als er ihr den Antrag gemacht hat … So etwas will ich auch.«

»Du willst heiraten?« Stephanie versuchte, nicht allzu überrascht zu klingen.

»Natürlich. Jeder will irgendwohin gehören. Einige von uns wissen, wann wir etwas behalten sollten, anstatt es einfach wegzuwerfen.«

»Sprichst du von meiner Scheidung?«

»Du hattest was Gutes mit Kyle. Vielleicht hättest du am Ball bleiben sollen.«

»Mit einem Typen, der ständig fremdgegangen ist und nie zu Hause war?«

»Es war eine Ehe.«

»Wir haben uns beide elend gefühlt. Außerdem …« Kurz presste Stephanie die Lippen aufeinander. Sie musste ihre Position niemandem gegenüber verteidigen. »Jetzt ist es besser. Seit wir getrennt sind. Aber wenn du Lust hast auszugehen, hoffe ich, dass du jemanden kennenlernst.«

»Mir passiert nie etwas Gutes.«

Damit drehte Lori sich um und ging. Stephanie sah ihr nach und fragte sich, wie sie, Lori und Four Schwestern sein konnten, obwohl sie so komplett unterschiedlich waren. Vermutlich war das nur ein Beweis mehr, dass Gott tatsächlich Sinn für Humor hatte.

Sie ging zu einem freien Stuhl und setzte sich. Während der Rest der Familie sich ab zehn Uhr verabschieden konnte, musste sie bis zum Ende bleiben. Die Party lag in ihrer Verantwortung, und sie musste sicherstellen, dass alles geputzt und weggeräumt war. Vor zwei Uhr morgens käme sie sicher nicht ins Bett.

Als Erfolg zu verbuchen war, dass sie offenbar wirklich mit ihrem Ex fertig war. Es hatte sie zehn Jahre und eine kosmische Ohrfeige gekostet, aber wenigstens war es nun endlich so weit. Gleich morgen früh würde sie anfangen, nach einem neuen, aufregenden Job zu suchen. Sie war der Gelegenheitssex-Falle mit ihrem Ex entkommen, nun war es an der Zeit, auch dem Familienunternehmen den Rücken zu kehren und auf eigenen Beinen zu stehen.

4. KAPITEL

Sorgfältig studierte Mackenzie den Wein im Glas, bevor sie noch einmal daran nippte. Dieses Mal ließ sie den Wein ein wenig länger auf der Zunge verweilen, bevor sie ihn im Mund verwirbelte und dann in die mitgebrachte Kaffeetasse spuckte.

Die Fassproben waren wichtig, denn so konnte man den Reifeprozess des Weins im Auge behalten, aber sich dabei zu betrinken war ein Anfängerfehler. Schon sehr früh hatte sie gelernt, dass das Ausspucken zum Job gehörte. Nun nahm sie ihr Klemmbrett und machte sich ein paar Notizen. Später würde sie die in den Computer übertragen. Sicher, das war ein wenig altmodisch, aber sie mochte es so.

In dieser Ecke des Fasskellers lagerten ihre persönlichen Weine – Mischungen, die aus einer Idee heraus entstanden waren und die sie ausprobieren wollte. Die ersten drei Mal hatte Barbara sich rundheraus geweigert, das zuzulassen, und Mackenzie gebeten, sie nicht mehr zu fragen. Frustriert hatte Mackenzie ihr gesagt, wenn die Weine nicht gut wären, würde sie den Verlust aus eigener Tasche bezahlen. Aber wenn sie sich so verkauften, wie sie es erwartete, würde sie so lange einen Anteil von den Verkäufen bekommen, wie die Weine hergestellt wurden.

Dem hatte Barbara zugestimmt, und sie hatten einen Vertrag aufgesetzt und beide unterschrieben. Zwei Jahre später war der erste der *Highland*-Weine angeboten worden. Der *Highland-Thistle* – ein Name als Tribut an Mackenzies schottische Vorfahren – war innerhalb von zwei Wochen ausverkauft gewesen. Sie hatte eine etwas französischere Mischung aus Cap- und Merlottrauben gewählt und dem Thistle damit einen weicheren Abgang gegeben, der vor allem jüngere Menschen ansprach.

Im folgenden Jahr war *Highland Heather* schon vor dem Verkaufsstart ausverkauft gewesen. Es handelte sich um einen sogenannten *Botanical Chardonnay* – also einen Chardonnay, der mit Gewürzen aromatisiert worden war. Mit dem *Highland Myrtle*, ein Syrah aus dem letzten Jahr, war es genauso gewesen. An dem Punkt hatte Barbara aufgehört, Mackenzie irgendetwas zu verbieten, was mit Wein zu tun hatte. Die drei Weine spülten weiterhin jedes Jahr stetig Geld in die Kassen. Mackenzies Anteil lag derzeit noch auf einem Sparkonto, aber eines Tages würde sie damit etwas Besonderes unternehmen.

Sie überflog ihre Notizen, schob sich dann das Klemmbrett unter den Arm und ging in Richtung der Büros im ersten Stock.

Bel Après war in den letzten sechzehn Jahren signifikant gewachsen. Sie hatten immer genügend Kapazitäten gehabt, um mehr Wein zu produzieren, aber die vorherigen Winzer hatten lieber Hunderte Tonnen von Trauben verkauft, anstatt das Risiko einzugehen, einen Wein zu kreieren, der durchfiel. Als Mackenzie an Bord gekommen war, hatten sie und Barbara eine Strategie entwickelt, um das Beste von dem zu nutzen, was Bel Après produzierte.

Auf der Treppe in den ersten Stock schaute sie sich die Preise an, die an den Wänden hingen. Mit Mackenzies erster Weinlese hatte Bel Après angefangen, Preise zu gewinnen, und Barbara hatte sich unbändig über den Erfolg gefreut. Sie hatte bei jedem Wettbewerb mitmachen wollen, doch Mackenzie hatte darauf bestanden, wählerischer zu sein. Es war besser, sich an ein paar prestigeträchtigen Wettbewerben zu beteiligen und Aufsehen zu erregen, als Preise zu gewinnen, von denen noch nie jemand gehört hatte.

Über Bel Après war in verschiedenen Zeitschriften und Magazinen berichtet worden, was die Verkäufe weiter angekurbelt hatte. Jedes Jahr hatten sie die Produktion gesteigert. Vor zehn Jahren hatten sie den Platz für den Fasskeller verdreifacht.

Oben auf der Treppe angekommen, blieb Mackenzie stehen und schaute sich die dort hängenden Bilder an. Sie zeigten Bel

Après, wie es vor einer Generation ausgesehen hatte, als Barbara eine junge Braut gewesen war. Von hier aus den gesamten langen Flur entlang markierten Fotos das Wachstum von Weingut und Familie.

Ein Foto von Rhys und seinen drei Schwestern entlockte Mackenzie ein Lächeln. Er war ungefähr zehn oder elf und seine Schwestern entsprechend zwischen neun und fünf. Die Mädchen lächelten in die Kamera, aber Rhys schaute ernst, als wüsste er bereits, wie viel Verantwortung auf ihn wartete.

Er ist zu einem guten Mann herangewachsen, dachte sie. Er arbeitete hart, war ein guter Arbeitgeber und kam jeden Abend nach Hause. Rhys war ihr Fels – seine Beständigkeit schenkte ihr die Freiheit, all ihre Energie in die Weine zu stecken.

Mackenzies Eltern waren gestorben, als sie noch jung gewesen war, und so war sie bei ihrem Großvater aufgewachsen. Er war Winzer in der Gegend von Spokane gewesen und hatte ihr gezeigt, wie man der Erde diese flüssige Magie entlockte.

Als sie fünfzehn war, war er an einem Tumor erkrankt, dessen Wachstum zwar verlangsamt, aber nicht aufgehalten werden konnte. Purer Wille hatte ihn am Leben erhalten, bis sie ihren Highschool-Abschluss gemacht hatte. In jenem Sommer war er gestorben. Mackenzie erinnerte sich noch an den ersten Tag, als sie ins Studentenwohnheim gezogen war und ihre neue Mitbewohnerin kennengelernt hatte. Stephanie war so freundlich und fröhlich gewesen und damit genau das, was sie gebraucht hatte.

An diesem ersten Weihnachtsfest hatte Stephanie sie mit nach Hause genommen. Mackenzie war von Bel Après überwältigt gewesen, von Barbara fasziniert und von Rhys hingerissen.

Er war so beständig, dachte sie und lächelte bei der Erinnerung. Gütig und stark, aber mit einem feinen Sinn für Humor, der sie zum Lachen brachte. In ihrer zweiten Nacht hatte er um zwei Uhr morgens an ihre Tür geklopft und ihr gesagt, sie solle sich anziehen. Dann hatte er sie mit nach draußen genommen, wo unerwartet Schnee vom Himmel gefallen war. Da, in der Kälte, von Schnee bestäubt, hatte er sie geküsst. Es war der perfekte

Moment gewesen. Vielleicht hatte sie sich nicht sofort in ihn verliebt, aber ihr Herz zumindest für diese Möglichkeit geöffnet.

Immer noch lächelnd ging sie den Flur hinunter, durch die offen stehende Tür und in Barbaras großes Eckbüro. Durch die Fenster konnte man das gesamte Anwesen überblicken. An den anderen beiden Wänden hingen Landkarten der verschiedenen Weinberge, die der Familie gehörten.

Die Barcellonas waren eine Dynastie. Wenn Mackenzie und Rhys Kinder hätten, hätte sich ihr Blut mit dem der Familie vermischt, und sie hätte etwas zum großen Ganzen beigetragen. Doch sie hatten keine Kinder, also würde es, wenn sie einmal ginge, kein Vermächtnis von ihr geben. Kein Stück von ihr, das man irgendwo finden konnte.

Außer in den Weinbergen, rief sie sich in Erinnerung. Dort hatte sie ihre Spuren hinterlassen. Die Weine von Bel Après verdankten ihr alles, was sie jetzt waren.

»Ich hoffe, du bringst mir gute Neuigkeiten«, sagte Barbara und deutete auf einen der Stühle vor ihrem Schreibtisch.

Mackenzie setzte sich. »Rhys überprüft gerade das Bewässerungssystem in Seven Hills. Es wird immer wärmer, und ich will sicherstellen, dass die Weinstöcke ausreichend Wasser bekommen. Gestern und heute habe ich mit Fassproben verbracht. Morgen früh bekommst du meine Notizen.«

»Wir haben doch extra diese teure Software für dein Tablet angeschafft«, schalt Barbara sie leise lachend.

»Ja. Und vielleicht werde ich die eines Tages auch benutzen.«

»Du kannst wirklich stur sein, Mackenzie Dienes.«

»Das habe ich von dir.«

Das Geplänkel zwischen ihnen war vertraut – sie behaupteten oft, die gleichen Charaktereigenschaften zu haben, obwohl sie nicht das gleiche Blut teilten. Selbst wenn man sie beide anschaute, könnte man annehmen, dass sie verwandt waren.

Beide waren ungefähr eins achtundsechzig groß und hatten dunkelrotes Haar. Sie waren schlank, aber drahtig, und strahlten eine gewisse Selbstsicherheit aus. Mackenzies Augen waren grün, Barbaras braun, aber ansonsten gingen sie problemlos als Mutter und Tochter durch.

Stephanie, Lori und Four kamen alle nach ihrem Vater, genau wie Rhys. Sie hatten dunkle Haare und braune Augen. Rhys war groß, aber die Schwestern waren eher klein und kurvig oder, wie in Loris Fall, fast schon übergewichtig.

Mackenzie blätterte durch ihre Notizen. »Der 2018 Cap Reserve entwickelt sich gut. Er ist jetzt schon opulent mit kräftiger Fruchtnote. Er wird ein sehr dichter Wein werden und mindestens fünfzehn Jahre lagerfähig sein. Der wird wirklich großartig. Wir sollten ein paar Flaschen für Wettbewerbe und Weinclubs beiseitestellen. Außerdem möchte ich mindestens zehn Prozent der Flaschen für die Schatzkammer zurückhalten. Der Wein wird hoch bewertet und schnell verkauft werden. Die Reste können wir dann in fünf Jahren für mindestens das Doppelte des Originalpreises verkaufen.«

In der Schatzkammer lagerten besonders exquisite Weine und Weinraritäten, die für den eigenen Gebrauch oder für den Verkauf an Liebhaber gedacht waren.

Barbara lehnte sich in ihrem Schreibtischsessel zurück und lächelte. »Du hast gesagt, dass es ein gutes Jahr war.«

»Ja, war es auch. Wir hatten die perfekten Konditionen und eine entsprechend gute Ernte. Ich möchte ihn noch drei weitere Monate zurückhalten, bevor wir ihn zum Verkauf anbieten.«

»Was? Nein. Das kannst du nicht machen. Die Flaschenabfüllung ist bereits terminiert, und wir haben unseren Weinclub-Mitgliedern angekündigt, wann sie die Lieferung erwarten können. Es gibt einige Veranstaltungen, die …« Barbara presste die Lippen zusammen. »Mackenzie, du bist übervorsichtig.«

»Drei Monate. Ich verspreche, die Wartezeit wird sich lohnen.«

»Das sollte sie besser«, grummelte Barbara. »Weißt du, was es kostet, so viele Fässer auf Lager zu halten?«

»Ehrlich gesagt, ja, das weiß ich.« Sogar bis auf den Penny. Sie mochte zwar nicht die Geschäftsführerin des Weinguts sein, kannte aber die Zahlen.

Als sie vertraute Schritte auf dem Flur hörte, lächelte sie. Sekunden später kam Rhys herein. Er trat zu ihr, beugte sich herunter und gab ihr einen sanften Kuss auf den Mund, bevor er seine Mutter begrüßte.

Nachdem er sich neben seine Frau gesetzt hatte, sagte er: »Du hattest recht, was die Bewässerung am Seven Hills anging. Einige der Schläuche waren durchgebissen worden. Woher weißt du nur immer, wenn so was passiert?«

»Ich bekomme dann einfach so ein Gefühl.«

Bel Après hatte Weinstöcke im gesamten Südwesten des Staates Washington, bis hinauf nach Oregon, vom Red Mountain bis ins Walla-Walla-Tal und südlich bis zu Seven Hills. Die verschiedenen Gegenden hatten sehr unterschiedliche Böden und Niederschläge, die Einfluss auf die Trauben hatten. Mackenzie mochte es, mit den topografischen Herausforderungen zu arbeiten, die jeder dieser Weinberge bot.

Alle waren ganz heiß auf den Red Mountain, und auch sie fand die Weinberge dort ganz speziell, doch ehrlich gesagt konnte sie ihre Magie überall wirken. Sie vermutete, ihre Fähigkeit, sich so perfekt mit den Gegebenheiten zu arrangieren, resultierte daraus, dass ihr nichts von alldem gehörte. Sie war zwar mit Rhys verheiratet, aber was ihre Arbeit bei Bel Après anging, war sie einfach nur eine Angestellte. Zweimal im Monat bekam sie einen Gehaltsscheck, dazu vierteljährlich ihre Tantiemen von den *Highland*-Weinen, aber am Ende des Tages arbeitete sie für Barbara.

Ihr Haus war Teil des Barcellona-Anwesens, ihr Truck gehörte dem Weingut. Sollte sie von heute auf morgen beschließen zu gehen, könnte sie vermutlich alles, was ihr gehörte, in eine Handvoll Umzugskartons packen und innerhalb von wenigen Stunden fort sein.

Welch trauriger Gedanke, schoss es ihr durch den Kopf. Nicht, dass sie vorhatte, irgendwohin zu gehen. Das hier war ihr Zuhause. Rhys war ihr Mann, Stephanie war ihre beste Freundin, und Barbara kam der Mutter, die sie nie gehabt hatte, am nächsten.

Ich bin Rhys' Frau und Teil der Familie Barcellona, rief sie sich in Erinnerung. Wenn sie manchmal darüber nachdachte, wie schön es wäre, ein paar Hektar Land zu kaufen, um damit herumzuexperimentieren … Nun, das würde niemals passieren.

Weitere Schritte waren auf der Treppe zu hören. Sekunden später gesellten sich Stephanie und Four zu ihnen. Stephanie setzte sich neben Mackenzie und fing sofort an zu reden.

»Carson fährt morgen. Ich glaube nicht, dass ich ihn gehen lassen kann.«

Mackenzie umfasste die Hand ihrer Freundin und lächelte. »Du machst das jeden Sommer. Er geht ins Baseball-Camp, seitdem er elf ist. Ja, er wird dir fehlen, aber es ist zu seinem Besten. Lass ihn los. Er möchte es so.«

»Du bist so rational. Das finde ich verstörend.«

Mackenzie lachte. »Nein, findest du nicht.«

Stephanie lächelte. »Okay, du hast recht. Aber warum ist das so schwer? Ich dachte, es würde mit der Zeit leichter. Aber jeden Sommer ist es genauso schmerzhaft zu wissen, dass er weggeht.«

»Du liebst ihn und hast ihn gern um dich.«

»Ich weiß. Vermutlich liegt es daran, dass es den gesamten Sommer über ist. Wenn er zurückkommt, bleiben uns nur noch zwei Wochen, bis die Schule wieder losgeht. Warum müssen diese Camps so lange dauern?«

»Meine Güte, Stephanie, jetzt lass mal gut sein«, warf Barbara ein. »Wir alle wissen, dass du Probleme damit hast, deine Kinder loszulassen. Catherine, sag was über den Kreislauf des Lebens oder dass es im Universum Engel gibt, die sich um Jungs im Teenageralter kümmern.«

Four lächelte. »Du wirst mehr Zeit für Avery haben. Vielleicht macht ihr einen Wochenendausflug nach Portland oder so.«

Stephanie strahlte. »Du hast recht. Das würde Spaß bringen. Danke.«

»Und schon ist die Ordnung wiederhergestellt«, merkte Barbara trocken an. »Halleluja.«

Während sie sprach, wedelte sie mit der Hand, sodass der Verlobungsring im Licht funkelte. Mac beugte sich vor und berührte die Hand.

»Ich bin auf der Party gar nicht dazu gekommen, mir den Ring genauer anzusehen. Er ist bezaubernd.«

Barbara spreizte die Finger. »Ich muss mich noch daran gewöhnen, aber ja, er ist fabelhaft. Giorgio hat eine gute Wahl getroffen.«

»Ja, beim Ring und bei der Braut«, meldete sich Rhys grinsend zu Wort.

Stephanie funkelte ihn an. »Schleimer.«

Barbara seufzte. »Kinder, bitte …«

»Habt ihr schon genauere Pläne für die Hochzeit?«, wollte Mackenzie wissen.

»Irgendwas mit der Familie über die Feiertage«, antwortete Barbara. »Ich bin mir nicht sicher. Erst dachte ich an eine kleine Feier, aber jetzt neige ich zu etwas Prunkvollem.«

»Das solltest du auch«, bekräftigte Mackenzie. »Ihr seid so verliebt. Das kann jeder sehen.«

Barbaras Miene wurde weich. »Wie lieb von dir, das zu sagen. Vielen Dank.«

In diesem Moment kam Lori mit fünf Aktenmappen in der Hand herein. Mackenzie wartete gar nicht erst auf Barbaras gezielten Blick, sondern stand auf und entschuldigte sich.

»Ich komme hiernach direkt nach Hause«, sagte Rhys, bevor er seiner Schwester eine der Mappen abnahm und sie aufschlug.

Sie nickte und wartete, ob er von dem monatlichen Finanzbericht aufschauen würde, doch das tat er nicht.

»Mach bitte die Tür hinter dir zu!«, rief Barbara ihr nach.

Mackenzie tat wie geheißen und ging dann zurück ins Erdgeschoss. Als sie das Gebäude verließ, überlegte sie, wie viele dieser Meetings es seit ihrer Heirat mit Rhys schon gegeben hatte.

Es war immer nur für die direkte Familie. Weder Mackenzie noch Jaguar, der Ehemann von Four, hatten je an einem dieser Treffen teilgenommen. Genauso wenig wie Kyle, als er noch mit Stephanie verheiratet gewesen war.

Sie stieg in einen Golfwagen und fuhr an dem Verkostungsraum vorbei auf die Privatstraße, die zum Anwesen führte. Um sie herum erstreckten sich die Weinberge, so weit das Auge reichte. Der Anblick der kleinen grünen Trauben erfüllte sie mit Vorfreude. In wenigen Monaten würden die Trauben ihre Farbe verändern und reifen, und dann konnten sie geerntet werden. Ein süchtig machender Duft würde über der Gegend liegen, ein süßes Versprechen dessen, was kommen würde.

Als sie sich den vier in einem lockeren Kreis angeordneten Häusern näherte, hielt sie kurz am Briefkasten an, um die Post einzusammeln, dann fuhr sie zu dem Haus, das sie mit Rhys bewohnte. In der Ferne sah sie Jaguar draußen mit seinen Kindern spielen.

Der Himmel war von einem perfekten Blau. Die Temperaturen waren auf über dreißig Grad gestiegen, doch nachts würde es abkühlen. Mackenzie drückte auf einen Knopf an ihrem Schlüsselbund, und das Tor für die Garage öffnete sich langsam, sodass sie hineinfahren konnte.

Im Haus war es still und kühl. Nachdem sie sich ein Glas aus dem Küchenschrank genommen hatte, füllte sie es mit Wasser und Eis, dann öffnete sie den Kühlschrank, um zu sehen, was es zum Abendessen gäbe.

In einer Auflaufform lag ein Hühnchen mit sonnengetrockneten Tomaten und Artischockenherzen. Daneben stand eine Schüssel mit Salat. Auf dem Küchentresen fand sie eine Karteikarte mit Anweisungen, wie das Gericht zu erwärmen war, dazu einen Pfirsichkuchen.

Die vier Familien teilten sich eine Köchin, Betsy, die fünfmal in der Woche kam und ihnen das Essen für den jeweiligen Abend sowie einen Lunch für den folgenden Tag zubereitete.

Mackenzie drehte die Karteikarte um und sah, dass es am nächsten Tag Roastbeef-Rukola-Wraps mit Asiago-Käse und Meerrettichdressing geben würde. Sie legte die Karte wieder auf den Tresen, nahm sich ihr Wasserglas und ging nach oben.

Wie viele Menschen, die draußen arbeiteten, duschte sie am Ende des Tages. Während sie ihre Klamotten in den Wäschekorb warf und sich die Haare hochsteckte, damit sie nicht nass wurden, sagte sie sich, dass sie sich wirklich glücklich schätzen konnte. Sie hatte ein ziemlich großartiges Leben. Einen Mann, ein wunderschönes Haus, Familie und Freunde, eine Arbeit, die sie liebte. Und sogar jemanden, der das Kochen übernahm. Sie war wirklich gesegnet. Was die Momente anging, in denen sie sich fragte, ob es da draußen noch etwas anderes gab ... Nun, die würde sie einfach durchstehen und hinter sich lassen. Nichts konnte besser sein als das, was sie hatte.

5. KAPITEL

Stephanie öffnete den Schrank im Flur und holte die bunte Flagge heraus. Während sie die Haustür öffnete, schüttelte sie den Stab ein wenig, um die Flagge auszurollen, dann trat sie auf die Veranda und steckte sie in die Vorrichtung. Eine leichte Brise packte den Stoff und ließ den darauf gedruckten riesigen Keks im Wind flattern.

Neben den sechs Dutzend Keksen, die sie für Carson gebacken hatte, damit er sie ins Camp mitnahm, hatte sie weitere vier Dutzend für die Familie gemacht. Vor ein paar Jahren hatte Mackenzie die Tradition ins Leben gerufen, eine Flagge rauszuhängen, wann immer sie Kekse backte. Avery und Carson waren dann stets zu ihr gelaufen, um sich ein paar abzuholen. Jetzt, da Zeus, Galaxy und Eternity groß genug waren, um allein über das Anwesen zu stromern, hielten auch sie Ausschau nach der Keksflagge.

Stephanie ging wieder hinein und brachte zwei Einwegboxen mit Keksen in das Zimmer ihres Sohns.

Carsons großer Koffer war schon gepackt. Sein Rucksack stand offen auf dem Schreibtisch, und ihr Sohn selbst lag ausgestreckt auf dem Bett und spielte mit seinem Tablet.

»Ich habe Kekse für deinen Trip und die ersten Tage im Camp gebacken«, verkündete Stephanie.

»Danke, Mom.«

Als er den Blick nicht vom Tablet losriss, seufzte Stephanie. »Sieh mich an, Carson.«

Er tat es, und sie zeigte ihm die beiden Behälter. »Im roten sind Erdnussbutterkekse. Du bist vierzehn, Carson, deshalb vertraue ich darauf, dass du verantwortungsvoll damit umgehst.«

Um seine Mundwinkel zuckte es, als würde er ein Lächeln

unterdrücken. »Mit Keksen, Mom? Ich glaube, der Herausforderung bin ich gewachsen.«

»Mit Erdnussbutterkeksen«, beharrte sie. »Allein der Gedanke, dass du sie mitnimmst, lässt mir den kalten Schweiß ausbrechen. Vergiss nicht, dass einige Kinder allergisch gegen Erdnüsse sind. Das kann gefährlich sein. Also verteil sie nicht, ohne die anderen vorher zu fragen, okay?«

Er grinste, und seine dunklen Augen funkelten. »Hast du in die Schoko-Chips-Kekse nicht Walnüsse getan?«

»Was? Mist. Was habe ich mir nur dabei gedacht?«

Carson ließ sein Tablet aufs Bett fallen, stand auf und umarmte seine Mutter. »Mom, mach dir keine Sorgen. Keiner, den ich kenne, hat eine Nussallergie.«

»Was ist mit den Jungs, die du nicht kennst? Vergiss es. Du wirst diese Kekse nicht mitnehmen. Ich werde nicht zulassen, dass ein Kind stirbt, nur weil ich gebacken habe.«

Er nahm ihr die Behälter ab und ließ sie in seinen Rucksack fallen. »Alles wird gut. Ich stelle sicher, dass keiner von denen, mit denen ich mir ein Zimmer teile, eine Nussallergie hat. Wir sind zu viert pro Zimmer, Mom. Die Kekse werden nicht mal die erste Nacht überleben.«

Sie wusste, dass sie ihm vertrauen konnte. »Okay. Sei einfach nur vorsichtig. Vielleicht schicke ich deinem Betreuer eine Nachricht.«

Carson zuckte sichtlich zusammen. »Mach mich bitte nicht von Anfang an zu dem kleinen Freak, der nicht ohne seine Mutter leben kann.«

»Das ist nicht nett von dir.«

»Du weißt aber, dass es stimmt.« Er schloss den Reißverschluss des Rucksacks und schlang ihn sich dann über die Schulter, bevor er nach seinem Koffer griff. »Alles wird gut. Vertrau mir.«

»Ich sollte dich zum Flughafen begleiten«, murmelte sie.

»Mom, hör auf. Ich fahre mit Grandma und Giorgio nach Seattle. Dort treffe ich Dad, und der bringt mich zu meinem Gate. Ich bin vierzehn, ich komme klar.«

Sie wollte widersprechen, wollte sagen, dass er immer noch ihr Baby war, wusste aber, dass er das nicht hören wollte. Anstatt ihm also zu sagen, dass er für immer klein bleiben sollte, folgte sie ihm nach unten, wo Rhys auf einem Hocker am Küchentresen saß. Four und ihre drei Kinder waren bei ihm, und alle hatten sich schon an den Keksen bedient. In dieser Familie war es Tradition, jemanden, der auf Reisen ging, zu verabschieden. Mackenzie war am Morgen da gewesen, genau wie Jaguar, und Avery hatte ihren Bruder noch gesehen, bevor sie zur Arbeit gegangen war.

»Na, aufgeregt?«, fragte Rhys seinen Neffen.

Carson grinste. »Ich kann's kaum erwarten.«

Sie umarmten einander. Als Nächste folgte Four, die ihm etwas ins Ohr flüsterte. Carson lachte leise, erwiderte aber nichts. Dann umarmte er seine Cousinen, bevor er nach draußen ging. Stephanie begleitete ihn.

Pünktlich auf die Minute fuhr Giorgio vor, öffnete den Kofferraum seines Mercedes und half Carson mit dem Gepäck. Stephanie umarmte ihren Jüngsten.

»Schick mir sofort eine Nachricht, sobald du in Kalifornien angekommen bist«, sagte sie. »Vom Flughafen und noch mal vom Camp. Wenn du mir nicht schreibst, rufe ich deinen Betreuer an und tue so, als würde ich weinen, und dann wirst du wirklich der kleine Freak sein, der nicht ohne seine Mutter leben kann.«

Carson seufzte. »Mom, das musst du nicht tun. Ich schicke dir eine Nachricht. Ehrenwort.«

»Droh ihm doch, hinterherzufliegen und bei ihm zu bleiben«, warf Barbara vom Beifahrersitz ein. »Erinnerst du dich, als ich das mit dir machen musste?«

Die Erinnerung ließ Stephanie erschaudern. Sie hatte in der Highschool ein etwas zu großes Mundwerk gehabt und war ständig in Schwierigkeiten geraten, weil sie mit ihren Freundinnen gequatscht hatte. Die üblichen Strafen wie Schulverweis und Hausarrest hatten nicht gefruchtet, also hatte ihre Mutter zu drastischen Maßnahmen gegriffen. Mit der Bemerkung, dass es in der Schule ja unglaublich interessant sein müsse, wenn Stephanie nicht aufhören könne, darüber zu reden, hatte sie verkündet, jeden Tag mit ihr in den Unterricht zu kommen, bis Stephanie gelernt hatte, still zu sein.

Daraufhin hatte Stephanie vier Tage lang kein Wort von sich gegeben.

»Okay, schick mir eine Nachricht, oder ich komme hinterher und bleibe bei dir«, erklärte sie ihrem Sohn. »Schau mir in die Augen, und sieh, wie ernst ich es meine.«

»Manchmal machst du mir Angst«, sagte er und gab ihr einen Kuss auf die Wange. »Ich hab dich lieb, Mom.«

»Ich dich auch.«

Sie winkte dem Wagen hinterher, bis er außer Sicht war, dann ging sie ins Haus zurück, wo Four immer noch in ihrer Küche saß.

»Sie haben sich die Kekse geschnappt und sind abgehauen«, sagte sie fröhlich und zeigte auf den leeren Teller. »Sorry, dass du keine abbekommen hast.«

Stephanie holte einen zweiten Teller aus dem Schrank, auf dem sich Kekse türmten, und stellte ihn zwischen sich und ihre Schwester. Dann schenkte sie ihnen je einen Becher Kaffee ein, gab etwas Sahne in ihren und setzte sich.

»Du musst nicht bei mir bleiben«, sagte sie und biss in einen Schokokeks.

»Ich bin nur hier, um sicherzugehen, dass es dir gut geht.«

»Alles prima.«

»Das stimmt nicht. Du bist traurig und machst dir Sorgen.« Four trank einen Schluck. »Ich weiß nicht, wie du das machst. Ich könnte keins meiner Kinder den Sommer über gehen lassen.«

»Zeus ist erst acht. Er ist noch zu jung, um über Nacht wegzubleiben. Aber wenn er das später will, wirst du ihn lassen.«

Four schüttelte den Kopf. »Niemals.«

Stephanie lächelte. »Oh doch, denn es wird für ihn das Beste sein, und du bist eine Mutter, die nur das Beste für ihre Kinder will.«

»Versuch nicht, mich mit rationalen Argumenten zu überzeugen. Das funktioniert bei mir nicht.«

»Doch, das tut es.«

»Du bist heute sehr widerspenstig.«

»Nein, nur nachdenklich. Ich weiß, Kinder sollen erwachsen werden und ihr eigenes Leben führen, aber manchmal finde ich das hart. Aber wie du immer sagst, alles hat seine Zeit.« Sie hielt inne und dachte über das nach, was in den letzten Tagen passiert war. »Ich bin bereit, ein neues Kapitel in meinem Leben aufzuschlagen.«

Fragend sah Four sie an. »Was soll das heißen?«

Auch wenn sie vor nicht einmal fünf Minuten mit eigenen Augen gesehen hatte, wie ihre Mutter davongefahren war, schaute Stephanie kurz über ihre Schulter, um sicherzugehen, dass sie und ihre Schwester allein waren.

»Ich brauche einen neuen Job.«

Schweigend knabberte Four an ihrem Keks.

»Was?«, fragte Stephanie. »Du musst was sagen. Du hast immer eine Meinung zu allem.«

»Na ja, du hast das schon mal gesagt«, erklärte ihre Schwester leise. »Ich bin mir nicht sicher, dass du wirklich gehen willst.«

Okay, das war eine Einschätzung, die sie nicht hatte hören wollen. »Ich kann nicht bleiben. Mom behandelt mich wie eine Idiotin. Sie überprüft ständig meine Arbeit und tut alle meine Verbesserungsvorschläge ab. Ich bin achtunddreißig Jahre alt. Es ist an der Zeit, dass ich es allein versuche, oder nicht?«

»Wenn du das willst.«

Stephanie schätzte, es war ihre eigene Schuld, dass ihre Schwester ihr nicht glaubte. In den vergangenen fünf Jahren hatte sie sich ständig über Bel Après beschwert, aber bis heute nichts unternommen. Und zwar rein gar nichts.

»Ich bin jämmerlich«, sagte sie und nahm ihr Handy aus der Hosentasche. »Oder das war ich zumindest. Aber jetzt nicht mehr.« Sie hielt Four das Handy hin. »Hier.«

Ihre Schwester las die Nachricht. »Du hast nächste Woche ein Vorstellungsgespräch.«

»Genau. Bei *Marington Cheese*. Das ist eine kleine Firma, aber sie wollen expandieren, und ich wäre gern ein Teil davon.«

Erneut schaute Four sich die E-Mail an. »Wirklich? Käse?«

Stephanie versuchte, nicht zusammenzuzucken. »Sie stellen ihn her und verkaufen ihn. Ich weiß, es ist kein Wein, aber einen Job in derselben Branche anzunehmen würde sich anfühlen, als würde ich Bel Après hintergehen, oder so.« Sie nahm ihr Handy zurück. »Mackenzie habe ich es noch nicht erzählt.«

Four hob die Augenbrauen. »Das ist beinah noch überraschender als das Bewerbungsgespräch.«

»Na ja … Ich erzähle es ihr danach.« Sie zog die Schultern hoch. »Es ist nur … Sie ist so verdammt brillant in dem, was sie tut. Immer wenn ich daran denke, komme ich mir wie eine Versagerin vor.«

»Jeder ist auf seine Weise talentiert.«

»Ich nicht. Ich bin total durchschnittlich. Schlimmer noch, ich gebe mich mit dem, was ich habe, zufrieden. Sie hat ihren Wein, du bist eine großartige Künstlerin. Wenn ich schon kein Talent habe, kann ich wenigstens mutig sein, meinen Hintern hochkriegen und etwas ändern.«

»Dann sage ich nur: ein Hoch auf Käse.«

Stephanie lachte. »Danke. Ich recherchiere im Moment über das Thema und habe mir schon ein paar Marketingideen überlegt. Es ist an der Zeit, dass ich meinen Abschluss endlich nutze, oder?«

»Du wirst das rocken.«

»Wenn sie mir nur ein halbwegs vernünftiges Angebot machen, nehme ich es an.«

Four schob sich die langen Haare hinter die Ohren. »Du solltest wieder anfangen auszugehen.«

»Auf gar keinen Fall. Das Letzte, was ich im Moment in meinem Leben brauche, ist ein Mann. Ich wäre dann gezwungen, diese Beziehung mit der von Mom und Giorgio zu vergleichen, und ich will nicht in noch einem Bereich feststellen, dass ich nicht gut genug bin.«

»Das war wirklich ein schöner Antrag«, sinnierte Four. »Ich wünschte, es würde mit ihnen funktionieren.«

Stephanie wäre beinahe vom Hocker gerutscht. »Was soll das heißen? Natürlich funktioniert es. Warum sollte es nicht? Die beiden sind so verliebt ineinander.«

»Sie wird nicht loslassen. Je mehr sie das sollte, desto fester wird sie sich an ihre lächerliche Idee klammern, dass nur sie allein Bel Après leiten kann. Giorgio liebt sie, aber ich glaube nicht, dass er wirklich versteht, wer sie ist.«

»Das ist ganz schön tiefgründig.«

»Ich spüre heute eine mächtige Verbindung zu Mutter Erde.«

Stephanie griff nach ihrem Kaffee. »Willst du mir ein paar Lottozahlen nennen? Irgendwo gibt es bestimmt gerade einen Jackpot.«

Four tätschelte ihren Arm. »Zum einen funktioniert das so nicht, wie du weißt, und zum anderen brauchst du das Geld nicht. Lass jemand anderen gewinnen. Du wirst deine Freude und dein Glück auf weniger materiellem Weg finden.«

»Ich denke, mit fünfzig Millionen Dollar könnte jeder sein Glück finden.«

Okay, das Haus gehörte ihr, und sie hatte ein paar Ersparnisse, aber sie musste arbeiten, um die Rechnungen zu bezahlen. Fünfzig Millionen Dollar würden …

Sie hob die Hand. »Das nehme ich zurück. Ich werde arbeiten, um meinen Platz auf der Welt zu finden, und nicht darum beten, dass er mir geschenkt wird. Jemand anderes soll das Geld gewinnen.«

»Was für eine Erkenntnis. Ich bin so stolz auf dich.« Four stand auf und umarmte ihre Schwester. »Ich werde jetzt meditieren gehen. Ich möchte meine heutige Verbindung zu Mutter Erde nutzen.«

»Ich liebe dich!«, rief Stephanie ihr hinterher, als Four zur Tür ging. »Und grüß Mutter Erde schön von mir.«

»Das kannst du ihr selbst sagen.«

»Sie mag nur dich.«

Immer noch lachend zog Four die Haustür hinter sich zu.

Was Barbara anging, war das *Four Seasons* in Seattle perfekt. Sie liebte den Ort, den Ausblick, den Luxus, das Personal. Wann immer sie aus geschäftlichen Gründen oder für einen Shoppingtrip in der Stadt war, stieg sie hier ab. Aber dieses Mal schien das Hotel noch wundervoller zu sein als sonst. Was natürlich nichts mit dem Hotel zu tun hatte, sondern einzig mit dem Mann, mit dem sie sich das Zimmer teilte.

Giorgio – wie immer umwerfend, selbst im Hotelbademantel – zeigte auf den Champagner im Eiskübel. »Noch einen Schluck, meine Liebste?«

Sie wedelte mit ihrem halb leeren Glas. »Gleich. Ich bin immer noch dabei, zu Atem zu kommen.«

Sie hatten vor zwei Tagen eingecheckt, nachdem sie Carson am Flughafen abgesetzt hatten. Seitdem waren sie in verschiedenen Museen gewesen, hatten sich eine Show im *5th Avenue Theatre* angeschaut und neue Restaurants ausprobiert. Aber ihr Nachmittagsausflug zu *Nordstrom* war ausgefallen, als Giorgio vorgeschlagen hatte, einfach im Internet zu bestellen, anstatt shoppen zu gehen.

Nachdem sie sich geliebt hatten, hatten sie Champagner und ein paar Canapés aufs Zimmer bringen lassen. Wie dekadent, dachte sie lächelnd. Es war gerade einmal ein Uhr mittags, und sie hatte schon Champagner und einen Mann im Bett gehabt. Sollten die Millennials doch mit ihren Avocado-Toasts glücklich werden – sie würde sich immer wieder für Sex mit Giorgio entscheiden.

»Was macht dich so glücklich?«, fragte er.

Sie zog die Füße an und breitete den Morgenmantel über ihren Beinen aus. »Du.«

»Gut. Das ist genau mein Plan.«

Sie musterte sein Gesicht und konnte den Mann sehen, der er in früheren Jahren gewesen war. Es ist bestimmt nicht leicht gewesen, ihm zu widerstehen, dachte sie. Nicht nur, weil er attraktiv war, sondern außerdem stark und fürsorglich.

»Erzähl mir von Beth Anne«, bat sie und dachte, wie viel

Glück seine verstorbene Frau gehabt hatte, so viele Jahre mit ihm zusammen gewesen zu sein.

»Was möchtest du wissen?«

»Hattet ihr eine große Hochzeit?«

Er lächelte. »Wir stammten beide aus großen italienischen Familien. Ja, es war eine große Hochzeit. Dreihundert Gäste. Großeltern, Tanten, Onkel, Cousinen, Cousins und Freunde. Die Kirche war brechend voll. Unsere Mütter und Tanten haben für den Tag gekocht.«

»Das klingt schön.« Sie nippte an ihrem Champagner. »James und ich hatten eine kleine Hochzeit. Ich hatte keine Familie, und wir hatten kein Geld. Macht es dir was aus, wenn wir eine große Hochzeit feiern?«

Um seine Augen bildeten sich kleine Fältchen, als er sie anlächelte. »Dein Glück ist mein Glück, meine Liebste. Ich werde da sein, egal wie. Ich habe mit meinen Kindern gesprochen, und sie freuen sich darauf, zur Hochzeit zu kommen.«

»Danke, dass du sie gefragt hast.«

»Natürlich. Du hast nicht vergessen, dass wir in einigen Wochen zu Rosemarys Geburtstag nach New York fliegen, oder?«

»Natürlich nicht. Ich freue mich schon darauf.«

Bei ihren kurzen Besuchen an der Ostküste hatten sie seine Kinder schon ein paar Mal getroffen. Seine Söhne führten das Familienunternehmen, und seine Tochter war Kinderärztin. Im Gegensatz zu ihr konnte Giorgio auf *alle* seine Kinder stolz sein.

»Ich dachte an den Spätherbst oder die Weihnachtstage«, sagte sie. »Zur Weinlese haben alle zu viel zu tun, und ich möchte nicht bis nächstes Jahr warten.«

»Das sehe ich genauso. Je eher du die meine wirst, desto besser.«

Sie lachte. »Ich denke, ich bin schon die deine, Giorgio. Manchmal sogar zweimal am Tag.«

Er grinste. »Du weißt, was ich meine. Ich möchte Zeit mit dir verbringen, Barbara. Nur wir beide.« Er machte eine Handbewegung, die die gesamte Suite einschloss. »Ich liebe es, wenn wir mal für ein paar Tage wegkommen, aber es reicht mir nicht.«

Sie unterdrückte einen Seufzer. »Du meinst die Arbeit.«

»Ja. Du hast gesagt, du würdest kürzertreten.«

Ja, das habe ich, dachte sie. Eigentlich hatte sie mehr Verantwortung abgeben wollen, damit sie und Giorgio reisen konnten. Aber wem genau konnte sie vertrauen, die Firma zu leiten? Rhys hatte mit dem Management der Weinberge zu tun. Stephanie verfügte, wenn überhaupt, nur über begrenzte Fähigkeiten. Lori würde die Gelegenheit sofort ergreifen, aber sie hatte die Vorstellungskraft eines Flohs. Und über Catherine mussten sie gar nicht erst reden.

»Ich sollte mit Rhys darüber sprechen, dass wir jemanden anstellen, der seine Arbeit übernimmt«, dachte sie laut. »Dann könnte er meinen Posten haben.«

»Darüber hast du noch nicht mit ihm gesprochen?« Giorgio klang eher verletzt als verärgert.

»Ich wollte es ja.«

Er stellte sein Champagnerglas ab. »Barbara, möchtest du, dass wir mehr Zeit miteinander verbringen?«

»Natürlich! Wir haben doch darüber gesprochen, mehr zu reisen, und darauf freue ich mich.«

Er nahm ihre Hand. »Dann lass uns einen Deal machen. Du planst die Hochzeit deiner Träume, und ich kümmere mich um die Flitterwochen.«

Das klingt wunderbar, dachte sie, traute dem Braten aber nicht.

»Was schwebt dir vor?«, fragte sie, bemüht, sich ihr Misstrauen nicht anmerken zu lassen.

Er rutschte näher an sie heran. »Ich dachte an eine Kreuzfahrt.«

»Ich war noch nie auf einem Schiff.«

»Du wirst es lieben. Ich arbeite den perfekten Reiseplan aus. Ich dachte an Australien und den Südpazifik. Vielleicht können wir in Los Angeles ablegen.«

Dann senkte er den Kopf und fing an, kleine Küsse auf ihrem Hals zu verteilen.

»Von Los Angeles …«, sinnierte sie und versuchte, die Hitze zu ignorieren, die er in ihr auslöste. »Das wird eine verdammt lange Kreuzfahrt.«

»Zwei Monate.«

»Was?« Ihre Stimme klang schrill. »Du willst, dass wir zwei Monate fort sind?«

Lächelnd richtete er sich auf. »Nein, drei Monate. Nach der Kreuzfahrt fliegen wir nach Italien, mieten uns eine Villa und erkunden das Land.«

Drei Monate! War er verrückt geworden?

»So lang kann ich nicht weg«, setzte sie an. »Bel Après braucht mich.«

Er nahm ihr das Champagnerglas ab und stellte es auf den Couchtisch. »Du hast gute Leute, meine Liebste. Gib ihnen Raum, dann werden sie auch erfolgreich sein.«

Das klingt wie etwas, das Catherine sagen würde, dachte sie und unterdrückte einen Anflug von Gereiztheit.

»Drei Monate … das ist lächerlich«, verkündete sie.

Er löste den Gürtel an ihrem Morgenmantel. Als er die Hände auf ihre Brüste legte, war sie an der Diskussion schon nicht mehr sonderlich interessiert.

»Wir müssen darüber reden«, sagte sie wenig überzeugend.

»Ja, das werden wir«, versprach er, bevor er sie küsste.

Ich sollte darauf bestehen, dass wir das jetzt besprechen, sagte sie sich, doch dann beschloss sie, dass es warten konnte. In letzter Zeit schien es, als wäre Sex die Antwort auf alles, und warum sollte sie das ändern?

6. KAPITEL

Laut Stephanies Recherchen stellte die Marington-Familie seit gut hundert Jahren Käse im Staat Washington her. Die dafür benötigte Milch stammte von einheimischen Kühen, und knapp die Hälfte davon war biologisch zertifiziert. Die Marke genoss einen guten Ruf, was Qualität und Geschmack anging, und nach allem, was Stephanie las, wollten die Maringtons neue Absatzmärkte erobern. Die vierte Generation der Familie – die zweieiigen Zwillinge Jack und Jill (ja, Stephanie hatte nachgeschlagen, die beiden hießen wirklich so) nutzten dafür die sozialen Medien und suchten nach jemandem, der sie dabei unterstützen konnte.

Aus diesem Grund hatte Stephanie die letzte Woche damit verbracht, Recherchen über die Firma anzustellen und den Markt zu analysieren. Sie hatte drei solide Kampagnen-Ideen und viele Zahlen über den Verzehr von Käse, Markthürden und Geschäftspartnerschaften zusammengetragen. Ihr Plan war, die beiden Firmenbesitzer vom Hocker zu hauen und den Job ihrer Träume zu ergattern. Der Gedanke daran, ihrer Mutter sagen zu müssen, dass sie Bel Après verlassen würde, verursachte ihr leichte Übelkeit, aber die musste sie für den Moment ignorieren. Sie brauchte mehr, als sie im Moment hatte, und die einzige Möglichkeit, es zu kriegen, war, aktiv zu werden. Hoffnung und Nervosität rangen in ihr, aber die Hoffnung war ein wenig stärker.

Nachdem sie vor dem einstöckigen Gebäude geparkt hatte, redete sie sich zwanzig Sekunden gut zu, schnappte sich dann ihre Handtasche und den Aktenkoffer und marschierte hinein.

Es gab keinen Empfang, sondern lediglich einen großen, offenen Raum mit ein paar Stühlen und einen Flur, der zu mehreren Büros führte. Da sie niemanden sah oder hörte, fragte sie sich, ob sie sich im Tag oder in der Uhrzeit geirrt hatte. »Hallo?«, rief sie.

»Hey. Stephanie?« Ein großer, schlanker Mann kam aus einem der Büros und lächelte, als er sie sah. »Pünktlich auf die Minute. Ich bin Jack.«

Sie schüttelten einander die Hand.

Jack hatte blonde Haare und blaue Augen. Er war nicht wirklich unattraktiv, wirkte aber ein wenig nichtssagend.

»Schön, dich kennenzulernen«, sagte er. »Komm mit durch, dann reden wir ein wenig.«

Sie folgte ihm in ein unordentliches Büro, in dem überall Papierstapel herumlagen, auch auf dem Besucherstuhl. Sie wartete, bis Jack ihn freigeräumt hatte, und versuchte, nicht zusammenzuzucken, als ihr der Geruch nach – sie konnte es nicht anders sagen – altem Käse in die Nase stieg.

»Bitte sehr.« Er setzte sich auf die andere Seite des Schreibtischs, schaute kurz auf seinen Computerbildschirm, runzelte die Stirn und richtete seine Aufmerksamkeit dann auf Stephanie.

»Du arbeitest bei Bel Après«, sagte er. »Auf einem Weingut. Ich selbst bin kein großer Weintrinker, aber ich weiß genug, um Vorschläge zu machen, welcher Wein zu welchem Käse passt. Unsere Kunden mögen so etwas.« Eindringlich sah er sie an, und seine blauen Augen wirkten ein wenig wässrig. »Wein ist leicht, nur dass du das weißt. Käse ist schwer. Ich hoffe, du verstehst das.«

Sie hatte keine Ahnung, was sie darauf antworten sollte, also nickte sie nur und lächelte.

»Wir möchten unsere Firma erweitern«, fuhr er fort. »Andere Märkte erschließen, eine größere Online-Präsenz aufbauen. Unser Cousin Bing hat unsere Website erstellt. Er ist ein toller Junge. Computer sind sein Ding, aber er kümmert sich nicht immer um alles, weißt du.«

»Junge?«, fragte Stephanie schwach. »Im Sinne von Kind?«

»Er ist vierzehn und hat die Website übernommen, als er elf war. Er zieht Robotertechnik vor, aber Familie ist Familie, stimmt's?«

Schritte im Flur bewahrten Stephanie davor, antworten zu müssen. Sekunden später betrat eine Frau das Büro. Eine Frau, die genauso aussah wie Jack. Gleiche Gesichtszüge, gleiche

Haar- und Augenfarbe, gleiche Größe, gleiches blaues Hemd und Kakihosen. Sie waren identisch – bis auf ihr Geschlecht.

»Ich bin Jill«, sagte die Frau und nahm ein paar Papiere vom Buffet, um sich darauf zu setzen. »Du bist wegen des Marketingjobs hier, oder?«

»Ja.«

Gereizt sah Jill ihren Bruder an. »Ich habe dir doch gesagt, dass ich das hinkriege.«

Jack schüttelte den Kopf. »Wir haben darüber gesprochen. Wir brauchen jemanden mit einer entsprechenden Ausbildung.«

»Ach, bitte. Dann hat sie eben einen College-Abschluss. Große Sache. Ich erledige den Job im Schlaf.«

»Und doch machst du ihn nicht.«

»Ich werde Dad sagen, was du vorhast.«

Jack schenkte Stephanie ein angespanntes Lächeln. »Du hast in einem Familienunternehmen gearbeitet, deshalb verstehst du die Dynamiken sicher.«

Jill wandte sich an Stephanie. »Bist du verheiratet?«

»Ich … was?«

»Verheiratet. Viele Frauen wollen hier arbeiten, weil sie Jack heiraten wollen. Das wird nicht passieren. Er ist nicht an dir interessiert. Er braucht dich in seinem Leben nicht. Er hat mich.«

Okay, jetzt war der Gruselfaktor schlimmer als der Käsegeruch. Welche Hoffnungen Stephanie auch immer gehabt haben mochte, sie zerplatzten gerade wie Seifenblasen. Wenn das Vorstellungsgespräch schon so schlecht lief, bestand keine Chance, dass das hier funktionieren würde.

»Jill, komm schon. Sie ist nicht hier, um mich zu heiraten. Sie will einen Job.« Er sah Stephanie an. »Warum möchtest du Bel Après verlassen?«

»Ich suche eine neue Herausforderung. Eure Expansionspläne sind aufregend, und ich hatte gehofft, euch dabei unterstützen zu können.«

Zumindest hatte sie das bis vor diesem Gespräch gedacht. Jetzt war sie sich da nicht mehr so sicher.

Jill stand auf. »Du bist nicht die Richtige für den Job. Es ist mir egal, was Jack sagt. Du kannst ihn nicht haben.«

Jack funkelte sie an. »Das hier ist mein Bewerbungsgespräch, nicht deins. Du hast hier gar nichts zu sagen.«

»Ich habe genauso viel zu sagen wie du. Wir sind gleichberechtigte Partner. Außerdem weißt du, was Mom und Dad denken werden. Sie mögen keine Außenstehenden. Ich weiß nicht, warum du sie überhaupt eingeladen hast.« Jill sah Stephanie an. »Du wirst den Job nicht bekommen.«

»Okay.« Stephanie stand auf und lächelte die beiden an. »Danke für eure Zeit. Und viel Glück mit der Expansion.«

Damit verließ sie das Büro und ging zu ihrem Wagen. Dort angekommen, atmete sie tief die nicht nach Käse riechende Luft ein und sagte sich, dass das zumindest etwas Gutes war. Sie hatte – sie schaute auf die Uhr – nur acht Minuten ihres Lebens vergeudet, also ohne die Zeit für die Recherchen und die Fahrt hierher mitzurechnen. Aber besser, es gleich zu wissen, als zu kündigen, den Job anzunehmen und dann herauszufinden, dass es nicht funktionierte.

Das klang zwar alles gut und schön. Dennoch gelang es ihr nicht, die Enttäuschung abzuschütteln. Das eben war noch nicht einmal eine Übung für weitere Bewerbungsgespräche gewesen. Walla Walla war keine große Stadt, deshalb gab es nicht viele Stellenangebote im Marketing, schon gar nicht, wenn man die Weinindustrie ausschloss. Also war sie wieder da, wo sie angefangen hatte: für ihre Mutter arbeiten und sich etwas anderes wünschen.

Mackenzie schenkte den Single Malt in zwei Gläser und ging damit in Rhys' Büro. Er stand hinter seinem Schreibtisch und sortierte die Post. Sie hatte selbst schon nachgeschaut, und es war nichts dabei, was ihr Sorgen machte. Eine Stromrechnung, die er bezahlen würde, und einige Flyer von örtlichen Maklern. Die Gegend um Walla Walla florierte, und der Immobilienmarkt boomte.

Als sie das Glas auf den Schreibtisch stellte, lächelte Rhys sie an. »Danke.«

Sie gingen zum Sofa und nahmen an entgegengesetzten Enden Platz.

»Die Berieselungsanlage ist repariert«, sagte er. »Du solltest in den nächsten Tagen mal hinfahren und sie überprüfen.«

Sie lächelte. »Weil ich deiner Arbeit nicht traue?«

»Nein. Weil du gern auf Nummer sicher gehst.«

Das stimmte. Und sie *würde* nachsehen. Ihr Bedürfnis, sich um alle Belange der Weinberge zu kümmern, hatte nichts mit Rhys' Fähigkeiten zu tun, sondern einzig mit ihrem eigenen, ein wenig obsessiven Charakter.

»Ich habe gehört, dass eine der großen Supermarktketten eine Baugenehmigung beantragt hat«, sagte er. »Sie wollen unten in dem neuen Wohngebiet bauen.«

»Das wird die Leute, die dort wohnen, glücklich machen. Ich habe gerade darüber nachgedacht, wie sehr die Gegend hier boomt.«

»Stimmt.«

Sie schauten einander an, dann wandten beide den Blick ab. Schweigen senkte sich herab und verursachte Mackenzie ein unangenehmes Gefühl. Sie und Rhys hatten ihre Tage immer gemeinsam beendet, über das gesprochen, was auf den Weinbergen und in der Stadt los war. Aber in letzter Zeit schienen diese Unterhaltungen zäher zu verlaufen, und sie wusste nicht, warum. Sie waren verheiratet und liebten einander. Es musste doch sicher etwas geben, worüber sie reden konnten und das nichts mit der Arbeit zu tun hatte?

»Deine Mom hat mir eine Nachricht geschickt«, sagte sie, um die Stille zu füllen. »Sie und Giorgio bleiben einen Tag länger in Seattle.«

»Das freut mich für sie.«

Mackenzie nickte. »Sie wirken wirklich glücklich und verliebt.«

»Das stimmt.«

Sie sah ihren Mann an und stellte überrascht fest, dass er sie mit unerwarteter Eindringlichkeit musterte.

»Was ist?«, fragte sie.

»Nichts. Ich denke nur an meine Mom. Wer hätte geahnt, dass sie so viele Jahre nach dem Tod meines Vaters noch mal jemanden kennenlernen würde?«

»Du bist darüber aber nicht traurig, oder?«

»Nein. Im Gegenteil. Ich bin froh, dass sie nicht allein ist. Giorgio kümmert sich gut um sie. Es ist nur …« Er wandte den Blick ab.

Mackenzie stellte ihr Glas ab und fragte sich, wann sich alles zwischen ihnen verändert hatte. Schließlich waren sie einmal sehr glücklich gewesen.

»Glaubst du, wir …«

»Denkst du je …«

Beide verstummten.

»Du zuerst«, sagte Rhys.

Sie atmete tief ein, wollte die Frage stellen, hatte aber trotzdem Angst vor der Antwort. »War es zwischen uns je so? So wie zwischen den beiden?«

Er wich ihrem Blick aus. »Ich weiß es nicht. Vielleicht.«

Es gibt kein Vielleicht, dachte sie. Wenn es so gewesen wäre, würden sie sich dann nicht daran erinnern? Würde es ihnen jetzt helfen? Eine Vergangenheit mit so viel Liebe und Leidenschaft würde doch sicher über kleinere und größere Krisen hinweghelfen, oder?

»Ich weiß, dass du nicht glücklich bist«, sagte er leise.

»Du auch nicht.«

Die Worte klingen so endgültig, dachte sie traurig. Oder vielleicht auch nur hoffnungslos.

Erneut schaute er sie kurz an und dann wieder weg. »Ich liebe dich immer noch, Mackenzie.«

»Ich liebe dich auch.«

Das hätte reichen sollen. Doch mit einem Mal wurde sie von einem Gefühl so tiefgehender Trauer überwältigt, dass sie kaum noch Luft bekam. Denn es reichte nicht, weil die Liebe, über die sie sprachen, weder leidenschaftlich noch romantisch war.

Zumindest nicht mehr. Sie waren Freunde, kein Liebespaar. Und während es in den meisten Ehen auf und ab ging, schien ihre jeden Tag ein Stück mehr auszubluten.

Rhys stand auf. Sie glaubte, er würde den Raum verlassen, doch stattdessen trat er vor sie und zog sie auf die Füße. Dann legte er die Arme um sie und küsste sie.

Das kam so überraschend, dass Mackenzie nicht wusste, wie sie reagieren sollte. Unter dem Druck seiner Lippen öffnete sie sich ihm instinktiv.

Er ließ die Zunge in ihren Mund gleiten, suchend, lockend. Gleichzeitig strich er mit den Händen über ihren Rücken, umfasste dann ihren Po und zog sie enger an sich. Geschockt spürte Mackenzie, dass er eine Erektion hatte.

Sie hatte keine Ahnung, was sie denken oder fühlen, wie sie reagieren sollte. Nichts von dem, was er tat, war auch nur im Ansatz erregend, doch es war klar, dass er Sex wollte, und es war Jahre her, und sie waren verheiratet, und Nein zu sagen fühlte sich gemein und strafend an, auch wenn sie es nicht so gemeint hätte.

Also ignorierte sie das Unbehagen und den Drang, sich zurückzuziehen, legte die Hände auf seine Schultern und erwiderte den Kuss. Sie lehnte sich an ihn, rieb ihren Bauch an seiner Erektion und wünschte, sie würde etwas fühlen. Irgendetwas. Doch das tat sie nicht. Da waren nur ein gewisses Pflichtgefühl und der Wunsch, Rhys nicht wehzutun, denn ihr Mann hatte nichts, aber auch gar nichts falsch gemacht.

Er hob den Kopf und sah sie an. Seine Pupillen waren geweitet, sein Atem ging schwer. Sie wusste, was er wollte. Nichts Außergewöhnliches – einfach nur Sex mit seiner Frau. Es war so lange her, dass sie miteinander intim gewesen waren. Die Schuldgefühle ließen sie lächeln und ihm die Hand entgegenstrecken. Er nahm sie und führte sie nach oben in sein Schlafzimmer.

Dort traten sie jeweils an eine Bettseite und zogen sich schnell aus. Mackenzie versuchte, sich an das letzte Mal zu erinnern. War es vier Jahre her? Fünf? Sie war nicht sicher, was zuerst gekommen war: die getrennten Schlafzimmer oder der ausbleibende Sex. Nicht, dass das jetzt wichtig wäre.

Sie schlüpften unter die Decke, und er zog sie an sich und küsste sie. Während er ihre Zunge mit seiner umspielte, umfasste er ihre Brüste und rieb ihre Nippel zwischen Daumen und Zeigefinger. Nach einer guten Minute spürte sie das erste leise Ziehen in ihrem Unterleib. Ein Anflug von Verlangen. Vielleicht ist das hier doch eine gute Idee, dachte sie und gab sich dem Gefühl hin, wollte, dass es wuchs. Vielleicht würde Sex ihnen helfen, wieder den Weg zueinander zu finden.

»Bist du bereit?«, fragte er begierig und drehte sie auf den Rücken, um sich zwischen ihre Beine zu legen. Bevor sie etwas erwidern konnte, war er schon in sie eingedrungen.

Dabei war sie nicht mal ansatzweise bereit gewesen. Die ersten beiden Stöße waren schmerzhaft, doch dann gewöhnte sich ihr Körper daran. Sie bewegte sich in seinem Rhythmus und versuchte, sich auf das einzulassen, was sie hier taten, doch dafür reichte die Zeit nicht. Während er sich immer schneller in ihr bewegte und sich offensichtlich seinem Höhepunkt näherte, dachte sie kurz darüber nach, ihren Orgasmus vorzutäuschen, doch bevor sie sich zu einer Entscheidung durchringen konnte, stöhnte Rhys auf und wurde ganz still.

Eine knappe Minute lang war sein rasselnder Atem das einzige Geräusch im Raum.

Dann zog er sich zurück und sah sie an. »Du bist nicht gekommen.«

»Schon okay.«

»Ich mach mich kurz sauber, dann kümmere ich mich darum.«

Er drehte sich auf die Seite und nahm eine Packung Taschentücher aus der Nachttischschublade. Kurze Zeit später drehte er sich wieder um und sah sie an.

»Mackenzie, ich möchte, dass du kommst.« Er schenkte ihr ein schiefes Lächeln. »Ich war eben ein wenig hektisch, weil es so lang her war.«

Er klang so ernst. Weil er sich immer um sie kümmerte. Mackenzie überlegte, was nötig wäre, um sie zum Kommen zu bringen, und wusste, dass sie das nicht wollte. Wo lag der Sinn? Das kleine bisschen Interesse, das sie aufgebracht hatte, war längst verflogen und hatte nur ein Gefühl von Traurigkeit und den albernen Drang, hemmungslos zu weinen, zurückgelassen.

»Es ist wirklich schon eine Weile her, aber alles gut.«

Sein Lächeln schwand. »Du willst nicht, dass ich was mache?«

Sie schüttelte den Kopf.

Er starrte sie an, und gerade als sie ihn fragen wollte, was er dachte, sah sie die Tränen in seinen Augen schimmern.

»Es ist vorbei, oder?«, fragte er leise. »Unsere Ehe. Sie ist vorbei.«

Es war wie ein Schlag in die Magengrube. Mackenzie konnte nicht atmen und kämpfte gegen den Drang an, sich zusammenzurollen und ihren Kopf zu bedecken. Ihr wurde eiskalt, und sie fürchtete, sich gleich übergeben zu müssen. Noch während sie überlegte, ob sie fliehen sollte, wusste sie, dass sie nicht einmal aufstehen konnte, ohne zusammenzubrechen.

»Es tut mir leid«, sagte Rhys schnell. »Mein Gott, es tut mir so leid. Ich dachte, das wäre, was du denkst. Mackenzie, sorry. Ich nehme es zurück. Ich schwöre dir, ich nehme es zurück.«

Aber das kannst du nicht, dachte sie, geschockt von dem, was er gesagt hatte. Es gab kein Zurück. Sie erschauderte, als sie die Wahrheit erkannte. Er hatte nur das ausgesprochen, was sie beide seit langer Zeit nicht hatten wahrhaben wollen, und jetzt stand es zwischen ihnen, und sie mussten damit umgehen. *Sie* musste damit umgehen. Mit dem, was sie nicht länger hatten, und damit, dass sich alles verändert hatte, indem endlich ausgesprochen worden war, dass ihre Ehe gescheitert war.

Am liebsten hätte sie die Worte ungeschehen gemacht, doch es war zu spät.

Als sie sich einigermaßen sicher war, nicht zusammenzubrechen, setzte sie sich auf und zog die Decke bis zum Kinn hoch. Die Enge in ihrer Brust löste sich so weit, dass sie wieder atmen konnte, während sie versuchte, in dem, was Rhys gesagt hatte, einen Sinn zu sehen.

Rhys meinte, ihre Ehe wäre vorbei. Und wenn er das dachte, dann stimmte es, denn zu einer Ehe gehörten zwei. Zwei Menschen, die …

»Du hast recht«, flüsterte sie und sah ihn an. Der Schock ließ so weit nach, dass sie die Traurigkeit des Moments fühlen konnte und vielleicht einen Hauch von Unausweichlichkeit. Es war vorbei. Wirklich vorbei.

Einen Moment lang saß sie da und fragte sich, wie sie diesen Augenblick und den nächsten und alle, die folgen würden, durchstehen sollte. Wer war sie, wenn sie nicht mit Rhys verheiratet war? Mit ihm zusammen zu sein bestimmte ihr Leben, den Rhythmus ihrer Tage. Doch ohne das – was blieb ihr dann? Er war ihr ganzes Erwachsenenleben über ein Teil von ihr gewesen. Wenn er fort war, wie würde sie das Loch, das er hinterließ, füllen?

Sie kämpfte gegen die Tränen an und streckte die Arme nach Rhys aus. Er tat das Gleiche, und sie klammerten sich aneinander. Sie atmete seinen vertrauten Duft ein, spürte die Wärme seines Körpers und wusste, dass das hier sehr wahrscheinlich das letzte Mal war, dass sie einander nackt berührten. Nicht nur auf sexuelle Art, auch wenn das stimmte, sondern auf seelenentblößende Weise. Sobald sie einander losließen, würde sich alles verändern, denn es gab kein Zurück.

Sie wusste nicht, wie lange sie sich aneinanderklammerten oder wer sich als Erster zurücklehnte, aber irgendwann lösten sie sich voneinander und schauten sich in die Augen.

»Es tut mir leid«, wiederholte er.

»Hör auf, das zu sagen. Das muss es nicht. Du hast recht – es *ist* vorbei. Irgendwo tief in mir drin habe ich es gewusst, ich habe nur nicht gewagt, es zuzugeben, nicht einmal mir selbst gegenüber.«

»Ich will dich nicht verletzen.«

»Das hast du nicht.«

»Doch. Ich habe das vorhin ernst gemeint. Ich liebe dich, Mackenzie.«

Langsam schüttelte sie den Kopf. »Aber das reicht nicht mehr, oder? Unsere Liebe ist anders. Sie ist nicht wie das, was deine Mutter und Giorgio haben.«

Um seine Mundwinkel zuckte es. »Du hast es auch gesehen?«

»Wie verliebt sie sind? Ja. Und auch wenn ich mich für sie freue, macht es mich traurig, in ihrer Nähe zu sein.«

Er nickte. »Ja, der Kontrast zwischen ihnen und uns. Der hat mir alles deutlich gemacht.« Rhys zögerte. »Wir müssen nichts überstürzen, können uns Zeit lassen. Und du weißt, dass eine Scheidung nichts an deinem Job bei Bel Après ändern wird, oder?« Er schenkte ihr ein Lächeln. »Wenn Mutter zwischen uns beiden wählen muss, wird sie sich für dich entscheiden. Das wissen wir beide.«

Scheidung? Ihre Position bei Bel Après?

Die Realität versetzte ihr den zweiten Schlag des Abends, und auf den war sie genauso wenig vorbereitet. Natürlich würden sie sich scheiden lassen, wenn ihre Ehe vorbei war. Das taten die Leute so. Und wenn sie und Rhys nicht mehr verheiratet wären, würde sie ausziehen müssen und … und …

»Nicht«, sagte er schnell, als könne er ihre Gedanken lesen. »Es muss sich gar nichts verändern.«

»Es muss sich *alles* verändern«, erklärte sie und spürte, wie sich ihr der Brustkorb zuschnürte. »Einfach alles.«

Er nahm ihre Hand. »Das muss es nicht. Heute Abend müssen wir gar nichts entscheiden. Tun wir so, als hätten wir nicht darüber gesprochen.«

»Das geht nicht.« Sie schaute auf ihre ineinander verschlungenen Finger hinunter und zog vorsichtig die Hand zurück. »Du willst die Scheidung.«

Er zögerte, bevor er langsam nickte.

Mackenzie wappnete sich für die nächste logische Frage. Nein, nicht die Frage. Die Antwort.

»Gibt es eine andere?«

Aus weit aufgerissenen Augen sah Rhys sie an. »Du willst wissen, ob ich dich betrogen habe? Himmel, nein. Das würde ich niemals tun. Und ich habe es auch nie getan.«

Sie glaubte ihm, denn sie kannte ihn. »Aber du wolltest es.«

»Du nicht?« Er deutete auf den Abstand zwischen ihnen. »Wir hatten seit Jahren keinen Sex mehr. Wir sind Mitbewohner, kein verheiratetes Paar. Ja, ich wollte jemanden kennenlernen und mich verlieben. Verdammt, zu diesem Zeitpunkt würde ich mich freuen, wenn ich einfach nur normalen Sex mit irgendwem hätte.«

Die Worte prasselten wie Glasscherben auf sie herab, schnitten ihr ins Herz, rissen tiefe Wunden, die niemals verheilen würden.

»Es tut mir leid«, flüsterte sie. »Ich wusste nicht, dass du so unglücklich bist.«

»Es ist nicht deine Schuld. Das haben wir beide verbockt. Irgendwie haben wir alles verloren, was wir hatten.«

Sie nickte, weil ihre Kehle zu sehr schmerzte, als dass sie hätte sprechen können. Nicht nur ihre Kehle – jede Zelle von ihr. Sie zitterte, und ihr war übel. Sie war gebrochen.

»Ich kann nicht weiter darüber reden«, stieß sie leise hervor. »Das geht einfach nicht. Vielleicht morgen, wenn das für dich in Ordnung ist.«

»Nicht morgen«, erwiderte er. »Nimm dir ein paar Tage oder Wochen. Wie gesagt, es muss sich nichts verändern, Mackenzie.«

»Da irrst du dich. Nichts kann bleiben, wie es ist. Wir können das hier nicht ungeschehen machen. Was wir gesagt haben … Es gibt kein Zurück. Ich brauche nur etwas Zeit, um herauszufinden, wie es für mich weitergeht.«

Er nickte. »Wie kann ich dir dabei helfen?«

Kopfschüttelnd stand sie auf. Zum ersten Mal seit sechzehn Jahren war es ihr unangenehm, vor ihrem Mann nackt zu sein. Schnell zog sie sich an und spürte dabei, wie die Feuchtigkeit an ihren Schenkeln hinunterrann – der Beweis, dass sie Sex gehabt hatten.

Das war unser letztes Mal, dachte sie grimmig, während sie den BH anzog. Sie würden es nie wieder tun. Voller Schmerz und Bedauern wünschte sie, sie hätte zugelassen, dass Rhys sie noch einmal zum Orgasmus brachte. Nicht wegen der sexuellen Erlösung, sondern weil es etwas Gutes gewesen wäre, das sie geteilt hätten. Es hätte sie zumindest für einen kleinen Moment miteinander verbunden.

Danach hätte er sie angelächelt, wie er es immer tat – mit einer Mischung aus Stolz und Freude, dass er ihr Vergnügen bereitet hatte. Sie wollte dieses Lächeln noch einmal sehen, doch das würde sie nie wieder.

Nachdem sie das Hemd angezogen und die Jeans zugeknöpft hatte, hob sie ihre Socken auf. »Ich gehe in mein Zimmer.«

»Willst du was essen?«

»Ich habe keinen Hunger.« Abwehrend hob sie die Hand. »Es geht mir gut. Ich brauche nur ein wenig Zeit allein.«

»Okay. Ich bin da, wenn du mich brauchst.«

Sie schauten einander an. Tränen schimmerten in Rhys' Augen, und auch sie musste heftig blinzeln.

Sie wollte sich ihm an den Hals werfen, wollte von ihm gehalten werden und hören, dass alles gut werden würde. Doch das konnte sie nicht. Nicht mehr. Nachdem er die Worte ausgesprochen hatte, würde er bloß lügen. Deswegen eilte sie schnell auf den Flur hinaus und in ihr eigenes Schlafzimmer. Dort schloss sie die Tür hinter sich, brach auf dem Fußboden zusammen und ergab sich dem Schmerz. Ihr gesamter Körper wurde von heftigen Schluchzern erschüttert, während ihr Herz in tausend Stücke zersprang.

7. KAPITEL

Stephanie nahm das kleine Glas mit dem mit Ingwer versetzten Zuckersirup aus dem Kühlschrank. Was ihre monatlichen Mädelsabende anging, fuhren sie und Mackenzie immer ordentlich auf. Drinks, Snacks – dazu lange, offene Gespräche. Heute Abend würde sie das Debakel mit ihrem Bewerbungsgespräch beichten und sich von dem Mitgefühl und der Fürsorge ihrer Freundin trösten lassen, auf dass die noch nachhallende Enttäuschung bald verfliegen mochte. Mackenzie würde ihr sicher sagen, dass sie nicht in ihrem Leben gefangen war, und genau das musste sie im Moment hören.

»Du gehst also aus, aber ich darf nicht?«

Stephanie schaute auf, als ihre Tochter in die Küche kam. Avery war schon immer hübsch gewesen, in den letzten Jahren aber zu einer wahren Schönheit herangewachsen. Sie hatte dunkelbraune Haare und große braune Augen. Der Rubens-Fluch der Barcellonas hatte bei ihr offensichtlich eine Generation übersprungen, denn sie war dünner als ihre Mutter und all ihre Tanten.

Nicht, dass sie ihr das sagen würde. Denn Avery war schon die ganze Woche übellaunig gewesen.

»Du kennst die Regeln«, sagte sie stattdessen. »Keine gemischten Partys, solange ich nicht mit den Eltern gesprochen und sichergestellt habe, dass jemand da ist und aufpasst.«

»Das ist nicht fair.«

»In meinen Augen schon.«

Avery warf die langen Haare über die Schulter und funkelte ihre Mutter an. »Du bist eine schreckliche Mutter.«

»Und du warst mal ein wundervolles Kind. Ich vermisse deine *My Little Pony*-Phase. Du warst so süß, und wir hatten so viel

Spaß zusammen.« Sie lächelte. »Vielleicht tröstet es dich ja, dass Enttäuschung generationenübergreifend ist.«

»Nein, tut es nicht. Ich will zu dieser Party. Alexander sagt, es wird die beste des Sommers.«

Alexander war Averys aktueller Freund. Da ihre Beziehung schon über zwei Monate hielt, schien es was Ernstes zu sein. Was noch etwas war, worüber Stephanie sich Sorgen machen musste.

»Keine Party, wenn ich nicht mit den Eltern gesprochen habe. Entweder gibst du mir ihre Telefonnummer, oder du bleibst zu Hause.« Sie nahm die kleine Einkaufstasche mit den Zutaten für die Drinks in die Hand. »Ich bin um elf wieder da.«

»Was auch immer.«

Mürrisch zog Avery sich zurück, und Stephanie seufzte, weil sie wusste, dass es nicht das letzte Mal war, dass sie Nein zu einer Party gesagt hatte. Es würde ein langer, schwieriger Sommer werden, und sie konnte nur hoffen, dass der neue Job im Souvenirladen von Bel Après ihre Tochter ausreichend ablenken würde.

Mit ihrer Tasche über dem Arm verließ sie das Haus. Zu Mackenzie waren es nur wenige Schritte. Da ihre Freundin keine Kinder hatte, war es leichter, sich dort zu treffen. Rhys war zwar normalerweise zu Hause, blieb aber weitgehend in seinem Büro.

Da auf dem Anwesen niemand seine Haustür abschloss, ging sie einfach hinein und rief: »Ich bin's!«

»Ich bin in der Küche!«, hallte es zurück.

Stephanie durchquerte das doppelgeschossige Foyer und betrat die geräumige Küche, die ein Spiegelbild ihrer eigenen Küche war. Ihr Haus, das von Mackenzie und das von Four hatten mehr oder weniger den gleichen Grundriss. Fours hatte ein zusätzliches Schlafzimmer und ein großes Atelier über der Garage, während Mackenzie und Rhys weniger Schlafzimmer, dafür aber zwei Büros hatten.

Mackenzie stand am Kühlschrank und holte gerade die von ihrer Köchin vorbereitete Käseplatte heraus. Betsy stellte ihnen immer köstliche Snacks für ihre Mädelsabende zusammen, darunter oft kleine Vorspeisen, die nur im Ofen aufgewärmt werden mussten.

»Hi.« Stephanie stellte die Einkaufstasche ab und streckte die Arme aus. »Ich brauche eine Umarmung.«

Mackenzie lächelte und zog sie an sich. »Schlimmer Tag?«

»Nur ein wenig Gezicke von Avery. Wann ist sie so ein typischer Teenager geworden?«

»Das gibt sich wieder.«

»Oh, das hoffe ich. Wir streiten uns nicht wirklich, aber es wird ständig gemotzt.« Sie trat einen Schritt zurück. »Du hast Glück. Deine Trauben geben keine Widerworte.«

»Ich weiß, aber sie können von Schimmel befallen werden, was auch nicht schön ist. Carson und Avery wirken auf mich hingegen relativ schimmelfrei.«

»Okay, das werde ich fürs nächste Mal im Hinterkopf behalten, wenn sie den Wunsch in mir weckt, einfach nur laut loszuschreien.«

Stephanie stellte den Sirup auf die Kücheninsel, wo Mackenzie schon Rum und Ginger Ale sowie Gläser und Teller hingestellt hatte.

»Ich wärme gerade die Cheddar-Krebsfleisch-Bällchen auf«, erklärte sie. »Sie brauchen noch zehn Minuten.«

»Dann mixe ich derweil schon mal die Drinks«, sagte Stephanie.

Sie presste ein paar Limetten aus, gab den Saft in einen Shaker und fügte Pfefferminze und Blaubeeren hinzu. Nachdem sie einmal kräftig geschüttelt hatte, folgten Rum und Zuckersirup. Mackenzie hatte schon Eis in zwei Gläser gegeben. Stephanie schüttelte den Mixer, seihte die Mischung in die Gläser ab und füllte den Rest mit Ginger Ale auf.

»Soll ich mal mit ihr reden?«, fragte Mackenzie. »Four und ich könnten mit ihr essen gehen und versuchen herauszufinden, ob sie etwas Bestimmtes stört oder es sich nur um den gewöhnlichen Teenagerkram handelt.«

Stephanie reichte ihr ein Glas. »Das wäre toll. Danke. Im Moment bin ich der letzte Mensch, dem sie sich anvertrauen würde.

Und wenn ihr schon dabei seid, versucht doch mal herauszufinden, ob sie und Alexander Sex haben. Sie schwört, dass es nicht so ist, aber würde sie es mir wirklich erzählen?«

»Ich werde mein Bestes geben«, versprach Mackenzie. »Aber versprechen kann ich nichts.«

»Ich weiß. Trotzdem danke für deine Hilfe. Du kommst so gut mit ihr klar.«

Mackenzie kommt mit allen Kindern gut klar, dachte Stephanie, die immer noch verwundert war, dass Mackenzie und Rhys keinen eigenen Nachwuchs haben wollten. Ganz zu Anfang ihrer Beziehung hatten sie mal darüber gesprochen, aber es war nie etwas passiert. Kurz fragte sie sich, ob ihre Freundin das wohl je bedauert hatte, doch sie war nicht sicher, wie sie danach fragen sollte. Bevor sie diesen Gedanken weiterverfolgen konnte, klingelte die Eieruhr.

»Krebsbällchen«, verkündete Mackenzie und zog die Ofenhandschuhe an, um das Blech aus dem Ofen zu holen.

Ein paar Minuten später hatten sie die Snacks und Drinks ins Wohnzimmer getragen und es sich auf dem großen Sofa gemütlich gemacht. Durch die voll verglaste Wand fiel das Licht der Abendsonne in den Raum.

Stephanie erhob das Glas. »Frohen Donnerstag. Mein Leben ist ätzend.«

In Mackenzies Augen flackerte etwas auf. »Das stimmt nicht. Dein Leben ist super.«

»Schön wär's. Abgesehen von den Problemen mit Avery hatte ich vor ein paar Tagen ein Bewerbungsgespräch.«

»Was? Davon hast du mir ja gar nichts erzählt. Wo? Was ist passiert? Hast du den Job bekommen? Verlässt du Bel Après?«

Abwehrend hob Stephanie die Hand. »Es ist gar nichts passiert. Ich habe den Job nicht bekommen und bleibe bei Bel Après. Ehrlich gesagt werde ich vermutlich niemals gehen, weil ich mich nicht motivieren kann, etwas zu unternehmen, und wenn es mir dann doch mal gelingt, endet es prompt in einer Katastrophe.«

Nachdenklich starrte sie in ihr Glas. »Wow, ich habe schon losgelegt, obwohl ich noch gar nichts getrunken habe. Ich entschuldige mich jetzt schon mal für den Fall, dass ich unter Alkoholeinfluss zickig werde.« Sie nippte an ihrem Cocktail und seufzte. »Und ich habe dir nichts von dem Bewerbungsgespräch erzählt, weil es mir peinlich war.«

»Wieso?«

»Es hatte mit Käse zu tun.«

Mackenzie lächelte. »Du hast dich bei einem Käse beworben?«

»Nein. Bei Marington Cheese. Einer Firma, die von einem Geschwisterpaar geführt wird. Jack und Jill. Zweieiige Zwillinge, die gleich aussehen, sich gleich anziehen und viel zu abhängig voneinander sind.«

Sie erzählte Mackenzie von dem kurzen Gespräch. Und als sie zu der Stelle mit dem Satz »Du kannst ihn nicht heiraten, weil er mich hat« kam, zuckte ihre Freundin zusammen.

»Das ist ein wenig gruselig. Dort wärst du nicht glücklich geworden.«

»Das sage ich mir auch, aber andererseits gibt es in Walla Walla nicht gerade eine große Auswahl. Die *Tri-Cities* sind größer, aber das würde einen Anfahrtsweg von einer Stunde pro Strecke bedeuten. Bin ich verwöhnt, weil ich nicht jeden Tag so weit fahren will?«

Als Tri-Cities wurden die drei Städte Kennewick, Pasco und Richland bezeichnet, weil sie so nah beieinanderlagen.

»Ja, aber das ist verständlich. Außerdem müsstest du dich im Winter durch den Schnee kämpfen.« Mackenzie stellte ihr Glas ab. »Du weißt, was ich sagen werde, oder?«

»Argh. Ja. Schau dich in der Weinbranche um.«

»Genau. Dort könntest du mit Leichtigkeit einen Job finden, wenn du gewillt bist, mit dem zu arbeiten, was du weißt und kennst.«

»Das Wissen ist nicht das Problem. Bel Après ist es. Ich käme mir vor, als würde ich meine Mutter hintergehen.« Sie lehnte sich in die Sofakissen zurück und stöhnte. »Ich kann nicht glauben, dass ich das gerade gesagt habe. Als ob es sie interessieren würde. Vermutlich würde sie es nicht mal merken, wenn ich nicht mehr da wäre. Ich bin so dumm. Sag es ruhig. Du findest, ich bin eine Idiotin.«

Sie wartete auf eine lustige Antwort, doch Mackenzie schaute sie nur eindringlich an.

»Was ist?«, fragte Stephanie. »Was stimmt nicht?«

»Nichts. Ich liebe dich nur so sehr. Das sollst du wissen. Du bist eine wundervolle Freundin, und ich bin dankbar, dich in meinem Leben zu haben. Ich möchte nicht, dass sich das jemals ändert.«

»Das wird es nicht. Selbst wenn ich meinen Hintern irgendwann hochkriege und irgendwo anders einen Job finde, wird das gar nichts verändern. Ich werde immer hier sein.« Sie musterte ihre Schwägerin. »Geht es dir gut? Ist irgendwas passiert?«

»Es geht mir gut. Es ist nur … du weißt schon, Dinge verändern sich. Sieh dir Avery an. Und du hattest ein Bewerbungsgespräch. Das ist ein großer Schritt. Ich bin wahnsinnig stolz auf dich.«

»Danke. Ich muss rausfinden, was ich tun will. Es ist seltsam, aber irgendwie hat Giorgios Antrag meine Weltsicht verändert oder so. Ergibt das irgendeinen Sinn?«

Mackenzie starrte in ihren Drink. »Ich weiß genau, was du meinst. Dieser Moment war so … machtvoll. Er hat unsere Sicht auf vieles auf den Kopf gestellt.«

»Aber nicht auf gute Weise«, grummelte Stephanie. »Am Samstag habe ich ein Treffen mit meiner Mutter. Wir wollen über ihre Hochzeit sprechen. Was hat mich nur geritten, ihr anzubieten, ihr bei der Planung zu helfen? Keine Ahnung, warum ich das getan habe.«

»Weil sie deine Mutter ist und du sie liebst.«

»Vielleicht. Aber ich mag sie nicht sonderlich.«

Mackenzie grinste. »Das tut niemand, Süße. Mach dir darüber keine Gedanken. Du wirst das super machen, und die Hochzeit wird wunderschön werden.«

»Ich sollte dich dazu bringen, sie zu planen«, sagte Stephanie. »Dann würde sie allem zustimmen, nur weil es von dir kommt.«

Sie erwartete, dass Mackenzie lachen würde, doch stattdessen wurde ihre Freundin ernst und blass.

»Was ist?«, fragte Stephanie und setzte sich auf. »Da ist doch was.«

»Sorry. Meine Periode. Ich habe Krämpfe.«

»Bist du sicher?«

Mackenzie sah sie an. »Ich könnte dir einen Beweis zeigen, aber das wäre irgendwie eklig.«

»Stimmt. Okay, trink aus, dann mixe ich uns eine zweite Runde. Wir trinken auf das aufregende Gefühl, eine Frau zu sein und herauszufinden, was Gott sich dabei gedacht hat, als er die Menstruation erfunden hat.«

Barbara strich über das Notizbuch, das Stephanie ihr gereicht hatte. Das Foto des glücklichen Brautpaars bei Sonnenuntergang am Strand war für ihren Geschmack eigentlich viel zu kitschig, aber anstatt davon genervt zu sein, war sie glücklich und aufgeregt.

»In dem Buch können wir alle Informationen zur Hochzeit sammeln«, erklärte Stephanie. »Ich habe das Gleiche auf meinem Tablet. Wann immer wir eine Entscheidung treffen, update ich beide.«

Sie saßen in Barbaras Esszimmer. Stephanie war mit drei übervollen Einkaufstaschen mit Zeitschriften, Mappen und, wie es aussah, Tischdeckenmustern gekommen. Barbara würde es nie laut zugeben, aber sie war beeindruckt. Sie wusste, dass ihre Tochter in den letzten Jahren mindestens ein Dutzend Hochzeiten auf Bel Après organisiert hatte, und konnte sich an keine Katastrophe erinnern. Auch die Sommersonnenwendfeier war perfekt gelaufen. Vielleicht sollte sie zur Abwechslung mal das Beste von Stephanie annehmen und sich entspannen, was die Hochzeit anging. Wenn was schiefging, konnte sie immer noch eingreifen und die Kontrolle übernehmen.

Aber im Moment würde sie die Braut spielen und es genießen, dass sich jemand um sie kümmerte. Sie war dankbar, dass Stephanie die Wichtigkeit dieses Treffens verstand. Obwohl es Samstagmorgen war, hatte ihre Tochter sich für ein bürotaugliches Kleid mit Blumenmuster entschieden, sich geschminkt und ihre langen Haare zu einem Pferdeschwanz gebunden.

Sie ist die hübscheste von meinen drei Töchtern, dachte Barbara. Catherine könnte eine Schönheit sein, wenn sie nicht immer so verdammt seltsam wäre. Ihr Geschmack war einfach abstoßend. Die Hälfte der Zeit trug sie Latzhosen und zerrissene T-Shirts. Als ob sie und ihre Familie sich keine normale Kleidung leisten könnten. Und wie die Kinder von Catherine angezogen waren … Davon wollte sie gar nicht erst anfangen. Als sie noch jünger gewesen war, hatte Galaxy einen kompletten Sommer über ein lächerliches Hummelkostüm getragen, und Catherine hatte sie gelassen.

Was Lori anging, nun, sie war ein andauerndes Problem. Bei der Arbeit war sie professionell, sah aber immer so altbacken aus. Vielleicht lag es daran, dass sie fett war. Das Mädchen legte jedes Jahr fünf bis zehn Pfund zu. In zehn Jahren wäre sie so groß wie ein Haus. Barbara unterdrückte einen Seufzer. Was hatte sie nur falsch gemacht?

Sie schüttelte die Frage ab und konzentrierte sich auf das, was Stephanie gerade sagte.

»Der Ablauf der meisten Hochzeiten ist ziemlich traditionell«, erklärte ihre Tochter. »Die Trauung, gefolgt von einem Empfang und danach einer Feier. Zum Empfang kann man entweder nur die Familie einladen, oder man bittet alle zu beidem. Das Essen bei der Feier kann am Tisch serviert werden oder ein Buffet sein. Wir können einen DJ oder eine Live-Band engagieren. Uns stehen alle Möglichkeiten offen.«

Bei den ganzen Optionen wurde Barbara beinahe schwindelig. »Kein Buffet«, sagte sie bestimmt. »Das weiß ich mit Sicherheit. Ansonsten habe ich keine Ahnung. Was meinst du?«

Stephanie wühlte in einer der Einkaufstaschen und holte mehrere dicke Brautmagazine heraus. »Fang hiermit an. Schau dir nicht nur die Kleider an, sondern lies auch die Artikel. Da steht alles drin, vom perfekten Make-up bis zu Mottohochzeiten.«

Barbara funkelte sie an. »Hast du den Verstand verloren? Warum sollte ich eine Mottohochzeit wollen?«

Stephanie grinste. »Das willst du nicht. Was ich meine, ist, dass es lang her ist, dass wir eine Hochzeit in der Familie hatten. Als Mackenzie und Rhys geheiratet haben, wollten sie eine einfache Feier, nur mit Freunden und ein paar Familienmitgliedern.«

»Ich erinnere mich«, sagte Barbara. Sie und Mackenzie hatten alles gemeinsam geplant – vom Menü bis zur Musik. Mackenzie hatte sogar Barbaras altes Hochzeitskleid zu etwas Modernem umnähen lassen. »Die Hochzeit war wunderschön.«

»Aber klein und schlicht«, erinnerte Stephanie sie. »Du hingegen willst ein Statement setzen.«

Das Feingefühl ihrer Tochter überraschte Barbara. »Da hast du recht, das will ich. Nichts Überladenes natürlich, aber mit vielleicht zwei- oder dreihundert Leuten.« Sie presste die Lippen aufeinander. »Und nicht so überstürzt wie deine Hochzeit.«

Stephanie überraschte sie, indem sie auf die Uhr schaute und leise lachte. »Zehn Minuten, Mom. Ich bin beeindruckt. Ich dachte, du würdest mindestens zwanzig Minuten brauchen, bis du darauf zu sprechen kommst, dass Kyle und ich geheiratet haben, weil ich schwanger war. Es ist schön, dass wir einander immer noch überraschen können.«

»Ziehst du mich etwa auf?«

»Würde ich so etwas tun?« Immer noch lächelnd schob sie die Magazine über den Tisch. »Die hier helfen dir, in die richtige Stimmung zu kommen. Sobald wir wissen, wann, wo und mit wie vielen Gästen ihr feiern wollt, können wir anfangen, die Optionen einzugrenzen.«

Barbara nickte. »Ich möchte hier heiraten und feiern«, sagte sie. »Wenn es über die Weihnachtstage ist, muss alles natürlich drinnen stattfinden, und ich bin mir nicht sicher, ob wir ausreichend Platz dafür haben. Aber ja, du hast recht, das sind die drei wichtigsten Entscheidungen.«

Einen Moment lang hielt sie inne, dann sagte sie: »Sprich hierüber nicht mit deinen Schwestern. Ich möchte nicht, dass eine von ihnen dich beeinflusst. Lori hat den Geschmack eines Kängurus, und wir wissen, dass alles, was Catherine vorschlägt, mich in den Wahnsinn treiben würde.«

»Keine Sorge. Du bist die Braut, deshalb entscheidest du ganz allein.«

Barbara musterte sie. »Hast du einen Freund? Wenn nicht, solltest du dich ranmachen. Für die Hochzeit willst du doch bestimmt eine Begleitung haben.«

Stephanie lachte. »Das ist also der Grund, warum ich wieder mit Männern ausgehen soll?«

»Der Grund ist so gut wie alle anderen. Außerdem ist es nett, einen Mann im Leben zu haben. Das hatte ich ganz vergessen.« Giorgio weckte so viele wunderbare Gefühle in ihr, und das nicht nur im Bett. Auch wenn sie darüber natürlich niemals mit ihrer Tochter reden würde. »Lass mich wissen, wenn du jemanden kennenlernst und es ernst wird. Ich lasse ihn dann überprüfen.«

»Soll das ein Witz sein?«

»Natürlich nicht. Wenn du dich auf jemanden einlässt und die Chance besteht, dass die Beziehung ernst wird, müssen wir seinen Hintergrund kennen. Was ist mit seiner Vergangenheit? Ist er kriminell? Nimmt er Drogen?«

»Du gehst also davon aus, dass ich das nicht allein rausfinden kann. Aber warum sollte ich einen drogensüchtigen Kriminellen daten?«

Barbara winkte ab. »Es geht nicht um dich, Darling. Sondern darum, auf der sicheren Seite zu sein. Als ich in die Staaten zurückgekehrt bin, nachdem ich Giorgio kennengelernt hatte, habe ich ihn auch überprüfen lassen.« Sie lächelte. »Giorgio versteht, wie's läuft. Er ist sogar bereit, einen Ehevertrag zu unterschreiben. Ich musste ihn nicht mal fragen.«

»Wie romantisch.«

Barbara verengte die Augen. »Ja, das ist tatsächlich sehr romantisch. Giorgio liebt mich und will sich um mich kümmern.

Nicht nur im Bett, sondern überall, und dazu gehört, dass er die Familie und das Weingut beschützen will. Ich dachte, das würdest du gutheißen. Das Land und die Kinder sind das Wichtigste.«

»In der Reihenfolge«, merkte Stephanie trocken an.

»Kinder verlassen das Haus. Das Land bleibt für immer. Aber da wir gerade von Kindern sprechen … Trifft Avery sich immer noch mit diesem Jungen?«

»Mit Alexander, meinst du?«

»Ist das der Blonde? Ist er wenigstens ansatzweise intelligent? Du hast mit ihr doch über Verhütung gesprochen, oder? Wir brauchen nicht noch eine ungeplante Schwangerschaft in der Familie.«

»Wow, Mom. Holst du zwischendurch eigentlich auch mal Luft?«

Barbara bemerkte den Anflug von Gereiztheit in der Stimme ihrer Tochter.

»Ich weiß, dass du es nicht magst, wenn ich mich einmische«, erwiderte sie scharf. »Aber ich sage das nur zu deinem und Averys Besten. Du bist immer eine gute Mutter gewesen. Jetzt ist nicht der richtige Zeitpunkt, sich zu entspannen und die Sache einfach laufen zu lassen. Du musst entschlossen bleiben und sie leiten.«

»Weil das bei uns so gut funktioniert hat?«

Barbara starrte ihre Tochter an und war nicht sicher, ob die Bemerkung ernst gemeint war. Dann schaute sie zu den Brautmagazinen und Tischdeckenmustern und wusste, dass sie noch viel zu besprechen hatten. Vielleicht sollte sie sich darauf konzentrieren und die anderen Sachen ein anderes Mal ansprechen.

»Du bist doch gut geraten«, erklärte sie gnädig. »Ich bin sicher, Avery wird es dir gleichtun.«

»Interessant.« Stephanie zögerte, als wäre sie nicht sicher, ob sie gewillt war, das Ganze auf sich beruhen zu lassen. Dann nickte sie und holte ein großes Blatt Papier aus einer der Taschen und faltete es auf. Nachdem sie es auf dem Tisch zwischen ihnen glatt gestrichen hatte, zeigte sie auf den Grundriss des Verkostungsraums, des Ladens und der Privaträume.

»Eine Hochzeit zwischen Traubenernte und Frühlingsanfang muss drinnen stattfinden. Wir haben den privaten Veranstaltungsraum, der groß genug ist für eine Feier mit bis zu hundert Leuten.« Sie zeigte auf den entsprechenden Raum, wo kleine Kreise für die Tische eingezeichnet waren.

»Du hast von zwei- bis dreihundert Gästen gesprochen, was für mich auch logischer klingt. Es geht immerhin um die Hochzeit von Barbara Barcellona – da werden die Leute sich um eine Einladung reißen.«

Barbara hoffte, dass das stimmte.

Stephanie fuhr fort: »Also hatte ich eine verrückte Idee. Wenn wir die Trauung im Veranstaltungsraum abhalten, können wir locker dreihundert Gäste unterbringen. Der Empfang und die Feier finden dann im Verkostungs- und Verkaufsbereich statt.«

Sie legte ein weiteres großes Blatt hin, auf dem nur diese Räume zu sehen waren. Auch hier waren die Tische eingezeichnet.

»Wir können die Waren und Regale ausräumen, um Platz zu schaffen. Ich denke, wir brauchen drei Tage, um alles vorzubereiten, und weitere drei, um den Originalzustand wiederherzustellen. Angenommen, die Hochzeit ist an einem Samstag und niemand arbeitet am Sonntag, heißt das, dass wir den Verkostungsraum nur für gut eine Woche schließen müssen.« Sie lächelte. »Es ist natürlich deine Entscheidung, aber ich weiß, wie viel Bel Après dir bedeutet. Ich möchte einen Weg finden, dir deine Traumhochzeit hier auszurichten.«

Barbara berührte die Hand ihrer Tochter. »Das ist bezaubernd. Eine wundervolle Idee. Ja, lass es uns so machen. Dann kann ich meine Weihnachtshochzeit haben.«

Vielleicht am Samstag vor Heiligabend, wenn der Verkostungsraum wie eine Winterlandschaft dekoriert war. Und danach könnten sie und Giorgio für ein paar Wochen – maximal drei – ihre karibischen Flitterwochen genießen.

Kurz dachte sie an seine Behauptung, er wolle sie volle drei Monate für sich haben. Wie lächerlich. Auf keinen Fall konnte sie Bel Après so lang allein lassen. Sie hatte Verantwortung und ein Leben. Aber drei Wochen wären perfekt. Vielleicht konnten sie auf diese Insel mit den kleinen Hütten im Wasser fliegen. Das würde ihr gefallen.

»Super«, sagte Stephanie. »Ich fange schon mal an, Ideen zusammenzutragen. Und du solltest dir Gedanken über dein Kleid machen.« Sie tippte auf die Magazine. »Hier findest du viele Anregungen und Ideen.«

Barbara beäugte die Magazine und genoss das Gefühl der Vorfreude, das in ihr aufstieg. »Das mache ich gleich heute Abend.«

»Ich freue mich darauf zu hören, wofür du dich letztendlich entscheidest.« Stephanie schaute auf ihr Tablet. »Willst du Brautjungfern?«

Barbara neigte den Kopf. »Darüber habe ich noch gar nicht nachgedacht. Ich könnte meine vier Mädels nehmen.« Ein harter Zug legte sich um ihren Mund. »Aber nur, wenn ich aussuchen darf, was sie tragen.«

Stephanie wird in allem gut aussehen, dachte sie. Genau wie Mackenzie. »Avery ist alt genug, um Brautjungfer zu sein, aber Galaxy und Eternity sind noch zu jung. Nein, bei der Zeremonie nur Erwachsene. Wann fängt Avery eigentlich an, sich fürs College zu bewerben? Schon diesen Herbst?«

»Sie ist erst auf der Junior-Highschool, da hat sie noch ein Jahr Zeit.«

»Und woran denkt sie? Ich weiß, dass die WSU am nächsten liegt und damit die offensichtliche Wahl ist, aber es könnte gut für sie sein, mal aus dem Staat rauszukommen. Ein paar neue Ideen zu kriegen. Die UC Davis hat ein ausgezeichnetes Önologieprogramm.«

»Sie hat noch nicht gesagt, dass sie ins Familienunternehmen einsteigen will, Mom. Lass sie ihre eigenen Entscheidungen treffen.«

»Sei nicht albern. Es muss Avery sein. Carson hat nichts anderes als Baseball im Kopf, und ich fürchte, das wird auch so bleiben. Also, wenn nicht sie, wer dann? Erwartest du wirklich von mir, dass ich Bel Après an Catherines wilde Blagen übergebe?«

»Vielleicht entwickelt einer von ihnen eine Leidenschaft für das Geschäft, Mom.«

Leidenschaft, dass ich nicht lache!, dachte Barbara grimmig. So wie diese Kinder erzogen wurden, war sie nicht sicher, ob sie überhaupt lesen konnten. Auf keinen Fall wären sie darauf vorbereitet, Bel Après zu leiten.

»Zurück zur Hochzeit«, sagte Stephanie und wedelte mit dem Foto einer vierstöckigen Torte. »Es gibt heutzutage so viele Optionen, angefangen bei traditionellen Hochzeitstorten bis zu Cupcakes.«

Barbara schaute sie an. »Du kannst mich nicht mit Torten ablenken, Stephanie. Ich bin nicht fünf.«

»Aber ich kann es versuchen.« Sie legte ein Foto von einer aus Cupcakes gebauten Torte auf den Tisch, was wesentlich netter aussah, als Barbara gedacht hätte. »Die wäre supersüß.«

Barbara zog eine Augenbraue in die Höhe. »Erinnert irgendetwas in meinem Leben an ›supersüß‹?«

»Nein. Aber man soll die Hoffnung ja nie aufgeben.«

Barbara überraschte sich selbst mit einem Lachen. »Na gut. Wir können so viel über Cupcakes reden, wie du willst, aber ich werde eine traditionelle Hochzeitstorte bestellen.«

8. KAPITEL

Am Montagmorgen wanderte Stephanie durch den Verkaufs- und Verkostungsraum. Es war noch früh, gerade einmal kurz nach acht. Der Verkostungsraum öffnete erst um zehn, und das Personal kam nicht vor neun. Für die nächste Stunde konnte sie hier also in Ruhe arbeiten und sich einen Überblick darüber verschaffen, was sie übers Wochenende verkauft hatten.

Im Sommer war auf dem Weingut immer viel los. Die Touristen strömten in die Gegend, standen oft in vier oder fünf Reihen am Verkostungstresen und schnappten sich Gläser, Geschirrtücher und andere Küchen- und Barartikel, die angeboten wurden. Die ausgedruckten Inventarlisten gaben ihr einen minutiösen Überblick über die Verkäufe. Die teureren Glaswaren gingen gut weg, genau wie die Korkenzieher, Foliencutter und Flaschenstopfen. Aber der wahre Verkaufsschlager waren die Geschirrtücher.

Normalerweise boten sie diese in sechs verschiedenen Designs an, dazu kamen saisonal unterschiedliche Motive. Alle Geschirrtücher hatten eine hervorragende Gewinnspanne, sodass sie an ihnen nicht schlecht verdienten. Barbara hasste sie, konnte aber nichts gegen das Geld sagen, das sie einbrachten. Manchmal wählte Stephanie ein besonders skurriles Design aus, nur um ihre Mutter zu nerven. Und meistens verkaufte sich das sogar besser als die eher traditionellen Muster. Diesen Sommer hatte sie sich für Blumen und Marienkäfer entschieden, und angesichts der Zahlen war das eine hervorragende Entscheidung gewesen.

Vor vier Jahren hatten sie den Verkostungsraum auf Bel Après komplett renoviert. Die Fläche war größer geworden, sie hatten die Bar verlängert und weitere Waren ins Angebot aufgenommen. Stephanie hatte bei der Renovierung vorgeschlagen, in einer Ecke ein kleines Café zu integrieren. Nichts Besonderes, einfach nur köstliches Essen, das man mitnehmen oder an einem der wenigen Tische verspeisen konnte, die sie draußen im Schatten hatte aufstellen wollen.

Sie hatte einen Businessplan erstellt, aus dem alle Kosten und Verkaufsprognosen abzulesen waren, und sich ein Angebot überlegt, zu dem unter anderem Picknickkörbe mit Schinken und Feigen, Gourmet-Sandwiches und gegrillter Mais mit Kräuterbutter sowie Salate gehörten.

Eins der größeren Weingüter der Gegend bot Lunches zum Mitnehmen an, und sie wusste, dass das sehr erfolgreich lief. Doch Barbara hatte nur den Kopf geschüttelt und etwas über Stephanies Größenwahn gemurmelt, bevor sie sich dem nächsten Punkt auf der Agenda zugewandt hatte.

Stephanie schätzte, dass sie danach aufgehört hatte zu versuchen, ihren Geschäftsbereich auszuweiten. Ihre Mutter traf alle Entscheidungen, und das Einzige, was Barbara interessierte, war der Wein. Also hatte Stephanie ihre Freude in den kleinen Dingen wie den Marienkäfer-Geschirrtüchern gefunden, die ihre Mutter so nervtötend fand. Sicher, das war nicht ihr stolzester Moment, aber manchmal war das alles, was ihr geblieben war. Ab und zu öffnete sie die Ideensammlung auf ihrem Computer und recherchierte Dinge, zum Beispiel wie man in den chinesischen Markt expandieren könnte. Sie hatte schon ein ganzes Paket zusammengestellt, das chinesische Touristen in ihre Gegend locken sollte, mit Bel Après als Höhepunkt der Reise. Natürlich wusste sie, dass das reine Zeitverschwendung war, denn ihre Mutter würde nie auch nur darüber nachdenken. Doch es gab Tage, an denen Stephanie mehr machen wollte, als einfach nur ihre tägliche Arbeit zu verrichten.

Die offensichtliche Lösung für mein Problem ist zu gehen, sagte sie sich. Dann dachte sie an das, was Mackenzie gesagt hatte – dass der Wein in diesem Teil des Staates König war. Sie kannte die Weinbranche, aber könnte sie für einen Wettbewerber arbeiten? Das wäre der Kampf, der allen anderen ein Ende setzen würde. Die traurige, aber realistische Wahrheit war, dass sie nicht gewillt war, sich mit ihrer Mutter anzulegen. Womit sie hier festsaß. Und falls diese Aussicht noch nicht trüb genug war, wusste sie noch dazu, dass sie nur sich allein die Schuld daran geben konnte.

Mit diesen deprimierenden Gedanken im Kopf zog sie sich in den Pausenraum zurück, wo sie gleich nach ihrem Eintreffen am Morgen eine Kanne Kaffee aufgesetzt hatte. Sie schenkte sich einen Becher ein und trat ans Fenster, aus dem man die beschattete Rasenfläche mit den Picknicktischen sah, an denen die Mitarbeiter ihre Mittagspause verbrachten. Sie stellte sich vor, wie es aussähe, wenn das Gras durch Steinplatten ersetzt würde, dazu eine Pergola, die noch mehr Schatten bot, eine Weinbar und hübschere Tische und Stühle.

»Nicht diese Woche«, murmelte sie. »Oder überhaupt jemals.«

»Stephanie?«

Mackenzies Stimme riss sie aus ihrem Selbstmitleid.

»Im Pausenraum. Es gibt Kaffee.«

Ihre Schwägerin kam herein und versuchte zu lächeln. Doch Stephanie warf nur einen Blick auf sie und wusste, dass irgendetwas nicht stimmte. Mackenzies sonst so strahlende Augen waren rot, als hätte sie nicht geschlafen oder – schlimmer noch – als hätte sie geweint. Ihre Haut war ganz blass und ihre Schultern hinabgesackt. So hatte Stephanie sie noch nie gesehen.

»Was ist?«, fragte sie. »Ich sehe doch, dass irgendetwas vorgefallen ist. Raus damit.«

Anstatt ihre Sorge beiseitezuwischen, deutete Mackenzie auf einen der Tische. »Wir sollten uns setzen.«

Stephanies Magen zog sich zusammen, und ihr wurde kalt. Es war tatsächlich etwas geschehen, und es war schlimm. Das spürte sie. Ihre Gedanken rasten, als sie die verschiedenen Möglichkeiten durchging. Mackenzie hatte keine Familie, also konnte es nicht um einen unerwarteten Todesfall gehen. War es etwas Medizinisches? Hatte Mackenzie schlechte Nachrichten von ihrem Arzt erhalten? Nein, es war noch früh am Montagmorgen. Heute konnte sie noch mit niemandem gesprochen haben, und wenn sie es schon letzte Woche erfahren hatte, hätte sie es früher erwähnt. Immerhin hatten sie einander am Wochenende mindestens fünf Mal gesehen.

Als sie einander gegenübersaßen, räusperte Mackenzie sich. Tränen stiegen ihr in die Augen, die sie schnell wegblinzelte.

»Du machst mir Angst«, flüsterte Stephanie und griff nach Mackenzies Hand. »Sag es einfach.«

»Es ist nicht schlimm«, beschwichtigte Mackenzie schnell. »Ich meine, ist es schon, aber nicht tödlich. Niemand weiß davon, und ich will auch nicht, dass es jemand erfährt. Noch nicht. Ich bin noch dabei, es zu verarbeiten.«

Abwartend starrte Stephanie ihre Schwägerin an, während ihr immer elender zumute wurde.

»Rhys und ich lassen uns scheiden«, erklärte Mackenzie.

Es dauerte einige Sekunden, bis Stephanie die Bedeutung dieser Worte verstand. »Das tut ihr nicht«, sagte sie dann. »Das kann nicht sein. Euch geht es gut zusammen.«

Um Mackenzies Mundwinkel zuckte es. »Ich wünschte, das wäre wahr. Zwischen uns läuft es schon seit einer Weile nicht mehr gut. Wir haben uns auseinandergelebt, und irgendwo auf dem Weg ist unsere Ehe den Bach runtergegangen.«

»Nein.« Stephanie zog die Hand zurück. »Nein, das kann nicht sein. Ich habe euch zusammen gesehen, und es ist, wie es immer war. Ihr habt auf der Party getanzt.«

Das konnte nicht passieren. Sie wollte nicht, dass es passierte. »Ihr könnt euch nicht scheiden lassen. Das würde alles verändern. Wir sind Schwestern. Du wohnst hier. Du hast immer hier gewohnt. Das kannst du nicht ändern.«

Noch während sie sprach, wusste sie, dass sie alles falsch machte. Es ging nicht um sie – es ging um Mackenzie. Doch egal, was sie sich sagte, sie kam nicht darüber hinweg, wie sehr diese Nachricht ihre Welt erschütterte.

»Wir sind eine Familie. Wir haben Traditionen. Wir haben unsere Mädelsabende, und wir arbeiten zusammen. Ich sehe dich ständig. Was ist mit Familienessen und meinen Kindern? Willst du alldem einfach den Rücken kehren?« Ihr kam ein weiterer Gedanke – der noch verstörender war. »Ziehst du weg? Verlässt du Bel Après?«

»Ich weiß es nicht. So weit habe ich noch nicht gedacht. Wir haben das erst vor ein paar Tagen beschlossen, und ich habe versucht, irgendwie damit klarzukommen. Ich wünschte, du würdest verstehen, wie schrecklich das alles für mich ist. Ich bin am Boden zerstört. Rhys, eure Familie und Bel Après sind alles, was ich kenne.«

Stephanie stand auf. »Dann gebiete dem Einhalt. Geht zur Therapie. Rettet eure Ehe. Aber lasst euch nicht scheiden. Das wird alles verändern, und es wird fürchterlich werden. Wie kannst du mir das nur antun?«

Aus weit aufgerissenen Augen starrte Mackenzie sie an, und plötzlich wurde ihre Trauer von Wut verdrängt. »Es geht hier nicht um dich, Stephanie. Ich habe dir gerade erzählt, dass meine Ehe am Ende ist, und du kannst nur davon reden, wie *du* dich fühlst? Was ist mit mir? Rhys ist der einzige Mann, den ich je geliebt habe, und wir trennen uns. Ich könnte mein Haus und meinen Job verlieren, und du willst über unsere Mädelsabende reden?«

Sie stand auf. »Du bist meine beste Freundin. Wie kannst du nur so egoistisch sein? Ich dachte, ich könnte auf dich zählen. Ich dachte, dir liegt etwas an mir. Aber ich habe mich wohl geirrt – in allem.«

Die Worte waren wie eine Ohrfeige. Scham verdrängte den Schock und brachte Stephanie abrupt in die Realität zurück, doch bevor sie noch etwas sagen konnte, war Mackenzie fort und ließ sie mit der Erkenntnis zurück, dass nichts jemals wieder so sein würde wie vorher.

Mackenzie wusste nicht, ob sie sich eher krank oder ausgelaugt fühlte. Sie war der Meinung gewesen, dass sie die Situation gut im Griff hatte und dabei war, ihre nächsten Schritte zu überlegen, aber das alles hatte sich in nichts aufgelöst, als sie versucht hatte, mit Stephanie zu reden. Ihre Freundin, ihre *beste* Freundin, war nicht für sie da gewesen und hatte sie verzweifelt, allein und verängstigt zurückgelassen.

Trotz des sonnigen, heißen Vormittags war ihr kalt. Ihr tat alles weh, und ihre Gedanken kreisten ohne Unterlass. Unter anderen Umständen hätte sie angenommen, dass sie sich etwas eingefangen hatte, aber ihre Symptome hatten nichts mit einer Sommergrippe zu tun, sondern allein mit der schmerzhaften Erkenntnis, dass der solide Boden, auf den sie immer vertraut hatte, sich zusehends in Treibsand verwandelte.

Sie befühlte die üppigen grünen Blätter der Weinreben, die das Sonnenlicht auffingen und es in nahrhafte Energie für die Trauben verwandelten. Dieses Blätterdach beschützte die Trauben auch vor den zu starken Sonnenstrahlen. Das war etwas, das sie verstand, das logisch war. Alles andere war ein Furcht einflößender Morast aus Verwirrung und Trauer.

Ihre Ehe war am Ende. In jener Nacht, in der sie sich verloren, traurig und allein auf dem Fußboden ihres Schlafzimmers zusammengekauert hatte, war diese Erkenntnis in jede Zelle ihres Körpers gesickert. Es gab kein Zurück. Das, was gesagt worden war, ließ sich nicht mehr ändern. Rhys hatte gemeint, sie solle sich Zeit lassen, aber sie wussten beide, dass das Ergebnis unausweichlich war. Und wenn sie nicht mehr mit Rhys verheiratet war, wer war sie dann? Und wo gehörte sie hin?

Sie ging zu ihrem Truck und versuchte, so tief wie möglich zu atmen, damit ihr Brustkorb aufhörte wehzutun. Doch mit der Hand am Türgriff blieb sie stehen.

Es war nicht ihr Truck, sondern der der Firma. Sie besaß weder einen Truck noch ein Auto, ein Haus oder auch nur ein einziges Möbelstück. Vermutlich gehörten ihre Kleidung und der Schmuck ihr. Dazu ein paar Kunstwerke und ein wenig Schnickschnack. Außerdem hatte sie ihr Einkommen, ihre Ersparnisse und die Einnahmen von dem Weindeal, den sie mit Barbara gemacht hatte.

Und es gibt den nachträglich aufgesetzten Ehevertrag, rief sie sich in Erinnerung. Den hatte sie drei Jahre nach der Heirat mit

Rhys unterschrieben. Die Erkenntnis, dass Barbara keinerlei Interesse daran hatte, ihr auch nur das kleinste Stück von Bel Après zu überlassen, egal, wie lange oder hart sie arbeitete oder wie erfolgreich sie war, hatte ihr das Herz gebrochen.

Barbara hatte behauptet, das wären die Bedingungen im Testament ihres verstorbenen Mannes – dass nur Blutsverwandte Teil von Bel Après sein konnten. Aber Mackenzie vermutete, dass Barbara einen ebenso großen Anteil an dieser Entscheidung hatte.

Rhys hatte sie damals weinend vorgefunden und verzweifelt versucht, die Traurigkeit aus ihren Augen zu vertreiben. Er hatte ihr erklärt, dass dieser Ehevertrag genauso war wie ein normaler Ehevertrag, nur dass sie ihn nach der Hochzeit unterschrieben. Auch wenn er ihr kein Weingut geben konnte, hatte er ihr die Hälfte des Hauses angeboten, dazu einen Teil seines Treuhandfonds. Später hatten sie den Ehevertrag dahingehend verändert, dass ihr Anteil an den Weinverkäufen nicht zu ihrem gemeinsamen Vermögen zählte. Alles in allem betrugen ihre Vermögenswerte eine ordentliche Summe, doch sie würde gern darauf verzichten, wenn nur alles so bleiben könnte, wie es gewesen war.

Das war jedoch keine Option. Sie wusste vielleicht nichts über Scheidungen oder was als Nächstes passieren würde, aber sie war sicher, dass ihre Ehe gescheitert war. Noch verstörender war nur, dass Rhys in dem Prozess scheinbar schon weiter war als sie. Während sie kaum atmen konnte, war er bereit, die Sache hinter sich zu lassen. *Sie* hinter sich zu lassen.

Sie kämpfte gegen die Tränen an, die in ihren Augen brannten. Zu viele Tage hatte sie dem Schmerz nachgegeben, und das war etwas, was *sie* hinter sich lassen wollte. Von nun an würde sie stark sein – das versprach sie sich selbst. Sie würde Pläne machen und ihr Leben fortführen, auch wenn sie nicht wusste, was das bedeutete. Sie war jetzt allein. Ohne Ehemann und beste Freundin. Und von nun an konnte sie sich nur noch auf sich selbst verlassen.

Auf dem Rückweg zum Anwesen nahm sie die Schönheit der Landschaft in sich auf. Zu beiden Seiten der Straße erstreckten sich die Weinberge. In der Ferne hoben sich die Berge dunkel gegen den blauen Himmel ab. Es gibt Dinge, auf die ich zählen kann, sagte sie sich. Zum Beispiel den Wechsel der Jahreszeiten. Den Herbst mit seinen hektischen Wochen. Die Vorfreude auf das, was die neue Lese bringen und wie sie daraus einen perfekten Wein erschaffen würde.

Am Hauptgebäude parkte sie und ging auf das Produktionsgebäude zu. Wie sehr es sich verändert hatte, seitdem sie vor sechzehn Jahren angefangen hatte, hier zu arbeiten. Bel Après war jetzt größer und erfolgreicher, und sie hatte maßgeblich dazu beigetragen.

Barbara hatte sie direkt nach dem College als Winzer-Lehrling eingestellt. Da sie damals schon mit Rhys verlobt gewesen war, erschien es nur logisch, das Angebot anzunehmen. Zwei Jahre später war sie zur leitenden Winzerin befördert worden.

Mein gesamtes Leben ist hier, dachte sie und blieb an der Treppe, die zu den Büros hinaufführte, stehen. Sie wusste nicht, wie das Leben ohne Bel Après und die Familie war. Und noch entscheidender: Sie wusste nicht, wer *sie* ohne beides war.

Zwei Stufen auf einmal nehmend, lief sie die Treppe hinauf. Rhys' Büro lag am anderen Endes des Flurs gegenüber von ihrem, weil sie zusammenarbeiteten. An einem normalen Tag sah sie ihn ein Dutzend Mal – vom Frühstück bis sie einander Gute Nacht sagten. Sie hatten gemeinsam Entscheidungen getroffen, jeden Aspekt des Unternehmens diskutiert. Sie waren ein Team – oder waren es zumindest einmal gewesen.

Nun betrat sie sein Büro. Anfangs sah er sie nicht, so sehr war er auf seinen Computer konzentriert. Alles an ihm war vertraut. Die Form seiner Nase, sein kantiges Kinn. Er war ein attraktiver Mann, der genau nach dem aussah, was er war: ein guter und verantwortungsbewusster Kerl.

Mackenzie erinnerte sich daran, als Stephanie sie das erste Mal über die Feiertage nach Hause eingeladen hatte. Damals waren sie beide im ersten Jahr an der Washington State University gewesen und hatten sich im Studentenwohnheim ein Zimmer geteilt. Vom ersten Tag an waren sie Freundinnen gewesen. Mackenzie war nicht sicher gewesen, ob es klug war, sich der Familie ihrer Freundin aufzudrängen, aber die Alternative hätte darin bestanden, allein auf dem Campus zu bleiben. Was eine ziemlich trübe Aussicht gewesen war angesichts dessen, dass die Universität über Weihnachten schloss. Aber ohne eigene Familie und auch sonst niemanden, zu dem sie hätte gehen können, war sie dankbar gewesen, eine Alternative zu haben.

Gemeinsam waren sie nach Walla Walla gefahren und über die verschneiten Bergstraßen geschlichen. Bei ihrer Ankunft waren alle aus dem Haus geeilt, um sie zu begrüßen. Es waren zu viele Gesichter und Namen gewesen, doch alle hatten Mackenzie das Gefühl gegeben, willkommen zu sein. Rhys, der einzige Mann in einem Haushalt voller Frauen, hatte ihr Herz sofort schneller schlagen lassen.

Über diese ersten Feiertage hatte sie alle kennengelernt. Barbara hatte sie herumgeführt, ihr die Fertigung und das Fasslager gezeigt. Lori und Four waren wie jüngere Schwestern gewesen – freundlich und begierig darauf, Zeit mit ihrer älteren Schwester und deren Freundin zu verbringen. Und Rhys hatte Mackenzie zum Abendessen in der Stadt eingeladen, und sie hatten sich stundenlang unterhalten und viel gelacht.

Heiligabend – vor dem großen Weihnachtsbaum der Familie – hatten sie sich das erste Mal geliebt. Als sie und Stephanie zurück ins College gefahren waren, war sie bereits bis über beide Ohren in Rhys verknallt gewesen.

Jetzt schaute er auf und lächelte sie an. »Hi.«

»Selber hi.«

Sie schloss die Tür hinter sich, damit sie ein wenig Privatsphäre hatten, und setzte sich ihm gegenüber.

»Ich habe mich gerade an das erste Weihnachten erinnert«, sagte sie.

»Das waren gute Zeiten.«

»Stimmt. Ich glaube, ich hatte keine große Wahl, mich in dich und Bel Après zu verlieben. Ich war ganz allein auf der Welt, und du hast mir alles geboten, was ich je gewollt habe.«

»Mackenzie …«, sagte er und hielt dann inne.

»Was?«, fragte sie leise. »Das kann nicht ungesagt bleiben. Wichtiger noch, du hast recht. Unsere Ehe ist vorbei. Das ist sie schon seit langer Zeit. Ich wollte es nicht zugeben, aber das ändert nichts an den Tatsachen.«

Er sah zugleich gequält und erleichtert aus. »Was willst du jetzt tun?«

»Ich weiß es nicht. Aber ich möchte, dass wir Freunde bleiben.«

»Das müssen wir. Du bist meine beste Freundin, und das will ich nicht verlieren.«

»Ich auch nicht. Ich weiß nur, dass nichts so sein wird wie vorher.« Sie dachte an die schreckliche Unterhaltung mit Stephanie, wusste aber, dass darüber zu reden sie nur von dem ablenken würde, was wirklich wichtig war. »Ich versuche immer noch, einen Plan zu machen. Mir gefällt meine Arbeit hier und …« Sie schaute ihn an. »Warum verziehst du das Gesicht?«

»Ich verziehe niemals das Gesicht.«

»Du hast an etwas gedacht.«

Sein Blick war eindringlich, als er sie anschaute. »Glaubst du nicht, dass du mehr verdienst als nur einen Job? Du bist die talentierteste Winzerin, die ich je getroffen habe. Solltest du nicht etwas Eigenes haben? Willst du nicht auf einem Hügel stehen, dich umschauen und sagen: ›Das alles gehört mir‹?«

Auch wenn diese Worte nicht so sehr schmerzten wie seine Aussage, dass ihre Ehe vorbei war, waren sie doch gefährlich für ihr Wohlbefinden, denn sie rührten an einer offenen Wunde, die sie bisher zu ignorieren versucht hatte.

Rhys beugte sich vor. »Was auch immer du entscheidest – meine Mom wird dich so lange hierbehalten, wie du willst.«

»Ich weiß. Ihr wird es egal sein, dass wir uns scheiden lassen.« Sie hielt kurz inne. »Und das meine ich nicht böse.«

»Ich weiß, wie du es meinst. Und ist es das, was du willst? Eine Scheidung?«

Sie wollte sagen, dass sie das nicht wollte. Sie mochte es, mit ihm verheiratet zu sein. Doch sie war nicht sicher, ob sie wirklich noch eine Ehe hatten. Außerdem wusste sie, dass er die Scheidung wollte. Er war bereit, zu neuen Ufern aufzubrechen.

»Das ist der nächste Schritt«, sagte sie deshalb nur. »Ich bin mir nur nicht sicher, wie das vonstattengeht.«

»Du wirst Geld haben«, erklärte er schnell. »Unmengen an Geld. Ich bin die Zahlen mal durchgegangen, und angesichts des Werts unseres Hauses und des Anteils von meinem Treuhandfonds solltest du knapp zwei Millionen Dollar bekommen. Das reicht. Damit kannst du alles tun, was du willst.«

Während er sprach, holte er eine Mappe aus der verschlossenen Schublade seines Schreibtischs und schlug sie auf.

»Das steht alles hier drin«, erklärte er. »Und die Summe enthält noch nicht mal deinen Anteil an den Weinverkäufen und deine eigenen Ersparnisse.«

Er ist nur nett, sagte sie sich. Er versucht, mich zu beruhigen. Doch für sie war es nur ein Beweis mehr dafür, dass er mit ihr und ihrer Ehe fertig war. Was hingegen das Geld anging – die Summe war viel zu hoch, als dass sie es begreifen konnte.

»Ich denke, ich sollte gehen«, sagte sie schwach. »Du willst, dass ich gehe.«

»Ich werfe dich nicht raus. Es ist nur so, dass du unglaublich talentiert bist. Du solltest etwas haben, das dir gehört. Bestimmt willst du nicht den Rest deines Lebens für meine Mutter arbeiten. Wie sollte das überhaupt funktionieren? Du suchst dir irgendwo eine Wohnung, kommst morgens nach Bel Après, um zu arbeiten, und fährst am Ende des Tages wieder heim? Das wird dich nicht glücklich machen.«

Sie wusste, er wollte ihr nur helfen, aber seine Worte sorgten lediglich dafür, dass sie sich noch schlechter fühlte. Der trostlose Ausblick auf ihr zukünftiges Leben trieb ihr die Tränen in die Augen.

Stand ihr das bevor? Ein deprimierendes kleines Apartment und ein Leben als Barbaras Angestellte? Rhys würde das Haus, seine Familie und alles andere behalten, während sie alles verlor?

Offensichtlich war ihr der Schmerz nicht anzusehen, denn Rhys sprach weiter: »Das hat alles keine Eile.« Er reichte ihr die Mappe. »Wir machen weiter, wenn du so weit bist, keine Minute früher. Bis dahin leben wir gemeinsam im Haus.« Nun lächelte er. »Was mich angeht, kannst du für immer bleiben. Ich mag es, mit dir zusammenzuwohnen.«

Das klang zwar nett, stimmte aber nicht. Er wollte, dass sie ging. Vielleicht nicht heute, aber bald.

Mackenzie musste sich räuspern, bevor sie sprechen konnte. »Das weiß ich sehr zu schätzen, aber ich denke, es muss einen klaren Schnitt geben.« Ihr Lächeln war etwas gezwungen. »Irgendwann wäre ich dir nur im Weg. Wenn du ein Date mit nach Hause bringst, willst du sicher nicht erklären, warum deine Exfrau im Wohnzimmer sitzt.«

Er lachte leise. »Ja, das könnte unangenehm werden. Aber ich kann ja immer noch mit zu ihr gehen.«

Sie musste sich sehr anstrengen, damit ihr nicht die Gesichtszüge entgleisten. Er sagt das so leicht, dachte sie. Als hätte er alles schon genau geplant. Was er vermutlich auch hatte. Was hatte er noch gesagt? Er wollte Sex mit jeder haben, die dazu bereit war? Insofern sollte sie das alles nicht überraschen.

»Ich muss nachdenken«, erklärte sie. »Nur noch ein paar Tage. Können wir das so lange für uns behalten?«

»So lang, wie du magst. Hast du es Stephanie erzählt?«

An diese Unterhaltung wollte sie nicht denken. »Ja. Und sie war sehr aufgebracht.«

Sie drückte sich absichtlich vage aus, weil sie nicht erzählen wollte, was ihre Freundin wirklich gesagt hatte. Denn dann würde sie vermutlich den Rest an Kontrolle, den sie noch über sich hatte, verlieren. Es war besser, ihn glauben zu lassen, dass Stephanie traurig war, sie aber weiterhin unterstützte.

Seufzend stand sie auf und nahm die Mappe. »Danke dafür. Ich schaue es mir mal an.«

»Du solltest deinen Anwalt drüberschauen lassen.«

Sie sah ihn ausdruckslos an. Sie hatte keinen Anwalt. Dann verstand sie es. Er meinte einen Scheidungsanwalt.

»Klar«, flüsterte sie. »Da mache ich mich gleich dran.«

Und das würde sie. Sobald sie einen Weg gefunden hatte, die Bruchstücke ihres Lebens aufzusammeln und wieder zu atmen.

9. KAPITEL

Mehr oder weniger vier Tage lang schwankte Stephanie zwischen Selbstmitleid und Schuldgefühlen, bevor sie erkannte, dass sie mit jemandem reden musste. Sie beschloss, den einzigen Menschen zur Rede zu stellen, den sie ohne Angst anschreien konnte.

Sie wartete, bis sie wusste, dass Mackenzie ihr abendliches Treffen mit Barbara hatte, bevor sie ins Haus ihres Bruders ging und seinen Namen rief.

»Ich bin im Büro!«, hallte es zurück.

Also ging sie in das große, von Bücherregalen gesäumte Zimmer. Rhys saß vor seinem Laptop am Schreibtisch. Es war schon nach sieben, aber die Sonne schien immer noch durchs Fenster und wärmte den Parkettfußboden.

»Hey, Steph, was gibt's?«

Eine Sekunde lang starrte sie ihren älteren Bruder an, bevor sie die Hände in die Hüften stemmte. »Eine Scheidung?«, fragte sie mit schriller Stimme. »Du willst die Scheidung? Und ich weiß, dass das von dir ausgeht. Denn Mackenzie würde nie auf die Idee kommen. Warum tust du das? Wir sind eine Familie, und du reißt uns auseinander. Geht zur Paartherapie, und löst eure Probleme.«

Sie hielt inne, um Atem zu holen, doch dann fiel ihr auf, dass sie nichts Weiteres zu sagen hatte. Also ließ sie sich in einen der Sessel sinken und wappnete sich gegen Rhys' Widerstand.

Doch anstatt sie anzuschreien, schüttelte ihr Bruder nur den Kopf. »Es tut mir leid.«

»Das ist alles?«

»Mehr habe ich nicht zu sagen.«

»Hast du sie betrogen? Kannst du deinen Schwanz nicht in der Hose lassen?« Mit einem Mal musste sie gegen die Tränen ankämpfen. »Mackenzie ist umwerfend und wunderschön und klug. Warum willst du nicht mehr mit ihr verheiratet sein?«

Er stand auf und kam um den Schreibtisch herum. Nachdem er Stephanie auf die Füße gezogen hatte, nahm er sie in die Arme und hielt sie ganz fest.

»Es tut mir leid«, wiederholte er. »Ich wollte das nicht.«

»Dann lass es.«

»Das geht nicht.«

Er führte sie zum Sofa und wartete, bis sie sich gesetzt hatte.

»Es gibt keine andere«, fing er an. »Ich habe Mackenzie nicht betrogen. Was ich allerdings getan habe, war, die Dinge zu lange einfach so laufen zu lassen. Wir verstehen uns gut, aber als Ehepartner sind wir echt lausig. Wir sind wie Mitbewohner, die auch zusammenarbeiten. Aber mehr nicht. So kann ich nicht leben. So will ich nicht leben. Ich will mehr.«

»Also geht es einfach darum, dass du egoistisch bist.«

»Verdammt, Steph. Ich bin nicht der Böse.«

»Ach, da hättest du mich beinahe aufs Glatteis geführt. Was willst du, was sie dir nicht gibt?«

»Liebe. Sex.«

»Ach, bitte. Sex? Wirklich? Das ist der Grund? Will sie sich nicht als französisches Zimmermädchen für dich verkleiden, oder was? Werd' erwachsen.«

Er setzte sich aufs Sofa und sah sie an. Nachdem er einen leisen Fluch ausgestoßen hatte, sagte er: »Mackenzie und ich hatten seit fünf Jahren keinen Sex mehr. Wir haben getrennte Schlafzimmer in verschiedenen Bereichen des Hauses. Wir reden immer nur über die Arbeit. Wirf mir alle Schimpfwörter an den Kopf, die du kennst, es ist mir egal. Ich will mehr als das. Ich bin es leid, einsam und geil und in einer Beziehung gefangen zu sein, die für keinen von uns mehr funktioniert.«

Stephanie spürte, wie aller Kampfgeist sie verließ. Fassungslos sah sie ihren Bruder an, ohne zu verstehen, was er da sagte. »Ihr hattet seit fünf Jahren keinen Sex?«

»Genau. Und weißt du, was wirklich ätzend ist? Wir haben es

letzte Woche getan. Zum ersten Mal seit einer Ewigkeit. Und da wussten wir beide, dass es vorbei ist. Was für ein Ende.«

»Aber ich dachte, ihr wärt glücklich. Ihr wart immer zusammen.«

Aber ohne einander zu berühren, dachte sie. Sie hatten sich nie berührt, hatten weder Händchen gehalten noch einander umarmt. Es gab keine geheime Kommunikation oder gemeinsames Lachen oder Scherze. Zumindest konnte sie sich nicht daran erinnern. Wie konnte sie das nicht bemerkt haben?

»Ich habe nichts geahnt«, flüsterte sie. »Mackenzie hat nie etwas gesagt … und du auch nicht.«

Um seine Mundwinkel zuckte es. »Ein Mann gibt nicht gern zu, dass er keinen Sex mit seiner Frau hat. Außerdem, was hätte ich sagen sollen? Wir alle mögen und respektieren Mackenzie. Was passiert ist … na ja, daran tragen wir beide die Schuld. Es ist vorbei, und du musst damit klarkommen. Es geht nicht um dich oder die Familie, sondern um uns.«

Noch während sie versuchte, das alles zu verarbeiten, wusste sie, dass er die Wahrheit sagte. Wie hatte sie die Fassade nicht durchschauen können? Sie und Mackenzie sprachen über alles – warum hatte ihre Freundin das vor ihr geheim gehalten? Aus Scham? Aus Schuldgefühlen?

»Es tut mir leid«, sagte sie leise. »Alles.« Oh Gott, sie war eine schreckliche Freundin gewesen, hatte Mackenzie nicht im Geringsten unterstützt.

»Ich habe sie angeschrien«, gab sie zu. »Und ihr gesagt, dass sie mein Leben zerstört.«

»Das überrascht mich nicht.«

»Hey, du sollst Mitgefühl haben.«

»Du musst für sie da sein«, sagte er. »Ich habe die ganze Familie und behalte mein Leben. Aber Mackenzie nicht. Sie wird mit leeren Händen dastehen. Wir sind alles, was sie hat, und sie ist kurz davor, das zu verlieren. Du musst sie unterstützen. Du und Four. Lori wird sich auf Moms Seite schlagen, und je nachdem, wie alles läuft, weißt du, wie hässlich es werden kann. Wenn

Mom sich gegen sie wendet, wird ihr Leben die Hölle auf Erden.«

Stephanie nickte, während sie zu weinen anfing. »Alles wird sich verändern. Das hasse ich. Aber ich möchte nicht, dass du unglücklich bist. Und ich fühle mich schrecklich wegen Mackenzie.«

Er rutschte näher an sie heran und nahm sie erneut in die Arme. »Ich weiß. Mir geht es genauso.«

»Das ist echt ätzend. Und es gibt keine gute Lösung.«

»Wem sagst du das?«

Mackenzie saß auf dem Boden, eine Handvoll trockene Erde zwischen den Fingern. Vor ungefähr vierzehntausend Jahren hatte die durch schmelzende Gletscher verursachte Missoula-Flut ein wahres Buffet an Nährstoffen über den östlichen Teil Washingtons verteilt. Noch weiter im Osten lagen die Weizenfelder, aber hier, am Columbia River, gab es die Weinberge.

Im Jahr 1977 hatte Gary Figgins mit *Leonetti Cellar* das erste kommerzielle Weingut in Walla Walla gegründet. 1981 wurde der erste Cabernet Sauvignon von Leonetti – der 1978 Cabernet Sauvignon Vintage – vom Magazin *Wine & Spirits* zum besten des Landes gekürt. Im Jahr 2012 hatten es bereits sechs Weingüter aus der Walla-Walla-Gegend in die Top 100 der Weingüter der Welt geschafft. Bel Après war eins von ihnen.

In der Vergangenheit hatte es Mackenzie immer geholfen, die Geschichte Revue passieren zu lassen, doch heute nicht. Nachdenklich ließ sie die Erde durch ihre Finger rieseln. Ihr war übel, und sie war verwirrt und verloren, und keine geschichtliche Entwicklung konnte das verändern. Alles bewegte sich immer schneller und schneller, und sie wusste nicht, wie sie es anhalten sollte.

Das Schlimmste war die Angst. Die Unsicherheit. Sie stand kurz vor der Scheidung, sie hatte keine beste Freundin mehr, sie würde womöglich ihren Job verlieren oder kündigen. Nichts wollte sie mehr, als nach Hause zu gehen, aber selbst das gab es nicht mehr. Das Haus gehörte ihr nicht und hatte ihr nie gehört.

Es war Teil des Familienvermögens der Barcellonas, und sie war kein Mitglied dieser Familie.

Verzweifelt schlug sie sich die Hände vors Gesicht und wappnete sich für die Tränen, doch sie hatte schon zu viele vergossen. Außer einer düsteren Vorahnung verspürte sie nichts. Sie fühlte sich wie ein Staubkorn, das von kosmischen Winden hin und her geweht wurde, und der Gedanke machte ihr Angst.

Sorgen und Stress halfen nicht, das wusste sie. Sie musste einen Weg finden, die Kontrolle zurückzugewinnen. Zuerst musste sie sich für den ersten Schritt entscheiden, dann für den nächsten und immer so weiter. Sie war achtunddreißig Jahre alt, gesund und gut in ihrem Job. Das war ein Anfang. Nun musste sie nur den Hintern hochkriegen und sich einen Plan überlegen.

Die letzten beiden Abende hatte sie damit verbracht, im Internet Artikel über Scheidungen zu lesen. Welche Rechte sie im Staat Washington hatte, wie lang das alles dauern würde – nur neunzig Tage, vorausgesetzt, keiner von ihnen legte Einspruch gegen die Vereinbarungen ein – und wie lange man mit den Folgen zu kämpfen hatte. Nun wusste sie zwar etwas mehr, fühlte sich aber immer noch nicht ruhiger. Hinzu kam der Stress wegen der Arbeit. Was sollte sie tun? Bleiben? Kündigen? Und wenn sie ging, wohin, und was würde sie tun, wenn sie dort ankam? Für ein anderes Weingut arbeiten? Selbst eins kaufen?

Der letzte Gedanke hielt sie nachts wach. Sie hatte versucht, diese Möglichkeit zu verwerfen, musste sich aber irgendwann damit auseinandersetzen – genau wie mit der Scheidung.

Könnte sie, würde sie, sollte sie? Ihr eigenes Weingut … Es gab so viele Dinge, die sie tun wollte und die Barbara nie zugelassen hatte. Stile, die sie ausprobieren, neue Trends in den Cuvées, die sie kreieren wollte. Gleichzeitig wollte sie damit spielen, einige Traubensorten altmodischer zu keltern.

Sie richtete sich auf und pflückte eine Traube von dem Weinstock, der ihr am nächsten stand. Sie war noch hart und sauer – es würde noch mehr als zwei Monate dauern, bis die Trauben reif wären. Doch das Versprechen war schon da.

Das hier kenne ich, sagte sie sich. Das hier war sie, und es würde sie retten. Sie konnte weder auf Rhys noch auf Stephanie zählen, aber auf sich. Sie war nicht Teil von Bel Après – nicht wirklich. Also was genau wollte sie? Was war ihr Vermächtnis? War sie gewillt, den Rest ihres Lebens für jemand anderen zu arbeiten, oder wollte sie mehr?

Rhys hatte ihr gesagt, dass sie nach der Scheidung ungefähr zwei Millionen Dollar bekommen würde. Das reichte, um ein kleines Weingut zu kaufen. Oder als Anzahlung für ein größeres. Das Geld war Möglichkeit und Sicherheitsnetz und sehr wahrscheinlich der Startschuss für einen Traum. Sie konnte das, was passierte, annehmen und etwas Positives daraus machen. Oder sie konnte jammern und sich beschweren und vor Sorgen krank werden. Die Entscheidung lag allein bei ihr.

»Nein. Ich will mich nicht mehr so fühlen«, flüsterte sie und stand auf. »Ich werde so nicht weiterleben. Ich will Liebe und Leidenschaft und etwas, das mir wichtig ist.«

Sie schaute sich um. Die Weinberge erstreckten sich bis zum Horizont, und die gleichmäßigen Reihen waren Zeuge der sorgfältigen Pflege, die sie erhielten. Das hier ist meine Leidenschaft, dachte sie. Das war sie schon immer gewesen. Das hier war *sie*. Vielleicht würde sie alles andere verlieren, aber das hier nicht. Das würde sie nicht zulassen.

Sie ließ die Traube zu Boden fallen und machte sich auf den Weg zum Truck. Bevor sie einstieg, strich sie über das Bel-Après-Logo auf der Seite. Sie musste immer noch mit einer Menge Mist kämpfen, aber im Moment wog der etwas weniger schwer als zuvor.

Als sie den Highway erreichte, wandte sie sich in Richtung Walla Walla. Die Sonne stand hoch am Himmel, und es war heiß. Ein guter Tag für den Reifeprozess der Trauben, dachte sie. In der Stadt angekommen, bog sie scharf rechts ab, als sie das Schild eines Gebrauchtwagenhändlers erblickte.

Ein erster Schritt, sagte sie sich. Mehr musste sie heute nicht tun. Einen kleinen Schritt. Morgen würde der nächste folgen. Nur auf diese Weise würde sie das alles durchstehen.

Sie stieg aus dem Truck und schaute sich um. Ein alter Mann kam lächelnd auf sie zu.

»Guten Tag!«, rief er. »Suchen Sie nach einem neuen Auto?«

Nach einem tiefen Atemzug erwiderte sie das Lächeln. »Ja, das tue ich. Entweder einen SUV oder einen Pick-up. Wenige Meilen auf dem Tacho und mit Allradantrieb.«

Zwei Stunden später war sie stolze Besitzerin eines Jeeps. Nachdem sie ihren Arbeitstruck beim Büro geparkt hatte, fuhr sie mit dem Golfcart zum Haus, wobei ihr einfiel, dass sie nicht wusste, wen sie bitten konnte, sie zum Autohändler zu fahren, um ihren Jeep abzuholen. Sie und Stephanie sprachen nicht wirklich miteinander, und Rhys arbeitete. Außerhalb der Barcellona-Familie hatte sie keine Freunde – was noch etwas war, worum sie sich kümmern musste, aber nicht jetzt.

Kurz dachte sie über ihre Optionen nach, bevor sie zu Fours Haus ging. Auf dem Weg zur Hintertür kam sie an Windspielen und einem kleinen Steinkreis vorbei. Die Stufen der rückwärtigen Treppe waren mit handbemalten Fliesen beklebt. Sie klopfte einmal an die Tür und trat dann ein.

»Four, ich bin's!«, rief sie.

»In der Küche.«

Sie ging durch den Vorraum und fand ihre Schwägerin zwischen Mehl und Zucker in der Küche. Mehrere leere Muffinformen standen auf dem Tresen, daneben Schüsseln mit frischen Blaubeeren.

Four lächelte. »Die ersten Blaubeeren der Saison. Es dauert noch ein paar Tage, bis sie richtig reif sind, aber diese sind gut zum Backen. Ich bringe dir später ein paar Muffins vorbei.«

»Danke.« Mackenzie schaute sich um. »Ich brauche Hilfe. Hast du mit dem Backen schon angefangen, oder kannst du eine Pause einlegen?«

»Ich habe noch nicht angefangen. Was gibt's?«

Four trug ein hübsches Sommerkleid. Der blasse, fließende Stoff war mit Regenbögen und Einhörnern bedruckt. Die langen Haare hatte sie zum Pferdeschwanz gebunden, und an ihren Ohren baumelten Ohrringe in Form von grünen Bohnen.

Sie war die Jüngste der Geschwister, zugleich die Kreativste und diejenige, die Barbara in den Wahnsinn trieb. Mackenzie hatte sie immer gemocht und bewunderte Fours Entschlossenheit, sie selbst zu sein, egal, was das für Konsequenzen hatte. Stephanie war zwar ihre beste Freundin, aber sie und Four standen sich auch nah. Mackenzie war die Patentante von Fours Kindern, ging zu jeder Schulaufführung und allen Geburtstagen. Am ersten Tag des Schuljahres brachte sie die Kinder immer zur Bushaltestelle.

Was, wenn das alles für sie verloren war? Was, wenn sie nicht mehr da war, um sich von Galaxy ein neues Haarband zeigen zu lassen oder Zeus' neuesten Froschfund zu sehen? Was, wenn es keine Kunstprojekte oder Nächte auf Decken im Garten gab, wo sie die Sterne betrachteten?

Four hielt den Atem an, dann stürzte sie auf Mackenzie zu und zog sie in eine feste Umarmung.

»Atme«, sagte sie. »Atme tief ein und aus. Zieh die Essenz des Universums in deine Lungen, und atme die zerbrochenen Stücke aus.«

Mackenzie brachte ein Lachen zustande. »Die Umarmung weiß ich zu schätzen, aber bei dem Rat bin ich mir nicht sicher. Wovon, zum Teufel, redest du da?«

»Von dem, was auch immer dich belastet. Erzähl mir, was passiert ist.«

»Rhys und ich lassen uns scheiden.«

Sie wappnete sich gegen eine Verurteilung oder Wut oder Ablehnung. Doch stattdessen hielt ihre Freundin sie weiter fest und bot ihr Trost und Wärme.

»Das tut mir leid«, sagte Four schließlich.

»Mir auch.«

Four trat einen Schritt zurück und seufzte. »Ich bin zwar nicht überrascht, aber dennoch tut es mir leid.«

»Warum bist du nicht überrascht?«

»Weil schon seit längerer Zeit keiner von euch mehr glücklich ist. Es gibt keine Verbindung zwischen euch. Ihr streitet euch nicht, weil es keine Leidenschaft mehr zwischen euch gibt.«

Mackenzie starrte sie an. »Und du wolltest diese Einsichten nicht schon vor einem Jahr mit mir teilen?«

»Hättest du mir zugehört?«

»Ich weiß es nicht. Vielleicht.«

Four lächelte. »Du triffst deine eigenen Entscheidungen, und zwar dann, wenn du dazu bereit bist. Das tun wir alle.« Ihr Lächeln verblasste. »Du verlässt aber nicht nur ihn, oder? Ich werde dich so vermissen.«

Mackenzie kämpfte gegen die Tränen an. »Ich will nicht gehen, aber ich weiß nicht, ob ich eine Wahl habe.«

»Die hast du nicht. Bel Après ist nicht das Richtige für dich. Meine Mutter hat die letzten sechzehn Jahre dein Talent ausgenutzt, während sie versucht hat, dich zu kontrollieren. Das wäre auf Dauer niemals gut gegangen. Du hast so viel mehr verdient.« Sie nahm Mackenzies Hände. »Eins sollst du wissen: Was auch immer passiert, ich bin deine Schwester, und ich liebe dich. Ich werde immer für dich da sein, und ich weiß, dass du immer für mich und meine Familie da sein wirst. Ich vertraue dir vollkommen.«

Die Worte waren tröstend und willkommen. Für ein paar Minuten fühlte Mackenzie sich geliebt und umsorgt. Falls ein Teil von ihr sich wünschte, Stephanie hätte genauso reagiert … Nun, darüber würde sie hinwegkommen müssen.

»Danke«, sagte sie und atmete das erste Mal seit Tagen richtig durch.

»Gern geschehen. Und nun: Wie kann ich dir helfen?«

Mackenzie lachte. »Auch auf die Gefahr hin, wie eins deiner Kinder zu klingen: Kannst du mich wo hinfahren?«

Stephanie fragte sich, ob sie sich so schlecht fühlte, wie sie aussah. Seit zwei Tagen hatte sie nicht geduscht und kaum ihr Schlafzimmer verlassen. Als sie nun in der Küche saß und um kurz nach sieben ihren ersten Kaffee trank, versuchte sie, sich zu sagen, dass sie sich überwinden und das Richtige tun musste. Nur wollte sie sich selbst nicht zuhören.

Ihr Handy vibrierte. Sie schaute aufs Display und sah eine Nachricht von Carson.

Hey Mom, wollte mich nur kurz melden. Hier ist alles super. Gestern habe ich perfekte 6 Innings geworfen. Hab dich lieb.

Trotz allem musste sie lächeln. Wenigstens eine Sache hatte sie richtig gemacht. Carson war ein gutes Kind. Genau wie Avery, und das würde sie auch wieder merken, sobald ihre Tochter nicht mehr so zickig wäre, aber was den Rest anging … Sie war ein schrecklicher Mensch.

Das war ihr gegen zwei Uhr morgens klar geworden. Sie hatte geweint, war durch ihr Schlafzimmer gestapft und hatte noch ein wenig mehr geweint. Aber kein noch so großer Selbsthass würde ändern, was sie getan hatte. Und nun musste sie das irgendwie wieder hinbiegen.

Allerdings war sie so schwach, dass sie diesen Schritt – die Entschuldigung – überspringen und wieder dahin zurückkehren wollte, wie es vorher mit Mackenzie gewesen war. Doch das konnte sie nicht. Dem stand nämlich ein dickes, großes Problem im Weg, und das Problem war sie. Und das, was sie gesagt hatte.

Sie zwang sich, aufzustehen und nach oben zu gehen. Nach dem Duschen und Anziehen fühlte sie sich wieder halbwegs wie ein Mensch. Sie verließ das Schlafzimmer und sah Avery im Flur. Ihre Tochter schaute sie an.

»Mom, was ist los?«

»Nichts.«

»Du hast geweint.«

»Ich weiß, aber das hat nichts mit dir zu tun.« Sie versuchte, die Worte mit einem Lächeln abzumildern. Avery wirkte nicht überzeugt.

»Kann ich irgendetwas für dich tun?«

Dieses unerwartete Angebot ließ für einen kurzen Moment die Stimme in ihrem Kopf verstummen, die in einem fort sang, was für ein elendiger Wurm sie war.

»Sorge für bessere Noten, und sag mir, dass ich deine beste Freundin bin!«

Avery grinste. »Sonst noch was?«

»Es geht mir gut. Ich habe nur ein paar Probleme, die ich lösen muss.«

Avery überraschte sie, indem sie zu ihr kam und sie kurz umarmte. »Wenn du mich brauchst, ich bin heute den ganzen Tag hier.«

»Das ist süß von dir. Danke.«

Mit einem Nicken wandte Avery sich ab und ging nach unten. Stephanie holte ihr Handy heraus und verschickte eine kurze Nachricht, bevor sie es sich anders überlegen konnte.

Bist du zu Hause?

Ja.

Ich komme vorbei.

Sie wartete, doch es kam keine Antwort. Vermutlich wusste Mackenzie nicht, was sie sagen sollte – vor allem nachdem Stephanie bei ihrem letzten Gespräch so in die Luft gegangen war.

»Dieses Mal wird es anders«, versprach sie sich laut, bevor sie ihrer Tochter nach unten folgte.

»Ich gehe zu Mackenzie!«, rief sie auf dem Weg zur Haustür. »Wir sehen uns bei der Arbeit.«

»Okay.«

Draußen atmete Stephanie die bereits warme Luft ein. Heute würde es heiß werden, mit Temperaturen an die vierzig Grad. Mackenzie und ihre Crew würden die Weinberge durchkämmen, um notfalls eingreifen zu können. Etwas Hitze war gut für die Trauben, aber zu viel konnte ein Problem werden.

Sie legte den kurzen Weg zu Mackenzies Haus zurück und überlegte, was sie wegen der Scheidung sagen würde. Rhys' Geständnis hatte ihre Perspektive komplett verändert und sie traurig gemacht. Zwei der Menschen, die sie auf der Welt am meisten liebte, waren unglücklich gewesen, und sie hatte es nicht geahnt.

Sie ging die drei Stufen zur Haustür hinauf und trat ein.

»Ich bin's!«, rief sie.

»In der Küche«, schallte es zurück.

Sie ging in die Richtung, blieb aber stehen, als sie Mackenzie sah.

Ihre Freundin sah so schlecht aus, wie sie sich fühlte. Blass und dünn mit dunklen Schatten unter den Augen. Einen Moment lang schauten sie einander an, dann eilte Stephanie auf sie zu. Mackenzie tat das Gleiche, und dann lagen sie sich in den Armen und hielten einander ganz fest.

»Es tut mir so leid«, sagte Stephanie mit Tränen in den Augen. »So unendlich leid. Ich war furchtbar. Ich hab schreckliche Sachen gesagt und dafür gesorgt, dass du dich schlecht fühlst. Ich war nicht da, als du mich gebraucht hast. Ich weiß nicht, wie das passieren konnte. Ich habe nur an mich gedacht und daran, was für einen Effekt die Scheidung auf mich hat, was falsch war. Glaub mir, ich fühle mich total elend. Ich werde das nie wieder tun. Versprochen. Ich liebe dich so und will für dich da sein. Bitte, bitte verzeih mir.«

Mackenzie hielt sie weiter fest. Für ein paar Minuten klammerten sie sich aneinander, bevor sie zurücktraten und sich lächelnd die Tränen abwischten.

»Wir sind vielleicht zwei«, sagte Mackenzie. »Wir brauchen Kaffee und Taschentücher.«

»Hast du Alkohol da?«

»Es ist halb acht Uhr morgens.«

»Nicht in Wien.«

Mackenzie lachte. »Das stimmt. Wie wäre es stattdessen mit einer Scheibe Toast?«

»Einverstanden.«

Sie setzten sich über Eck an die Kücheninsel, und ihre Knie stießen gegeneinander. Stephanie drückte Mackenzies Hand.

»Es tut mir aufrichtig leid. Das war so falsch von mir. Ich habe reagiert, ohne nachzudenken, und dir damit wehgetan.«

»Schon okay.«

»Nein, ist es nicht. Ich werde es in Zukunft besser machen.«

»Danke für deine Entschuldigung.« Mackenzie griff nach einem Taschentuch und putzte sich die Nase. »Die letzten Tage waren hart.«

»Das kann ich mir vorstellen. Was passiert jetzt? Redest du mit Rhys über alles? Streitet ihr euch?«

»Nein, wir streiten uns nicht.« Sie stand auf und schenkte ihnen Kaffee ein, dann steckte sie das Brot in den Toaster. »Ich versuche, mich an das zu gewöhnen, was passiert. Ich bin nicht überrascht, aber es geht alles so schnell, falls du verstehst, was ich meine.«

»Das tue ich.« Stephanie zögerte. »Ist das mit der Scheidung beschlossene Sache?«

Mackenzie nickte. »Rhys ist mehr als bereit … und ich langsam auch. Anfangs habe ich überlegt, ihm vorzuschlagen, dass wir eine Paartherapie machen, aber es gibt bei uns nichts mehr zu retten. Wir sind schon seit einer Weile nicht mehr wirklich verheiratet.«

Stephanie dachte an das Geständnis ihres Bruders, dass sie getrennte Schlafzimmer und keinen Sex mehr hatten, war aber nicht sicher, ob sie das erwähnen sollte.

»Was wirst du jetzt machen?«, fragte sie stattdessen.

»Mir einen Scheidungsanwalt suchen. Mein Leben neu ordnen.« Sie lächelte gequält »Du weißt schon, die leichten Sachen.«

»Wirst du weiterhin für Bel Après arbeiten?«

Mackenzie zögerte, und Stephanie spürte, wie sich ihr der Magen zusammenzog.

»Wirst du nicht«, sagte sie.

»Ich weiß es nicht«, erklärte Mackenzie. »Das habe ich noch nicht entschieden. Ich bin mir ziemlich sicher, dass Barbara mich auch nach der Scheidung behalten würde, aber was dann? Darüber denke ich die ganze Zeit nach. Nehme ich mir eine Wohnung oder ein Haus und komme jeden Tag zum Arbeiten hierher? Will ich für den Rest meines Lebens Angestellte sein? Vorher habe ich mich als Teil der Familie gefühlt, aber ohne das … Was habe ich da noch?«

Das ist eine legitime Frage, dachte Stephanie und bemühte sich, nicht verbittert zu sein. Dass sie es nie geschafft hatte, ihr eigenes Leben auf die Reihe zu kriegen, war allein ihre Schuld. Denn auch wenn ihr Gefühl, gefangen zu sein, sich noch verstärken würde, wenn Mackenzie wegging, war das nicht das Problem ihrer Freundin.

»Würdest du woanders anfangen zu arbeiten oder dein eigenes Ding starten?« Sie setzte sich aufrechter hin. »Du hast das Geld aus dem Ehevertrag. Das ist vermutlich eine ganz schöne Summe. Könntest du dir damit ein Weingut kaufen? Das wäre super.« Sie stand auf und holte Butter und Marmelade aus dem Kühlschrank.

»Vielleicht.«

Das Brot sprang aus dem Toaster, und Mackenzie legte es auf einen Teller, den sie Stephanie hinstellte.

»Was soll das heißen?«

Mackenzie setzte sich wieder und nahm ihren Kaffeebecher in die Hand. »Ich weiß nicht, was ich tun soll. Veränderungen mag ich nicht. Ich möchte, dass alles so bleibt, wie es immer war.«

»Hast du je darüber nachgedacht, dein eigenes Weinlabel zu haben? Alle Entscheidungen selbst zu treffen, ohne dass dir meine Mutter über die Schulter schaut?«

Mackenzie lächelte. »Ja, davon habe ich tatsächlich schon das eine oder andere Mal geträumt.«

»Ha. Logisch. Also mach es.«

»Ein Weingut zu leiten bedeutet wesentlich mehr, als einfach nur Weinstöcke anzupflanzen. Mit der geschäftlichen Seite kenne ich mich nicht aus. Vielleicht wäre es besser, wenn ich für jemand anderen arbeite.«

»Das würdest du hassen. Es wäre das Gleiche, was du jetzt hast. Ich bitte dich, denk darüber nach, etwas zu kaufen. Das würde bestimmt super laufen.« Stephanie war stolz auf sich, weil sie das wirklich so meinte.

»Danke. Deine Unterstützung bedeutet mir viel. Es war schrecklich, mich mit dir zu streiten.«

Stephanie nickte. »Das fand ich auch. Es tut mir leid. So dumm werde ich nie wieder sein.« Sie hielt inne. »Okay, vielleicht doch, aber auf unterstützende Art. Du bist mir wichtig. Ich hab dich lieb und will unsere Freundschaft nicht verlieren.«

»Ich habe dich auch lieb und will mit dir befreundet bleiben, egal, was passiert.« Mackenzie hielt inne.

»Du denkst an meine Mom, oder?«, sagte Stephanie, nachdem sie Butter auf ihr Toastbrot gestrichen hatte.

»Sie wird nicht glücklich sein.«

»Es ist nicht ihr Leben, also hat sie diesbezüglich nichts zu melden.«

Mackenzie nickte. »Ich wünschte, es wäre anders gelaufen. Rhys hat etwas Besseres verdient.«

»Du nicht?«

»Doch, aber es ist leichter, mir über ihn Sorgen zu machen. Wir haben beide etwas Wichtiges verloren.« Sie stellte den Becher ab. »An die Zukunft zu denken macht mir Angst. Da ist diese Leere, und ich habe keine Ahnung, was passieren wird. Seit dem College war Bel Après mein Zuhause. Ich weiß nicht, wie ich woanders leben soll.«

»Zieh bei mir ein«, schlug Stephanie vor. »Ich habe im ersten Stock ein Gästezimmer mit eigenem Bad und allem. Du wohnst bei mir und den Kindern und kannst so lang bleiben, wie du willst.«

Mackenzie stiegen Tränen in die Augen. »Danke. Das bedeutet mir viel. Vielleicht nehme ich dein Angebot an.«

»Das solltest du. Wir hätten Spaß zusammen, was meine Mutter nerven wird. Ein Gewinn für alle.«

Mackenzie lachte leise. »Eines Tages wirst du einen Weg finden müssen, dich mit ihr zu arrangieren.«

»Ach, warum sollte ich jetzt damit anfangen?«

Mackenzie nahm sich eine Scheibe Toast. »Ich habe mir einen Jeep gekauft. Er ist schwarz und sieht irgendwie cool aus. Auf der Highschool bin ich mit dem Auto meines Opas gefahren, und dann habe ich Rhys geheiratet und immer einen Firmentruck gehabt. Das hier ist mein erstes eigenes Auto.«

»Herzlichen Glückwunsch. Das freut mich für dich.«

»Mich auch. Ich musste mir sogar eine Versicherung besorgen und so Sachen.«

»Sieh dich einer an. Auf einmal so erwachsen.« Stephanie lächelte.

Mackenzie erwiderte das Lächeln. »Einen Schritt habe ich gemacht, jetzt liegen nur noch viertausendsiebenundneunzig vor mir.«

10. KAPITEL

Mackenzie fuhr in Richtung Osten, vorbei an dem kleinen Flughafen und bog dann in ein ruhiges Industriegebiet ab. Am Ende der Sackgasse lag ein mexikanisches Restaurant, das es bestimmt schon seit fünfundzwanzig Jahren gab. Das Essen war billig und reichlich, womit der Laden bei den Highschool-Kids beliebt war. Doch Mackenzie hatte das Lokal aus einem anderen Grund gewählt: Es lag weit genug ab vom Schuss, sodass sie an einem Donnerstag um zwei Uhr nachmittags nicht fürchten musste, jemand anderen hier zu treffen als den Mann, mit dem sie verabredet war.

Nader English leitete das größte Weingut im Staat Washington. Seine Produktion wurde in Millionen Gallonen pro Jahr gemessen und das fertige Produkt in der gesamten Welt vertrieben. Mackenzie kannte ihn seit Jahren, und beinahe jedes Mal, wenn sie sich bei einer Veranstaltung begegneten, bot er ihr einen Job an. Das tat er immer mit einem kleinen Lachen und dem Kommentar, dass Barbara ihm bei lebendigem Leib die Haut abziehen würde, sollte Mackenzie das Angebot annehmen. Jetzt wollte sie wissen, ob er es ernst meinte oder nur Süßholz raspelte.

Sie parkte neben dem einzigen anderen Fahrzeug auf dem Parkplatz – einem aktuellen Ford F-150 mit dem Logo des Weinguts auf den Türen. Wenigstens habe ich meinen Jeep noch nicht so lang, dass die Leute ihn mit mir in Verbindung bringen, dachte Mackenzie, als sie den Motor ausstellte und ihre mit einem Mal feuchten Handflächen an der Jeans abwischte.

Das hier ist ein Fehler, war der nächste Gedanke, und prompt zog sich ihr der Magen zusammen. Sie wollte nicht für Nader oder sonst wen arbeiten. Sie wollte bleiben, wo sie war. Sie liebte Bel Après. Doch zu bleiben war womöglich keine Option. Nicht nur wegen der Scheidung, sondern auch, weil die Hoffnung darauf, mehr zu haben – etwas, das sie selbst aufbauen konnte –, immer stärker in ihr herangekeimt war. Vielleicht wünschte sie sich etwas Unerreichbares, aber im Moment brauchte sie genau das in ihrem Leben.

»In der Zwischenzeit kann es aber nicht schaden, diese Unterhaltung zu führen«, flüsterte sie sich zu und stieg aus dem Jeep.

Das Restaurant war mit abgenutzten Tischen und Stühlen möbliert. Dazu gab es an der einen Seite eine lange Bar und auf der anderen eine alte Jukebox. Nader, ein sonnengebräunter Mann Ende fünfzig, saß bereits an einem der Tische am Fenster, in einer Hand ein Bier, in der anderen Nachos.

»Mackenzie!«, rief er und winkte ihr zu. »Was kann ich dir zu trinken bringen lassen?«

Sie setzte sich und ignorierte das Brennen in ihrem Magen. »Danke, nichts.«

Er runzelte die Stirn. »Wollen wir nicht zusammen essen?«

»Ich wollte nur mit dir reden, aber wenn du was essen willst, nur zu.«

»Und ob ich was essen will«, sagte er und grinste. »Ich freue mich darauf, seitdem du mich angerufen hast. Jody ist beinahe zur kompletten Veganerin mutiert.« Er erschauderte. »Und ich hab Lust auf Fleisch-Tacos mit extra Käse. Bist du sicher, dass du nichts willst?«

Ihre Kellnerin, eine attraktive, dunkelhaarige Frau, kam an ihren Tisch.

»Mackenzie«, sagte sie lächelnd. »Wie schön, dich zu sehen.«

»Hallo, Orla. Kann ich bitte eine Sprite haben?«

»Natürlich.« Orla schaute Nader an. »Was Sie haben wollen, habe ich gehört. Wie wär's mit ein paar Hühnchen-Taquitos dazu?«

Nader grinste. »Sie sind eine Frau nach meinem Geschmack. Die nehme ich.«

Während sie auf ihre Getränke warteten, unterhielten Mackenzie und Nader sich über das, was gerade in der Gegend los war.

Dann lehnte er sich auf dem Stuhl zurück und verschränkte die Arme vor seinem mächtigen Bauch.

»Du hast um dieses Treffen gebeten.«

Und los ging's. Mackenzie atmete tief durch. »Ich überlege, mich beruflich zu verändern. Ich liebe Bel Après und alles, was ich dort tue, aber ich werde dort nie mehr als eine Angestellte sein, und deshalb denke ich über andere Optionen nach.«

»Heilige Scheiße«, sagte er und schenkte ihr ein schiefes Lächeln. »Entschuldige bitte meine Ausdrucksweise. Meinst du das ernst? Du würdest Bel Après verlassen und für mich arbeiten?«

»Vielleicht. Ich weiß es nicht. Noch bin ich in der Findungsphase. Aber du bietest mir jedes Mal, wenn wir uns sehen, einen Job an, und ich wusste nicht, ob das ernst gemeint ist oder nicht.«

»Das ist es. Zweihundertprozentig ernst.« Er schaute sich um, bevor er die Stimme senkte. »Mackenzie, ich würde dich auf der Stelle engagieren. Sag mir einfach, was du willst. Dein eigenes Label? Erledigt. Die komplette Kontrolle? Sollst du haben. Ich würde dich sogar am Gewinn beteiligen. Zehn Prozent vom Nettoumsatz. Verdammt, zwanzig. Gemeinsam könnten wir große Dinge erreichen. Wir haben überall Weinberge. Du könntest dir die besten Trauben aus Washington und Oregon aussuchen und etwas Einzigartiges herstellen. Sag mir einfach nur, was es dafür braucht. Natürlich ein eigenes Büro. Du wählst deine Mitarbeiter aus. Ich kann dir ein Reisebudget geben, ein Haus, ein Pony. Was immer du willst.«

Sein Redeschwall überwältigte sie und ließ sie kaum zu Atem kommen.

»Ein Pony vermutlich eher nicht«, stieß sie schließlich hervor.

»Wie wär's mit *Mackenzie Dienes präsentiert* auf dem Etikett?«

Sie sah ihn an. »Das wäre schön.«

Er griff nach einem weiteren Nacho. »Also, warum willst du dich verändern? Du hast wirklich vor, Bel Après zu verlassen? Seit wie vielen Jahren arbeitest du dort? Zwölf? Fünfzehn?«

»Sechzehn«, sagte sie. »Seit ich meinen Collegeabschluss habe und Rhys und ich geheiratet haben.«

»Hmm. Das ist eine verdammt lange Zeit. Was hält Rhys von alldem? Das ist eine große Veränderung.«

Sie mied seinen Blick. »Er unterstützt mich sehr.«

Er musterte sie lange. »Mackenzie, was ist los?«

»Nichts«, wich sie aus. »Wie gesagt, ich checke nur meine Optionen aus.«

»Ihr lasst euch scheiden.«

»Was? Nein. Woher weißt du das?« Sie presste die Lippen aufeinander. »Ich meine, ja, das tun wir, aber das ist nicht der Grund, warum ich Bel Après verlassen will. Also nicht der einzige Grund, warum ich darüber nachdenke ...« Warum war sie so schlecht in dem hier? Es war nur eine Unterhaltung. »Vermutlich gehe ich das alles ganz falsch an.«

Mit drei Tellern kam Orla an ihren Tisch. Sie stellte die Tacos und Taquitos vor Nader und eine Käse-Quesadilla vor Mackenzie.

»Du siehst hungrig aus«, erklärte sie. »Offensichtlich hast du schon länger nichts mehr gegessen. Aber du brauchst was im Magen, Mackenzie.«

Diese freundliche Geste brachte Mackenzie fast zum Weinen. »Danke«, flüsterte sie und atmete den köstlichen Duft von Käse und Tortilla ein, der ihr das Wasser im Mund zusammenlaufen ließ. »Ich habe tatsächlich ein wenig Hunger.«

»Gut.« Orla tätschelte ihre Schulter und ging.

Nader nahm einen Taco in die Hand. »Wann ist das alles passiert?«

»In den letzten paar Wochen. Nichts Dramatisches oder so. Rhys und ich sind Freunde und werden es immer sein. Aber es hat mich dazu gebracht, über andere Dinge nachzudenken. Wie zum Beispiel, wie es mit meiner Karriere weitergehen soll.«

Sie nahm ein Stück Quesadilla in die Hand und biss davon ab. Die köstliche Kombination aus Käse und milden Chilis erinnerte sie daran, dass sie seit Tagen nichts gegessen hatte. Mit einem Mal war sie kurz vorm Verhungern.

Während sie das erste Stück aß, vertilgte Nader ein paar Tacos und wischte sich dann die Finger an der Serviette ab.

»Ich werde dir einen Rat geben«, sagte er und nahm sein Bier in die Hand. »Einen guten Rat, also solltest du zuhören. Du hast mir vor ein paar Jahren geholfen, als es mir schlecht ging.«

Sie nickte und erinnerte sich daran, wie seine Pflücker in Oregon von einer Lebensmittelvergiftung außer Gefecht gesetzt worden waren. Hektarweise Syrah war zur Ernte bereit gewesen, was er mit einem arg verkleinerten Team niemals geschafft hätte. Mackenzie hatte noch ein paar Tage mit der Ernte ihres Syrahs warten wollen, also hatte sie ihre Crew zu ihm geschickt, um ihm zu helfen. Barbara war nicht sonderlich erfreut gewesen, aber Mackenzie hatte es wichtiger gefunden, einem Freund zu helfen, als sich dem Zorn ihrer Schwiegermutter zu beugen.

»Ich höre zu«, sagte sie.

Er beugte sich vor. »Bei allen Heiligen, du kannst nicht jedem erzählen, dass du darüber nachdenkst, Bel Après zu verlassen. Das wird schneller die Runde machen und bei Barbara landen, als dir lieb ist, und dann hast du ein richtiges Problem.«

»Woher willst du wissen, dass ich es ihr nicht schon erzählt habe?«

»Weil ich nirgendwo einen großen Atompilz sehe. Sie wird das nicht gut aufnehmen.«

Mackenzie wusste, dass er recht hatte. »Vielleicht gehe ich ja gar nicht.«

»Du hast die Entscheidung bereits getroffen, Kleine. Nun guckst du nur, was als Nächstes kommt. Und auch wenn ich zwei meiner Kinder hergeben würde, um dich bei mir anzustellen, wissen wir beide, dass das nicht passieren wird. Du willst für niemanden mehr arbeiten. Du willst dein eigenes Weingut. Verdammt, wenn ich ein paar Millionen Dollar hätte, würde ich sofort bei dir einsteigen.« Er grinste. »Aber der liebe Gott hat mich leider nur mit einem hübschen Gesicht gesegnet.«

Sie lächelte. »Das ist süß, aber ich habe mich wirklich noch nicht entschieden, was ich tun werde.«

»Möglicherweise kannst du dich selbst belügen, aber mich nicht.« Erneut senkte er die Stimme. »Hier mein Rat: Erzähle niemandem, was du mir gerade anvertraut hast. Zuerst lässt du dir eine Vertraulichkeitsvereinbarung unterschreiben, um dich zu schützen. Such dir einen Anwalt. Oder besser zwei. Einen für die Scheidung, den anderen fürs Geschäft. Lass die Leute sich dein Vertrauen erarbeiten. Sobald du gehst, stehst du nicht mehr unter dem Schutz der Barcellona-Familie. Das da draußen ist ein Haifischbecken, Kleine. Du musst gut auf dich aufpassen.«

Was er sagt, ergibt Sinn, dachte sie. »Danke. Du bist wirklich sehr lieb zu mir.«

»Ich weiß. Ich bin ein Heiliger.« Seufzend deutete er auf ihr Essen. »Iss auf. Ich bezahle, das solltest du ausnutzen. Wer weiß, vielleicht stürzt du und schlägst dir den Kopf an, und wenn du aufwachst, glaubst du, du willst für mich arbeiten.«

Sie lachte. »Ich verspreche dir, wenn ich nicht mein eigenes Ding mache, werde ich dein Angebot ernsthaft in Betracht ziehen.«

»Damit kann ich leben.«

Den Rest des Nachmittags fuhr Mackenzie ziellos in der Gegend herum. Sie hielt bei ein paar Weingütern an und probierte die Weine, besichtigte eine zum Verkauf stehende Wohnung an einem Golfplatz und wanderte eine halbe Stunde durch den Park in dem Versuch, sich zu sammeln. Erst gegen kurz vor sieben machte sie sich auf den Heimweg.

Vorsichtig fuhr sie in die Garage, um mit dem Jeep nirgendwo anzustoßen. So ein großer Wagen war – nach den Golfcarts – immer noch neu für sie. Sicher, sie war es gewohnt, die Trucks auf dem Weingut zu fahren, aber mit denen parkte sie eher irgendwo am Rand einer Schotterstraße als in einem engen Raum.

Als sie ausstieg, sah sie zwei Golfwagen an der Hintertür stehen, was bedeutete, dass Rhys zu Hause war. Sie eilte hinein.

»Ich bin's!«, rief sie.

»Bin in der Küche.«

Rhys stand neben der Mikrowelle, und der Duft eines Fertiggerichts hing in der Luft.

»Was tust du da?«, fragte sie.

»Ich mache Abendessen.«

»Warum isst du nicht das, was Betsy für uns vorbereitet hat?«

Er verzog das Gesicht. »Hatte keine Lust zu kochen.«

Sie nahm die Verpackung des Tiefkühlgerichts in die Hand und schaute sich das Foto an. »Du hasst diese Gerichte. Die kaufe ich immer nur für mich.«

»Ich weiß. Aber ich hatte Hunger.«

Mackenzie ging zum Kühlschrank und sah nach, was die Köchin für sie bereitgestellt hatte. Es gab zwei Schweinekoteletts, dazu gebackene Kartoffeln und Salat.

»Gib mir fünf Minuten, dann steht das Essen auf dem Tisch«, sagte sie und ging zur Spüle, um sich die Hände zu waschen.

»Du musst nicht für mich kochen«, sagte Rhys.

»Ich koche für uns beide. Und wappne dich, es gibt ein paar Dinge, über die ich mit dir reden will.«

Zwanzig Minuten später saßen sie einander gegenüber. Obwohl Mackenzie erst wenige Stunden zuvor eine Quesadilla gegessen hatte, war sie hungrig – vermutlich weil sie die Tage zuvor so wenig gegessen hatte.

Rhys hatte wie immer den Tisch im Esszimmer gedeckt. Neben seinem Platz lagen eine Mappe und ein Block.

Mackenzie trank einen Schluck Wasser und deutete auf die Mappe. »Du hast also auch was zu besprechen?«

»Das hier hat was mit deinem Thema zu tun.«

»Aber du weißt doch gar nicht, worüber ich reden will.«

Er lächelte. »Ich habe so eine Ahnung, dass unsere Unterhaltung was mit der Arbeit zu tun hat. Ich meine, es ist ja nicht so, als würden wir eine Reise nach Europa planen.«

Was natürlich stimmte, aber dennoch machte es sie traurig. Zum einen, weil sie nie eine Reise irgendwohin geplant hatten, und zum anderen, weil Rhys so ein guter Kerl war und sie ihn vermissen würde.

Wie viele Abendessen würden sie noch gemeinsam einnehmen? Wie oft zusammen an diesem Tisch sitzen? Wie viele Nächte würde sie noch in diesem Haus schlafen? Es hat keinen Sinn, darüber zu spekulieren, sagte sie sich. Jetzt hieß es, nach vorn zu schauen. Womöglich ein wenig widerstrebend, aber solange sie da hinkam, wo sie hinwollte, war die Motivation dahinter doch egal, oder?

Sie reichte ihm den Salat. »Ich bin bereit, den Scheidungsprozess anzustoßen. In den letzten Tagen habe ich ein wenig recherchiert, und wenn wir uns einig sind, müssen wir nur ein paar Formulare ausfüllen und neunzig Tage warten.«

Sein dunkler Blick war ganz ruhig. »Du musst dir einen Anwalt nehmen.«

»Das werde ich.«

»Ich werde kein Arschloch sein, Mackenzie, aber du musst dich schützen.«

»Das werde ich«, wiederholte sie, bevor sie mit der Gabel etwas Salat aufspießte. Nader hatte ihr das Gleiche geraten. Also würde sie ein paar Namen heraussuchen und anfangen herumzutelefonieren, um jemanden zu finden, der ihr mit der Scheidung helfen konnte.

Rhys schlug die Mappe auf. »Ich habe einen Termin zur Schätzung des Hauses vereinbart. Das Gutachten sollten wir Ende der Woche haben. Dein Teil meines Treuhandfonds ist ein fester Betrag, da gibt es also nichts zu tun.«

Er blätterte um. »Der Großteil unserer Gehälter liegt auf der Bank. Keiner von uns gibt viel Geld für den Lebensunterhalt aus. Wir verdienen beinahe das Gleiche, also schlage ich vor, dass wir die Konten einfach hälftig aufteilen. Dein Einkommen von dem Weindeal liegt auf einem anderen Konto und gehört allein dir.«

Sie nickte und versuchte, nicht daran zu denken, dass sie am Ende zwar einen Haufen Geld, aber keine Familie mehr haben würde. Nicht gerade ein fairer Tausch.

Rhys reichte ihr ein Blatt Papier. Darauf standen die Summen aller Konten, geteilt durch zwei. Wenn sie ihre Lizenzgebühren auf diese Summe aufschlug …

»Das sind die zwei Millionen Dollar, die du mal erwähnt hast«, sagte sie und schaute ihn an. »Ist diese Zahl korrekt?«

»Das sollte sie sein. Ich habe alles überprüft.«

»Ich bin mir nicht sicher, was ich dazu sagen soll.«

Die Summe sollte keine Überraschung sein, aber sie schwarz auf weiß zu sehen machte sie mit einem Mal so real. Zwei Millionen Dollar. Die Bedeutung dessen konnte sie noch nicht wirklich fassen.

Sie stand auf und brachte die leeren Salatschüsseln in die Küche. Dann holte sie die Koteletts und Kartoffeln aus dem Ofen und trug sie ins Esszimmer.

»Du hast verschiedene Möglichkeiten«, sagte Rhys, als sie wieder saß. »Du kannst das Geld anlegen, du kannst dir aber auch ein Weingut kaufen. Du kannst alles machen, was du willst.«

Das sollte sie eigentlich freuen, doch stattdessen fühlte sie sich verstört und verloren.

»Ich habe heute mit Nader gesprochen.«

Rhys schnitt ein Stück von seinem Kotelett ab. »Ist ihm bei dem Gedanken, dass du für ihn arbeiten könntest, der Kopf explodiert?«

»Die Vorstellung hat ihn gefreut, aber er glaubt nicht, dass es dazu kommen wird. Er hat mir einige gute Ratschläge gegeben.«

»Willst du denn für ihn arbeiten?«

»Ich weiß es nicht.« Bisher hatte sie nie ernsthaft darüber nachgedacht, ihr eigenes Weingut zu haben. Sicher, es hatte Zeiten gegeben, in denen sie sich gewünscht hatte, sie könnte Dinge anders machen, aber das war nicht das Gleiche, wie ein eigenes Unternehmen zu haben. Doch in den letzten Tagen hatte sie angefangen, das Konzept als Möglichkeit anzusehen und nicht nur als einen unerreichbaren Traum.

»Ich habe noch nie eine Firma geleitet«, gab sie zu. »Sicher, ich führe meine Mitarbeiter und bin für den Wein verantwortlich. Das ist allerdings nicht das Gleiche, wie sich um die Finanzen, das Marketing und alles andere zu kümmern. Bisher habe ich mich immer nur um den Teil gekümmert, der mir liegt und den ich mag.«

»Dann such dir einen Geschäftspartner.« Er wedelte mit der Gabel durch die Luft. »Du bist die beste Winzerin im Staat – jeder würde sich glücklich schätzen, mit dir zu arbeiten. Die andere Person kann das Wissen ums Geschäft einbringen, und du machst den Wein. Oh, und such dir jemanden mit Geld – so kannst du etwas kaufen, das groß genug ist, und brauchst kein Darlehen von der Bank.«

Bildete sie sich das nur ein, oder schubste er sie ganz sanft in diese Richtung? Sie legte ihre Gabel ab und beschloss, ihre Theorie zu testen. »Und wenn ich mich mit jemand anderem selbstständig mache, musst du dich nicht mehr schuldig fühlen.«

Sie erwartete – oder hoffte –, dass er es abstreiten würde, doch Rhys wandte nur den Blick ab und zuckte mit den Schultern.

»Ich würde mich besser fühlen, wenn du das alles nicht allein durchmachen müsstest.«

Und einfach so war ihr der Appetit vergangen.

»Das muss ich nicht. Wir sind weiterhin Freunde, und ich habe Stephanie.«

»Ihr habt euch wieder vertragen?«

»Du wusstest von unserem Streit?«

Er nickte. »Sie hat sich deswegen schlecht gefühlt und kam zu mir, um mich anzuschreien, weil ich meinen Schwanz nicht in der Hose behalten kann.« Er grinste. »Meine Schwester ist wirklich sehr wortgewandt.«

»Ich hoffe, du hast ihr gesagt, dass das Scheitern unserer Ehe nicht deine Schuld ist. Das haben wir uns beide zuzuschreiben.«

»Ja, das habe ich. Aber sie hat mir nicht zugehört. Aber noch mal zurück zu deiner Geschäftspartnerschaft. Darüber solltest du wirklich nachdenken, Mackenzie.«

»Stimmt, weil ich ja so viele Leute auf meiner Kontaktliste habe. Wie sollte ich so jemanden überhaupt finden?« Sie erinnerte sich an Naders Rat. »Ich kann nicht einfach rumlaufen und fragen.«

»Du kennst einen Menschen, der alle nötigen Qualifikationen hat.« Er schaute sie an. »Bruno.«

Mackenzie nahm ihr Weinglas zur Hand. Rhys hatte recht. Bruno verfügte über Geld und ausreichend Geschäftserfahrungen. Er hatte sogar erwähnt, dass er überlegte, ein Weingut zu kaufen, aber das hieß noch lange nicht, dass er ihr Geschäftspartner werden wollte.

»Sprich mit ihm«, ermutigte Rhys sie. »Wenigstens um seine Sicht der Dinge zu hören. Er kennt viele Leute und weiß, was in der Weinindustrie los ist. Er könnte eine gute Quelle sein.«

Und ein Ausweg für dich, dachte sie und versuchte, nicht verbittert zu sein. »Er müsste eine Verschwiegenheitserklärung unterschreiben.«

Rhys sah sie an. »Ah, da hat jemand seine Hausaufgaben gemacht. Du hast recht, das sollte er.«

»Die Idee ist nicht mir gekommen, sondern es war ein Rat von Nader. Er war sehr darauf bedacht, mich zu schützen.«

»Kling nicht so überrascht. Du wirst von allen gemocht und respektiert.«

»Danke«, murmelte sie. »Das geht alles so schnell. Ich habe Probleme, Schritt zu halten.«

»Technisch gesehen ist noch nichts passiert«, erklärte er. »Bisher reden wir nur.«

»Nein, es ist mehr als das. Wir lassen uns scheiden. Das ist real. Und sobald es so weit ist, muss ich mit dem Rest meines Lebens weitermachen.«

»Ich sage es noch einmal: Du kannst so lang auf Bel Après bleiben, wie du willst. Meiner Mom wird unsere Scheidung egal sein.«

Mackenzie atmete tief ein und rüstete sich dafür, die Wahrheit auszusprechen, die sie bisher vermieden hatte. »Ich kann nicht weiter hier arbeiten. Nicht nur wegen der Scheidung, sondern auch aus vielen anderen Gründen. Ich muss etwas Neues machen.«

»Ein Weingut kaufen?«

»Ich weiß es nicht. Vielleicht.« War sie es nicht langsam leid, für jemand anderen zu arbeiten?

Vielleicht drängte Rhys sie wirklich, aber das bedeutete nicht, dass sein Rat nicht Hand und Fuß hatte. Vor allem was Bruno anging. Sie hatte ihn immer respektiert, und das, was sie über ihn wusste, gefiel ihr. Wenn schon nichts anderes dabei herauskäme, würde er ihr auf jeden Fall ehrliche Ratschläge geben.

»Du hast recht. Ich sollte mit Bruno reden. Das werde ich gleich mal angehen.«

Er lächelte sie an. »Du wirst das super machen.«

»Ich könnte scheitern.«

»Nein, das wird nicht passieren. Du bist zu gut und arbeitest zu hart.«

Sie hoffte, dass er damit recht hatte. Seitdem sie vom College abgegangen war, hatte sie immer nur für die gleiche Firma gearbeitet, und die war auch noch ein Familienbetrieb. Wusste sie überhaupt, wie die reale Welt aussah?

Das ist egal, sagte sie sich, denn ich werde es bald herausfinden.

11. KAPITEL

Barbara ging den Stapel Schecks durch, der vor ihr lag. Lori kümmerte sich um die täglichen Rechnungen, aber Barbara bestand darauf, jedes Quartal alle Zahlungen zu überprüfen. Es gab auch größere Schecks, die sie selbst unterschrieb, wie zum Beispiel für die Grundsteuer und die Lizenzgebühren an Mackenzie.

»Bist du sicher, dass die stimmen?«, fragte sie automatisch, ohne Lori anzuschauen, die ihr am Schreibtisch gegenübersaß.

»Ja.«

Fertig mit der Überprüfung, unterschrieb Barbara die Schecks. Dann schaute sie sich noch einmal den für Mackenzie an und sagte sich, dass sie wegen des Geldes nicht verbittert sein sollte. Für jeden Dollar, den ihre Schwiegertochter bekam, verdiente Bel Après vier, also war das ein enormer Gewinn. Trotzdem hätte ich diesen Deal nie eingehen sollen, dachte sie ein wenig gereizt.

»Klopf, klopf.«

Sie schaute auf und sah Catherine im Türrahmen zu ihrem großen Büro stehen. Wie immer verspannte sie sich beim Anblick ihrer jüngsten Tochter. Allein das Outfit – ein grauenhaftes, formloses Kleid mit riesigen aufgedruckten Blumen – ließ sie zusammenzucken.

Catherine hatte so viel Potenzial. Sie war klug und kreativ. Wenn sie auch nur das geringste Interesse gezeigt hätte, hätte Barbara ihr nur zu gern alles über das Geschäft beigebracht. Sie schätzte, von ihren Kindern war Catherine diejenige mit einem Talent fürs Keltern. Doch genau wie Stephanie hatte Catherine nichts mit Bel Après zu tun haben wollen. Stattdessen spielte sie mit Farben und Ton herum und behauptete, die Kunst wäre ihre Bestimmung.

»Ich wollte nur Bescheid sagen, dass ich dir ein paar Körbe mit Blaubeeren in die Küche gestellt habe.«

Barbara setzte ihre Lesebrille ab. »Keine drei Meilen von hier entfernt gibt es einen wunderbaren Bauernmarkt. Warum verschwendest du deine Zeit mit diesem albernen Garten?«

Catherine lächelte. »Mom, angesichts dessen, wie sehr du die Weinberge liebst, würde ich annehmen, es freut dich, dass ich etwas anbauen will.«

»Die Weinberge dienen einem Zweck.«

»Genau wie mein Garten. Es ist wichtig für meine Kinder, zu verstehen, woher die Sachen kommen, die wir essen. Einen Samen zu pflanzen und zu sehen, wie aus ihm eine Karotte oder eine Blaubeere wächst, ist magisch. Mutter Erde ist ein Segen für uns, und das sollten wir respektieren.«

Zum millionsten Mal fragte Barbara sich, was sie mit ihrer Jüngsten falsch gemacht hatte. Sie hatte sie nie auf den Kopf fallen lassen, also konnte sie die Schuld nicht auf irgendeine Verletzung schieben.

Jaguar war wesentlich geerdeter – er arbeitete für eine Firma, die Landmaschinen reparierte. Seine Fähigkeiten und seine Arbeitsmoral konnte Barbara respektieren. Gut, seinen Frauengeschmack zog sie ein wenig in Zweifel, aber er war im Grunde genommen ein guter Mann. Ehrlich und zuverlässig. Catherine hingegen war eine ganz andere Sache.

»Ich werde ein paar Muffins backen«, sagte Lori. »Die können wir dann einfrieren.«

»Wie köstlich«, murmelte Barbara. »Gibt es sonst noch was?«

»Nein, das war alles, Barbara. Genieß die Beeren.«

Damit ging Catherine, und Barbara schüttelte den Kopf. Dieses Mädchen, dachte sie. Aber abgesehen davon lief alles andere wirklich gut, vor allem auf Bel Après.

»Dein Vater wäre stolz auf das, was wir erreicht haben«, sagte sie laut.

Lori wirkte etwas erschrocken, nickte dann aber. »Ja, das wäre er. Das Weingut ist so gewachsen. Du hast großartige Arbeit geleistet, Mom.«

»Danke. Ich denke, da hast du recht. Und was steht als Nächstes auf der Liste?«

Nach einem kurzen Trip nach Seattle und einer Anzahlung in Höhe von fünftausend Dollar hatte Mackenzie eine Scheidungsanwältin. Ramona Spencer hatte ihr die übliche Vorgehensweise erklärt und bestätigt, dass es für alle Beteiligten am einfachsten wäre, wenn Mackenzie und Rhys sich bei den Scheidungsvereinbarungen einig wären. Doch sie hatte auch gewarnt, dass manche Menschen komisch wurden, wenn es ums Geld ging, also sollte Mackenzie damit rechnen, dass es irgendwo doch noch Schwierigkeiten in den Verhandlungen geben könnte. Der Ehevertrag war zwar hilfreich, doch eine Scheidung war niemals einfach.

Mackenzie hatte versucht, ihr zu erklären, dass Rhys ein wirklich toller Mann war und sie bereits über alles gesprochen hatten, doch Ramonas mitleidiger Blick hatte sie mitten im Satz abbrechen lassen. Mit einem Stapel Formulare zum Ausfüllen und einer Liste von Internetartikeln über die einzelnen Schritte des Scheidungsprozesses war sie nach Hause zurückgefahren. Die Kontaktdaten von Ramona hatte sie Rhys gegeben, damit sein Anwalt sich mit ihr in Verbindung setzen und sie die Scheidung einleiten konnten.

Solange sie die Scheidung als ein Projekt betrachtete, war alles gut. Nur wenn ihr bewusst wurde, dass das hier das Ende ihrer Ehe bedeutete, wurde es schwierig. Verstärkt wurde der Stress dadurch, dass Barbara immer noch nichts davon wusste und Mackenzie es ihr nicht erzählen wollte. Auch wenn sie Barbara als Ersatzmutter ansah, war sie nicht sicher, ob ihre Beziehung der Anspannung einer Scheidung gewachsen war – vor allem falls sie beschließen sollte, danach Bel Après zu verlassen.

Und das war ein großes *Falls*. Ihr Kopf sagte ihr, dass es keine Option war zu bleiben, aber ihr Herz war noch nicht bereit, ihr Zuhause, ihre Familie und ihr komplettes Leben zu verlassen. Zu bleiben hieße jedoch, sich zukünftig weiterhin lediglich mit einem zweiwöchigen Gehaltsscheck zufriedenzugeben. Doch wenn sie die Möglichkeit hatte, ihren Traum wahr zu machen, sollte sie es dann nicht wenigstens versuchen?

Zum Glück war gerade Hochsommer und somit auf dem Weingut nicht allzu viel zu tun. Sie überwachte weiter die Weinberge und hatte vor ein paar Tagen eine Fassprobe durchgeführt und Barbara die Ergebnisse mitgeteilt. Mehr würde sie im Moment auch gar nicht schaffen, so unkonzentriert wie sie war. Es war nicht leicht gewesen, ihrer Schwiegermutter gegenüberzusitzen, aber sie hatte versucht, sich so normal wie möglich zu geben, und Barbara schien nicht gespürt zu haben, dass irgendetwas nicht stimmte.

Nun fuhr Mackenzie zu ihrem Haus und ging in ihr kleines Büro. Nachdem sie den Laptop hochgefahren hatte, legte sie einen Ordner für die Scheidung an und öffnete die Dokumente, die ihre Anwältin ihr geschickt hatte. Sie überflog sie kurz, bevor sie sie speicherte, und öffnete danach einen neuen Ordner für Bruno.

Nachdem Rhys ihn als potenziellen Geschäftspartner ins Gespräch gebracht hatte, hatte Mackenzie ein wenig recherchiert. Im Moment wusste sie so viel, wie man für 49,95 Dollar im Handelsregister in Erfahrung bringen konnte. Er war Single, wohlhabend und erfolgreich. Es gab weder Insolvenzen noch Pfandverschreibungen oder schwebende Gerichtsverfahren gegen ihn. Er war nie verhaftet worden. Ihm gehörten verschiedene Immobilien – einige Häuser und Läden. Sein Privatjet war geleast.

Auf dem Papier sah er wie jemand aus, mit dem man gern Geschäfte machte. Doch das echte Leben war etwas anderes. Nicht so ordentlich und strukturiert. Vielleicht zögerte sie aber auch nur, weil sie Angst hatte.

Sie schaute von ihrem Bildschirm auf ihr Handy und wieder zurück, dann fluchte sie leise, nahm das Handy in die Hand und scrollte durch ihre Kontakte, bis sie seine Nummer gefunden hatte.

Bruno antwortete nach dem zweiten Klingeln. »Hallo?«

»Hi, Bruno. Ich bin's, Mackenzie.«

Kurz herrschte Schweigen. »Wie schön, von dir zu hören. Überraschend, aber schön.«

Sie hörte das Lächeln in seiner Stimme und erwiderte es unwillkürlich. »Ja, ich weiß. Normalerweise rufe ich dich nicht an.« Ihr wurde bewusst, dass sie ihn noch nie angerufen hatte. Sie räusperte sich. »Ich habe mich gefragt, ob wir uns wohl unterhalten können, wenn du das nächste Mal in der Stadt bist. Nicht hier auf dem Weingut, sondern woanders. Und wenn du das für dich behalten könntest, wäre das super.«

Sie schloss die Augen und dachte, dass sie die Unterhaltung wirklich hätte üben sollen, bevor sie Bruno angerufen hatte.

»Keine Angst. Es ist nichts Schlimmes«, fügte sie schnell hinzu. »Es ist, äh, etwas Geschäftliches.« Sie hielt inne, weil sie nicht wusste, ob sie die Vertraulichkeitsvereinbarung erwähnen sollte oder nicht. Wie genau flocht man so etwas in eine Unterhaltung ein? Und wo, um alles in der Welt, sollte sie so eine Vereinbarung herbekommen? Gab es entsprechende Vordrucke im Internet?

»Ich bin im Moment in der Stadt«, sagte er. »Wir können uns in einer Stunde treffen.«

»Oh. Das wäre toll. Danke. Ich bin mir nur nicht sicher, wo. Ich will nicht mit dir gesehen werden.« Mackenzie stöhnte. »Sorry. Das klang anders, als es gemeint war. Es geht nicht um dich. Ich möchte nicht, dass man uns zusammen sieht.« *Mist!* »Ich drücke mich total falsch aus.«

Er lachte leise. »Jetzt bin ich neugierig. Wir könnten uns in meinem Hotel treffen. In meinem Zimmer sieht uns keiner. Und bevor du Panik bekommst: Ich habe eine Suite mit Wohnzimmer. Ich verspreche, das ist kein Versuch, dich zu verführen.«

»Darüber mache ich mir keine Sorgen«, erklärte sie. Sie war überhaupt nicht der Typ, den Männer zu irgendetwas verführen wollten. »Wo bist du abgestiegen?«

Sie erwartete, dass er das *Marcus Whitman Hotel* oder eines der hochwertigeren Bed & Breakfasts nennen würde, doch stattdessen erklärte er: »Ich bin im *Marriott Courtyard*.«

»Wirklich?«

»Du klingst überrascht. Ich mag das Hotel. Im Sommer ist es immer voll, und es ist schwer, ein Zimmer zu kriegen, deshalb habe ich die Suite den ganzen Juli und August gemietet. Hier kümmert man sich gut um mich.« Er nannte ihr seine Zimmernummer.

»Ein Mann voller Überraschungen. Wir sehen uns dann in einer Stunde im *Marriott Courtyard*.«

»Ich freue mich drauf.«

Er legte auf, und sofort fragte sich Mackenzie, was sie sich da nur eingebrockt hatte. Vielleicht mutete sie sich zu viel zu. Sollte sie nicht erst die Scheidung hinter sich bringen, bevor sie über andere Veränderungen nachdachte – so in ein oder zwei Jahren? Wenn sie Bel Après jetzt verließe, würde sie die Weinlese verpassen. Was würde ohne sie aus ihren Trauben werden? Die brauchten sie doch …

Erschöpft legte sie die verschränkten Arme auf den Schreibtisch und ließ den Kopf darauf sinken. Entweder du lässt dir ein paar Eier wachsen oder du akzeptierst, dass du für immer auf Bel Après festsitzt, schalt sie sich.

Sobald dieser Gedanke ausgedacht war, richtete sie sich auf. Festzusitzen, überlegte sie überrascht. War es das, was sie fühlte? Denn wenn ja, war ihre einzige Option, etwas zu unternehmen.

Auf dem Weg zum Hotel fühlte Mackenzie sich wie eine drittklassige Schauspielerin in der Schulaufführung eines Agentenstücks. In ihrem Inneren kämpfte die Nervosität mit Angst und Sorgen. Sie hatte keine Ahnung, was sie hier eigentlich machte, und doch war sie hier und tat es. Was immer »es« war.

Reden, dachte sie, während sie das Hotel betrat und zu den Fahrstühlen ging. Sie würden einfach nur reden. Sie würde Bruno um Informationen bitten, die er ihr hoffentlich geben würde. Und dann wüsste sie mehr als jetzt.

Nachdem sie den Fahrstuhl im obersten Stockwerk verlassen hatte, folgte sie der Beschilderung zu Brunos Suite und klopfte an.

»Mackenzie«, sagte er, als er die Tür öffnete.

»Hi.«

Er trat beiseite, um sie eintreten zu lassen.

Sie schaute sich im Raum um – eine kleine Sitzecke, ein Tisch mit ein paar Stühlen, dazu eine geschlossene Tür, die, wie sie vermutete, zum Schlafzimmer führte.

Das ist echt schräg, dachte sie und setzte sich an den Tisch. Bruno nahm ihr gegenüber Platz und schaute sie neugierig, aber entspannt an. Erst da bemerkte sie, dass er eine Anzughose und ein Hemd trug, während sie nur Jeans und T-Shirt anhatte. Ohne Zweifel klebte an ihren Stiefeln Lehm, und sie war nicht sicher, ob sie sich seit dem Morgen die Haare gekämmt hatte. Vielleicht sollte ich anfangen, mehr auf mein Äußeres zu achten, dachte sie düster. Mich für Meetings zurechtmachen. Allerdings hatte sie nicht gewusst, dass das hier ein Meeting sein würde, und Bruno hatte sie schon Dutzende Male gesehen. Sie wusste, dass sie sehr …

»Mackenzie?«

Seine Stimme riss sie aus ihren Gedanken. »Sorry. Ich bin ein wenig durcheinander.«

Er nickte höflich.

Sie überlegte, wie sie anfangen sollte, da fiel ihr wieder ein, dass sie eigentlich eine Vertraulichkeitsvereinbarung dabeihaben sollte, die er unterschreiben musste. So etwas sollte sie sich wirklich schnellstens besorgen.

»Gibst du mir dein Wort, dass das, worüber wir heute sprechen, vertraulich und unter uns bleibt?«

Er zog eine Augenbraue in die Höhe. »Natürlich.«

»Also vertraulichkeitsvereinbarungsvertraulich?«

»Du hast mein Wort, Mackenzie. Nichts von dem, was du mir erzählst, wird diesen Raum verlassen.«

»Danke.« Kurz zögerte sie. »Ich werde Bel Après verlassen.«

Der Satz war ihr ohne nachzudenken über die Lippen gekommen, und erst danach merkte sie, was sie da gerade gesagt hatte. Eigentlich hatte sie vorgehabt, Bruno von der Scheidung zu erzählen, doch die nahm offenbar nicht den ersten Platz in ihrem Kopf ein.

»Du wirkst geschockt«, sagte er leise. »Hast du dich gerade selbst überrascht?«

»Ja, tatsächlich. Ich wollte sagen, dass Rhys und ich uns scheiden lassen und ich darüber nachdenke, Bel Après zu verlassen, aber vielleicht stimmt das gar nicht.«

Sie presste sich die Hand auf die Brust und versuchte, sich zu entspannen. »Angenommen, ich gehe, dann wüsste ich nicht, was ich karrieretechnisch tun sollte. Meine Gedanken kehren immer wieder dahin zurück, dass ich was Eigenes haben will. Ich habe so viele Ideen.«

Erneut hielt sie inne. »Natürlich hat jeder Ideen, aber ich glaube, meine sind durchaus realisierbar. Ich weiß, wie man einen guten Wein keltert. Ich habe etwas Geld, sodass es durchaus eine Option ist, mir ein Weingut zu kaufen. Aber ich will mich nicht um den ganzen geschäftlichen Kram kümmern.«

Sie begegnete seinem Blick, den er die ganze Zeit auf sie gerichtet hielt. »Ich kenne nichts außer Bel Après, deshalb macht mir das alles ein wenig Angst. Aber es ist auch aufregend. Du bist der erfolgreichste Mensch, den ich kenne, deshalb dachte ich, vielleicht könntest du mir ein paar Ratschläge geben.« Unsicher, wie sie die potenzielle Partnerschaft erwähnen sollte, hielt sie inne. Ihn geradeheraus zu fragen kam ihr vermessen vor.

»Wie soll dein Weingut aussehen?«, fragte er.

»Darüber habe ich noch nicht wirklich nachgedacht.«

»Das stimmt nicht. Du denkst schon dein ganzes Leben darüber nach. Also, erzähl es mir.«

Sie schloss die Augen und versuchte, sich den perfekten Ort vorzustellen. »Viel Land. Mehr Land, als ich zu Anfang benötigen würde. Gute Weinstöcke. Stark und gesund. Ich will etwas Etabliertes, das aber nicht schon so fest definiert ist, dass es mir keinen Raum zum Herumexperimentieren lässt, verstehst du? Es gibt Techniken, die ich ausprobieren möchte. Wein kann trendy sein. Gleichzeitig ist klassisch auch wunderschön, und das möchte ich nicht vernachlässigen. Ich möchte etwas Großartiges erschaffen.«

»Es ist klug, darüber nachzudenken, ein alteingesessenes Weingut zu kaufen. Eins von Grund auf aufzubauen würde Jahre und Millionen von Dollar kosten.«

»Ich habe nur zwei Millionen.« *Nur*. Sie versuchte, bei dieser Aussage nicht zu lachen.

»Wo hast du schon geguckt?«

»Bisher noch gar nicht. Ich weiß nicht, wo ich anfangen soll, und außerdem ist da das Problem, dass ich Barbara noch nichts gesagt habe. Rhys weiß es. Er hat mir auch vorgeschlagen, mit dir zu reden.«

»Würdest du in Betracht ziehen, dir einen Partner zu suchen?«

Oh, so wurde das also gemacht. Bei ihm sah das so einfach aus. »Ja, würde ich. Ich brauche jemanden, der sich um die geschäftlichen Dinge einschließlich Marketing kümmert, damit ich in Ruhe tun kann, was ich will.«

»Würdest du auch in Betracht ziehen, mich als Partner an Bord zu holen?«

Sie spürte, dass ihre Augen groß wurden. »Das würdest du wollen?«

Er lächelte. »Mackenzie, du bist die talentierteste Winzerin, die ich kenne. Du bist klug, intuitiv, fleißig und ehrgeizig. Deine Arbeit ist pure Magie. Ja, ich würde sehr gern mit dir ins Geschäft kommen.«

»Klar. Das wäre super. Und wie genau würde das ablaufen?«

»Zuerst möchte ich, dass du wirklich darüber nachdenkst. Das ist eine große Sache. Alles wäre anders. Wir wären gleichberechtigte Partner. Du würdest zwei Millionen Dollar und dein Talent einbringen, und ich würde den Rest des Geldes beisteuern. Ich denke an sechs Millionen.«

Mackenzie unterdrückte ein Keuchen. Acht Millionen Dollar insgesamt? Konnte man dafür nicht schon ein kleines Land kaufen?

»Das würde uns erlauben, etwas zu kaufen, mit dem wir arbeiten können«, fuhr er fort. »Etwas in der Gegend, weil du das Land hier kennst.«

»Wer würde die Geschäfte leiten?«

»Ich.«

»Aber du wohnst nicht hier.«

»Ich bin gerade auf der Suche nach einer neuen Heimat«, erklärte er. »Wenn wir das hier zusammen machen, würde ich in der Stadt bleiben.«

»Aber die ist so klein.«

Sein Lächeln kehrte zurück. »Daran werde ich mich gewöhnen. Sag mir, was du denkst. Ich bitte dich noch nicht gleich um eine Zusage, sag mir einfach nur, ob du es in Erwägung ziehst.«

»Ja, auf jeden Fall.«

»Gut. Ich kenne ein Weingut, das möglicherweise zum Verkauf steht. Eins, das all unsere Kriterien erfüllt.«

Sie hatten schon Kriterien? »Okay. Welches?«

»Painted Moon.«

Mackenzie sprang beinahe vom Stuhl. »Herman will Painted Moon verkaufen?« Das sollte sie vermutlich nicht überraschen, er war immerhin schon über achtzig, und seine Kinder hatten nie etwas mit dem Gut zu tun haben wollen. Aber trotzdem.

»Das ist großartiges Land«, sagte sie. »Nicht nur die Weinberge am Red Mountain, sondern auch der Rest. Wobei das Land am Red Mountain perfekt ist. Unmengen an Nährstoffen. Seine Cabernets sind unglaublich. Es hat mir leidgetan, als er die Weinproduktion reduziert und stattdessen die Trauben verkauft hat. Ich frage mich, wie seine Schatzkammer aussieht. Da könnten Zehntausende Flaschen stehen. Er hatte immer eine hervorragende Lagerzeit. Ich würde wissen wollen, welcher Teil der Ernte verkauft wird. Wir wollen so viele Tonnen wie möglich behalten, weil ich mit allem arbeiten kann und …«

Sie hielt inne, als ihr bewusst wurde, dass sie in einem fort redete. »Bin ich zu enthusiastisch?«

Er lachte. »Nein. Dein Enthusiasmus gefällt mir. Er hat übrigens Wein in Fässern, den wir verkaufen müssten.«

»Ist er gut?«

»Das musst du mir sagen.«

»Er hat den Weinverkauf in letzter Zeit nicht mehr wirklich vorangetrieben, und ich glaube, er hat auch keinen Weinclub«, überlegte sie. »Es könnte schwierig werden, die fertigen Weine zu verkaufen.« Doch das müssten sie irgendwie. Abhängig von der Größe der Fässer sprachen sie hier von Tausenden Gallonen, was umgerechnet Hunderttausende Dollar bedeutete.

»Dafür habe ich schon eine Lösung«, sagte Bruno. »Gib mir einen hochwertigen Cuvée, und ich habe einen Kunden, der schon darauf wartet.«

»Wen?«

»Ich kenne einen Großhändler in China, der einen exklusiven, großartigen Wein sucht.«

»Dann kann ich ihn großartig machen. Wir müssten vielleicht von anderen Weingütern dazukaufen, aber mit der richtigen Mischung schaffe ich das. Herman weiß, wie man Wein herstellt.«

Bruno nickte. »Soll ich mal anrufen und einen Termin vereinbaren, um mit ihm zu sprechen?«

In ihrem Kopf wirbelten die Gedanken durcheinander, aber das Gefühl gefiel ihr. »Ja. Bitte.«

»Außerdem lasse ich von meinem Anwalt einen Vorvertrag aufsetzen, den du dir anschauen kannst. Du wirst einen eigenen Anwalt brauchen, der ihn prüft. Und sprich auch mit Rhys darüber.«

Noch ein Anwalt? »Ich schätze, dass meine Scheidungsanwältin das nicht übernehmen könnte?«

»Nein, dafür brauchst du einen Anwalt, der sich mit Vertragsrecht auskennt.«

Sie nickte. »Warum hat Rhys mir deinen Namen als potenziellen Geschäftspartner genannt?«

»Ich habe mit ihm darüber gesprochen, dass ich was kaufen möchte. Ich wollte seinen Rat.« Er stand auf. »Wir müssen das für uns behalten, Mackenzie. Rhys darf davon wissen, aber sonst niemand.«

»Ja, das sehe ich genauso. Ich werde nichts verraten. Nicht einmal Stephanie gegenüber.«

Er streckte ihr die Hand hin. »Dann legen wir gemeinsam los?«

Sie stand auf, schüttelte seine Hand und lächelte. »Ist das hier ein Handschlag unter Kaufleuten?«

»Allerdings.«

Sie lachte. »Painted Moon. Ich kann dir gar nicht sagen, wie aufgeregt ich bin. Sag Bescheid, wann wir uns mit Herman treffen. Ich kann's kaum erwarten, seine Weine zu probieren und mir das Gut anzuschauen.«

»Ich rufe ihn heute noch an und melde mich dann bei dir.«

»Danke.«

Sie trat auf den Flur hinaus und zwang sich, normalen Schrittes zum Fahrstuhl zu gehen, obwohl sie am liebsten tanzen, hüpfen und herumwirbeln wollte. Painted Moon! Das bot so viele Möglichkeiten. Sie kannte die Weinberge, die Herman gehörten, und die Qualität der Trauben. Da war so viel Potenzial, so viel, das sie tun konnte. Bis sie von Bruno hörte, würde sie nur positiv denken und versuchen, nicht zu viel zu lächeln. Bruno hatte recht – niemand durfte erfahren, was sie planten. Aber sie wusste es. Und für den Moment war das genug.

12. KAPITEL

Stephanie bog auf den Parkplatz des Restaurants ein. Noch während sie den Motor abstellte, überlegte sie, einfach wieder nach Hause zu fahren. Sie hatte keine Lust auf einen Restaurantbesuch, aber Kyle hatte sie in einem schwachen Moment erwischt, und seine Behauptung, dass er nur mit ihr essen und keinen Sex wollte, hatte sie beruhigt. Nicht, dass sie sich Sorgen machte, sie könnte nachgeben. Noch immer hatte sie mit den Nachwirkungen ihrer schlechten Reaktion auf Mackenzies Scheidung zu kämpfen. Und auch wenn sie sich mit ihrer Schwägerin versöhnt hatte, war sie von ihrem eigenen Verhalten noch immer so schockiert, dass ihr gerade nicht der Sinn danach stand, etwas Wildes zu tun.

Sie stieg aus. Wenn sie sich schon die Mühe gemacht hatte, sich zu schminken, konnte sie genauso gut ein schönes Essen genießen. Vielleicht würde Kyles Gesellschaft sie ein wenig ablenken. Schließlich war es mit ihm immer locker und lustig.

Nachdem sie der Empfangsdame ihren Namen genannt hatte, wurde sie zu einem Ecktisch geführt. Kyle stand auf und lächelte, als sie näher kam.

»Hey, meine Schöne.«

Diese alberne Begrüßung ließ auch sie lächeln. »Wohl kaum«, sagte sie und beugte sich vor, um ihm einen Kuss auf die Wange zu geben. »Aber du siehst gut aus.«

Und das tat er. Wie immer. Gepflegt und sehr attraktiv mit seinen blonden Haaren und blauen Augen. Es gab einen Grund, warum er so erfolgreich im Fernsehen war, und das lag nicht allein an seiner Liebe zum Sport. Frauen beteten ihn an – das hatten sie schon immer getan. Traurigerweise erwiderte er diese Anbetung, was ihrer Ehe nicht gutgetan hatte.

»Nur damit das klar ist«, sagte Stephanie. »Was ich vorhin am Telefon gesagt habe, war ernst gemeint. Es wird heute keinen Sex geben.«

Er presste sich die Hand aufs Herz. »Das verletzt mich. Ich habe gesagt, nur ein Abendessen, und das habe ich auch so gemeint.«

Misstrauisch musterte sie ihn. »Wirklich? Denn Seattle ist gute sechs Stunden mit dem Auto entfernt.«

»Ich war in Pullman«, erklärte er. »Für ein Interview mit einem der Football-Trainer.«

»Also bin ich nur ein angenehmer Zwischenstopp auf dem Weg nach Hause.« Das fand sie beruhigend.

Sie schaute sich in dem trendigen Bistro um. »Hier bin ich seit einer Ewigkeit nicht mehr gewesen. Das Essen ist wirklich gut, genau wie die Weinkarte. Leider bin ich mit dem Auto hier, also nur ein Glas für mich.«

»Wir nehmen eine Flasche. Wenn du zu viel getrunken hast, kannst du Avery anrufen, damit sie dich abholt. Auf dem Parkplatz steht dein Auto sicher.«

»Was ist mit dir?«

»Ich bin in einem Hotel in der Nähe abgestiegen. Avery und ich brunchen morgen zusammen.«

»Wirklich? Davon hat sie mir gar nichts gesagt.« Na super. Erst war sie eine schreckliche Freundin, und nun kommunizierte sie nicht mal mehr mit ihrer Tochter.

»Stopp«, sagte er sanft. »Was auch immer du gerade denkst, es ist falsch. Ich habe ihr erst vor zehn Minuten eine Nachricht geschickt und mich zum Brunch mit ihr verabredet. Ich habe gewartet, bis ich wusste, dass ich ein Hotelzimmer habe.«

»Oh. Das klingt schon besser.«

Er schenkte ihr sein charmantestes Lächeln. »Warum nimmst du immer gleich das Schlimmste an?«

»Du kannst nicht wissen, was ich gedacht habe.«

Statt einer Antwort zog er nur eine Augenbraue in die Höhe. Stephanie seufzte.

»Na gut. Ich dachte, dass sie und ich kaum noch miteinander sprechen, außer wenn wir uns streiten. Hat sie dir gesagt, dass ich sie von der Liebe ihres Lebens fernhalte?«

»Sie hat erwähnt, dass du bezüglich der ganzen Sommerpartys, zu denen sie eingeladen ist, etwas schwierig bist.«

»Ich mache mir Sorgen, dass sie mit Alexander schläft. Dazu ist sie noch zu jung, und er wird ihr das Herz brechen.«

»Du bist eine gute Mutter.«

»Ich wünschte, das wäre wahr.«

Ihr Kellner kam an den Tisch und nahm ihre Bestellung auf. Stephanie beschloss, Kyles Vorschlag, sich von Avery abholen zu lassen, anzunehmen, und bestellte einen Cocktail, genau wie er.

Als sie wieder allein waren, sagte sie: »Carson hat im Baseball-Camp viel Spaß. Und seine Statistik sieht super aus.«

»Ein ganzer Punkt weniger als letztes Jahr. Und seine Treffer werden mehr.«

»Die Sportlichkeit hat er von dir«, sagte sie.

»Das würde ich mir gern auf die Fahne schreiben, aber ich glaube, unser Sohn ist eine Laune der Natur. Niemand auf meiner Seite ist so talentiert wie er.«

Sie lächelte. »Vielleicht bekommt er mal einen Millionen-Dollar-Vertrag und kauft uns beiden ein Haus.«

»Wir beide haben bereits Häuser.«

»Ach, eins, das ein wenig weiter weg von meiner Mutter ist, wäre nicht schlecht.«

»Du könntest nach Seattle zurückziehen.«

Stephanie rümpfte die Nase. »Und was sollte ich da tun? Meine Fähigkeiten sind sehr begrenzt.«

»Bist du deswegen so traurig?«

Fassungslos sah sie ihn an. »Woher weißt du, dass ich traurig bin?«

»Avery hat mir erzählt, dass irgendwas los ist.«

»Ich bin überrascht, dass ihr das aufgefallen ist. Wolltest du dich deshalb mit mir zum Essen treffen?« Sie war nicht sicher, ob ihr der Gedanke gefiel.

»Nein. Ich mache mir nur Sorgen. Du bist die Mutter meiner Kinder, und wir sind immer Freunde gewesen.« Er beugte sich vor. »Erzähl mir, was los ist, Steph. Ich möchte dir helfen.«

Kurz überlegte sie, ob sie ihm vertrauen konnte oder nicht. »Du musst es aber für dich behalten.«

Er hob die Hand. »Großes Pfadfinderehrenwort. Schieß los.«

Sie erzählte ihm von Mackenzie und Rhys. »Ich war total geschockt«, gab sie zu. »Und ich habe nicht so toll darauf reagiert. Ich habe Mackenzie angeschrien, weil sich jetzt alles verändert und ich nicht will, dass mein Leben auf den Kopf gestellt wird.« Sie schlug die Hände vors Gesicht. »Ich war eine furchtbare Freundin und schäme mich so dafür, wie ich mich verhalten habe. Statt sie zu unterstützen, habe ich ihr Vorwürfe gemacht.«

»Du bist zu hart zu dir.«

»Ach, bitte. Ich habe sie komplett im Stich gelassen.«

»Hast du dich bei ihr entschuldigt?«

»Ja.«

»Dann ist alles gut. Du hast einen Fehler gemacht und ihn korrigiert. Natürlich war das ein Schock. Rhys und Mackenzie sind zusammen, seitdem ihr auf dem College wart. Dass sie sich trennen, bringt die Familiendynamik ordentlich durcheinander.«

Der Kellner brachte die Drinks – einen Whiskey-Soda für Kyle und eine Margarita on the Rocks für Stephanie.

»Ich geißel mich deswegen immer noch«, gestand sie.

»Ist das deine Art, dich von dem abzulenken, was eigentlich los ist? Die Scheidung macht dich doch bestimmt traurig.«

Sie funkelte ihn an. »Seit wann bist du so einfühlsam? Hör sofort damit auf.«

Er grinste. »Ich kann nicht anders, Steph. Manchmal bin ich einfach beeindruckend. Gib's zu.«

»Manchmal«, grummelte sie und seufzte dann. »Ob ich meine Schuldgefühle vorschiebe, um mich vor dem zu schützen, was wirklich bei ihnen los ist? Vielleicht. Ich weiß es nicht. Ja, es macht mich traurig. Außerdem hatte ich keine Ahnung, dass die beiden so unglücklich waren.«

»Du machst Witze. Wie konnte dir das entgehen? Sie haben sich nie wie ein Paar verhalten. Weder haben sie sich unterhalten noch berührt noch beim Essen nebeneinandergesessen.«

»Wieso habe ich das nicht gesehen?«

»Du standest ihnen zu nahe. Ich bin ab und zu vorbeigeschneit, und so war es leichter, ein Muster zu sehen. Ich sage nicht, dass sie einander hassen, aber sie sind kein Paar mehr.«

»Also überrascht dich die Scheidung nicht?«

Er schüttelte den Kopf. »Nicht wirklich. Mackenzie sollte in die Welt hinausziehen und was Eigenes machen.« Nachdenklich nippte er an seinem Drink. »Was für dich natürlich Mist wäre. Du versuchst, den Mut aufzubringen, dir einen neuen Job zu suchen, und mit einem Mal schnappt Mackenzie dir die einzige Chance weg zu gehen.«

Was in ihrem Kopf so logisch geklungen hatte, wirkte auf einmal lächerlich, wenn er es sagte.

»Es gibt nicht nur eine Chance zu gehen«, verteidigte sie sich. »Es ist ja nicht wie der letzte freie Platz in einem Flugzeug. Ich könnte immer noch gehen, wenn ich wollte.«

Wieder hob er die Augenbrauen. »Das sagst du zwar, aber ich bezweifle, dass du es auch glaubst.«

Stephanie sackte in sich zusammen. »Stimmt. Das tue ich nicht. Sobald Mackenzie es mir erzählt hatte, hatte ich das Gefühl, dass mir meine einzige Chance, jemals zu entkommen, geraubt worden war. Ich bin so schwach.«

»Du bist nicht schwach, du weißt nur nicht, was du willst. Du hast ein bequemes Leben. Ein großes Haus, das dir gehört, glückliche Kinder, die Familie in der Nähe. Sicher, ein Teil von dir will mehr – einen Job, der dich fordert –, aber das hat seinen Preis. Warum also Staub aufwirbeln?«

Sie nahm einen großen Schluck von ihrer Margarita. »Du meinst, ich bin rückgratlos.«

»Ich sage, dass du dich behaglich eingerichtet hast. Das macht es schwer, die nötigen Veränderungen anzugehen.«

Das entsprach der Wahrheit, trotzdem wusste sie nicht, ob ihr gefiel, was das über sie aussagte.

»Ich muss ein besserer Mensch werden«, murmelte sie.

»Nein. Du musst dich entscheiden, was du wirklich willst.«

»Ich hatte ein Bewerbungsgespräch. Na ja, so was in der Art.« Sie erzählte ihm von dem Treffen mit den Zwillingen. Am Ende der Geschichte lachte er laut.

»Die beiden haben also Sex?«

»Igitt, Bruder und Schwester. Daran will ich gar nicht denken. Und warum musst du immer gleich Sex ins Spiel bringen?«

»Ich bin ein Mann. So sind wir nun mal gestrickt.«

»Dann hör auf damit. Sex ist nicht die Antwort auf alles. Sieh uns an. Uns geht es viel besser, seitdem wir keinen Sex mehr miteinander haben.«

»Sprich bitte nur für dich.«

Sie ignorierte den Einwurf. Auf keinen Fall würde sie wieder in alte Verhaltensmuster verfallen. Mit Kyle zu schlafen war nur eine Ablenkung. Genauso wie ihr mehr oder weniger tolles Leben. Sie hatte sich gerade behaglich genug eingerichtet, um keine Motivation zu haben, etwas Besseres zu suchen.

»Ich brauche Ziele«, verkündete sie. »Und einen Plan, um sie zu erreichen.«

Erneut beugte er sich vor und lächelte sie an. »Wie wär's, wenn wir mit einer zweiten Runde Drinks anfangen? Danach erobern wir die Welt.«

Sie hob ihr Glas. »Ich bin dabei.«

Mackenzie fühlte sich wie eine Vierjährige an Heiligabend. Sie war aufgeregt, glücklich und voller Vorfreude auf neue Möglichkeiten. Vom Kopf her wusste sie, dass es noch ein weiter Weg war, bis sie und Bruno Painted Moon ihr Eigen nennen konnten, aber allein darüber nachzudenken, was alles passieren könnte, machte sie glücklich.

Im Laufe der nächsten Tage erledigte sie ihre Arbeit auf Bel Après, aber ihre gesamte Freizeit nutzte sie, um darüber nachzudenken, was sie alles anders machen würde, wenn sie die Möglichkeit dazu bekäme. Sie hatte so viele Ideen, es gab so viele Dinge, die sie ausprobieren und verändern wollte.

Anstatt mit Rhys zu sprechen, hatte sie ihre Scheidungsanwältin nach einer Empfehlung für einen Firmenanwalt gefragt, der ihr mit der Partnerschaftsvereinbarung helfen konnte. Ein zweistündiges Telefonat und weitere fünftausend Dollar Anzahlung später hatte sie offiziell einen zweiten Anwalt engagiert. Zusammen mit dem Vertrag und der Quittung für ihren Scheck hatte der ihr eine Liste von Artikeln über das Gründen einer gemeinsamen Firma geschickt, die sie lesen sollte. Darunter ein paar über Fallstricke und Fehler, die Anfängern unterlaufen konnten. Außerdem hatte er ihr eine Vertraulichkeitsvereinbarung angehängt, die sie ausdrucken und sich von den Leuten, mit denen sie zu tun haben würde, unterschreiben lassen konnte.

Wie sie Bruno versprochen hatte, verlor sie niemandem gegenüber auch nur ein Wort – auch nicht Rhys oder Stephanie gegenüber, was ihr unendlich schwerfiel. Manchmal glaubte sie, vor Freude über das Geheimnis zu platzen.

Sie war auf der Rückfahrt von Oregon, wo sie die Weinberge inspiziert hatte. Zur Mittagszeit unter der Woche war der Verkehr nicht allzu schlimm, sodass sie ihr Büro rechtzeitig für ein spätes Mittagessen erreichte. Die Köchin hatte einen Quinoa-Salat mit Erdnussdressing vorbereitet, was köstlich klang. Mackenzie war kurz vorm Verhungern, denn sie hatte das Frühstück ausfallen lassen, um früh mit der Arbeit anzufangen.

Während sie das Dressing über den Salat mit Gemüse und Kichererbsen gab, fragte sie sich, ob Rhys sich wohl für ein Fast-Food-Menü weggeschlichen hatte. Er weigerte sich aus Prinzip, Quinoa zu essen. Das hatte irgendetwas damit zu tun, dass er ein Mann war und sich gegen das Diktat des Getreides auflehnte oder so ähnlich.

Darüber musste sie immer noch lächeln, als er den oberen Pausenraum betrat. In der Hand hielt er einen großen Umschlag.

»Ich habe gerade an dich gedacht«, sagte sie lachend und deutete auf ihren Salat. »Hast du deinen gegessen?«

Anstatt ihr Lächeln zu erwidern, drehte er sich halb weg. »Ich bin zum Mittagessen außer Haus gewesen.«

»Rhys? Was ist los?«

Er verspannte sich, bevor er sie ansah. Seine Miene war ernst. »Nichts. Warst du in den Weinbergen am Seven Hills?«

»Ja. Die Berieselungsanlage läuft einwandfrei, und mir gefällt, wie die Trauben reifen. Wir werden ein gutes Jahr haben.«

Er deutete in Richtung Flur, woraufhin ein Mann, den Mackenzie nicht kannte, hereinkam. »Mackenzie Dienes?«

Sie schaute von dem Fremden zu Rhys und wieder zurück. »Ja.«

»Ich wusste nicht, wie ich das machen soll«, erklärte Rhys. »Was der richtige Zeitpunkt ist oder …«

Der andere Mann nahm Rhys den Umschlag ab und reichte ihn Mackenzie. Instinktiv nahm sie ihn entgegen.

»Die Papiere wurden ordnungsgemäß zugestellt«, sagte der Mann und ging.

Mackenzie starrte Rhys an. »Ich verstehe nicht …«

Er ließ die Schultern sinken. »Ich weiß. Das sind die Scheidungspapiere.«

Beinahe hätte Mackenzie den Umschlag fallen lassen, als ihr die Bedeutung seiner Worte klar wurde. Die Scheidungspapiere? Ja, sie hatte sich mit einer Anwältin getroffen, und sie wusste, dass sie sich auf eine Scheidung zubewegten, aber sie hatte nicht gedacht, hatte nicht erwartet …

Die Glücksgefühle der letzten Tage lösten sich schlagartig in Luft auf, genau wie ihre gute Laune. Ihr Körper schien in sich zusammenzusacken, als würde sie immer kleiner werden und bald ganz verschwinden.

Langsam und vorsichtig legte sie den Umschlag auf den Tisch und kämpfte gegen den Drang an, ihre Hände zu schrubben, bis jede Spur von dem Papier abgewaschen war.

»Mackenzie?«

»Schon okay.« Sie sah ihn nicht an und hoffte, dass sie fröhlicher klang, als sie sich fühlte. »Wir haben darüber gesprochen. Es ist der nächste Schritt, richtig?« Sie zwang sich zu einem Lächeln und drehte sich zu Rhys um. »Ich werde sie mir ansehen und dann Ramona eine Kopie zukommen lassen.«

»Geht es dir gut?«

»Ja, alles wunderbar. Mach dir keine Sorgen.« Nach einem tiefen Atemzug fuhr sie fort: »Irgendwann müssen wir einen Plan machen, wem wir es erzählen und wann. Ich schätze, dafür bin ich zuständig, wegen Barbara und allem. Vielleicht könnten wir die Scheidung zuerst erwähnen und den anderen Kram auslassen, bis ich weiß, was ich tun werde. Aber bitte nicht heute. Wenn wir das an einem anderen Tag machen könnten, wäre das super. Wir haben morgen das Familienessen, aber da können wir uns noch zusammenreißen, oder? Außer natürlich, du willst jemanden mitbringen. In dem Fall …«

Er legte ihr eine Hand auf den Arm. »Mackenzie, hör auf zu reden.«

»Okay.«

»Es tut mir leid«, sagte er. »Ich dachte, du wärst so weit.«

»Das bin ich auch«, log sie.

»Ich hoffe, das stimmt. Ich will dich nicht drängen.«

Die Worte klangen richtig, aber seine Taten sprachen eine andere Sprache. Oder vielleicht wollte er wirklich nicht drängen, sondern ging nur in seiner eigenen Geschwindigkeit voran, die einem »Lass es uns endlich hinter uns bringen« wesentlich näher war als ihre.

»Wir müssen der Familie nichts sagen, bis du dazu bereit bist. Das Abendessen gehen wir ganz locker an, genau wie unser Zusammenleben, das doch ganz gut funktioniert.«

Damit hatte er recht. Sie wohnten immer noch unter einem Dach und lebten ihr Leben wie vorher. Wie traurig war es bitte, dass die Tatsache, dass sie sich scheiden ließen, so wenig verändert hatte? Und wenn das stimmte, warum fühlte sie sich dann so schrecklich?

»Danke.« Sie trat zurück und zwang sich, den Umschlag mitzunehmen. »Und danke hierfür.«

Er beobachtete sie. »Da drin findest du einen Vorschlag für eine Scheidungsvereinbarung. Es ist so, wie wir es besprochen haben. Ich möchte fair sein.«

»Das weiß ich sehr zu schätzen. Ich werde mit Ramona sprechen.«

Für eine Sekunde zögerte er, dann öffnete er die Tür zum Pausenraum und ging. Mackenzie schaute von dem Umschlag zu ihrem Salat. Jeglicher Appetit war ihr vergangen. Auf dem Weg zu ihrem Büro ging sie in den Waschraum und erbrach den wenigen Inhalt ihres Magens. Nachdem sie sich den Mund ausgespült hatte, lehnte sie die Stirn gegen die kühlen Kacheln und sagte sich, dass sie nicht weinen würde. Das durfte sie nicht, denn dann würden sich alle fragen, was mit ihr los war. Von jetzt an bis zum Feierabend, wenn sie nach Hause ginge, musste sie so tun, als wäre alles in Ordnung. Auch wenn sie wusste, dass das nicht stimmte.

Mackenzie stand in ihrem Ankleidezimmer und überlegte, was sie zu dem Familiendinner anziehen sollte, das Barbara alle paar Wochen einberief. Dort zu erscheinen war Pflicht. Normalerweise freute sich Mackenzie auf diese Zusammenkünfte, weil sie eine Möglichkeit waren, sich mit den Menschen zu unterhalten, die sie am meisten auf der Welt liebte. Doch heute nicht – nicht, wenn sie und Rhys gerade dabei waren, sich zu trennen, und sie überlegte, Bel Après zu verlassen. So zu tun, als wäre alles normal, würde unter diesen Umständen ein Maß an Schauspielkunst erfordern, von dem sie sich ziemlich sicher war, dass sie es nicht hatte.

Trotzdem, nicht hinzugehen war keine Option, also musterte sie die Kleider in ihrem Schrank und hoffte, eines von ihnen würde ihr ein wenig Mut verleihen.

Letztendlich entschied sie sich für ein schlichtes Etuikleid mit eckigem Ausschnitt. Der dunkelgrüne Stoff brachte ihre roten Haare gut zur Geltung. Dazu zog sie ein paar nudefarbene Pumps an und kehrte ins Badezimmer zurück, um zu gucken, ob ihr minimales Make-up in Ordnung war, bevor sie nach unten ging.

Rhys hatte bereits geduscht und sich eine Anzughose samt Hemd angezogen und saß an seinem Computer. Während er tippte, lächelte er. Sie wollte ihn gerade fragen, was er da machte, als er aufschaute und sie sah. Sein Lächeln schwand, und sein Blick huschte von ihr zum Bildschirm und wieder zurück. Wenn sie seine Miene richtig deutete, würde sie sagen, dass er sich schuldig fühlte. Warum, um alles in der Welt …

Ihr Magen zog sich zusammen, als sie erkannte, dass sein Verhalten etwas mit einer anderen Frau zu tun hatte. Vermutlich schickte er ihr nur eine E-Mail, aber trotzdem.

»Du siehst hübsch aus«, sagte er. »Aber wir haben noch zwanzig Minuten, bis wir da sein müssen.«

»Ich weiß. Ich dachte, ich gehe vorher bei Stephanie vorbei. Wir treffen uns dann bei deiner Mutter?«

»Klar.« Wieder schaute er kurz auf den Bildschirm. »Gibt es sonst noch was?«

Sie überlegte, ihn zu fragen, mit wem er chattete, tat es aber nicht. Was auch immer da passierte, ging sie nichts mehr an. Und falls er sich bereits anders orientiert hatte, wäre sie zwar geschockt, aber auch das war ihr Problem, nicht seins.

Sie ging zu Stephanies Haus hinüber und trat nach kurzem Anklopfen ein.

»Ich bin's!«, rief sie.

»Bin im Büro!«, rief ihre Schwägerin zurück.

Mackenzie ging den kurzen Flur hinunter zu Stephanies Büro.

Der Raum hatte helle Wände, an denen bunte Gemälde hingen. In den offenen Regalen standen die verschiedenen Pokale und Auszeichnungen, die Stephanies Kinder errungen hatten, dazu einige Kunstprojekte. Einige der Zeichnungen waren gerahmt – Strichmännchen, die neben professionellen Malereien ihren Platz gefunden hatten.

Stephanie schaute auf und lächelte. »Hey, du. Wie läuft's? Ich bin ein paar Mal bei dir vorbeigegangen, aber du bist dieser Tage nie zu Hause.«

»Sorry. Ich hatte viel um die Ohren.« Mackenzie schloss die Tür hinter sich und setzte sich auf einen Stuhl. »Rhys hat mir heute die Scheidungspapiere überbringen lassen.«

In Stephanies Augen schimmerte Mitgefühl. »Kommst du damit klar, oder muss ich zu ihm rübermarschieren und ihn verhauen?«

»Ich komme klar. Irgendwie.« Sie dachte an den Schock, als ihr der Umschlag überreicht worden war. »Ich wusste nicht, dass ein Gerichtsdiener kommt und einem die Papiere bringt. Damit hatte ich nicht gerechnet.«

Stephanie klappte ihren Laptop zu. »Du musst wütend auf ihn werden. Wut gibt dir Antrieb.«

»Four würde dir sagen, dass man das nicht sagen sollte.«

»Four lebt in einer Welt, in der Waldgeister ihr jeden Morgen beim Anziehen helfen.« Abwehrend hob Stephanie die Hand. »Das klang zickiger, als es gemeint war. Aber du verstehst, was ich damit sagen will. Eine Scheidung ist ätzend, auch wenn ihr beide sie wollt. Ich war am Boden zerstört, als das mit Kyle zu Ende ging, und er hatte mich jahrelang betrogen. Wenn man heiratet, verpflichtet man sich dem anderen gegenüber und geht davon aus, dass es für immer hält. Herauszufinden, dass das nicht stimmt, ist nicht leicht. Man hat das Gefühl, gescheitert zu sein und etwas Wichtiges verloren zu haben. Ich hatte fürchterliche Angst, aber ich hatte wenigstens einen Ort, an den ich flüchten konnte. Du wirst allein in die Welt hinausmarschieren. Das muss verwirrend sein. Und es ist bestimmt schwer, darüber nachzudenken. Ich kann mir vorstellen, dass du dich verloren fühlst. Und dann lässt mein blöder Bruder dir die Scheidungspapiere bringen. Soll ich ihn wirklich nicht verhauen?«

Mackenzie brachte ein Lächeln zustande. »Danke, aber nein.«

»Ich könnte das. Vor allem weil er nicht zurückschlagen würde. Geht es dir gut?«

»Manchmal. Und manchmal fühle ich mich, wie du es gesagt hast: verloren.« Sie seufzte. »Ich denke an all die letzten Male. Ist das heute das letzte Familiendinner? Das letzte Mal, dass ich die Keksflagge raushänge, das letzte Mal, dass ich dich hier besuche?« Sie blinzelte gegen das Brennen in ihren Augen an.

»Du wirst mich hier noch sehr oft besuchen. Wir werden befreundet bleiben. Wenn du versuchst, dich zurückzuziehen, werde ich dich stalken, bis du aufgibst. Wir werden ewig Freundinnen bleiben. Oder glaubst du nicht daran?«

»Doch. Aber ich mache mir Sorgen, dass deine Mutter dich in eine schwierige Lage bringen wird. Und ich möchte nicht, dass du dich entscheiden musst.«

»Sie ist zwar nervig, aber nicht komplett unvernünftig.« Stephanie hielt inne. »Okay, ist sie doch. Aber nicht immer. Du und ich, wir werden gemeinsam alt.«

Mackenzie nickte. »Das will ich auch. Aber manchmal ist es schwer, über das hinauszusehen, was jetzt gerade passiert. Ich verliere alles, das mich erdet. Es ist nicht leicht, einfach so umherzutreiben.«

»Ich werde dein Anker sein.« Stephanie runzelte die Stirn. »Warum klingt das wie ein Songtitel?«

»Ich weiß nicht. Vielleicht ist es einer. Vermutlich aus den Achtzigern. Damals gab es viele gute Songtitel.«

»Du warst in den Achtzigern gerade mal geboren, woher willst du das wissen?«

Mackenzie lachte. »Ich weiß so einiges.«

Nun musste Stephanie lachen. »Du bist so seltsam.« Sie schaute auf die Uhr an der Wand. »Okay, wir müssen jetzt los, sonst kommen wir zu spät. Und du weißt, wie meine Mom ist, wenn jemand zu spät kommt.«

Sie standen auf und verließen gemeinsam das Büro. An der Haustür blieb Mackenzie stehen. »Kommt Avery nicht mit?«

»Sie ist schon drüben. Sie mag es, Zeit mit ihrer Großmutter zu verbringen, wenn du das glauben kannst.« Sie schüttelte sich und lachte dann.

Mackenzie wusste nicht, was sie dazu sagen sollte. Sie und Barbara waren immer gut miteinander zurechtgekommen. Vielleicht weil sie nicht blutsverwandt waren. Mackenzie war so dankbar gewesen, eine Ersatzmutter zu haben, dass sie über die, nun ja, Eigenarten von Barbara hatte hinwegsehen können. Außerdem hatten sie das Weingut als Gemeinsamkeit. Sie beide konnten stundenlang über Bel Après reden, ohne dass ihnen die Worte ausgingen.

Gemeinsam überquerten sie den Hof und gingen die Treppe zum Haupthaus hinauf. Als Stephanie einmal klopfte und dann die Haustür öffnete, musste Mackenzie wieder an die »letzten Male« denken. War das hier das letzte Mal, dass sie durch die große Holztür trat? Das letzte Mal, dass sie jeden lächelnd und mit einer Umarmung begrüßte? Hatte sie das letzte Weihnachten, Ostern, die letzte Sommersonnenwendfeier schon hinter sich?

Traurigkeit ergriff sie und erschwerte ihr das Atmen. Veränderungen waren schwer, aber das hier war noch wesentlich schwerer, als sie gedacht hatte. Ihre Ängste galten nicht so sehr den verschiedenen Feiertagen, sondern vielmehr dem Gedanken, wann sie das letzte Mal würde sagen können: Das hier ist meine Familie. Denn es war die einzige Familie, die sie auf der Welt hatte, und wenn sie und Rhys geschieden waren, wäre sie komplett allein. Wer würde sie dann sein?

13. KAPITEL

Stephanie hatte Avery ein paar Tage lang beobachtet, ohne es sich anmerken zu lassen. Was nicht leicht war, denn Avery war sechzehn und daher von Natur aus misstrauisch, was ihre Mutter anging. Doch beim Familiendinner hatte Avery mit angehört, wie sie Mackenzie gefragt hatte, ob es ihr gut ginge, und daraufhin wissen wollen, was los war. Stephanie fragte sich, ob es richtig gewesen war, es ihrer Tochter zu erzählen. War Avery schon erwachsen genug, um mit dieser Information umzugehen?

Alles schien gut zu laufen, bis Stephanie am Sonntagmorgen an Averys Zimmertür klopfte. Was auch immer gerade in ihrer aller Leben los war, am Sonntag gab es ein großes Frühstück mit allem, was ihre Kinder wollten.

»Avery, Süße, ich mache jetzt Frühstück. Was willst du? Pfannkuchen und Bacon? Ein Omelett?«

»Nichts. Geh weg.«

Normalerweise wäre Stephanie bei dieser rüden Antwort aus der Haut gefahren, doch etwas im Ton ihrer Tochter ließ sie die Tür öffnen und ins Zimmer treten.

Sonnenlicht fiel auf das ungemachte Bett und die überall herumliegenden Klamotten. Doch was wirklich ihre Aufmerksamkeit erregte, war, dass ihre Tochter in der hintersten Ecke zusammengerollt auf dem Fußboden lag.

Stephanie eilte zu ihr, ließ sich auf die Knie sinken und streckte die Arme nach ihr aus.

»Was ist los? Hast du Schmerzen? Hat dir jemand wehgetan?«

Avery schob sich weg und setzte sich auf. »Mir geht's gut. Lass mich in Ruhe.« Tränen rannen ihr über die Wangen. Ihre Augen waren rot, das Gesicht war ganz blass. »Ich will nicht darüber reden. Geh weg.«

Stephanie ignorierte das alles und zog ihre Tochter in die Arme. Avery wehrte sich für eine Sekunde, bevor sie sich gegen ihre Brust sinken ließ. Aus den Tränen wurden herzzerreißende, den ganzen Körper schüttelnde Schluchzer.

Stephanie hielt sie fest, strich ihr über den Rücken und wartete, bis der Sturm vorbei war. Sie war sich ziemlich sicher, dass ihre Tochter nicht krank war, womit nur Herzschmerz oder etwas viel Schlimmeres in Betracht kam. Kurz schoss ihr das Wort »Vergewaltigung« durch den Kopf, doch sie schob es beiseite. Bevor sie ausflippte, würde sie versuchen herauszufinden, was wirklich passiert war.

Nach ein paar Minuten straffte Avery die Schultern. »Alexander hatte Sex mit Bettina. Er meinte, er hätte es gemusst, weil ich nicht mit ihm schlafen wollte, also kann ich nicht sauer sein, weil es meine Schuld ist. Das hat mich so wütend gemacht, dass ich mit ihm Schluss gemacht habe. Dann wurde er wütend und meinte, ich wäre ein dummes, unreifes Mädchen und er hätte keine Lust mehr, seine Zeit mit mir zu vergeuden.«

Anstatt loszuschreien und zum Auto zu stürmen, um zu dem fraglichen Jungen zu fahren und ihm eine ordentliche Tracht Prügel zu versetzen, zwang Stephanie sich zu bleiben, wo sie war.

»Das tut mir sehr leid«, murmelte sie. »Jungs können echte Arschlöcher sein. Du hast das Richtige getan. Ich bin sehr stolz auf dich, Süße. Ich weiß, es tut so unendlich weh. Dir ist schlecht, und du stellst alles infrage, was du gesagt und getan hast, aber glaub mir, du bist sehr stark.«

Avery nickte und schnappte sich die Taschentücher vom Schreibtisch. »Das musste ich sein, weißt du? Ich wollte mich von ihm nicht so behandeln lassen, wie du dich von Dad hast behandeln lassen.«

Im ersten Moment verstand Stephanie gar nicht, was ihre Tochter gerade gesagt hatte.

»Wovon redest du da?«

Avery wischte sich das Gesicht ab. »Davon, dass Dad dich betrogen hat. Ich weiß das schon eine ganze Weile, Mom. All den Mist, den er gemacht hat.«

Sie putzte sich die Nase. »Ich habe mit ihm darüber gesprochen. Er hat mir gesagt, dass das falsch von ihm war und ich niemals zulassen soll, dass ein Junge mir das antut, was er dir angetan hat. Er hat Fehler gemacht, und du hast darunter gelitten.«

Stephanie war unglaublich dankbar, dass sie auf dem Boden saß – ansonsten hätten ihre Beine jetzt unter ihr nachgegeben. Schock, Scham und Grauen wallten in ihr auf.

»Ich habe nie gewusst, warum du und Dad euch getrennt habt, aber als ich das mit dem Fremdgehen erfahren habe, ergab alles einen Sinn. Carson habe ich es nicht erzählt. Er will solche Sachen nicht wissen.« Wieder füllten sich ihre Augen mit Tränen. »Als Alexander mir erzählt hat, was er getan hat, habe ich mich so schrecklich gefühlt. Als hätte er alles verraten, was wir je hatten. Als er versucht hat, mir die Schuld zu geben, wusste ich, dass es vorbei ist. Dass ich stark sein muss. Ich wollte nicht so sein wie du und trotzdem bleiben.«

Die Worte sind so ernst und unschuldig, dachte Stephanie, während sie dagegen ankämpfte, so schnell und so weit wegzulaufen, wie es nur ging. Avery wollte ihr nicht wehtun – sie erklärte die Situation nur aus ihrer Sicht. Genau wie sie, Stephanie, nicht wie Barbara sein wollte, wollte Avery nicht wie sie sein. Das war der Kreislauf des Lebens, was Mütter und Töchter betraf.

Doch das änderte nichts daran, dass sie sich fühlte, als hätte ihre Tochter ihr mit bloßen Händen das Herz herausgerissen und es in kleine Stücke zerfetzt.

Avery überraschte sie, indem sie sich an sie lehnte. »Ich wünschte nur, stark zu sein würde nicht so wehtun.«

»Du hast das Richtige getan. Sag dir das immer wieder, wenn es wirklich schlimm wird. Ich bin stolz auf dich. Und du solltest auch stolz auf dich sein.«

»Danke.«

»Willst du ein paar Pfannkuchen mit Bacon?«

»Okay.«

Stephanie zwang sich zu einem Lächeln und stand auf. Auf dem Weg zur Küche musste sie sich an der Wand festhalten, und als sie vor dem Herd stand, schaute sie nach unten in der Erwartung, eine Blutlache vorzufinden. Doch da waren nur der Parkettfußboden und ein paar Krümel. Nichts, das darauf hinwies, dass sie gerade von den beiläufigen Kommentaren ihrer Tochter emotional zutiefst getroffen worden war.

Auf der Fahrt nach Painted Moon wurde Mackenzie von Schuldgefühlen geplagt. Seit dem Anruf von Bruno vor zwei Tagen war sie hin- und hergerissen zwischen unbändiger Freude über all die Möglichkeiten, die sich ihr zukünftig boten, und Angst und Sorge über eine solch große Veränderung. Die Frage »Soll ich, oder soll ich nicht« hatte sie in jeder wachen Minute begleitet, doch in dem Moment, in dem sie durch das große Tor fuhr, wurde die Unsicherheit von Vorfreude verdrängt.

Das Weingut bestand bereits seit zwei Generationen und war eins der ältesten der Region.

Auf dem Weg hinauf zum ehemaligen Verkostungsraum fuhr sie an langen Reihen von Weinstöcken vorbei. Das Gebäude selbst war inzwischen geschlossen, da Herman vor ein paar Jahren aufgehört hatte, Wein abzufüllen. Jetzt verkaufte er nur noch die Trauben oder Wein direkt vom Fass.

Im Laufe der Jahre hatte sie den alten Mann auf einem Dutzend Veranstaltungen getroffen. Er verfügte über enormes Fachwissen und war immer freundlich, doch sie hatte gespürt, dass er nicht mehr mit ganzem Herzen dabei war.

Nachdem sie neben einem Mercedes geparkt hatte, der, wie sie vermutete, Bruno gehörte, nahm sie sich eine Minute, um tief durchzuatmen. Was auch immer bei dem Treffen heute herauskommen mochte, allein ein paar Fragen zu stellen würde gut für sie sein. Auch wenn möglicherweise die Option im Raum stand, Painted Moon zu kaufen, sollte sie sich keine allzu großen Hoffnungen machen. Es konnte noch sehr viel schiefgehen.

Doch obwohl sie sich dieser Tatsache bewusst war, spürte sie dennoch ein nervöses Kribbeln im Magen, als sie aus dem Jeep stieg. In der Ferne stand das alte Farmhaus auf einem Hügel, von dem aus man den Großteil des Anwesens überblicken konnte. Der Morgen war warm, die Sonne schien hell.

Mackenzie fand Bruno und Herman in ein Gespräch vertieft und näherte sich ihnen. Zur Begrüßung schüttelte sie beiden die Hand.

Herman, ein kleiner Mann mit grauen Haaren und von der Sonne gegerbter Haut, grinste sie an. »Dein Geschäftspartner hat mich bereits eine Verschwiegenheitserklärung unterschreiben lassen. Mir gefällt, dass du dich schützt. Wenn wir das hier tun, wird Barbaras Zorn auf uns alle niedergehen, also ist es gut, wenn du dich nach allen Seiten absicherst.«

Dem konnte sie nur aus vollem Herzen zustimmen.

»Wir sind noch in der Findungsphase«, erklärte sie. »Aber danke, dass du die Vereinbarung unterschrieben hast.«

»Hatte ich denn eine Wahl?«, fragte er leise lachend. »Okay, fangen wir an.« Schnellen Schrittes marschierte er los. »Meine Kinder haben keinerlei Interesse am Weinbau. Sie wollen, dass ich das Gut verkaufe. Und um ehrlich zu sein, bin ich langsam alt genug, um ihre Sichtweise zu verstehen. Painted Moon produziert ungefähr fünfundachtzigtausend Gallonen pro Jahr.« Er zwinkerte Mackenzie zu. »Das ist ein wenig mehr als Bel Après, Missy.«

So viele Gallonen? Das hatte sie nicht gewusst. »Das stimmt.« Es war zwar wesentlich weniger als die großen, bekannten Weingüter wie Ste. Michelle, die über zwei Millionen Gallonen pro Jahr produzierten, aber für sie war es mehr als ausreichend.

Er führte sie in das Fasslager, wo die schweren Fässer in vertikalen und horizontalen Reihen lagerten.

»Das meiste hiervon ist schon verkauft«, erklärte Herman. »Und dann gibt es ungefähr zwanzigtausend Gallonen, mit denen ich immer was Besonderes machen wollte, es aber noch nicht getan habe.« Sein Lächeln verblasste. »Meine Geschmacksknospen sind nicht mehr so gut wie früher.« Er deutete auf Mackenzie.

»Du könntest hier etwas bewirken. Du hast die entsprechende Gabe.«

»Danke.«

Gemeinsam traten sie an eines der Fässer heran. Herman holte ein paar Gläser und einen Krug, dann probierten sie verschiedene Weine. Mackenzie rollte die Flüssigkeit in ihrem Mund herum, bevor sie den Wein ausspuckte. Der hat Potenzial, dachte sie. Hiermit könnte sie etwas anfangen.

»Ich habe Verträge für ungefähr die Hälfte der diesjährigen Ernte«, erklärte Herman. »Aber nur für dieses Jahr. Ich denke schon seit einiger Zeit daran, das Gut zu verkaufen, und wollte meine Aktivposten nicht zu lange binden.«

Sie probierten weitere Weine. Mit den weißen war Mackenzie nicht zufrieden, aber die roten waren alle vielversprechend.

»Vor ein paar Jahren habe ich die Firma schätzen lassen«, fuhr Herman fort, während sie an den Fässern entlangschlenderten. »Da kamen ein paar Typen aus Seattle und sind mit Klemmbrettern umhergelaufen. Ich liege so bei neuneinhalb.«

»Neuneinhalb Millionen Dollar?«, fragte Mackenzie und bemühte sich, nicht in Ohnmacht zu fallen.

»Jupp.«

Sie sah Bruno an, der vollkommen unbesorgt wirkte.

Die nächsten Stunden verbrachten sie damit, sich die Anlagen und ein paar Weinberge anzuschauen. Um vier Uhr am Nachmittag war Mackenzie erschöpft, und ihr Kopf schmerzte vor all den Dingen, die sie versuchte in sich aufzunehmen. Sie und Bruno bedankten sich bei Herman und fuhren dann zu Brunos Hotel zurück, wo sie sich in seiner Suite zusammensetzten.

»Was denkst du?«, fragte er, nachdem er ihnen beiden eine Flasche Wasser geholt und sich Mackenzie gegenüber an den Tisch gesetzt hatte.

»Das war ganz schön viel«, gestand sie. »Das Land ist unglaublich. Ich würde mir gern den Rest ansehen. Und ich nehme an, du musst dir seine Bücher und so anschauen. Neuneinhalb erscheint mir viel.«

»Das ist es auch. Ich denke, wir werden uns eher so um die acht einig werden. Was hältst du von den Weinen?«

»Der weiße ist Mist. Ehrlich, er war so schlecht, dass ich ihn wegschütten wollte.«

Bruno zuckte zusammen. »Ernsthaft?«

Sie lächelte. »Ja. Aber ich bin mir ziemlich sicher, dass wir ihn an jemanden zum Abfüllen und Vertreiben verkaufen können. Die roten sind super. Sie haben viel Frucht und Tannin und könnten auf verschiedene Arten gemischt werden. Sie sind sozusagen Fässer voller Geld.«

Seufzend lehnte sie sich zurück. »Wie fängt man mit so was überhaupt an? Wir müssen uns das Grundbuch, alle Verträge und Verbindlichkeiten ansehen. Dann müssen wir uns die Wasserrechte bestätigen lassen, denn ohne die haben wir nichts. Die gesamten Anlagen müssen geschätzt, die Gebäude selbst inspiziert werden. Dazu kommen mögliche Pfandverschreibungen und anhängige Prozesse und … Was noch?«

Bruno lächelte. »Ich sehe, du hast deine Hausaufgaben gemacht.«

»Ich kann an nichts anderes mehr denken – wenn ich nicht gerade von Schuldgefühlen überwältigt werde, weil ich vorhabe, Bel Après zu verlassen.«

»Hast du das denn wirklich vor?«

Sie dachte an die Scheidungspapiere.

»Ja.« Die Realität traf sie wie ein Schlag in die Magengrube. »Trotzdem macht es mich traurig.«

»Aber du willst diesen Weg weitergehen?«

»Ist das denn möglich?«

»Dass wir zusammen ein Geschäft aufbauen? Na klar. Ich stehe immer noch zu dem, was wir besprochen haben. Du gibst zwei Millionen, ich kümmere mich um den Rest. Wir setzen eine Vereinbarung auf, dass ich, sollten wir irgendwann verkaufen, den größeren Anteil bekomme. Ich leite die Geschäfte und du kümmerst dich um die Weinproduktion. Painted Moon wird deine Vision sein.« Er trank sein Wasser aus. »Du kannst auch das

Haus haben, wenn du willst. Es entspricht nicht wirklich meinem Stil. Ich überlege, mir eine Wohnung am Golfplatz zu kaufen.«

»Ich bin auch immer noch interessiert«, sagte sie. »Aber es ist ganz schön viel zu verdauen. Außerdem werde ich das Geld erst haben, wenn die Scheidung offiziell durch ist. Also etwa drei Monate, nachdem wir den Antrag eingereicht haben. Was ist, wenn wir das Geld vorher benötigen?«

»Dann holen wir uns einen Überbrückungskredit.«

»Bei einer Bank?«

Seine dunklen Augen funkelten amüsiert. »Nein, das regeln wir selbst.«

Ah, klar, weil er irgendwo noch zwei Millionen Dollar herumliegen hatte.

»Wie reich bist du eigentlich?«, fragte sie, bevor sie sich zurückhalten konnte. »Sorry. Tu einfach so, als hätte ich das nicht gefragt.«

»Es gibt da so etwas wie ein Familienvermögen, und ich habe mich auch allein nicht allzu schlecht geschlagen.«

Das muss schön sein, dachte sie. »Also, wie geht's jetzt weiter?«

»Wenn du den nächsten Schritt gehen willst, lasse ich den Partnerschaftsvertrag gemäß den Konditionen aufsetzen, auf die wir uns geeinigt haben. Dein Anwalt schaut sich das an, und sobald der Vertrag unterschrieben ist, schicke ich die entsprechenden Leute, um Painted Moon schätzen zu lassen. Mein Finanzteam wird sich die Bücher angucken, und du wirst das Team leiten, das für die Weinberge und die Produktion zuständig ist. Sobald wir wissen, worüber wir reden, machen wir ein Angebot.«

»Einfach so?«

»Gibt es einen Grund, noch zu warten?«

»Bei dir klingt das alles so leicht.«

»Ich bekomme immer, was ich will. Ich habe ausreichend Geld, Mackenzie. Was ich nicht habe, ist dein Talent. Du bist die Beste, und ich will mit dir arbeiten. Was immer ich tun kann, um dir die Entscheidung zu erleichtern, werde ich machen. Bist du bereit, das gemeinsam mit mir durchzuziehen?«

Er streckte ihr die Hand hin. Mackenzie dachte über all das nach, was in den letzten Wochen passiert war. Ihr Leben hatte sich auf jede nur erdenkliche Weise verändert. Wenn sie ihren Job bei Bel Après behalten wollte, könnte sie das, aber sie wäre nicht mehr Teil der Familie. Bruno bot ihr ihm wahrsten Sinne des Wortes an, ihr den Mond zu Füßen zu legen. Sie lächelte. Einen gemalten Mond zwar, aber trotzdem.

»Ich bin dabei«, sagte sie und schlug ein. »Lass es uns machen.«

Drei Tage später ertrank Mackenzie förmlich in Papieren. Ihr potenzieller Geschäftspartner hatte keine Zeit verloren, um den Prozess zu starten. Die Partnerschaftsvereinbarung lag ihr bereits vor, dazu ein vorläufiges Angebot an Herman und die ersten von vermutlich Dutzenden Gutachten.

Eine Kopie der Partnerschaftsvereinbarung und des Kaufangebots mailte sie an ihren Anwalt, hatte aber vor, beides auch selbst ganz genau durchzulesen. Zu diesem Zweck hatte sie sich einen Vorrat an Post-its und einen Block zurechtgelegt, damit sie ihre Fragen gleich aufschreiben konnte. Und als wäre das noch nicht genug, hatte sie auch noch die Scheidungsvereinbarung vorliegen, die sie durchgehen musste. Ach ja, und in der übrigen Zeit wartete ihre Arbeit auf Bel Après.

Es war ganz schön viel, aber auch aufregend. In letzter Zeit wachte sie morgens um vier Uhr auf und las ein paar Stunden, bevor sie ihren Arbeitstag begann. Nach der Arbeit schlang sie schnell das Abendessen hinunter, um weitere Stunden im Büro zu verbringen. Auf Brunos Vorschlag hin hatte sie sich eine kleine, verschließbare Kassette gekauft, in der sie alle Papier aufbewahrte – das war vermutlich sehr klug, verursachte ihr aber auch jedes Mal Schuldgefühle, wenn sie ihre Akten darin einschloss.

Gegen sieben Uhr klopfte Rhys an ihre halb offen stehende Tür. »Hi. Ich habe dich in der letzten Woche kaum zu Gesicht bekommen und dachte, ich schaue mal vorbei und höre, wie's so läuft.«

Er sieht gut aus, dachte sie mit einem Anflug von Traurigkeit. Groß und stark. Verlässlich. Ja, Rhys war immer verlässlich gewesen. In romantischer Hinsicht vermisste sie ihn nicht, aber sie bedauerte, was sie verloren hatten.

Sie zog eine Schublade in ihrem Schreibtisch auf und holte ein Blatt Papier heraus. Dann legte sie einen Stift dazu und sagte: »Wenn du dich nicht nur übers Wetter und die Scheidung unterhalten willst, musst du zuerst das hier unterschreiben.«

Ihr zukünftiger Ex-Mann trat vor und überflog die Verschwiegenheitserklärung. Dann lachte er laut auf. »Ist das dein Ernst?«

Ihre instinktive Reaktion war zu erwidern: »Nein, natürlich nicht.« Sie vertraute ihm – wenn er sagte, dass er niemandem davon erzählte, würde er das auch nicht tun. Aber ihr Anwalt und Bruno hatten deutlich gemacht, dass ohne Verschwiegenheitserklärung niemand etwas über ihre Pläne erfahren würde.

Grinsend unterschrieb Rhys und setzte sich dann Mackenzie gegenüber. »Da hat jemand einen guten Rat bekommen.«

»Das hoffe ich doch. Anwälte sind teuer.«

»Aber notwendig. Also, was ist los?«

Sie atmete tief ein. Auch wenn sie und Rhys sich trennten, respektierte sie seine Meinung immer noch. »Wir schauen uns Painted Moon an.«

Rhys hob die Augenbrauen und stieß einen leisen Pfiff aus. »Hermans Weingut. Eine wahre Schönheit. Großartiger Boden. Qualität, hervorragende Weinstöcke. Stell sicher, dass du die Wasserrechte hast. Ohne Wasser kein Geschäft.«

Sie lächelte. »Das habe ich auch gedacht.«

»Überlegst du, ein Angebot abzugeben?«

»Ja, das tun wir.« Sie hob mehrere Papiere hoch. »Das ist meine Partnerschaftsvereinbarung mit Bruno. Die Anwälte gehen sie gerade durch.«

Rhys wurde ernst. »Ich würde dir ja anbieten, sie zu lesen, aber das fällt nicht mehr in meinen Bereich, oder?«

Sie schauten einander an, dann wandten beide den Blick ab.

Mackenzie brach das Schweigen zuerst.

»Da wir gerade von der Scheidung sprechen … Ich habe mir die Vereinbarung angeschaut, und sie scheint in Ordnung zu sein. Ich warte noch auf das finale Okay von Ramona, rechne aber nicht mit Problemen.«

Er verspannte sich. »Sobald der Antrag eingereicht ist, dauert es neunzig Tage, bis die Scheidung durch ist.«

»Vorausgesetzt, wir fechten sie nicht an.«

Er sah sie an. »Das wäre, wie sich zu streiten. Aber wir streiten uns nie.«

»Ich weiß.« Das war Teil des Problems. Sie hatten nicht die Energie gehabt, sich über irgendetwas zu streiten. Und ohne diese Energie gab es keine Leidenschaft.

Ihre Ehe war wie die Unterhaltung, die sie gerade führten. An diesem Punkt einer Trennung würden andere Paare sich gegenseitig Vorwürfe machen und mit Anschuldigungen um sich werfen. Aber nicht sie. Sie dachten praktisch und rational. Logisch. Sie zogen beide weiter, und bald bliebe ihnen nichts mehr außer Erinnerungen.

Diese Erkenntnis war irgendwie die schlimmste. Sollten sechzehn gemeinsame Jahre nicht ein paar sichtbare Narben hinterlassen?

»Wir müssen meiner Mutter von der Scheidung erzählen, Mackenzie«, riss Rhys sie aus ihren Gedanken. »Den Rest können wir so lang für uns behalten, wie du magst, aber dass wir uns trennen, sollte sie so bald wie möglich erfahren.«

»Das sehe ich auch so.«

»Ich kann das gern übernehmen.«

Er bot ihr einen leichten Ausweg – was typisch für ihn war.

»Nein. Ich werde es ihr sagen«, sagte sie langsam. »Morgen habe ich ein Meeting mit ihr. Ich werde ihr die Neuigkeiten überbringen, und zwar sowohl, was die Scheidung, als auch was meinen Weggang von Bel Après angeht.«

Rhys zuckte zusammen. »So schnell schon? Was ist, wenn das mit Painted Moon nicht klappt?«

»Dann werden Bruno und ich etwas anderes kaufen. Ich kann nicht länger hierbleiben. Ich hoffe, dass ich dein Angebot, im Haus zu bleiben, noch einen Monat oder so annehmen darf, damit ich alles andere regeln kann, aber dann muss ich ausziehen.«

Die Worte auszusprechen machte alles mit einem Mal so real. Bisher hatte es immer nur Bruchstücke der Realität gegeben. Wobei – das stimmte nicht. Real war es in der Sekunde geworden, in der Rhys sie angeschaut und gefragt hatte, ob ihre Ehe vorbei sei.

»Soll ich dich morgen begleiten?«

»Nein, schon gut. Du weißt, dass ich das besser allein tun sollte, Rhys.«

Er nickte langsam. »Ich bin da, wenn du mich brauchst.«

»Als Schutz?«, zog sie ihn ein wenig auf.

»Du kannst dich immer hinter mir verstecken.«

Das war ein süßes Angebot, aber zumindest im Moment würde sie nicht darauf zurückkommen.

14. KAPITEL

Mackenzie redete sich ein, dass sie wegen des anstehenden Treffens mit Barbara nicht nervös war, wusste aber, dass sie sich damit selbst belog. Wie könnte sie nicht nervös sein? Seit dem College war sie Teil von Bel Après – also quasi ihr gesamtes Erwachsenenleben. Sie kannte nichts anderes. War es falsch von ihr, mehr zu wollen?

Schnell schob sie die Frage beiseite und schlenderte durch das Fasslager, in der Hoffnung, sich damit abzulenken, doch außer auf die große Wanduhr zu schauen, um zu gucken, ob es schon an der Zeit war, ins Hauptgebäude hinüberzugehen, konnte sie sich auf nichts anderes konzentrieren.

»Ich tue das Richtige«, flüsterte sie sich zu. »Barbara wird es verstehen.«

Auch wenn Barbara manchmal schwierig sein konnte, war sie ihr gegenüber doch immer warmherzig und liebevoll gewesen. Sie erinnerte sich an ihren ersten Besuch auf dem Weingut, als Barbara sie zu einer Runde über das Anwesen eingeladen hatte. Sie waren zu den nächstgelegenen Weinbergen gefahren, und Barbara hatte von ihren Hoffnungen und Träumen für die Firma erzählt. Dann waren sie ins Fasslager gegangen und hatten über die Unterschiede zwischen einem guten und einem großartigen Wein gesprochen. Sie hatten sich so lange unterhalten, dass Rhys am Ende sogar nach ihnen gesucht hatte.

Im Laufe der folgenden Jahre war Barbara zur Ersatzmutter für Mackenzie geworden. An sie hatte Mackenzie sich gewandt, wenn sie einen Rat brauchte. Sie hatte sie Rhys bei der Hochzeit am Altar übergeben, wobei sie gewitzelt hatte, dass sie das gern tat, denn dadurch würde sie Mackenzie ja schließlich wieder zurückbekommen. Bei gesellschaftlichen Veranstaltungen hatte

Barbara sie als Tochter ihres Herzens vorgestellt – ein Titel, der Mackenzie zugleich peinlich war und erfreut hatte.

Jetzt schaute sie sich in dem vertrauten Raum um und fragte sich, ob sie einen Fehler machte. Sollte sie hierbleiben und nicht gehen? Doch die Antwort kannte sie bereits, und in Wahrheit hatte sie sich schon längst dafür entschieden, was sie wollte. Was Barbara und ihre Nähe anging … Vielleicht war die im Lauf der Zeit auch verblasst. Vergessen waren die langen Spaziergänge in den Weinbergen und die spätnachmittäglichen Unterhaltungen, die bis in den Abend hinein gingen. Mittlerweile sah sie ihre Schwiegermutter nur bei ihren wöchentlichen Meetings, den Familienessen und zufällig im Vorbeigehen.

Entschlossen lief sie zum Hauptgebäude hinüber, nahm auf der Treppe zwei Stufen auf einmal und betrat Barbaras Büro.

»Pünktlich wie immer.« Barbara deutete auf einen Stuhl. »Ich habe das Gefühl, dich seit einer Ewigkeit nicht mehr gesehen zu haben.«

Der warme Tonfall und die herzlichen Worte ließen Mackenzie schwer schlucken. Sie schloss die Tür und setzte sich.

»Ich hatte viel zu tun«, sagte sie. »Im Moment ist gerade einiges los.« Sie hielt inne, weil sie nicht wusste, wie sie anfangen sollte.

Barbara beugte sich vor. »Ach Liebes. Irgendetwas stimmt nicht, das sehe ich an deinen Augen. Erzähl es mir. Wir haben doch nicht irgendwo einen Läusebefall oder Ähnliches? Ich weiß, der neue Zaun hält die Rehe gut ab. Hat sich ein Bär an unseren Trauben vergangen? Bären können so viel Schaden anrichten.«

»Es geht nicht um das Weingut«, erwiderte Mackenzie und verschränkte die Hände. Das Gefühl drohenden Unheils schnürte ihr die Kehle zu. »Es geht um Rhys und mich. Wir lassen uns scheiden.«

Barbaras besorgte Miene veränderte sich nicht. »Wirklich? Das tut mir leid. Ich dachte, ihr wärt glücklich zusammen.«

»Das sind wir nicht, und zwar schon seit einer Weile. Wir haben das gemeinsam entschieden und sind beide traurig.«

»Natürlich.« Barbara lehnte sich in ihrem Stuhl zurück. »Du bist bestimmt enttäuscht. Möchtest du, dass ich mal mit Rhys rede?«

»Was? Nein. Wir verstehen uns ehrlich gesagt sehr gut.« Sie brachte ein kleines Lächeln zustande. »Die Trennung gehen wir sehr pragmatisch an.«

Barbara nickte, reagierte aber ansonsten nicht. War sie nicht überrascht – oder war ihr die Ehe ihres Sohnes egal? Mackenzie war sich nicht sicher.

Dann seufzte Barbara. »Wie gut auch immer ihr euch versteht, die Situation muss schmerzhaft sein. Es tut mir wirklich leid, meine Liebe. Lass mich wissen, wenn ich irgendwie helfen kann. Und um das klarzustellen: Zwischen uns verändert sich nichts. Dein Job ist nicht in Gefahr. Ich hoffe, das weißt du, aber ich will es noch mal betonen. Du bist ein wichtiger Teil von Bel Après. Als Schwiegertochter wirst du mir fehlen, aber du wirst hier immer einen Platz haben.« Sie lächelte. »Ohne dich wären wir verloren.«

»Danke, dass du das sagst.« Mackenzie bekam ein beklommenes Gefühl im Magen, und ihr wurde die Brust eng. »Darüber wollte ich auch mit dir sprechen.«

Barbara verspannte sich, und ihre Miene versteinerte. »Ich weiß nicht, was du meinst. Worüber willst du reden?«

»Über meine Zukunft.«

»Die hier ist, wo du hingehörst. Etwas anderes will ich nicht hören. Du musst hier sein, Mackenzie. Du und ich, wir sind Bel Après. Du bist die Winzerin. Zusammen erschaffen wir Magie.« Sie lachte laut auf. »Sich etwas anderes vorzustellen ist der reinste Wahnsinn.«

»Ich kann nicht bleiben«, murmelte Mackenzie und wünschte, sie könnte weglaufen. Doch sie wusste, sie musste sich dem hier stellen.

»Natürlich kannst du das.« Barbaras Tonfall gewann an Schärfe. »Du musst. Das hier ist dein Zuhause. Daran ändert auch eine Scheidung nichts. Machst du dir Sorgen wegen des Hauses? Wir können noch eins bauen lassen. Du kannst alldem hier nicht den Rücken kehren. Wir sind Teil deiner Familie, deiner Geschichte. Was hättest du denn noch ohne uns?«

Sie kniff die Augen zusammen. »Wirst du für jemand anderen arbeiten? Das darf nicht sein. Ich verbiete es dir.«

»Das kannst du nicht«, gab Mackenzie gereizt zurück.

»Du bist vertraglich an uns gebunden.«

»Nein. Ich habe gar keinen Vertrag mit euch. Ich habe nie etwas unterschrieben.«

Barbara erhob sich. »Da irrst du dich. Jeder unterschreibt diesen Vertrag. Dafür hätte ich gesorgt. Wage es ja nicht, auch nur darüber nachzudenken, für jemand anderen zu arbeiten. Wenn du es versuchst, werde ich dich ruinieren.«

Falls die Worte dazu gedacht waren, Mackenzie einzuschüchtern, dann funktionierte es nicht. Je wütender ihre Schwiegermutter wurde, desto entschlossener fühlte Mackenzie sich.

»So muss es nicht sein«, sagte sie ruhig und vernünftig. »Ich will mich nicht mit dir streiten.«

»Dafür ist es zu spät. Du willst gehen? Ist es das, was du mir sagst? Nun, vergiss es. Du bist gefeuert! Hast du das gehört? Du bist gefeuert. Ich hätte dir niemals vertrauen dürfen. Nie. Ich habe dir diese Armes-Waisenkind-Geschichte abgekauft, dabei hast du die ganze Zeit geplant, mich zu hintergehen.«

Mackenzie starrte ihre Schwiegermutter an und konnte nicht fassen, was hier gerade passierte. Natürlich war ihr klar gewesen, dass die Unterhaltung schwierig werden würde, aber mit so etwas hatte sie nicht gerechnet. Die lächerlichen Anschuldigungen prasselten von allen Seiten auf sie ein und weckten den Wunsch in ihr, sich irgendwie selbst zu schützen.

»Barbara, bitte …«, setzte sie an.

Doch die schnitt ihr das Wort ab. »Versuch nicht, meine Meinung zu ändern. Wir sind fertig miteinander.«

»Barbara, ich bin seit sechzehn Jahren Teil dieser Familie. Wir können doch sicher darüber reden.« Es musste eine Lösung geben, eine Möglichkeit, sich daran zu erinnern, wie viel sie einander bedeuteten.

»Raus hier!«

Mackenzie erkannte, dass es sinnlos war. Im Moment konnte man nicht vernünftig mit Barbara reden. Vielleicht wären sie später in der Lage, eine echte Unterhaltung zu führen. Also verließ sie das Büro und ging den Flur hinunter, nicht sicher, was sie jetzt tun sollte.

Sie fühlte sich leer und ein wenig unsicher auf den Beinen. Barbara hatte sie gefeuert. Sollte sie ihren Schreibtisch räumen? Einfach gehen? Kurz kam ihr der Gedanke, dass sie Rhys' Angebot, sie zu dem Gespräch zu begleiten, hätte annehmen sollen. Selbst wenn er nur in seinem Büro gewartet hätte, hätte sie gewusst, dass er in der Nähe war.

Doch er ist nicht mehr mein Mann, dachte sie traurig und musste gegen die Tränen ankämpfen.

»Verräterin.«

Mackenzie drehte sich um und sah, dass Lori sie anfunkelte.

»Ich habe alles gehört«, fuhr Lori fort. »Und ich bin froh, dass sie dich gefeuert hat.«

Die kalte Verachtung in der Stimme ihrer Schwägerin war so schockierend wie eine Ohrfeige. Mackenzie trat einen Schritt zurück.

»Lori, warum benimmst du dich so? Du *kennst* mich.«

»Besser, als du denkst. Du bist grausam, und ich hasse dich.«

Mackenzies Magen verkrampfte sich, und sie fürchtete, sich gleich hier zu übergeben. Schnell lief sie nach unten und fuhr mit dem Golfkart zu ihrem Haus. Drinnen tat sie etwas, was sie in all den Jahren, in denen sie hier wohnte, noch nie getan hatte: Sie schloss die Türen ab.

Dann schickte sie Stephanie und Rhys eine Nachricht, um sie zu warnen, was passiert war. Stephanie antwortete nicht, aber Rhys sagte, er wäre auf dem Weg nach Hause.

Zehn Minuten später hörte sie es an der Hintertür klopfen. Sie eilte durch die Küche, um zu öffnen, dann warf sie sich in Rhys' Arme. Er hielt sie ganz fest.

»Es tut mir leid«, murmelte er und gab ihr einen Kuss auf den

Scheitel. »Ich wusste, dass es schlimm werden würde, aber ich hatte nicht damit gerechnet, dass sie dich feuert.«

»Ich auch nicht.«

Sanft dirigierte er sie zu einem der Küchenstühle, dann erzählte sie ihm, was passiert war.

»Es war schrecklich.« Mackenzie wischte sich die Tränen ab. »Sie hat mich gefeuert und aus dem Büro geworfen. Einfach so. Ich wusste nicht, was ich tun soll. So viel dazu, dass ich ihre Tochter des Herzens bin.«

»Sie steht unter Schock, aber sie wird sich beruhigen.«

»Glaubst du das wirklich?«

Er zögerte. »Vielleicht.«

Trotz allem musste sie lächeln. »Das ist so was von gelogen.«

»Nur ein bisschen. Es tut mir leid.«

»Ich weiß. Mir auch.«

Sie erzählte, was mit Lori passiert war.

»Das schockiert mich beinahe noch mehr«, gab er zu. »Ich werde nachher mit ihr reden.«

»Tu das nicht. Es ist erledigt. Ich schätze, sie und ich waren nie wirklich Freundinnen. Aber damit komme ich klar. Wenn Stephanie sich gegen mich wendet, habe ich ein größeres Problem, aber dass Lori kein Fan von mir ist, ist nicht so schlimm.«

Rhys nahm ihre Hände. »Wie kann ich helfen?«

»Zuzuhören hilft schon mal sehr. Danke. Und es wäre nett, wenn du meine persönlichen Sachen aus meinem Büro holen könntest.« Sie versuchte zu lächeln. »Zumindest habe ich so mehr Zeit, den Kauf von Painted Moon vorzubereiten. Oh, und ich muss mir eine Wohnung suchen.«

»Nein. Du bleibst hier, wie wir es vereinbart haben.«

»Rhys, nein. Das wird nur für noch mehr Ärger mit deiner Mutter sorgen.«

Er grinste. »Noch ein Grund mehr zu bleiben. Hör mal, du und Bruno wollt das Weingut bar bezahlen, damit ihr den Kauf innerhalb weniger Monate abschließen könnt. Bleib solange hier.«

»Ich werde darüber nachdenken.«

Bevor sie noch etwas sagen konnte, stürmte Stephanie in die Küche.

»Ich habe deine Nachricht gerade erst gesehen. Mom hat dich gefeuert? Wie konnte sie nur?«, platzte es aus ihr heraus, bevor sie Mackenzie fest in den Arm nahm. »Geht's dir gut? Wie kann ich helfen? Zum Betrinken ist es noch zu früh, aber wenn's dir hilft, bin ich auf jeden Fall dabei.«

Mackenzie spürte, wie ihre Angst ein wenig nachließ. »Ich muss nur wissen, dass wir immer noch Freundinnen sind.«

»Immer.« Stephanie setzte sich neben sie und ergriff ihre Hand. »Beste Freundinnen. Komm schon, ich werde doch wohl nicht zulassen, dass meine Mutter sich zwischen uns stellt. Für wen hältst du mich. Für Lori?«

Mackenzie musste gleichzeitig weinen und lachen. »Niemals.«

»Ich bin für dich da«, erklärte Stephanie. Dann wedelte sie mit der Hand in Rhys' Richtung. »Geh wieder an die Arbeit, großer Bruder. Ich habe das hier im Griff.«

Er nickte und stand auf. »Schick mir eine Nachricht, wenn du was brauchst.«

»Danke, das mache ich.«

Als er fort war, beugte Stephanie sich vor. »Ich denke, wir suchen uns eine Hexe und basteln eine Voodoopuppe für meine Mom.«

»Ich glaube nicht, dass Hexen so etwas tun.«

»Wie auch immer. Komm. Wir suchen im Internet nach mystischen Racheformeln. Das sollte uns auf ein paar interessante Webseiten bringen.«

Mackenzie umarmte sie. »Du bist die Beste.«

Barbara saß an ihrem Schreibtisch und rang nach Luft. Sie fühlte sich, als hätte der Raum angefangen, sich zu drehen, und sie wusste nicht, wie sie dem Einhalt gebieten sollte. Wut wallte in ihr auf und weckte den Wunsch, mit irgendetwas um sich zu werfen, aber darunter lauerte das wachsende Gefühl von Verrat und Panik.

Mackenzie wollte gehen! Wie konnte das sein? Sie waren ein

Team. Waren es schon immer gewesen. Sie beide und der Wein und alles, was sie zusammen geleistet hatten. Mackenzie war Bel Après. Ohne sie hatten sie nichts.

Die Schlampe hatte sie alle hintergangen, und ja, darum musste sie sich kümmern, aber zuerst musste sie überlegen, was sie jetzt tun sollte. Wenn Mackenzie ging …

»Das kann sie nicht«, sagte Barbara laut. »Ich werde es nicht zulassen. Ich schleife sie vor Gericht. Ich lasse sie verhaften. Ich werde irgendetwas unternehmen.«

Sie griff nach dem Telefon und sah, dass ihre Hände zitterten. Es brauchte zwei Versuche, bis es ihr gelang, den Hörer in die Hand zu nehmen und die Nummer zu wählen.

Nach dem zweiten Klingeln hob Giorgio ab.

»Ich habe gerade an dich gedacht, meine Liebste«, sagte er voller Zuneigung. »Aber so verbringe ich den Großteil meiner Tage, also ist das wenig überraschend.«

Beim Klang seiner Stimme fing sie an zu weinen. Was sie beinahe so sehr schockierte wie die Neuigkeiten bezüglich Mackenzie. Sie weinte niemals. Nicht ein einziges Mal in sechsundzwanzig Jahren. Das letzte Mal hatte sie bei James' Beerdigung geweint. Als sie an seinem Grab gestanden hatte und der Sarg in die Erde herabgelassen wurde, hatte sie sich geschworen, stark zu sein, und das war ihr gelungen – bis jetzt.

»Was ist los?« Sie hörte die Besorgnis in seiner Stimme. »Was ist passiert?«

»Ich brauche dich. Kannst du zu mir ins Büro kommen?«

»Natürlich. Ich bin in fünfzehn Minuten da. Was auch immer es ist, wir kümmern uns gemeinsam darum.«

Sie nickte, auch wenn er sie nicht sehen konnte, und legte auf. Ihr Herz schlug so hart in ihrer Brust, dass sie fürchtete, sich übergeben zu müssen.

Fokussier dich, ermahnte sie sich. Sie musste anfangen, darüber nachzudenken, was das alles bedeutete und wie sie die Situation retten konnte. Sie musste überlegen, was sie …

»Mom?«

Sie schaute auf und sah Lori im Türrahmen stehen. Der Anblick ihrer mittleren Tochter in dem zu engen Anzug und mit der Armesündermiene nervte sie mehr als sonst.

»Was ist?«, fragte sie angespannt.

»Ich habe gehört, was passiert ist«, setzte Lori an.

»Natürlich hast du das. Gott möge verhüten, dass ich an diesem verdammten Ort auch nur eine Sekunde meine Privatsphäre habe. Na gut. Du hast es gehört. Jetzt behalte diese Information für dich. Niemand soll davon erfahren, bis ich mir überlegt habe, wie es weitergeht.«

»Vielleicht kann ich dir helfen.«

»Und zwar wie? Wie könntest du Mackenzie auch nur ansatzweise ersetzen? Sie ist eine Meisterwinzerin. Dein kleiner Ausflug in diesen Teil des Geschäfts war eine Katastrophe, die mich Tausende Dollar gekostet hat. Du hast die Geschmacksknospen einer Wandfarbe. Also, wenn es das nicht ist, welche anderen brillanten Ideen hast du?«

Loris Unterlippe begann zu zittern – ein Zeichen dafür, dass sie gleich weinen würde. Genervt wandte Barbara sich ab und zog die unterste Schublade in ihrem Schreibtisch auf. Hinter einem Karton mit Briefumschlägen lag eine kleine Flasche Tequila, die sie für Notfälle dort aufbewahrte.

Sie schraubte die Flasche auf und trank einen großen Schluck. Der Alkohol brannte ihr in der Kehle. Als sie die Flasche auf den Tisch stellte, sah sie, dass ihre Tochter gegangen war. Gott sei Dank. Heute ertrug sie einfach nicht noch mehr.

So saß sie da und nippte immer wieder an der Flasche, bis Giorgio hereinkam.

»Was ist passiert?«, fragte er und breitete die Arme aus.

Barbara stand auf und stürzte sich in seine Umarmung, ließ sich von seiner Wärme und Stärke in einem falschen Gefühl der Sicherheit wiegen.

»Es geht um Mackenzie«, sagte sie. »Sie hat mich hintergangen. Sie ist ein schrecklicher, verlogener, grausamer Mensch, und das ist mir bis heute nie aufgefallen.«

Erneut brannten ihr Tränen in den Augen. Giorgio hielt sie ganz fest und murmelte beruhigende Worte, bis Barbara sich wieder ein wenig unter Kontrolle hatte. Dann führte er sie zum Sofa in der Ecke.

»Erzähl mir alles«, sagte er.

Und so berichtete sie ihm von der Scheidung und dass sie Mackenzie versichert habe, dass ihre Position bei Bel Après nicht darunter leiden würde. Er hörte aufmerksam zu und behielt ihre Hände in seinen.

»Es war so ein Schlag ins Gesicht«, schloss sie. »Was will sie jetzt machen? Irgendwo anders arbeiten?« Sie sah ihn an. »Was ist, wenn sie unsere Geheimnisse stiehlt? Oder unsere Kunden? Sie wird versuchen, uns zu zerstören, und ich weiß nicht, warum. Wir waren ihre Familie, ihr Leben. Ihr Verhalten zeigt mir, dass mit ihr ganz eindeutig etwas nicht stimmt. Glaubst du, ich könnte sie irgendwo einweisen lassen?«

Giorgio lächelte. »Ich liebe es, wie du versuchst, in einer so schwierigen Situation den Humor zu bewahren.«

Barbara wies ihn nicht darauf hin, dass sie es ernst gemeint hatte. Mackenzie in die Psychiatrie einweisen zu lassen war vielleicht etwas zu weit hergeholt, aber es würde ihren Zwecken definitiv dienlich sein.

»Das mit der Scheidung tut mir leid«, sagte Giorgio. »Es ist immer tragisch, wenn eine Liebe stirbt. Wusstest du, dass sie unglücklich sind?«

Warum, um alles in der Welt, fragte er das? Ihr waren sowohl die Gefühle als auch die Ehe der beiden egal. Bel Après stand auf dem Spiel! Aber sie verstand, dass Giorgio wesentlich emotionaler war als sie. Und auch wenn sie das manchmal anstrengend fand, war es doch einer der Gründe, warum sie sich in ihn verliebt hatte.

»Keiner von ihnen hat je etwas gesagt«, erklärte sie. »Mackenzie meinte, es wäre eine gemeinsame Entscheidung und alles würde freundschaftlich ablaufen, also ist das mit dem Weingut das dringlichere Problem. Wir haben keinen Winzer. Ich habe immer jemanden zur Verstärkung einstellen wollen, aber mit

Mackenzie hier habe ich die Notwendigkeit nicht gesehen. Keines meiner Kinder kann ihren Job übernehmen. Ich habe das zwar früher schon mal gemacht, aber damals waren wir noch wesentlich kleiner. Für unser derzeitiges Produktionsvolumen bin ich nicht qualifiziert. Ich brauche einen Plan.«

»Du musst mit Mackenzie reden. Warum will sie gehen?«

»Ich weiß es nicht. Sie ist eine Verräterin. Reicht das nicht?«

Er drückte ihre Finger. »Meine Liebe, sie ist für dich wie eine Tochter. Ihr habt so eng zusammengearbeitet. Aber vielleicht geht sie, weil sie unglücklich ist. Du und deine Familie, ihr seid alles, was sie hat. Das würde sie nicht einfach so aufgeben. Da muss mehr dahinterstecken. Hat sie je etwas zu dir gesagt, dass sie sich etwas vom Leben wünscht, das sie nicht hat?«

Schnell versuchte Barbara, die Erinnerungen zu unterdrücken, doch sie waren zu stark. Sie erinnerte sich daran, dass Mackenzie sie vor ein paar Jahren gefragt hatte, ob sie je einen Teil von Bel Après bekommen würde. Barbara hatte ihr die Bedingungen des Testaments ihres verstorbenen Mannes erklärt, die aussagten, dass nur Blutsverwandte erben konnten. Verzweifelt hatte Mackenzie einen Weg gesucht, sich einzukaufen oder so hart zu arbeiten, dass sie Teilhaberin werden würde, doch Barbara hatte ihr gesagt, dass das niemals geschehen würde.

»Woran denkst du?«

Sie presste die Lippen aufeinander. »Oh, sie hat davon gesprochen, dass sie einen Anteil am Weingut haben möchte. Aber das ist nicht möglich, und ich habe sie gebeten, mich nie wieder danach zu fragen. Das ist nicht meine Schuld«, fügte sie hastig an. »James' Testament ist da sehr eindeutig.«

»Es muss doch aber einen Weg geben, das zu ändern.«

Möglich. Aber warum sollte sie danach suchen? Doch anstatt das zu sagen, murmelte sie: »Ich bin mir nicht sicher, ob das helfen würde.«

»Mackenzie ist ganz allein auf der Welt. Es ergibt Sinn, dass sie sich mit etwas so Wundervollem wie Bel Après verbunden fühlen will. Vielleicht ist es möglich, einen kleinen Prozentsatz …«

»Nein.«

»Aber meine Süße ...«

»Giorgio, nein. Sie kann keinen Anteil am Weingut bekommen. So ist das nun mal.«

»Aber du liebst sie.«

»Nicht mehr.«

Er zog sich zurück. »Das meinst du nicht so. Sie ist die Tochter deines Herzens.«

»Sie ist eine verlogene Verräterin, die uns verlassen will.«

Ein paar Sekunden musterte er sie schweigend. »Du bist immer noch aufgebracht. Es tut mir leid. Ich hätte dich nicht bedrängen sollen. Vergibst du mir?«

»Natürlich. Du bist nicht das Problem. Das bist du nie. Es ist Bel Après. Wir könnten alles verlieren.«

»Dann konzentrier deine unglaublichen Talente darauf, einen neuen Winzer zu finden. Ich könnte mir vorstellen, dass es da draußen Dutzende gibt, die nur auf die Gelegenheit warten, für so ein prestigeträchtiges Weingut zu arbeiten.« Er beugte sich vor und küsste sie. »Wie kann ich dir helfen?«

»Ich fühle mich schon besser, einfach weil du da bist.«

»Gut.« Er zog sie in die Arme. »Meine süße, süße Barbara. Wir werden das gemeinsam durchstehen.«

Sie nickte, weil man das eben so tat, aber in ihrem Herzen wusste sie, dass es bei diesem Problem kein »wir« gab. Es gab nur sie, und sie musste eine Lösung für diese schreckliche Situation finden.

Verdammt sollst du sein, Mackenzie, dachte sie grimmig. Möge ihre Schwiegertochter in der Hölle schmoren.

15. KAPITEL

Stephanie war nicht erfreut darüber, zum Haus ihrer Mutter gerufen worden zu sein. Vor allem nicht an dem Tag, an dem Mackenzie verkündet hatte, dass sie gehen würde. Aber die Nachricht war eindeutig genug gewesen, sodass sie keine Möglichkeit sah, sich dem Befehl zu widersetzen.

Um 19 Uhr in meinem Haus.
Keine Ausreden.

Blind starrte Stephanie auf ihr Handy, in der Hoffnung, es würde sich doch noch ein Weg finden. Doch das Display blieb dunkel. In fünfzehn Minuten würde sie zum Haus hinübergehen und sich dem stellen müssen, was auch immer ihre Mutter vorhatte.

Vielleicht sollte ich mich vorher betrinken, überlegte sie. Das wäre zwar feige, aber damit könnte sie leben. Doch die Zeit reichte nicht, und vermutlich war es besser, sich der Konfrontation bei klarem Verstand zu stellen – soweit das unter den gegebenen Umständen möglich war.

»Mom?«

Sie schaute von ihrem Platz an der Kücheninsel auf und sah Avery im Türrahmen stehen. Ihre Tochter war immer noch ein wenig blass und hatte tiefe Ringe unter den Augen, aber sie schien auf dem Weg der Besserung zu sein. Ach, noch einmal jung sein und sich so schnell erholen, dachte sie. Sie hingegen kehrte in Gedanken immer wieder zu der Unterhaltung von vor ein paar Tagen zurück, als ihre Tochter so sachlich erwähnt hatte, dass sie von Kyles Fremdgehen wusste und sich bemühte, nicht so dumm zu sein, wie ihre Mutter es gewesen war. Das war demütigend und beschämend gewesen, aber von Avery auch durchaus weise.

»Madison hat mich zu sich eingeladen«, sagte Avery. »Ich bin gegen elf Uhr zurück.«

Stephanie zwang sich zu lächeln. »Ich bin froh, dass du mal rausgehst.«

»Ich habe von Alexander gehört. Es tut ihm leid, und er will sich morgen mit mir treffen.«

»Was wirst du tun?« Stephanie bemühte sich um einen neutralen Tonfall und eine ausdruckslose Miene.

»Ich habe ihm gesagt, dass das mit uns vorbei ist und dass ich ihn auf meinem Handy blockiere.«

Stephanie entspannte sich. »Du bist unglaublich. Ich bin so stolz auf dich, meine Süße.«

Avery nickte wenig enthusiastisch. »Ich weiß, dass es das Richtige ist, aber es tut trotzdem weh.«

Stephanie wagte es, das Risiko einzugehen, sich eine Zurückweisung einzufangen, und umarmte ihre Tochter. »Ja, ich weiß. Im Moment ist es zwar schwer zu glauben, aber irgendwann wirst du dich besser fühlen. Und dann findest du einen tollen Kerl, der dich so behandelt, wie du es verdient hast.«

Avery erwiderte die Umarmung und trat dann einen Schritt zurück. »Wirklich? Bei dir hat das nicht geklappt. Du gehst ja nicht mal aus. Dein ganzes Leben findet hier statt. Du arbeitest für Bel Après, deine beste Freundin ist deine Schwägerin. Träumst du nie davon, mehr im Leben zu haben?«

Stephanie bemühte sich, nicht zusammenzuzucken. »Ich habe einen guten Job und verbringe meine Tage mit den Menschen, die ich am meisten mag.«

Die Worte kamen ihr ganz automatisch über die Lippen. Erst nachdem sie sie ausgesprochen hatte, fiel ihr ein, dass sie ihren Job hasste. Genauso wie für ihre Mutter zu arbeiten. Das ihrer Tochter gegenüber zu verschweigen hieß, die Wahrheit zu ignorieren und die Chance auf eine wichtige Lebenslektion zu verpassen.

»Wenn du das sagst«, murmelte Avery, bevor sie zur Hintertür ging. »Bis später.«

»Warte!«, rief Stephanie, doch es war bereits zu spät. Ihre

Tochter war weg, und sie blieb allein mit ihren Halbwahrheiten und ihrem Bedauern zurück.

Puh. Und jetzt muss ich mich auch noch mit Mom herumschlagen, und das in diesem Gemütszustand, dachte sie, als sie den Hof überquerte und das Haupthaus betrat.

Von den vier Häusern war das von Barbara am traditionellsten. Das doppelgeschossige Foyer öffnete sich zu einem formellen Wohnzimmer. Im Esszimmer gab es einen langen Tisch, an dem zwanzig Leute Platz hatten, wenn er voll ausgezogen war. Die hohen Decken zierte eleganter Stuck, und auf dem Holzfußboden lagen teure Teppiche.

Stephanie ging in das zweite, weniger formelle Wohnzimmer im hinteren Bereich des Hauses. Vor einem großen, gemauerten Kamin waren breite Sofas in U-Form angeordnet. Es gab keinen Fernseher – der befand sich eine Etage höher im Fernsehzimmer. Man besuchte Barbara Barcellona nicht, um sich von einer Zeichentrickserie oder einem Footballspiel ablenken zu lassen.

Stephanie sah, dass ihre Mutter und Lori bereits auf einem der Sofas saßen.

»Hey, Mom«, sagte sie ihm Näherkommen.

»Du bist da. Gut.« Ihre Mutter wedelte mit einem kristallenen Highball-Glas. »Was möchtest du trinken?«

Stephanie musterte die Flüssigkeit im Glas ihrer Mutter und hatte das schlimme Gefühl, dass es Tequila war. Normalerweise trank Barbara Wein, doch wenn das Leben hart wurde, wandte sie sich Hochprozentigerem zu, und ab da ging es meistens schnell bergab.

Ihre Schwester hingegen hatte ein Glas Weißwein vor sich stehen. »Ich nehme das, was Lori hat.«

Sie ging in die Küche und fand im Kühlschrank eine geöffnete Flasche Chardonnay. Nachdem sie sich ein Glas eingegossen hatte, trank sie es zur Hälfte aus und schenkte sich nach, bevor sie die Flasche zurückstellte. Kaum hatte sie sich im Wohnzimmer auf den Platz gegenüber von ihrer Mutter gesetzt, als Four hereinkam.

»Sagt mir, dass ihr noch nicht ohne mich angefangen habt«, meinte sie fröhlich. »Ich würde es hassen, etwas zu verpassen.«

Stephanie unterdrückte ein Stöhnen. Sie hatte Four vorhin eine Nachricht geschickt, um sie zu warnen, dass Mackenzie Barbara gesagt hatte, dass sie Bel Après verlassen würde, und daraufhin gefeuert worden war. Ihre Schwester wusste also nur zu gut, dass sie ein Minenfeld betreten würde. Doch so war Four nun mal – sie segelte oft furchtlos in stürmische Gewässer hinaus.

»Ich kann nicht glauben, dass du nicht weißt, was heute passiert ist«, stieß Barbara aus. »Hör auf, dich so lächerlich fröhlich zu geben, und nimm dir einen Drink.«

»Nein danke.« Four setzte sich neben Stephanie und zog die Füße unter. »Deinem Tonfall entnehme ich, dass du wegen Mackenzie aufgebracht bist.«

Barbara funkelte sie an. »Wieso habe ich je gedacht, dass du ein Gehirn hast?«

»Das muss ich haben, denn ich lebe und bin voll funktionstüchtig. Mein Nervensystem und mein Gehirn scheinen vollkommen intakt zu sein.«

Stephanie wusste nicht, ob Four der mutigste Mensch war, den sie kannte, oder der dümmste.

»Außerdem«, fuhr Four mit einem gewinnenden Lächeln fort, »ist es keine Überraschung, dass Mackenzie gehen will. Das hier war nie ihr Traum. Sie muss das finden, was sie glücklich macht.«

»Sie sollte hier glücklich sein«, stieß Barbara zwischen zusammengebissenen Zähnen hervor. »Ich habe ihr alles gegeben, und sie hat uns verraten.«

»Das hat sie«, bestätigte Lori.

»Nicht alles«, warf Stephanie ein, bevor sie sich zurückhalten konnte. »Sie wollte Teil des Weinguts sein, aber das hast du nicht zugelassen.«

Kalt und wütend funkelte ihre Mutter sie an. »Hast du eigentlich eine Ahnung, wie lächerlich du klingst?«

»Nein, denn ich finde, ich klinge recht vernünftig. Alle verdienen das Gefühl, irgendwo dazuzugehören. Sie wollte mehr als nur eine Angestellte sein. Aber du hast dafür gesorgt, dass es niemals dazu kommt, und nun geht sie. Glaubst du, das macht irgendjemanden von uns glücklich? Sie ist meine beste Freundin, Mom. Wir sehen einander ständig, gehen in unseren Häusern ein und aus. Wir arbeiten im selben Gebäude, und jetzt wird sich das alles ändern. Sie war gut für Bel Après, und sie war gut für unsere Familie.«

Four streckte ihren Arm über das Sofakissen aus und nahm Stephanies Hand in ihre.

Barbara trank ihren Tequila aus und streckte dann das Glas Lori hin, damit die nachschenkte, bevor sie an die Sofakante rutschte und ihre Tochter eindringlich ansah.

»Nimm das zurück.«

»Was soll ich zurücknehmen? Es ist die Wahrheit. Sie war dir und den Weinen treu ergeben, sie ist eine wundervolle Freundin, und sie liebt uns alle.«

»Aber nicht genug, um zu bleiben.«

»Ich kehre zu meiner anfänglichen Prämisse zurück: Weshalb soll sie bleiben? Für einen Gehaltsscheck? Den kann sie überall bekommen.«

Lori stand auf und schenkte ihrer Mutter Tequila ein, dann reichte sie Barbara das Glas.

»Sie ist ein schrecklicher Mensch«, sagte Lori. »Ich hasse sie. Ich wusste immer, dass sie uns Probleme machen würde.«

Stephanie verdrehte die Augen. »Was für eine gequirlte Scheiße. Du hast es immer gehasst, dass Mom sie am liebsten mochte. Das ist was ganz anderes.«

»Stimmt ja gar nicht.«

Four drückte Stephanies Finger, als wollte sie ihre Schwester daran erinnern, was wichtig war.

»Barbara, was wolltest du uns sagen?«, fragte Four dann.

Ihre Mutter trank einen großen Schluck. »Sie muss bestraft werden.«

»Vielleicht eine öffentliche Auspeitschung?«, schlug Stephanie schnippisch vor. »Wirst du ein Kopfgeld auf sie aussetzen?

Du benimmst dich lächerlich, Mom. Du hast das alles zugelassen, und jetzt musst du mit den Konsequenzen leben. Mackenzie wird gehen, und ich kann es ihr nicht verdenken.«

Ihre Mutter lehnte sich auf dem Sofa zurück. »Du bist heute sehr freigiebig mit deiner Meinung.«

Vermutlich weil ich wiedergutmachen will, dass ich Avery nicht die Wahrheit gesagt habe, dachte Stephanie, die immer noch von sich enttäuscht war. Außerdem hatte sie sich nicht sonderlich freundschaftlich verhalten, als Mackenzie ihr von ihrer Scheidung erzählt hatte.

»Ich sage nur die Wahrheit.«

»Du bist illoyal. An deiner Stelle wäre ich sehr vorsichtig.« Ihre Mutter schaute alle drei Schwestern an. »Von heute an wird keine von euch mehr irgendeinen Kontakt mit Mackenzie haben. Ihr sprecht nicht mit ihr und schreibt ihr keine Nachrichten. Soweit es euch angeht, ist sie für uns alle gestorben.«

»Sehr gern«, warf Lori schnell ein.

»Ich glaube nicht«, meinte Four.

»Auf keinen Fall«, bestätigte Stephanie. »Sie ist meine beste Freundin, Mom. Daran wird sich nichts ändern. Ich liebe sie und will sie in meinem Leben haben. Und in dem meiner Kinder. Was auch immer sie braucht, ich werde ihr helfen, es zu kriegen.«

Streng starrte ihre Mutter sie an. »Du klingst sehr überzeugt, aber eins solltest du wissen: Es wird eine Zeit kommen, in der du dich entscheiden musst. Glaub mir, wenn ich dir sage, dass du dich nicht mit mir anlegen willst, Stephanie.«

Trotz des Schauders, der ihr bei dieser Drohung über den Rücken lief, behielt Stephanie ihre Haltung bei. »Sonst passiert was, Mom? Werde ich dann auch bestraft? Wir sind alle erwachsen. Du kannst uns keinen Hausarrest geben. Außerdem gehst du die ganze Sache vollkommen falsch an.«

Four beugte sich in Richtung ihrer Mutter. »Wir sind eine Familie, Barbara. Egal, wie wütend du bist, das ändert nichts daran.«

»Und ihr beide solltet euch an euren Platz in meiner Welt erinnern. Ich kann euch das Leben sehr unangenehm machen.«

Stephanie stand auf. »Mir reicht's. Ich weiß, du bist aufgebracht, und ja, es ist schlimm, dass Mackenzie geht, aber das ist auch deine Schuld. Du hast das dir und uns angetan. Wir alle werden deinetwegen leiden. Deine Drohungen sind mir egal. Nicht egal hingegen ist mir, jemanden zu verlieren, der mir viel bedeutet. Alles andere mag sich ändern, aber Mackenzie und ich werden immer befreundet sein. Also droh, so viel du willst, aber glaub mir, dass es lange dauern wird, bis ich dir das hier verzeihen kann. Mit deinem Verhalten bringst du alle Mütter dieser Welt in Verruf.«

Damit verließ sie das Haus und hielt ihre trotzige Haltung aufrecht, bis sie bei sich angekommen war. Dort schloss sie die Tür, lehnte sich dagegen und versuchte, das Zittern zu ignorieren, das in ihren Händen anfing und sich langsam bis in ihre Beine ausbreitete.

Anders als Four hatte sie sich nie besondere Mühe gegeben, sich gegen ihre Mutter aufzulehnen. Meistens hatte sie einfach ignoriert, was Barbara sagte, und ihr eigenes Ding gemacht. Aber heute nicht. Heute hatte sie offen rebelliert, und auch wenn ihr das nicht leidtat, fragte sie sich doch, ob sie es eines nicht allzu fernen Tages bereuen würde.

Mackenzie betrat das Restaurant und ging auf das Pult der Hostess zu, doch dann erblickte sie Stephanie und Four, die bereits an einem Tisch saßen, und änderte die Richtung.

In ihr tobten so viele Emotionen. Sie fühlte sich zugleich hoffnungsvoll und haltlos. Das Gespräch mit Barbara hing ihr immer noch nach, sie war traurig wegen der Scheidung und hatte Angst vor der Zukunft. Alles war jetzt anders, wie die Tatsache bewies, dass sie sich mit ihren Schwägerinnen in einem Restaurant treffen musste, anstatt einfach in einer ihrer Küchen gemeinsam zu Mittag zu essen.

Ein paar Meter vor dem Tisch blieb Mackenzie kurz stehen und fragte sich, welche Veränderungen es in ihrem Leben wohl noch geben würde. Noch vor ein paar Wochen hatte sie genau gewusst, wie jeder ihrer Tage ablaufen würde. Ihre Arbeit und ihr Lebensrhythmus waren von den Jahreszeiten bestimmt worden. Jetzt hingegen war gar nichts mehr sicher.

Stephanie schaute auf und sah sie. Ihr Lächeln zog Mackenzie wie magisch an. Four sah ebenfalls in ihre Richtung und grinste breit. Ihre offensichtliche Freude darüber, sie zu sehen, löste die Anspannung, die sie bisher gar nicht wirklich wahrgenommen hatte.

Die Freundinnen standen auf und zogen Mackenzie gemeinsam in die Arme. »Ich hatte solche Angst, dass ihr sauer auf mich seid wegen dem, was mit eurer Mom passiert ist«, gab Mackenzie zu.

»Niemals«, versprach Stephanie.

»Du hast nichts getan, um mich wütend zu machen«, merkte Four an. »Außerdem bin ich nicht sicher, ob du meine Energie überhaupt so sehr stören könntest. Ich bemühe mich, mit dem Flow zu gehen, zu beobachten, anstatt negative Gefühle an mich heranzulassen.«

Dieser Kommentar war so typisch für Four, dass Mackenzie lachen musste. Sie drückte die beiden ein letztes Mal und setzte sich dann.

»Danke, dass ihr dieses Treffen vorgeschlagen habt«, sagte sie.

Stephanie setzte sich ihr gegenüber und Four zwischen sie beide.

»In einem Restaurant.« Stephanie lachte. »Das fühlt sich sehr geheimnisvoll an. Als wären wir in einem Agententhriller und würden einen Aufstand planen.«

»Mit Mackenzie als unserer Rebellenführerin.«

Mackenzie schüttelte den Kopf. »Das deutet auf mehr Stärke und Planung hin, als ich im Moment aufbringen kann. Ich komme gerade so über die Runden.«

Stephanie und Four tauschten einen Blick.

»Auch auf die Gefahr hin, deinen Stresspegel in die Höhe zu treiben … Wir würden gern über ein paar Dinge mit dir reden.« Stephanie seufzte. »Na gut. Ein Ding.«

Mackenzie versuchte, sich ihre Anspannung nicht anmerken zu lassen. »Barbara?«

»Ganz genau«, bestätigte Four fröhlich. »Sie ist gestern Abend total ausgeflippt und hat uns jeglichen Kontakt mit dir verboten.« Ihr Lächeln wurde schelmisch. »Deshalb habe ich Stephanie eine Nachricht geschickt und vorgeschlagen, dass wir uns heute zum Mittagessen treffen.«

»Darauf hätte ich auch selbst kommen können«, sagte Stephanie.

Der Gedanke, was sie der Familie angetan hatte, gefiel Mackenzie gar nicht. »Es tut mir so leid …«, setzte sie an.

Stephanie schüttelte den Kopf. »Nein. Das muss es nicht, und das sollte es auch nicht. Das haben wir allein meiner Mutter zu verdanken. Also das mit der Arbeit. Eure Ehe ist allein Sache von Rhys und dir.«

»Es war unausweichlich«, ergänzte Four. »Du konntest nicht für immer da bleiben, wo du warst. Das war nicht das Richtige für dich.«

Mackenzie fragte sich, ob das stimmte. Bis Rhys die Scheidung erwähnt hatte, war sie einigermaßen zufrieden gewesen. Ja, es hatte Probleme und Enttäuschungen gegeben, aber sie war nicht sicher, ob sie je von selbst daran gedacht hätte zu gehen.

»Wir erwarten nicht, dass du bezüglich der Informationen über unsere Mutter irgendetwas unternimmst«, fuhr Stephanie fort. »Aber wir fanden, du solltest wissen, dass sie ein wenig durchgedreht ist. Sei also auf der Hut.«

»Das werde ich.«

»Wir sagen dir natürlich Bescheid, sollten wir etwas hören, das Anlass zur Sorge gibt«, versprach Four und lächelte. »Und das waren auch schon die schlechten Nachrichten. Wie läuft's sonst so?«

»Und wie geht es dir?«, warf Stephanie ein.

»Ich versuche, das alles zu verarbeiten. So viel hat sich in so kurzer Zeit verändert, dass ich es noch nicht richtig begreifen kann. Und ich bin noch dabei, mich von meiner Begegnung mit Barbara zu erholen.«

»Ja, sie liebt es, Narben zu hinterlassen«, pflichtete Stephanie ihr bei.

Die Kellnerin kam an den Tisch und nahm ihre Getränkebestellung auf. Nachdem sie gegangen war, wandte Four sich an Mackenzie.

»Barbara ist genauso verloren und verwirrt. Ich schätze, sie ist nicht sicher, ob du wirklich gehst oder ob das nur ein Trick von dir ist, um ein höheres Gehalt rauszuschlagen. Außerdem hofft sie, einen Weg zu finden, wie das Weingut ohne dich weiter funktionieren kann. Sie ist wütend, verletzt und verängstigt, ganz zu schweigen davon, dass sie rasend ist, weil sie keinen Back-up-Plan hat. Jedes andere Weingut hat einen Winzerassistenten, der wiederum einen Assistenten hat und so weiter. Du und Barbara, ihr wart immer so eng miteinander verbunden, dass ihr nie eine dritte Person dabeihaben wolltet. Ihr habt es beide vermieden, den sinnvollen nächsten Schritt zu gehen, und jetzt bezahlt sie den Preis dafür.«

Mackenzie starrte sie an. »Du bist der unglaublichste Mensch, den ich kenne. Alle sehen dich immer nur als jemanden, der Kristalle liebt und Bäume umarmt, aber du bist emotional sehr tiefgründig.«

»Na ja … ich beobachte«, sagte Four nur bescheiden.

»Ich glaube, insgeheim hat sie hellseherische Kräfte«, zog Stephanie sie liebevoll auf.

Das vertraute Geplänkel, das noch ein paar Minuten weiterging, schürte die Hoffnung in Mackenzie, dass eines Tages doch alles wieder normal sein könnte. Sicher, ein neues Normal für sie, aber dafür war sie offen. Mit ihren Freundinnen zusammen zu sein war tröstlich oder – wie Four es bezeichnen würde – erdete sie.

Als die Kellnerin mit den Getränken zurückkehrte, gaben sie ihre Essensbestellung auf. Danach sagte Stephanie: »Wie geht es dir wirklich? Kannst du schlafen? Isst du ordentlich?«

Mackenzie lächelte. »Ich kümmere mich gut um mich. Ich trinke nicht, und ich schlafe auch nicht sonderlich gut, aber die Extrazeit nutze ich, um an meinem Businessplan zu arbeiten.«

Was sie an etwas erinnerte. Sie zog zwei Blätter aus ihrer Tasche und reichte sie ihren Schwägerinnen. »Ich fürchte, wenn ihr Einzelheiten wollt, müsst ihr die hier unterschreiben.«

Stephanie und Four sahen einander an, dann auf die Vertraulichkeitsvereinbarung. Four hatte sie zuerst gelesen und griff nach Mackenzies Hand.

»Ich bin so stolz auf dich, weil du dich so gut um dich kümmerst und deine Zukunft ernst nimmst. Du hast ein gutes Herz, und das wirst du immer haben. Das ist es, was die Leute anzieht.«

Stephanie unterschrieb und reichte den Stift dann ihrer Schwester. »Du hast recht. Das hier fühlt sich wirklich an wie ein Agententhriller. Aber es gefällt mir.«

»Ich werde gemeinsam mit Bruno ein Weingut kaufen«, erklärte Mackenzie und steckte die unterschriebenen Verträge in ihre Tasche zurück. »Wir schauen uns gerade Painted Moon an.«

Beide Schwestern starrten sie mit der gleichen Mischung aus Freude und Schock an. Stephanie erholte sich als Erste.

»Wow! Es ist perfekt. Es ist groß und hat hervorragendes Land. Jetzt, wo ich so darüber nachdenke, bin ich nicht allzu überrascht, dass Herman verkaufen will. Ich bin so froh, dass du in der Gegend bleibst. Ich hatte furchtbare Angst, dass du mich verlassen würdest.«

»Weiß Barbara davon?«, fragte Four.

»Nein. Und ich werde es ihr auch erst sagen, wenn unser Angebot akzeptiert wurde. Oder vielleicht sogar erst nach Abschluss des Kaufs.«

»Behalte es so lang wie möglich für dich«, riet Stephanie ihr. »Sonst wird sie nur alle möglichen Probleme machen.«

»Das habe ich auch gedacht.« Mackenzie nickte.

»Wo wirst du wohnen?«, wollte Four wissen. »Ich weiß, Rhys hat dir angeboten, dass du im Haus bleiben kannst, solange du willst, aber irgendwann wirst du umziehen müssen.«

»Wenn wir Painted Moon kaufen, werde ich in das Farmhaus ziehen. Falls das nichts wird …«

»Ich habe Platz«, unterbrach Stephanie sie.

»Wir auch«, bestätigte Four. »Die Kinder würden es lieben, dich bei uns zu haben.«

Die Großzügigkeit ihrer Schwägerinnen rührte Mackenzie beinahe zu Tränen.

»Danke«, stieß sie hervor. »Mal sehen, wie alles wird.«

»Da Barbara dich gefeuert hat, steht dir Arbeitslosengeld zu«, merkte Four an.

Mackenzie lachte leise. »Daran habe ich noch gar nicht gedacht. Aber du hast recht.«

Ihren Jobverlust hatte sie noch gar nicht richtig realisiert. Im Moment sagte sie sich, dass sie nur ein paar Tage freinahm. Ihre Arbeit mit Bruno hielt sie ausreichend auf Trab, sodass keine Langeweile aufkam. Aber nachdem sie so lange auf Bel Après gearbeitet hatte, würde es schwer werden loszulassen.

»Genug«, sagte sie und hob die Hand. »Wie geht es euch beiden? Genießt Carson das Camp?«

»Er liebt es. Er schreibt mir eigentlich jeden Tag. Vermutlich weil er weiß, wenn er es nicht tut, werde ich hinfliegen und ihn vor all seinen Freunden demütigen, indem ich ihn umarme und abküsse. Aber trotzdem fehlt er mir. Avery kämpft noch mit dem Ende ihrer Beziehung zu Alex.« Sie schaute Four an.

»Uns geht es allen gut«, sagte die. »Ich überlege, das Esszimmer mit einem Wandgemälde zu verschönern, und habe die Kinder eingeladen, mir dabei zu helfen.«

Die Normalität ihrer Unterhaltung tröstete Mackenzie. Das hier habe ich vermisst, sagte sie sich. Mit ihren Freundinnen Zeit zu verbringen, Spaß zu haben und sich gegenseitig zu unterstützen. Kein Drama, nichts außer Gesprächen und Gelächter und Zusammenhalt.

Sie erinnerte sich daran, wie sie sich nach dem Tod ihres Großvaters gefühlt hatte. Wie allein und verängstigt sie gewesen war.

Doch das hier war anders. Sie war älter, hatte mehr Lebenserfahrung. Und sie hatte eine Familie. Vielleicht nicht Barbara oder Lori, aber Stephanie und Catherine würden ihr zur Seite stehen, dessen war sie sich sicher.

Emotional ein wenig geheilt von dem ausgiebigen Lunch mit ihren Freundinnen, fuhr Mackenzie nach Hause. Sie wollte einmal durch alle Zimmer gehen und gucken, ob es etwas gab, das sie mitnehmen wollte, wenn sie irgendwann auszog. Es war sicher nicht viel – vielleicht ein paar Andenken an ihr Leben, das eine oder andere Kunstwerk. Da sie und Barbara das Haus gemeinsam eingerichtet hatten, wollte sie nicht zu viel mitnehmen. Zu viele Erinnerungen, dachte sie.

Auf dem Weg zu ihrem Haus kam sie am Wagen des Sheriffs vorbei. Der Anblick war so ungewöhnlich, dass sie zuerst gar nicht reagierte, dann aber den Fuß vom Gas nahm und zusah, wie der Wagen auf die Hauptstraße einbog. Hm. Warum war der Sheriff hier gewesen?

Sie parkte in der Garage neben Rhys' SUV und eilte nach drinnen. Dort fand sie ihn in der Küche.

In der halben Sekunde, bevor er sie entdeckte, studierte sie die scharfe Falte zwischen seinen Augenbrauen. Als sie ihn das letzte Mal gesehen hatte, war die noch nicht da gewesen. Wenn sie ein Wort wählen müsste, um seine Laune zu beschreiben, würde sie sagen, dass er wegen irgendetwas wütend war.

»Rhys? Was ist los? Warum bist du mitten am Tag zu Hause, und warum habe ich gerade den Wagen des Sheriffs vom Grundstück fahren sehen?«

Er drehte sich zu ihr um. Sein gezwungenes Lächeln schnürte ihr die Kehle zu.

»Alles ist gut«, sagte er wenig überzeugend. »Nichts, worüber du dir Sorgen machen müsstest.«

»Das sind nicht die Druiden, nach denen du suchst?«, fragte sie und zitierte damit einen Spruch aus *Star Wars*, den sie oft benutzten. »Ich denke, sie sind es schon. Was ist passiert?«

Er seufzte schwer. »Hättest du nicht fünf Minuten später kommen können?«

»Rhys, bitte. Wenn du versuchst, mir etwas zu verheimlichen, muss es um deine Mutter gehen. Sie hat mich bereits gefeuert. Ich bin mir nicht sicher, dass es noch schlimmer kommen kann.«

Das Zucken um seine Mundwinkel verriet ihr, dass sie sich irrte.

»Meine Mutter hat den Sheriff angerufen, um dich zwangsräumen zu lassen.«

»Was? Aber wir sind verheiratet, und das hier ist mein Haus.« Wobei, das ist es nicht, dachte sie verbittert. Im Grundbuch stand lediglich Rhys' Name – denn er gehörte zur Familie und sie nicht. »Kann sie das machen?«

»Nein. Das habe ich auch dem Sheriff gesagt. Es ist mein Haus, und bis die Scheidung rechtskräftig ist, bist du meine Frau und kannst hier so lang wohnen, wie ich es verdammt noch mal zulasse.«

»Danke.« Mackenzie begriff immer noch nicht ganz, was passiert war. So sehr wollte Barbara sie loswerden? Sicher, sie hatte gewusst, dass ihre Schwiegermutter aufgebracht war, aber dass sie versuchen würde, sie zwangsräumen zu lassen?

Rhys atmete tief ein. »Wie kannst du überhaupt darüber nachdenken, dir ein neues Leben aufzubauen, wenn sie dich ständig so ablenkt?« Er kam zu ihr und zog sie in die Arme. »Es tut mir leid.«

»Mir geht es gut«, log sie und versuchte, in seinen Worten und Armen Trost zu finden und sich nicht zu fragen, wie viel seiner Sorge von dem Wunsch getrieben war, sie aus seinem Leben zu haben.

»Du bist stärker, als ich es unter den Umständen wäre«, sagte er und ließ sie los. »Was meine Mutter getan hat, tut mir wirklich leid.«

Aber die Scheidung nicht, dachte sie traurig. Er war bereit weiterzuziehen. Sie auch, aber sie wusste, dass Rhys ihr auf dem Weg schon ein paar Schritte voraus war.

»Mir geht es gut«, wiederholte sie und sagte sich, dass das mit ein bisschen Glück und Zeit irgendwann hoffentlich stimmen würde.

16. KAPITEL

Aufgebracht trommelte Barbara mit den Fingerspitzen auf der Schreibtischplatte herum. Der Anruf von ihrem Kontakt im Sheriffbüro war enttäuschend gewesen. Offenbar gab es Gesetze dagegen, jemanden aus seinem Haus zu werfen, selbst wenn er es verdient hatte. Das Beste, was sie hatte erreichen können, war der Besuch eines Deputys gewesen. Aber Mackenzie musste bestraft und gebrochen werden, damit sie auf den Knien angerutscht kam. Das war vielleicht nicht logisch, entsprach aber der Wahrheit.

Sie richtete ihre Aufmerksamkeit wieder auf den Bildschirm ihres Computers, doch bevor sie den Bericht lesen konnte, kam Rhys in ihr Büro. Er ragte vor ihrem Tisch auf und funkelte sie an, als versuche er, sie einzuschüchtern.

»Was, zum Teufel, hast du dir dabei gedacht?«, herrschte er sie an.

Barbara hob eine Augenbraue und deutete auf den Stuhl vor ihrem Schreibtisch. »Wenn du eine Unterhaltung mit mir führen möchtest, sei bitte so nett und schlag einen vernünftigen Ton an.«

»Du hast versucht, Mackenzie rauszuwerfen.«

»*Versucht* ist hier das entscheidende Wort. Ich wusste, dass es nicht funktionieren würde, aber ich musste etwas unternehmen. Du bist schließlich keine große Hilfe, und das ist sowieso alles deine Schuld.« Erneut deutete sie auf den Stuhl.

Wie erwartet setzte ihr Sohn sich. »Wieso ist das meine Schuld?«

»Weil du sie in eurer Ehe offensichtlich nicht glücklich gemacht hast, und jetzt müssen wir alle den Preis dafür bezahlen. Warum hast du mir nicht erzählt, dass es in eurer Beziehung Probleme gibt?« Der wichtigere Punkt war allerdings, warum er die Probleme nicht gelöst hatte, aber diese Frage war nun nicht mehr zielführend.

»Meine Ehe geht dich nichts an.«

»Wenn das nur wahr wäre. Aber wenn deine Frau im Familienunternehmen arbeitet, geht es uns alle etwas an. Hast du sie betrogen?«

Rhys seufzte. »Darüber werde ich nicht mit dir sprechen.«

Sie war nicht sicher, ob das *ja* oder *nein* bedeutete. Rhys kam ihr nicht wie jemand vor, der so etwas tun würde. Er war ein guter Mann – ehrlich und hart arbeitend. Außerdem war er attraktiv und wohlhabend, was ihn für die meisten Frauen unwiderstehlich machte. Die Gelegenheit hätte er also mit Sicherheit gehabt.

»Du wirst also nicht um sie kämpfen?«

»Mom, wie gesagt, das geht dich nichts an. Mackenzie und ich lassen uns scheiden. Ende der Geschichte.«

»Für euch vielleicht, aber nicht für mich. Eure Scheidung hat Auswirkungen auf Bel Après, und damit betrifft sie uns alle.«

Sie massierte sich die Schläfen und wusste jetzt schon, dass sie später Kopfschmerzen bekommen würde.

Alles ist so gut gelaufen, dachte sie verbittert. Die Weine waren ausgezeichnet. Mackenzie leistete hervorragende Arbeit. Und nun könnte alles den Bach runtergehen.

»Warum habt ihr beide keine Kinder? Das hätte euch zusammengeschweißt.«

»Ach, auf einmal? Du warst immer froh, dass Mackenzie keine Kinder hatte, die sie von der Arbeit ablenken würden.«

»Das habe ich nie gesagt.«

Rhys sah sie nur schweigend an.

»Na gut, vielleicht habe ich das mal gesagt, aber ich habe es nicht so gemeint. Hätte ich gewusst, dass ihr Kinder braucht, um weiter verheiratet zu bleiben, hätte ich euch dazu ermutigt.«

»Tut mir leid, dass ich das verpasst habe.«

Sie ignorierte seinen Sarkasmus. »Wir müssen das wieder auf die Reihe kriegen.«

»Nein, müssen wir nicht. Mackenzie und ich haben uns getrennt. Das geht auf uns. Was mit dem Weingut passiert, ist deine

Sache, Mom. Du bist diejenige, die die Geduld verloren und Mackenzie gefeuert hat.«

»Sie hat mir gesagt, dass sie Bel Après verlässt. Was hätte ich denn tun sollen?«

»Sie fragen, warum sie gehen will? Vielleicht ein wenig Mitgefühl und Verständnis zeigen?«

Seine Dummheit hätte sie nicht überraschen sollen, tat es aber. »Vielleicht hätte ich ihr auch noch ein Abschiedsgeschenk überreichen sollen? Ist dir eigentlich klar, dass wir jetzt ohne Winzer dastehen? Das könnte unser Ruin sein.«

Rhys schüttelte den Kopf. »Du findest schon eine Lösung, Mom. Das tust du immer. Ich wollte nur sagen, dass du das mit Mackenzie hättest klären können. Sie wollte nur das Gefühl haben, dazuzugehören und Teil des Ganzen zu sein.«

Barbara dachte an ihr Gespräch mit Giorgio. Rhys klang genauso wie er. Hatten sie sich gegen sie verschworen?

»Die Bedingungen im Testament sind eindeutig. Du weißt, dass ich nicht gegen sie verstoßen kann. Außerdem, was will sie denn noch mehr? Ich habe ihr alles gegeben. Freie Hand beim Keltern.« Sie spürte, wie das Temperament in ihr hochkochte, und unterdrückte es. »Jemand wird sie anstellen. Ich wünschte, ich könnte das unterbinden.«

Rhys wandte den Blick ab, ohne etwas zu sagen. Barbara schaute ihn an.

»Was weißt du, was ich nicht weiß?«, fragte sie harsch.

Er sah sie an. »Mackenzie und ich haben einen Ehevertrag.«

Alles um sie herum schien sich zu drehen, als Barbara zu verstehen versuchte, was ihr Sohn da gerade gesagt hatte. Ein Ehevertrag hieß, dass Mackenzie Geld von ihm bekam.

»Warum erfahre ich das erst jetzt?«

Wieder wich er ihrem Blick aus. »Weil das eigentlich nur uns beide etwas angeht.«

Wut brodelte in ihr hoch. »Wann habt ihr den geschlossen?«

»Damals, als du ihr gesagt hast, dass sie niemals einen Anteil an dem Weingut bekommen würde. Sie war am Boden zerstört.«

»Also hast du ihr Geld gegeben?«, fragte sie. »Guter Gott, du bist so ein Idiot. Wie viel?«

Er straffte die Schultern. »Die Hälfte des Hauses und einen Teil von meinem Treuhandfonds. Außerdem habe ich schriftlich auf einen Anteil an den Lizenzzahlungen von den Weinen verzichtet. Alles in allem sind es knapp zwei Millionen Dollar.«

»Du gibst der Schlampe zwei Millionen Dollar?« Barbara machte Anstalten, sich zu erheben, ließ sich dann aber wieder auf ihren Stuhl fallen. Nein. Das war nicht möglich. Mit so viel Geld konnte Mackenzie sich etwas kaufen. Schlimmer noch, sie könnte es als Anzahlung für ein Weingut nutzen und Bel Après Konkurrenz machen.

»Damals war es das einzig Richtige«, verteidigte Rhys sich. »Wir waren glücklich, und ich habe es gehasst, sie so traurig zu sehen. Sie hat sich von dir hintergangen und abgewiesen gefühlt.«

Barbara ignorierte den Rest von dem, was er sagte, und konzentrierte sich auf das, was wichtig war. »*Damals* war es das Richtige? Heißt das, du bedauerst das Arrangement heute?«

»Vielleicht. Ein wenig. Aber es ist, wie es ist. Ich habe meinen Anwalt bereits gebeten, dafür zu sorgen, dass ich meinen Teil der Vereinbarung einhalte. Tatsache ist, sie wird das Geld bekommen.«

Vielleicht ist er nicht so dumm, wie ich befürchtet habe, dachte sie, war aber immer noch aufgebracht darüber, was so viel Geld für Mackenzie bedeutete.

»Dann sprich noch mal mit deinem Anwalt. Es muss einen Weg geben, dass sie nicht so viel Geld in die Finger bekommt. Das ist einfach lächerlich. Was hast du dir nur dabei gedacht?«

Sehr lange sah er sie schweigend an. »Ich habe mir gedacht, dass ich meine Frau liebe. Es ist, wie es ist. Sie wird das Geld bekommen, Mom. Finde dich damit ab.«

»Na klar. Du erschaffst ein Problem, und ich muss es richten. Typisch.« Erneut wollte sie ihn am liebsten ohrfeigen. »Warum weigerst du dich zu verstehen, was los ist? Es sind nur noch wenige Monate bis zur Ernte. Und was dann? Wer wird die Trauben in wundervolle Bel-Après-Weine verwandeln? Wir arbeiten alle hart, doch ohne Mackenzie ... Was bleibt uns da? Trauben. Du musst sie dazu bringen, bei uns zu bleiben.«

»Sie hatte angeboten, bis nach der Weinlese zu bleiben, Mom. Aber du hast sie gefeuert.«

»Ich hatte keine andere Wahl.«

»Man hat immer eine Wahl.« Er stand auf. »Keine weiteren Zwangsräumungen mehr oder etwas anderes in der Art. Es ist erledigt. Mackenzie wird gehen. Lass es einfach gut sein.«

»Das werde ich nicht«, gab sie bissig zurück. »Sie glücklich zu machen war deine Aufgabe, und du hast jämmerlich versagt.«

Ohne ein weiteres Wort verließ ihr Sohn das Büro. Als Barbara allein war, stand sie auf und ging zum Fenster, doch der Ausblick, der sie sonst immer glücklich machte, sagte ihr heute gar nichts.

Mackenzie muss bleiben, dachte sie grimmig. Das war das Einzige, was zählte. Bel Après brauchte sie, was ihr eigener Sohn nicht zu verstehen schien. Ironischerweise hätte Mackenzie genau gewusst, was sie meinte. Für sie war das Weingut immer an erster Stelle gekommen. Doch wenn sie weg war ...

»Daran werde ich nicht denken«, sagte sie laut, tat jedoch nichts anderes. Sobald die Leute es erfuhren, würden sie ...

Sie stieß einen Fluch aus und eilte an ihren Schreibtisch zurück. Dann schrieb sie schnell eine E-Mail an alle ihre Kinder und bat sie, niemandem zu erzählen, dass Mackenzie gehen wollte. Niemand sonst durfte davon erfahren – nicht bevor Barbara einen Weg gefunden hatte, das Problem zu lösen. Auf die eine oder andere Weise würde sie Mackenzie dazu bringen einzusehen, dass sie nicht gehen konnte.

Am Freitagmorgen traf Mackenzie in der Küche auf Rhys, der gerade am Tisch vor dem Fenster saß und frühstückte.

»Guten Morgen«, sagte er.

»Guten Morgen. Ich brauche deine Hilfe. Ich möchte gern meinen Schreibtisch im Büro ausräumen, aber nicht allein hingehen.«

Beinahe erwartete sie, dass er sich über sie lustig machen und sie als Feigling bezeichnen würde, doch er nickte nur.

»Klar. Ich begleite dich. Wir können das machen, bevor ich zu den Seven Hills fahre, um nach den Weinstöcken zu sehen.«

Mackenzie schenkte sich einen Kaffee ein und setzte sich Rhys gegenüber. »Ist alles in Ordnung? Ich mache mir Sorgen über die Überdachung auf der Südseite. In den letzten Tagen war es so heiß und …« Sie presste die Lippen aufeinander. »Sorry. Ich hatte vergessen, dass ich gefeuert bin.«

»Ich sehe mir das Dach an.« Er lächelte. »Ich weiß, wie man meinen Job macht.«

»Du bist der Beste, und das weiß ich. Ich mache mir immer viel zu viele Sorgen.«

»Du bist eine großartige Winzerin.« Er trank einen Schluck Kaffee. »Wenn sie dir einen Teil von Bel Après angeboten hätte, wärst du dann geblieben?«

Über diese Frage musste Mackenzie kurz nachdenken. »Ja. Ich habe nie gehen wollen. Das hier ist alles, was ich kenne. Ihr seid meine Familie, und das hier ist mein Lebenswerk. Aber jetzt ist alles anders. Bruno und ich sind Geschäftspartner und treiben unsere Pläne für den Kauf von Painted Moon voran.« Sie lächelte. »Wir haben schon ein Büro in der Stadt.«

»Keine Arbeit mehr vom Hotelzimmer aus?«, neckte er sie.

Sie lächelte. »Das wurde langsam etwas komisch. Ein Büro ist besser. Da haben wir auch mehr Platz. Ich freue mich auf die Gelegenheit, aber ich bin auch traurig, dass sich alles verändert.« Kurz hielt sie inne. »Ich vermisse dich«, gab sie dann zu. »Ich vermisse *uns*.«

»Das alte ›uns‹ oder das, in das wir uns verwandelt haben?«

»Beides. Aber hauptsächlich das alte. Wir haben gut zueinandergepasst.«

Er nickte. »Es war leider nur nie das ganz Besondere.«

Sah er so ihre Beziehung? Sie hatte sie immer als etwas Besonderes betrachtet. Offensichtlich hatte sie auch damit falschgelegen.

»Gib mir Bescheid, wenn du ins Büro gehst«, sagte sie.

»Wir können jetzt los, wenn du willst.« Er stand auf und trug sein Geschirr zur Spüle.

Mackenzie hatte schon ein paar Einkaufstaschen neben ihre Handtasche gelegt. Nun nahm sie alles auf und folgte Rhys in die Garage. Sie nahmen sich beide ein Golfcart und fuhren den kurzen Weg zum Bürogebäude hinüber.

Drinnen gingen sie die Treppe hoch. In ihrem Büro schaute Mackenzie sich um. Sie wollte nur ihre persönlichen Habseligkeiten mitnehmen. Rhys machte es sich im Besuchersessel gemütlich, während sie Fotos einsammelte und in eine der Taschen packte. Dann folgten ein paar Kleinigkeiten, die Rhys ihr im Laufe der Jahre geschenkt hatte, sowie einige Bilder, die die Kinder von Stephanie und Four für sie gemalt hatten.

Gerade hatte sie sich an ihren Schreibtisch gesetzt, um die Schubladen durchzugehen, als Lori im Türrahmen auftauchte.

»Du darfst nicht hier sein. Mom hat dich gefeuert.«

Rhys sah sie an. »Lass es gut sein.«

»Sie ist gefeuert. Was, wenn sie firmeneigene Informationen stiehlt?« Sie wandte sich an Mackenzie. »Bevor du gehst, durchsuche ich deine Taschen.«

»Nein, das wirst du nicht«, beschied Rhys ihr. »Sie nimmt das mit, was ihr gehört, und mehr nicht. Meine Güte, Lori, reiß dich zusammen.«

Mackenzie zog jede der Schubladen einzeln auf und fand ein paar Müsliriegel, eine Handcreme, ein paar Pflaster, ein Ladegerät für ihr Handy. Nichts wirklich Wichtiges. Sie packte die Sachen in eine zweite Tasche und versuchte, nicht daran zu denken, wie wenig sie mitnahm. Sollte sie nach sechzehn Jahren nicht mehr vorzuweisen haben?

Doch mehr habe ich nicht, sagte sie sich. Der Rest gehörte der Firma. Zumindest blieben ihr die Erinnerungen. Die konnte sie so lang bewahren, wie sie wollte. Sie dachte an die späten Abende, an denen sie über Berichten gehockt hatte. An die Zeiten, als sie am Fenster gestanden und zugesehen hatte, wie ein

Sommergewitter heranrollte, wobei sie sich Sorgen um einen möglichen Hagelschauer gemacht hatte. Hagel konnte eine Ernte innerhalb von Sekunden vernichten. Hier kam das nur selten vor, aber trotzdem hatte sie sich Sorgen gemacht.

Sie stand auf und schnappte sich die Jacken, die an dem Garderobenständer in der Ecke hingen. »Das ist alles«, sagte sie.

Rhys stand auf. »Ich begleite dich hinaus.«

»Danke, aber das wird nicht nötig sein.«

Sie beide drehten sich um und sahen Barbara hinter Lori an der Tür stehen. Mackenzie hoffte, dass sie nicht zusammengezuckt war, als sie die andere Frau gesehen hatte. Ihre Blicke trafen sich.

»Geh wieder an die Arbeit, Lori«, forderte Barbara überraschend freundlich. »Du auch, Rhys. Ich möchte ein Wort mit Mackenzie wechseln.« Sie lächelte leicht. »Ich verspreche, es wird kein Blutvergießen geben.«

Rhys sah Mackenzie an. »Ist das für dich in Ordnung?«

Sie nickte.

Er beugte sich zu ihr. »Ich bleibe in meinem Büro, bis ihr beide fertig seid.«

»Schon okay. Du musst nach Seven Hills.«

Rhys zögerte. »Bist du sicher?«

»Ja. Wirklich.« Sie senkte die Stimme. »Ich bin mir ziemlich sicher, dass ich sie überwältigen kann, sollte das nötig werden.«

»Außer Lori mischt sich mit ein. Dann sind es zwei gegen eine.«

»Hör auf, dir Sorgen zu machen. Du musst nach den Weinstöcken schauen.«

Er nickte und ging. Mackenzie folgte ihm aus ihrem ehemaligen Büro und betrat das von Barbara.

»Würdest du bitte die Tür schließen?«

Mackenzie tat wie geheißen und ließ ihre Taschen neben der Tür stehen. Dann setzte sie sich auf den Besucherstuhl.

Barbara saß hinter ihrem Schreibtisch, die gefalteten Hände vor sich auf der ledernen Unterlage. Sie sah aus wie immer – perfekt zurechtgemacht und elegant gekleidet. Da waren keine dunklen Ringe unter den Augen, kein Hinweis auf irgendwelche

Sorgen. Mackenzie wusste nicht, ob sie wirklich so entspannt war oder nur ein sehr gutes Make-up aufgelegt hatte.

»Wir scheinen ein wenig in der Klemme zu sitzen«, fing Barbara lächelnd an. »Vielleicht ist es an der Zeit, zu reden und uns da wieder rauszumanövrieren.«

»Ich weiß nicht, was das heißen soll«, gestand Mackenzie. Gern hätte sie geglaubt, dass sie einen Kompromiss finden könnten, doch sie war nicht gewillt, ihrer baldigen Ex-Schwiegermutter zu vertrauen – zumindest noch nicht.

»Ich möchte, dass zwischen uns wieder alles gut wird, Mackenzie. Wir haben einander immer so nahegestanden. Gerade eben habe ich noch daran gedacht, wie lang wir gebraucht haben, um die richtigen Sofas für euer Wohnzimmer zu finden.«

Trotz allem musste Mackenzie lächeln. »Ich habe auch daran gedacht, wie wir gemeinsam das Haus eingerichtet haben. Das ist uns ziemlich gut gelungen.«

»Das liegt daran, dass wir ein gutes Team sind.«

»Das stimmt. Barbara, du bist mir unglaublich wichtig. Du warst für mich wie eine zweite Mutter. Ich möchte nicht, dass wir uns streiten.«

»Gut, das will ich nämlich auch nicht. Also lass uns gucken, wie wir das Problem lösen können. Ich verdopple dein Gehalt. Wie klingt das?«

Mackenzie wusste nicht, was sie dazu sagen sollte. Sie hatte über ihre emotionale Verbindung gesprochen, wohingegen Barbara offensichtlich ihren Job bei Bel Après gemeint hatte.

»Dann bin ich also nicht gefeuert?«

»Das hängt von dir ab, meine Liebe. Möchtest du nicht gefeuert sein?«

Mackenzie dachte an ihre Pläne mit Bruno. An die Partnerschaft und wie großzügig er in allem gewesen war. Sie dachte daran, wie sie bald jeden Morgen aufwachen und wissen würde, dass das Land ihr gehörte, samt den Weinstöcken und allem anderen. Oder zumindest die Hälfte von allem.

»Würde ich einen Anteil an Bel Après erhalten?«

»Nein, aber du wärst sehr hochgeschätzt. Deine Arbeit war dir immer das Wichtigste im Leben. Warum sollte sich das ändern?« Barbara lehnte sich in ihrem Stuhl zurück. »Ich wünschte, du würdest diesen Unsinn mit der Teilhaberschaft vergessen. Damit geht eine Menge Verantwortung einher. Würdest du deine Zeit nicht lieber damit verbringen, wundervolle Weine zu keltern?«

»Und was dann? Jeden Monat in meine Rentenversicherung einzahlen und zur Pensionierung eine goldene Uhr erhalten?«

»Heutzutage bekommt niemand mehr eine goldene Uhr, Mackenzie. Es gibt wirklich keinen Anlass, so schwierig zu sein.«

»Also soll ich einfach den Mund halten und meine Arbeit erledigen.«

Barbaras freundliche Miene verschwand. »Mehr zu erwarten ist unvernünftig. Du lässt dich von Rhys scheiden. Danach gehörst du nicht mehr zur Familie. Ich bin gewillt, dir mehr Geld zu geben. Die Kontrolle über die Weine hast du bereits. Glaubst du, du wirst es woanders besser treffen? Oder wenn du auf dich allein gestellt bist?«

Barbara hob eine Augenbraue. »Ich weiß von eurem Ehevertrag. Rhys hat erwähnt, wie sehr er ihn bedauert. Was, wenn er sich wegen des Geldes querstellt? Was, wenn du am Ende mit nichts dastehst?«

Mackenzie ermahnte sich, nicht darauf zu reagieren. Barbara versuchte, ihr wehzutun, sie einzuschüchtern, und auch wenn sie darin wirklich gut war, würde sie sich das auf keinen Fall anmerken lassen.

»Ich komme schon klar«, sagte sie so selbstbewusst wie nur möglich. »Ich weiß, was ich tue.«

Barbara lachte. »Wirklich? Glaubst du tatsächlich, du könntest allein ein Weingut leiten? Du wirst dich nicht um die Finanzen und das Marketing kümmern können und trotzdem alles andere am Laufen halten müssen. Du bist gut in dem, was du tust, aber das ist auch schon alles. Wenn du versuchst, mehr zu machen, wirst du scheitern.«

»Danke für diese aufmunternden Worte.«

Barbaras Miene verfinsterte sich. »Ich sage nur die Wahrheit. Die ist nicht immer schön, aber das heißt nicht, dass das, was ich sage, nicht wahr ist.«

Mackenzie versuchte, sich von den Worten nicht verletzen zu lassen. Um den Schmerz würde sie sich später kümmern.

»Da wir gerade bei Wahrheiten sind«, sagte sie. »Lass mich dir ein paar von meinen nennen. Ich wäre noch für ein paar Monate geblieben. Ich möchte nicht mehr Geld. Ich möchte dazugehören. Aber das hast du nie zugelassen. Du klammerst dich mit aller Macht an Bel Après, und ich weiß einfach nicht, wovor du solche Angst hast. Was fürchtest du zu verlieren? Aber egal. Das ist jetzt nicht mehr wichtig. Vergiss nur eins nicht: Wenn man etwas zu stark festhält, macht man es kaputt.« Sie schenkte Barbara ein bitteres Lächeln. »Ich wollte dir meine Hilfe bei der Ernte anbieten, aber ich sehe, dass du daran kein Interesse hast.« Sie stand auf. »Ich bin nicht käuflich. Zumindest nicht mit Geld.«

»Du undankbare Schlampe.« Barbara sprang auf. »Ich hätte dir niemals vertrauen dürfen. Tja, versuch ja nicht, einen Job hier im Ort zu kriegen. Ich werde jeden vor dir warnen und allen erzählen, wie du mich hintergangen hast. Wie du uns alle hintergangen hast.«

»Nur zu. Erzähl herum, was du willst.« Mackenzie ging zur Tür und nahm ihre Tüten auf. »Eine letzte Wahrheit noch: Du kannst nichts sagen, was meiner Karriere schadet. Und weißt du auch, warum? Weil mich alle lieber mögen als dich, und sie werden dir kein einziges Wort glauben.«

Damit verließ sie Barbaras Büro zum, wie sie sich sicher war, letzten Mal, ging nach unten und setzte sich in ein Golfcart. Wenige Minuten später war sie zu Hause. Sie sank auf den Küchenboden und weinte, bis ihre Tränen versiegt waren. Die gesamte Zeit über rechnete sie beinahe damit, dass Rhys vorbeikommen und nach ihr sehen würde. Und wenn er es täte, würde er sie in den Arm nehmen und ihr sagen, dass alles wieder gut werden würde. Dass er natürlich wollte, dass sie das vereinbarte Geld bekam, weil sie ihm wichtig war. Doch er kam nicht. Und ihr wurde bewusst, dass sie vollkommen allein war.

17. KAPITEL

Am Samstagmorgen fuhr Stephanie in das Parkhaus hinter dem Bellevue Square in Seattle. Das mehrstöckige Einkaufszentrum war ein moderner, schicker Bau mit vielen Läden und Restaurants. Über eine Fußgängerbrücke erreichte man von dort sogar zwei Kinos.

Sie hatte Avery und ihre beste Freundin Madison am Vorabend mitgenommen. Zu dritt hatten sie in einem Airbnb in der Nähe übernachtet und würden am Sonntagnachmittag nach Walla Walla zurückfahren. Bis dahin würden sie ordentlich shoppen gehen und Zeit miteinander verbringen. Die Teenager wollten sich drei Kinofilme ansehen, und Stephanie hatte vor, ihre Garderobe ein wenig aufzupeppen. Vielleicht würde sie auch etwas für Carson kaufen. Ihm waren Klamotten zwar nicht wichtig, aber sie hatte das Gefühl, dass er nach seiner Rückkehr vom Baseball-Camp ein paar neue Sachen gebrauchen könnte.

Sobald sie den Wagen abgestellt hatte, wandte sie sich an ihre Tochter.

»Kommt ihr beide allein klar?«, fragte sie und bemühte sich, eher locker und entspannt als besorgt zu klingen. Seit einer guten Woche kamen sie und Avery besser miteinander aus, und dieses zarte Pflänzchen wollte sie nicht im Keim ersticken.

»Na klar, Mom.« Avery wedelte mit ihrem Handy. »Wir haben Kinokarten für die Vorstellung um 14.10 Uhr. Wir wollen in der *Cheesecake Factory* zu Mittag essen und treffen dich dann um fünf an dem Starbucks im ersten Stock.«

Madison lehnte sich von der Rückbank vor. »Den Rest der Zeit gehen wir shoppen«, zwitscherte sie fröhlich.

Am Vorabend hatten sie bei einem Mexikaner zu Abend gegessen und waren dann noch ein wenig herumgelaufen, doch es war nur Zeit für einen Schaufensterbummel gewesen.

»Dann habt viel Spaß, ihr zwei«, sagte Stephanie und stieg aus.

»Was hast du vor?«, wollte Avery wissen.

»Ein wenig shoppen, und dann treffe ich mich mit deinem Vater zum Lunch.« Was der eigentliche Grund für diesen kleinen Ausflug war, doch das hatte sie ihrer Tochter nicht verraten.

Gemeinsam betraten sie die Mall und trennten sich vor *Nordstrom*. Die Mädels machten sich auf die Suche nach trendigen Boutiquen, und Stephanie wollte durch ihre Lieblingsläden schlendern.

Während sie ein paar Kleider anprobierte und nach einer neuen Jeans Ausschau hielt, war ihr die Uhrzeit ständig bewusst. Sie würde Kyle um zwölf Uhr treffen und wollte nicht zu spät kommen.

Er war überrascht gewesen, als sie ihm erzählt hatte, dass sie ein Wochenende in Seattle verbringen wollte, war aber mit einem gemeinsamen Mittagessen sofort einverstanden gewesen. Was sie ihm bisher nicht verraten hatte, war das Thema, über das sie sprechen wollte.

Um kurz vor zwölf verstaute sie ihre Einkäufe im Wagen und ging dann durch die Mall und über die Fußgängerbrücke zu dem Restaurant. Kyle stand bereits am Eingang und lächelte, als er sie sah.

»Wie fühlt es sich an, wieder in der großen Stadt zu sein?«, fragte er grinsend.

»Als einfaches Mädchen vom Land versuche ich, nicht zwischen all den weltgewandten Leuten verloren zu gehen.«

Er lachte und wandte sich dann an die Empfangsdame, um ihr seinen Namen zu nennen.

Sie wurden zu einem Tisch am Fenster geführt. Von hier oben im dreißigsten Stock war die Aussicht umwerfend, doch Stephanie war in Gedanken mehr bei ihrer anstehenden Unterhaltung als beim Blick über den Sund und den Mount Rainier. Nervös blätterte sie in der Karte, legte sie weg, nahm sie wieder auf – bis Kyle sie ihr wegnahm.

»Sprich«, sagte er entschieden. »Du hast offensichtlich etwas auf dem Herzen. Spuck's aus, und danach können wir das Mittagessen genießen.«

Sie war nicht glücklich darüber, dass er sie so leicht durchschaute, aber auch wenn das eine interessante Beobachtung war, war es im Moment nicht wichtig.

»Avery und ihr Freund haben vor ein paar Wochen Schluss gemacht«, fing sie an und zwang sich, ihren Ex-Mann anzusehen. »Sie hat ihn abgeschossen, nachdem er sie betrogen hat und danach behauptete, es wäre ihre Schuld, weil sie keinen Sex mit ihm haben wollte.«

Ein Muskel in Kyles Kiefer spannte sich an. »Das hat er getan? Avery hat mir nur erzählt, dass sie nicht mehr zusammen sind, aber nicht, warum. Dieser kleine Bastard.«

»Ja, das ist schlimm, aber darauf will ich nicht hinaus. Ich habe Avery gesagt, dass ich stolz auf sie bin, weil sie so stark ist.« Sie presste die Fingernägel in ihre Handfläche und ermahnte sich, nicht zu weinen.

»Sie meinte, dass sie es beenden musste, weil sie nicht so sein wollte wie ich. Sie würde nicht schwach sein und bei einem Mann bleiben, der sie betrügt.« Sie warf ihm einen scharfen Blick zu. »Du hast unserer sechzehnjährigen Tochter erzählt, dass du mich betrogen hast, ohne mir etwas davon zu sagen. Du hast mich im Dunkeln gelassen, was schon schlimm genug ist, aber schlimmer noch, du hast ihr die Informationen gegeben, ohne sie vorzubereiten oder mich meine Seite der Geschichte erzählen zu lassen.«

Er zuckte zusammen. »Tut mir leid. Ich hätte dich darüber informieren sollen. Sie und ich haben miteinander geredet, und ich hatte den Eindruck, dass es ihr gut ging.«

»Wann war das? Und warum hast du mir nichts gesagt?«

»Letztes Jahr über die Feiertage, als sie und Carson bei mir waren. Ein Kollege, den ich vom Sender kenne, kam vorbei und hat erzählt, was in seiner Ehe los war. Seine Frau hatte herausgefunden, dass er sie betrog, und er wusste nicht, was er tun sollte. Es war schon spät, und ich dachte, die Kinder würden schlafen.«

Der Kellner trat an ihren Tisch, doch Kyle winkte ihn weg.

»Ich habe ihm gesagt, dass ich auch mal in seiner Situation war und ganz schlecht damit umgegangen bin. Dass ich ein Idiot gewesen bin und deswegen etwas sehr Wichtiges verloren habe. Und dann habe ich ihm geraten, er solle zu seinem Fehler stehen und ihn wiedergutmachen.«

»Etwas, das du nie getan hast«, gab sie bissig zurück.

»Du hast recht. Das habe ich nicht, und das bedauere ich mehr, als du ahnst.«

»Was alles ganz zauberhaft klingt, aber warum hast du es mir nicht erzählt? Ich hätte erfahren müssen, dass Avery davon weiß.«

»Stimmt. Es tut mir leid.« Um seine Mundwinkel zuckte es. »Als mein Freund gegangen war, hat Avery mich zur Rede gestellt. Sie war wütend und hat geweint. Sie wollte nach Hause. Wir haben ein paar Stunden miteinander geredet. Ich habe ihr erzählt, dass ich dumm war und ein Idiot, dass du mir mehrere Chancen gegeben hast, um mich zusammenzureißen, ich aber zu kindisch gewesen bin, um zu erkennen, was ich zu verlieren im Begriff stand. Als wir fertig waren, meinte sie, dass es ihr gut ginge, und ich habe ihr geglaubt.«

Er sah Stephanie an. »Ich habe es dir nicht erzählt, weil ich nicht stolz auf mein Verhalten bin. Ich habe mich geschämt, und es war mir peinlich. Es tut mir wirklich aufrichtig leid, Stephanie.«

»Mir auch.«

»Ich hätte etwas sagen sollen.«

»Ja, das hättest du. Gibt es sonst noch etwas, das ich nicht über meine Kinder weiß?«

»Nein. Das ist das einzige Geheimnis, das ich vor dir hatte. Ich weiß, dass du aufgebracht bist, und ich entschuldige mich dafür, dass ich dafür verantwortlich bin. Das meine ich ehrlich, Steph.«

Sie wollte ihm etwas Schweres an den Kopf werfen, aber damit würde sie gar nichts erreichen. »Du warst echt dumm.«

»Ja.«

»Ich werde mir das teuerste Gericht von der Karte bestellen.«

»Das solltest du. Und ich werde eine Flasche Champagner ordern, wenn du magst.«

»Nur wenn sie über zweihundert Dollar kostet.«

»Ich bin mir sicher, dass sie so etwas dahaben. Ist zwischen uns alles wieder gut?«

»Ich bin immer noch aufgebracht. Du hast mich wütend gemacht. Wir sind ihre Eltern, Kyle. Wir müssen an einem Strang ziehen, sonst funktioniert das nicht.«

»Du hast recht. Ich werde dich nie wieder enttäuschen.«

Sie winkte dem Kellner, der in einigem Abstand wartete, und zeigte dann auf ihren Ex. »Er wird eine schöne Flasche Champagner bestellen.«

Schnell überflog Kyle die Weinkarte. »Bist du mit einem Dom Pérignon einverstanden?«

»Na ja, wenn's sein muss«, seufzte sie gespielt.

Als sie wieder allein waren, sah Kyle sie an. »Wie läuft's mit deiner Mutter?«

»Es ist ein Albtraum. Sie hat uns allen befohlen, nie wieder mit Mackenzie zu reden.«

»Und, wie kommst du damit klar?«

»Nicht gut, aber ich finde schon einen Weg. Es wird sich so viel verändern. Es ist schwer, das alles zu verarbeiten.«

»Hat Carson dir von seinem gestrigen Erfolg berichtet?«

Sie lächelte. »Er hat mich sogar angerufen und mir jede einzelne Minute des Spiels erzählt.«

»Unsere Kinder sind schon etwas ganz Besonderes.«

»Du bist ein guter Dad.« Sie hielt kurz inne. »Na ja, meistens jedenfalls.«

Er lachte leise. »Du bist eine bessere Mom.«

»Das stimmt.« Sie lächelte.

Er beugte sich vor. »Freunde?«

»Ja. Ich verzeihe dir.«

Anstatt zu lächeln, nickte er langsam. »Darin warst du schon immer gut, Steph. Ich hätte das mehr zu schätzen wissen sollen, als wir noch zusammen waren.«

Mackenzie verbrachte die folgende Woche damit, sich in Papieren zu vergraben, was nicht zu ihren Lieblingstätigkeiten zählte. Bruno hatte ein Büro in der Stadt gemietet. Dort hatten sie beide einen eigenen Schreibtisch, und es gab einen großen Aktenschrank mit einem beeindruckenden Schloss daran. Wann immer sie das Büro verließen, wurde jedes Dokument sorgfältig darin verschlossen. Nur für den Fall. Mackenzie glaubte zwar nicht, dass Barbara jemanden schicken würde, um einzubrechen und sich die Papiere anzuschauen, aber warum sollten sie das Risiko eingehen?

Inzwischen war sie alle Weinberge, die zu Painted Moon gehörten, abgeschritten. Die meisten befanden sich in einem guten Zustand. Teile der Berieselungsanlage würden in den nächsten Jahren ausgetauscht werden müssen, aber ansonsten war sie von dem, was sie gesehen hatte, begeistert.

Was sie allerdings mit den Weinen in den Fässern anstellen sollte, da war sie sich noch nicht sicher. Sobald der Kauf abgeschlossen war, würde sie sich ein paar Wochen nehmen müssen, um alle Weine zu probieren und sich Notizen zu machen. Auf denen würden dann ihre Entscheidungen beruhen. Das war zwar zeitaufwendig, aber auch der einzige Weg, um qualitativ hochwertige Weine zu bekommen. Sie musste ein paar wirklich gute Fässer als Basis finden und von dort eine Richtung bestimmen.

»Du siehst entschlossen aus«, merkte Bruno an.

Sie schaute auf und lächelte. »Ich denke über die Cuvées nach. Das wird ein riesiges Projekt. Bis ich nicht weiß, was in jedem einzelnen Fass lagert, kann ich keine Entscheidungen treffen. Wir müssen uns auch generell überlegen, was wir mit dem Wein tun wollen. Wir können ihn entweder so verkaufen, wie er ist, oder ganz von vorn anfangen.«

Es gab einen Markt für Fassweine, und die von Painted Moon würden vernünftige Preise erzielen.

»Würden wir nicht mehr verdienen, wenn wir sie verfeinern und in Flaschen abfüllen?«, fragte er. »Ich arbeite immer noch an meinen Kontakten in China. Sie hätten gern etwas Exklusives. Wir könnten ein paar Hundert Kisten verschiffen.«

»Noch fühle ich mich nicht sicher genug, um diese Entscheidung zu treffen«, gab sie zu. »Ich weiß zu wenig über das Kosten-Nutzen-Verhältnis.«

»Dafür hast du ja einen Geschäftspartner.«

Damit, das zu begreifen, hatte sie immer noch so ihre Probleme. Sie und Bruno hatten sich geeinigt und die entsprechenden Verträge unterschrieben. Barbaras Reaktion hatte jeglichen Zweifel, den Mackenzie vorher noch gehabt haben mochte, zerstreut. Angesichts ihrer letzten Unterhaltung gab es kein Zurück nach Bel Après. Nicht, dass sie das vorgehabt hatte. Sie konnte nicht länger tun, was sie immer getan hatte.

Brunos ruhiges Naturell gefiel ihr. Was auch immer passierte, er hörte zu, trug alle Fakten zusammen und traf vernünftige Entscheidungen. Es gab kein Drama. Auch wenn der Mann immer noch jeden Tag einen maßgeschneiderten Anzug trägt, dachte sie lächelnd. Er sah darin gut aus, keine Frage. Aber trotzdem …

»Was ist so lustig?«, wollte er wissen.

»Wirst du auch einen Anzug tragen, wenn uns Painted Moon gehört?«

»Was würdest du denn vorziehen?«

Sie stützte die Ellbogen auf die Schreibtischplatte und legte das Kinn auf die verschränkten Hände. »Weingüter sind nicht das Gleiche wie große Unternehmen. Du wirst mit mir in die Weinberge gehen, also wäre es vermutlich praktischer, wenn du dich ein wenig lockerer kleidest.«

»Jeans?«

»Hast du so was überhaupt?«

»Klar.«

»Auch maßgeschneidert?«

Er lachte leise. »Nein, im Laden gekauft.«

»Von dir persönlich, oder hast du jemanden geschickt?«

Er zögerte gerade so lange, dass Mackenzie anfing zu lachen. »Du hast Angestellte, die für dich shoppen gehen?«

»Es könnte sein, dass ich eine Assistentin losgeschickt habe, um mir was zu kaufen.«

»Das zählt auch unter Angestellte. Das hier ist eine kleine Stadt, Bruno. Ich werde dir beibringen müssen, wie man shoppen geht. Und bei *Walmart* fangen wir an. Du wirst beeindruckt sein.«

»Ich war schon mal in einem *Walmart*.«

Sie zog die Augenbrauen in die Höhe und wartete. Er lachte.

»Werden wir deine Assistentin auch einstellen müssen?«

»Ich denke, für unser Budget ist eine Office-Managerin besser.« Er senkte den Blick, dann schaute er wieder auf. »Wir haben die Bestätigung für die Wasserrechte erhalten.«

»Wirklich? Das ist super.«

Die Wasserrechte zu haben bedeutete, dass sie ihr Wasser direkt aus der Quelle beziehen konnten und nicht auf die öffentliche Wasserversorgung angewiesen waren. In Dürrezeiten hätte das Weingut bei mangelnder Versorgung Vorrang. Und was genauso wichtig war: Mackenzie würde die Menge, die zu ihren Weinbergen floss, selbst bestimmen können. Je nach Jahreszeit, Sonnenscheindauer und Temperaturen bedeutete Wasser den Unterschied zwischen erfolgreichem Wachstum und elendem Tod der Pflanzen.

»Wir kommen unserem Traum immer näher«, sagte sie. »Ich habe den Fünf-Jahres-Plan fast fertig.«

»Mach dir wegen der Formatierung keine Gedanken. Schreib einfach alle Infos auf. Hübsch machen können wir das später.«

Er hatte sie gebeten, eine Jahresvorausschau der erwarteten Erträge und der daraus entstehenden Weine zu erstellen. Sie brauchten einen Masterplan sowie Zwischenziele. Auf Bel Après hatte Mackenzie ähnliche Pläne erstellt, aber nicht so detailliert. Für jede Vorschau schätzte Bruno die Profitabilität der jeweiligen Entscheidungen, die sie treffen konnten.

»Wie läuft's mit Barbara?«

Die Frage überraschte sie, denn meistens sprachen sie und Bruno nicht über persönliche Angelegenheiten.

»Nicht so gut«, gestand sie.

Anstatt etwas zu sagen, wartete er.

»Sie macht es mir nicht leicht.«

»Hattest du das erwartet?«

»Nein. Aber auch nicht, dass es so schlimm wird.« Sie erzählte ihm von der geplatzten Zwangsräumung. »Rhys sagt, ich kann so lang im Haus bleiben, wie ich möchte. Aber das ist nur eine vorübergehende Lösung. Außerdem bin ich dann die ganze Zeit direkt auf dem Anwesen und muss versuchen, Barbara so weit wie möglich aus dem Weg zu gehen.« Sie brachte ein schwaches Lächeln zustande. »Ich weiß, was du denkst.«

»Das bezweifle ich.«

»Du denkst, ich sollte nicht überrascht oder gar verletzt sein. Natürlich ist Barbara nicht glücklich mit mir. Das hätte ich kommen sehen müssen.«

»Du glaubst, dass ich dich verurteile, Mackenzie? Das tue ich nicht. In den letzten Monaten hast du in deinem Leben große Veränderungen vorgenommen. Deine persönliche Stärke und dein Charakter beeindrucken mich. Du bist genau der Mensch, mit dem ich Geschäfte machen will. Wir werden ein sehr erfolgreiches Team sein.«

Seine liebevollen Worte ließen ihr die Tränen in die Augen steigen.

»Danke«, sagte sie und räusperte sich. »Mir gefällt unsere Partnerschaft auch. Du bist so beständig und weißt sehr viel. Ich mag es, dass es mit dir kein Drama gibt.«

»Ich bin niemand, der herumschreit«, zog er sie auf.

»Gut zu wissen.« Sie lächelte. »Was denkt deine Familie darüber, dass du dich hier niederlässt?«

»Sie sind es gewohnt, dass ich an der Westküste bin. Meine Mutter klagt immer, dass das alles ihre Schuld ist.« Nun erwiderte er ihr Lächeln. »Als meine Eltern sich getrennt haben, ist meine Mom für ein paar Jahre nach Napa gezogen. Meine Schwester konnte es gar nicht erwarten wegzukommen, aber ich habe mich in diese Gegend verliebt. Irgendwann sind wir nach New York zurückgezogen, aber ich bin so bald wie möglich wieder hergekommen.« Er zuckte mit den Schultern. »Sehr zum Verdruss meiner Eltern bin ich auf die Universität in Berkeley gegangen.«

»Dein Dad war auch in New York?«

»Ja. Er war Hedgefonds-Manager und ist bei 9/11 umgekommen, als die Türme eingestürzt sind.«

»Was? Oh nein, Bruno. Das tut mir so leid.«

»Ist schon lang her.«

»Trotzdem ist es bestimmt nicht leicht.« Sie dachte an ihren Großvater, den sie immer noch vermisste.

»Das stimmt«, sagte er. »Meine Schwestern und ich haben eine ziemlich große Summe von ihm geerbt. Außerdem hatte ich einen Treuhandfonds von meinen Großeltern väterlicherseits. Ich habe gelernt, mich um mein Geld zu kümmern und es zu vermehren. Irgendwann wurde mir das langweilig, und ich habe beschlossen, meine Interessen zu verfolgen.«

»Wie zum Beispiel Wein.«

»Ganz genau. Meine Mutter hat wieder geheiratet und ist sehr glücklich mit ihrem neuen Mann. Ich sehe sie und meine Schwester ein paar Mal im Jahr.«

Sie wollte fragen, warum er nie wieder geheiratet hatte. Er war ein gut aussehender Mann und eine angenehme Gesellschaft. Das mit den Kindern mochte einige Frauen stören, aber andere nicht. Wollte er nicht versuchen, jemanden kennenzulernen? Machte es ihm nichts aus, allein zu sein?

Diese Fragen würde sie ihm natürlich niemals stellen. Weder ging es sie etwas an noch wollte sie die gleichen Fragen von ihm hören. Im Moment konnte sie sich nicht vorstellen, jemals wieder mit irgendeinem Mann auszugehen. Und was das Verlieben anging … Das konnte sie sich auch nicht vorstellen. Sie war gut in ihrem Job und hatte vor, sich in den nächsten Jahren darauf zu konzentrieren. Sie wünschte nur, sie würde sich nicht ständig so einsam fühlen. Auch wenn die Zukunft aufregend war, war der Preis dafür sehr hoch – nämlich der Verlust der einzigen Familie, die sie je gekannt hatte.

Sicher, mit Stephanie und Four würde sie weiterhin befreundet bleiben, aber es wäre nicht dasselbe. Sie würden sich nicht mehr so häufig und spontan sehen, nicht mehr die kleinen Momente miteinander teilen, die ihren Tagesrhythmus mitbestimmt hatten – die schnellen Umarmungen, die spontanen Mittagessen, die alltäglichen Dinge, die sie bisher als gegeben angenommen hatte.

Bruno schaute auf die Uhr. »Wir sollten los. Gleich haben wir den Termin mit dem Bauinspektor.« Bruno hatte darauf bestanden, dass ein Bauprüfer sich Hermans altes Haus anschaute. Auch wenn es eigentlich egal war, in welchem Zustand es sich befand, denn sie würden das Anwesen so oder so kaufen. Aber es könnte einen Einfluss auf den Preis haben, und außerdem wollte Bruno, dass Mackenzie vorab wusste, worauf sie sich einließ.

Das über hundert Jahre alte Haus war ein paar Mal renoviert und umgebaut worden. Im Erdgeschoss gab es ein Wohnzimmer, ein Esszimmer, ein Gästebad und eine Küche. Im ersten Stock befanden sich zwei Vollbäder und drei Schlafzimmer. Eine Veranda zog sich über die gesamte Vorderseite des Hauses, und hinten raus gab es noch eine große Terrasse. Das Haus thronte auf einem Hügel, von dem aus man das ganze Land überblicken konnte.

»Ich fühle mich immer noch schuldig, weil du mir das Haus überlässt«, meinte Mackenzie.

»Ich habe doch gesagt, dass ich es nicht will. Nicht mein Stil. Außerdem weiß ich, dass du gern in der Nähe der Weinstöcke wohnst.«

Sie lächelte. »Ja, das ist mein Lieblingsplatz. Wenn du dir sicher bist …«

»Das bin ich.«

»Danke. Es ist ein bisschen groß für meine Bedürfnisse.«

»Aber es hat ausreichend Platz, wenn dich deine Freunde und Familie besuchen kommen.«

»Nach der Scheidung werde ich keine Familie mehr haben.« Sie hoffte, dass sie nicht allzu selbstmitleidig klang. »Aber meine Freundinnen werden kommen. Das wird bestimmt schön.«

Er sah sie an. »Mackenzie, du hast eine Familie. Wenn du das nicht glaubst, unterschätzt du dich und sie.«

18. KAPITEL

Im Fasslager fand Barbara Trost. Es strahlte etwas Beruhigendes aus, vor allem an Tagen, an denen jeder es darauf anzulegen schien, ihr auf die Nerven zu gehen. Und in letzter Zeit galt das für jede Minute eines jeden Tages.

Sie legte die flache Hand an eines der neuen Fässer aus französischer Eiche und atmete den köstlichen Duft ein. Ein Schild am Fass verriet, was sich darin befand – Weinberg, Datum und andere Notizen. Sie erkannte Mackenzies Handschrift, die sich auf jedem Schild an jedem Fass befand.

Anfangs hatten sie und Mackenzie jedes Jahr jede Rebsorte von jedem Weinberg verkostet. Gemeinsam waren sie durch das Fasslager gegangen, hatten analysiert, diskutiert, sich detaillierte Notizen gemacht. Später, als Mackenzie angefangen hatte, Weine zu mischen, hatten sie das ebenfalls gemeinsam getan. Mackenzie hatte alles probiert, und Barbara hatte ihre Gedanken aufgeschrieben. Irgendwann jedoch hatte sich das geändert. Barbara hatte aufgehört, in die Weinberge zu fahren, und Mackenzie hatte sich allein um die Weine gekümmert. In den letzten Jahren hatten sie ihre fest definierten Bereiche gehabt – Mackenzie hatte sich um das Keltern gekümmert und Barbara um die finanzielle Seite des Geschäfts.

Wann ist alles anders geworden? fragte sich Barbara, die gleichzeitig immer noch wütend, aber auch unglaublich traurig war. Wann war ihr das alles aus den Händen geglitten? Wann hatte ihre treue Angestellte, die sie in ihre Familie aufgenommen hatte, beschlossen, ihr in den Rücken zu fallen?

Sie verließ das Fasslager und ging hinüber zur Flaschenabfüllung. Im Moment standen die Anlagen still, aber wenn es so weit war, würden sie die leeren Flaschen auf Förderbändern transportieren, die Etiketten aufkleben und den Wein abfüllen. Am

Schluss kamen der Korken und die Folie zur Versiegelung. Der Lärm war unglaublich – grummelnde Motoren, klirrende Flaschen. Und am Ende … Magie.

All das ist verloren, dachte sie grimmig. Zerstört von einer undankbaren Schlampe, die beschlossen hatte, es allein zu versuchen. Wieder verzog Barbara das Gesicht und schalt sich dafür, nicht rechtzeitig für Ersatz gesorgt zu haben. Eigentlich hätten schon zwei oder drei Assistenten in den Startlöchern stehen sollen, um Mackenzies Platz einzunehmen, aber das taten sie nicht.

Das muss ich als Erstes regeln, sagte sie sich. Jemanden anstellen. Doch sobald sie anfangen würde, sich umzuhören, würden die Leute erfahren, was passiert war. Sie hatte so darauf geachtet, Stillschweigen über alles zu bewahren – zum einen, weil das nun mal gutes Geschäftsgebaren war, zum anderen aus Scham.

»Verdammt soll sie sein«, murmelte sie und presste die Lippen zusammen, als sie Schritte im Flur hörte.

Ihre Gereiztheit hielt an, bis sie Giorgio den Abfüllraum betreten sah. Sofort verlangsamte sich ihr Atem, und ihre Wut verrauchte.

»Was machst du hier?«, fragte sie. »Wusste ich, dass du vorbeikommst?«

Lächelnd zog er sie an sich. »Ich habe an dich gedacht, meine Liebste. Ich kann an nichts anderes denken.« Er zog sich so weit zurück, dass er ihr in die Augen schauen konnte. »Wie geht es dir?«

»Ich bin traurig«, gab sie zu. »Wütend. Und ich fühle mich verraten.«

»Natürlich. Du hast einen Teil deines Herzens verloren.« Er gab ihr einen Kuss auf die Stirn. »Ich verstehe nicht, warum Mackenzie so stur ist. Du hast ihr alles angeboten, was sie will, sogar einen Anteil an der Firma. Ich hätte gedacht, dass das reicht, um sie zum Bleiben zu bewegen.«

Barbara ignorierte den Anflug von Schuldgefühlen, der sie bei seinen Worten überkam. Giorgio hatte sich bemüht, sie davon zu überzeugen, dass sie Mackenzie einen kleinen Anteil von

Bel Après überschreiben sollte. Und Barbara hatte versprochen, »darüber nachzudenken«. Offensichtlich glaubte er, sie hätte ihre Meinung geändert, was sie aber nicht getan hatte. Niemals würde sie auch nur einen Löffel ihrer Erde an jemanden geben, der nicht zur Familie gehörte. Schon gar nicht an ihre baldige Ex-Schwiegertochter.

»Sie ist einfach undankbar«, antwortete sie ausweichend.

»Das überrascht mich.« Er gab ihr einen Kuss. »Und enttäuscht mich. Vielleicht sollte ich mal mit ihr reden.«

»Ich glaube nicht, dass das eine gute Idee ist«, sagte Barbara schnell, denn sie durfte auf keinen Fall zulassen, dass die beiden sich trafen. Wenn Giorgio mit Mackenzie sprechen würde, würde er herausfinden, dass sie ihr nicht mehr angeboten hatte als eine Gehaltserhöhung.

Sein dunkler Blick suchte ihren. »Bist du sicher? Ich bin gut im Verhandeln.«

Sie täuschte ein Lächeln vor. »Geben wir ihr noch ein wenig Zeit.«

»Wie immer hast du recht, meine Liebste. Ein paar Wochen ohne Bel Après wird sie sicher dazu bringen, über ihre Sturheit nachzudenken. Normalerweise kann ich Menschen gut einschätzen, aber in ihr habe ich mich geirrt. Ich dachte, sie wäre vernünftiger.«

»Ich glaube, das war sie nie. Wir haben es nur nicht gesehen. Zumindest bis jetzt nicht. Sie ist ohne ein Wort, ohne eine Ankündigung gegangen.« Echte Tränen stiegen ihr in die Augen.

Giorgio schlang die Arme um sie und streichelte ihr über den Rücken. »Du hast etwas Besseres verdient. Was auch immer mit Mackenzie passiert, wir werden eine Lösung finden.«

Sie versuchte, sich unter seinen Worten nicht zu verspannen. Es gibt kein »uns« in dieser Situation, dachte sie. Sie liebte Giorgio mehr, als sie jemals zuvor jemanden geliebt hatte, aber selbst er sollte sich nicht in die Angelegenheiten von Bel Après einmischen. Das ging nur die Familie etwas an.

Doch dann lagen seine Lippen auf ihren, und über das Weingut zu reden schien auf einmal nicht mehr so wichtig. Später würde sie ihn an den Ehevertrag erinnern, den er unterschrieben hatte, und dass sie ihn in ihrem Leben, ihrem Herzen und ihrem Bett wollte, aber nicht bei Bel Après.

Mackenzie starrte die Meldung auf ihrem Handy an. Die schlichte Nachricht, die sie jeden Monat bekam, hätte sie nicht traurig machen sollen. Sie war nur eine sanfte Erinnerung daran, sich vor Schwierigkeiten zu bewahren. Bei ihrem Anblick sollte sich weder ihr Magen zusammenziehen noch ihr Herzschlag beschleunigen oder ihr eiskalt werden. Doch das tat es.

Binde einlegen. Das war alles. Zwei schlichte Wörter. Binde einlegen.

Je nach Jahreszeit fand der Großteil ihrer Arbeit draußen im Freien statt, wo sie keinen Zugriff auf ein Badezimmer hatte. Ihre Periode zu bekommen, wenn sie draußen war und die Zäune checkte, war nicht angenehm. Also erinnerte sie ihr Handy einmal im Monat morgens um Viertel nach sechs daran, sich eine Binde einzulegen, damit sie, falls ihre Periode an diesem Tag käme, gerüstet wäre.

Letztes Mal hatte sie den Alarm gesehen und ihn befolgt, aber keine Periode bekommen. Das passierte manchmal, wenn sie gestresst war. Aber noch nie war ihre Regel zwei Monate hintereinander ausgeblieben. Und die Meldung war zum ersten Mal vor drei Tagen aufgetaucht. Sie war also drei Tage überfällig.

Nein. Sie war einen Monat und drei Tage überfällig, was sie nicht sonderlich beunruhigen würde, hätten sie und Rhys nicht vor ungefähr sechs Wochen Sex gehabt. Ungeschützten Sex.

Sie schloss die Augen und sagte sich, dass das nicht möglich war. Es war nur ein einziges Mal gewesen. Niemand wurde von einem Mal schwanger, oder?

Sie schlug sich die Hände vors Gesicht und befahl sich zu atmen. Es musste eine andere Erklärung geben. Auf keinen Fall war sie schwanger. Das konnte sie nicht sein. Sie steckte mitten in der Scheidung und hatte gerade eine Geschäftspartnerschaft mit

Bruno unterschrieben. Sie waren dabei, ein Weingut zu kaufen. Jetzt ein Baby zu bekommen wäre ein großes Problem.

Ich bin nicht schwanger, sagte sie sich. Sie war nur gestresst. Ihre Hormone waren aus dem Gleichgewicht geraten. Außerdem war sie achtunddreißig. Vielleicht waren es die ersten Anzeichen der Wechseljahre.

Da sie nicht in der Lage war zu arbeiten, bevor sie Gewissheit hatte, verließ sie das Büro. Zum Glück war Bruno für ein paar Tage außerhalb beschäftigt, und so musste sie sich ihm während dieser unerwarteten Krise nicht stellen.

Sie fuhr zu *Walmart* und kaufte drei verschiedene Schwangerschaftstests, die sie am Self-Check-out bezahlte, damit sie mit niemandem reden musste. Auf der gesamten Fahrt zurück zum Büro sagte sie sich, dass alles gut war. Sie war nicht schwanger. Bestimmt nicht. Das durfte einfach nicht sein.

Drei Flaschen Wasser und ein paar Toilettenpausen später starrte die Wahrheit ihr ins Gesicht. Auch wenn jeder Test die Information anders verkündete, war die Antwort doch sonnenklar: Sie bekam ein Baby.

Mackenzie ließ sich auf ihren Bürostuhl sinken und überlegte, was sie jetzt tun sollte. Zuerst einmal würde sie einen Termin bei ihrer Frauenärztin vereinbaren, was der leichteste Teil war. Aber sollte sie es Rhys erzählen? Und Bruno? Und was war damit, dass eine Schwangerschaft alles in ihrem Leben veränderte?

Ein Baby. Sie hatte keine Ahnung, was sie diesbezüglich empfand. Das Konzept ergab für sie irgendwie keinen Sinn. Kinder? Jetzt? Am Anfang ihrer Ehe hatten sie und Rhys angenommen, dass sie Kinder bekommen würden, aber das war nie geschehen. Keiner von ihnen hatte darauf gedrängt, und irgendwann hatte Mackenzie beschlossen, dass es für sie in Ordnung war, keine Kinder zu haben. Sie hatte ihre Nichten und Neffen, und das reichte. Außerdem war da ihre Arbeit, und insgeheim hatte sie immer gedacht, dass Kinder ihr die wegnehmen würden.

Jetzt war es noch schlimmer. Ein Kind würde sie für immer an Rhys binden. Ein Kind bedeutete, dass sie weiterhin Teil des

Lebens des anderen sein würden, trotz der Scheidung. Auch wenn er sich bezüglich der Scheidungsvereinbarungen entspannt gezeigt hatte, hatte er ihr doch deutlich gemacht, dass er es kaum erwarten konnte, dass ihre Ehe vorbei war. Ein Kind würde das alles auf den Kopf stellen. Ein Kind würde …

»Mist. Barbara wäre die Großmutter von meinem Kind.«

Sie lehnte sich auf dem Stuhl zurück, nicht sicher, ob sie lachen, weinen oder einfach unter den Tisch kriechen sollte, um abzuwarten, bis das alles vorbei war. Sie war mit dem Baby ihres zukünftigen Ex-Mannes schwanger. Natürlich musste sie es ihm erzählen. Und ihrem neuen Geschäftspartner. Denn sie würde entscheiden müssen, wie sehr das alles veränderte. Konnte sie schwanger eine neue Firma aufbauen? Was war nach der Geburt? Was war mit …

Mackenzie stand auf. »Das ist Barbaras Enkelkind«, sagte sie laut. »Ein Blutsverwandter.« Einen Moment lang ließ sie die Ironie des Ganzen auf sich wirken. »Er oder sie wird einen Teil von Bel Après erben.«

Und dann fing sie an zu lachen.

»Ich weiß nicht«, sagte Barbara seufzend. »Ein DJ kommt mir so billig vor.«

»Wir können auch eine Liveband engagieren«, murmelte Stephanie und versuchte, nicht die Geduld zu verlieren, als die zweite Stunde der Hochzeitsplanung an diesem Nachmittag sich dem Ende neigte. »Das liegt ganz bei dir. Eine Band braucht allerdings mehr Platz, und man hat nicht so viel Kontrolle darüber, was sie spielen oder wie sie klingen. Es ist deine Entscheidung, Mom.«

Stephanie war nicht sicher gewesen, ob ihre Mutter nach der letzten Begegnung noch wollte, dass sie weiter die Hochzeitsplanung übernahm, doch Barbara hatte ihr eine E-Mail geschickt und einen Tag und eine Uhrzeit für ein Treffen vorgeschlagen, »um weiterzukommen«, was die Hochzeit anging. Und deshalb saß sie jetzt mit einem Block in der Hand im Esszimmer ihrer Mutter.

Als Datum hatten sie den Sonntag vor Weihnachten festgelegt, und ihre Mutter hatte dem Vorschlag, den Verkostungsraum als Location zu nehmen, zugestimmt.

»Kann ich die Bands vorab live spielen hören?«, fragte Barbara.

»Das könnte schwierig werden. Wir müssen rausfinden, wo sie auftreten, und dann die Erlaubnis einholen, die Veranstaltung zu besuchen. Ich weiß, es sieht so aus, als hätten wir noch viel Zeit, aber die Bands sind immer früh ausgebucht, und die Weihnachtszeit ist besonders beliebt für Partys aller Art.«

Ihre Mutter funkelte sie an. »Bist du absichtlich so schwierig?«

»Inwiefern bin ich schwierig? Ich gebe mein Bestes, um sicherzustellen, dass du genau das bekommst, was du willst. Wir können arrangieren, zwei oder drei Bands live zu sehen, wenn dir das wichtig ist. Ich sage dir nur, dass sie zu dem Zeitpunkt, wenn du dich entscheidest, vielleicht schon ausgebucht sind.«

»Sie können doch sicherlich ihre Pläne ändern.«

»Du meinst, sie sollen ihre anderen Kunden für dich in den Wind schießen?«

Barbara runzelte die Stirn. »Das ist sehr grob ausgedrückt.«

»Trifft es aber genau.«

Sie starrten einander an. Zu Stephanies Überraschung wandte Barbara zuerst den Blick ab.

»Na gut. Schick mir die Webseiten, wo ich sie mir anhören kann, und dann treffe ich in den nächsten Tagen eine Entscheidung.« Sie tippte auf die Menüs, die Stephanie vorgeschlagen hatte. »Die sind schrecklich. Wie will man überhaupt eine Suppe auf drei Arten servieren? Das ist lächerlich.«

Stephanie atmete tief ein und ganz langsam wieder aus. Dabei sagte sie sich, dass sie stolz auf die Menüvorschläge war, und wenn ihre Mutter sie nicht mochte, war sie nicht ganz richtig im Kopf.

»Der Caterer benutzt dafür kleine Tassen, die jeweils mit zwei, drei Löffeln Suppe gefüllt sind. Das ist sehr elegant und gibt den Gästen das Gefühl, etwas Besonderes zu bekommen, ohne dass es überteuert ist.«

Ihre Mutter presste die Lippen zusammen. »Tja, ich schätze, das ist keine allzu schlechte Idee.«

»Oh. Danke.«

Barbara riss den Kopf hoch. »War das Sarkasmus? Versuch ja nicht, mir eine deiner kruden Ideen zu verkaufen. Halte dich an das, was traditionell ist, und alles wird gut.«

»Krude Ideen? Wovon redest du?«

Ihre Mutter winkte ab. »Du kommst ständig mit lächerlichen Plänen für den Verkaufsraum daher. Das Café ist ein klassisches Beispiel dafür. Warum sollten wir uns die Mühe machen? Tu einfach deine Arbeit, und versuch nicht, was Besonderes zu sein.«

Stephanie legte ihren Block ab und starrte ihre Mutter an. »So siehst du mich also?«, fragte sie leise. »Als ich den Verkaufsraum übernommen habe, haben die Umsätze stagniert. Jetzt liegen sie zwanzig Prozent über dem letzten Jahr.«

»Natürlich tun sie das. Die Weine verkaufen sich immer besser. Die Leute kommen zum Verkosten und kaufen, was immer wir anbieten.« Ihre Mutter zog die Augenbrauen hoch. »Du hast doch nicht geglaubt, dass das was mit dir zu tun hat, oder?« Sie lächelte. »Ach Stephanie. Wirklich? Das hat es nicht. Es hat absolut nichts mit dir zu tun.«

Diese Aussage hätte sie weder überraschen noch schmerzen sollen, doch sie tat beides.

Barbara seufzte schwer. »Und was jetzt? Wirst du nun schmollen? Ich verstehe nicht, warum du nicht begreifst, was wichtig ist. Wir betreiben ein Weingut. Alles andere ist lediglich Beiwerk. Warum kapierst du das nicht endlich?«

»Es zählt also nur der Wein, und die Menschen sind unwichtig?«

Die Irritation ihrer Mutter war offensichtlich. »Ach bitte, müssen wir jetzt emotional werden? Du weißt, wie sehr ich das liebe. Na gut. Stell mich in allem als die Böse hin. Habe ich dich nach deiner Scheidung zu sehr unterstützt? Du Arme. Deine böse Mutter hat dir ein Haus gebaut und einen Job für dich geschaffen. Wie erträgst du diesen Schmerz nur?« Sie tippte auf einen Stapel Magazine, der auf dem Tisch lag. »Wenn du damit fertig bist, albern zu sein, können wir dann über die Blumen sprechen?«

Stephanie hatte das Gefühl, sich selbst aus der Distanz zu beobachten. Ihr Körper war hier im Raum, aber der Rest von ihr nicht. Sie sah sich dort sitzen, der Schmerz und die Traurigkeit sichtbar in ihren Augen.

Ich sehe klein aus, dachte sie überrascht. Sie sah klein und schwach und ein wenig wie jemand aus, der niemals mutig gewesen war. Vielleicht weil es stimmte. Nicht ein einziges Mal in ihrem Leben hatte sie Mut bewiesen.

Sie hatte ihren Mann verlassen, aber anstatt allein in die Welt hinauszugehen, war sie zu ihrer Mutter zurückgelaufen, wo – ja, das stimmte – ein Haus für sie gebaut und ein Job für sie geschaffen worden war. Zehn Jahre später hatte sie nichts unternommen, um sich fortzubilden, und ihre Anstrengungen, einen neuen Job zu finden, waren eher halbherzig gewesen.

Sie beschwerte sich häufig, tat aber nichts. Was für ein Vorbild war sie da für ihre Kinder? Und was sagte das über ihren Respekt vor sich – oder besser gesagt den Mangel daran – aus?

»Du hast recht, Mom«, sagte sie und sah Barbara an. »Es dreht sich nicht alles um mich, richtig? Meine Arbeit ist nicht wichtig. Der Verkauf dient nur dazu, unsere Weinkunden glücklich zu machen. Der Wein ist wichtig. Mich brauchst du nicht.«

»Darling, nimm es nicht persönlich, aber ich brauche keins meiner Kinder.«

Wenn Stephanie hätte raten müssen, hätte sie vermutet, dass ihre Mutter die Worte freundlich gemeint hatte. Zumindest auf ihre Art, die meistens nicht mit der Definition anderer Leute übereinstimmte.

Sie sammelte ihre Notizen ein. »Ich kann das jetzt nicht. Tut mir leid. Wir müssen den Rest auf einen anderen Termin verschieben.«

»Nein, das werden wir nicht. Ich möchte das heute zu Ende besprechen. Wage es ja nicht zu gehen.«

»Sonst was? Ich bin achtunddreißig Jahre alt, Mom. Was wirst du tun? Mir verbieten, auf eine Party zu gehen?«

»Treib es nicht zu weit. Ich habe im Moment zu viel um die Ohren, um mich noch mit einem deiner Trotzanfälle herumzuschlagen. Setz dich, und plan diese verdammte Hochzeit.«

Stephanie sah die Weggabelung förmlich vor sich. Sie konnte bleiben, wo sie schon zu lange verharrte, einen Job erledigen, den sie nicht mochte, sich gefangen und hilflos fühlen. Oder sie konnte ihren Hintern hochkriegen und etwas mehr von sich verlangen. Nur dieses eine Mal konnte sie mutig sein.

»Ich kündige.«

Sie hatte das nicht sagen wollen, doch sobald die Worte raus waren, fühlte sie sich stärker, glücklicher und sicherer. Trotzdem hatte sie Angst, aber das war irgendwie in Ordnung.

»Ich kündige«, wiederholte sie.

Fassungslos starrte ihre Mutter sie an. »Wovon redest du da? Du kannst nicht kündigen.«

»Doch. Ich habe es gerade getan.« Damit sammelte sie den Rest ihrer Sachen ein und stand auf. »Mom, wenn du möchtest, dass ich die Hochzeit plane, helfe ich dir gern. Nur nicht heute. Und was meine Arbeit für Bel Après angeht: Damit bin ich fertig. Es geht ja nur um den Verkaufsbereich, der nicht so wichtig ist, also sollte ich dir nicht wirklich fehlen.«

»Du setzt dich sofort wieder hin. Wenn du dieses Haus verlässt, wirst du es bereuen. Du willst dich nicht mit mir anlegen, das verspreche ich dir.«

Unbeeindruckt hängte Stephanie sich die Tasche über die Schulter und ging in Richtung Haustür. Ihre Mutter schrie immer noch hinter ihr, als sie die Tür von außen zuzog.

Sie war überrascht, dass es immer noch ein sonniger, warmer und wunderschöner Tag war. Es gab keine dunklen Wolken, kein drohendes Gewitter. Ja, die Welt drehte sich einfach weiter.

»Ich kündige«, flüsterte sie und war zugleich stolz und verängstigt. Sie wusste, dass sie das Richtige getan hatte. Die Art und Weise war vielleicht nicht die erwachsenste, aber das Ergebnis war exzellent oder würde es vielmehr sein, sobald sie herausgefunden hatte, was, zum Teufel, sie jetzt machen wollte.

19. KAPITEL

Barbaras schlimme Woche wurde etwas besser, als sie die Liste der potenziellen Winzer las, die Rhys ihr vorbeigebracht hatte. Auch wenn keiner von ihnen Mackenzie war, hatten sie alle Potenzial.

Zumindest eine Sache läuft rund, dachte sie grimmig und weigerte sich, auch nur eine weitere Sekunde ihres Arbeitstages mit Gedanken an ihre abtrünnige Tochter zu vergeuden. Was interessierte es sie, dass Stephanie nicht mehr für sie arbeitete? Selbst ein trainierter Affe könnte ihren Job übernehmen.

Das stimmte vielleicht, änderte aber nichts daran, dass sie seit ein paar Tagen ein undefinierbares Gefühl des Verlustes verspürte. Eine lächerliche Leere, die sie nicht erklären konnte und die ihr nicht gefiel.

Über ihre Lesebrille hinweg sah sie Rhys an. »Das ist gut«, sagte sie und wedelte mit der Liste herum. »Du bist sehr gründlich gewesen.«

»Ich tue nur meinen Job. Wir werden jemanden finden, Mom.«

»Stell sicher, dass sie etwas unterschreiben, das besagt, dass sie nicht darüber sprechen dürfen, was hier los ist. Ich möchte nicht, dass unsere Situation die Runde macht.«

»Eine Vertraulichkeitsvereinbarung«, sagte er lächelnd.

Da war was in seinem Blick. Irgendein Insiderwitz, den sie nicht verstand – und der ihr auch egal war.

»Ich bin immer noch wütend wegen des Geldes, das du Mackenzie geben willst.«

»Ich bin darüber auch nicht glücklich, aber so ist es nun mal. Du musst sie gehen lassen.«

»Ach ja?« Sie warf die Papiere auf ihren Schreibtisch. »Ihr Weggang wird unser Ruin sein.«

»Gar nicht. Abhängig von der Weinsorte haben wir noch Vorräte für zwei bis vier Jahre im Keller. Das verschafft uns Zeit. Die meisten Weintrinker haben keine Ahnung, welcher Winzer auf welchem Weingut arbeitet. Wir holen uns jemanden, der gut ist, und dazu einen Assistenten. Gemeinsam schaffen wir das.«

»Du denkst, es ist meine Schuld, dass wir niemanden haben, der Mackenzies Position übernehmen kann.«

»Du hast dich immer gesträubt, weiteres Personal anzustellen. Mackenzie hat es ein paar Mal angesprochen und ich auch, Mom.«

Er hatte recht, was sie nervte. »Ich hätte nicht gedacht, dass die Schlampe, die du geheiratet hast, uns so etwas antun würde.«

»Mom«, warnte er sie. »Rede nicht so schlecht über sie. Sie ist keine Schlampe.«

»Das weißt du nicht. Sie könnte Geliebte überall im Tal gehabt haben.«

»Hör auf.«

»Warum stört es dich, wenn ich etwas Schlechtes über sie sage? Ihr lasst euch doch scheiden.«

»Weil es nicht richtig ist. Wir sind immer noch befreundet.«

Wie typisch für ihn, sie auch in dieser Hinsicht zu enttäuschen. Befreundet. »Vernünftige Menschen verachten einander, wenn sie sich scheiden lassen.«

»Das habe ich gehört.« Er nickte in Richtung der Liste auf ihrem Tisch. »Sobald du mir ein paar Kandidaten nennst, setze ich mich mit ihnen in Kontakt und vereinbare ein lockeres Meeting, ohne zu sagen, worum es geht. Die meisten von ihnen kenne ich, also werden sie nicht misstrauisch sein, von mir zu hören.«

»Klingt gut.«

Lieber würde sie das selbst machen, aber sie war kein Mensch für lockere Meetings, und auch wenn sie die meisten Leute auf der Liste kannte, wären die geschockt, wenn sie anriefe und vorschlüge, sich auf einen Plausch zu treffen. Abgesehen von Lori waren ihre Kinder alle wesentlich kontaktfreudiger als sie. Nicht, dass …

Ihre Bürotür wurde aufgestoßen, und Lori platzte mit weit aufgerissenen Augen herein. »Es hat einen Unfall im Lager gegeben.«

Sofort sprangen Rhys und Barbara auf, und gemeinsam eilten sie die Treppe hinunter. Im Hauptgebäude liefen sie zum Weinlager. Der Geruch nach Wein stieg ihnen schon in die Nase, lange bevor sie die Katastrophe sahen.

Barbara schaute sich um und entdeckte, dass eine Palette mit Weinkisten umgekippt war. Hunderte von Flaschen lagen zerschmettert auf dem Boden, überall waren Glassplitter und Kartonfetzen, und der Rotwein sammelte sich in Pfützen dazwischen.

Einer der Lagerarbeiter trat vor. Seine Augen waren aufgerissen, und er rang die Hände. »Es tut mir leid. Ich wollte um die Ecke biegen, da ist eine Seite der Palette abgebrochen, und die Kisten sind runtergefallen.«

Barbara sah die zerbrochene Palette und wusste, dass der Mann vermutlich die Wahrheit sagte. Hier im Lager war es eng, sodass die Paletten hoch oben auf Regale gehievt werden mussten. Rhys hatte ihr schon mehrmals gesagt, dass das ein Fehler war.

»Wie viele?«, fragte sie.

»Ungefähr hundertfünfzig Kisten.«

Rhys hob eine der zerbrochenen Flaschen auf und zeigte Barbara das Etikett. »Nicht unser teuerster Wein, aber hochwertig genug. Zwölf Flaschen pro Kiste zu ungefähr vierzig Dollar die Flasche.«

»Wir sind versichert«, warf Lori schnell ein. »So was ist abgedeckt.«

Finanziell gesehen stimmt das, dachte Barbara und fühlte sich innerlich hohl und deprimiert bei dem Anblick. Aber der Wein war für immer verloren.

Sie war sich bewusst, dass alle sie beobachteten, als würde sie gleich explodieren, obwohl es ganz offensichtlich ein Unfall gewesen war. Sie sah, wie der verschüttete Wein langsam in Richtung des Abflusses in der Mitte des Lagers floss. Als die

Flüssigkeit verschwand, wusste sie, dass sie sich genauso fühlte. Als würde alles, wofür sie gearbeitet hatte, langsam aus ihr heraussickern.

»Kümmere dich darum«, bat sie Rhys niedergeschlagen und machte sich auf den Weg zurück zu ihrem Büro. Sie spürte, dass sie die Kontrolle verlor, und hatte keine Ahnung, wie sie sie zurückerlangen sollte.

Das Land am Red Mountain war das teuerste im gesamten Staat – also zumindest für Wein. Mackenzie war sich sicher, dass ein paar Grundstücke in der Innenstadt von Seattle mehr wert waren, aber was die landwirtschaftliche Nutzung anging, war das hier die Park Avenue in New York, das Rive Gauche in Paris.

Und das kam nicht von ungefähr. Die Erde, die Sonne, der Wind schufen hier perfekte Konditionen für die fruchtigen und vollmundigen Rotweine, für die der Staat berühmt war.

Sobald der Kauf von Painted Moon durch war, würde dieses Land zur Hälfte ihr gehören. Sie sollte aufgeregt sein und vor Ideen nur so übersprudeln. Und ihre Gedanken rasten auch, aber nicht wegen der ganzen Möglichkeiten, sondern weil sie an nichts anderes denken konnte als daran, dass sie schwanger war.

Sie wollte fragen, wie das hatte passieren können, doch sie kannte die Antwort. Eine einzige Nacht, ein einziges Mal Sex hatten alles verändert.

Sie schaute zu Bruno, der neben ihr herging. Er hatte seinen Anzug und das weiße Button-down-Hemd gegen Jeans und ein dunkelgrünes Polohemd eingetauscht. Und er sah gut aus. Groß, breitschultrig. Er war fit und strahlte ein angenehmes Selbstbewusstsein aus. Vielleicht war er einer dieser Leute, die sich überall wohlfühlten – im Gegensatz zu Mackenzie. Das hier war der einzige Ort, an dem sie sich zu Hause fühlte. Nur heute nicht. Heute fühlte sie sich komisch und war verängstigt und verwirrt.

»Was ist los?« Bruno sah sie an. »Du hast doch was. Wenn wir sonst durch die Weinberge gehen, studierst du jede Pflanze, schaust sie dir genau an, kommunizierst förmlich mit ihr.«

Sein Tonfall war locker, doch sie sah die Besorgnis in seinen Augen. Sie musste ihm die Wahrheit sagen, das wusste sie. Was sie jedoch nicht wusste, war, wie er reagieren würde. Würde der Traum, von dem sie kaum glauben konnte, dass er tatsächlich wahr wurde, enden, bevor er wirklich begonnen hatte?

»Ich bin schwanger.«

Sie musste ihm zugutehalten, dass er kaum reagierte. Eine Augenbraue ging ein wenig nach oben, aber mehr nicht.

»Rhys?«, fragte er.

Sie nickte.

»Abschiedssex ist sehr mächtig«, sagte er und musterte sie genau.

»Eigentlich war es eher ›Wir hatten seit Jahren keinen Sex und ist das hier wirklich das Ende unserer Ehe?‹.« Sie wandte den Blick ab. »Ich habe es erst gestern erfahren. Ich muss natürlich noch mal zum Arzt. Und ich muss überlegen, was ich tun will.«

»Du wirst das Baby behalten.«

Das war keine Frage, aber sie nickte trotzdem. »Das muss ich. Ich will es«, korrigierte sie sich schnell. »Es ist nur so ein Schock. Habe ich ausgespuckt?«

Fragend neigte er den Kopf. »Jetzt gerade?«

Sie brachte ein Lächeln zustande. »Nein. Als wir zur Verkostung bei Herman waren. Habe ich da ausgespuckt? Ich dachte, ja, aber nun weiß ich es nicht mehr sicher, und ich muss mir Gedanken um das Baby machen. Man soll während der Schwangerschaft keinen Alkohol trinken, aber ich bin Winzerin. Wie soll das funktionieren?«

»Du hast jedes Mal ausgespuckt«, versicherte er ihr. »Und zwar sehr elegant.«

»Ich hoffe, dass ich das getan habe.« Sie befühlte ein Blatt von einem Weinstock. »Noch habe ich niemandem davon erzählt. Ich kann's ja selbst noch nicht fassen. Rhys muss ich es natürlich sagen. Ich glaube, er wird darüber nicht sonderlich erfreut sein.«

Noch etwas, worüber sie sich Sorgen machen musste. Sie hatten keine Kinder. Wenn sie welche hätten haben wollen, hätten sie tausend Gelegenheiten gehabt, welche zu machen. Aber das hatten sie nie. Bis jetzt.

»Ändert die Schwangerschaft etwas an der Scheidung?«

Das ist eine vernünftige Frage, dachte sie. »Nein. Keiner von uns wird deswegen seine Meinung ändern.« Sie sah Bruno an. »Ändert das was zwischen uns?«

»Willst du das denn?«

»Das ist keine Antwort auf meine Frage.«

»Ich möchte immer noch ein Weingut mit dir kaufen und es gemeinsam leiten.«

»Aber ich bin schwanger. Ich bin total aufgeregt wegen all der Sachen, die wir hier machen können, und ich will den Vertragsabschluss vorantreiben. Doch ein Kind wird einiges ändern, und ich weiß nicht, inwiefern. Ich sehe mich nicht als Vollzeitmutter, die zu Hause bleibt, aber die Hormone könnten die verrücktesten Dinge mit mir anstellen. Ich weiß nicht, wie viel ich in den letzten Monaten der Schwangerschaft arbeiten kann.« Sie winkte ab. »Ich habe keine Ahnung von Schwangerschaften oder Babys und weiß nicht, was da alles auf mich zukommt.«

Er lächelte. »Ich mache mir keine Sorgen, dass du plötzlich nur noch im Schaukelstuhl sitzen und stricken wirst. Für mich bist du eher eine Frau, die sich ihr Baby vor die Brust schnallt und in die Weinberge marschiert.«

»Das Bild gefällt mir.«

Der Gedanke, das Baby bei der Arbeit bei sich zu haben, fühlte sich gut an.

»Wir haben eine Partnerschaftsvereinbarung«, sagte er. »Und daran möchte ich festhalten. Du bist die Beste, Mackenzie. Und das wirst du immer sein. Außerdem mag ich Kinder.«

Seine Stimme klang ein wenig sehnsüchtig, und Mackenzie erinnerte sich, dass er ihr mal gesagt hatte, er könne keine Kinder bekommen. Würde ihre Schwangerschaft für ihn schwierig sein?

Noch während sie sich die Frage stellte, verdrängte sie sie. Sie war wohl kaum die erste Schwangere, die Bruno kennenlernte.

»Du kannst das Baby mit zur Arbeit nehmen«, sagte er. »Wir

finden jemanden, der dich bei der Kinderbetreuung unterstützt, und ziehen unseren Plan durch.«

»Danke. Genau das möchte ich auch.« Sie zögerte. »Ich hatte Angst, dass du dich aus unserem Deal zurückziehst.«

Er lächelte. »Es braucht schon wesentlich mehr als eine Schwangerschaft, damit du mich loswirst.«

Das Wohnzimmer von Four spiegelte perfekt die Persönlichkeit seiner Bewohner wider. Der Dielenboden war geweißt worden, die großen Schiebetüren ließen das Sonnenlicht in den Raum fluten, wo es das große Wandgemälde zum Leuchten brachte. Die Waldszene zeigte eine Burg, Trolle unter Brücken, Kobolde, Einhörner, einen sehr wild aussehenden Bären und drei Kinder, die stolz unter einem Banner marschierten, auf dem laut Fours Aussage das Familienwappen prangte. Stephanie war sich nicht sicher, ob das kleine Bild eines Drachen, der einen Hamburger hielt, historisch korrekt war, aber wer war sie, das beurteilen zu wollen?

Sie hatte sich in der Ecke des großen Sofas eingekuschelt, von dem aus man einen wunderbaren Blick in den Garten hatte. Der quadratische Couchtisch war mit Sommerblumen bemalt worden. Die Blüten drängten sich aneinander, und die Beine des Tisches waren die grünen Stiele. In der Ecke beim Kamin war eine Kletterwand angebracht worden. Bunte Matten lagen darunter, um die Kinder im Falle eines Sturzes aufzufangen.

Bemalte Körbe waren mit Büchern und Buntstiften, Bauklötzen und Aufklebern gefüllt. Ein beinahe lebensgroßes Schaukelpferd – Jaguars Geschenk an seine Frau zum fünften Hochzeitstag – nahm den Platz von Tisch und Stühlen in der Essküche ein. Fours Familie aß immer im Esszimmer oder draußen. Oder – bei Gewitter – auf dem Dachboden.

Das Haus roch nach Blumen und Kräutern, die Stoffe waren aus biologischer Baumwolle und Bambus. Bunte Farbkleckse überraschten in jeder Ecke, und über das eingebaute Soundsystem erklang das fröhliche Plätschern eines Baches.

Da die Kinder im Sommercamp und Jaguar bei der Arbeit

waren, waren Stephanie und Four allein im Haus. Stephanie war ohne Vorwarnung aufgetaucht und sofort in Tränen ausgebrochen. Ihre Schwester hatte sie auf das Sofa verfrachtet und sich dann in die Küche zurückgezogen, um Schoko-Martinis zu machen – mit viel Schokolade und Wodka.

Stephanie nahm ihr das Glas ab und roch daran. »Es ist halb zehn Uhr morgens«, sagte sie, bevor sie einen Schluck nahm. »Was nicht heißen soll, dass das hier nicht köstlich ist.«

»Irgendwas ist vorgefallen«, meinte Four. »Und es fühlte sich an wie etwas, das nach Alkohol verlangt. Aber wenn du gern in die Sauna gehen und deinen Schmerz ausschwitzen willst, können wir das auch tun.«

Beim Hausbau hatten Jaguar und Four darauf bestanden, einen Meditationsraum einzubauen. Neben diesem befand sich eine Sauna samt Whirlpool. Jeden Dezember während der Wintersonnenwende gesellten Stephanie und ihre Kinder sich zu Four und ihrer Familie, um zu meditieren und anschließend in die Sauna zu gehen. Mackenzie war auch immer dabei gewesen.

Danach ließen sie es sich immer bei Hamburgern, Hotdogs und Kartoffelsalat gut gehen und erinnerten sich daran, dass bald der nächste Sommer kam.

Stephanie lächelte. »Ich glaube, der Martini ist perfekt.«

Four saß im Schneidersitz auf der Chaiselongue. Ihre langen Haare hatte sie zu einem Zopf geflochten. Sie trug Shorts und ein T-Shirt und sah heute zur Abwechslung mal aus wie jede andere Hausfrau und Mutter ihres Alters.

»Es hat eine Weile gedauert, bis du zu mir gekommen bist«, sagte sie jetzt.

Stephanie zog die Augenbrauen in die Höhe. »Wovon redest du?«

»Was auch immer passiert ist …« Four schloss die Augen. »… war vor … drei Tagen. Ich habe eine Störung gespürt, wusste aber nicht, was es war.«

Stephanie trank noch einen Schluck. »Jetzt machst du mir Angst.«

»Warum? Es sollte dir ein Trost sein, dass ich mit dem Universum verbunden bin. Wir alle müssen mit etwas verbunden sein, das größer ist als wir selbst. Auf diese Weise werden wir daran erinnert, wie wir alle zusammengehören und dass wir gemeinsam für das Wohl aller arbeiten sollten.«

Stephanie wollte fragen, ob Four mit ihrer Mutter gesprochen hatte, wusste aber, dass sie das nicht musste. Wenn Four mitbekommen hätte, was passiert war, hätte sie es gesagt. Denn Four sagte immer, was ihr gerade durch den Kopf ging. Sie glaubte nicht an emotionale Spielchen – die blockierten ihren mentalen Flow.

Seufzend stellte Stephanie ihr Glas ab. »Der ist übrigens wirklich gut.«

»Ich benutze Bitterschokoladensirup. Der hat einen leichten Biss.«

»Ich habe gekündigt.«

Fours Miene blieb unverändert. »Und weiter?«

»Wir haben die Hochzeit geplant. Ich hatte ein paar Ideen, von denen ich glaubte, sie würden Mom glücklich machen. Irgendwie kamen wir dann auf meine Arbeit auf dem Weingut zu sprechen und dass ich glaubte, ich würde etwas bewirken. Sie hat meine Ideen als lächerlich abgetan und gesagt, jeder Anstieg des Umsatzes wäre allein den Weinen zu verdanken und nicht dem, was ich tagtäglich so tue.« Erneut nahm sie das Glas in die Hand. »Ich drücke mich ganz falsch aus.«

»Nein, du schilderst das total korrekt.«

»Ich bin wütend geworden, weil ich verletzt war. Es war wie eine außerkörperliche Erfahrung. Ich sah mich selbst dort sitzen. Ich sah so klein aus, und da beschloss ich, dass ich mit alldem fertig bin. Also habe ich gekündigt.«

Four lächelte. »Ich bin wirklich stolz auf dich. Herzlichen Glückwunsch. Du bist jetzt frei.«

»Ach ja? Mir ist ehrlich gesagt hauptsächlich übel. Avery hat es gut aufgenommen, als ich es ihr erzählt habe.« Sie zuckte mit den Schultern. »Wir hatten in den letzten Wochen ein paar Hürden zu meistern, aber im Moment läuft es gut zwischen uns. Sie hat mir sogar erzählt, dass Grandma niemanden schätzt, der nicht Mackenzie ist, und dass ich ihre Beleidigungen nicht persönlich nehmen soll. Oh, und sie wollte wissen, ob sie für mich arbeiten kann, wenn ich was Neues gefunden habe.«

»Das ist doch bestimmt ein schönes Gefühl, oder?«

»Stimmt.« Sie und Avery hatten sich auch ein wenig über Kyles Seitensprünge unterhalten und darüber, warum sie so lange bei ihm geblieben war. Hoffentlich gab es in Zukunft keine weiteren Überraschungen von Kyle, sodass es an der Kinderfront weiter ruhig blieb.

Stephanie beugte sich vor. »Ich habe überlegt, was ich jetzt tun soll. Zum einen sind da finanzielle Überlegungen. Das Haus gehört mir, aber irgendwie muss ich die Rechnungen bezahlen und Essen auf den Tisch bringen. Und außerdem will ich gar nicht zu Hause bleiben. Mir gefällt es zu arbeiten. Ich mag das Gefühl zu helfen und liebe die Herausforderung. Aber das hier ist Walla Walla. Wo soll ich einen vernünftigen Job finden?«

Four neigte den Kopf zur Seite, sodass ihr der lange Zopf über die Schulter fiel. »Wirklich? Das ist deine Frage?«

»Du meinst, ich soll für ein Weingut arbeiten, oder? In dieser Gegend gibt es Dutzende, wahrscheinlich sogar Hunderte. Und ich kenne mich in dem Business aus. Das klingt auch alles ganz toll, aber ich weiß nicht, ob ich das kann. Also, ob ich die Schuldgefühle ignorieren kann, wenn ich für jemanden arbeite, den Mom als ›Feind‹ betrachtet.« Sie malte Gänsefüßchen in die Luft. »Was ist, wenn Mom recht hat? Wenn die Umsatzsteigerungen gar nichts mit mir zu tun haben? Was, wenn ich nur ein kleines Rädchen im Getriebe bin?«

»Was, wenn du es nicht bist? Was, wenn du kreativ und einfallsreich bist und endlich du selbst sein kannst? Was, wenn es für dich ein Neuanfang ist und du die Erfüllung findest, nach der du immer gesucht hast?«

»Du übst ganz schön viel Druck aus.«

»Ich stelle nur Fragen.«

»Furcht einflößende Fragen.«

Four lächelte. »Das sind die guten Fragen immer.« Sie trank ihr Glas aus. »Du kannst das, und du willst es. Nutze deine Erfahrungen und deine Ideen, um etwas zu erreichen, auf das du stolz bist.«

Stephanie nickte langsam. Diese Ansprache war der Grund, warum sie ihre kleine Schwester aufgesucht hatte.

»Für dein Alter bist du unglaublich weise.«

»Ich denke, ich war in einem früheren Leben eine Schamanin.«

Stephanie grinste. »Daran habe ich nicht den geringsten Zweifel.«

20. KAPITEL

Barbara saß an ihrem üblichen Platz am Tisch und Giorgio am anderen Ende. Er war in eine Unterhaltung mit Jaguar vertieft, vermutlich sprachen sie über die landwirtschaftlichen Geräte, die ihr Schwiegersohn reparierte. Auch alle ihre Enkel waren da, abgesehen von Carson, der immer noch im Baseball-Camp war. Avery – so eine Schönheit mit ihren langen Haaren und großen Augen – unterhielt sich mit Lori. Catherine und Stephanie flüsterten miteinander und schauten in ihre Richtung.

Stephanies Erscheinen beim Essen hatte Barbara überrascht. Eigentlich hatte sie erwartet, dass ihre Tochter den Abend boykottieren würde. Doch stattdessen war sie pünktlich gekommen, hatte alle begrüßt und so getan, als wäre nichts passiert. Barbara wusste nicht, ob Stephanie mit ihrer Entscheidung wirklich zufrieden war oder ob sie einfach zu dumm war, um die Gefahr zu erkennen, in der sie sich befand.

Es gibt kein Zurück, dachte sie grimmig. Stephanie hatte sie verraten, und dafür musste sie bestraft werden. Sollte ihre Tochter wegen eines Jobs angekrochen kommen, würde Barbara Nein sagen. Um ehrlich zu sein, freute sie sich schon darauf, es laut auszusprechen und Stephanie daran zu erinnern, dass ihr Verhalten einen Preis hatte. Aber bisher war es noch nicht dazu gekommen.

Alle benahmen sich so normal, dass sie nicht sicher war, ob sie überhaupt von Stephanies kleinem Anfall wussten. Avery hatte nichts gesagt, genauso wenig wie Catherine. Vielleicht behielt Stephanie es für sich, damit sie ganz unauffällig ihren alten Posten wieder einnehmen konnte. Aber da irrte sie sich gewaltig.

Barbara hatte keine Ahnung, was sie wegen der Hochzeit unternehmen sollte. Stephanie konnte sie die Planung nicht mehr überlassen, und Lori war mehr als nutzlos. Vermutlich würde Catherine sich anbieten, aber Barbara würde ihrer Jüngsten nicht mal den Kauf eines Hamsters anvertrauen, geschweige denn die Planung einer Hochzeit. Allein der Gedanke daran, wie schrecklich das alles werden würde, ließ sie erschaudern.

All das hinterließ einen bitteren Beigeschmack. Und das gilt nicht nur für den Teil meiner Familie, den ich verloren habe, dachte sie düster. Der Enthusiasmus, den sie zunächst für die Planung ihres großen Tages an den Tag gelegt hatte, war verschwunden. Jetzt kam ihr eine große Hochzeit eher wie eine Aufgabe vor – noch ein Punkt mehr auf ihrer endlosen To-do-Liste. Was sollte sie also tun? Die Hochzeit absagen? Giorgio und ich könnten durchbrennen, dachte sie. Es gab doch sicherlich irgendein elegantes Resort, in dem sie untertauchen konnten. Auf keinen Fall würde sie in einer dieser kitschigen Plastikkapellen heiraten, wo sie mit anderen jämmerlichen Paaren Schlange stehen musste.

Schnell schüttelte sie das Bild ab und schaute sich am Tisch um. Das Dinner war beinahe vorbei, und eigentlich hätte es sie glücklich machen sollen, ihre Familie um sich versammelt zu haben. Doch das tat es nicht. Trotz der neuen Sitzordnung gab es in ihrem Kopf immer noch einen leeren Stuhl und ein genauso großes Loch in ihrem Herzen.

Sie vermisste sie. Da, sie hatte es gedacht, hatte es zugegeben, wenn auch nur sich selbst gegenüber. Sie vermisste Mackenzie. Vermisste es, dass sie ihr mit der Essenszubereitung half. Mackenzie war immer die Erste gewesen, die sich zu ihr in die Küche gesellt hatte, begierig darauf, jede Aufgabe zu übernehmen, die sie ihr zuteilte. Mackenzie war diejenige, die ihr geholfen hatte, die perfekte Tischdecke auszusuchen und dafür zu sorgen, dass der Tisch genauso gedeckt war, wie Barbara es mochte.

Beim Essen hatte Mackenzie immer direkt neben ihr gesessen. Sie hatten sich über Weine unterhalten und darüber, was im Tal gerade los war. Sie hatten die Zeit mit der Familie genossen und viel gelacht, und jetzt würde Barbara nie wieder mit ihr zusammen lachen.

Sie ertappte Rhys dabei, wie er auf seine Uhr schaute.

»Das ist das dritte Mal in der letzten halben Stunde, dass du nach der Uhrzeit schaust«, sagte sie. »Musst du noch irgendwohin?«

Rhys sah sie an und nickte. »Ja. Ich bin heute Abend verabredet.«

Barbara versuchte, die Worte zu verarbeiten. »Du hast ein Date mit einer Frau?«

Schweigen senkte sich über den Tisch, als alle zwischen ihnen beiden hin- und herschauten.

Rhys lächelte. »Ja, Mom. Mit einer Frau.«

Nicht Mackenzie, dachte sie und spürte stellvertretend für ihre Schwiegertochter einen stechenden Schmerz.

»Das kommt mir ein wenig übereilt vor«, gab sie angespannt zurück.

Giorgio beobachtete sie, als wäre er bereit, jederzeit an ihre Seite zu eilen, um sie zu trösten. Was sie normalerweise genoss. Nur nicht heute. Heute war sie traurig, und Trost war nicht in Sicht. Vielleicht war das ein wenig melodramatisch, aber deshalb nicht weniger wahr.

»Jaguar und ich haben uns eine neue Schule für die Kinder angeschaut«, sagte Catherine in dem Versuch, das Thema zu wechseln. »Sie setzen viele neue Lerntechniken ein, die die Eigenständigkeit der Kinder fördern, anstatt auf traditionelle Lehrmethoden zu setzen.«

»Lass mich raten«, sagte Barbara trocken. »Kein Lehrplan, keine Prüfungen, und die Kinder können selbst entscheiden, was sie lernen wollen.«

»Du solltest Dinge nicht einfach nur deshalb abwerten, weil sie neu sind«, erklärte Catherine. »Die alten Methoden sind nicht immer die besten.«

»Erklär das meinen Enkeln, wenn sie erkennen, wie hilfreich es gewesen wäre, lesen und rechnen zu lernen, um einen Job zu bekommen.«

»Kindern sollte es erlaubt sein, ganz sie selbst zu sein.«

»Damit sie erwachsen werden und dich ohne einen weiteren Gedanken verlassen?«, fragte sie und warf ihre Serviette auf den noch halb vollen Teller mit der Lasagne. »Entschuldigt mich, ich habe Kopfschmerzen.«

Damit verließ sie das Esszimmer und ging in die Küche. Doch von hier aus wusste sie nicht, wohin. Verdammt! Das war alles Mackenzies Schuld. Der Verlustschmerz, die ganzen Veränderungen.

Vertraute Hände legten sich auf ihre Schultern. Sie drehte sich um und ließ sich von Giorgio in die Arme ziehen.

»Ich vermisse sie«, flüsterte sie an seiner Schulter. »Sie fehlt mir so sehr. Ich hasse sie und vermisse sie.«

»Du liebst sie«, korrigierte er und strich ihr übers Haar. »Es ist nur natürlich, traurig zu sein. Sie zu lieben und sich zu wünschen, alles wäre wie früher.«

Sie nickte. »Du hast Rhys gesehen. Er hat sich schon anderweitig orientiert. Seine Ehe ist ihm egal. Und Catherine mit ihren albernen Ideen … Was habe ich nur falsch gemacht mit meinen Kindern?«

»Gar nichts. Sie sind wundervoll. Du hast das großartig hingekriegt.«

Sie trat zurück und schaute ihn an. »Warum siehst du immer das Beste in mir?«

»Ich sehe das, was ist.«

Wie schön wäre es, wenn das wahr wäre, dachte sie. Aber das war es nicht. Er sah eine idealisierte Version von ihr, die nichts mit der Realität zu tun hatte. Wenn er von ihrer Wut wüsste, davon, wie sehr sie sich an Mackenzie rächen, sie bestrafen wollte … Doch das wusste er nicht. Er sah nur das, was er sehen wollte, was vermutlich auch besser war. Andererseits würde er so nie ihr wahres Ich erkennen.

Erneut zog er sie an sich. »Wir werden bald verheiratet sein, und das wird helfen. Du bist dann nicht mehr allein, so wie all die letzten Jahre.«

Allein? Sie war nicht allein. Sie hatte Bel Après, aber das

würde er nicht verstehen. Giorgio hatte zwar eine Firma aufgebaut, doch sie, Barbara, war Teil eines Vermächtnisses. Das war ein Unterschied. Trotzdem liebte er sie aus tiefstem Herzen und bemühte sich. Mehr konnte sie wirklich nicht verlangen.

Mackenzie zog sich wieder an, nahm dann ihre Handtasche und ging aus dem Untersuchungsraum in das Büro ihrer Ärztin. Dr. Brighton war Mitte fünfzig, hatte kurze Haare und war sehr selbstbewusst. Sie lächelte, als Mackenzie sich setzte.

»Ich habe ein paar Fragen«, sagte Mackenzie. »Ich bin Winzerin. Mein Job besteht unter anderem darin, Wein zu verkosten. Ich weiß, dass Alkohol schlecht fürs Baby ist. Also was soll ich tun?« Sie bemühte sich, nicht panisch zu klingen. Ihrer Ärztin von den ganzen Fässern zu erzählen, die bei Painted Moon auf sie warteten, würde nicht helfen.

Dr. Brighton schüttelte den Kopf. »Ich kenne viele Winzer, und sie alle spucken den Wein bei der Verkostung aus, anstatt ihn herunterzuschlucken. Ich nehme an, Sie tun das auch?«

Mackenzie nickte. »Ja. Schließlich kann ich mich nicht schon frühmorgens betrinken. Das würde kein guter Tag werden.«

»Dann bleiben Sie dabei. Seien Sie noch ein wenig aufmerksamer. In den ersten drei Wochen nach der Empfängnis nimmt der Fötus noch keinen Alkohol auf. Die ersten zwei Trimester der Schwangerschaft sind am heikelsten. Kein Alkohol zum Vergnügen. Wenn Sie verkosten, stellen Sie sicher, dass Sie ausreichend Wasser getrunken haben, damit Ihr Körper die Flüssigkeit nicht aufnehmen will. Halten Sie die Verkostungen kurz. Spülen Sie Ihren Mund zwischen den Proben mit Wasser aus. Verteilen Sie die Verkostungen lieber über mehrere Tage als über wenige Stunden. Sie müssen Ihren Job nicht aufgeben, sondern einfach nur vorsichtig sein.«

»Das ergibt Sinn.« Diesen Regeln konnte sie folgen. Sie hatte auch schon viel im Internet recherchiert, und auch wenn es nicht gerade sonderlich viele Artikel über schwangere Winzerinnen gab, hatte sie doch ein paar Tipps aufgeschnappt. »Und die Verkostungen im Herbst sind kein Problem, oder? Da probieren wir ja nur die Trauben.«

»Ganz genau. Nun generell zu Ihrer Schwangerschaft.« Dr. Brighton schaute in ihren Computer. »Sie sind gesund. Ihre letzten Blutwerte waren hervorragend. Trotzdem, Sie sind achtunddreißig, und das hier ist Ihre erste Schwangerschaft, deshalb möchte ich Sie ein wenig engmaschiger beobachten, bis wir sehen, wie sich alles entwickelt. Haben Sie ausreichend Unterstützung?«

»Ich habe Freunde.«

»Und der Vater des Babys?«

Mackenzie zögerte. »Mein Ehemann. Wir lassen uns scheiden.«

»Was empfindet er bezüglich des Kindes?«

»Ich habe es ihm noch nicht erzählt, aber das werde ich morgen tun. Erst wollte ich mit Ihnen sprechen.«

»Eine Schwangerschaft ist eine ganz natürliche Sache, was aber nicht bedeutet, dass es leicht ist. Ihr ganzer Körper wird davon beeinflusst werden. Sie werden schneller müde sein, und Ihre Laune wird schwanken. Teilweise wird sich Ihr Körper anfühlen wie ein außerirdischer Teenager, der aus reiner Boshaftigkeit verrückte Dinge mit Ihnen anstellt.« Sie lächelte. »Sie müssen sich gesund und ausgewogen ernähren, ausreichend schlafen und sichergehen, dass die Leute um Sie herum sich um Sie kümmern. Wie klingt das?«

»Herausfordernd, aber machbar.«

Das hoffte sie zumindest. Sie wusste, dass sie sich auf Stephanie und Four verlassen konnte. Was Rhys anging, hatte sie keine Ahnung – sie hoffte, er würde sich freuen und für sie da sein, doch mit der Scheidung und allem war das schwer vorherzusagen. Aber sie hatte noch Bruno. Ihr Bauchgefühl sagte ihr, dass sie sich auf ihn verlassen konnte. Was den Rest ihrer Welt anging, hatte sie keine Ahnung.

Dr. Brighton überreichte ihr ein paar Broschüren. »Etwas Lesestoff für den Anfang. Sie werden Ihre Ernährung ein wenig umstellen müssen. Gesundes Essen ist der Schlüssel für eine problemlose Schwangerschaft. Viele Proteine, Obst und Gemüse. Sie finden darin auch eine Liste von Nahrungsmitteln, die Sie vermeiden sollten.«

Mackenzie nahm die Broschüren, bedankte sich und ging hinaus zu ihrem Jeep. Abgesehen davon, dass ihr der Kopf nur so rauchte, fühlte sie sich nicht anders als vor einer Woche. Bisher war sie weder besonders müde, noch litt sie unter morgendlicher Übelkeit. Aber sie würde ihren Tagesablauf ändern müssen. Außerdem musste sie langsam anfangen, den Leuten von ihrer Schwangerschaft zu erzählen. Sie hatte so ein Gefühl, zu wissen, was Stephanie und Four sagen würden. Barbara würde einen Anfall kriegen. Die einzige Reaktion, die sie nicht vorhersagen konnte, war die des Mannes, der nicht länger mit ihr verheiratet sein wollte.

Für ihre Verabredung zum Mittagessen mit Mackenzie hatte Stephanie alles aufgefahren. Sandwiches mit Hühnerbrust, Bacon, Avocado und etwas Mayonnaise. Eine große Tüte Kartoffelchips mit Barbecue-Geschmack zum Teilen und vier dunkle, mit Nüssen gefüllte Brownies. Um es mit den Kalorien nicht zu übertreiben, hatte sie als Getränk lediglich zwei Wasserflaschen eingepackt. Die Tasche mit dem Essen in der Hand, ging sie an ein paar Läden und einigen Verkostungsräumen vorbei, bog an der Ecke ab und betrat das kleine Gebäude, in dem Mackenzie und Bruno ihr Büro hatten.

Am Vorabend hatte sie Mackenzie eine Nachricht geschickt und gefragt, ob sie sich zum Lunch treffen konnten. Da Bruno immer noch außerhalb beschäftigt war, hatte Mackenzie ihr Büro vorgeschlagen, und Stephanie hatte angeboten, sich um das Essen zu kümmern. Es gab viel zu besprechen.

Stephanie folgte den Schildern zu der richtigen Tür und klopfte. Mackenzie ließ sie herein und zog sie lächelnd in die Arme.

»Du hast mir gefehlt«, sagte sie und nahm Stephanie die Tasche mit dem Lunch ab, um sie auf ihren Schreibtisch zu stellen.

Dann umarmte sie ihre Freundin noch einmal. »Es kommt mir vor wie eine Ewigkeit. Ich bin abends immer erst spät zu Hause und haue früh wieder ab und ... Wow, du siehst super aus.«

Stephanie entspannte sich in der vertrauten Umarmung und dachte, dass das hier genau das war, was sie in ihrem Leben brauchte. Mehr Mackenzie-Zeit.

Als sie einander losließen, zog sie die Nase kraus. »Wir waren beide schlechte Freundinnen und haben uns von den äußeren Umständen beeinflussen lassen. In Zukunft werden wir härter daran arbeiten, in Kontakt zu bleiben.«

Mackenzie nickte. »Ganz deiner Meinung. Lass uns jeden Tag zumindest eine Textnachricht schicken, damit wir in Verbindung bleiben. Und wir müssen mehr Zeit miteinander einplanen, weil wir uns jetzt nicht mehr zufällig über den Weg laufen. Aber ich hab dich lieb und dich wirklich vermisst.«

»Ich dich auch.«

Sie lächelten einander an. Stephanie spürte, wie ihre Sorgen ein wenig nachließen. Sie schloss die Tür hinter sich und schaute sich dann in dem schlicht eingerichteten Büro um: zwei Schreibtische, die aneinandergestellt waren, ein kleiner runder Konferenztisch, ein paar Aktenschränke, einige Regale und eine Tür, die, wie Stephanie vermutete, ins Bad führte.

»Ich hätte ja was Schickeres erwartet«, zog sie Mackenzie auf.

Die lachte. »Wir sparen das Geld fürs Weingut. Und ehrlich gesagt funktioniert dieses Büro super. Es ist ruhig und auf der Seite der Stadt, die Painted Moon am nächsten liegt.«

Stephanie beobachtete ihre Freundin dabei, wie sie den Lunch ausbreitete. Mackenzie sah gut aus. Vielleicht ein wenig dünner, aber gut erholt und mit neuem Elan.

»Bist du glücklich mit der Geschäftsbeziehung zu Bruno?«, fragte sie und setzte sich auf einen der Stühle am Konferenztisch.

»Oh ja. Er ist super. Er weiß sehr viel und ist unglaublich verständnisvoll. Außerdem ist er so ruhig. Kein Geschrei, keine Anschuldigungen.«

»Also das genaue Gegenteil von meiner Mutter.«

Mackenzie grinste. »Ja, das auch. Ich gebe zu, es gefällt mir.«

Sie reichte Stephanie ein Sandwich und eine der Wasserflaschen und setzte sich. Stephanie öffnete die Chipstüte und legte sie in die Mitte des Tisches.

»Ich denke ständig darüber nach, dass du da arbeitest«, sagte Mackenzie. »Und ich fühle mich schuldig. Ich weiß, dass sie dir das Leben zur Hölle macht und dich für das bestraft, was ich getan habe.«

Stephanie öffnete die Wasserflasche. »Tja, das ist kein Problem mehr. Ich habe gekündigt.«

Mackenzie hielt inne, das Sandwich auf halbem Weg zum Mund. Mit weit aufgerissenen Augen schaute sie ihre Freundin an.

»Du hast *was*?«

»Gekündigt.« Stephanie erzählte von dem letzten Planungstreffen für die Hochzeit und wie dann alles außer Kontrolle geraten war.

»Ich kam mir so lächerlich vor«, gab sie zu. »Sie hat quasi gesagt, dass meine Arbeit wertlos ist.« Sie schüttelte den Kopf. »Nein, das stimmt nicht. Dass *ich* wertlos bin. Es war demütigend, aber letztendlich auch befreiend. Warum habe ich mich nur so lange gequält?«

»Du hast wirklich gekündigt?«

Stephanie lachte. »Hör auf, das zu sagen. Ja, habe ich.«

»Ich fühle mich schrecklich. Das ist alles meine Schuld.«

»Siehst du, du denkst immer, du hättest mehr Macht, als du eigentlich hast. Ich habe die Entscheidung allein getroffen.«

»Aber es wäre für dich nicht so schwierig, wenn ich geblieben wäre.«

»Das stimmt, aber dann würde ich noch weitere zehn Jahre dort festsitzen, meine Arbeit hassen und mir wünschen, ich wäre stark genug, um zu gehen. Jetzt habe ich es endlich getan. Vielleicht nicht auf die erwachsene, vernünftige Weise, aber es ist erledigt, und ich sage mir: Gut gemacht.«

Mackenzie hob ihre Wasserflasche. »Gut gemacht! Wenn du

glücklich bist, bin ich es auch. Was willst du jobmäßig machen? Musst du überhaupt arbeiten?«

»Wenn wir weiterhin essen wollen, ja. Im Moment überlege ich noch, was ich tun könnte. Four hat mir – genau wie du – gesagt, dass ich meine Schuldgefühle überwinden und für ein anderes Weingut arbeiten soll. Ich bin gerade dabei, ein paar Marketing- und Verkaufsideen zusammenzustellen. Sobald ich damit fertig bin, vereinbare ich die ersten Termine.«

Das klang wesentlich organisierter, als sie war, aber es stimmte, sie war dabei, die ersten Schritte zu machen. In ihren Unterlagen hatte sie ein paar alte Kampagnenideen für den Verkaufsraum gefunden, die sie mal entwickelt hatte, und sie ihrem Portfolio beigefügt. Nach ein paar Jahren Dienst nach Vorschrift fühlte es sich gut an, wieder kreativ zu sein.

»Bist du sicher, dass es dir gut geht?«, wollte Mackenzie wissen.

»Ich habe meine düsteren Momente, aber die ignoriere ich. Ich habe mir ein paar Wochen Zeit gegeben, um einen endgültigen Plan aufzustellen. Bis dahin wird Carson aus dem Camp zurück sein, und beide Kinder werden wieder in die Schule gehen.«

»Während der Erntezeit solltest du dich lieber nicht bewerben«, sagte Mackenzie. »Auch wenn die Marketing- und Verkaufsleute nichts damit zu tun haben, herrscht überall eine ziemliche Hektik. Es könnte sein, dass sie dir nicht die Aufmerksamkeit schenken können, die du brauchst.«

Stephanie wusste, dass das stimmte, wollte aber nicht bis Mitte oder Ende Oktober warten, um sich nach einem neuen Job umzusehen.

»Ich kriege das schon irgendwie hin«, sagte sie selbstbewusst. »Wie weit seid ihr mit dem Kauf von Painted Moon?«

»Gut. Alles geht ziemlich schnell.« Mackenzie presste sich eine Hand aufs Herz. »An einigen Tagen komme ich kaum zum Luftholen. Ich bin so dankbar, dass Bruno das alles in die Hand nimmt. Ich muss mich nur um die Weine und einen Plan für die Ernte kümmern.«

»Du liebst die Weinlese.«

»Stimmt. Sie ist ein Versprechen dafür, wie der Wein werden wird. Es ist nur …« Sie atmete tief ein. »Ich werde dir jetzt etwas anvertrauen, und du wirst darauf reagieren, aber du musst mir versprechen, dass du zu niemandem etwas sagst, bevor ich nicht mit Rhys gesprochen habe. Ich brauche dein Pfadfinderehrenwort. Es ist … Ich muss herausfinden …«

Stephanie warf mit einem Chip nach ihr. »Hör auf, um den heißen Brei herumzureden, und spuck's aus.«

Beinahe erwartete sie, dass ihre Freundin sagen würde, sie hätte jemanden kennengelernt oder den attraktiven Bruno geküsst, aber stattdessen sah Mackenzie sie an und erklärte: »Ich bin schwanger.«

Stephanie hörte die Worte klar und deutlich, hatte aber anfänglich keine Ahnung, was sie bedeuteten. »Schwanger wie in …« Sie stand auf. »Heilige Scheiße! Du bist schwanger!«

Sie tanzte um den Tisch herum und zog Mackenzie auf die Beine, um sie zu umarmen. »Du bekommst ein Baby? Wann ist das passiert? Du hattest Sex mit einem Mann. Mit wem? Wann?«

Es musste ein anderer Typ sein, denn laut Rhys hatten er und Mackenzie es seit Jahren nicht mehr miteinander getan. Also warum hatte sie nicht gesagt, mit wem sie derzeit schlief?

»Es ist von Rhys«, antwortete Mackenzie schulterzuckend, als sie sich beide wieder setzten.

»Aber ich dachte… Ich meine, ihr lasst euch scheiden. Schlaft ihr trotzdem noch miteinander?«

»Nein. Schon seit Jahren nicht mehr. Es war eine einmalige Sache.« Mackenzie spielte mit ihrem Sandwich. »Ehrlich gesagt war es in der Nacht, in der wir erkannt haben, dass unsere Beziehung am Ende ist. Es war so traurig.«

Mit einem Mal erinnerte Stephanie sich, dass Rhys das Gleiche gesagt hatte.

»Was Verhütung angeht«, fuhr Mackenzie fort, »ich hatte mal eine Spirale, aber die habe ich rausnehmen lassen.«

»Ich erinnere mich. Das war im Sommer vor ein paar Jahren.

Du hast viel geblutet. Und danach hast du nie wieder eine gehabt?«

Mackenzie schüttelte den Kopf. »Nein. Wir waren einander nicht mehr wirklich nah, weißt du. Es gab keinen Grund, und später habe ich nicht mehr darüber nachgedacht.« Sie schaute Stephanie an. »Nur zur Info: Einmal reicht, um schwanger zu werden.«

»Du bekommst ein Baby.«

»Ich weiß. Ich habe Angst und bin nervös und gleichzeitig aufgeregt. Und ich habe keine Ahnung, was ich hier eigentlich tue.«

Das ist ja auch eine ganze Menge, dachte Stephanie. »Wow. Ich freue mich für dich. Oh, warte mal. Was ist mit Bruno?«

»Er weiß es und hat kein Problem damit.« Sie lächelte. »Er hat mir prophezeit, dass ich eine von den Müttern bin, die sich ihr Baby vor die Brust schnallt und mit ihm in die Weinberge hinausmarschiert.«

»Das sieht er ganz richtig, glaube ich.« Stephanie griff nach ihrem Sandwich. »Wow, in meinem Kopf dreht sich alles.«

»In meinem auch.«

»Du weißt, dass ich für dich da bin. Ich kann zu den Untersuchungen mitkommen und deine Geburtsbegleiterin sein. Four will sicher auch helfen, vor allem bei der Einrichtung des Kinderzimmers. Du bist nicht allein.« Sie grinste. »Das Angebot, in mein Gästezimmer zu ziehen, steht noch.«

»Danke, aber ich hoffe immer noch auf das alte Farmhaus von Painted Moon.«

»Das wäre sicherlich ruhiger.« Stephanie biss von ihrem Sandwich ab. »Schwanger. Das ist echt ein Ding! Warst du schon beim Arzt? Es gibt ein paar Sachen, die du jetzt nicht mehr essen kannst, und …« Sie starrte ihre Freundin an. »Du darfst keinen Alkohol mehr trinken! Aber damit verdienst du deinen Lebensunterhalt.«

»Ja, das wird eine Herausforderung.« Mackenzie erzählte ihr, was die Ärztin ihr erklärt hatte.

»Das Ausspucken habe ich nie gemocht«, gestand Stephanie. »Ich verstehe zwar, warum man das macht, aber ich finde es irgendwie eklig.«

»Man gewöhnt sich daran. Aber ich muss die Weine in den Fässern probieren, und deshalb werde ich vorher Unmengen an Wasser trinken. Es macht mir ein wenig Angst. Ich will dem Baby nicht schaden, aber ich muss meine Arbeit machen.«

Das ist wirklich eine unerwartete Komplikation, dachte Stephanie. »Lass mich wissen, wann du es Rhys erzählst, damit ich nach irgendwelchen Veränderungen in seinem Verhalten Ausschau halten kann.« Sie riss die Augen auf. »Meine Mom! Sie wird es irgendwann erfahren. Oh nein! Du bekommst Rhys' Baby, also wird es irgendwann mal erben.« Stephanie fing an zu lachen.

»Daran habe ich auch schon gedacht. Sie wird ausflippen und vermutlich mein Auto in die Luft jagen.«

»Das glaube ich eher nicht, aber sie wird total durchdrehen. Und ich bin gemein genug, mich darauf zu freuen. Wer sagt da noch, dass Gott keinen Sinn für Humor hat?«

Erneut prostete Mackenzie ihr mit der Wasserflasche zu. »Ich nicht.«

Stephanie stieß mit ihr an. »Auf wunderschöne Babys und neue Jobs. Mögen wir einander immer auf positive Weise überraschen.«

»Auf meine beste Freundin.«

»Und auf meine.«

21. KAPITEL

Barbara hatte keine Skrupel, mitten am Tag das Haus ihres Sohnes zu betreten. Wenn ihren Kindern das nicht passte, sollten sie gefälligst die Türen abschließen. Aber das taten sie natürlich nicht. Alle liefen ständig zwischen den Häusern hin und her, hissten die Keksflagge und spielten alberne Spiele mit den Kindern.

Oder so ist es zumindest gewesen, dachte sie, als sie im Eingangsflur stehen blieb. In letzter Zeit war das weniger geworden. Vermutlich weil Mackenzie tagsüber nie hier war.

Aber es hatte diese Zeit gegeben. Mackenzie hatte generationenübergreifende Versteckspiele organisiert oder mit Rhys zusammen ein Lagerfeuer entzündet, an dem sie bis weit nach Mitternacht zusammengesessen und die Meteoritenschauer bestaunt hatten. Alle hatten Decken und Kissen mitgebracht und es sich gemütlich gemacht.

Wann haben solche Abende aufgehört, überlegte Barbara, während sie durch das Erdgeschoss ging. Wann hatten Mackenzie und Rhys sich in ihr Haus zurückgezogen, anstatt sich zu den anderen zu gesellen? Sie vermutete, die Veränderung war so schleichend vonstattengegangen, dass es niemandem aufgefallen war – nicht einmal ihnen selbst.

Sie ignorierte Rhys' Büro und betrat das ihrer Schwiegertochter. Hier waren die Farben heller und der Schreibtisch kleiner. An den Wänden hingen Fotografien. Einige von der Hochzeit, andere von Mackenzie und Barbara Arm in Arm.

Vor einer blieb Barbara stehen. Sie war vielleicht zehn oder zwölf Jahre alt. Sie waren gerade mit der Weinlese fertig gewesen und schmutzig und erschöpft, aber glücklich. Sie hatten gewusst, dass es ihr bisher bestes Jahr werden würde, und hatten recht behalten.

Die Erinnerung abschüttelnd, ging sie zum Schreibtisch, setzte sich und begann, die Schubladen aufzuziehen. Sie suchte nichts Bestimmtes, sondern wühlte nur zwischen verschiedenen Büroartikeln und einer alten Schachtel Aspirin herum. Es gab auch eine halbe Rolle Pfefferminzbonbons und ein paar Haargummis, aber nichts Interessantes.

Also kehrte sie in den Flur zurück und strich über den kleinen Tisch, den sie und Mackenzie auf einem ihrer Shoppingtrips nach Seattle erstanden hatten. Sie hatten auch die Esszimmermöbel und das Geschirr gemeinsam ausgesucht.

Sie ging nach oben und wandte sich in Richtung Schlafzimmer. Hier standen die Möbel, die Barbara und James damals von seinen Großeltern geerbt hatten. Wunderschöne antike Stücke, die sie für die Frischverheirateten hatte aufpolieren lassen. Sie fragte sich, wann das junge Paar aufgehört hatte, glücklich zu sein.

Im Bad fand sie keine Spur von ihrem Sohn, genauso wenig wie im Kleiderschrank. Dort hingen nur ordentlich sortiert Mackenzies Sachen. Die T-Shirts und Jeans, die sie zur Arbeit trug, lagen gefaltet in einem Regal. Ihre Cocktailkleider hingen an einem Ende der Stange, daneben die etwas legereren Kleider.

Barbara kehrte ins Schlafzimmer zurück und zog die Schubladen der Nachttischchen auf. Sie war nicht sicher, wonach sie suchte. Als sie nichts fand, richtete sie ihre Aufmerksamkeit auf die Schmuckschatulle auf der Kommode.

Ganz oben sah sie die Diamantohrringe, die Mackenzie immer trug, wenn sie sich schick machte. Normalerweise trug sie nur selten Schmuck und besaß deshalb auch nur wenige Stücke. Goldene Creolen, ein paar alberne Nilpferdohrringe, die Catherine für sie gemacht hatte. In der untersten Schublade des Kästchens lagen ihr Verlobungs- und ihr Ehering.

Barbara nahm die Ringe und legte sie in ihre flache Hand. Rhys hatte sie damals um Rat gefragt. Er hatte etwas aussuchen wollen, das Mackenzie gefallen würde.

»Schlicht, aber elegant«, hatte sie ihm geraten. »Ein einzelner Diamant auf einem schlichten Platinring.«

Er war sich nicht sicher gewesen, hatte aber am Ende auf sie gehört. Und Mackenzie war überglücklich über seine Wahl gewesen. Den Verlobungsring hatte sie nur selten getragen, aber den Ehering eigentlich immer. Wann hatte sie damit aufgehört?

Barbara legte die Ringe zurück und schloss die Schatulle. Dann schaute sie sich im Zimmer um. Sie hatte immer noch keine Ahnung, wonach sie suchte, aber hier war es nicht. Oder nicht mehr. Alles, was sie sich für Rhys und Mackenzie erhofft hatte, war verloren gegangen oder zerstört worden. Und die zerbrochenen Teile konnten nie wieder zusammengesetzt werden. Man konnte nur so tun, als wäre das nicht wichtig, und irgendwie weiterleben.

Sie verließ das Schlafzimmer, ging nach unten und trat blinzelnd in die helle Nachmittagssonne hinaus. Dann fuhr sie zum Büro und kehrte an ihren Schreibtisch zurück. Hier hatte sie wenigstens ihre Welt und alle, die darin eine Rolle spielten, unter Kontrolle.

Mackenzie betrat die Küche und zögerte. Sie hatte Rhys eine Nachricht geschickt und ihn gebeten, sich am Samstagnachmittag nach der Arbeit mit ihr zu treffen, bevor er abends ausgehen würde.

Das, was sie ihm zu sagen hatte, war sie Tausende Male im Kopf durchgegangen, aber dennoch war sie unsicher, inwieweit sie Themen wie Sorgerecht und Betreuung ansprechen sollte. Das Flattern in ihrem Magen hatte nichts mit ihrer Schwangerschaft zu tun, sondern war einzig auf ihre Nervosität zurückzuführen.

Alles wird gut, sagte sie sich. Das hier war immerhin Rhys. Sie kannte ihn, liebte ihn, hatte ihn geheiratet. Er würde nicht böse werden oder ihr die Schuld geben. Womöglich wäre er nicht sonderlich erfreut, aber er war ein rationaler Mensch und würde zuhören, um dann gemeinsam mit ihr einen Plan zu entwickeln.

Immerhin wohnten sie noch im selben Haus, aßen dasselbe von der Köchin vorbereitete Essen. Er nahm ihre Anrufe entgegen, antwortete auf ihre Textnachrichten. Ehrlich gesagt hatte sich an ihrem Zusammenleben nur wenig geändert – was sie bei genauerem Nachdenken tieftraurig machte.

Wann war das passiert? Wann hatten sie angefangen, getrennte Leben zu führen? Und warum war ihr das nicht aufgefallen? Vermutlich weil die Veränderungen so schleichend vonstattengegangen waren, dass sie es erst gemerkt hatte, als ihre Ehe endgültig gescheitert war.

»Was lungerst du da so rum?«, erklang die fröhliche Frage hinter ihr.

Mackenzie drehte sich um, sah Rhys auf sich zukommen und zwang sich zu einem Lächeln.

»Ich war nur in Gedanken.«

»Ich weiß nicht … Für mich sah es nach rumlungern aus.« Er verschränkte die Arme und lehnte sich gegen die Kücheninsel. »Wie geht's dir? Ich habe dich seit Tagen nicht gesehen. Hält Bruno dich ordentlich auf Trab?«

»Wir beide bemühen uns, mit den Ereignissen Schritt zu halten«, sagte sie und setzte sich an den Tisch. Dann bedeutete sie Rhys, ebenfalls Platz zu nehmen. »Im Moment läuft alles glatt, was gleichzeitig gut und etwas Furcht einflößend ist. Die Papierberge schüchtern mich ein wenig ein.«

»Herman will, dass du Painted Moon bekommst, weil er weiß, dass du dich immer gut darum kümmern wirst.«

Rhys nahm eine Flasche Rotwein und hielt sie Mackenzie hin, wie um ihr ein Glas anzubieten. Sie schüttelte den Kopf. Nachdem er sich eingeschenkt hatte, setzte er sich ihr gegenüber hin.

»Also, was ist los? Ich weiß, dass du nicht meinen geschäftlichen Rat brauchst.«

Sie brachte ein Lächeln zustande. »Was das angeht, weiß ich bereits, was du denkst.«

»Dass es eine großartige Gelegenheit für dich ist. Eine Chance, dein eigenes Ding zu machen. Das hättest du hier nie gekonnt.«

»Die Schwierigkeiten mit deiner Mutter tun mir leid.«

Er zuckte mit den Schultern. »Du weißt, wie sie ist. Irgendwann wird sie ihren Hass auf jemand anderen projizieren.«

Barbara hasste sie? Mackenzie bemühte sich, nicht auf diese beiläufige Bemerkung zu reagieren, auch wenn sie ihr ins Herz schnitt.

»Das mit Stephanie ist interessant«, fuhr er fort, und Mackenzie spürte, dass er keine Ahnung hatte, wie sehr sie sich anstrengen musste, um normal zu wirken. »Einfach so zu kündigen. Ich schätze, sie und Mom haben sich richtig in die Haare gekriegt. Im Moment verändert sich irgendwie alles.«

Schuldgefühle übermannten sie, denn Mackenzie wusste, dass sie an diesem Bruch auch eine Mitschuld trug. Wenn sie und Rhys sich nicht getrennt hätten, würde sie Bel Après nicht verlassen. Und wenn sie nicht gehen würde, hätte Stephanie sie nicht verteidigen müssen. Und so weiter und so fort.

Rhys sah sie an. »Du hast um dieses Treffen gebeten. Was ist los?«

Ein Teil von ihr wollte sagen: »Nichts« und fliehen, um das Geständnis aufzuschieben, aber das konnte sie nicht. Es zu verheimlichen machte es nur schlimmer. Also sah sie ihn direkt an und sagte: »Ich bin schwanger.«

Seine Miene blieb ausdruckslos. »Das kann nicht sein. Du hast eine Spirale. Du bist nicht schwanger.«

»Die habe ich vor zwei Jahren entfernen lassen. Rhys, das hast du gewusst. Du hast mich sogar zu dem Termin gefahren.«

»Nein.« Er stand auf und ging ein paar Schritte, sodass die Kücheninsel zwischen ihnen lag. Dabei schüttelte er die ganze Zeit den Kopf. »Nein. Das bist du nicht. Das kann nicht sein. Nicht jetzt. Ein Kind?« Er fluchte.

»Du bist aufgebracht«, flüsterte sie, weil ihr nichts einfiel, was sie sonst sagen könnte.

»Aufgebracht? Ich bin aufgebracht?« Er hob die Stimme. »Ich glaube nicht, dass das meinen Zustand auch nur ansatzweise beschreibt. Schwanger? Das ist das Letzte, was einer von uns brauchen kann.« Er drehte sich um und schlug mit der Faust gegen die Wand, bevor er wieder zu Mackenzie herumwirbelte. »Ich wollte einfach nur ein Leben. Ist das zu viel verlangt? Ich habe die letzten fünf Jahre wie ein verdammter Mönch in diesem Haus gelebt. Kein Sex, keine wie auch immer geartete Verbindung, nichts. Wir haben immer nur über die Arbeit gesprochen. Aber ich wollte mehr. Irgendetwas anderes als das, was wir hatten. Und jetzt bist du schwanger?«

Sie hatte zwar nicht damit gerechnet, dass er glücklich sein würde, aber diese heftige Reaktion überraschte sie dann doch. Jedes seiner Worte war wie ein Fausthieb in den Magen, und sie rang nach Luft.

»Ich werde nach der Geburt auf einem DNA-Test bestehen.«

Mackenzie erhob sich halb, sank dann wieder auf den Stuhl zurück. »Du bist wirklich ein Mistkerl. Das hätte ich nie gedacht.«

»Was soll ich deiner Meinung nach denn sagen?«, fragte er aufgebracht.

»Dass du mir glaubst. Du weißt, dass ich nicht mit einem anderen geschlafen habe. Wie genau hätte das auch vonstattengehen sollen? Ich war jede Sekunde bei Bel Après. Glaubst du, ich habe mich mit irgendeinem Typen in den Weinbergen getroffen? Wie romantisch.«

»Ich weiß. Es tut mir leid. Es ist nur …« Er stützte sich auf die Kücheninsel. »Ich will das alles nicht. Ich will mich einfach nur scheiden lassen.« Er sah sie an. »Hast du nie daran gedacht, dir ein neues Verhütungsmittel zu suchen?«

»Warum hätte ich das tun sollen?«, gab sie angespannt zurück und suchte in sich nach der Wut, die ihr Stärke verleihen würde. »Wie du nicht müde wirst zu betonen, hatten wir keinen Sex. Und zum zweiten Mal innerhalb von fünf Minuten mache ich dich darauf aufmerksam, dass du mich zu dem Termin gefahren hast, als mir die Spirale rausgenommen wurde. Du wusstest es genauso gut wie ich. Wir haben es beide vergessen. Wenn du dich erinnerst, warst du derjenige, der mit diesem ›Lass uns Sex haben‹ angefangen hat. Ich bin sicher nicht absichtlich schwanger geworden.«

Er atmete scharf ein und hob abwehrend die Hände. »Du hast

recht. Es tut mir leid.« Er schaute sich um, wie um einen Fluchtweg zu finden, dann kehrte er langsam an den Tisch zurück und setzte sich.

Mackenzie dachte an die Anfangszeit ihrer Ehe, als sie noch davon gesprochen hatten, einmal Kinder zu haben. Wenn das hier nur vor zehn oder sieben Jahren passiert wäre, dachte sie traurig. Dann wären sie so glücklich gewesen, hätten sich auf ihr Kind und die Zukunft gefreut. Das war noch etwas, das verloren gegangen war.

»Was wollen wir jetzt tun?«, fragte er und klang niedergeschlagen. »Willst du es?«

»Ja. Ich werde das Baby behalten.« Etwas anderes war ihr nie in den Sinn gekommen. Nicht weil sie generell gegen Abtreibungen war, sondern weil sie eine gesunde Frau mit einem guten Job war und außerdem sehr gut in der Lage, ein Kind allein aufzuziehen.

»Ich habe dich nicht gebeten, es abtreiben zu lassen.«

»Nein, aber das würde viele deiner Probleme lösen.«

»Ich bin kein Arschloch.«

»Du spielst nur eins im Fernsehen?«

Er atmete tief ein. »Fangen wir noch mal von vorn an. Du bist schwanger. Was nun?«

»Ich werde ein Kind bekommen, und du musst entscheiden, was du diesbezüglich tun willst. Ach ja, und ich lasse natürlich einen DNA-Test machen, um sicherzustellen, dass es deins ist.« Sie lehnte sich auf ihrem Stuhl zurück. »Mach dir keine Sorgen. Ich ziele nicht darauf ab, die Scheidung zu verhindern. Ich erzähle dir nur davon, weil es einiges ändern wird. Die einfache Scheidungsvereinbarung wird jetzt ein wenig komplizierter.«

Er rieb sich übers Gesicht. »Daran habe ich noch gar nicht gedacht. Wir müssen bestimmt irgendwelche Vereinbarungen treffen, oder?«

»Ja. Das nennt sich Erziehungsplan. Ich werde das Sorgerecht haben, aber du kannst entscheiden, wie du das mit dem Besuchsrecht halten willst. Du kannst deine Rechte aber auch komplett aufgeben.«

Was das anging, war sie nicht wirklich sicher. War das überhaupt legal? Im Fernsehen sah man so was ständig, aber das hieß nicht, dass es auch der Realität entsprach.

Er ließ die Hände sinken. »Ich werde mein Kind nicht im Stich lassen. Aber ich weiß nicht genug über all diese Sachen, um diese Unterhaltung führen zu können. Lass mich mit meinem Anwalt sprechen, dann melde ich mich wieder. Wenn wir zu einer Einigung kommen, sollten wir die Scheidung nicht zurückstellen müssen.«

Die ach so wichtige Scheidung, dachte sie verbittert. Rhys konnte sie offenbar gar nicht schnell genug loswerden.

»Lass deinen Anwalt einen Vorschlag für den Erziehungsplan und den Kindesunterhalt machen«, sagte sie und stand auf. »Sobald wir uns da einig sind, können wir mit der Scheidung weitermachen.«

Er erhob sich ebenfalls und sah sie an. »Ich bin nicht wütend«, sagte er. »Ich habe nur nicht mit einem Baby gerechnet.«

»Ich auch nicht. Aber so ist es nun mal.«

Sie suchte nach einem Überbleibsel des Mannes, den sie geheiratet hatte, fand es jedoch nicht. Rhys schlug vielleicht nicht mehr mit der Faust gegen die Wand, aber er war auch nicht glücklich. Welche Fantasien sie insgeheim auch immer darüber gehabt haben mochte, dass sie beide noch ein Team waren – die waren soeben zu Staub zerfallen.

Nach sechzehn Jahren Ehe war sie ganz allein auf sich gestellt. Single und schwanger. Das war zwar kaum eine ungewöhnliche Geschichte, aber definitiv keine, die sie sich jemals für sich ausgemalt hatte.

Sie ging nach oben in ihr Zimmer und setzte sich aufs Bett. Irgendwie hatte sie damit gerechnet, dass die Unterhaltung länger dauern würde. Lustig, was zwei Menschen in fünfzehn Minuten alles besprechen konnten, wenn sie einander nicht mehr wichtig waren.

Stephanie klammerte sich an Kyles Hand. Ihr war egal, dass sie ihre Fingernägel in seine Haut grub. Er war Sportler, er konnte das aushalten.

Die letzten vier Stunden waren wie in einem Nebel vergangen. Alles hatte mit einem Anruf von Carsons Coach angefangen, der ihnen mitgeteilt hatte, dass ihr Sohn einen Unfall gehabt hatte. Er und seine Freunde waren im Sportzentrum klettern gewesen, und Carson war gefallen, hatte sich einen Arm gebrochen und war mit dem Kopf auf der Matte aufgeschlagen.

»Ich muss mich gleich übergeben«, sagte sie und spürte, wie ihr Magen sich hob.

Unter zusammengezogenen Augenbrauen sah Kyle sie an. »Meinst du das ernst? Soll ich einen Eimer suchen? Ich denke nämlich nicht, dass du dich auf den Sitz übergeben solltest. Das wäre keine nette Art, Bruno Danke zu sagen.«

Sie starrte ihn an, ohne wirklich zu verstehen, was er da sagte. Dann schaute sie sich um und erinnerte sich, dass sie in einem gut ausgestatteten Privatjet saßen.

Sobald Stephanie den Anruf vom Coach bekommen hatte, hatte sie Mackenzie angerufen, um zu fragen, ob Avery über Nacht bei ihr bleiben konnte, während Stephanie zu Carson flog. Ihr zweiter Anruf hatte Kyle gegolten, der sofort nach Flügen nach Sacramento für sie beide gesucht hatte. Das Problem war, dass Walla Walla mehrere Stunden von Seattle entfernt lag und es zwischen dort und Sacramento nur wenige Flugverbindungen gab.

Mackenzie hatte Stephanies Telefonat mit Kyle unterbrochen, um ihr zu sagen, dass Bruno ihnen seinen Jet anbot. Die Piloten würden so lange in Sacramento bleiben, wie es nötig wäre, und dann alle drei wieder zurückfliegen.

Keine Stunde nach dem ersten Anruf vom Coach hatte Stephanie sich in der Luft auf dem Weg zum Boeing Field in Seattle wiedergefunden, wo Kyle zugestiegen war. In der Sekunde, in der sie ihn sah, hatte sie jegliche Kontrolle verloren und sich schluchzend in seine Arme fallen lassen.

»Ich werde mich nicht übergeben«, sagte sie und versuchte, ihren Atem zu beruhigen. »Ich muss mich zusammenreißen.«

»Ihm geht es gut.«

»Er hat sich den Kopf angeschlagen und muss über Nacht im Krankenhaus bleiben.«

»Nur zur Beobachtung.«

Sie schüttelte den Kopf. »Über Nacht, Kyle. Das heißt, es könnte etwas mit seinem Gehirn sein.«

»Er wird wieder gesund.«

»Du weißt nicht mehr als ich«, gab sie zickig zurück.

Anstatt sich mit ihr zu streiten, zog er sie in die Arme. »Sich das Schlimmste vorzustellen hilft in dieser Situation aber auch nicht. Versuch, dich zu entspannen und deine luxuriöse Umgebung zu genießen. Du wirst vermutlich nie wieder in einem Privatjet fliegen.«

»Ich werde den Flug nach Hause genießen«, murmelte sie und trieb die Piloten in Gedanken an, schneller zu fliegen.

Eine knappe Stunde später landeten sie. Kyle gab die Adresse des Krankenhauses in das Navi des Leihwagens ein und fuhr sie auf direktem Weg dorthin.

Als sie die Notaufnahme betraten, musste Stephanie sich arg zurückhalten, um nicht laut zu schreien, dass sie sofort ihren Sohn sehen wollte. Kyle ging zum Empfangstresen.

Es dauerte nur wenige Minuten, bis sie zu Carsons Zimmer geführt wurden. Dort saß ihr Vierzehnjähriger im Bett, blass, mit großen Augen, den linken Arm in einem Gips.

»Hey, Mom«, sagte er schwach und versuchte, mit dem Arm zu winken, zuckte dabei aber vor Schmerz zusammen. »Ich bin irgendwie von der Kletterwand gefallen.«

Stephanie eilte an sein Bett und schlang die Arme um ihren Sohn. Nie wieder würde sie ihn loslassen. Tausend Gedanken schossen ihr durch den Kopf, allen voran der, dass er das Haus nie wieder verlassen würde und es falsch von ihr gewesen war, ihn zu dem Baseball-Camp gehen zu lassen.

»Mir geht's gut«, beharrte er. »Keine große Sache.«

Sie trat zurück, damit Kyle seinen Sohn umarmen konnte. Derweil schaute sie sich Carson genau an. Abgesehen von dem gebrochenen Arm und seiner Blässe wirkte er ganz in Ordnung. Bevor sie anfangen konnte, ihn wegen anderer Symptome ins Kreuzverhör zu nehmen, betrat eine Frau mittleren Alters in einem weißen Kittel das Zimmer.

»Hallo«, sagte sie und streckte die Hand aus. »Ich bin Dr. Leishman. Sie müssen Carsons Eltern sein. Wir haben keine Anzeichen für ein Schädeltrauma oder eine Gehirnerschütterung gefunden, aber wir möchten ihn gern über Nacht hierbehalten. Nur zur Sicherheit.« Sie lächelte.

»Kann ich danach ins Camp zurück?«, fragte Carson. »Wir haben nur noch eine Woche. Ich kann zwar nicht spielen, aber ich muss für mein Team da sein.«

Stephanie wollte ihm gerade sagen, dass er auf jeden Fall mit ihnen nach Hause fliegen würde, als sie Kyles Hand auf ihrer Schulter spürte. Sie schaute zu ihm und sah, dass er leicht den Kopf schüttelte.

»Mal sehen, wie es dir morgen geht«, sagte sie widerstrebend.

»Mir geht's gut, Mom.«

»Und dennoch verbringst du die Nacht im Krankenhaus.«

Dr. Leishman schaute zwischen ihnen hin und her. »Innerhalb der nächsten Stunde wird Carson auf die Kinderstation verlegt. Danach wird der diensthabende Arzt noch mal mit Ihnen sprechen. Wir können ein Bett in sein Zimmer stellen lassen, damit einer von Ihnen über Nacht bei ihm bleiben kann.«

»Danke.« Stephanie trat wieder ans Bett und nahm Carsons rechte Hand. »Danke für alles.«

Nachdem die Ärztin gegangen war, verdrehte Carson die Augen. »So schlimm ist das alles nicht, Mom. Sieh mich an. Klinge ich etwa nicht normal? Mein Kopf tut nicht mal weh.«

»Als wenn du es mir sagen würdest, wenn es so wäre.«

Er lächelte. »So gut schauspielern kann ich nun auch nicht. Ich habe wirklich keine Schmerzen.«

»Trotzdem, über das Camp reden wir morgen. Zuerst möchte ich, dass du dich über Nacht ausruhst.«

Sobald Carson in seinem Zimmer auf der Kinderstation war, zog Kyle seine Exfrau mit auf den Flur hinaus.

»Ich werde ein Hotel suchen. Ich bin mir sicher, es gibt eins in der Nähe. Ich weiß, du möchtest heute Nacht hierbleiben, aber vielleicht magst du morgen früh rüberkommen und duschen. Sobald ich eingecheckt habe, gucke ich, was es hier für Restaurants in der Nähe gibt, und komme wieder, um eure Essensbestellungen aufzunehmen. Carson hat sicher keine Lust auf Krankenhausessen.«

»Wenn sie ihn überhaupt etwas essen lassen.«

Er lächelte sie an. »Sie werden ihn essen lassen, Steph. Ich glaube nicht, dass er eine Kopfverletzung hat. Gehen wir doch einfach vom Besten aus, bis wir Anlass haben, unsere Meinung zu ändern, hm?«

»So positiv zu sein liegt nicht in meiner Natur.«

»Aber du fühlst dich besser, oder?«

Sie nickte langsam. »Er scheint komplett normal zu sein. Und er hat keine sonderlich großen Schmerzen. So gut kann er wirklich nicht schauspielern. Aber er ist immer noch im Krankenhaus. Flippst du bei dem Gedanken nicht aus?«

»Ein wenig, aber das ist ja nur vorübergehend. Kommst du einen Moment allein klar?«

»Ja. Geh, such ein Hotel. Und ich werde in der Zwischenzeit eine der Schwestern fragen, was er zu Abend essen darf. Oh, und wenn du zurückkommst, kannst du mir meine Übernachtungstasche mitbringen? Die ist noch im Auto.«

»Klar.« Er beugte sich vor und streifte ihren Mund mit seinen Lippen. »Wir stehen das gemeinsam durch.«

»Ich weiß. Du hast viele Fehler, aber du bist ein guter Vater.«

»Und du eine gute Mutter.«

Sie brachte ein Lächeln zustande. »Stimmt. Und ich habe keine Fehler.«

Er lachte. »Wenn das nur wahr wäre. Wir sehen uns später.«

Sie sah ihm nach, als er zum Fahrstuhl ging, dann kehrte sie in das Zimmer ihres Sohnes zurück. Während sie Carson bemutterte und sicherstellte, dass er es bequem hatte, dachte sie daran, wie dankbar sie dafür war, dass Kyle bei ihr war. Es gab Momente, in denen er sie in den Wahnsinn trieb, aber in letzter Zeit war er ein wirklich guter Kerl gewesen. Sie wusste, er würde sich um alles kümmern, was nötig war. Seltsam, dass es zehn Jahre gedauert hatte, bis sie nach ihrer Scheidung endlich eine Beziehung zueinander aufgebaut hatten, die funktionierte.

22. KAPITEL

Das Farmhaus war mindestens hundert Jahre alt, war aber offensichtlich geliebt worden. Die Außenwände waren frisch gestrichen, die vordere Veranda wirkte stabil. Mackenzie beobachtete, wie Bruno an ein Fenster trat.

»Doppelverglasung«, sagte er. »Die müssen in den letzten fünf Jahren ersetzt worden sein. Darüber musst du dir also keine Gedanken machen.«

»Das war ungefähr die Zeit, zu der Hermans Frau krank wurde. Sie hatte Krebs und ist wenige Monate nach der Diagnose gestorben. Ich bin mir sicher, dass er die Fenster hat austauschen lassen, damit sie es im Haus so angenehm wie möglich hat.«

Lächelnd öffnete er die Haustür und bedeutete Mackenzie vorzugehen. Es gab ein recht großes Wohnzimmer mit einem Kamin zur Linken und einem kleinen Gästebad zur Rechten. Eine Treppe führte in den ersten Stock hinauf. Mackenzie konnte das Esszimmer sehen und vermutete, dass die Küche sich rechts davon befand.

Die Decken waren hoch, die Fußböden bestanden aus geschliffenen Dielen und waren vermutlich noch original. Die Tapete mit dem Blättermuster gefiel ihr zwar nicht, aber das war leicht zu beheben.

Alles in allem war es ein gutes Haus – solide und vom Platz her mehr als ausreichend für sie. Eigentlich sollte sie begeistert sein. Das Problem war nur, dass es ihr noch nicht gelungen war, ihre Unterhaltung mit Rhys zu verdauen. Natürlich hatte sie nicht erwartet, dass er vor Freude tanzen würde, aber sie hatte auf eine etwas positivere Reaktion gehofft.

Schnell verdrängte sie die Gedanken an diese katastrophale Unterhaltung und konzentrierte sich wieder auf das Haus.

»Es ist nett«, sagte sie. »Bist du sicher, dass du hier nicht wohnen willst?«

Bruno sah sie an. »Darüber haben wir doch schon gesprochen. Ich interessiere mich für eine große Eigentumswohnung am Golfplatz, die wesentlich mehr meinem Stil entspricht. Das Haus hier ist perfekt für dich und das Baby.«

»Ja, vermutlich schon.« Sie war nicht sicher, was ein Haus perfekt für ein Baby machte. Vermutlich war alles akzeptabel, solange es sicher, warm und von Liebe erfüllt war.

Gemeinsam gingen sie in die Küche. Die war größer, als Mackenzie gehofft hatte, allerdings noch ziemlich altmodisch. Die große Bauernspüle war ein wenig angeschlagen, und die Elektrogeräte hatten schon bessere Zeiten gesehen, aber alles war sauber, und es gab genug Stauraum.

»Die kannst du rausreißen und dir deine Traumküche einbauen lassen«, schlug Bruno vor.

Sie lachte. »Ich träume normalerweise nicht von Küchen. Ich stehe mehr auf Wein.«

»Dann engagiere einen Küchenplaner.«

»Jeder Penny, den ich besitze, ist bis zur Scheidung gesperrt. Und sobald die durch ist, geht alles an dich.« Sie lächelte. »Ich bringe nichts mit außer meiner funkelnden Persönlichkeit.«

Er lachte leise. »Innerhalb eines Jahres – vielleicht auch zwei – wirst du genug verdienen. Außerdem bekommst du ein Gehalt und hast obendrein noch deine Lizenzen von Bel Après.«

Sie nickte, sagte aber nicht, dass sie erwartete, dass Barbara einen Weg finden würde, sich aus ihrem Deal herauszuwinden, um sie nicht mehr bezahlen zu müssen. Bruno würde ihr nur raten, stark zu bleiben und einen Anwalt zu engagieren, was vermutlich richtig war, aber im Moment ging alles so schnell – die Scheidung, der Kauf des Weinguts, die Erkenntnis, dass sie schwanger war. Sie war nicht sicher, ob sie sich noch mehr aufhalsen konnte.

Sie gingen nach oben. Hier gab es ein großes Schlafzimmer mit angrenzendem Bad und begehbarem Kleiderschrank. Violette Tapeten mit Rosen an den Wänden und ein leichter Duft nach einer altmodischen Seife waren zwar nicht ganz nach Mackenzies Geschmack, aber damit konnte sie leben.

Auf dem Block, den sie mitgebracht hatte, machte sie sich Notizen. Sie musste ein Bett kaufen, zwei Nachttische und eine Kommode. Unten würde sie ein neues Sofa und vielleicht einen Fernseher brauchen. Alles andere konnte warten.

Als sie mit ihren Notizen fertig war, betraten sie und Bruno eines der beiden weiteren Zimmer, die sich ein gemeinsames Bad teilten. Bruno stand in der Mitte vor dem großen Erkerfenster.

»Das hier ist perfekt für das Baby«, sagte er. »Es ist so schön hell. Wenn sie größer ist, kannst du ihr ein Sofa kaufen und es dorthin stellen, damit sie es sich darauf mit einem Buch gemütlich machen kann.«

»Sie?«

Er lächelte verlegen. »Ich hoffe auf ein Mädchen.«

»Wirklich? Dann bist du schon weiter als ich. Ich habe noch kaum verarbeitet, dass ich schwanger bin. Abgesehen von den Vitaminen und der absurden Menge an Gemüse, die ich täglich essen soll, hat sich für mich nur wenig geändert.«

Ein Mädchen? »Die Chancen, das zu kriegen, was du dir wünschst, stehen fünfzig zu fünfzig«, fügte sie noch an.

»Ich wäre mit beidem glücklich. Hast du schon mit Rhys gesprochen?«

Sie nickte und hoffte, dass sie nicht so unbehaglich aussah, wie sie sich fühlte. Aber offensichtlich tat sie das, denn Bruno atmete hörbar aus.

»So schlimm?«, fragte er.

»Er war nicht glücklich. Er hat geflucht und versucht, mit der Faust ein Loch in die Wand zu schlagen. Das hat aber nicht geklappt, und ich vermute, die Wand ist sehr stolz auf ihren Sieg.« In der Hoffnung, Bruno überzeugen zu können, dass sie mit Rhys' Reaktion gut zurechtkam, hatte sie einen lockeren Ton angeschlagen.

»Als er dir die Schuld gegeben hat, hast du ihn hoffentlich darauf hingewiesen, dass dazu immer zwei gehören?«

»Ja. Und ich habe ihn auch daran erinnert, dass er mich zu meinem Termin gefahren hat, als mir die Spirale gezogen wurde. So zu tun, als hätte er nichts davon gewusst, würde nicht …«

Sie schlug sich die Hand vor den Mund und stöhnte. »Tut mir leid. Das hätte ich nicht sagen sollen. Das ist viel zu persönlich und sicher nichts, was du wissen willst.«

»Ich habe dich spucken sehen, Mackenzie. Das hier ist gar nichts.«

»Trotzdem. Es ist mir peinlich.«

»Das muss es nicht. Wenn eine Beziehung endet, wird es meistens hässlich. Wenn du über irgendetwas reden willst, komme ich damit klar.«

Sie wusste seine Freundlichkeit zu schätzen, wollte aber unbedingt das Thema wechseln. »Sei vorsichtig, was du dir wünschst, Mister. Ich habe mich ein wenig in das Schwangerschaftsthema eingelesen, und es gibt Fakten, die dir auf Wochen den Appetit verderben.«

»Mich schreckt so leicht nichts ab.«

Sie betraten das letzte Zimmer.

»Das hier wäre ein gutes Büro«, sagte er.

»Warum würde ich hier noch ein Büro haben wollen? Das Hauptgebäude liegt nur fünfzehn Minuten zu Fuß entfernt.«

»Weil du erst einen Säugling, dann ein Baby und dann ein Kind haben wirst, das vielleicht krank wird und dich braucht.«

Oh. Richtig. »Also dann wird das hier mein Büro.« Sie schrieb Schreibtisch und Stuhl auf ihre Liste.

Wieder unten, hielt Mackenzie inne, um die Atmosphäre auf sich wirken zu lassen.

»Ich werde hier glücklich sein«, sagte sie. »Danke.«

»Kein Problem. Wir sind ein Team.«

So wie Rhys und ich einst ein Team gewesen sind, dachte sie sehnsüchtig. Aber nun nicht mehr. Sie schaute Bruno an und überlegte, dass sie beide vielleicht länger durchhalten würden. Sie wussten, worauf sie sich einließen, und es gab keine Emotionen, die alles verkomplizierten.

»Wie wirst du das mit dem Daten hier halten?«, fragte sie. »Walla Walla ist eine ziemlich kleine Stadt. Aber du könntest problemlos mit jemandem aus Seattle ausgehen, weil du ja einen Privatjet hast und die Entfernung damit kein Problem ist.«

Er zog eine Augenbraue in die Höhe. »Du machst dir Gedanken über mein Liebesleben?«

»Ja. Es ist interessant, darüber nachzudenken. Vor allem weil ich im Moment eine Ablenkung gebrauchen kann.«

»Ich konzentriere mich voll darauf, Painted Moon zu kaufen.«

»Womit du mir sagen willst, dass ich mich um meinen eigenen Kram kümmern soll.«

»Ich will damit sagen, dass ich nicht in der Position bin, deine Bedürfnisse nach Ablenkung zu erfüllen.«

Sie verließen das Haus, und Bruno schloss die Tür hinter ihnen ab und reichte Mackenzie den Schlüssel.

»Rein rechtlich gesehen kannst du erst einziehen, wenn der Kauf abgeschlossen ist, aber Herman meinte, du darfst gern jederzeit kommen, um die Zimmer auszumessen.«

Sie zögerte, bevor sie den einzelnen Schlüssel annahm.

»Das wird das erste Haus sein, das mir gehört«, gab sie zu. »Mein Großvater hatte ein kleines Häuschen in der Nähe seiner Arbeit gemietet, und nach seinem Tod bin ich aufs College gegangen und habe im Studentenwohnheim gewohnt. Und danach bin ich bei Rhys eingezogen.« Sie schaute Bruno an. »Wie lächerlich ist es bitte, dass ich achtunddreißig Jahre alt bin und noch nie allein gewohnt habe?«

»Das ist überhaupt nicht lächerlich.«

Sein Blick ist immer so gütig, dachte sie. Mit einem Mal überkam sie das starke Bedürfnis, ihn zu bitten, sie zu halten. Nur für eine Minute, bis sie sich wieder stärker fühlte.

Aber das tat sie nicht. Bruno war ihr Geschäftspartner und erwartete von ihr, stark genug zu sein, um sich um ihr eigenes Leben kümmern zu können. Und da sie gerade daran dachte …

»Rate mal, was ich jetzt tun werde«, sagte sie.

»Ich habe nicht den blassesten Schimmer.«

Sie atmete tief ein und straffte die Schultern. »Ich werde zu Barbara gehen und ihr sagen, dass ich schwanger bin.«

Bruno starrte sie an. »Bist du sicher, dass du das tun willst?«

»Nicht im Mindesten. Ich wollte noch warten, aber angesichts dessen, wie Rhys reagiert hat, will ich diejenige sein, die die Nachricht verbreitet.«

»Soll ich dich begleiten? Ich kann vor ihrem Büro warten oder im Auto. Ich will mich nicht in deine persönlichen Angelegenheiten einmischen, aber du solltest das nicht allein tun. Die Frau ist unberechenbar.«

»Du bist süß, aber ich komm schon mit ihr klar.«

Das hoffte sie zumindest.

Bruno wirkte nicht überzeugt, nickte aber. »Schick mir eine Nachricht, wenn du es hinter dir hast.«

»Das mache ich.«

Sie würde außerdem Stephanie und Four eine Nachricht schicken und sie warnen, sich fernzuhalten, weil ihre Mom das Ganze sicher nicht gut aufnehmen würde. Was zwar traurig war, aber der Wahrheit entsprach.

An ihrem Jeep hielt Bruno ihr die Tür auf.

»Es tut mir leid«, sagte er. »Ein Baby zu bekommen sollte eine frohe Nachricht sein, doch sie wird das sicher nicht so sehen.«

»Danke, dass du das verstehst. Ich habe das Gleiche gedacht. Wünsch mir Glück.«

»Du brauchst kein Glück, Mackenzie. Das hast du noch nie gebraucht.«

Mackenzie versuchte, sich an Brunos ermutigende Worte zu klammern, als sie nach Bel Après fuhr. Jede Nacht schlief sie dort in Rhys' Haus, aber die Geschäftsräume, den Weinkeller und das Fasslager hatte sie schon lange nicht mehr betreten.

Die Gefühle ignorierend, die in ihr aufwallten, betrat sie das Gebäude und ging die Treppe hoch zu Barbaras Büro. Niemand versuchte, sie aufzuhalten, und Mackenzie achtete darauf, auf ihrem Weg in keines der anderen Büros zu schauen.

Mit ihrer Lesebrille auf der Nase saß Barbara hinter ihrem Schreibtisch. Wie immer trug sie ein Kostüm, hatte ihre dunklen Haare perfekt frisiert und sich sorgfältig geschminkt. Ihr Verlobungsring funkelte im Licht der Deckenbeleuchtung.

Dieser Ring, dachte Mackenzie. Lustig, dass alles mit dem Heiratsantrag angefangen hatte. Diesen romantischen Moment mitzuerleben hatte ihr die Leere in ihrem Leben aufgezeigt. Sie war schon seit Jahren rastlos gewesen, doch dieser Moment hatte ihr alles klar vor Augen geführt.

Ihre Schwiegermutter schaute auf und sah sie. Nachdem sie die Brille abgesetzt hatte, lehnte sie sich in ihrem Stuhl zurück.

»Ich kann mir nicht vorstellen, was wir einander noch zu sagen hätten.«

Mackenzie schloss die Tür und ging auf den Schreibtisch zu. Kurz überlegte sie, mit der Neuigkeit herauszuplatzen und dann wegzulaufen, doch sie wusste, dass das falsch wäre. Was auch immer nun zwischen ihnen passieren würde, irgendwann war Barbara mal wie eine Mutter für sie gewesen. Da schuldete Mackenzie ihr wenigstens den Respekt, sich zu setzen.

Als sie saß, kam sie direkt auf den Punkt. »Ich bin schwanger.«

Barbara starrte sie an, ohne zu blinzeln. »Ist es von Rhys?«

Die Frage hätte sie nicht überraschen sollen, doch sie tat es. »Ja. Warum sollte ich mir sonst die Mühe machen, es dir zu sagen?« Sie hob die Hand. »Bevor du fragst, ich werde es nach der Geburt per DNA-Test bestätigen lassen. Rhys weiß, dass es seins ist.« Zumindest war sie sich ziemlich sicher, dass er das wusste, auch wenn er sich vermutlich wünschte, es wäre nicht so.

Barbaras Augen verdunkelten sich. »Männer glauben, was wir sie glauben lassen, mehr nicht.«

Im Stillen ermahnte sich Mackenzie, sich nicht ablenken zu lassen. »Ich möchte mich nicht mit dir streiten. Ich habe es dir erzählt, weil ich dachte, du möchtest vielleicht wissen, dass du ein weiteres Enkelkind bekommst. Ich hoffe, meine Schwangerschaft wird nicht von deiner Verärgerung über meinen Weggang überschattet.«

Barbara beugte sich vor. »Darauf hoffst du? Das ist süß. Also glaubst du, ich sollte glücklich darüber sein, dass du Rhys ausgetrickst hast, um schwanger zu werden? Ich hätte das kommen sehen müssen.«

Auch diese ungeheuerliche Aussage war nicht überraschend. Mackenzie schüttelte den Kopf. »Ich hab keine Ahnung, wie man so streitsüchtig sein kann. Ist das nicht sehr anstrengend und ermüdend? Ich habe Rhys nicht ausgetrickst, und ich hatte auch nicht vor, schwanger zu werden. Nicht, dass du mir das glaubst. Am Ende ist es aber auch egal, was du glaubst. Ich bin zutiefst traurig darüber, wie das zwischen uns gelaufen ist. Ich habe dich so sehr geliebt. Ich dachte, wir würden einander immer nahe sein.«

»Dann hättest du nicht gehen dürfen. Du hast angefangen, Mackenzie. Nicht ich, nicht Rhys, niemand außer dir.«

»Das Kind interessiert dich gar nicht, oder?«

»Nein. Du bist nichts für mich, warst immer nur Mittel zum Zweck.«

Mackenzie wusste, dass Barbara ihr wehtun wollte, und das machte sie ziemlich gut. Sie wusste nur nicht, ob ihre Schwiegermutter die Wahrheit sagte.

»Ironischerweise wird das Testament, das du mir immer vorgehalten hast, dich jetzt in den Hintern beißen«, sagte Mackenzie und erhob sich. »Denn der DNA-Test, der beweisen wird, dass mein Baby Mitglied dieser Familie ist, wird es dazu berechtigen, genauso viel zu erben wie deine anderen Enkelkinder.«

Auf dem Weg zur Tür drehte sie sich noch einmal um. »Ich wollte diese Gelegenheit nutzen, um eine familiäre Verbindung herzustellen – zwischen dir als Großmutter und meinem Baby. Doch bei dir geht es immer nur um Geld und Land. Das ist kein Kampf, auf den ich mich gefreut habe, aber wenn du es so willst, nur zu, denn ich werde gewinnen.«

Damit ging sie. Sie war halb die Treppe hinunter, als sie hörte, wie etwas Schweres gegen die Wand flog, gefolgt von einem hohen Schrei.

Als sie ihr Auto erreicht hatte, schickte sie Stephanie und Four eine kurze Nachricht.

Wappnet euch, sie weiß es.

Danach fuhr sie in das Büro zurück, das sie sich mit Bruno teilte. Dort wartete ein Stapel Papiere darauf, von ihr gelesen zu werden. Der Kauf eines Weinguts produzierte eine erstaunliche Menge an Dokumenten. Später, wenn ihr nicht mehr ganz so übel wäre, würde sie sich eine Schüssel Schokoeis gönnen und davon träumen, was sie alles mit Painted Moon erreichen würde. Solange sie sich nach vorn bewegte, würde alles gut werden. Und das war passend, denn Stillstand hatte sie noch nie gemocht.

Barbara wartete bis kurz nach sechs Uhr abends, dann fuhr sie los, parkte hinter dem Haus ihres Sohnes und trat durch die stets unverschlossene Hintertür ein. Wie erwartet fand sie Rhys am Schreibtisch in seinem Büro.

Er war ganz auf seinen Computer konzentriert und zuckte zusammen, als sie seinen Namen sagte.

»Du hast mich vielleicht erschreckt«, sagte er und presste sich die Hand auf die Brust. »Kannst du nicht anklopfen?«

»Nein, kann ich nicht.« Sie trat an seinen Schreibtisch und umklammerte die Lehne des davorstehenden Stuhls. »Sie hat mir von dem Baby erzählt.«

Rhys lehnte sich auf seinem Stuhl zurück. »Mir auch.«

»Ist es von dir?«

»Ja.«

Barbara ließ sich auf den Besucherstuhl sinken. Ihre letzte Hoffnung schwand.

»Musstest du sie unbedingt schwängern?«

»Mir gefällt das auch nicht, Mom. Glaubst du, ich will jetzt ein Kind haben? Endlich wäre ich aus dieser Ehe raus gewesen und hätte das Leben anfangen können, das ich mir wünsche.«

Er zuckte mit den Schultern. »Aber es ist, wie es ist, und damit muss ich klarkommen.«

Sie riss den Kopf hoch. »Nicht nur du, Rhys. Wir alle. Das ist auf so vielen Ebenen ein Albtraum.« Sie beugte sich vor. »Ich will, dass du das Sorgerecht einklagst.«

»Was?« Er starrte sie an. »Nein.«

»Warum nicht? Du bist der Vater. Die Gesellschaft hat sich verändert. Viele Männer ziehen ihre Kinder allein auf. Du hättest Hilfe. Wir wären alle für dich da. Und für die tägliche Arbeit würden wir eine Nanny engagieren.«

»Vergiss es. Ich habe kein Interesse daran, das alleinige Sorgerecht zu haben. Wenn du das Baby so sehr willst, klag du doch aufs Sorgerecht.«

»Glaub mir, daran habe ich schon gedacht.« Und wenn sie Rhys nicht überzeugen konnte, das Richtige zu tun, würde sie mit ihrem Anwalt sprechen.

»Ich bin geschockt, wie wenig Interesse du an deinem eigenen Kind zeigst«, sagte sie, weil sie herausfinden wollte, ob Schuldgefühle ihn dazu bringen konnten, zu tun, was sie wollte.

»Als wärst du die mütterlichste Frau auf Erden. Vergiss es, Mom. Du wirst mich nicht dazu bringen, mich mit Mackenzie um das Baby zu streiten. Meine Anwälte arbeiten gerade einen Besuchsplan aus. Das mache ich, weil es das Richtige ist, aber erwarte nicht von mir, mehr zu tun, als ich muss.«

Sie hätte wissen müssen, dass er sich schwierig gebärden würde.

»Das reicht mir nicht«, giftete sie. »Sie darf das Kind nicht behalten. Was, wenn es wirklich von dir ist? Soll mein Enkelkind von dieser Frau aufgezogen werden?«

»Da sie die Mutter ist, ja. Genauso wird es kommen.«

Sie wusste, ihn anzuschreien würde nicht helfen, auch wenn sie verzweifelt ihren Frust loswerden wollte. »Ich brauche hierbei nur deine Kooperation«, stieß sie zwischen zusammengebissenen Zähnen hervor. »Ich möchte mit deinem Anwalt sprechen.«

Langsam erhob er sich und stützte sich mit den Händen auf der Schreibtischplatte ab. »Hör mir genau zu, Mom. Du wirst mir mein Leben nicht versauen. Mackenzie und ich werden einen Erziehungsplan aufstellen. Wenn das Baby da ist, lassen wir meine Vaterschaft mit einem DNA-Test bestätigen, und mehr musst du nicht wissen. Ich bin nicht an irgendwelchen verrückten Plänen interessiert, die dir in den Sinn kommen. Es ist geschehen. Belass es dabei. In ein paar Monaten werden wir darüber reden, wie du die Sache mit Mackenzie geraderückst, damit du Zeit mit deinem jüngsten Enkelkind verbringen kannst.«

»Die Sache mit ihr geraderücken?«, rief sie und sprang auf. »Hast du das gerade wirklich gesagt? Sie hat dieses Kind nicht verdient. Ich wünschte, sie würde eine Fehlgeburt erleiden. Sie ist diejenige, die uns zerstören will. Sie ist diejenige, die …«

»Barbara!«

Sie drehte sich um und sah Giorgio in der Tür zu Rhys' Büro stehen. Er war blass vor Schock.

Das ist gerade wirklich ein ungünstiges Timing, dachte sie genervt. Ohne Zweifel hatte er ihr Golfcart hinter Rhys' Haus stehen sehen.

»Was redest du da?«, fragte er. »Sag mir, dass du das nicht so meinst. Mackenzie ist schwanger? Das ist ein Anlass zum Feiern.«

Sie liebte Giorgios gütiges Herz, aber im Moment ging er ihr einfach nur auf den Geist. Natürlich würde er sie nicht verstehen, weil die Familie alles für ihn war. Er teilte ihre Verbindung zum Land nicht. Er hatte seiner Firma unbekümmert den Rücken gekehrt, was sie niemals tun könnte. Er war nicht rücksichtslos und wollte auch nicht, dass sie es war.

Lustig, dass er glaubte, sie zu lieben, auch wenn er sie überhaupt nicht kannte. Sie hingegen war sich seiner Stärken und Schwächen nur allzu bewusst.

»Du hast recht«, sagte sie schnell und tat, als wäre ihr schwindelig, bevor sie sich wieder auf den Stuhl sinken ließ. »Es ist nur … Ich bin so überwältigt von allem, was passiert.«

Angesichts dessen, wie angespannt sie war, hatte sie keine Probleme, ein paar Tränen zu vergießen. Sofort war Giorgio an ihrer Seite, nahm ihre Hand und gab Barbara einen Kuss auf die Wange.

»Ich bringe dich nach Hause«, sagte er. »Du musst dich ausruhen.«

»Das stimmt. Danke, mein Liebster.«

Sie ließ sich von ihm aus dem Büro und durchs Haus helfen. Dabei hatte sie keine Ahnung, was Rhys dachte, aber das war ihr im Moment auch egal. Eine Krise zurzeit.

23. KAPITEL

Stephanie sicherte die Datei auf ihrem Computer und sagte sich, dass es ihr – alles in allem betrachtet – gut ging. Carson war aus dem Krankenhaus entlassen worden, und sie war tapfer genug gewesen, ihm zu erlauben, die letzte Woche im Camp zu bleiben. In ein paar Tagen würde er heimkehren, rechtzeitig zum Beginn des neuen Schuljahrs. Sie und Avery hatten ihren freundschaftlichen Status aufrechterhalten, und ihre Tochter hatte verkündet, dass sie mit Jungs erst mal fertig war – zumindest während der Zeit auf der Junior-Highschool. Sie würde sich aufs Lernen und außerschulische Aktivitäten konzentrieren.

Stephanie hatte zugestimmt, dass der Plan seine Vorzüge hatte, während sie insgeheim dachte, dass er die ersten zwei Wochen des neuen Schuljahres nicht überdauern würde, doch wenigstens weinte Avery nicht mehr Alexander nach.

Was ihre berufliche Zukunft anging, hatte sie direkt nach der Weinlese ein Vorstellungsgespräch auf einem örtlichen Weingut, was überhaupt die beste aller Neuigkeiten war. Sie arbeitete hart daran, ihr Portfolio zusammenzustellen, um die Leute von den Socken zu hauen. In der Zwischenzeit hatte sie angeboten, auf Painted Moon bei der Ernte zu helfen. Diese Arbeit würde ihr Konto so weit füllen, dass sie in den meisten Nächten gut würde schlafen können. Alles in allem sah die Zukunft also rosig aus.

Gerade wollte sie eine Rechnung überweisen, als ihr Handy vibrierte.

Biste da?

Sie schüttelte den Kopf, bevor sie antwortete.

Was ist das nur mit dir und deinen Nachrichten? Du bist keine 17 mehr. Schreib in vollständigen Sätzen. Ich weiß, dass du das kannst. Und ja, ich bin in meinem Büro. In der Küche liegen Kekse.

Sie drückte auf Senden und brach das Onlinebanking ab. Ein paar Minuten später kam Rhys in ihr Büro und ließ sich aufs Sofa fallen.

»Du willst keine Kekse?«, fragte sie.

»Ich habe keinen Hunger.«

Von der normalerweise guten Laune ihres Bruders war weit und breit nichts zu sehen, und seine Mundwinkel zeigten deutlich nach unten.

Sie fragte sich, ob er die Scheidung wohl bereute. Seine Ehe war zwar nicht perfekt gewesen, aber von außen hatte es ausgesehen, als wenn er und Mackenzie sich gut verstanden. Okay, die Sache mit dem Sex war ein Problem, aber mit einer Therapie und ein paar gemeinsam angeschauten Pornos ließ sich so etwas doch bestimmt wieder geradebiegen, oder? Wenn er …

»Mackenzie ist schwanger«, verkündete er.

»Ich weiß. Sie hat es mir erzählt.«

Stephanie hatte sich für sie gefreut und war insgeheim stolz auf sich gewesen, weil sie so reagiert hatte, wie man es als beste Freundin nun mal tat.

Er lehnte den Kopf zurück und starrte an die Decke. »Ich will kein Kind.«

»Aber ihr habt doch immer mal darüber gesprochen, eine Familie zu gründen.«

Er sah sie an. »Das ist Jahre her. Kurz nach der Hochzeit. Aber jetzt nicht. Ich bin endlich frei, mein Leben so zu leben, wie ich es will, doch anstatt mich zu vergnügen, hänge ich jetzt mit einem Baby fest.« Er atmete schwer aus. »Sie hat sich die Spirale entfernen lassen. Ich schätze, ich habe sie zu dem Termin gefahren, auch wenn ich mich nicht mehr daran erinnere. Also hat sie nicht verhütet. Es war nur ein einziges Mal!«

»Mehr braucht es ja auch nicht.«

Er funkelte sie an. »Wie soll mir das helfen?«

»Ich wusste nicht, dass du Hilfe willst. Ich dachte, du wolltest nur ein wenig Dampf ablassen.«

»Ich will mich einfach nicht mit einem Baby rumschlagen.«

»Rhys, du sprichst von deinem Kind. Es ist ein Teil von dir, ein Teil der Familie.«

»Das ist mir egal. Ich wünschte, ich könnte meine väterlichen Rechte abtreten.«

Stephanie wäre beinahe vom Stuhl gefallen. »Meinst du das ernst?«

»Vielleicht. Ich weiß es nicht. Ich meine, es gibt vermutlich legale Wege, das zu tun, aber ich bin mir nicht sicher, ob ich es kann. Oder ob ich es sollte. Was, wenn ich es später mal bereue? Mom will, dass ich das Sorgerecht einklage, aber das wird nicht passieren.«

Es überraschte Stephanie überhaupt nicht, dass ihre Mutter nach Wegen suchte, Mackenzie das Leben schwer zu machen. »Unsere Mutter ist eine schreckliche Person.«

»Man muss ihr zugutehalten, dass sie niemals langweilig ist.«

»Was wirst du jetzt tun?«

Er schüttelte den Kopf. »Ich habe meine Anwälte gebeten, einen Erziehungsplan aufzustellen. Es gibt ein Minimum an Besuchen, das als akzeptabel angesehen wird. Darum werde ich bitten. Außerdem muss ich Kindesunterhalt zahlen, aber der ist abhängig von meinem Gehalt, nicht von meinem Treuhandfonds oder so. Das Geld ist mir beinahe egal. Es geht um alles andere.«

Stephanie wusste, dass keiner der beiden mit einer Schwangerschaft gerechnet hatte, doch Rhys' offensichtliche Abneigung gegenüber einer Vaterschaft überraschte sie.

»Geh diese Situation nicht halbherzig an«, riet sie ihm. »Lass deine Tochter oder deinen Sohn nicht in dem Wissen aufwachsen, dass sie oder er nicht gewollt ist. So etwas einem unschuldigen Kind anzutun ist grausam. Du bist nicht glücklich, aber du bist kein schlechter Mensch, Rhys. Also fang nicht an, dich wie einer zu benehmen.«

»Wage es ja nicht, mich zu verurteilen. Es ist nicht dein Leben, das auf einmal völlig auf den Kopf gestellt wird.«

»Da hast du recht. Ich hab aber auch niemanden geschwängert.«

Stirnrunzelnd sah er sie an. »Du bist nicht gerade hilfreich.«

»Und du bist nicht besonders menschlich, also sind wir quitt.«

»Wir müssen einen Weg finden, den Vertrag mit Mackenzie aufzukündigen«, sagte Barbara, als sie in Loris Büro marschierte. »Den mit den Lizenzgebühren für den Wein«, fügte sie hinzu, als ihre Tochter sie verwirrt anstarrte.

»Das kannst du nicht«, sagte Lori. »Du bist ihn persönlich durchgegangen und hast sichergestellt, dass Mackenzie nie aus dem Vertrag rauskommt. Weißt du noch, wie beeindruckt der Anwalt gewesen ist?«

Barbara fragte sich, warum alle immer so dumm sein mussten.

»Ich bin nicht senil. Natürlich erinnere ich mich noch daran. Das ist aber nicht der Punkt. Es gibt immer einen Ausweg, und ich will, dass du den Anwalt anrufst und ihm sagst, dass er ihn finden soll. Mackenzie wird Geld zum Leben brauchen, und ich will nicht, dass sie das von mir bekommt.«

Lori, altbacken wie immer in ihrem schlecht sitzenden Anzug, sackte in ihrem Stuhl zusammen. »Geld ist für sie kein Problem. Sie wird mit Bruno Provencio Geschäfte machen. Er finanziert den Kauf von Painted Moon, und Mackenzie wird ihren Anteil von dem Geld bezahlen, das sie nach der Scheidung bekommt.«

Barbara funkelte sie an. »Bist du sicher? Woher weißt du das? Wer hat dir das erzählt?«

»Herman hat es seinem Vorarbeiter anvertraut, der es wiederum Jaguar erzählt hat, als der dessen Traktor repariert hat. Und Jaguar hat es mir gegenüber erwähnt. Bruno hat bereits den Kauf einer Wohnung am Golfplatz angeleiert. Er verkauft seinen

Weinvertrieb und ein paar andere Vermögenswerte, um sich ganz auf Painted Moon zu konzentrieren.«

Barbara ballte die Hände so fest zu Fäusten, dass ihr die Fingernägel in die Handflächen schnitten. »Warum hat mir niemand davon erzählt? Weiß Rhys es?«

»Ich glaube schon. Sie wohnt mit ihm zusammen, also gehe ich davon aus, dass sie miteinander reden.«

Empörung gesellte sich zu ihrer Wut. Alle hatten ihr den Rücken gekehrt. Jeder wollte ihr wehtun und ihr alles nehmen, was sie hatte, selbst ihre eigenen Kinder. Zuerst war Mackenzie gegangen, dann hatte Stephanie gekündigt, und jetzt würde Mackenzie mit dem Kauf von Painted Moon alles bekommen, was sie je gewollt hatte.

»Das kann ich nicht zulassen. Ich hatte gehofft, sie würde zu einer Bank gehen, um sich ein Darlehen zu besorgen. Da hätte ich einen Hebel gehabt. Aber wenn sie eine Partnerschaft mit Bruno eingeht, kann ich nichts unternehmen.« Sie ließ sich auf den Besucherstuhl sinken und presste die Fingerspitzen an die Schläfen. »Und ich war sogar diejenige, die ihn zur Sommersonnenwendfeier eingeladen hat.«

Sie sah Lori an. »Wir hätten Mackenzie als psychisch labil erklären lassen sollen. Offensichtlich geht es ihr nicht gut. Mit wem sollte ich darüber reden?«

»Ich mag sie auch nicht, aber mit ihrem Gehirn ist alles in Ordnung.«

»Oh, du magst sie nicht. Ist das nicht nett?« Barbara stand auf. »Sie ruiniert uns!«, rief sie. »Warum bin ich die Einzige, die das sieht?«

Sie stakste in ihr Büro zurück und knallte die Tür hinter sich zu. Die Wut in ihrem Inneren brannte so heiß, dass sie fürchtete, das Gebäude damit in Brand zu setzen. Es musste etwas unternommen werden, doch egal, wohin sie sich wendete, traf sie nur auf Blockaden und Inkompetenz.

Nervös tigerte sie in ihrem Büro auf und ab. Bruno. Sie wusste, dass sie gegen ihn keine Chance hatte – er spielte in einer Liga, von der sie nur träumen konnte. Wenn er und Mackenzie gemeinsam Geschäfte machten, konnte sie nichts dagegen unternehmen.

Tränen brannten in ihren Augen, doch sie blinzelte sie fort. Nein, sagte sie sich entschlossen. Sie würde sich nicht geschlagen geben. Sie war Barbara Barcellona, und sie hatte schon Schlimmeres durchgestanden. Sie hatte den Verlust ihres Ehemannes überlebt. Sie hatte Bel Après zu dem gemacht, was es heute war. Sie hatte vier kleine Kinder und kaum Hilfe gehabt, und sie hatte Tag und Nacht gearbeitet, um das Weingut zum Erfolg zu führen.

Sie hatte sich alles hart erarbeitet. Sie hatte es den Ungläubigen gezeigt – hauptsächlich Männern, die behauptet hatten, sie würde scheitern. Und sie hatte nicht nur überlebt, nein, sie hatte ein florierendes Weingut erschaffen und sich einen Namen gemacht. Und bei Gott, sie würde nicht zulassen, dass irgendeine dahergelaufene Schlampe ihr das alles wieder kaputtmachte.

Die Papiere für den Überbrückungskredit mit Bruno zu unterzeichnen dauerte keine fünfzehn Minuten. Der Kaufvertrag für Painted Moon war da schon ein wenig komplizierter und bedurfte der Dienste eines Notars sowie gefühlten hundert Unterschriften, doch um elf Uhr am Mittwochmorgen war alles erledigt. Gemeinsam mit Bruno verließ Mackenzie das Büro des Treuhänders und wusste nicht, ob das seltsame Gefühl in ihrem Magen mehr mit ihrer Schwangerschaft zu tun hatte oder mit der Mischung aus Aufregung, Nervosität und dem ehrlichen Wunsch, dieser Moment möge sich bedeutender anfühlen.

»Vielleicht hätte ich Ballons oder so mitbringen sollen«, sagte sie, als sie gemeinsam auf dem Bürgersteig standen. »Ich dachte, da wäre irgendwie mehr.«

Bruno, wieder in einem seiner teuren, maßgeschneiderten Anzüge, lächelte. »Normalerweise würde ich ein schickes Mittagessen mit Champagner vorschlagen, aber unter den gegebenen Umständen fühlt sich das nicht passend an.«

Instinktiv legte Mackenzie eine Hand an ihren Bauch. »Tja, normalerweise würde ich dem schicken Mittagessen zustimmen, allerdings fühle ich mich ein wenig unwohl.«

»Morgendliche Übelkeit?«

»Ich glaube, es ist mehr die Tatsache, dass wir gerade ein Weingut gekauft haben. Wie konnte das so schnell passieren? Wir haben das Angebot doch erst vor sechs Wochen abgegeben.«

»Den Kaufpreis in bar zu haben hat geholfen.«

Sie grinste. »Notiz an mich: als Geschäftspartner immer einen Mann mit Geld wählen.«

»Ja, das macht das Leben definitiv leichter.« Er führte sie in Richtung Parkplatz. »Wirst du jetzt deine Sachen aus Bel Après holen? Falls ja, kann ich dir beim Tragen der Kartons helfen.«

Sie versuchte, nicht die Augen zu verdrehen. »Ich bin noch sehr gut in der Lage, ein paar Kartons zu tragen. Ernsthaft, Bruno. Das sind vielleicht fünf oder sechs. Ich nehme nur meine persönlichen Dinge mit. Keine der Kisten wiegt mehr als fünfzehn Pfund. Außerdem habe ich den Großteil meiner Klamotten schon gestern rübergebracht, sodass nicht mehr viel übrig ist.« Sie fing seinen Blick auf. »Sieh dir an, wie entschlossen ich bin. Ich komme klar.«

»Okay, das akzeptiere ich, auch wenn es mir nicht gefällt. Also wirst du heute umziehen, und morgen treffen wir uns mit den Angestellten und erzählen ihnen von unseren Plänen für das Weingut.«

»Was meinst du, wie viele Leute bleiben wollen?«

»Wenn wir Glück haben, achtzig Prozent. Wenn wir Pech haben, wird ungefähr die Hälfte gehen.«

Sie zuckte zusammen. »In einer Woche geht die Ernste los. Ich würde es hassen, die ohne vollständiges Team durchzuziehen.«

Er sah sie an und zog die Augenbrauen in die Höhe. »Wir werden dieses Jahr Erntemaschinen einsetzen.«

Darüber hatten sie gesprochen, und Mackenzie hatte zugestimmt. Dank des technischen Fortschritts waren alle Bedenken bezüglich einer maschinellen Ernte – zermatschte Trauben, zu viel Beiwerk und Schäden an den Weinbergen – verflogen. Das Weingut hatte bereits Verträge für Maschinen, die innerhalb weniger Tage über hunderttausend Tonnen pflücken konnten, was fünfundsechzigtausend Kisten Wein entsprach. Die Maschinen waren billiger und verlässlicher, als Hunderte von Arbeitern darin zu schulen, die Trauben per Hand zu pflücken. Es war die logische Wahl. Aber dennoch …

»Es macht mich traurig«, gab sie zu. »Ich vermisse die Lese von Hand.«

»Im nächsten Jahr, wenn du die Weinberge in Schuss gebracht hast, kannst du die Premiumtrauben per Hand pflücken lassen.« Seine Stimme wurde sanfter. »Wir haben zu viele Weinberge. Die können wir nicht alle per Hand ernten lassen. Das würde zu lange dauern, und wir würden hektarweise Früchte verlieren.«

»Ich weiß. Du hast ja recht. Ich kann nun mal nicht anders, ich bin Traditionalistin.«

»Und zwar die beste.« Er schloss seinen Mercedes auf. »Ich komme in ein paar Stunden im Haus vorbei, um dir beim Auspacken zu helfen.«

Sie wusste, dass es keinen Zweck hatte, ihm noch einmal zu sagen, dass er das nicht tun musste. Am Wochenende hatte sie ihre persönlichen Habseligkeiten zusammengepackt und die Kartons neben der Hintertür gestapelt. Es waren nicht viele, und sie war sicher, sie alle mit einer Fahrt mitzubekommen. Sie würde nicht viel mitnehmen, und die Möbel, die sie bestellt hatte, würden am Nachmittag direkt ins Farmhaus geliefert werden.

Sie winkte Bruno zu und sah ihm nach, als er davonfuhr. Dann brach auch sie auf und versuchte, die ganzen Veränderungen, die in den letzten drei Monaten in ihrem Leben vonstattengegangen waren, zu verarbeiten. Sie war dabei, sich scheiden zu lassen, hatte ein Weingut gekauft und war schwanger. Auch wenn die Scheidung keine frohe Nachricht war, war es richtig, die Ehe zu beenden. Also sollte sie erfreut darüber sein, wie die Dinge liefen.

Doch auf der Fahrt nach Bel Après kullerten ihr die Tränen über die Wangen. Egal, wie vielversprechend die Zukunft aussah, es gab Dinge in ihrer Vergangenheit, die sie schmerzlich vermisste: in der Nähe ihrer Schwägerinnen zu wohnen, Zeit mit der Familie zu verbringen. Sie vermisste den ersten Schultag nach den Sommerferien, an dem sie, Four und Stephanie immer gemeinsam die Kinder zum Bus gebracht hatten. Dieses Jahr hatte es sich nicht richtig angefühlt, dabei zu sein.

Sie vermisste auch Barbara. Nicht die grausame Geschäftsfrau, die sie angeschrien hatte, sondern die gütige, liebevolle Ersatzmutter, die ihre Träume über das, was aus Bel Après werden sollte, mit ihr geteilt hatte. Wobei, angesichts des Verhaltens in der letzten Zeit könnte das auch alles nur vorgespielt gewesen sein.

Sie selbst startete ein neues Abenteuer und sehnte sich gleichzeitig nach der Vergangenheit, was einfach nur dumm war. Doch die Traurigkeit war real, und Mackenzie würde sie irgendwie überwinden müssen.

»Na, überdenkst du schon die Wahl deiner Eltern?«, fragte sie und berührte leicht ihren Bauch. »Ich werde mein Bestes geben, um mich wieder im Griff zu haben, bis du auf die Welt kommst.«

Sie bog auf den langen Privatweg ein, der zu dem Haus führte, in dem sie den Großteil ihres Erwachsenenlebens gewohnt hatte. Dabei versuchte sie, zu begreifen, dass sie fortan nicht mehr hier leben würde.

Nachdem sie den Motor abgestellt hatte, stieg sie aus und ging zur Hintertür. Die Kartons standen noch an Ort und Stelle. Während sie sie einzeln zum Auto trug, erwartete sie, dass Stephanie oder Four vorbeikommen und sich verabschieden würden. Oder sogar Rhys, der wusste, dass sie heute auszog. Doch niemand kam.

Die Kartons zu verladen dauerte nur wenige Minuten. Danach ging Mackenzie ins Haus und wanderte noch ein letztes Mal durch alle Räume. Ihr Schrank war leer, genau wie die Kommode in ihrem Schlafzimmer. Die Sachen aus dem Bad hatte sie bereits am Vortag eingepackt. Sie ging über den Flur zu Rhys' Zimmer und wollte gerade eintreten, hielt dann aber kurz vor der

Tür inne. Nein, dachte sie und wandte sich ab. Dieses Zimmer konnte sie nicht mehr betreten.

Unten sah sie noch mal in ihrem Büro nach, ob sie auch nichts vergessen hatte. Bis auf die Bilder, die ihre Nichten und Neffen für sie gemalt hatten, und ein paar persönliche Fotos ließ sie alles da. Seltsam, dass das Haus ohne ihre Dinge immer noch genauso aussah wie vorher. Langsam fragte sie sich, ob sie jemals wirklich hierhergehört hatte.

In der Küche blieb sie an der Kochinsel stehen. Abgesehen von dem leisen Summen des Kühlschranks herrschte Stille. Es war, als wäre sie ganz allein auf der Welt. Ihr schnürte sich die Kehle zu, und ihre Brust schmerzte ein wenig – Symptome der Traurigkeit, die sie zu ignorieren beschloss. Dieser Teil ihres Lebens war vorbei. Es war an der Zeit weiterzuziehen.

Sie holte den Hausschlüssel aus der Tasche ihrer Jeans und legte ihn auf den Tresen. Dann ging sie hinaus und stieg in ihren Jeep. Als sie aus der Einfahrt fuhr, dachte sie, dass nach sechzehn Jahren Ehe und Arbeit bei Bel Après eigentlich mehr als nur sechs Kartons und ihre Erinnerungen übrig bleiben müssten. Doch genauso war es, und das war vermutlich die schmerzlichste Wahrheit von allen.

24. KAPITEL

Um drei Uhr nachmittags war der letzte Lieferwagen abgefahren, und alle Möbel standen an ihrem Platz. Aufgrund des Zeitdrucks hatte Mackenzie sich für so wenig Sachen entschieden wie möglich. Ein Ledersofa und ein Fernseher fürs Wohnzimmer, ein Bett, Nachttische und eine Kommode in ihrem Schlafzimmer und ein Schreibtisch mit passendem Stuhl für ihr zukünftiges Büro. Im großen Raum mit den Erkerfenstern wollte sie ein Kinderzimmer einrichten, so wie Bruno es vorgeschlagen hatte. Ein Esstisch, Stühle und Beistelltische würde sie nach und nach kaufen.

Erst als sie die Küche betrat, merkte sie, dass sie kein Geschirr, keine Töpfe und Pfannen und keinen Platz hatte, um sich zum Essen zu setzen. Sie hatte auch nicht daran gedacht, Handtücher, Bettwäsche oder Kissen zu kaufen. Oder Lebensmittel. Oder Toilettenpapier.

Das war ganz sicher nicht ihr bester Moment. Sie kehrte ins Wohnzimmer zurück, setzte sich aufs Sofa und sagte sich, dass alles gut werden würde. Heute war ein großer Tag für sie, und den würde sie sich nicht davon kaputtmachen lassen, dass sie vergessen hatte, was man zum Alleinleben alles brauchte.

Wenn ich mich nur nicht so einsam fühlen würde, dachte sie und versuchte, nicht traurig zu sein, weil sie den ganzen Tag lang nichts von Stephanie und Four gehört hatte. Die beiden wussten, dass sie auszog, und sie hätte gedacht, dass wenigstens eine von ihnen sich melden würde.

»Mir geht's gut«, sagte sie sich, und es war ihr egal, dass das gelogen war. »Ich mache eine Liste und fahre zu *Walmart.*«

Zumindest hatte Herman ihr eine Waschmaschine und einen Trockner dagelassen. Sobald sie alles beisammenhatte, was sie brauchte, würde sie mindestens eine Stunde pro Woche damit zubringen, sich um das Haus zu kümmern und es hübsch einzurichten. Okay, besser zwei Stunden pro Woche – sie musste auch anfangen, zu putzen und Rechnungen zu bezahlen und Wäsche zu waschen. Was ihre Freundinnen anging, nun, die hatten ihr eigenes Leben. Wenn sie Gesellschaft haben wollte, hätte sie es ihnen sagen müssen. Von den beiden zu erwarten, dass sie ihre Gedanken lasen, war nicht fair.

Sie holte einen Block aus ihrem Rucksack und fing an zu schreiben. Die Liste mit allem, was sie brauchte, war beinahe eine Seite lang, und als sie fertig war, hörte sie draußen einen Truck vorfahren.

Sie ging zum vorderen Fenster und sah Stephanies Wagen neben ihrem parken. Fours SUV stoppte hinter ihr, und dahinter kam ein großer Pick-up mit Anhänger.

»Was, um alles in der Welt …?« Sie trat auf die Veranda hinaus und schaute lächelnd zu ihren Freundinnen. »Habt ihr euch verfahren?«

Stephanie und Four kamen angelaufen, um sie zu umarmen. Die Wärme verscheuchte Mackenzies Traurigkeit und gab ihr wieder das Gefühl, geliebt zu werden. Sie hätte die beiden nicht infrage stellen sollen – sie waren ihre Familie und würden es immer sein.

»Wir waren letzte Woche hier«, erklärte Stephanie, »nachdem du uns erzählt hast, wie wenig Möbel du gekauft hast. Herman hat uns eine schnelle Führung gegeben. Ich wusste, dass du von Rhys nichts annehmen würdest, weil das komisch wäre, und ich wusste auch, dass du mit dem Weingut zu viel um die Ohren hast, um dich um so Sachen wie Milch und Brot und so zu kümmern. Deshalb werden wir dir damit helfen.«

Four drückte ihren Arm. »Ich bin außerdem hier, um das Haus auszuräuchern. Ich habe Salz und Salbei mitgebracht. Es dauert nicht lang, und danach wird dieses wunderschöne Haus nur so vor positiver Energie summen.«

»Deshalb habt ihr euch vorhin nicht von mir verabschiedet«,

sagte Mackenzie und kämpfte gegen die dummen Tränen an. »Ich dachte, ihr hättet zu viel zu tun.«

»Niemals«, erklärte Stephanie. »Wir haben stattdessen eine Überraschung geplant.«

»Und was für eine schöne Überraschung. Vielen Dank.«

Erneut umarmten die drei Frauen einander und trennten sich, als Jaguar sich näherte.

»Ich habe gehört, du ziehst aus«, sagte er grinsend.

»Stimmt.«

»Wir haben ein paar Sachen, die wir nicht mehr brauchen, also haben wir sie mitgebracht.«

»Ich liebe ausrangierte Dinge.«

Four stemmte die Hände in die Hüften. »Ausrangiert? Ich glaube nicht.«

Mackenzie folgte ihnen zum Anhänger und sah, dass er voller Möbel war. Es gab ein Esszimmerset mit einem langen Tisch und sechs Stühlen. Das alte Art-déco-Stück war abgeschliffen und blassgrün lackiert worden, und über die Platte verteilten sich wunderschöne Blumen. Die Stühle waren mit dunkelgrünem Samt bezogen. Außerdem gab es ein passendes Buffet mit dem gleichen Muster auf den Schubladenfronten.

»Nein«, hauchte Mackenzie und schaute Four an. »Das könntest du für Tausende Dollar verkaufen. Oh mein Gott, ich liebe es! Lass mich dich dafür bezahlen.«

Four lächelte sie an. »Oder du könntest mich dir zeigen lassen, wie sehr ich *dich* liebe, und das Geschenk liebenswürdigerweise annehmen.«

Stephanie legte den Arm um Mackenzie. »Liebenswürdig ist nicht so ihr Ding. Dazu ist sie zu herrisch.« Sie sah Mackenzie an. »Warte erst, bis du die Sachen für das Baby siehst. Du wirst so sehr weinen, dass es dir peinlich ist.«

»Es gibt Babysachen?«

Die gab es tatsächlich. Eine wunderschöne Wiege und einen Wickeltisch, dazu eine Kommode und – das Beste von allem – einen hölzernen Schaukelstuhl.

Stephanie strich mit den Fingern darüber. »Ich liebe diesen Stuhl. Darin habe ich meine beiden Kinder gestillt. Er stand bestimmt zwölf Jahre auf meinem Dachboden, aber ich glaube, jetzt braucht er ein neues Zuhause.«

Mackenzie schüttelte den Kopf. »Den kannst du mir nicht einfach geben.«

»Doch, das kann ich. Aber wenn du dich dann besser fühlst: Sollte ich noch mal schwanger werden, gibst du ihn mir einfach zurück.«

»Abgemacht.«

Gemeinsam trugen sie die Möbel ins Haus. Ihre Freundinnen hatten an alles gedacht. Es gab Lampen, Teppiche, einen Tisch für den Eingangsbereich, Bücherregale und Papierkörbe. Sobald der Anhänger leer war, verabschiedete Jaguar sich und überließ es den Frauen, die beiden Autos auszuladen.

Nachdem alle Tüten und Kisten leer waren, hatte Mackenzie Tischdecken, Geschirrhandtücher, Teller, Besteck, Töpfe und Pfannen, und ihr Kühlschrank war gefüllt. Unter der Spüle standen Putzmittel, auf der Waschmaschine Waschmittel und in allen Bädern Seifenspender. Stephanie hatte ihr sogar einen Schwangerschaftsratgeber gekauft. Es war wie Weihnachten und Geburtstag zusammen. Noch nie in ihrem Leben hatte Mackenzie sich so geliebt gefühlt.

Um kurz nach sechs ließen sie sich alle erschöpft auf das Sofa fallen. Der Duft des verbrennenden Salbeis hatte sich verflüchtigt und das Versprechen von etwas Neuem und Wundervollem hinterlassen.

»Das ist so großartig.« Mackenzie kämpfte gegen die Tränen an, die Stephanie ihr früher am Tag prophezeit hatte. »Ihr habt mir geholfen, aus dem Haus ein Zuhause zu machen.«

»Dafür hättest du uns nicht gebraucht«, erwiderte Four. »Du selbst bist das Zuhause. Wir haben uns nur um ein paar Details gekümmert.« Sie schaute sich um. »Hier wirst du glücklich sein. Allerdings hast du jetzt keine Köchin mehr und musst lernen, dir dein Essen selbst zuzubereiten.«

»Und Rechnungen zu bezahlen«, ergänzte Mackenzie. »Das hat Rhys immer übernommen. In meinem vorherigen Leben war ich sehr verwöhnt. Aber genug von mir. Wie geht es den Kindern? Stephanie, wann hast du dein Bewerbungsgespräch? Und Four, woran arbeitest du gerade? Erzählt mir alles, was ich verpasst habe.«

Four nickte Stephanie zu, die ihre Beine unterzog und lächelte.

»Mir geht es gut. Die Kinder mögen die Schule. Carson bekommt in ein paar Wochen den Gips abgenommen. Sein Trainer macht sich sorgen, dass er zu früh rekrutiert werden könnte. Was ein ziemliches Luxusproblem ist. Avery behauptet immer noch, dass sie das ganze Schuljahr über nicht mit Jungen ausgehen will, aber mal sehen, wie lang das anhält. Und ich fühle mich gut auf mein Vorstellungsgespräch vorbereitet, das direkt nach der Weinernte stattfinden wird. Also alles großartig.«

Four streckte sich. »Uns geht es auch gut. Die Kinder sind glücklich, und Jaguar ist weiterhin die Liebe meines Lebens. So wie Barbara weiterhin ein Problem ist, aber jetzt, wo du ausgezogen bist, hoffe ich, dass sie sich ein wenig beruhigt.«

Sie nahm Mackenzies Hand. »Konzentrier dich darauf, glücklich zu sein. Du hast die richtigen Entscheidungen getroffen. Du kennst deinen Platz im Universum. Glaub an dich.«

Stephanie stieß ihr in die Rippen. »Hör auf mit dem spirituellen Quatsch.«

»Ich spreche nur meinen Segen.«

»Du musst mehr im Internet surfen. Das wird dich davon heilen, immer so positiv zu sein.«

Four grinste. »Ich bin gern positiv. Das nervt die Menschen so schön.«

Mackenzie lachte. »Ich liebe euch beide so sehr.«

»Und wir lieben dich.« Stephanie schaute auf die Uhr. »Oh, so spät schon. Jede Sekunde wird es an der Tür klopfen.«

Sie stand auf und zog Four auf die Füße. Mackenzie erhob sich ebenfalls. »Wovon redest du?«

Die Schwestern grinsten erst einander, dann sie an.

»Du wirst Besuch bekommen«, verkündete Four. »Ein sehr attraktiver Mann mit einer beeindruckend maskulinen Energie wird dir das Abendessen vorbeibringen.«

Bevor sie fragen konnte, was das bedeutete, klingelte es an der Tür. Stephanie war als Erste da und ließ Bruno herein. Er hatte eine Pizzaschachtel in der einen und eine Einkaufstüte in der anderen Hand.

»Bin ich zu früh?«, fragte er.

»Pünktlich auf die Minute«, versicherte Stephanie ihm. Dann wandte sie sich an Mackenzie. »Wir fahren dann mal heim. Ich komme in ein paar Tagen vorbei, okay? Genieß bis dahin dein neues Haus.«

Sie umarmten einander, dann gingen ihre Freundinnen. Bruno hatte sich in die Küche zurückgezogen, wo er eine Schüssel mit Salat, einen kleinen Kuchen und eine Flasche alkoholfreien Cidre auspackte.

»Teller und Gläser?«, fragte er.

Mackenzie nickte in Richtung der Hängeschränke. »Du hast das mit ihnen geplant«, stellte sie fest.

»Stimmt. Sobald Stephanie mir erzählt hatte, was sie und Four vorhaben, dachte ich, es wäre nett, gemeinsam bei einem Abendessen zu feiern.« Er sah sie an. »Außer natürlich du hast andere Pläne?«

»Ich wollte den Stapel Handtücher falten, der im Trockner liegt, aber das war es auch schon.«

Sie half ihm, das Essen zum Tisch zu tragen. Dann schenkte er ihnen je ein Glas Cidre ein und setzte sich ihr gegenüber.

Nachdem er mit den Fingern über die Tischplatte gestrichen hatte, sagte er: »Der ist wunderschön. Und sehr ungewöhnlich.«

»Den hat Four bemalt.«

»Sie ist sehr talentiert.« Er hob sein Glas. »Auf unsere Partnerschaft, auf Painted Moon und auf dein neues Zuhause.«

»Danke.«

Sie stießen an. Mackenzie musterte ihr Glas. »Ich vermisse es, Wein zu trinken.«

»Das kann ich mir vorstellen. Aber es ist ja für einen guten Zweck.« Er legte ein Stück Pizza auf ihren Teller und nahm sich auch eins. »Wie fühlst du dich in deinem neuen Haus?«

»Ich liebe es. Mit den Möbeln ist es jetzt perfekt. Nach dem Essen musst du mit raufkommen und dir die Möbel im Kinderzimmer anschauen, die Stephanie und Four mitgebracht haben. Ich habe Stephanies alten Schaukelstuhl und eine der Wiegen, die Four benutzt hat.« Sie zeigte auf das Buch, das auf dem Küchentresen lag. »Und ich habe sogar was zu lesen bekommen.«

»Dann bist du also bereit.«

»Oh, so weit würde ich nicht gehen, aber ich fühle mich nicht mehr ganz so unvorbereitet.«

»Ist das Baby inzwischen realer für dich?«

»Nein. Aber ich wünschte, das wäre es.«

»Das kommt schon noch.«

»Wenn nicht, werden die Wehen ein echter Schock werden.«

Er lachte leise. »Aber du bist inzwischen etwas glücklicher, was das Baby angeht.«

»Ja. Trotz allem freue ich mich darauf, Mutter zu werden und meine eigene Familie zu haben.«

»Du und Rhys habt nie Kinder gewollt?«

»Doch, eigentlich schon, aber irgendwie sind wir das nie angegangen. Das hatte viele Gründe. Zeitliche. Berufliche. Ich frage mich, ob wir unterbewusst geahnt haben, dass es zwischen uns nicht gut läuft.«

»Hat Barbara keinen Druck auf euch ausgeübt?«

»Ich glaube, sie hatte Angst, dass ein Kind mich von meinen beruflichen Aufgaben ablenken würde.«

»Das ist doch lächerlich. Man kann mehr als eine Sache zurzeit tun.«

»Ja, das ist der Plan.« Sie aß einen Bissen Pizza. »Ich bin wirklich glücklich mit dem Haus und dem Weingut.«

»Das freut mich. Ich habe nämlich große Pläne für uns. Der Bauunternehmer wird sofort mit der Renovierung des Büros loslegen. Das sollte nur einige Wochen dauern. Was den Verkostungsraum angeht, bin ich mir weniger sicher. Verkauf ist nicht so mein Ding. Ich frage mich, ob wir jemanden anheuern sollten, der uns bei der Planung hilft.«

»Das ist vermutlich eine gute Idee. Meinem Geschmack kann man nur bei Wein wirklich trauen«, sagte sie lachend.

»Angesichts dessen, warum ich dich als Geschäftspartnerin haben wollte, ist das was Gutes.«

Anstelle seines üblichen Anzugs trug er an diesem Abend Jeans und ein Hemd, dessen Ärmel er bis zu den Ellbogen aufgekrempelt hatte. Mit seinen dunklen Haaren und dem markanten Kiefer sah er gut aus. Kompetent und klug, aber gütig, dachte sie. Kein Mann, der Single sein sollte.

»Was denkst du gerade?«, fragte er.

»Ich spekuliere mal wieder über dein Privatleben. Du hast bei dem Umzug wirklich keine Freundin zurückgelassen?«

Sie stellte die Frage so leichthin, wie sie nur konnte, und versuchte, sich wegen der Antwort keine Gedanken zu machen.

»Ich ziehe allein hierher. Ich hatte eine lockere Beziehung, die aber nirgendwohin geführt hat.«

Dieses unerwartete Geständnis warf tausend neue Fragen auf. »Davon hast du nie was gesagt. Wer ist sie? Wo ist sie? Was macht sie? Weiß sie, dass es nirgendwohin führt, oder ist das nur deine Meinung?« Sie presste die Lippen aufeinander. »Sorry. Gegen meine Neugierde bin ich machtlos.«

Er lachte. »Sie heißt Gloria und ist ein ehemaliges Model, das nun als Physiotherapeutin mit kranken Kindern arbeitet.«

Mackenzie riss die Augen auf. »Bitte sag mir, dass das ein Witz ist.«

Er nahm sein Glas in die Hand. »Nein, alles wahr.«

»Na super. Sie ist also wunderschön, hat eine soziale Ader und einen Körper, von dem alle Männer *und* Frauen träumen. Warum willst du nicht mehr mit ihr zusammen sein?«

»Sie bringt mich nicht zum Lachen.«

»Und du sie?«

»Nicht oft genug.« Er fing ihren Blick auf. »Manchmal ist es wichtig zu lachen.«

»Rhys und ich haben auch nicht viel gelacht, aber ich sehe mich auch nicht als besonders witzige Person. Stephanie hat einen guten Sinn für Humor. Der ist wesentlich besser als meiner.«

»Du kannst sehr lustig sein.«

»Ja. Aber bin ich das absichtlich?«

Er lachte leise.

»Gloria klingt sehr einschüchternd«, gab sie zu. »Ist sie so richtig schön?«

Er zögerte gerade lang genug, dass sie aufstöhnte. »Umpf. Ich werde niemals wieder mit einem Mann ausgehen. Darin wäre ich bestimmt nicht gut. Das war ich vorher schon nicht. Das mit Rhys und mir ist einfach so passiert.« Sie nahm sich von dem Salat. »Außerdem werde ich ein Baby haben. Hassen Männer es nicht, sich mit den Kindern anderer Männer herumschlagen zu müssen?«

»Willst du denn einen neuen Partner?«

»Nicht wirklich. Ich meine, irgendwann vielleicht. Ich weiß es nicht. Es ist schwer, darüber nachzudenken. Ich vergrabe mich in meiner Arbeit. Ich bin keine brillante Unterhalterin. Nicht wie Gloria.«

»Vielleicht ist sie das auch nicht.«

»Ach bitte. Sie ist perfekt. Ich hasse sie, und es ist mir egal, wenn mich das oberflächlich macht.« Sie aß noch ein Stück Pizza. »Stephanie ist Single und – wie wir eben schon festgestellt haben – witzig. Und hübsch. Und klug.«

»Ich bin nicht an Stephanie interessiert.«

Da war etwas in seinem Tonfall, was sie allerdings nicht benennen konnte.

»Da ich nicht sehr erfahren in diesen Dingen bin, sollte ich mich vermutlich nicht in dein Datingleben einmischen.«

»Ja, ich glaube, das wäre für alle am besten.«

»Erzähl Gloria bitte nicht, was ich gesagt habe. Sonst hält sie mich für gemein.«

»Ich dachte, du hasst sie.«

»Das tue ich auch, aber das soll sie nicht wissen.«

Er lächelte. »Okay, es bleibt unser Geheimnis.«

Acht Tage nach der Übernahme von Painted Moon wachte Mackenzie um 3.29 Uhr auf – genau eine Minute bevor ihr Wecker klingeln sollte. Sie stand auf und schaltete die Nachttischlampe an, dann trat sie ans Fenster und zog den Vorhang zur Seite.

Der Himmel war klar, die Luft kühl. Die Sonne würde erst in gut zwei Stunden aufgehen, aber sobald die ersten Strahlen sich über die Weinberge ergossen, wäre sie da, um sie zu begrüßen. Denn heute begann die Ernte.

Sie schaltete den Alarm an ihrem Handy aus, zog sich schnell an, cremte sich mit Sonnenschutz ein und ging nach unten. Ein paar Minuten später hatte sie sich einen Smoothie gemacht und ausreichend Wasser in eine Tasche gepackt. Normalerweise konnte sie einen ganzen Tag durchstehen, ohne etwas zu essen, doch die Schwangerschaft hatte das geändert. Stephanie würde später vorbeikommen und ihr einen Lunch sowie ein paar Snacks vorbeibringen und mehr Wasser, damit sie nicht dehydrierte.

Sie würden auf den am südlichsten gelegenen Weinbergen mit der Ernte anfangen. Jeden Tag war Mackenzie hingefahren, hatte die Trauben geprüft, den Zuckergehalt gemessen. Und nun waren sie endlich bereit.

Mit Hut, Sonnenbrille, tragbarem Ladegerät für ihr Handy, allen nötigen Papieren und ihrer Tasche ging sie hinaus zum Jeep. Um vier Uhr war sie auf der Straße und überquerte den Columbia River Richtung Oregon und zu den Painted-Moon-Weinbergen an den Seven Hills.

Vor Aufregung flatterten Schmetterlinge in ihrem Bauch. Die ganze harte Arbeit des Frühlings zahlte sich in diesem Moment aus. Sobald die Trauben gelesen waren, würde Mackenzie mit dem arbeiten, was sie hatte, aber bis dahin ließ sie ihrer Fantasie freien Lauf. Die einzige dunkle Wolke an diesem ansonsten sonnigen Tag war, dass die Ernte anders ausfallen könnte als sonst.

Mackenzie kannte weder die Trauben noch die Weinberge so gut wie die von Bel Après. Es würde später kein Familienessen geben, bei dem sie darüber sprachen, wie alles gelaufen war. Barbara würde nicht herausgefahren kommen, um zuzusehen und sie zu umarmen. Sie würde Rhys nicht einige Reihen weiter sehen, wo er einsprang, wenn es nötig war, und ihr zuwinkte, wenn er sie sah.

Veränderungen sind immer schwer, rief sie sich ins Gedächtnis. Und sie hatte viel durchgemacht. Nächstes Jahr würde besser werden. Im nächsten Jahr wären es ihre Trauben, und sie würde sich in ihrer Rolle wohler fühlen. Im nächsten Jahr hätte sie ein Baby.

Der letzte Gedanke schockierte sie am meisten. Ein Baby. Bisher war die Schwangerschaft für sie mehr eine vage Vorstellung, aber in einem Jahr wäre sie Mutter.

»Keine Ablenkung«, ermahnte sie sich. »Um das Baby kümmere ich mich, wenn dieser Teil erledigt ist.«

Sie bog vom Highway auf eine schmalere Straße ab und von dort auf einen Schotterweg, wo sie so parken konnte, dass sie den schweren Geräten nicht im Weg war. Kurz nach Sonnenaufgang würden die riesigen Erntemaschinen zum Leben erwachen und die Reihen abfahren, dabei die Trauben ernten und Blätter und Zweige aussortieren. Die Trauben würden weitertransportiert und in die wartenden Körbe gefüllt.

Sobald der erste Truck voll war, würde Mackenzie ihm zum Weingut folgen, wo sie den Prozess des Pressens überwachen würde. Bis Sonnenuntergang würde sie das mit jeder Lieferung machen, und am Morgen würde es wieder von vorn losgehen – sie bei den geernteten Trauben und Bruno in den Weinbergen.

Die Reihenfolge, in der die einzelnen Weinberge abgeerntet werden sollten, hatte sie bereits festgelegt, sich aber das Recht vorbehalten, ihre Meinung zu ändern. Stephanie war dafür verantwortlich, verschiedene Weinstöcke zu checken, die Mackenzie markiert hatte, und ihr die Ergebnisse der Tests zu schicken. Der Brix Level würde die endgültige Erntereihenfolge der letzten drei Weinberge bestimmen. Wenn sie fertig waren, würden die Maschinen zu einem anderen Weingut gebracht werden und dort mit der Arbeit beginnen.

Im nächsten Jahr werde ich einige Weinberge von Hand lesen lassen, sagte sie sich. Dann hätte sie auch Zeit, besser zu planen, doch im Moment brauchten sie die technischen Hilfsmittel.

Kaum hatte sie die Hälfte ihres ekelhaften Smoothies getrunken, parkte Bruno hinter ihr. Sein schnittiger Sportwagen wirkte hier irgendwie fehl am Platz.

»Pass auf, dass du dir keine Achse brichst«, sagte sie, als sie aus ihrem Jeep stieg.

»Mein Auto ist stabiler, als es aussieht.«

»Das bezweifle ich.« Sie schaute zum Himmel hinauf, wo noch die Sterne funkelten. »Es wird ein perfekter Tag.«

»Bist du bereit?«, fragte er.

»Ja. Nervös, aber bereit.«

»Positiv oder negativ nervös?«

»Ich bin immer positiv nervös.« Sie zeigte auf die großen Vollernter. »Und da sind die verhassten Maschinen, die die Arbeit leisten werden.«

»Du wirst beeindruckt sein.«

»Das hoffe ich.« Sie schüttelte den Kopf. »Es interessiert mich zu sehen, wie das alles funktioniert.«

Er zeigte auf die still daliegenden Weinberge. »Noch irgendein Test in letzter Minute oder ein weises Wort?«

»Ich vertraue darauf, dass Herman sein Bestes gegeben hat. Jetzt müssen wir nur noch Wissenschaft und Magie verbinden, um Wein zu produzieren.«

Er fing ihren Blick auf. »Bereust du was?«

In diesem Satz schwingt eine tiefere, bedeutendere Frage mit, dachte sie. Bereute sie die Veränderungen in ihrem Leben? Ihre Schwangerschaft, die Scheidung, Bel Après den Rücken gekehrt zu haben? Bereute sie, ihr Haus verlassen zu haben, ihre Routine, ihre Zukunft, um sich ins Unbekannte vorzuwagen? Hatte sie Angst? Wollte sie zurück zu dem, wie es vorher gewesen war?

Sie schaute an Bruno vorbei zu den Weinbergen, die sich so weit erstreckten, wie das Auge reichte. Im Osten schimmerte das erste Morgenlicht auf den Bergkuppen. Das hier ist meins, dachte sie zufrieden. Jeder Hektar, jede Traube, jedes Blatt gehörten ihr und Bruno. Hier war niemand, der ihr Vorschriften machte. Oder ihr sagte, dass sie sich irrte. Die Fehler waren allein ihre, genau wie die Erfolge.

»Nein. Ich bereue oder bedaure nichts.«

Barbara erwachte und spürte einen schweren Arm auf ihrer Taille. Giorgio hatte die Nacht bei ihr verbracht und sie wie üblich wach gehalten, indem er sie im Schlaf an sich gezogen hatte. Normalerweise fand sie das charmant, aber nicht so diesen Morgen. Ihr brannten die Augen, und sie hatte das Gefühl, als hätte sie nur zwei Stunden geschlafen. Selbst der Sex war nicht so spektakulär gewesen wie sonst. Sie hatte ihre Gedanken nicht abschalten können und war trotz Giorgios Anstrengungen nicht zum Orgasmus gekommen.

Als sie unter die Dusche trat, fühlte sie ihre stets präsente Gereiztheit auf die ganze Welt und Mackenzie im Speziellen um mindestens zwei Level steigen. Sie befanden sich mitten in der Weinlese, und es gab niemanden, der sie überwachte. Zumindest nicht so, wie Mackenzie es immer getan hatte. Rhys tat sein Bestes, aber das reichte nicht. Sie versuchte, sich zu sagen, dass sie das irgendwie durchstehen würden, doch sie war nicht sicher, ob das stimmte.

Mit einem Kaffee und ein paar Minuten allein in ihrem Büro würde sie ihre Gefühle unter Kontrolle kriegen. Seit Wochen schon war sie angespannt, wofür sie ebenfalls Mackenzie die Schuld gab. Sie hasste die Schlampe wirklich.

Giorgio gesellte sich zu ihr unter die Dusche. Bevor sie protestieren konnte, hatte er sich hinter sie gestellt. Mit seinen seifigen Fingern strich er über ihren Körper und fand all die Stellen, an denen sie es mochte berührt zu werden. Sie wollte ihm gerade sagen, dass er sich keine Mühe machen sollte, als er die Finger zwischen ihre Beine schob und das Interesse weckte, das ihr letzte Nacht gefehlt hatte.

In weniger als einer Minute brachte er sie zum Höhepunkt, dann zog er sie lachend und tropfnass zum Bett, wo er sie erneut beglückte. Als sie fertig waren, waren die Laken nass, ihre Haarspülung hatte sich überall verteilt, aber das war ihr komplett egal.

»Du bist so gut für mich«, sagte sie auf der Seite liegend und schaute ihm in die Augen. »In den letzten Monaten bin ich schrecklich gewesen, doch du warst immer für mich da.«

»Wo sollte ich sonst sein? Ich liebe dich.«

Sie küsste ihn und dachte, wenn sie er wäre, hätte sie sich ihr Verhalten nicht gefallen lassen. Und genau deshalb liebte sie ihn – er war ein besserer Mensch als sie.

»Du bist ein guter Mann.«

»Dann komm mit mir. Wir fliegen zum Geburtstag meiner Tochter nach New York. Lass uns eine Woche mehr freinehmen und vorher auf die Bermudas fliegen.«

Sie seufzte. »Du weißt, dass ich nicht so lang wegkann.« Im Moment glaubte sie sogar, nicht mit zum Geburtstag fliegen zu können, wollte die Stimmung aber nicht verderben, indem sie ihre Befürchtung laut aussprach.

»Sag nicht Nein. Ich werde dich in einer Woche noch mal fragen.«

Sie berührte sein Gesicht. »Womit habe ich nur so viel Glück verdient?«

Er lächelte. »Das Gleiche könnte ich sagen.«

Eine Stunde später machte Barbara sich einen Kaffee. Ihre schlechte Laune war verschwunden, und sie war auch nicht mehr müde. Giorgio war wirklich ein Zauberer.

Sie ging die Treppe zu ihrem Büro hinauf, entschlossen, in den folgenden Tagen so viel Arbeit zu erledigen wie möglich, um Giorgios Vorschlag mit den Bermudas noch mal zu überdenken. Es war eine alberne Idee, aber wenn es ihn glücklich machte, war es eine Überlegung wert.

Doch all ihre guten Vorsätze verschwanden in der Sekunde, in der sie ihren Sohn vor ihrem Schreibtisch sitzen sah. Er sah nicht glücklich aus.

»Was ist?« Sie legte ihre Handtasche in die unterste Schreibtischschublade und setzte sich. »Warum bist du nicht draußen bei der Ernte?«

Mackenzie wäre da gewesen. Denn sobald die Weinlese losging, hatte niemand sie zurückhalten können. Einmal hatte sie sich so schlimm geschnitten, dass sie die Blutung nicht hatte stoppen können, aber dennoch war sie bis Sonnenuntergang geblieben und erst dann in die Notaufnahme gefahren, um die Wunde nähen zu lassen.

»Gleich. Zuerst wollte ich mit dir reden.« Rhys schaute ihren Schreibtisch an und nicht sie. »Ich habe Probleme, einen einheimischen Winzer zu finden, der hier arbeiten will.«

»Was soll das heißen? Mit wie vielen hast du denn schon geredet?«

Endlich hob er den Blick. »Mit allen. Ich weite die Suche auf Kalifornien aus. Dort sollten wir jemanden finden.«

»Niemand zieht Bel Après in Betracht? Das ist lächerlich. Wir sind ein preisgekröntes Unternehmen. Liegt es am Gehalt?«

»Nein.«

»Woran dann …?« Sie sah ihn an, während ein unbehaglicher Gedanke Gestalt annahm. »Willst du etwa andeuten, dass sie nicht für mich arbeiten wollen?«

»Das hat niemand gesagt.«

Was keine Antwort war. »Weil ich herausragende Arbeit erwarte«, grummelte sie. »Wie unglaublich fair. Ich arbeite mir den Hintern ab und bin die Böse. Hat Mackenzie zuerst mit ihnen gesprochen?«

»Das hat nichts mit Mackenzie zu tun.«

Sie sah, dass er darauf wartete, dass sie explodierte, doch sie war nicht wütend. Stattdessen waren ihre Wangen heiß, und ihr Magen schmerzte. All der Glanz des Morgens verblasste und ließ sie innerlich hohl zurück.

»Na gut. Dann finde jemanden in Kalifornien. Wir brauchen keinen von hier. Es ist sowieso besser, ganz neu anzufangen. Okay. Zurück an die Arbeit.«

Er sah verblüfft aus, stand aber auf. »Ich werde ein paar Gespräche arrangieren.«

»Ja, tu das.«

Nachdem er gegangen war, versuchte sie, tief durchzuatmen, doch ihre Brust war wie zugeschnürt. Und erneut brannten ihr die Augen, als würde sie gleich anfangen zu weinen, was sie aber nicht tat. Was interessierte es sie, ob sie einen gewissen Ruf hatte? Während sie das Unternehmen zum Erfolg geführt hatte, hatte sie Schlimmeres erlebt. Sie war eine Frau und nicht aus der Gegend – sich zu beweisen hatte Jahre gedauert.

Sie war keine Zicke, aber sollten die anderen das ruhig von ihr denken. Sollten sie doch Angst vor ihr haben. Das waren alles Idioten, und sie würde ihnen am Ende beweisen, dass sie sich irrten.

Gerade wollte sie sich erheben, um sich einen Kaffee zu holen, als sie merkte, dass sie weinte. Frustriert von sich und ihren albernen, verletzten Gefühlen, setzte sie sich wieder und wartete darauf, dass der emotionale Ausbruch vorüberging.

Ich bin besser als sie alle, rief sie sich in Erinnerung. Klüger, entschlossener, gewillter zu tun, was andere nicht tun wollten. Deshalb hatte sie immer gewonnen. Tränen waren nutzlos. Was sie stattdessen brauchte, war ein Plan.

25. KAPITEL

Sobald die Ernte endete, begann für Mackenzie die eigentliche Arbeit. Sie überwachte den Beginn der Fermentation und überprüfte täglich den Fortschritt. Wenn sie nicht um die Tanks herumschlich, saß sie an ihrem Computer und übertrug ihre Notizen in die entsprechenden Dateien, die sie über die verschiedenen Rebsorten führte.

Der Lärm von Sägen, Nagelpistolen und Kompressoren machte es ihr schwer, sich zu konzentrieren. Nachdem sie vergeblich versucht hatten, das Chaos zu ignorieren, waren Mackenzie und Bruno übereingekommen, dass es bis zum Abschluss der Bauarbeiten keinen Sinn hatte, in ihrem Büro arbeiten zu wollen. Also hatten sie die Telefonleitungen umgelegt und die Büromitarbeiter in das Büro in der Stadt verfrachtet, und sie beide hatten ihre Computer an Mackenzies neuem Esstisch im Farmhaus aufgebaut.

Bruno hatte darauf bestanden, eine Glasplatte zum Schutz der Oberfläche zu kaufen, damit ihre Geräte nicht Fours Kunstwerk zerstörten. In einer Ecke des Esszimmers standen jetzt Aktenschränke, und den Drucker hatten sie auf zwei zusammengeschobene Stühle gestellt. Es war ein wenig eng, aber das machte Mackenzie nichts aus. Es würde sie und Bruno dazu zwingen, ein Team zu werden.

Es gab tausend Dinge zu erledigen. Da war die Renovierung des Büros, die gerade im Gange war. Sobald die Fermentation und das Filtern erledigt waren und die Weine in den Fässern ruhten, musste sie ein paar Entscheidungen bezüglich der Weinberge treffen. Wollte sie alles so belassen, wie es war? Oder etwas verändern? Eine Veredelung brauchte Zeit, aber die Weinstöcke waren stark und gesund.

Da sie noch nie zuvor ein Weingut besessen hatte, hatte sie sich auch noch nie mit all den Einzelheiten beschäftigen müssen. Obwohl die Ernte vorbei war, hatte sie Schwierigkeiten, sich so weit zu entspannen, dass sie gut schlafen konnte. Sie mussten wirklich langsam einige Entscheidungen fällen.

»Wir müssen darüber reden, was wir mit der Schatzkammer machen wollen«, sagte sie und schaute Bruno über den Tisch hinweg an. In ihrem Kopf wirbelten die Gedanken umher. Es gab so vieles zu berücksichtigen. »Einige der Weine können bleiben, wo sie sind, aber einige müssen im Laufe des nächsten Jahres verkauft werden. Und der Verkostungsraum muss dringend renoviert werden. Du hattest recht, wir sollten jemanden engagieren, der sich darum kümmert, genau wie um den Verkaufsbereich. Vorausgesetzt, wir haben so was. Und ich denke, das sollten wir. Ich meine, warum sollten wir nur Wein verkaufen, wenn die Leute auch Schnickschnack und Küchenbedarf kaufen? Außerdem steht die Frage eines Weinclubs im Raum. Wollen wir einen? Vermutlich ist es dafür noch zu früh, aber wir könnten anfangen, Namen von Interessenten zu sammeln. Und was ist damit, unsere Weine an Restaurants zu verkaufen? Wir könnten für ein paar Jahre ein paar Eigenmarken anbieten, während wir auf die Füße kommen. Entweder was Exklusives, oder wir liefern den Wein, und sie verkaufen ihn als Hauswein, was allerdings ein Preisproblem werden könnte.«

Sie hielt inne, um Luft zu holen.

Bruno schaute von seinem Computer auf. »Nein.«

»Was meinst du mit *nein*?«

»Wir müssen keine dieser Entscheidungen heute treffen. Arbeite dich in die neue Software ein, und denk an die Weine. Atme mal tief durch. Ich werde mich in den nächsten Monaten um den Rest kümmern.«

»Aber wir haben gerade erst acht Millionen Dollar für das Weingut bezahlt. Wir brauchen Einnahmen.«

»Die kommen schon noch. Vertrau mir.«

»Aber es kommt mir wie ein guter Moment vor, ein wenig Panik zu schieben. Sollten wir das nicht gemeinsam tun?«

»Keine Panik. Alles wird gut.«

»Du hast mal was wegen China erwähnt. Wie steht's damit? Sind wir …«

Sie merkte, dass er an ihr vorbei aus dem Fenster schaute, und drehte sich um. Hinter ihrem Auto parkte ein anderer Wagen. Die Fahrertür öffnete sich, und Barbara stieg aus.

»Uff«, sagte sie und stand auf. »Das kann nichts Gutes heißen.«

»Vielleicht will sie sich mit dir vertragen.«

Mackenzie seufzte. »Wirklich? Wie stehen die Chancen dafür?«

»Ungünstig. Ich gehe raus, um euch ein wenig Privatsphäre zu geben, bleibe aber in der Nähe. Schrei, wenn du Hilfe brauchst.« Er hielt kurz inne. »Vielleicht sollte ich meine Flinte holen.«

Trotz der Anspannung, die ihr die Brust zuschnürte, lächelte Mackenzie. »Du hast eine Flinte?«

»Nein, aber eine zu kaufen steht ganz oben auf meiner To-do-Liste.«

Er öffnete in dem Moment die Haustür, als Barbara klopfen wollte.

»Barbara.«

»Bruno.«

Er ließ ein Lächeln aufblitzen. »Das war sehr bedeutungsvoll. Genieß deinen Besuch.« Er warf einen Blick über die Schulter. »Lass die Haustür offen.«

Mackenzie nickte, während sie sich ihrer zukünftigen Ex-Schwiegermutter zuwandte.

»Barbara. Wie unerwartet.«

»Das kann ich mir vorstellen. Darf ich reinkommen?«

Mackenzie überlegte kurz, die Handtasche von Barbara nach Sprengstoffen zu durchsuchen, trat dann aber einen Schritt zurück, um sie eintreten zu lassen. Die Haustür ließ sie offen stehen.

Barbara musterte die Computer auf dem Esstisch. »Könnt ihr euch kein Büro leisten?«

»Wir stecken mitten in Renovierungsarbeiten«, erklärte Mackenzie und deutete aufs Sofa. »Setz dich.«

Barbara schüttelte den Kopf. »So lang bleibe ich nicht.« Sie zog einen Scheck aus ihrer Handtasche und reichte ihn Mackenzie.

Der Raum um sie herum verschwamm, als sie die Zahl auf dem Scheck sah.

»Drei Millionen Dollar?« Sie sah Barbara an und hoffte, nonchalant zu wirken. »Ich nehme an, dafür möchtest du im Gegenzug etwas haben?«

»Finanziell muss es bei dir eng sein«, sagte Barbara. »Bruno ist zwar vermögend, aber du nicht. Ich schätze, jeder Penny, den du aus deiner großzügigen Scheidungsvereinbarung bekommst, steckt in diesem Weingut. Das hier würde dir helfen, nachts ruhig zu schlafen.«

»Ach, ich schlafe ganz gut«, log sie und gab den Scheck zurück.

Barbara nahm ihn nicht. »Du weißt doch gar nicht, was ich will.«

Doch es war klar, dass ihre baldige Ex-Schwiegermutter etwas wollte. Ansonsten wäre sie nicht vorbeigekommen.

Mackenzie schaute sie an, musterte die vertrauten Gesichtszüge, die kalte Miene, die einst so warm und herzlich gewesen war. War irgendetwas davon echt gewesen? Hatte Barbara sie je als Person wahrgenommen oder sie immer nur als Mittel zum Zweck betrachtet? Natürlich würde sie keine dieser Fragen stellen – vor allem weil sie die Antworten darauf nicht hören wollte.

Mackenzie unterdrückte ein Seufzen. »Geh einfach. Wir haben einander nichts mehr zu sagen.«

»Hör mich an. Was ich will, hat nichts mit dir zu tun. Du musst nichts abgeben. Ich möchte nur, dass du die Rechte des Babys an Bel Après aufgibst.«

Natürlich hätte Mackenzie nicht überrascht sein sollen, doch die Worte trafen sie trotzdem mitten ins Herz. »Wir sprechen hier von deinem Enkelkind.«

Barbara zuckte mit den Schultern. »Gib die Erbrechte des Babys auf, und der Scheck gehört dir. Das ist ein gutes Angebot. Es gibt bereits fünf Enkelkinder. Mit deinem wären es sechs. Die drei Millionen sind eine sichere Sache. Wenn du sie richtig investierst, wird dein Kind mal Multimillionär. Das Weingut durch alle geteilt wird weniger wert sein.«

Mackenzie starrte den Scheck an. Barbara hatte recht – bis die Scheidung durch war, war sie nicht nur pleite, sondern hatte auch noch einen Überbrückungskredit über zwei Millionen an der Backe. Es wäre leicht, den Scheck einzulösen und alles zu haben. Ihr Kind würde einmal Painted Moon erben – was bedeutete Bel Après da noch?

Nur gehörte ihr Baby zur Familie, und das sollte etwas bedeuten. Ihr Baby würde Cousinen und Cousins, Tanten und Onkel haben. Ihr Baby würde dazugehören – was etwas war, das Mackenzie ihr ganzes Leben gewollt und bis vor Kurzem geglaubt hatte, es auch zu haben. Nur hatte sie sich da geirrt.

Sorgsam riss sie den Scheck entzwei und reichte ihrer Schwiegermutter die beiden Hälften.

Barbaras Mund verspannte sich vor Ärger. »Du wirst alles tun, um dich an mir zu rächen, oder?«

Mackenzie seufzte. »Es geht hier nicht um dich. Es geht darum dazuzugehören, eine Verbindung zu haben. Ich wollte nie das Geld. Ich wollte Teil von etwas sein.«

»Du wirst nie Teil von Bel Après sein. Niemals!«

»Ich vielleicht nicht, aber mein Kind schon.«

Allein und umgeben von Brautmagazinen saß Barbara in ihrem Esszimmer. Es war mitten an einem normalen Arbeitstag, aber sie hatte einen Termin mit Stephanie gehabt, um über die Hochzeit zu sprechen, und lächerlicherweise war sie nach Hause gegangen, für den Fall, dass ihre Tochter auftauchen würde. Was sie nicht getan hatte.

»Welch Überraschung«, murmelte sie und dachte, dass ihre Kinder sie ständig im Stich ließen. Wenn Stephanie aufgetaucht wäre, hätte Barbara sie natürlich vor die Tür gesetzt, aber trotzdem. Sie hätte hier sein sollen. Ihre Kündigung bedeutete offensichtlich, dass sie auch nicht mehr die Hochzeitsplanung übernahm. Na gut. Barbara konnte das auch allein.

Sie hatte eine Liste mit all den Dingen, die getan werden mussten. Es ging nur darum, Entscheidungen zu treffen und entsprechende Bestellungen aufzugeben, was kaum eine mentale Herausforderung war. Sie würde sich eine Stunde Zeit nehmen, ihre endgültige Auswahl treffen und ein paar Anrufe tätigen. Doch noch während sie die Liste in die Hand nahm, fragte sie sich, was für einen Sinn eine große Feier eigentlich noch hatte. Damit sie ihr Glück vor ihren Freunden und ihrer Familie zeigen konnte? Im Moment fühlte sie sich kein bisschen glücklich.

Dieses Gefühl der Hilflosigkeit war so untypisch für sie. Wann immer es schlimm wurde, riss sie sich zusammen und löste das Problem. Sie war stark. Sie war es gewohnt, die Einzige zu sein, die tat, was getan werden musste. Nur dieses Mal konnte sie irgendwie nicht die nötige Willenskraft dafür aufbringen.

Dass Mackenzie das Geld abgelehnt hatte, konnte sie immer noch nicht fassen. Nein, das stimmte nicht. Ehrlich gesagt hatte sie nichts anderes erwartet. Mackenzie hatte schon immer über Mut, Stärke und einen moralischen Kompass verfügt. Auf gewisse Weise, dachte Barbara grimmig, ist Mackenzie mir von allen am ähnlichsten. Sie sah, was getan werden musste, und krempelte die Ärmel hoch, um es anzupacken.

Barbara hörte die Haustür aufgehen und dann Schritte im Eingangsbereich. Kurz hob sich ihre Stimmung, als sie sich vorstellte, dass Stephanie gekommen war, um sich zu entschuldigen. Sie würde ernst, aber nachsichtig sein und ihrer Tochter sagen, dass sie …

»Hallo, Barbara.«

Nicht Stephanie, dachte sie und unterdrückte ein Seufzen. Stattdessen stand ihre Jüngste vor ihr. Wie immer war ihre Kleiderwahl mehr als fraglich. Ihre Bluse – in einem hübschen Seegrün – war akzeptabel, aber ihre abgeschnittenen Hosen waren mit gequilteten Fischen so groß wie Essteller übersät. Die Fische waren dreidimensional mit abstehenden Finnen, die winkten, sobald Catherine sich bewegte. Das Motiv setzte sich in ihren Schuhen fort. Sie waren mit Pailletten bestickt, die aussahen wie Fischschuppen.

Das Outfit war abscheulich genug, um Barbara von ihrer Enttäuschung abzulenken.

»Warum bist du hier?«

Catherine lächelte. »Um dir mit der Hochzeit zu helfen. Stephanie und ich haben darüber gesprochen und waren uns einig, dass du nach dem, was passiert ist, nicht mehr mit ihr zusammenarbeiten willst, also melde ich mich freiwillig, um ihren Platz einzunehmen.«

»Das habt ihr untereinander beschlossen, aber niemand hat daran gedacht, mich zu fragen?« Sie schüttelte den Kopf. »Wie typisch.«

Catherine zog sich einen Stuhl heran und setzte sich Barbara gegenüber. »Möchtest du, dass Stephanie deine Hochzeit plant?«

Ja, natürlich wollte sie das. Stephanie war vielleicht nicht der talentierteste Mensch der Welt, aber sie hatte es angeboten, und Barbara hatte erwartet, dass sie ihre Verpflichtung bis zum Ende durchzog. Sie fühlte sich von ihrer Tochter im Stich gelassen.

»Ich brauche keine Hilfe«, entgegnete sie barsch. »Und ganz sicher nicht von dir.«

Anstatt darauf anzuspringen, lächelte Catherine. »Ach Barbara, wie schwierig du alles immer machst. Wo ist der Spaß daran, wenn du deine Hochzeit allein planst? Wie wär's, wenn ich mich um ein paar der kleineren Dinge kümmere?« Abwehrend hob sie die Hand. »Ich weiß, wir haben in nichts den gleichen Geschmack.«

»Du hast gar keinen Geschmack. Du willst jeden mit deiner Originalität bezirzen und siehst am Ende einfach nur lächerlich aus.«

Catherine lächelte weiter. »Ich verspreche, total konventionell zu sein. Da du die Braut bist, sind einzig deine Entscheidungen wichtig. Ich bin nur hier, um zu helfen, mehr nicht.«

Vielleicht stimmte das, aber sie war nicht die Tochter, die Barbara wollte. Stephanie hatte wenigstens schon ein paar Partys organisiert und wusste, was sie tat. Aber sie war gegangen. So wie Mackenzie.

Das ist der wahre Verlust, dachte Barbara. Die Quelle der Leere in ihrem Inneren.

»Mir fehlt sie auch«, sagte Catherine leise.

»Ich habe keine Ahnung, wovon du redest.«

»Du hast gerade an Mackenzie gedacht. Was anderes konnte es nicht sein. Du warst auf einmal so traurig. Sie ist ein wichtiger Teil dieser Familie, und wir …«

»Sie gehört nicht zur Familie und bedeutet mir nichts. Ohne sie sind wir besser dran. Man kann ihr nicht vertrauen, und wenn sie scheitert, haben wir einen Grund zu feiern.«

Catherine schüttelte den Kopf. »Ich werde nie verstehen, wie du sie, obwohl du sie am liebsten mochtest, so hast behandeln können. Sie mag nicht in diese Familie hineingeboren worden sein, war aber ihr Herzstück. Wir werden nie wieder dieselben sein – vor allem du nicht.«

Catherine presste die Lippen zu einer schmalen Linie zusammen. »Es muss schwer sein, du zu sein, Barbara. So unnachgiebig und hart, immer das Schlimmste annehmend. So zu leben würde meine Seele zerstören.«

Wütend funkelte Barbara sie an. »Raus.«

»Du hast recht.« Catherine stand auf. »Was habe ich mir nur gedacht? Du kannst kein Geschenk annehmen, auch wenn es aus freien Stücken gegeben wird. Ein Akt der Freundlichkeit muss auf dich wie ein Angriff wirken. Was deine Beziehung zu Giorgio so verwirrend macht. Warum lässt du ihn an dich ran, aber sonst niemanden? Liegt es daran, dass er ein Mann ist? Oder daran, dass du weißt, dass eure Beziehung am Ende doch nicht halten wird?«

»Du verlässt sofort mein Haus!«, kreischte Barbara, sprang auf die Füße und zeigte zur Tür. »Raus, und zwar sofort!«

»Du wirst ihn vertreiben. Was mir leidtut, denn er scheint dich wirklich glücklich zu machen. Ich wünschte, du könntest anders sein.« Catherine lächelte. »Aber ich bin mir sicher, dass du das Gleiche über mich sagst.«

Nach diesen Worten verließ sie den Raum. Barbara wartete, bis die Tür ins Schloss gefallen war, bevor sie sich auf ihren Stuhl sinken ließ und die Hände vors Gesicht schlug. Die Worte ihrer Tochter hallten in ihr nach und schienen sie zu verspotten.

»Es liegt nicht an mir!«, rief sie. »Es sind die anderen. Es sind immer die anderen.«

Mit einer Handbewegung wischte sie die Listen und Zeitschriften vom Tisch, nahm dann ihren Kaffeebecher und schleuderte ihn gegen die Wand. Während die dunkle Flüssigkeit langsam an der Tapete hinablief, stand sie auf und verließ den Raum.

Ich gehe ins Büro, sagte sie sich. Dort ergaben die Dinge Sinn, und wenn das anfing, sich zu ändern, würde sie den Rest des Tages damit verbringen, einen Weg zu finden, um sich an Mackenzie zu rächen.

»Ich habe viele sehr erfolgreiche Veranstaltungen für Unternehmen organisiert«, sagte Stephanie und spürte, wie ihre Nerven sich in dem Vorstellungsgespräch langsam beruhigten. »Auch Hochzeiten sind eine wunderbare Einkommensquelle, aber mein Hauptfokus hat auf dem Verkauf und der Verkostung gelegen.«

Elias, der Geschäftsführer eines örtlichen Weinguts, blätterte in ihrer Bewerbungsmappe. Sie hatte Muster von ihrem Promo-Material sowie Fotos von Verkaufshilfen und den Menükarten für die von ihr organisierten Events mit hineingelegt.

In allen Artikeln, die sie über Bewerbungsgespräche gelesen hatte, war geraten worden, gut vorbereitet, aber nicht zu enthusiastisch in das Gespräch hineinzugehen. Und so versuchte sie, bestmöglich ihre Talente zu präsentieren, während sie gleichzeitig den Drang unterdrückte, »Bitte, bitte, nehmt mich!« zu flehen. Ihre finanzielle Situation war nichts, worüber sie sich Sorgen machen musste, und wenn das hier nichts werden würde, gäbe es sicher noch andere »Gelegenheiten«. Doch es wäre großartig, wenn Elias fände, dass sie genau das war, wonach er suchte.

Er schloss die Mappe und sah Stephanie an. Sie schätzte ihn auf Mitte fünfzig. Er hatte schon leicht graue Haare und trug eine Brille.

»Ich kenne Ihre Mutter«, sagte er.

Stephanie lächelte. »Wer kennt die nicht?!«

»Sie hat Sie ein paar Mal erwähnt, und das war nicht gerade schmeichelhaft«, fuhr er ernst fort.

Stephanie ermahnte sich, nicht darauf zu reagieren. Sie behielt eine neutrale Miene bei und ließ die Hände entspannt im Schoß liegen.

»Ich nehme an, sie war einfach nur sie selbst. Barbara hat nur selten etwas Nettes über jemanden zu sagen. Außer natürlich über Mackenzie«, fuhr er fort.

Stephanie nickte. Es gab keinen Grund zur Panik. Sie hatte gewusst, dass es gut möglich war, dass ihre Mutter sie im Laufe der Jahre schlechtgemacht hatte. Die Leute verstanden das und würden ihren Worten keine Beachtung schenken, oder?

»Aber nun muss ich mich fragen«, sagte er und tippte auf die Mappe, bevor er sie wieder öffnete, »ob sie vielleicht doch richtiggelegen hat.«

Stephanie riss die Augen auf. »Ich verstehe nicht?«

Er zog einen Flyer für einen Schlussverkauf von vor sieben Jahren hervor und dann einen zweiten, der beinahe identisch war.

»Dieser ist vom letzten Jahr. Sie haben den gleichen Flyer zweimal benutzt und beide in die Mappe mit den Dingen getan, die Sie mir zeigen wollten. Daher gehe ich davon aus, dass Sie das hier für eine Ihrer besten Arbeiten halten. Warum dann aber zweimal das Gleiche? Vielleicht ist es einfach nur ein schlichter Fehler. Ich weiß es nicht.«

Stephanie spürte, dass ihr die Wangen brannten. Wie hatte ihr das entgehen können?

»Die Arbeiten vom Anfang sind frisch und lebendig«, fuhr er fort. »Aber später gibt es nichts Originelles mehr. Woran liegt das?«

Sie war nicht sicher, ob die Frage rhetorisch gemeint war oder ob sie antworten sollte. Zum Glück redete Elias weiter.

»Jeder Job kann manchmal langweilig sein, das verstehe ich. Aber Sie haben es nicht mal versucht. Schlimmer noch, Sie haben mir den Beweis dafür mitgebracht. Sie haben einen tollen Plan, um die Schatzkammerweine zu verkaufen, aber wir sind nicht Bel Après. Wir produzieren große Mengen zu kleinen Preisen. Sobald der Wein abgefüllt ist, wird er verkauft. Unsere Kunden interessieren sich nicht für besondere Jahrgänge. Sie wollen eine jahreszeitlich passende Flasche mit einem Weihnachtsmann auf dem Etikett.«

Er schob ihr die Mappe zu. »Das hätten Sie wissen müssen, Stephanie. Sie haben Ihre Zeit damit verbracht zu überlegen, was Sie sagen möchten, ohne einen Gedanken daran zu verschwenden, was ich hören möchte.«

»Ich habe recherchiert«, flüsterte sie, was an sich schon ein Wunder war, denn sie bekam kaum noch Luft. Die Demütigung brannte in jeder Zelle ihres Körpers. »Ich weiß, wie Ihre Verkaufszahlen aussehen und in welchen Läden Ihre Weine verkauft werden.«

»Das sind nur Zahlen. Aber *uns* kennen Sie nicht.« Er zuckte mit den Schultern. »Ich denke, Sie könnten vermutlich einen ganz guten Job machen, wenn Sie uns Ihre volle Aufmerksamkeit schenken würden. Aber die Sache ist die: Ich will kein Vielleicht. Ich will sicher sein, und bei Ihnen bin ich mir das nicht.« Er schaute zur Tür. »Aber danke, dass Sie vorbeigekommen sind.«

Sie brauchte eine Sekunde, um zu erkennen, dass sie gerade hinauskomplimentiert worden war. Schnell griff sie nach ihrer Mappe und hätte sie beim Aufheben beinahe fallen lassen. Sie nahm ihre Handtasche und die Aktentasche und stand auf.

»Vielen Dank für Ihre Zeit«, brachte sie noch hervor, dann flüchtete sie. So schnell, wie ihre Pumps es zuließen, eilte sie zu ihrem Wagen und fuhr los.

Beim nächsten Fast-Food-Restaurant bog sie auf den Parkplatz, schaltete den Motor aus und umklammerte das Lenkrad, während ihre Augen sich mit Tränen füllten. Das Wort Demütigung beschrieb nicht mal ansatzweise, was sie gerade fühlte. Sie hatte nicht nur ein Vorstellungsgespräch vermasselt, sondern sich vor jemandem blamiert, der sie und ihre Familie kannte. Elias genoss einen guten Ruf in der Gegend und konnte jedem erzählen, was passiert war und dass ihre Mutter recht hatte, was sie anging. Die gesamte Branche würde über sie lachen.

Sie wischte die Tränen ab, aber es kamen immer neue.

Ich bin mir so sicher gewesen, dachte sie, und hab's komplett verbockt. Sie hatte recherchiert, hatte die Arbeitsmuster rausgesucht und auf ihrem Tisch ausgebreitet. Wieso hatte sie nicht gesehen, dass sie zwei identische Flyer beigefügt hatte? Und wieso war ihr nicht aufgefallen, dass ihre Arbeiten aus den letzten paar Jahren Mist waren? Sie hatte geglaubt, Talent zu haben, aber sie hatte nichts. Sie *war* nichts.

Irgendwann gelang es ihr, die Tränen so weit unter Kontrolle zu bekommen, dass sie nach Hause fahren konnte. Dort ging sie direkt in ihr Schlafzimmer. Nachdem sie die Schuhe ausgezogen hatte, eilte sie ins Bad und erbrach das Wenige, das sie im Magen hatte.

Auf den kalten Fliesen hockend, ließ sie das Gespräch noch einmal Revue passieren, während sie darauf wartete, dass die Übelkeit nachließ. Sie sah sich selbst hineingehen und Elias stolz ihre Bewerbungsmappe präsentieren. Sie sah, wie seine Miene sich ein wenig anspannte, vermutlich weil er seinen Schock darüber verbergen wollte, wie schlecht sie war. Als er aufgeschaut hatte, hatte sie das Mitleid in seinen Augen gesehen.

Langsam stand sie auf, zog sich um und ging mit ihrer Mappe unter dem Arm nach unten. In ihrem Büro setzte sie sich an den Schreibtisch und fragte sich, was sie jetzt tun sollte.

Wenn Elias herumerzählte, wie desaströs ihr Vorstellungsgespräch gelaufen war, würde sie in Walla Walla nie einen Job bekommen. Und auch wenn sie es nicht für sehr wahrscheinlich hielt, dass er das tun würde, konnte sie sich doch nicht sicher sein. Schlimmer noch, sie könnte es ihm noch nicht einmal vorwerfen. Er hatte recht damit gehabt, dass sie sich in den letzten paar Jahren keine große Mühe mehr gegeben hatte. Ja, es war nervig gewesen, für ihre Mutter zu arbeiten, na und? Verglichen mit anderen Menschen hatte sie es so leicht gehabt.

Sie breitete die Muster vor sich aus. Meine frühen Arbeiten sind wirklich aufregend, dachte sie sehnsüchtig. Kreativ und auffallend. Danach nicht mehr so sehr, aber das war allein ihre Schuld.

Sie war nicht überrascht, dass ihre Mutter schlecht über sie geredet hatte – damit konnte sie leben. Aber dass sie selbst das Urteil bestätigt hatte, war unerträglich.

Noch einmal sah sie sich die Informationen an, die sie über Elias' Weingut zusammengetragen hatte. Zu wissen, wie viele Flaschen pro Jahr verkauft wurden, war eine Sache, aber die wahre Natur seiner Kunden nicht zu verstehen war unverzeihlich.

Sie nahm ihren Marketingplan für die Schatzkammerweine in die Hand. Ja, sie hatte eine tolle Kampagne ersonnen – die er nicht nutzen konnte, weil er gar keine Schatzkammer hatte. Das hätte sie wissen müssen. Und weil sie es nicht gewusst hatte, hatte sie die Chance auf einen großartigen Job verspielt. Schlimmer noch, sie hatte herausgefunden, dass sie so unfähig war, dass sie sich selbst nicht einstellen würde.

26. KAPITEL

In ihrer Mittagspause tat Mackenzie das, was Frauen im ganzen Land regelmäßig machten: Sie ging einkaufen. Nachdem sie ihren Jeep vollgetankt hatte, fuhr sie mit der Einkaufsliste in der Hosentasche zum nächstgelegenen Supermarkt. Noch immer war sie auf der Suche nach einer täglichen Routine, was schwieriger war, als sie gedacht hatte. Früher war sie sehr verwöhnt gewesen, hatte eine Köchin, ein Putzteam und Rhys gehabt, der sich um vieles kümmerte. Jetzt musste sie ihre Rechnungen selbst bezahlen und tanken fahren – was herausfordernd, aber auch wunderbar war.

Zwei Wochen nach dem Einzug in das alte Farmhaus konnte sie endlich besser schlafen und hatte sich gut eingelebt. Ihr gefiel die Gemütlichkeit ihres neuen Heims. Bruno hatte recht – irgendwann würde sie die Küche und die beiden oberen Badezimmer renovieren wollen, doch im Moment reichte es ihr, dass sie einen Platz hatte, den sie ihr Eigen nennen konnte.

Am schwersten war es, sich daran zu gewöhnen, allein zu leben. Das hatte sie noch nie getan. Von ihrem Großvater war sie direkt ins Studentenwohnheim gezogen, wo sie sich ein Zimmer mit Stephanie geteilt hatte, und nach dem College war sie bei Rhys eingezogen. Das Gute an der jetzigen Situation war jedoch, wenn sie Essensreste in den Kühlschrank stellte, waren die am nächsten Tag immer noch da. Leider gab es niemanden, der die Spülmaschine einräumte, wenn sie nach einem langen Tag müde nach Hause kam.

Als sie das letzte Mal einkaufen gewesen war, war sie ziellos durch die Gänge gelaufen und hatte am Ende die Hälfte von dem, was sie brauchte, vergessen. Doch gestern Abend hatte sie einen Einkaufszettel geschrieben und sogar ein paar Mahlzeiten im Voraus geplant. Am Sonntag würde sie ihren neuen Schmortopf herausholen und ein paar lecker aussehende Rezepte heraussuchen. Dann würde sie größere Mengen kochen, die sie für später einfrieren konnte.

Nachdem sie sich einen Einkaufswagen genommen hatte, betrat sie den Supermarkt. Ein paar Mal musste sie zwar wieder zurücklaufen, aber innerhalb von zwanzig Minuten hatte sie alles, was auf ihrer Liste stand. Sie bezahlte und trug die Einkäufe zu ihrem Jeep, wobei sie ein starkes Gefühl der Befriedigung empfand. Zu Hause würde sie alles schnell auspacken und dann wieder an die Arbeit gehen. Die Trauben befanden sich gerade im Fermentierungsprozess, sodass sie sich um liegen gebliebene Papiere kümmern konnte. Später, nachdem sie zwei Gläser Wasser getrunken hatte, würde sie Proben von zwei weiteren Fässern nehmen und die Ergebnisse ihrem wachsenden Stapel an Notizen hinzufügen.

An einer Ampel blieb sie stehen. Während sie auf Grün wartete, fiel ihr ein Café auf. Die Betreiber nutzten das ungewöhnlich warme Oktoberwetter und hatten Tische und Stühle auf dem Bürgersteig aufgestellt.

Die vertraute Silhouette eines Gastes erregte ihre Aufmerksamkeit. Ihr gesamter Körper verspannte sich, als sie Rhys einer hübschen Blondine gegenübersitzen sah. Sie hatten sich beide ein wenig über den Tisch gelehnt und lachten über etwas, das einer von ihnen gesagt hatte.

Hinter Mackenzie hupte jemand. Sofort richtete sie ihre Aufmerksamkeit wieder auf die Straße und fuhr über die Kreuzung.

»Mir geht es gut«, sagte sie sich und ignorierte ihr schnell klopfendes Herz und den mit einem Mal trockenen Mund. »Wir lassen uns scheiden. Natürlich trifft er sich mit anderen Frauen.«

Sie war nicht überrascht. Es war ihr egal. So lief das nun mal. Die Menschen orientierten sich neu. Das hatte sie ja schließlich auch getan. Das, was sie gesehen hatte, störte sie nicht im Geringsten. Ihr ging es gut.

Nur stimmte das nicht. Ihr ging es überhaupt nicht gut, was vor allem daran lag, dass sie Rhys, was die Scheidung anging, immer einen Schritt hinterherhinkte. Er hatte das Thema zuerst angesprochen, er hatte ihr die Papiere zustellen lassen, und obwohl sie das alles auch wollte, konnte sie den Gedanken nicht abschütteln, dass sie das, was sie gehabt hatten, vielleicht ein weniger länger hätten betrauern können. Sie vermisste weniger ihn als ihre gemeinsame Zeit.

Am Haus angekommen, brachte sie alles hinein und verstaute die Einkäufe. Bruno saß am Esszimmertisch, vor sich zwei Computermonitore. Blinzelnd versuchte sie, die kompliziert aussehende Tabelle zu entziffern, die er da aufgerufen hatte, und war froh, dass sie nicht für die Finanzen verantwortlich war.

»Wir haben Stallkatzen«, verkündete er, als sie sich ihm gegenüber hinsetzte. »Ich habe bisher vier gezählt.«

»Die meisten Weingüter haben Katzen. Sie sind halb wild und helfen, die Nagetierpopulation in Schach zu halten.«

»Ich habe jemanden angerufen, der sie einfängt und zum Tierarzt bringt. Sie müssen untersucht werden. Und wenn sie es noch nicht sind, sollten wir sie impfen und kastrieren lassen.« Er schaute auf. »Wir wollen schließlich keine …« Er stieß einen unterdrückten Fluch aus. »Was ist los?«

Sie wusste, dass sie vermutlich etwas blass war, weil sie noch nichts gegessen hatte, doch im Moment hatte sie keinen Hunger.

»Nichts. Wieso fragst du? Mir geht's super.«

Er schaute sie an. »Nein, das tut es nicht. Irgendwas ist passiert. Du bist blass und siehst erschüttert aus.« Wieder fluchte er. »Ist Barbara wieder aufgetaucht? Wir können ein Kontaktverbot gegen sie erwirken lassen.«

»Ich glaube nicht, dass sie irgendwelche Gesetze gebrochen hat, und ich bezweifle, dass irgendein Richter sie als Bedrohung ansehen würde.«

»Sie hat versucht, dein Kind zu kaufen.«

»Nein, sie hat versucht, mir das Erbe meines Kindes abzukaufen. Das ist ein Unterschied.« Sie brachte ein zittriges Lächeln zustande. »Mit ihr komme ich schon klar.«

»Vielleicht. Aber was ist passiert?«

Mackenzie hatte das dumpfe Gefühl, dass Bruno das Thema nicht ruhen lassen würde, und wünschte, es gäbe etwas Dramatisches zu berichten. Etwas, das ihre Reaktion rechtfertigen würde. Doch unglücklicherweise hatte sie nur die Wahrheit.

»Ich habe Rhys beim Lunch mit einer Frau gesehen.« Abwehrend hob sie die Hand. »Ich bin nicht traurig. Nur etwas schockiert. Sie haben zusammen gelacht und Spaß gehabt. Und sie ist sehr hübsch.«

Er musterte sie vorsichtig.

»Bruno, es geht mir wirklich gut. Es ist nur … Alles geht so schnell, und auch wenn ich nicht weiter verheiratet sein will, ist eine Scheidung nicht leicht. Er war so lang ein Teil meines Lebens, und jetzt ist er weg. Ich dachte, Barbara wäre meine Ersatzmutter, aber das ist sie offensichtlich nicht. Zwar habe ich noch Stephanie und Four, aber manchmal fühlt es sich so an, als würde mir mein gesamtes Leben aus den Händen gleiten. Am Tag vor der Sommersonnenwendfeier wusste ich, wie der Rest meines Lebens aussehen wird. Danach hat sich alles verändert, und ich bin noch dabei, das zu verarbeiten. Schwanger zu sein hilft da nicht wirklich.«

Sie legte die Hände flach auf den Tisch. »Stephanie hat mich vor Kurzem daran erinnert, dass ich Umstandskleidung brauche. Meine normalen Klamotten kann ich nicht mehr viel länger tragen. Aber daran habe ich bisher nicht gedacht, und um ehrlich zu sein, widerstrebt mir der Gedanke. Ist das nicht schlimm? Ich fühle keine Verbindung zu dem Baby. Was ist, wenn ich die nie haben werde? Was, wenn ich eine fürchterliche Mutter bin?«

Er lächelte sie an. »Umstandskleidung hat nichts damit zu tun, eine gute Mutter zu sein. Schlechte Eltern machen sich keine Gedanken darüber, ob sie schlechte Eltern sind.«

»Du kommst mir mit Logik? Wirklich? Das ist wohl kaum der richtige Zeitpunkt dafür.«

Er lachte leise. »Für Logik ist immer der richtige Zeitpunkt. Lass uns die Sachen eine nach der anderen angehen. Die Scheidung. Natürlich ist das schwer. Wie lang warst du mit ihm zusammen? Sechzehn Jahre? Du hast ihn geliebt. Das kann man nicht einfach so abschalten.«

»Er schon«, grummelte sie.

»Es geht hier aber nicht um ihn, sondern um dich. Du wirst Zeit brauchen. Das Gleiche gilt für deine Gefühle bezüglich Barbara. Den Verlust dieser Beziehung betrauerst du auch. Du hast sie geliebt und geglaubt, sie würde dich auch lieben. Doch du bist verraten worden. Es ist nicht leicht, über so etwas hinwegzukommen. Und was das Baby angeht: Das kommt schon noch.«

»Du bist so rational. Ich muss dir wie eine totale Idiotin vorkommen. Aber du siehst mich auch gerade an meinem absoluten Tiefpunkt.«

»Wenn du dich so an deinem absoluten Tiefpunkt benimmst, muss ich mir um dich keine Sorgen machen.«

Mackenzie stützte einen Ellbogen auf den Tisch und ihren Kopf in die Hand. »Du bist nett. Ich wusste, dass du ein brillanter Geschäftsmann und großartiger Partner für das Weingut bist, aber das mit dem Nettsein wusste ich nicht.«

»Ich bin nicht nett, aber ich weiß, wie du dich fühlst. Wir haben alle Dinge getan, die wir bedauern.«

»Erzähl mir eines von deinen.«

Er zögerte, dann lehnte er sich auf seinem Stuhl zurück. »Ich habe mich in eine verheiratete Frau verguckt.«

Mackenzie riss die Augen auf. »Echt? Aber so wirkst du gar nicht.«

»Bin ich eigentlich auch nicht. Sie heißt Kristine und lebt auf Blackberry Island.« Er lächelte sanft. »Wir haben uns kennengelernt, als sie das Catering für meinen Privatjet übernommen hat.«

Mackenzie richtete sich auf und lächelte. »Also eine Aschenputtelgeschichte.«

»Nicht ganz. Sie hatte gerade Probleme in ihrer Ehe. Und sie hat drei Söhne, über die sie ständig gesprochen hat. Ich wusste es besser, aber ich habe mir vorgestellt, den Platz ihres Mannes einzunehmen. Vater zu sein, Ehemann. Nicht gerade meine beste Phase.«

Sie wusste nicht, was sie dazu sagen sollte. Bruno wirkte immer so kompetent, gebildet und weltgewandt. Diesen verletzlichen Mann vor sich hatte sie bisher noch nie gesehen.

»Warst du in sie verliebt?«

»Nein. Dazu kannte ich sie nicht gut genug. Wir haben miteinander geflirtet, aber sie hat sich sofort zurückgezogen. Sie wollte keinen anderen, sondern hoffte, dass der Mann in ihrem Leben sich ein wenig mehr anstrengt.«

»Und, hat er?«

»Irgendwann schon. Das Letzte, was ich gehört habe, ist, dass sie immer noch zusammen und wieder glücklich sind.«

»Tut mir leid, dass du verletzt wurdest.«

»Dazu ging das Ganze nicht tief genug. Trotzdem hat mir die Situation gezeigt, dass ich ein paar Dinge in meinem Leben verändern musste. Das war der Moment, in dem ich beschlossen habe, mir eine neue berufliche Herausforderung zu suchen.«

Mackenzie lächelte. »Die haben wir dir gegeben, oder?«

»Mit Painted Moon wird man künftig in der Weinbranche rechnen müssen.«

»Ich hoffe, du hast recht.«

»In Geschäftsfragen irre ich mich nur selten. Es ist mein Privatleben, das schiefläuft.«

»Und das verstehe ich ehrlich gesagt nicht. Hast du dich mal im Spiegel angeguckt? Die Frauen müssten bei dir nur so Schlange stehen.«

Er sah sie unter hochgezogenen Augenbrauen an, sodass Mackenzie sofort errötete und nicht wusste, was sie mit ihren Händen tun sollte. Am liebsten hätte sie die Aussage zurückgenommen, nur stimmte sie, und sie waren Freunde, also warum sollte sie nicht ehrlich sein?

Allerdings fürchtete sie, dass er das eher als Einladung denn als Beobachtung sehen würde, und sie wollte nicht, dass Bruno glaubte, sie wäre auf diese Weise an ihm interessiert. Vor allem nicht, weil, nun ja, äh …

Er rettete sie vor ihren konfusen Gedanken, indem er ihr ein

Lächeln schenkte und sagte: »Du meinst, in meiner vielen Freizeit?«

Dankbar griff sie nach der Rettungsleine, die er ihr zuwarf.

»Ja, das ist natürlich auch wahr. Ich weiß, dass ich keine Zeit hätte, mit jemandem auszugehen. Obwohl der wahre Unterschied zwischen uns der ist, dass du ein gut aussehender, reicher Kerl bist und ich eine alleinstehende Schwangere. Ich schätze, du bist der begehrtere Fisch im Dating-Meer.«

Sein dunkler Blick hielt ihren fest. »Du bist noch nicht so weit, mit dem Daten anzufangen.«

»Da hast du recht. Aber irgendwann würde ich mich gern wieder verlieben. Manchmal frage ich mich, ob ich Rhys je wirklich geliebt habe.« Sie schüttelte den Kopf. »Das ist Quatsch. Natürlich habe ich ihn geliebt. Das tue ich immer noch. Nur das Prickeln hat irgendwie gefehlt. Ich denke, unsere Liebe basierte auf gemeinsamen Interessen und praktischen Erwägungen.«

»Nächstes Mal wirst du es besser machen.«

»Deiner geschäftlichen Erfolgsbilanz vertraue ich, aber was deine Fähigkeit angeht, in meine Zukunft zu schauen, bin ich nicht so sicher.«

»Ich kenne dich, Mackenzie. Du machst nicht zweimal den gleichen Fehler.« Er stand auf. »Komm.«

Fragend sah sie ihn an. »Wo gehen wir hin?«

»Nirgendwohin. Steh einfach auf. Ich werde dich umarmen. Nach allem, was heute passiert ist, brauchst du eine Umarmung von einem Freund.«

Obwohl ein leichtes Unbehagen in ihr aufstieg, tat sie wie geheißen, stand auf und trat auf ihn zu. Starke Arme legten sich um sie. Sie erwiderte die Umarmung, lehnte sich an ihn und nahm seine Stärke und Wärme in sich auf.

Sie hätte gedacht, dass er schnell wieder loslassen würde, doch er hielt sie mehrere Sekunden fest und ließ sie den ersten Schritt zurück machen. Als sie ihn ansah, merkte sie, dass sie sich weniger angespannt fühlte und wieder mehr Vertrauen hatte, dass alles gut werden würde.

»Danke. Deine Umarmungen sind toll.«

Lächelnd strich er ihr mit dem Daumen über die Wange. »Das ist einer der Vorteile dieser Partnerschaft.«

»Ich erinnere mich gar nicht, das in den Papieren gelesen zu haben.«

»Einige Dinge verstehen sich von selbst.«

Als sie sich wieder setzte und ihr E-Mail-Programm öffnete, dachte sie, dass Bruno ein wirklich netter Mann und klasse Geschäftspartner war.

Barbara saß ihrem Anwalt gegenüber und versuchte, sich ihre Ungeduld nicht anmerken zu lassen. Sie hatten beinahe alle Punkte von der Liste, die sie ihm geschickt hatte, abgearbeitet. Aber bisher hatte Dan noch kein einziges Wort über Mackenzie verloren.

»Ich weiß nicht, ob du dich absichtlich schwierig gebärdest oder ob du einen Plan hast«, sagte sie, als er die Jahresübersicht ihrer Investmentfonds herausholte. »Ich will mit dir nicht über meine Investitionen sprechen. Ich möchte wissen, ob du dir noch mal die Verträge angeschaut hast, die ich mit Mackenzie geschlossen habe.«

Dan, ein Mann mittleren Alters mit braunen Haaren und einer Vorliebe für dreiteilige Anzüge, presste die Lippen zusammen.

»Aber ich habe dir doch schon in meiner E-Mail mitgeteilt, dass der Vertrag absolut wasserdicht ist, Barbara. Darauf hast du damals bestanden. Solange du diese Weine verkaufst, bekommt Mackenzie ihren Anteil.«

»Das ist lächerlich.«

»So ist das Gesetz.«

»Ein albernes Gesetz. Gibt es wirklich nichts, was du tun kannst?«

»Nein.«

»Kann ich sie verklagen?«

»Weswegen?«

Sie winkte ab. »Sag du es mir. Du bist der Anwalt. Irgendwas. Weil sie ihren Job aufgegeben hat. Weil sie Painted Moon gekauft hat. Weil sie sich von meinem Sohn scheiden lässt.«

»Nichts davon verstößt gegen das Gesetz. Es gab weder einen Angestelltenvertrag noch einen Konkurrenzausschluss. Sie hat freiwillig bei dir gearbeitet und wollte gehen. Und die Scheidung geht nur sie und Rhys etwas an.«

»Tja, das sollte sie aber nicht. Sie betrifft uns alle.« Obwohl seine Einschätzung sie nicht überraschte, gefiel sie ihr nicht. »Wir müssen aufhören, diese Weine zu produzieren. Auf diese Weise bekommt sie nichts.«

»Sind die nicht profitabel für dein Unternehmen?«

»Doch.« Sie waren sogar äußerst profitabel. Alle Weine von Mackenzie waren begehrt und immer schon nach wenigen Wochen ausverkauft.

»Wäre es nicht sinniger, ihr einfach zu zahlen, was du ihr schuldest?«

»Ich bin nicht an sinnig interessiert. Ich will, dass sie bestraft wird. Sie ist schwanger.«

Dans neutrale Miene änderte sich nicht. »Das wusste ich nicht. Ist Rhys der Vater?«

»Das sagt er zumindest.«

Dan schockierte sie, indem er lächelte. »Na, dann herzlichen Glückwunsch.«

Sie funkelte ihn an. »Soll das etwa witzig sein?«

»Was? Nein. Ich dachte … Ich meine, sie bekommt dein Enkelkind.«

»Ich habe bereits Enkelkinder und brauche nicht noch mehr. Schon gar nicht von ihr. Kann ich das Sorgerecht einklagen?«

»Welches Sorgerecht?«

Waren alle Anwälte so dumm wie er? »Kann ich Mackenzie auf die Übertragung des Sorgerechts für das Kind verklagen?«

Dan lehnte sich in seinem Stuhl zurück. Seine Miene verspannte sich. »Familienrecht ist nicht mein Spezialgebiet. Dazu müsste ich dich an einen Kollegen verweisen. Aber ich sehe keinen Anlass, ihr das Sorgerecht für das ungeborene Baby entziehen zu lassen. Die Gerichte stehen meist auf der Seite der biologischen Eltern. Rhys allerdings könnte da eine Chance haben.«

»Er hat keinerlei Interesse an dem Kind. Ich werde zwar auf einem DNA-Test bestehen, aber so, wie es im Moment aussieht, ist das Kind wirklich von ihm.«

Sie nahm die Kaffeetasse in die Hand, die ihr zu Anfang ihres Besuchs serviert worden war. »Es geht um das Erbe. Es ist mir egal, wie viele Kinder sie bekommt, aber wenn Rhys der Vater ist, wird das Kind einen Anteil von Bel Après bekommen. Das will ich verhindern.« Sie sah ihn an. »Und da kommst du ins Spiel.«

»Sobald der DNA-Test vorliegt und beweist, dass Rhys der Vater ist, kannst du nichts dagegen unternehmen. Das Testament ist sehr eindeutig darin, wer erbt.«

»Bist du sicher? Kannst du nicht wenigstens so tun, als würdest du versuchen, eine Lösung zu finden?« Frust wallte in ihr auf.

Dan schüttelte den Kopf. »Nein. Tut mir leid.«

Sie spürte sein Missfallen. Ohne Zweifel fand er sie gemein und herzlos. Aber das war ihr egal. Bel Après zu schützen war das Einzige, was zählte, und dafür würde sie alles tun.

27. KAPITEL

Stephanie fiel es schwer, ihre Scham und das Gefühl, versagt zu haben, abzuschütteln. Sie meisterte ihren Alltag, so gut es ging, und sagte sich, dass sie sich in ein paar Tagen besser fühlen und eine neue Richtung einschlagen würde. Oder zumindest einen Plan entwickeln würde, um einen Job zu kriegen. Doch knappe zwei Wochen nach dem demütigenden Gespräch mit Elias fühlte sie sich genauso wenig in der Lage, sich wieder in die Welt hinauszubegeben, wie an dem Tag, an dem es passiert war.

Vor den Kindern bemühte sie sich, sich normal zu geben. Carson interessierte sich sowieso nur für seine Freunde und seinen Sport, sodass ihm nicht auffiel, dass etwas nicht stimmte. Seit Kurzem überlegte er, Baseball auf dem College zu spielen, anstatt von der Highschool direkt in die Minor League zu wechseln, was bedeutete, dass er sich auf einmal um seine Noten kümmerte. Das konnte ihr nur recht sein.

Ob sie Avery genauso überzeugte, dessen war sie sich nicht so sicher. Sie hatte ihre Tochter ein paar Mal dabei ertappt, wie sie sie beobachtet hatte, doch vielleicht wunderte sie sich auch nur darüber, wie unglaublich dumm Eltern waren und warum das so sein musste.

Als Kyle anrief und ein gemeinsames Abendessen am Freitag vorschlug, stimmte sie zu, denn – warum nicht? Er war ein freundliches Gesicht, und sie brauchte dringend eine Ablenkung. Am nächsten Tag würde er für ein Spiel nach Pullman weiterfahren.

Sie riss sich so weit zusammen, dass sie duschte und sich ein wenig schminkte, verlor allerdings das Interesse, als es daranging, etwas Nettes zum Anziehen auszusuchen. Am Ende entschied sie sich für Leggins und eine Tunika und schlüpfte dazu in ihre Ballerinas.

Sie war müde, weil sie nicht gut schlief, was daran lag, dass sie immer wieder Flashbacks hatte, in denen sie das furchtbare Vorstellungsgespräch noch einmal durchlebte. Irgendwann würde sie jedoch ihren Hintern hochkriegen und sich einen Job suchen müssen. Ihre Ersparnisse hielten nicht ewig.

Wenn sie nur wüsste, ob Elias jemandem von dem Gespräch erzählt hatte. Sie konnte ihn ja schlecht anrufen und fragen, ob er herumposaunte, was für eine Idiotin sie war. Doch der Gedanke daran, dass ihr Scheitern die Runde machte und ihre Mutter davon erfuhr, verfolgte sie.

Pünktlich auf die Minute klopfte Kyle an die Tür. Avery passte auf Fours Kinder auf, und Carson war bei einem Freund. Stephanie öffnete die Tür und schnappte sich ihre Handtasche.

»Hi«, sagte sie und hoffte, fröhlicher zu klingen, als sie war. »Wie war die Fahrt?«

»Gut.« Er beugte sich vor und gab ihr einen Kuss auf die Wange. »In Seattle regnet es, aber kaum hatte ich den Pass hinter mir, hat es aufgeklart.« Er runzelte die Stirn. »Geht es dir gut?«

Sie wollte gerade sagen, dass es ihr wunderbar ging, platzte aber stattdessen heraus: »Nein, ich bin ein Wrack.« Tränen stiegen ihr in die Augen. Sie versuchte, sie wegzublinzeln, aber ein paar kullerten ihr trotzdem über die Wangen.

Kyle überraschte sie, indem er die Haustür schloss, ihr die Handtasche abnahm und auf den Flurtisch legte und sie dann ins Wohnzimmer führte.

»Was ist los?«, fragte er, als sie nebeneinander auf dem Sofa saßen und er sie besorgt anschaute.

»Ich bin eine wandelnde Katastrophe«, erklärte sie und wischte sich das Gesicht ab. »Ich dachte, ich hätte mich gemacht. Ich habe mich meiner Mom gegenüber behauptet und wollte einen neuen Job finden. Aber ich habe so viele Fehler gemacht. Ich habe mich total zum Affen gemacht, und jetzt werde ich vermutlich niemals eine Arbeit hier in der Gegend finden … Und was dann?«

Er zog die Augenbrauen zusammen. »Ich habe keine Ahnung, wovon du redest. Fang noch mal ganz von vorn an.«

Sie zögerte, weil sie ihre Scham nicht teilen wollte, erinnerte sich aber dann daran, dass dieser Mann dabei gewesen war, als sie schreiend ein Baby auf die Welt gebracht hatte, ganz zu schweigen von der Zeit, als sie sich wegen einer Magen-Darm-Grippe ständig hatte übergeben müssen, also konnte er vermutlich mit dem umgehen, was sie ihm erzählte.

»Ich hatte ein Vorstellungsgespräch.«

Sie erzählte ihm, wie aufgeregt sie gewesen war und wie selbstbewusst sie sich bezüglich ihrer Antworten und ihres Portfolios gefühlt hatte. Bis Elias angefangen hatte, ihr ihre Fehler aufzuzeigen.

»Er hatte mir allem recht«, gab sie zu und kämpfte erneut gegen die Tränen. »Ich habe unzählige Recherchen über die Weinindustrie angestellt, aber keine einzige über sein Weingut. Ich habe so viel Arbeit in eine Strategie zum Verkauf der Schatzkammerweine investiert, weil Mackenzie über die von Painted Moon gesprochen hat. Daher hatte ich die Idee.«

»Also hattest du einen guten Plan, nur für das falsche Unternehmen.«

Sie nickte. »Und die Flyer. Wieso ist mir nicht aufgefallen, wie schlecht meine Arbeit in den letzten Jahren geworden ist? Das ist mir zutiefst peinlich, und ich habe Angst, dass Elias allen erzählen wird, dass meine Mom recht hat, was mich angeht, und dann wird niemand mich einstellen wollen, und sie wird sagen können, dass sie es immer gewusst hat.«

Kyle zog sie an sich und hielt sie fest. »Er wird nicht rumlaufen und so über dich reden.«

»Vielleicht doch.«

Sie spürte ihn leise lachen. »Das ist mein kleiner Sonnenschein.«

»Es ist mir so unendlich peinlich. Ich weiß nicht, was ich tun soll. Ich muss einen Job finden, aber ich habe keine Erfahrungen außerhalb der Weinbranche und fürchte, dass mich außerhalb erst recht niemand einstellen will.« Sie zog sich zurück und wischte weitere Tränen ab. »Ich bin eine Versagerin.«

Er nahm ihre Hände in seine. »Nein. Das bist du nicht. Du hast einen Rückschlag erlitten. Das ist alles. Du wirst aus der Erfahrung lernen und es nächstes Mal besser machen.«

»Du hast leicht reden. Du bist ein berühmter Sportreporter. Was weißt du schon übers Versagen?«

»Ich habe dich verloren.«

»Ach bitte. Das war vor zehn Jahren, und du hast kaum bemerkt, dass ich weg war.«

»Das stimmt nicht. Ich habe total versagt, Stephanie, und es gibt vieles, was ich bereue.«

Die Worte waren zwar nett, aber sie wusste nicht, ob sie ihm glauben sollte. »Danke, dass du das sagst.«

Er drückte ihre Hände. »Arbeite für Mackenzie. Sie und Bruno brauchen bestimmt Hilfe mit dem Verkaufsraum und anderem Kram. Und für die Schatzkammerweine hast du schon einen Plan.«

Sie entzog ihm ihre Hände. »Nein. Ich werde nicht meine beste Freundin bitten, mir einen Job zu geben.« Sie schüttelte sich. »Ich will angestellt werden, weil ich die Richtige für den Job bin, nicht aus Mitleid.«

»Du traust dir nicht genug zu. Du bist gut in dem, was du tust.«

Erneut bezweifelte sie seine Worte, so gut sie auch taten. »Du willst immer das Beste in mir sehen. Das ist wirklich nett, aber in den letzten paar Jahren bei Bel Après habe ich nur Dienst nach Vorschrift gemacht. Das erkenne ich jetzt. Ich war gelangweilt und frustriert und habe nicht mein Bestes gegeben.«

»Dann lerne auch daraus. Du hast viel zu bieten. Du bist ehrlich und klug, und du hast tolle Kinder aufgezogen.« Er lächelte. »Außerdem hast du mich länger ausgehalten, als du gemusst hättest.«

Sie brachte ein leichtes Lächeln zustande. »Das stimmt, aber das lag daran, dass ich total verliebt in dich war. Ich wollte nicht gehen.«

Sie hatte gehofft, er würde sich verändern, damit sie bleiben konnte, doch am Ende hatte sie das Richtige getan. Sie schätzte, dass sie darauf stolz sein konnte. Natürlich hatte sie dann weitere zehn Jahre Sex mit ihm gehabt, was wirklich unglaublich dumm gewesen war.

»Ich lerne so unglaublich langsam«, sagte sie stöhnend. »Ich muss besser darin werden, das Problem zu erkennen und zu lösen.«

»Da kommt mir ein Gedanke«, sagte er. »Gib uns noch eine Chance.«

Sie starrte ihn an, unsicher, ob sie das gerade richtig gehört hatte. »Was hast du gesagt?«

»Gib uns noch eine Chance.« Erneut griff er nach ihrer Hand. »Ich vermisse dich, Steph. Ich vermisse uns. Ich habe mich so geirrt. Ich habe das Wichtigste in meinem Leben weggeworfen und es nicht erkannt. Aber das tue ich jetzt. Es gibt so viel, was ich bereue. Ich bitte dich um eine zweite Chance. Ich weiß, ich muss mir dein Vertrauen erst verdienen, aber die Herausforderung nehme ich an. Ich habe nie aufgehört, dich zu lieben.«

Es war ihr unmöglich, irgendwelche zusammenhängenden Gedanken zu formulieren. Die Worte purzelten durcheinander und ergaben keinen Sinn. Er liebte sie noch? Das wollte ihr nicht in den Kopf.

»Es ist zehn Jahre her«, sagte sie und hoffte, nicht so verwirrt auszusehen, wie sie sich fühlte.

»Das bedeutet nur, dass wir beide die Chance hatten, zu wachsen und uns zu verändern. Ich weiß, dass ich es getan habe.« Er lächelte reumütig. »Du warst schon vorher ziemlich perfekt, also war deine Reise nicht so lang. Ich meine es ernst. Ich liebe dich und möchte, dass wir es noch einmal versuchen.«

Er liebte sie? Seit wann? Und was empfand sie bezüglich seiner Worte? Wollte sie wieder mit ihm zusammen sein? Konnte das funktionieren? Avery war auf der Junior-High. Sie würde nicht umziehen wollen. Und Carson hatte alle seine Freunde hier und …

Stephanie schüttelte den Kopf. Nein! Hier ging es nicht um ihre Kinder – es ging um sie und Kyle und darum, was sie wollte.

»Wir könnten es hinkriegen«, fuhr er fort. »Ich könnte herziehen und zum Arbeiten nach Seattle fahren. Du müsstest dir keine Gedanken um einen Job machen, außer, du willst es. Ich möchte mich so um dich kümmern, wie ich es früher hätte tun sollen. Ich möchte alles sein, was du dir von mir wünschst.«

Er klingt, als ob er es ernst meint, dachte sie und hatte immer noch Probleme zu verstehen, was hier gerade passierte. Er bot ihr alles an, von dem sie geglaubt hatte, es zu wollen. Alles, was sie wollte, als sie ihn verlassen hatte und nach Hause zurückgelaufen war. Sie verstanden sich gut, der Sex war immer beeindruckend gewesen, und mit Kyle zusammen zu sein war lustig. Aber reichte das? Was war mit ihren Hoffnungen für die Zukunft? Wie würde er da reinpassen? Nicht, dass sie im Moment eine großartige Zukunft vor sich hatte. Ein Teil von ihr war versucht – ernsthaft versucht. Immerhin machte er alles so leicht.

Zum zweiten Mal entzog sie ihm die Hand, als sie schlagartig die Wahrheit erkannte. Es wäre leicht, Ja zu sagen und so allen Problemen in ihrem Leben aus dem Weg zu gehen. Denn mit Kyle zusammen zu sein würde all diese Probleme auf einen Schlag lösen. Sie müsste sich keine Gedanken mehr über Geld oder darüber machen, was sie mit ihrem Leben anfangen wollte.

Doch reicht das? Wollte sie nicht – wenigstens einmal – mutig sein? In ihrer Ehe war sie jahrelang unglücklich gewesen, bevor sie den Mut gefasst hatte zu gehen. Und dann war sie auch nur zu ihrer Mutter zurückgelaufen. Noch länger hatte sie gebraucht, um sich einen neuen Job zu suchen, und als die Käserei eine Katastrophe gewesen war, hatte sie nichts getan. Sie hatte aus einem Impuls heraus bei Bel Après gekündigt, was überhaupt nicht mutig war. Und jetzt musste sie ihrem mittelmäßigen Talent und einem schlechten Ruf ins Auge sehen. Anstatt den Hintern hochzukriegen und etwas zu unternehmen, hatte sie sich verkrochen und sich selbst leidgetan. Schlimmer noch, sie überlegte, Kyle erneut zu heiraten, weil das die einfachste Lösung war.

»Ich bin so ein unglaubliches Weichei«, sagte sie laut.

»Was?«

Sie sah ihn an. »Das stimmt. Mein ganzes Leben lang habe ich den leichten Weg gewählt. Ich wollte dich, also bin ich schwanger geworden, um dich an mich zu binden. Ich habe dich verlassen und von meiner Mom erwartet, dass sie sich um mich kümmert. Ich habe meinen Job hier gehasst, aber nichts dagegen unternommen. Ich habe weiterhin Sex mit dir gehabt, damit ich nicht jemanden finden musste, mit dem ich wirklich zusammen sein wollte. Immer habe ich den einfachen Weg gewählt.«

»Du bist zu hart zu dir.«

»Nein. Vielleicht bin ich zum ersten Mal in meinem Leben ehrlich.« Sie atmete tief ein. »Ich liebe dich nicht, Kyle. Es tut mir leid, aber so ist es nun mal. Das tue ich schon eine ganze Weile nicht mehr. Ich denke, wir sind gute Freunde, aber wir können nicht wieder zusammen sein. Es ist schon lang aus zwischen uns. Wir müssen beide in die Zukunft schauen und dürfen uns nicht in der Vergangenheit vergraben.«

Er lehnte sich zurück. Um seine Mundwinkel zuckte es. »Du wirst uns keine neue Chance geben?« Seine Stimme klang schmerzerfüllt.

Seine offensichtliche Überraschung, die emotionale Reaktion triggerten ihre Schuldgefühle, aber Stephanie ignorierte sie.

»Du bist mir wichtig«, erklärte sie. »Und das wirst du immer sein. Aber als Freund. Du musst eine Frau finden, die den Mann schätzen kann, zu dem du geworden bist.«

Er stand auf und funkelte sie an. »Ich hätte landesweit Karriere machen können und bin nur beim Sender in Seattle geblieben, weil ich in deiner Nähe sein wollte. Und die ganze Zeit über war es dir egal, was ich getan habe.«

Er ist nur verärgert, sagte sie sich und ermahnte sich, ruhig zu bleiben. »Ich wusste nicht, dass du die Chance hattest, zu einem überregionalen Sender zu wechseln. Kannst du das nicht immer noch? Die Kinder würden es lieben, dich in New York zu besuchen. Und ich auch.«

Sobald sie die Worte ausgesprochen hatte, wusste sie, dass sie falsch waren. Er zuckte zusammen.

»Dich interessiert es gar nicht, ob ich in der Nähe bin, oder?«

»Kyle, nein! Das habe ich nicht gemeint. Ich möchte, dass du glücklich bist und hast, was immer du willst.«

»Nur nicht dich.«

Dazu konnte sie nichts sagen. Das unangenehme Schweigen zog sich in die Länge, bis er sich zur Tür wandte. Sie ging ihm hinterher.

»Es tut mir leid«, sagte sie. »Ich wollte dir nicht wehtun.«

Er drehte sich zu ihr um. »Wir hätten alles haben können, Steph.«

Da hatte er recht – das hätten sie. Aber die Chance hatten sie vor zehn Jahren vertan. Nach all dieser Zeit gab es kein Zurück mehr.

»Es tut mir leid«, wiederholte sie.

»Mir auch.«

Damit ging er in den Abend hinaus. Sie sah ihm nach, wie er in sein Auto stieg und davonfuhr, dann schloss sie die Tür und lehnte sich dagegen.

Sie fühlte sich nicht gut mit dem, was passiert war, aber zumindest wusste sie, dass sie das Richtige getan hatte. Zum ersten Mal hatte sie nicht den leichten Weg gewählt. Jetzt blieb nur die Frage, was sie als Nächstes tun würde.

Barbara trank Wein, weil sie ihn liebte, aber Tequila wählte sie, wenn sie sich betrinken wollte. Manchmal machte sie sich eine Margarita, manchmal trank sie ihn pur. An diesem Nachmittag wahrte sie die Fassade, indem sie ihn mit frischem Zitronensaft und Cointreau mischte.

Sie saß in dem kleineren Wohnzimmer neben der Küche, starrte aus dem Fenster und fragte sich, wie ihr Leben nur so schnell den Bach hatte runtergehen können. Alles war eine Katastrophe, und nichts konnte ihre Laune heben, nicht einmal der Blick auf ihren funkelnden Verlobungsring. Die Vorstellung, eine Hochzeit zu planen, ließ sie erschaudern. Sie hatte kaum Zeit für all die Dinge, die sie jeden Tag tun musste, geschweige denn dafür, eine lächerliche Feier zu organisieren. Welche Bedeutung hatte diese Ehe überhaupt? Bel Après hatte seine Winzerin verloren, und sie hatte keinen Ersatz. Während sie hier saß, fermentierten die Trauben, und was dann? Wer würde entscheiden, was als Nächstes passierte, welche Rebsorten gemischt wurden und in welchem Verhältnis? Man konnte nicht einfach Trauben fermentieren, das Ergebnis in Flaschen abfüllen und erwarten, etwas Wundervolles erschaffen zu haben.

»Niemand in dieser Gegend will für mich arbeiten«, sagte sie und hob das Glas in Richtung ihrer beiden Töchter. Sie war nicht sicher, wie die hierhergekommen waren. Lori mochte ihr vom Büro aus gefolgt sein, und Catherine war ein paar Minuten später aufgetaucht. Ohne Zweifel hatte Lori sie zur Unterstützung herbeigerufen.

Barbara wusste nur nicht, warum. Sie saß hier allein und trank. Es war kaum wahrscheinlich, dass sie das Haus niederbrennen würde, also warum das Getue? Aber sie sagte nichts, weil das auch nicht wichtig war.

»Was meinst du damit?«, fragte Catherine, die in ihrem gebatikten Overall wie immer lächerlich aussah. Guter Gott, Batik? War das nicht schon in den 1960er-Jahren aus der Mode gewesen? »Wer will nicht für dich arbeiten?«

»Jeder Winzer der Gegend, der halbwegs was kann. Wir suchen jetzt in Kalifornien. Natürlich werden wir mit irgendeinem Loser enden, aber welche Wahl bleibt uns?« Sie trank ihr halbes Glas in einem Zug aus. Das ist meine dritte Margarita, dachte sie. Oder vielleicht die vierte.

»Alles ist zerstört«, fuhr sie fort. »Erst ist Mackenzie weggegangen, dann Stephanie. Ich vermisse sie beide. Es war immer so lustig, mit ihnen zu reden.« Sie funkelte ihre verbliebenen Töchter an und fragte sich, warum die beiden keine spannenderen Unterhalterinnen sein konnten.

»Und der Anwalt war die reinste Katastrophe. Er hat sich geweigert, auch nur darüber nachzudenken, Mackenzie auf das Sorgerecht zu verklagen. Warum? Ich habe vier Kinder großgezogen. Sie hat keinerlei Erfahrungen und ist eine Waise.«

Lori wirkte verwirrt. »Was hat das damit zu tun?«

»Sie hat keine Familie, keine Unterstützung.«

»Aber es ist ihr Baby, Mom«, sagte Lori zögerlich. »Das kannst du ihr nicht wegnehmen.«

»Das sagen mir alle«, fuhr Barbara sie an und fragte sich, warum ihre mittlere Tochter nur so ermüdend war.

»Lass uns das Thema wechseln«, schlug Catherine vor. »Reden wir über fröhliche Dinge. Lori, erzähl Barbara von Owen.«

Barbara richtete ihren scharfen Blick auf Lori. »Wer ist Owen?«

Lori errötete nervös, was ihr überhaupt nicht stand. Sie wurde dann so fleckig. Sehr, sehr unattraktiv.

»Er ist stellvertretender Manager auf einem Weingut. Wir gehen schon eine Weile miteinander aus.«

Lori ging mit einem Mann aus? »Seit wann?«

»Ein paar Wochen.« Ihre Tochter schaute an ihr vorbei. »Ich dachte nicht, dass du darüber reden willst, bei allem, was gerade so los ist.«

Das stimmte zwar, dennoch hasste Barbara es, wenn jemand anders Dinge für sie entschied. »Du hättest mir davon erzählen sollen.«

»Tut mir leid. Du hast recht.«

»Stimmt.« Barbara trank ihre Margarita aus. »Ich bin froh, dass ihm egal ist, dass du fett bist. Das ist doch immerhin etwas.«

Wie immer riss Lori die Augen auf, bevor sie in Tränen ausbrach. Barbara unterdrückte ein Seufzen und wappnete sich für den Ausbruch. Sekunden später rannte ihre Tochter aus dem Raum.

»Echt jetzt?« Catherine schüttelte den Kopf. »Musst du eigentlich immer gemein sein? Können wir das nicht auf ungerade Tage beschränken?«

»Sie ist schwach.«

Catherine presste die Lippen zusammen. »Weißt du, viele Forschungen besagen, dass Essstörungen aus einer schlechten Kindheit resultieren, also sind ihre Gewichtsprobleme technisch gesehen deine Schuld.«

Barbara hob die Augenbrauen. »Ja, es ist sehr in Mode, der Mutter an allem die Schuld zu geben, nicht wahr?«

Anstelle einer Antwort holte Catherine ihr Handy heraus und schickte eine kurze Nachricht. Dann lächelte sie ihre Mutter an.

»Bist du glücklich?«

Diese unerwartete Frage verstörte Barbara. Sie senkte den Blick auf ihr Glas, weil sie nicht antworten wollte.

»Ich bin es«, verkündete Catherine fröhlich. »Jeden Tag. Ich habe Jaguar und die Kinder. Meine Kunst erfüllt mich, und ich lebe mit meiner Familie in einem wunderschönen Haus. Ich bin gesegnet.«

»Du erwartest definitiv nicht viel vom Leben«, gab Barbara schnippisch zurück.

Catherines ruhiges Lächeln war nervtötend.

»Ich erwarte, was mir wichtig ist.«

»Ach, ich bitte dich. Jaguar ist Mechaniker. Er wird nie ins Management aufsteigen. Und die Stücke, die du Kunst nennst, verkaufen sich nicht für sonderlich viel Geld.«

»Glücklich zu sein hat nichts mit Geld oder Karriere zu tun. Es ist das Gefühl, von deinem Leben erfüllt zu sein. Jaguar mag seinen Job und will gar nicht aufsteigen. Viel lieber verbringt er Zeit mit seiner Familie.«

»Was für ein Schock. Du hast einen Mann ohne jegliche Ambitionen geheiratet.«

Wie üblich ignorierte Catherine sie. »Dank des Treuhandfonds brauchen wir kein großes Einkommen. Ich verkaufe meine Kunst, wann es mir gefällt. Der Erlös ist mir nicht wichtig. Ich mag es zu wissen, dass meine Kunst die Leute glücklich macht. Ich bin mit der Erde und den Kreaturen um mich herum verbunden. Meine Kinder wachsen und gedeihen. Was sollte ich noch mehr wollen?«

»Ein Gehirn?«

Catherine lachte. »Ich weiß, du versuchst nicht, lustig zu sein, aber manchmal bist du es trotzdem.« Das Lächeln schwand.

»Ich wünschte, du könntest glücklich sein. Du hast so viel und machst dir nie die Mühe, es wertzuschätzen.«

»Was habe ich denn? Verrat? Verlust? Ein angeschlagenes Unternehmen?«

»Du bist gesund und hast eine Familie. Einen Mann, der dich liebt.«

Wie auf Kommando betrat Giorgio das Zimmer. Barbara war überrascht, ihn zu sehen, doch dann tauschten er und Catherine einen wissenden Blick, und sie wusste, dass die Nachricht, die Catherine eben verschickt hatte, die Bitte an ihn gewesen war vorbeizukommen. Sie verbünden sich gegen mich, dachte sie grimmig. Aber das sollte sie nicht überraschen.

Giorgio setzte sich neben sie und nahm ihre Hand in seine. »Wie geht es dir, meine Süße?«

»Ich bin wütend. Deprimiert. Habe Angst vor der Zukunft.«

Ich fühle mich alt, dachte sie, sprach es aber nicht aus. Warum auf das Offensichtliche hinweisen?

»Du solltest ein wenig Vertrauen haben«, schalt er sie sanft. »Alles wird gut werden.«

»Ach ja? Wie wundervoll. Wenn du schon dabei bist, Prognosen abzugeben, wann wird der neue Winzer auftauchen? Das wäre mal eine hilfreiche Information.«

Giorgio runzelte die Stirn. »Warum bist du wütend auf mich?«

»Weil du lächerliche Aussagen triffst. Du hast keine Ahnung, ob alles gut werden wird. In deinem Kopf sagst du dir, es ist gut, und dann ist es das auch für dich, aber das ist nicht die Realität. Wenn ich nicht alles im Griff behalte, wird die Firma auseinanderbrechen.«

Er ließ ihre Hand los und setzte sich auf das Sofa gegenüber. »Wenn du zu sehr festhältst, erstickst du alle anderen.«

»Halte ich mich zu sehr fest?«, fragte sie steif. »Willst du mir vielleicht sagen, was ich noch alles falsch mache? Wieso ist alles meine Schuld – von Mackenzies Weggang bis zu Loris Gewichtsproblemen? Ich scheine der Bösewicht des Tages zu sein. Also los, hau alles raus, was dir auf der Seele liegt.«

Sie war sowohl wütend als auch den Tränen nahe. Ersteres war in Ordnung, Letzteres fachte ihre Verärgerung nur noch mehr an. Sie war es leid zu weinen. Dann fühlte sie sich immer so klein und allein, und außerdem löste es gar nichts.

»Barbara, warum streiten wir uns?«

»Weil du unvernünftig bist.« Sie schaute sich um und sah, dass Catherine den Raum verlassen hatte. »Hör auf, mir zu sagen, dass alles gut wird. Das kannst du nicht wissen.«

»So wie du nicht wissen kannst, dass es das nicht wird. Warum musst du immer nach den dunklen Wolken Ausschau halten?«

»Weil es jeden einzelnen Tag Probleme regnet.«

Wütend funkelten sie einander an. Barbara konnte sich nicht erinnern, dass sie sich jemals zuvor mit Giorgio gestritten hatte – nicht so. Er unterstützte sie immer, war verständnisvoll, doch in letzter Zeit hatte sie das Gefühl, dass er sie ständig kritisierte.

»Vielleicht sollten wir das Thema wechseln«, sagte er leise. »Und uns über etwas Angenehmeres unterhalten.«

Sie hatte ausreichend Energie und hätte gut und gern noch eine Stunde weiterstreiten können, erkannte aber den Sinn in seinem Vorschlag. Wobei, wenn sie so richtig darüber nachdachte, hoffte sie nicht, dass er vorschlagen würde, nach oben zu gehen. Im Moment war Sex wirklich das Letzte, woran sie dachte.

»Wir müssen unsere Reise zu Rosemarys Geburtstag planen. Ich schätze, du hast im Moment kein Interesse daran, auf die Bermudas zu fliegen.«

»Wirklich sehr einfühlsam von dir«, sagte sie sarkastisch und wünschte sich sofort, sie hätte es nicht getan.

Giorgio lehnte sich auf dem Sofa zurück und musterte sie. Sie spürte, dass sie rot wurde, und wollte sich entschuldigen, konnte die Worte aber nicht hervorbringen.

Er wandte den Blick ab. »Wie gesagt, wir fliegen nicht auf die Bermudas, also lass uns die Daten für New York festlegen.«

»Ich komme nicht mit.«

»Es ist ihr vierzigster Geburtstag. Sie gibt ein großes Fest mit allen Freunden und ihrer Familie. Du musst dabei sein.«

»Sie ist kein Kind mehr, sondern erwachsen. Sie wird es verstehen. Es ist nur ein Geburtstag.«

Er neigte den Kopf. »Hier geht es nicht um sie, Barbara. Sondern um uns. Diese Reise ist mir wichtig, und ich möchte, dass du mich begleitest. Was auch immer hier auf dem Weingut passiert, es wird noch da sein, wenn wir zurückkommen. Es ist nur eine Woche. Ich glaube nicht, dass ich zu viel verlange.«

»Für mich schon. Ich möchte nicht mitkommen. Nicht im Moment. Meine Firma braucht mich.«

Sie wünschte, sie hätte einen weiteren Drink. Und sie wünschte, er würde aufhören, sie mit dieser Mischung aus Überraschung und Enttäuschung anzusehen, denn dabei fühlte sie sich schlecht und klein.

»Nicht alles dreht sich immer nur um dich«, sagte er leise.

»Das ist nicht fair. Ich stecke hier in einer Krise. Warum verstehst du das nicht? Ich beziehe das Ganze nicht auf mich, aber du beziehst alles auf dich.«

»Glaubst du das wirklich?«

»Natürlich. So ist es doch auch.«

»Ich verstehe.« Er stand auf. »Dann scheint es nichts mehr zu sagen zu geben.«

Sie erhob sich ebenfalls. »Also gehst du? Einfach so? Keine Diskussion, kein weiteres Gespräch? Du haust einfach ab?«

Sein dunkler Blick war ganz ruhig. »Kann ich irgendetwas sagen, das deine Meinung bezüglich New York ändert?«

»Nein.«

»Dann hat es auch keinen Sinn, noch länger zu bleiben. Da Bel Après in einer Krise steckt, wirst du sicher im Büro gebraucht.«

Damit verließ er den Raum. Sekunden später hörte sie die Haustür ins Schloss fallen. Barbara ließ sich aufs Sofa sinken und schlug die Hände vors Gesicht. Sie hatte von ihm bekommen, was sie gewollt hatte, aber irgendwie fühlte es sich nicht wie ein Gewinn an. Im Gegenteil. Ihr Magen revoltierte, als würde sie sich gleich übergeben müssen, und sie konnte ehrlich nicht sagen, warum.

28. KAPITEL

Am Samstagnachmittag ging Mackenzie mit Stephanie in ihr Schlafzimmer. »Nicht urteilen, bitte«, sagte sie im Flur. »Ich habe es so gut gemacht, wie ich konnte.«

Stephanie lachte und schob sich an ihr vorbei. »Wir reden hier von Shopping und nicht davon, die Wirtschaft eines Dritte-Welt-Landes auf Vordermann zu bringen. Das sollte eigentlich nicht schwer sein.«

»Und doch ist es das. Aber ich muss etwas unternehmen.« Mackenzie hob den Saum ihres T-Shirts ein wenig an, um zu zeigen, dass sie ihre Jeans nicht mehr zumachen konnte. Sie hatte den Knopf mit einem Gummiband am Knopfloch befestigen müssen.

»Ach Süße, das ist einfach traurig.«

»Ich weiß. Auch wenn ich mich noch nicht sonderlich mit meinem Baby verbunden fühle, werde ich jeden Tag dicker.«

Stephanie betrat das Schlafzimmer. »Mit deiner emotionalen Zerbrechlichkeit beschäftigen wir uns später. Jetzt erst mal: Klamotten. Was hast du?«

»Nichts, was passt. Es ist alles zu groß.« Sie deutete auf die offenen Kartons, die auf ihrem Bett standen.

Stephanies Rat folgend hatte sie im Internet ein paar Sachen bestellt, die aber alle nicht passten. Sie nahm ein T-Shirt in die Hand, das sie anprobiert hatte.

»Das ist riesig. An den Schultern passt es, aber ansonsten versinke ich darin. Warum kann ich keine passende Umstandsmode finden? Und lass mich gar nicht erst mit Hosen anfangen. Meine sind zu eng, aber die, die ich online gekauft habe, sind alle zu groß.«

Stephanie grinste. »Du weißt, dass das Baby im Moment die Größe einer Limabohne hat, oder? Und in fünf Monaten hat es die Größe eines Babys. Du wirst in das T-Shirt reinwachsen.«

Mackenzie wirkte nicht überzeugt. »Das kann ich mir nicht vorstellen.«

»Das musst du auch nicht, denn das passiert von ganz allein.«

Stephanie ging zum Bett und nahm eine Jeans und ein Paar Leggins aus einem der Kartons.

»Die Jeans wird im Moment nicht ganz so groß aussehen, was an ihrem Schnitt liegt und daran, dass der elastische Bund nicht so weit ist wie bei den Leggins. Die kommen dann später, wenn das Baby weiterwächst. Hol dir je vier Paar, dazu ein paar schickere Anzughosen für Geschäftstermine.«

»Woher weiß ich, dass sie mir passen?«

»Wenn sie deine übliche Größe haben und die Beinlänge passt, nimm sie. Das Gleiche gilt für Oberteile. An Schultern und Armen sollen sie richtig sitzen. Zur Arbeit trägst du T-Shirts und Sweatshirts. Kauf davon ein paar, dazu einige nette Blusen für besagte Geschäftstermine. Das ist ein Anfang. In ein paar Monaten fahren wir dann in die Tri-Cities und gehen shoppen.«

»Ich bin mir nicht sicher, dass ich das kann.« Mackenzie starrte die Sachen auf ihrem Bett an. »Und was diese ganze Babysache angeht, bin ich mir auch nicht sicher.«

Stephanie grinste. »Ich frage mich, warum. Sieh dir doch nur an, was du alles durchgemacht hast. Ein Baby zu kriegen ist vermutlich das Letzte, woran du denkst.«

Sie begann damit, die Sachen, die Mackenzie bestellt hatte, zu sortieren. Alle langärmligen T-Shirts, Sweatshirts und zwei Pullover wanderten auf einen Haufen. Dann hielt sie zwei Blusen hoch.

»Die Muster sind fürchterlich. Was hast du dir nur dabei gedacht?«

»Ich war verzweifelt, und die waren im Angebot.«

»Die gehen zurück. Finde etwas, das dir wenigstens ein bisschen gefällt.« Sie zeigte auf den Stapel. »Probier die hier an, und wenn sie an Schultern und Armen passen, behältst du sie.«

Dann ging sie zum Schrank. Es dauerte nicht lang, bis sie alle Oberteile, die auf Figur geschnitten waren, rausgenommen hatte.

»Die kommen in Kisten, um Platz für die Umstandssachen zu schaffen«, verkündete sie und zeigte auf die Kunststoffboxen, die sie mitgebracht hatte. »Du musst auch deine Unterwäsche und BHs durchgehen. Für eine Weile kommst du mit Slips im Bikinischnitt durch, aber irgendwann wenden wir uns alle Omaunterhosen zu. Mach dir keine Sorgen, die kaufen wir bei unserem Shoppingtrip. Passen dir deine BHs noch?«

Mackenzie nickte. »Ich habe ein paar Sport-BHs, die noch länger passen werden.« Sie warf einen Blick zu ihrer Kommode. »Ich hasse es, dass meine Brüste so groß werden. Das ist komisch.«

»Es wird noch schlimmer.«

Mackenzie seufzte. »Ohne dich würde ich das hier nicht durchstehen. Das meine ich ehrlich. Ich bin total verloren, was total untypisch für mich ist.«

»Ich bin für dich da, genau wie Four. Und jetzt gehen wir nach unten und essen ein paar der Muffins, die ich mitgebracht habe.«

»Ich liebe deine Muffins. Wir haben Glück, dass Samstag ist und Bruno nicht hier ist, sonst hätte er sie schon alle vertilgt. Four hat vor Kurzem Kekse vorbeigebracht, und wie sich herausstellte, hat der Mann ein Faible für hausgemachte Backwaren.«

Sie gingen nach unten. Mackenzie wusste, dass sie sich später um die Klamotten kümmern musste, aber im Moment war sie einfach nur dankbar, Zeit mit ihrer Freundin verbringen zu können.

Sie schenkte ihnen je einen Becher Kaffee ein.

»Entkoffeiniert«, sagte sie. »Echten Kaffee habe ich leider nicht.«

»Ist in Ordnung.« Stephanie schob den Teller mit den Blaubeermuffins über den Tisch. »Vor denen musst du mich beschützen. Ich habe heute früh schon zwei davon gegessen. Bruno ist nicht der Einzige, der hausgemachte Backwaren liebt. Der Unterschied ist, er ist ein Kerl, deshalb nimmt er nicht so schnell zu.«

»Eigentlich ernährt er sich ziemlich gesund. Er besteht immer darauf, dass wir zum Lunch einen Salat essen. Ich würde gern sagen, dass das wegen des Babys ist, aber ich glaube, so ist er einfach.«

Stephanie zog die Augenbrauen in die Höhe. »Ihr esst gemeinsam zu Mittag? Erzähl.«

»Da gibt es nichts zu erzählen.« Mackenzie winkte ab. »Wir hocken während der Renovierung des Büros ziemlich eng aufeinander, also essen wir auch zusammen.«

»Das überzeugt mich nicht. Er ist ein gut aussehender Mann, du bist neuerdings Single. Willst du mir etwa sagen, dass da nicht die Funken sprühen?«

»Wir sind bloß Geschäftspartner.«

»Wenigstens eine von uns sollte ein Liebesleben haben.«

»Nicht ich.« Mackenzie dachte an den Moment, als sie Rhys mit der Frau beim Lunch gesehen hatte. Er hatte sich schnell neu orientiert, aber sie war noch lange nicht so weit. »Es ist noch zu früh.«

»Vermisst du meinen Bruder?«

»Nicht wirklich. Ich vermisse das Paar, das wir hätten sein können.«

»Seid ihr dieses Paar je gewesen?«

Sie wollte bejahen, aber wenn sie ehrlich war, kannte sie die Wahrheit. »Nein. Nicht mal an unseren besten Tagen.«

»Möchtest du das denn?«

»Und du?«

Stephanie nahm sich einen Muffin. »Irgendwann schon. Ich möchte gern eine normale, erwachsene Beziehung mit einem Mann haben, der nicht mein Ex-Mann ist.«

»Du könntest jemanden im Internet kennenlernen.«

»Oder auch nicht.« Sie brach ein Stück vom Muffin ab und steckte es sich in den Mund. »Was ist mit dir? Was glaubst du, wie lange wirst du warten, bis du jemanden findest?«

»Keine Ahnung. Wie du vorhin schon gesagt hast, ist in meinem Leben gerade ziemlich viel los. Das Letzte, was ich jetzt brauche, ist ein Mann.«

»Was ist mit einem Baby?«

»Ach, kommen wir wieder auf das Thema zurück?«

»Das müssen wir nicht.« Stephanie lächelte. »Es ist in Ordnung, keine Verbindung zu deinem Kind zu fühlen. Im Moment ist es nur ein medizinischer Zustand, keine Person. Du machst alles richtig – du ernährst dich gesund, nimmst deine Vitamine, spuckst nach dem Weinverkosten aus. Du hast noch Zeit, dich an die Vorstellung, Mutter zu sein, zu gewöhnen.«

»Ich weiß nicht, wie man das macht«, gab sie zu. »Mutter zu sein. Ich hatte nie eine.«

»Liebe dein Kind von ganzem Herzen, und lass es nicht in der Badewanne ertrinken. Four und ich werden für dich da sein, das weißt du.«

»Ja, das weiß ich. Trotz des ganzen Dramas warst du da. Du bist eine gute Freundin.«

»Abgesehen von meinem anfänglichen Versagen.«

Mackenzie lächelte. »Daran kann ich mich nicht erinnern. So, genug von mir und meinen Problemen. Was gibt's Neues bei dir?«

Stephanie lächelte strahlend. »Ich mache mit der Jobsuche weiter und habe schon ein paar Möglichkeiten aufgetan.«

»Was ist aus Elias geworden? Du meintest, er würde sich wieder bei dir melden.«

Stephanie stand auf und schenkte Kaffee nach. »Er hat jemand anderen eingestellt.«

»Oh nein. Das hast du mir gar nicht erzählt. Das tut mir leid.«

»Schon okay.« Stephanie kehrte an den Tisch zurück. »Ich habe mich in dem Gespräch nicht sonderlich gut geschlagen. Aber ich habe viel gelernt. Wie sich herausgestellt hat, war ich in meinem letzten Job nicht gerade motiviert.«

»Wie kannst du das sagen? Du warst super. Die Verkäufe sind jedes Jahr gestiegen. Außerdem hattest du ausgezeichnete Ideen für die Erweiterung des Sortiments. Und die Idee mit dem Café war brillant. Barbara hat das nicht sehen wollen, aber es hätte dem Angebot von Bel Après noch mal einen ganz neuen Reiz verliehen. Es war die Chance, zu einem Touristenziel zu werden.«

Entschuldigend hob sie die Hände. »Ich hoffe, du verstehst das in dem Sinne, wie ich es meine, aber ich klaue deine besten Ideen, wenn ich mit Bruno darüber spreche, was wir mit Painted Moon machen wollen. Er hat keine Probleme damit, dass wir bis dato noch kaum Umsätze machen, aber ich hyperventiliere regelmäßig.«

»Du bist süß. Danke, dass du meine Ideen klaust. Vielleicht fällt mir noch mehr ein, das teile ich dann mit dir.«

»Ich nehme alles.« Mackenzie zögerte. »Bruno ist zwar für das Einstellen der Mitarbeiter verantwortlich, aber wenn du möchtest, rede ich gern mal mit ihm.«

»Nein.« Stephanie klang entschieden. »Nein und nein. Ich möchte meinen nächsten Job allein ergattern. Ich recherchiere viel und bin dabei, einen Plan aufzustellen. Lass es mich auf meine Weise tun.«

Mackenzie wusste, wie es war, wenn man sich selbst etwas beweisen wollte. »Ich werde nichts sagen.«

»Danke. Und jetzt habe ich ein wenig Klatsch für dich.« Ihre Augen leuchteten. »Mom hat tagsüber getrunken, und damit meine ich Tequila. Four war vor ein paar Wochen bei ihr, und sie war um drei Uhr nachmittags schon betrunken.«

Mackenzie lächelte, weil sie wusste, dass Stephanie das von ihr erwartete, aber sie verspürte keine Freude. Trotz allem fühlte sie sich schlecht, weil Barbara so viel durchmachte. Das war dumm, aber so war sie nun mal.

»Gibt es einen neuen Winzer?«

»Noch nicht, aber ich habe gehört, dass sie bald Gespräche führen.«

»Ich hoffe, dass derjenige, den sie einstellt, mit dem Syrah vorsichtig ist. Damit zu arbeiten kann schwierig sein.«

Stephanie lehnte sich vor. »Mackenzie, das ist nicht mehr deine Baustelle.«

»Ich weiß, aber …«

»Kein Aber. Du musst loslassen. Du hast jetzt Painted Moon. Mach dir über deine Syrah-Trauben Gedanken.«

»Das tue ich. Es ist nur schwer, all das loszulassen.«

Stephanie nahm ihren Becher in die Hand. »Wem sagst du das?«

Die Renovierung der Büros von Painted Moon war pünktlich beendet worden. So etwas hatte Mackenzie noch nie zuvor erlebt. Sie schätzte, die Bauarbeiten zu beaufsichtigen war nur ein weiteres von Brunos vielen Talenten. Mit einigen wenigen Fahrten hatten sie alle ihre Sachen in das neue Büro gebracht. Die Räume waren wesentlich hübscher als die bei Bel Après, hatten aber dennoch nichts mit den Originalplänen zu tun.

Bruno hatte ihr die doppelte Fläche und ein angrenzendes Badezimmer geben wollen. Sie hatte dankend abgelehnt und ihm erklärt, dass ihre Hauptarbeit in den Weinbergen und der Produktion stattfand und sie nicht mehr brauchte als einen Schreibtisch und einen Aktenschrank. Doch er hatte ihr mehr gegeben, darunter wunderschöne Bücherregale und ein kleines Sofa an der ihrem Schreibtisch gegenüberliegenden Wand.

Um halb zehn saß sie vor ihrem Computer, der schon ans WLAN angeschlossen war. Neben ihr stand ein schickes neues Telefon mit viel zu vielen Knöpfen. Mit ihrem Handy konnte sie umgehen, aber das Festnetztelefon mit seinen zwei Reihen an Knöpfen machte sie nervös. Sie starrte es gerade an, als Bruno an der Tür zu ihrem Büro auftauchte.

»Wird mir irgendjemand all das hier erklären?«, fragte sie und deutete auf das Telefon.

»Es gibt einen Knopf für das Halten eines Gesprächs, einen zum Sprechen und einen mit meinem Namen darauf.«

»Was ist mit dem Rest?«

»Die kommen ins Spiel, wenn wir wachsen. Morgen früh habe ich Vorstellungsgespräche mit Officemanagern. Irgendwelche Anforderungen?«

»Nur dass ich nicht dabei sein muss.«

Grinsend kam er herein und setzte sich aufs Sofa. »Versprochen. Ich kümmere mich um die Büromitarbeiter. Der Buchhalter bleibt, genau wie die beiden Lagerarbeiter. Der Manager für die Weinberge möchte gern in Rente gehen.«

»Ja, das hat er mir gestern gesagt. Er ist schon über siebzig und sieht aus wie hundertfünf, also hat er es sich verdient.«

»Es wird schwer sein, ihn zu ersetzen.«

»Ich weiß.«

»Kennst du jemanden, der Interesse hätte?«

»Du meinst, ob ich jemanden von einem anderen Weingut abwerben will?« Sie versuchte, nicht zu entsetzt zu klingen.

Sein Lächeln kehrte zurück. Er hatte ein tolles Lächeln, das sie beinahe alles um sich herum vergessen ließ. Zu seinem langärmligen Hemd trug er eine dunkle Jeans und Loafer. Einen Tick zu modisch, aber dennoch ein attraktives Gesamtpaket. Sie hingegen hatte die dehnbarste Yogahose an, die sie bei *Target* hatte finden können, dazu eine weite Bluse, die sie hasste, die aber ihren Bauch verbarg. Normalerweise macht Mackenzie sich nichts aus Kleidung, aber so, wie sie heute angezogen war, fühlte sie sich altbacken.

»Wir machen ihnen ein besseres Angebot«, erklärte Bruno, und sie konzentrierte sich wieder auf ihre Unterhaltung. »Das ist rein geschäftlich. Ich stelle mal eine Liste mit möglichen Kandidaten zusammen.«

»Wird einer von ihnen Rhys sein?«

Er zog die Augenbrauen hoch. »Willst du das?«

»Nein.« Sie zögerte. »Er ist sehr gut in seinem Job. Ist es da falsch von mir, wenn ich sage, dass ich nicht mit ihm zusammenarbeiten will?«

»Nein. Du stehst das mit der Scheidung besser durch als die meisten, aber warum solltest du die Sache unangenehm machen, wenn es nicht sein muss?«

»Danke.«

»Gern geschehen. Wir müssen überlegen, was wir mit den abgefüllten Weinen anstellen wollen. Ich habe meine Fühler nach ein paar Firmen ausgestreckt, die Restaurants beliefern. Wir könnten ein Hausetikett draufkleben, und – voilà – schon sie sind etwas Besonderes.«

»Das könnte funktionieren.« Sie hatten noch viele Weine, und Mackenzie würde es besser gehen, wenn sie wüsste, dass irgendwie Geld reinkam.

»Das Gleiche können wir mit den Fässern machen«, fuhr er fort. »Sobald du weißt, was du mit alldem anstellen willst, überlegen wir uns einen Plan. Einige können wir unter unserem Label hier vor Ort verkaufen, einige als Hausweine für Restaurants abfüllen und dann gucken, ob es irgendwo anders einen Markt für den Rest gibt.«

Ihr erster Gedanke war gewesen, die Fassweine wegzuschütten und ganz neu anzufangen, aber das war nicht clever – zumindest finanziell gesehen. Bruno hatte recht. Sie musste ihren Perfektionsdrang noch zurückstellen. Das hier waren nicht ihre Weine, und Geld zu verdienen war für sie alle wichtig.

»In ein paar Wochen bin ich mit dem Verkosten durch«, erklärte sie. »Ich halte mich an den Zeitplan, deshalb geht es nur langsam voran. Aber die Ärztin hat mir geraten, vorsichtig zu sein, also funktioniert es nicht anders.«

»Ich wünschte, ich könnte das für dich übernehmen.«

Sie lächelte. »Nimm's nicht persönlich, aber deinem Gaumen traue ich nicht.«

»Das verstehe ich. Geht es dir ansonsten gut?«

Sie nickte. »Ich hatte Glück, dass mir morgens nie übel war. Natürlich gibt es ein paar körperliche Veränderungen, aber über die willst du nichts wissen, glaub mir.« Sie grinste. »Lass mich einfach sagen, dass meine Jeans nicht mehr passen, und damit ist es auch gut.«

»Dass du mir die Einzelheiten vorenthältst, weiß ich sehr zu schätzen.«

Sie lachte. »Ich lese den Schwangerschaftsratgeber, den Stephanie mir geschenkt hat, dazu noch ein paar andere, die meine Ärztin mir empfohlen hat. Die sind ein bisschen Furcht einflößend. Offensichtlich ist ein Baby zu kriegen keine leichte Sache.«

»Fühlst du dich überfordert?«

»Nur wenn ich zu viel darüber nachdenke.«

»Ich bin hier, wenn du mich brauchst. Ich kann dich auch zu deiner Ärztin begleiten oder dir saure Gurken kaufen.« Er räusperte sich. »Und wenn ich sage, zur Ärztin begleiten, meine ich natürlich, dass ich draußen warte. Ich denke, es wäre für uns beide etwas unangenehm, wenn ich bei der Untersuchung dabei wäre.«

Sie lachte. »Stimmt. Trotzdem danke ich dir für das Angebot. Ich habe zwar noch keine Gelüste auf Gurken, aber wenn sich das ändert, sage ich dir Bescheid.«

»Ich freue mich auf das Baby. Ich mag Kinder.«

»Wenn ich sie oder ihn mit ins Büro bringe, wirst du das hier sehr, sehr gut kennenlernen.«

»Das ist in meinen Augen ein Bonus.«

Er konnte bestimmt gut mit Kindern umgehen. Er war so geduldig und einfühlsam. Er hatte etwas Solides an sich, das aber nicht langweilig war.

Sie ließ den Blick zu seinem Mund gleiten und hatte den verrückten Gedanken, dass sie gern wissen würde, wie er küsste. Legte er einfach los, oder nahm er sich Zeit, um ihre Lippen zu erforschen? Er war mächtig und es gewohnt, seinen Willen durchzusetzen, und …

»Ich gehe dann mal wieder in mein Büro«, sagte er und stand auf. »Ich muss ein paar Anrufe tätigen und weiß, dass du ein wenig Zeit allein mit deinem Telefon verbringen möchtest, um dich damit vertraut zu machen.«

Seine Bemerkung holte sie wieder in die Gegenwart zurück. Puh, wo war dieser seltsame Gedanke übers Küssen nur hergekommen? Bruno küssen? Sie waren Geschäftspartner. Klar, sie mochte ihn, aber sie mochte viele Leute und hatte dennoch nie darüber nachgedacht, sie zu küssen.

Schwangerschaftshormone, sagte sie sich, als er ging. Ihr Körper mutierte allmählich zu einem fremden Wesen. Sie würde das ignorieren und darauf warten müssen, dass in ein paar Monaten alles wieder normal wäre. Bruno küssen. Also wirklich!

Barbara wartete darauf, dass die Wirkung der Tablette einsetzte. In der letzten Woche war sie fast jeden Morgen mit Kopfschmerzen aufgewacht. Sie war es leid, ihre Tage mit diesem schmerzhaften Pochen hinter den Schläfen zu beginnen.

Die Gründe dafür waren vielfältig – die abendliche halbe Flasche Tequila zum Beispiel oder der momentane Stress. Sie hatte Giorgio seit dem Streit über die alberne Geburtstagsfeier seiner Tochter nicht mehr gesehen, und Lori arbeitete abends immer lang. Manchmal kam sie sogar gar nicht nach Hause. Ohne Zweifel übernachtete sie dann bei ihrem Freund, dem Loser. Tja, soll sie doch, dachte Barbara und nahm Handtasche und Aktentasche, bevor sie in den Morgen hinaustrat.

Sie hielt inne, um den tiefdunklen Himmel und die perfekte Herbsttemperatur in sich aufzunehmen. Die Ernte war erledigt, der Wein in Fässer gefüllt, und die harte Arbeit war für dieses Jahr vorbei. Oder wäre es zumindest gewesen, wenn Mackenzie nicht gegangen wäre und sie alle ruiniert hätte.

Mit dem Golfcart fuhr sie zur Arbeit. Nachdem sie die Treppe hinaufgegangen war, wobei ihr Kopf im Gleichtakt mit ihren Schritten gehämmert hatte, ging sie in ihr Büro. Dort schaltete sie das Licht an und kämpfte auf dem Weg zu ihrem Schreibtisch gegen ein Gefühl des Grauens und der Hilflosigkeit an.

Wie sollte Bel Après überleben? Das hier war ein kritischer Zeitpunkt, und sie hatten immer noch keinen Winzer. Schlimmer noch, niemand wollte bei ihnen arbeiten – zumindest keiner, der ein bisschen was konnte. Was sollten sie also tun?

Darauf gibt es keine gute Antwort, dachte sie grimmig. Bevor sie in den Pausenraum ging, überflog sie schnell ihre E-Mails. Inzwischen hatte sicher einer der Angestellten Kaffee aufgesetzt. Nach etwas Koffein fühle ich mich besser, sagte sie sich. Und sobald ihr Kopf aufgehört hatte wehzutun, könnte sie auch wieder denken.

Doch als sie mit dem Kaffeebecher in der Hand in ihr Büro zurückkehrte, traf sie auf Rhys, der vor ihrem Schreibtisch auf und ab tigerte.

»Guter Gott, setz dich oder geh«, herrschte sie ihn an. »Ich habe heute keine Geduld für deine Stimmungen.«

Er wartete, bis sie saß, dann schlug er mit beiden Händen auf den Schreibtisch und beugte sich vor, sodass er über ihr aufragte. Seine Augen blitzten vor Wut.

»Wie kannst du es wagen«, stieß er zwischen zusammengebissenen Zähnen hervor.

»Du vergisst, dass ich mit deinen Wutausbrüchen vertraut bin, seit du zwei bist. Du kannst mich nicht einschüchtern. Setz dich oder geh«, wiederholte sie.

Er sah sie an, und sie erkannte in der Sekunde, bevor er Platz nahm, dass sie gewonnen hatte.

»Du hast mit dem Anwalt darüber gesprochen, Mackenzie das Sorgerecht für das Baby entziehen zu lassen.«

Catherine, dachte Barbara und war nicht mal überrascht, dass ihre Jüngste hinter ihrem Rücken geredet hatte. Es gab hier einfach keine Loyalität mehr.

»Du wolltest das ja nicht, aber einer von uns musste es tun.«

»Ich will das Sorgerecht nicht. Ich versuche immer noch herauszufinden, welche Verpflichtungen ich habe, und da kann ich es bei Gott nicht gebrauchen, dass du dich einmischst. Verbock nicht wieder alles, wie du es sonst immer tust. Benimm dich ein einziges Mal wie ein normaler Mensch.«

»Ich bin die Normalste in dieser Familie«, erklärte sie ihm. »Du bist, was diese Sache angeht, weniger als nutzlos. Wenn du sie wegen des Babys herausfordern würdest, könnte ich mich raushalten.«

»Dazu wird es nicht kommen.«

Weil es ihm egal ist, dachte sie grimmig und war überrascht, einen Anflug von Mitgefühl für Mackenzie zu empfinden. James war von jeder ihrer Schwangerschaften begeistert und ein wundervoller, fürsorglicher Ehemann und guter Vater gewesen.

»Du willst um jeden Preis aus deiner Ehe raus, oder?«, fragte sie verbittert. »Du lässt ihr alles durchgehen, solange du nur deine Freiheit bekommst?«

»Wenn es nötig ist, ja.«

»Du enttäuschst mich.«

»Das Gefühl beruht auf Gegenseitigkeit, Mom.«

Sie steckten in einer Sackgasse.

»Ich wünschte, sie wäre nicht schwanger«, sagte Barbara seufzend.

»Ich auch, aber das ist sie nun mal. Ich bin es leid zu kämpfen.«

»Also tust du bei mir auch alles, was nötig ist, um mit mir zurechtzukommen?«, fragte sie spitz.

»Solange es nichts mit dem Sorgerecht für das Baby zu tun hat, ja.«

Wie entmutigend zu erkennen, dass er nicht zurückschlagen würde. Er würde den moralisch Überlegenen spielen und genauso aufgeben, wie es seine Schwester getan hatte.

Sie und Stephanie hatten sich nie sonderlich gut verstanden, aber Barbara musste zugeben, dass ihre älteste Tochter wenigstens über Prinzipien und Rückgrat verfügte. Sie war bereit zu gehen, um ihren Standpunkt zu vertreten, was Rhys nicht war.

Sein Leben war vermutlich einfach zu bequem. Er hatte ein schönes Haus, Essen, das ihm in den Kühlschrank gestellt wurde, und selbst nachdem er Mackenzie ausbezahlt hätte, bliebe ihm ausreichend Geld übrig. Ohne Zweifel war er bei den alleinstehenden Frauen im Ort sehr beliebt. Er würde sich in einen Durchschnittstypen verwandeln und jede Gelegenheit, etwas Großes zu erreichen, wegwerfen. Warum war ihr das vorher nie aufgefallen?

Wegen Mackenzie, dachte sie. Er war von ihrer Leidenschaft und Arbeitsmoral mitgerissen worden. Aber Mackenzie war die treibende Kraft gewesen, sie hatte ihre Arbeit und Bel Après mit jeder Faser ihres Seins geliebt. Sie hatte ihnen allen einen Sinn gegeben, und jetzt war sie fort.

Barbara brannten die Augen, und sie wusste, das hatte nichts mit ihrem Kater zu tun. Ernüchterung – verbittert und mit Bedauern erfüllt – lag wie ein schlechter Geschmack auf ihrer Zunge. Sie gestattete sich ein paar Minuten, sich diesem Gefühl hinzugeben, und schüttelte es dann ab.

»Sind die Fässer für den Wein bereit?« Sie setzte sich aufrechter hin und nahm ihren Kaffee in die Hand. »Hast du genug bestellt?«

»Das habe ich. Alles ist vorbereitet.« Er hielt kurz inne. »Sie würde zurückkommen und uns ein paar Tage aushelfen. Das würde es uns leichter machen.«

Wütend funkelte Barbara ihn an. »Ich bin nicht an *leichter* interessiert, Rhys. Ich hätte gedacht, dass du das inzwischen weißt. Mach es, und mach es richtig. Was ist mit den Winzern aus Kalifornien?«

»Mit ein paar von ihnen habe ich Vorstellungsgespräche vereinbart. Wenn ich jemanden für gut befinde, leite ich ihn an dich weiter.«

»Hast du schon jemals ein Vorstellungsgespräch geführt?«, fragte sie.

»Schon oft.« Aber er wirkte unbehaglich.

»Du solltest vielleicht ein wenig im Internet recherchieren. Ansonsten läufst du Gefahr, dich zum Affen zu machen.«

Er stand auf. »Sonst noch was?«, fragte er angespannt.

»Nein. Halte mich über die Gespräche auf dem Laufenden.«

Er nickte und ging. Sie lehnte sich in ihrem Stuhl zurück und fragte sich, warum nicht er hatte gehen können statt Mackenzie. Oder irgendeines ihrer anderen Kinder. Oder alle. Mackenzie war die Einzige, die etwas wert war. Der Rest war einfach nur Ballast, den sie mit sich herumschleppen musste.

29. KAPITEL

Stephanie konnte sich nicht erinnern, dass ihr seit ihrer letzten Schwangerschaft je wieder so schlecht gewesen war. Anders als Mackenzie hatte sie die ersten drei Monate nichts außer Cracker bei sich behalten können. Doch jetzt konnte sie mit Sicherheit sagen, dass ihre Übelkeit nichts mit Hormonen zu tun hatte, sondern einzig und allein mit Nervosität. Sie hatte Angst. Nein. Sie schob Panik.

Kyles unerwarteter Antrag und ihre Erkenntnis, dass sie gewillt gewesen war, wieder einmal den leichten Weg zu wählen, waren genau das, was sie gebraucht hatte, um sich endlich den nötigen Tritt in den Hintern zu geben und sich auf die Suche nach ihrem Traumjob zu machen. Die fünf Top-Produzenten der Gegend hatte sie ignoriert und sich auf die mittleren zwanzig konzentriert, die ihre Erfahrungen und Talente zu schätzen wissen würden. Von da hatte sie weiterrecherchiert, um herauszufinden, wer von ihnen sie möglicherweise würde anstellen wollen. Übrig geblieben war nur ein Weingut, das ganz sicher nach neuen Mitarbeitern suchte. Und zwar Painted Moon.

Was ein Dilemma ist, dachte sie, während sie an der Kücheninsel stand und ihren Kaffee trank. Sie wollte wegen ihrer Talente und Fähigkeiten eingestellt werden und nicht, weil sie die beste Freundin von einem der Besitzer war. Deswegen hatte sie Mackenzie gegenüber auch nichts erwähnt. Und als sie Bruno angerufen und den Termin vereinbart hatte, hatte sie ihn gebeten, auch nichts zu sagen.

»Ah, immer diese Lügen«, murmelte sie, während sie sich zum tausendsten Mal ihre Notizen anschaute.

Carson kam in die Küche und zog sich gerade ein *Seahawks*-Sweatshirt über sein langärmliges T-Shirt. Seinen Gips war er los, und er machte schon wieder Sport, als wäre sein Arm nie gebrochen gewesen.

»Hey, Mom.«

Er kam zu ihr, umarmte sie kurz und gab ihr dann einen Kuss auf den Scheitel.

»Hey, ich weiß, dass du wesentlich größer bist als ich«, sagte sie gespielt gekränkt. »Hör auf, noch Salz in die Wunde zu streuen.«

Er ließ ein Grinsen aufblitzen, bevor er in den Kühlschrank schaute und den Burrito herausholte, den sie ihm zum Frühstück aufgetaut hatte. Sie machte immer eine große Menge davon und fror sie einzeln ein, damit die Kinder sie zum Frühstück essen konnten.

Nachdem er ihn in die Mikrowelle getan hatte, schenkte er sich ein Glas Milch ein.

»Bereit für dein Vorstellungsgespräch?«, fragte er.

»Das hoffe ich. Vielleicht habe ich zu viel recherchiert.«

»Man kann nie gut genug vorbereitet sein. Du wirst das super machen, Mom.«

»Danke.«

Die Mikrowelle piepte. Carson nahm sein Frühstück heraus und setzte sich an die Kücheninsel, wo Stephanie frisches Obst hingestellt hatte. Er hatte gerade angefangen zu essen, als Avery sich zu ihnen gesellte.

»Meine Haare sitzen heute einfach nicht«, sagte sie und ließ ihren Rucksack auf den Boden fallen, bevor sie zu Stephanie ging und sie umarmte. »Warum hat man immer wieder solche *bad hair days*?«

»Das ist einfach so, Süße.«

»Meine Haare sitzen immer«, sagte Carson.

Avery holte das Proteinpulver und Mandelmilch heraus. »Deine Haare sind fünf Zentimeter lang. Du hast keine Ahnung, ob sie sitzen oder nicht.«

»Das solltest du auch mal versuchen.«

Avery atmete tief ein. »Carson, du bist nicht normal.«

»Ich bin normaler als du.«

Dieses Geplänkel hatte schon immer zu ihrer Morgenroutine gehört. Stephanie wusste, dass sie Glück hatte, was ihre Kinder anging. Zwar hatten Avery und sie im Sommer eine schwere Zeit durchgemacht, aber jetzt war zwischen ihnen alles wieder im Lot. Ab sofort würde sie sich nur noch auf das Gute in ihrem Leben konzentrieren. Und was ihr Vorstellungsgespräch anging – nun, sie würde einfach ihr Bestes geben. Dieses Mal war sie vorbereitet. Wenn es nicht gut lief, würde sie sich einen neuen Plan überlegen, denn egal wie, den leichten Weg würde sie nicht noch einmal einschlagen.

Stephanie kannte Bruno Provencio schon seit mehreren Jahren und hatte ihn immer beeindruckend gefunden, aber noch nie zuvor hatte sie in seiner Gegenwart am ganzen Leib gezittert. Natürlich war sein Urteil auch noch nie so wichtig für den weiteren Verlauf ihres Lebens gewesen, und das machte den entscheidenden Unterschied.

»Das Ergebnis der Renovierung ist echt toll«, sagte sie, als sie ihm in seinem großen Büro gegenübersaß. »Ihr habt jetzt richtig viel Platz.«

»Mackenzies Büro ist kleiner als ursprünglich geplant«, sagte er und lachte leise. »Sie wollte weder mehr Platz noch ein eigenes Badezimmer.«

»Ja, mit Schnickschnack hat sie's nicht so.«

»Stimmt. Sie ist im Moment nicht hier, sondern zum Lunch bei deiner Schwester, glaube ich. War das deine Idee?«

Stephanie nickte. Sie hatte sich Four anvertraut und sie gebeten, ein Mittagessen mit Mackenzie zu arrangieren, wenn sie ihr Vorstellungsgespräch hatte.

»Ich wollte nicht, dass sie hiervon erfährt. Sie ist gleichberechtigte Partnerin, und ihre Meinung würde deine beeinflussen.«

Sein Blick war nicht zu deuten. »Gut zu wissen. Dann erzähl mal, worüber du mit mir reden möchtest.«

Ihr Magen zog sich zusammen, ihr Herzschlag beschleunigte sich, und ihr Mund wurde ganz trocken. Aber zumindest hatte sie nicht das Gefühl, gleich in Ohnmacht zu fallen. Das würde nicht sonderlich professionell wirken.

»Ihr befindet euch in einer einzigartigen Situation. Painted Moon ist ein eingesessenes Weingut, und doch fangt ihr ganz neu an. Aus meiner Sicht müsst ihr den Verkostungsraum umbauen, einen Verkaufsraum einrichten, eure Internetpräsenz aufpeppen, einen Weinclub ins Leben rufen, Touristen anlocken und die Weine aus eurer Schatzkammer an den Mann bringen.«

»Das ist eine ganz schön lange Liste.«

»Stimmt. Deshalb muss es Prioritäten geben. Die Internetpräsenz liegt nicht in meinem Kompetenzbereich.« Sie lächelte. »Dafür bist also du zuständig.«

Einer seiner Mundwinkel zuckte. »So schnell reichst du die Fackel weiter?«

»Absolut. Was den Rest angeht: Der Verkostungsraum muss zum Frühlingsanfang fertig sein, rechtzeitig für die Touristensaison. Die andere Priorität sollten die Schatzkammerweine sein. Nach meinen Berechnungen habt ihr dort über eine Million Dollar in Wein liegen. Lasst ihn uns unter die Leute bringen.«

»Willst du mit einem Weinclub anfangen?«

»Noch nicht. Das sollten wir uns fürs zweite Jahr vornehmen. Im Moment habt ihr nicht genügend Weine zum Verkaufen. Die Schatzkammer ist ein separates Projekt.«

»Wie sollen wir die ohne Weinclub verkaufen?«

Jetzt kommt's, dachte sie und schlug die Mappe auf, die sie auf den Konferenztisch in Brunos Büro gelegt hatte.

»Indem wir die Weine eine Geschichte erzählen lassen. Mackenzie hatte keinen Anteil daran, deshalb können wir sie nicht nutzen. Übrigens habe ich ein paar Ideen, wie wir sie zum Star machen können, was die Weine angeht, die ihr ab jetzt herstellt. Aber dazu später mehr. Was die bereits vorhandenen Weine in der Schatzkammer angeht, dachte ich, der Fokus sollte auf Herman und seiner Familie liegen.«

Sie zeigte ihm das erste der Etiketten, die sie entworfen hatte. »Die ältesten Flaschen sind zwölf Jahre alt.«

»Woher weißt du das?«

Sie spürte, wie sie sich entspannte. »Ihr habt ein schlechtes Sicherheitssystem. Als ich Mackenzie das letzte Mal besucht habe, bin ich in die Produktion gegangen und von dort direkt in den Weinkeller marschiert. Niemand hat mich aufgehalten oder gefragt, was ich da will. Also habe ich schnell eine Bestandsaufnahme gemacht.«

»Interessant.« Er machte sich eine Notiz. »Sprich weiter.«

Sie erklärte, dass die neuen Etiketten Bilder von dem Weingut zeigen würden, zurückreichend bis zu der Zeit, als es noch eine Farm gewesen war. Vier dieser Bilder hatte sie schon einmal schnell skizziert.

Sie blätterte um. »Siehst du, wir könnten Sammlerboxen mit drei und fünf Jahre alten Weinen zusammenstellen. Die sehen ganz bezaubernd aus, und wir könnten sie nächstes Jahr im Verkaufsraum anbieten.«

»Wie würden wir an die Kunden kommen?«

»Painted Moon hatte mal einen Weinclub. Die Namen und Adressen hättet ihr also schon. Wir verschicken ein Mailing, informieren die Leute, was passiert ist und was sie in Zukunft erwarten können. Herman meinte, die Liste umfasst beinahe zehntausend Leute.«

»Lass mich raten«, sagte Bruno trocken. »Du hast ihn angerufen und gefragt.«

»Ganz genau. Er ist so süß. Ich kenne ihn schon seit Ewigkeiten.«

»Offensichtlich.«

Sie lächelte. »Das bedeutet es, in einer Kleinstadt zu leben, Bruno. Daran musst du dich gewöhnen.«

»Ja, das sagt Mackenzie auch immer.«

»Kommen wir nun zum Verkostungsraum«, fuhr sie fort und legte ihm eine zweite Mappe hin. »Hier gibt es zwei Stars: die Weine und die Bar. Gerüchte besagen, dass die Bar während des

Goldrauschs in einem Bordell in San Francisco gestanden hat. Ob das nun stimmt oder nicht, ist egal – es ist eine großartige Geschichte, die sich in all unseren Materialien widerspiegeln sollte.«

Sie schlug die Mappe auf und blätterte zu einem Foto von der Bar.

»Lass mich raten«, sagte Bruno und schaute von dem Foto zu ihr. »Du bist auch im alten Verkostungsraum rumspaziert.«

»Natürlich.«

Eine Stunde später hatte sie all ihre Ideen vorgestellt. In der letzten Mappe, die sie Bruno reichte, ging es um Verkäufe nach China.

»Das fällt auch nicht in meinen Kompetenzbereich«, gestand sie. »Deshalb sind das nur ein paar Gedanken. Aber es ist ein Riesenmarkt. In Kalifornien und Oregon werden bereits Weintouren für chinesische Touristen angeboten. Warum nicht auch hier? Es gibt ausreichend Weingüter zur Besichtigung, und wenn Painted Moon die Initiative ergreift, könnt ihr eine der Hauptattraktionen sein.«

»Das Gleiche habe ich auch schon gedacht«, sagte er und nahm die Mappe. »Du hast deine Hausaufgaben gemacht.«

»Ich denke, ihr befindet euch in der einzigartigen Situation, über die nächsten Jahre enorm wachsen zu können. Ich weiß, wie Mackenzie arbeitet, deshalb sind großartige Weine schon mal gesetzt. Aus meiner Zeit bei Bel Après habe ich Erfahrungen im Verkauf, und ich habe viel über das Geschäft gelernt. Dieses Wissen würde ich gern hier einsetzen.«

Er sah sie an. Noch immer war seine Miene genauso wenig zu deuten wie schon das ganze Gespräch über. Aber anstatt sich davon einschüchtern zu lassen, fühlte sie sich gut. Sie hatte hart gearbeitet, und das hatte man gesehen. Sie hatte Painted Moon gründlich studiert und Vorschläge gehabt, die auf das Weingut zugeschnitten waren. Das hätte sie schon beim ersten Mal tun sollen, aber wenigstens hatte sie aus ihren Fehlern gelernt.

»Ich bin für das Einstellen der Mitarbeiter zuständig«, sagte er. »Aber die höheren Positionen spreche ich mit Mackenzie ab.«

Höhere Positionen? Ihr Herz flatterte sehr, sehr fröhlich. »Natürlich.«

»Gib mir ein paar Tage, um das alles sacken zu lassen, und dann melde ich mich bei dir.«

»Danke.«

Sie stand auf, und sie schüttelten einander die Hand. Stephanie schaffte es bis zu ihrem Wagen, bevor sie vor Stolz die Faust in die Luft reckte. Sie hatte es geschafft. Sie hatte hart gearbeitet und ein tolles Gespräch gehabt. Das war zwar noch keine Garantie für einen Job, aber zumindest wusste sie jetzt, dass sie es draufhatte. Was auch immer passieren würde, sie konnte sich sagen, dass sie alles richtig gemacht hatte, und das machte den heutigen Tag zu einem Erfolg.

Mackenzie stand an der Tür zum zukünftigen Kinderzimmer und schaute auf die Möbel, die zusammengeschoben in einer Ecke standen. Irgendwann würde sie entscheiden müssen, was sie mit diesem Raum anfangen wollte. Die Wände mussten gestrichen werden, sie brauchte einen Teppich sowie Vorhänge für die Fenster.

Laut den Büchern, die sie las, würde sie vor der Geburt noch eine ganze Menge mehr benötigen. Windeln, Feuchttücher. Kleidung. Bettzeug. Was Spielzeuge anging, war sie sich nicht sicher. Neugeborene taten kaum etwas anderes, als zu essen und zu schlafen, also würde sie damit vermutlich noch warten können. Es gab so viel zu bedenken, und bei dieser Erkenntnis fühlte sie sich unwohl, was der Grund dafür war, dass sie versuchte, nicht an ihr Leben nach der Geburt zu denken. Irgendwann würde sie Stephanie und Four bitten müssen, ihr bei den Vorbereitungen für das Baby zu helfen, aber nicht heute.

Sie schaute auf die Uhr und wusste, dass sie langsam loslegen musste. Nach einem Vormittag in den Weinbergen war sie nach Hause gefahren, um zu duschen und sich umzuziehen. Um drei hatten sie ein Meeting mit einem chinesischen Weinhändler, und dazu musste sie professionell aussehen.

Sie entschied sich für die am wenigsten ausgebeult aussehende schwarze Umstandshose und ein fließendes, ärmelloses Oberteil. Zu Ehren des Meetings schminkte sie sich ein wenig und ließ ihre Arbeitsstiefel zugunsten von süßen Ballerinas links liegen.

Als ihr nichts mehr einfiel, womit sie sich ablenken konnte, ging sie nach unten und fuhr den kurzen Weg zum Büro. Der vor dem Gebäude stehende Mietwagen verriet ihr, dass ihre potenziellen Kunden früher gekommen waren.

»Was ist bloß mit der guten alten Pünktlichkeit geschehen?«, murmelte sie und eilte zum Konferenzraum.

Bruno war schon da, zusammen mit drei Männern, die Mackenzie noch nie zuvor gesehen hatte. Bruno erblickte sie zuerst. Sie schickte ihm ein stummes »Sorry«, bevor sie sich an ihre Gäste wandte.

»Guten Tag, meine Herren.«

Alle drei Männer schauten sie an. Mackenzie näherte sich ihnen lächelnd.

»Ich war draußen in den Weinbergen. Nachdem die Ernte vorbei ist, überlege ich, welche Veränderungen ich vornehmen möchte. Ich weiß, das könnte ich auch von meinem Büro aus tun, aber mir fällt es leichter, über die Weine nachzudenken, wenn ich in ihrer Nähe bin.«

Kurz sagte niemand etwas, und Mackenzie fragte sich schon, ob sie in irgendein Fettnäpfchen getreten war, als die drei Männer auf sie zutraten.

Der größte von ihnen griff nach ihrer Hand. »Mackenzie Dienes. Es ist mir eine Ehre, Sie kennenzulernen. Ihr Ruf eilt Ihnen voraus.«

Die anderen beiden priesen ebenfalls ihre Fähigkeiten an. Alle sprachen hervorragendes Englisch.

Mackenzie schüttelte allen die Hand, versuchte, sich die Namen zu merken, und zwang sich, nichts Dummes zu sagen. Wenn es um ihre Trauben ging, war sie voll in ihrem Element. Aber die geschäftliche Seite des Ganzen fand sie immer noch einschüchternd.

Bruno rettete sie, indem er die Leitung des Meetings übernahm.

»Gentlemen«, sagte er und bat alle, Platz zu nehmen. »Lassen Sie mich Ihnen zeigen, woran wir gearbeitet haben.«

Er reichte verschiedene Entwürfe für Etiketten herum. Die drei Männer unterhielten sich kurz auf Chinesisch, bevor Mr. Lin auf ein schlichtes dunkelblaues Etikett zeigte, auf dem mit serifenloser Schrift stand: *Painted Moon präsentiert.*

»Nächstes Mal werden wir Ihren Namen auf dem Etikett haben«, sagte er und schaute Mackenzie an. »Das wird uns höhere Preise einbringen.«

Mackenzie lächelte, sagte aber nichts. Sie wollte sich zu nichts verpflichten.

Sobald die Etiketten ausgewählt waren, gingen sie in das Fasslager. Hier hatte Mackenzie früher am Tag eine kleine Verkostung mit einigen der exklusiven Weine aus der Schatzkammer vorbereitet, dazu alles Nötige, um direkt aus dem Fass zu probieren. Sie selbst hatte sich Block und Stift zurechtgelegt, um ihre Gedanken über die verschiedenen Optionen aufschreiben zu können.

Sie selbst hatte bereits alle Weine probiert – und natürlich ausgespuckt, sobald sie sich ihre Meinung gebildet hatte. Bei dieser Verkostung würde sie nur über die Weine reden, ohne selbst zu probieren, denn sie und Bruno waren übereingekommen, dass das Ausspucken vor ihren Gästen keine sonderlich gute Verkaufsstrategie war.

»In der Schatzkammer von Painted Moon befinden sich drei Weine, die ich für besonders genug halte, um von Ihnen in Erwägung gezogen zu werden«, begann sie. »Bei allen dreien handelt es sich um Cuvées, die das Allerbeste dessen, was die Weinberge in dem jeweiligen Jahr zu bieten hatten, vereinen. Die Weine sind weich, reif, und wenn Sie den gesamten Vorrat kaufen, hätten Sie die exklusiven Vertriebsrechte.«

Bruno reichte ihr eine Flasche. Geschickt löste Mackenzie die Folie und entfernte den Korken. Nachdem sie fünf Gläser eingeschenkt hatte, verteilte sie sie und hob ihr eigenes ins Licht.

»Fangen wir mit der Farbe an. Dieser hier hat ein wunderschönes, tiefdunkles Rot und ist genauso vollmundig, wie er aussieht.« Sie schwenkte den Wein im Glas herum. »Wie Sie sehen, hat er einen hohen Alkoholgehalt.«

Sie atmete den Duft tief ein und lächelte. »Sehr fruchtig im Ansatz, was, wenn ich mich nicht irre, Ihrer Präferenz entspricht. Sie können die Frische und Güte der Trauben riechen, dazu einen Hauch von Gewürzen und Schokolade, der so typisch für unsere Gegend ist.«

Alle rochen an ihren Gläsern. Die Gäste lächelten und schauten sie dann an.

»Probieren wir jetzt?«, fragte Mr. Meng.

Sie lachte. »Ja, jetzt probieren wir.«

»Wie hast du das Restaurant dazu gekriegt, das Essen zu liefern?«, fragte Mackenzie, als sie die Verpackungen aus den Tüten nahm und auf den Esstisch stellte.

»Sie haben das Essen nur zubereitet. Ich habe jemand anderen gebeten, es herzubringen«, antwortete Bruno.

Ihr Magen knurrte, als ihr der köstliche Duft in die Nase stieg. Nach einem langen Nachmittag, an dem sie ihre chinesischen Besucher unterhalten hatte, war sie kurz vorm Verhungern.

Für Bruno hatte sie bereits ein Weinglas hingestellt. Sie hingegen hatte eine Karaffe mit Wasser. Hm, lecker. Aber anstatt daran zu denken, was sie nicht haben konnte, betrachtete sie die Köstlichkeiten vor sich: Ravioli mit Pilzfüllung in brauner Buttersoße, zwei verschiedene Salate, Schweinelendchen mit Kürbispfannkuchen und Feta.

»Ich liebe das *Whitehouse-Crawford*«, sagte sie. »Rhys und ich sind früher einmal im Monat dort hingegangen. Gutes Essen, schöne Atmosphäre. Uns hat es in der Nebensaison besser gefallen, aber selbst mit den Touristen zu essen war lustig.«

»Ich mag ihr Essen auch sehr gern.«

Sie schaute Bruno an. »Sollte ich Rhys besser nicht erwähnen, wenn ich über mein altes Leben spreche?«

»Warum? Er ist ein Teil von dem, was du heute bist. Und ihr seid immer noch befreundet.«

»Das stimmt«, sagte sie automatisch, obwohl sie nicht mehr sicher war, ob das noch der Wahrheit entsprach. Seitdem sie ihm von der Schwangerschaft berichtet hatte, hatten sie nicht mehr miteinander geredet. Ihr einziger Kontakt war über ihre Anwälte gewesen – ein Meeting, um den vorgeschlagenen Besuchsplan zu besprechen.

»Bist du zufrieden damit, wie das Meeting gelaufen ist?«, fragte sie.

Bruno lächelte, als er ihr Ravioli auftat. »Ich habe uns dieses Essen zur Feier des Tages bestellt, oder etwa nicht?«

»Das hast du schon vor dem Meeting getan. Unsere Besucher sind erst vor einer halben Stunde gefahren.«

Seine dunklen Augen funkelten amüsiert. »Stimmt. Ich habe das Essen schon vor ein paar Tagen bestellt, weil ich das Gefühl hatte, dass wir etwas zu feiern haben würden. Und wenn das Meeting schlecht gelaufen wäre, hätten wir uns mit dem Essen über unsere Enttäuschung hinwegtrösten können.«

Doch eine Enttäuschung hatte es nicht gegeben. Sie stießen auf die sehr große Bestellung an, die Mr. Hsia und seine Mitarbeiter aufgegeben hatten. Sie hatten die kompletten Vorräte der drei von Mackenzie vorgeschlagenen Weine aus der Schatzkammer gekauft, dazu tausend Kisten von einem Wein, der noch im Fass lagerte.

»Wir werden ein paar Entscheidungen bezüglich des chinesischen Marktes treffen müssen«, meinte Bruno. »Sie möchten so lange kaufen, wie wir verkaufen wollen. Wie viel von unserer Ernte wollen wir für diesen Markt reservieren?«

»Darauf habe ich keine Antwort. Vor ein paar Jahren habe ich mal recherchiert, aber Barbara hatte nie Interesse daran, über China als potenziellen Markt zu sprechen. Ich weiß jedoch noch, dass die Gewinnspannen dort ziemlich groß sind.«

»Wir könnten die Kapazitäten erhöhen, indem wir Trauben von anderen Weingütern kaufen.«

Mackenzie starrte ihn an und hoffte, nicht so entsetzt auszusehen, wie sie war. »Trauben, über die wir keinerlei Kontrolle haben?«

Er lächelte. »Ich dachte mir schon, dass du das sagen würdest. Wenn wir weiterhin den chinesischen Markt bedienen wollen, müssen wir möglicherweise mehr Land dazukaufen.«

»Hinter der Idee kann ich stehen.«

»Stephanie wird von dem Meeting heute enttäuscht sein.«

Mackenzie sah ihn an. »Jetzt bin ich verwirrt. Warum sollte sie das interessieren?«

»Weil sie große Pläne für die Schatzkammer hatte. Aber die Chinesen nehmen die drei ältesten Jahrgänge. Na ja, bleiben immer noch drei andere, mit denen sie arbeiten kann.« Er nahm sein Weinglas in die Hand. »Sie war letzte Woche bei mir. Wegen eines Jobs.«

»Was? Warum wusste ich nichts davon? Sie hat kein Wort gesagt. Was ist passiert? Stellst du sie ein?«

In ihr herrschte ein wahres Gefühlschaos. Wie konnte ihre beste Freundin ihr nichts von dem Vorstellungsgespräch erzählt haben? Doch noch während sie sich die Frage stellte, kannte sie die Antwort. Stephanie wollte sich ihren Platz selbst erobern.

»Sie hat mich umgehauen«, gab Bruno zu. »Sie hat die Probleme verstanden, mit denen wir es zu tun haben, und hatte unglaublich viele und kreative Lösungen. Sie hat auch tolle Ideen für den Verkostungs- und den Verkaufsraum. Außerdem hat sie einen einzigartigen Plan für den Verkauf der Schatzkammerweine ersonnen. Einen Plan, den wir jetzt etwas modifizieren müssen, da wir die drei ältesten Jahrgänge unter ihrer Nase wegverkauft haben.«

»Heißt das, du willst sie einstellen?«

Er lächelte. »Ja. Wenn du keine Einwände hast.«

»Überhaupt keine. Ich arbeite gern mit ihr zusammen. Sie kommt aus der Gegend, kennt das Geschäft und ist sehr kreativ.«

»Dann rufe ich sie morgen an und mache ihr ein Angebot.«

»Der Tag wird ja immer besser.«

Sie steckte sich eine Gabel Ravioli in den Mund und unterdrückte ein Stöhnen, so köstlich waren sie. Die Schweinelende war genauso gut.

»Da wird einiges übrig bleiben«, sagte sie. »Das solltest du mit nach Hause nehmen.«

»Behalt du es. Ich möchte, dass du was zu essen im Haus hast.«

»Ich habe mehr als genug.«

»Trotzdem würde ich mich dann besser fühlen. Ich mache mir Sorgen, ob du auch genug isst.«

Das war zwar süß, aber völlig unnötig. »Ich bin schwanger, nicht krank.«

»Ich glaube, korrekt heißt es: ›in anderen Umständen‹.«

»Nicht in diesem Jahrhundert.«

»Wenn mir etwas an jemandem liegt, dann sorge ich mich. Das ist nun mal so. Komm damit klar.«

Sein Ton war so lässig, dass sie wusste, es wäre albern, mehr in seine Worte hineinzulesen, aber dennoch wunderte sie sich über den Teil: »Wenn mir etwas an jemandem liegt.« Was bedeutete das? *Reiß dich zusammen!* Sie würde jetzt nicht anfangen, seltsame Gedanken über ihre Beziehung zu Bruno zu haben. Er war das Beste, was ihr je passiert war, und er war ein wirklich netter Mann. Mehr nicht. Auch wenn sie zugeben musste, dass ihr die Idee gefiel, dass ihm etwas an ihr lag.

»Wie hast du dich in deiner Wohnung eingelebt?«, fragte sie.

»Ganz gut. Die Nachbarn sind sehr ruhig. Wenn die Firma etwas runderläuft, werde ich wieder mit dem Golfspielen anfangen.«

»Du spielst Golf?«

»Ja. Es gefällt mir.«

»Warum? Das ist ein Sport, dessen Sinn ich nie verstanden habe.«

Er lachte. »Was ist mit Footballgucken am Samstagnachmittag?«

»Oh, das gefällt mir. Es ist ein Mannschaftssport mit viel Action. Und das Essen ist super.«

»Beim Football wird gegessen?«, zog er sie auf.

»Natürlich. Die Leute futtern beim Footballgucken alles Mögliche, das sie im echten Leben niemals essen würden.«

»Und sie trinken Bier.«

»Damit komme ich klar. Nicht alles muss sich um Wein drehen.«

Erneut lachte er. »Du überraschst mich immer wieder.«

»Hoffentlich nur auf positive Weise.«

»Na klar. Wie fühlst du dich dieser Tage wegen des Babys?«

Dieser Themenwechsel hingegen überraschte *sie*. »Ich akzeptiere es langsam etwas mehr. Gerade vor unserem Meeting heute habe ich gedacht, dass ich das Kinderzimmer streichen muss.«

»Das machst du nicht selbst. Ich kümmere mich darum.«

Sie riss die Augen auf und musterte seinen eleganten Anzug. »Du kannst streichen?«

»Ja. Du darfst die Dämpfe nicht einatmen.« Er holte sein Handy heraus und tippte etwas ein. »Sobald du eine Farbe ausgesucht hast, werde ich den Voranstrich machen und dann den Rest streichen, während du im Büro bist. Die Tür zum Zimmer bleibt zu, bis die Dämpfe verflogen sind.«

»Du bist ganz schön herrisch.«

Er zog eine Augenbraue in die Höhe. »Ist das deine Art, dich bei mir zu bedanken?«

Sie lächelte. »Danke.«

»Hast du dir schon eine Farbe überlegt? Und ein Dekothema?«

»Über so etwas solltest du nicht Bescheid wissen.«

»Ich habe viel gelesen und im Internet geschaut. In wenigen Wochen solltest du das Geschlecht des Babys erfahren. Außer natürlich, du willst es nicht wissen.«

»Doch, das will ich. Ich glaube, das wird mir helfen, das Baby als real anzusehen.« Sie schüttelte den Kopf. »Ich weiß natürlich, dass es real ist, aber es ist immer noch … Ich weiß nicht. Kompliziert.«

»Du hast noch Zeit.«

Sie nickte, denn zuzugeben, dass sie sich niemals bereit fühlen würde, klang so schwach und traurig.

Ihre Unterhaltung wandte sich wieder beruflichen Themen zu.

»Es geht das Gerücht, dass Bel Après für deine Nachfolge ein paar Männer aus Nordkalifornien eingeladen hat«, erzählte er.

Unwillkürlich zuckte Mackenzie zusammen. »Wirklich? Sie haben niemanden aus der Region gefunden? Wobei, vermutlich ist es besser so. Frischer Wind, neuer Blickwinkel und so.« Dennoch wollte sie sich nicht vorstellen, wie jemand anderes sich um ihre Trauben kümmerte. Was, wenn er es falsch machte?

»Was denkst du?«, wollte Bruno wissen.

»Dass es verdammt schwer ist loszulassen.«

»Bereust du es?«

Sie sah ihn an. »Nein. Das hier ist eine einmalige Gelegenheit, und ich bin so dankbar, Teil dessen zu sein, was wir gemeinsam aufbauen.«

»Ich auch.«

Gegen halb zehn begleitete sie ihn zur Tür. Er bestand darauf, dass sie die Reste des Essens behielt.

»Iss sie zum Frühstück«, schlug er vor. »Ich weiß, dass du deine Proteindrinks hasst.«

»Die sind echt eklig. Ich kann nicht glauben, dass Leute die freiwillig trinken.«

Bruno schaute ihr in die Augen. »Vermisst du Rhys immer noch?«

»Was? Nein.« Sie schüttelte den Kopf. »Da gibt es nichts zu vermissen. Ich lasse sogar meinen alten Lebensstil hinter mir, auch wenn ich zugeben muss, dass das mit der Köchin ziemlich großartig war. Es geht doch nichts über das Gefühl, nach Hause zu kommen und ein frisch zubereitetes Essen im Kühlschrank zu finden.«

»Das könnten wir hier auch einführen.«

Sie lachte. »Ich vergesse immer, dass du es liebst, Probleme zu lösen. Aber auch wenn ich dein Angebot zu schätzen weiß, nein danke. Ich werde mich selbst um meine Mahlzeiten kümmern, so wie alle anderen es auch tun. Mit ein wenig Planung und meinem Schmortopf.«

»Wenn du meinst …«

»Ja, das tue ich.«

Er zog sie in eine kurze Umarmung. »Dann sehe ich dich morgen.«

Sie lächelte ihn an. »Ja, das wirst du.«

30. KAPITEL

Stephanie hörte aufmerksam zu, als Bruno ihr sein Angebot unterbreitete. Sie machte sich Notizen, stellte Fragen und war sich ziemlich sicher, das Richtige gesagt zu haben, darunter ein sehr ruhiges: »Dein Angebot nehme ich sehr gern an.« Doch nachdem sie aufgelegt hatte, wirbelte sie in ihrer Küche herum und stieß einen kleinen Schrei aus.

Sie hatte einen Job! Einen wirklich tollen und gut bezahlten Job. Sie blieb stehen und wartete, bis der Raum sich nicht mehr um sie drehte, bevor sie auf ihre Notizen schaute, um sicherzugehen, dass sie alles richtig behalten hatte.

Künftig würden ihr der Verkaufs- und Verkostungsraum unterstehen. Bruno würde jemanden einstellen, der sich um das Internet und die PR kümmerte, aber sie hoffte, dass sie bei diesen Themen auch beratend zur Seite stehen konnte. Oh, und sie würde für ihre eigenen Mitarbeiter verantwortlich sein!

Erneut wirbelte sie herum, breitete die Arme aus und lachte laut auf. Sie hatte es geschafft! Sie würde …

Abrupt blieb sie stehen und öffnete die Augen. »Ich muss Mackenzie anrufen.«

Denn sie hatte keine Ahnung, was ihre Freundin wusste und ob sie verärgert war, weil sie ihr nichts von ihrem Vorhaben erzählt hatte.

Sie griff nach ihrem Handy, doch kurz bevor sie wählen konnte, hörte sie es an der Tür klopfen, dann eine vertraute Stimme: »Ich bin's.«

Stephanie rannte nach vorn und traf Mackenzie im Flur. Kurz schauten sie sich an, bevor sie einander in die Arme fielen und vor Freude auf und ab sprangen.

»Ich habe einen neuen Job!«, rief Stephanie.

»Ich weiß. Ich bin sofort hergefahren, als Bruno dich angerufen hat, und habe vor der Tür gewartet, bis er mir sagte, dass du angenommen hast.« Mackenzie grinste. »Wir werden zusammenarbeiten. Ich freue mich so. Und es macht mich so unglaublich glücklich.«

»Du bist nicht sauer, dass ich dir nichts von meiner Bewerbung erzählt habe?«

»Natürlich nicht! Ich weiß, dass du es allein schaffen wolltest. Bruno hat übrigens auch nichts gesagt. Er hat erst mit mir gesprochen, nachdem er sich entschieden hatte, dich einzustellen.«

Gemeinsam gingen sie in die Küche. Mackenzie nahm ihren üblichen Platz an der Kücheninsel ein, während Stephanie Wasser für Tee aufsetzte. Während der zog, atmete sie tief ein und beichtete ihrer Freundin die Wahrheit.

»Ich habe dir nicht alles über mein Gespräch mit Elias erzählt«, sagte sie und schaute ihre Freundin an. »Es war mir zu peinlich, darüber zu reden.«

Mackenzie beugte sich vor. »Was soll das heißen? Was hast du mir nicht erzählt?«

Stephanie nahm die Teebeutel heraus, legte sie auf einen kleinen Teller und starrte dann in ihren Becher. »Er war von meiner Arbeit nicht beeindruckt«, sagte sie, bevor sie erklärte, dass ihr die doppelten Flyer gar nicht aufgefallen waren und dass ihre eigene Mutter quasi gesagt hatte, sie wäre nicht vermittelbar.

Mackenzie hörte schweigend zu, dann griff sie nach Stephanies Hand. »Nichts davon ist wahr. Er hat sich in dir geirrt.«

»Ich wünschte, ich könnte dir zustimmen, aber das kann ich nicht. Ich war nicht so gut, wie ich hätte sein sollen. Auf meine Mom war ich wütend, weil sie meine Ideen immer abgetan hat, und in den letzten Jahren habe ich mir nicht mal mehr Mühe gegeben. Das geht auf meine Kappe. Und auch bei der Recherche über Elias' Weingut habe ich nicht mein Bestes gegeben.«

»Okay, du bist einmal gestolpert. Aber Bruno war sehr von dir und deiner Präsentation beeindruckt. Er liebt deine Ideen.«

»Das freut mich. Ich habe wirklich hart dafür gearbeitet, ihn von den Socken zu hauen.«

»Und es hat funktioniert.« Mackenzie lächelte sie an. »Ich hab dich lieb. Es gibt nichts, was du tun oder sagen kannst, um das zu ändern. Also, was weiß ich sonst noch nicht?«

Vor Dankbarkeit wurde Stephanie ganz warm ums Herz. »Du bist eine bessere Freundin, als ich es verdient habe, aber ich werde das Geschenk deiner Liebe annehmen. Was andere Geheimnisse angeht – tut mir leid, aber ich habe keine. Du weißt bereits, dass ich hier gekündigt habe, dass mein Ex-Mann mir einen Antrag gemacht hat und im Moment nicht mit mir spricht, und Mom ist immer noch eine Zicke. Also nichts Neues hier. Außerdem ist es beinahe zwei Jahre her, dass ich das letzte Mal Sex hatte.« Sie hielt inne, als überlege sie, dann lachte sie. »Das sind die Highlights.«

»Und zwar sehr gute. Von Kyle hast du nichts mehr gehört?«

»Nein. Er hat Kontakt mit den Kindern, geht mir aber aus dem Weg.«

»Vermutlich weil du ihm das Herz gebrochen hast.«

»Da bin ich mir nicht so sicher«, erwiderte Stephanie. »Wir haben uns in letzter Zeit besser verstanden, und auch wenn das nett war, ist es keine Liebe.« Abwehrend hob sie die Hand. »Das soll nicht heißen, dass ich nicht geneigt war, den Antrag anzunehmen. Denn das war ich. Wieder mit Kyle zusammenzukommen hätte alle meine Probleme gelöst.«

»Nicht wenn du ihn nicht mehr liebst.«

»Stimmt auch wieder.« Sie nahm ihren Becher in die Hand. »Denkst du je daran, wieder zu daten?«

»Nein.« Mackenzie verzog das Gesicht. »Schon als Teenager war ich darin nicht wirklich gut. Und jetzt kann ich mir nicht vorstellen, jemand Neues kennenzulernen und zu versuchen, eine Beziehung aufzubauen.«

Stephanie verstand ihr Widerstreben, aber wenn sie es nicht versuchten, würden sie nie jemanden finden.

»Willst du den Rest deines Lebens allein bleiben?«, fragte sie.

Mackenzie zuckte mit den Schultern. »Ich weiß es nicht. Nicht wirklich. Es gibt ein paar Sachen, dir mir an der Ehe gefallen haben. Ich war nur auch darin nicht sonderlich gut.«

»Einiges davon ist aber auch Rhys' Schuld.«

»Ja, aber sehr viel meine.« Sie biss sich auf die Unterlippe. »Wir hatten praktisch überhaupt kein Sexleben.« Ihre Wangen färbten sich rot. »Ich wusste, dass wir uns auseinandergelebt hatten, aber über die Sexsache habe ich nie viel nachgedacht. Rhys hingegen schon. Er hat es mehr als einmal erwähnt, also weiß ich, dass ich ihn, was das angeht, im Stich gelassen habe.«

»Hat dir das denn gar nicht gefehlt?« Stephanie versuchte, sich nicht anmerken zu lassen, was ihr Bruder ihr erzählt hatte.

»Anfangs schon.« Sie hielt kurz inne. »Okay, das ist vermutlich zu viel Information, aber es war nie wirklich gut. Ich habe mich nie so gefühlt, wie deine Mutter nach einer Nacht mit Giorgio aussieht.«

»Igitt. Du hast gerade nicht im gleichen Satz über Sex mit meinem Bruder und Sex zwischen meiner Mutter und Giorgio gesprochen, oder? Nein. Tu das nicht. Das ist zu viel.«

Mackenzie grinste. »Sorry. Ich nehme es zurück.«

»Zu spät.« Sie hielt inne. »Tut mir leid, dass es mit Rhys nicht so toll war.«

»Mir auch. Denn als wir uns kennengelernt haben, war ich noch Jungfrau, also habe ich keine Ahnung, ob es an ihm oder an mir lag.«

»Technisch gesehen gibt es einen Weg, das herauszufinden.«

Mackenzie sah sie an. »Ich bin im vierten Monat schwanger. Ich werde nicht Sex mit irgendeinem Typen haben, nur um herauszufinden, an wem es gelegen hat.«

»Na gut. Dann warte, bis das Baby da ist.«

»Dann werde ich andere Dinge im Kopf haben.«

»Möglicherweise. Ich hingegen werde wieder anfangen, mich mit Männern zu treffen.«

Mackenzie riss die Augen auf. »Wirklich?«

»Ja. Ich gebe mir sechs Monate, um mich in meinem neuen Job

einzuleben, und dann werde ich wieder da rausgehen und mich umsehen.«

»Ich bin beeindruckt.«

»Warten wir erst mal ab, ob ich das auch wirklich durchziehe.«

Mackenzie lächelte sie an. »Das wirst du. Sieh dir nur an, wie weit du schon gekommen bist.«

Stephanie hob ihren Teebecher. »Wie weit wir beide gekommen sind.«

Barbara wusste, dass der Mann, der vor ihr saß, höchstens ein drittklassiger Winzer war. Sein Lebenslauf war wenig beeindruckend, sein Äußeres nicht sehr gepflegt, und nachdem sie seine Weine probiert hatte, war sie nicht im Geringsten begeistert, ihn einzustellen. Dennoch war er der Beste der drei, mit denen sie ein Gespräch geführt hatte, und da die Fermentation vorbei war und die Weine in die Fässer mussten, gingen ihr die Optionen aus. In der Not frisst der Teufel Fliegen, dachte sie und versuchte, sich nicht von der Hoffnungslosigkeit runterziehen zu lassen.

Die Wut, die sie seit Mackenzies Verrat verspürt hatte, war verblasst – zweifelsohne war sie von dem Ausmaß dessen, was es bedeutete, ohne ihre ehemalige Schwiegertochter weitermachen zu müssen, erstickt worden.

»Wann können Sie anfangen?«, fragte sie.

»Ich kann bleiben, bis der Wein in den Fässern ist, und dann eine Woche nach Kalifornien zurückfahren, um dort alles zu regeln.«

Das ist nicht das, was ich für Bel Après will, dachte sie. Sie und das Weingut hatten Besseres verdient. Aber es gab kein »besser«, und so hieß es: entweder dieser Mann oder jemand noch Schlimmeres.

»Ausgezeichnet.« Sie streckte ihm die Hand hin. »Sobald Sie dauerhaft hierhergezogen sind, müssen wir uns als Erstes darum kümmern, einen Winzerassistenten zu finden.«

»Richtig. Das hätten Sie schon vor Jahren tun sollen.«

Barbara funkelte ihn an und unterdrückte eine sarkastische Bemerkung, denn sie wusste, die würde nicht helfen, sondern ihn im Gegenteil vermutlich verschrecken, und so zwang sie sich zu einem angespannten Lächeln und sagte nur: »Dann sollten wir das Problem lösen, nicht wahr?«

Als der Mann weg war, schloss sie die Augen vor dem Horror des Ganzen. Sie drehte sich von ihrem Schreibtisch weg und ermahnte sich zu atmen. Sie hatten jetzt einen Winzer, und damit war ein Problem gelöst. Aber als sie ihre Augen wieder öffnete, schaute sie direkt auf ein Foto von sich und Mackenzie, die Arme einander um die Taille geschlungen, wie sie im hellen Sonnenschein in dem Weinberg am Red Mountain standen und lachten.

Das war ein perfekter Tag, dachte sie traurig. Alles war so gewesen, wie es sein sollte. Ganz anders als ihr jetziges Leben.

»Verdammt sollst du sein«, sagte sie und wiederholte es noch einmal lauter. Als sie sich danach auch nicht besser fühlte, zog sie einen ihrer Pumps aus und warf ihn auf das Bild. Der Absatz traf das Glas, das daraufhin zersprang. Die Scherben fielen zu Boden. Sie sah scharfe Schnitte über ihrem Gesicht.

Aber Mackenzies Hälfte des Fotos war unberührt, und ihr Lächeln schien Barbara zu verspotten. Schnell wandte sie den Blick ab und ließ ihren Tränen freien Lauf.

Mackenzie versuchte, ihren Frust im Zaum zu halten. Sich Zeit freizuschaufeln war schon schlimm genug, aber sie musste außerdem dafür bezahlen, dass ihre Anwältin aus Seattle herkam, um sich mit Rhys und seinem Anwalt zu treffen. Sie hatte keine Ahnung, warum das alles nötig war, denn sie hatte gedacht, dass es nur noch ein paar Kleinigkeiten abzuwickeln gab, was die Scheidungsvereinbarung, den Kindesunterhalt und den Erziehungsplan betraf.

Gemäß Rhys' Bitte hatten sie und Ramona einen Erziehungsplan aufgestellt, den er sich anschauen sollte. Der Kindesunterhalt berechnete sich nach seinem Einkommen, und Mackenzie hatte nicht vor, um mehr zu bitten, also gab es da nicht viel zu besprechen. Ramona hatte ihr erklärt, auf welche zusätzlichen Zahlungen Mackenzie Anspruch hatte, zum Beispiel für eine Privatschule oder einen Collegefonds. Mackenzie hatte darüber nachgedacht und sich entschieden, Rhys zu bitten, einen Collegefonds einzurichten, der zwei Jahre auf der Washington State University abdecken würde. Sie würde das Gleiche tun. Wenn ihr Kind auf ein teureres College gehen wollte, würde sie den Rest selbst übernehmen.

Auf Ramonas Empfehlung hin gab es auch eine Klausel bezüglich Kosten für medizinische Versorgung, sollte das Kind mit einer Behinderung zur Welt kommen. In diesem Fall würde Rhys mehr als den Grundbetrag zahlen müssen. Der Rest – Besuchsrecht und so weiter – war ziemlich einfach gewesen. Sie war davon ausgegangen, dass Rhys das Kind jedes zweite Wochenende und abwechselnd an Geburtstagen, Thanksgiving und Weihnachten bei sich haben wollte. Dazu hatte sie ihm einen Monat jeden Sommer angeboten, inklusive des Zusatzes, dass eine Aufschiebung dieser Zeit, während das Kind noch jünger war, nichts an seinem Recht änderte, in späteren Jahren den Monat in Anspruch zu nehmen.

Ramona hatte ihr versichert, dass der Erziehungsplan dem üblichen Standard entsprach. Der Kindesunterhalt würde die alltäglichen Kosten abdecken, dazu gab es eine Klausel, dass Rhys ab und zu für außergewöhnliche Ausgaben wie einen Friseurbesuch oder ein neues Paar Schuhe aufzukommen hatte.

Als Mackenzie auf den Parkplatz von Rhys' Anwalt einbog, ermahnte sie sich zu atmen. Sie würde das Meeting hinter sich bringen, und dann wären sie und Rhys endlich mit allem durch.

In der Eingangshalle traf sie auf Ramona. Ihre Anwältin ging voran zur Rezeption, wo sie ihre Namen nannte. Sofort wurden sie in einen Konferenzraum geführt, an dessen Tisch locker dreißig Personen Platz finden würden. Rhys und sein Anwalt saßen an einem Ende. Ramona ging zu ihnen und setzte sich ihnen gegenüber. Mackenzie nahm neben ihr Platz.

Als sie ihren baldigen Ex-Mann und seinen Anwalt begrüßte, versuchte sie sich zu erinnern, wann sie Rhys das letzte Mal gesehen hatte. Das ist schon mehrere Wochen her, dachte sie. Als sie ihm erzählt hatte, dass sie schwanger war. Obwohl sie in einer Kleinstadt lebten, liefen sie einander nur selten über den Weg.

Alles in ihr spannte sich an, als ihr einfiel, wann sie ihn wirklich das letzte Mal gesehen hatte. In dem Café, wo er mit der Blondine zu Mittag gegessen hatte.

Sie versuchte, ihn unauffällig zu mustern. Er trug wie üblich Jeans und ein langärmliges Hemd. Seine Haare waren länger, und sie glaubte, dass er etwas abgenommen hatte. Als ihre Blicke sich trafen, schenkte er ihr ein angespanntes Lächeln.

»Wie läuft's?«, fragte er.

Da sie keine Ahnung hatte, was er damit meinte – das Baby, das Weingut, die Scheidung –, zuckte sie nur mit den Schultern und antwortete: »Gut.«

Mr. Norris, Rhys' Anwalt, setzte seine Brille auf. »Danke, dass Sie heute hierhergekommen sind«, fing er an. »Wir haben nur noch ein paar Dinge zu klären, um den Papierkram für die Scheidung abzuschließen. Mein Klient und ich hoffen, dass wir das heute erledigen können.«

Mein Klient? Mackenzie runzelte die Stirn. Diese formelle Ausdrucksweise verursachte ihr ein unbehagliches Gefühl, und ihr Magen zog sich zusammen.

Ramona nahm einen Stapel Papiere aus ihrer Aktentasche. »Ich habe mir die Kopien der Scheidungsvereinbarung, die Sie mir geschickt haben, angeschaut. Meine Klientin hat den angemerkten Änderungen zugestimmt.«

Die waren alle nur unbedeutend gewesen und hatten hauptsächlich mit dem Prozess zu tun gehabt.

»Haben Sie Ihre Änderungswünsche für den Erziehungsplan?«, fragte Ramona dann.

Mr. Norris schaute zu Rhys, der nickte. Der Anwalt reichte zwei Dokumentenstapel rüber. Ramona nahm einen und gab den anderen an Mackenzie weiter.

»Die Modifikationen sind womöglich etwas größer, als Sie erwartet haben«, sagte Mr. Norris.

Mackenzie schaute auf die vor ihr liegenden Seiten. Im ersten Paragrafen stand, dass Rhys die Vaterschaft für das ungeborene Kind anerkannte und nicht auf einem DNA-Test bestand, damit der Erziehungsplan in Kraft treten konnte. Lediglich für ein Familienmitglied würde er den Test nach der Geburt dennoch machen wollen.

Sie sah ihn an. »Du glaubst, dass das Baby von dir ist?«

Zum ersten Mal, seitdem sie den Raum betreten hatte, schien er sich zu entspannen. »Ich weiß es. Schließlich war ich dabei, als es passiert ist, und ich weiß, dass du dich mit niemand anderem getroffen hast. Aber es würde die Sache mit Mom erleichtern, wenn wir es bestätigt bekommen könnten.«

»Klar. Das mache ich gern.«

Die Anspannung, die sie vorher gar nicht bemerkt hatte, ließ ein wenig nach. Alles würde gut werden. Es war albern von ihr gewesen, sich Sorgen über dieses Treffen zu machen. Es war, wie Mr. Norris gesagt hatte: die Chance, alles festzulegen, damit die Scheidung vorangehen konnte. Rhys war der Mann, der er immer gewesen war, und sie konnte darauf vertrauen, dass er das Richtige tat.

Mackenzie las weiter in dem Dokument. Zwei Paragrafen später realisierte sie, dass es sich weniger um Änderungen am Erziehungsplan handelte, sondern vielmehr um eine vollkommen neue Fassung. Das vorgeschlagene Besuchsrecht musste sie zweimal lesen, bevor sie verstand, was das alles bedeutete.

Er wollte weder jedes zweite Wochenende noch die Feiertage oder einen Monat im Sommer. Stattdessen bot Rhys an, sein Kind im ersten Jahr einen Nachmittag im Monat zu sehen und vom zweiten bis vierten Lebensjahr zwei Nachmittage im Monat. Von da an bis zum achtzehnten Geburtstag würde er sein Kind zwei Tage im Monat sehen.

Sie blätterte zur zweiten Seite und suchte nach einem Hinweis, dass er mehr als nur eine flüchtige Beziehung zu seinem eigenen Kind wollte, fand aber nichts. Weil er das eben *nicht* wollte.

Sie sah ihn an und versuchte zu verstehen, was passiert war, doch er wich ihrem Blick aus und starrte auf die Papiere vor sich. Seine Miene verriet nichts.

Enttäuschung gesellte sich zu dem Schock. Er hatte es ernst gemeint, als sie ihm von der Schwangerschaft erzählt hatte. Tatsächlich wollte er kein Baby in seinem Leben. Er wollte frei sein und würde nur das Minimum tun, nicht mehr.

»Ich dachte, du wärst besser«, sagte sie in die Stille hinein.

Er zuckte zusammen, sah sie aber immer noch nicht an. Mr. Norris räusperte sich.

»Wie Sie sehen können, haben wir die Summe für den Kindesunterhalt erhöht. Das ist ein sehr großzügiges Angebot.«

Ja, das war es vermutlich, aber Mackenzie machte sich nicht die Mühe nachzuschauen. Instinktiv legte sie die Hand auf ihren Bauch, wie um ihr ungeborenes Kind zu beschützen. Dank welcher Umstände auch immer hatten sie dieses Leben gemeinsam erschaffen. Es war Teil von ihnen beiden, und doch bedeutete Rhys das überhaupt nichts.

Oh, sie fand nicht, dass er Gefühle für sie haben sollte, doch sein Kind sollte ihm etwas bedeuten, und das tat es nicht.

Diese Erkenntnis traf sie wie ein Schlag und war schlimmer als alles, was in den letzten sechs Monaten passiert war. Sie fragte sich, ob sie Rhys je wirklich gekannt hatte. Natürlich hatte sie nicht erwartet, dass er vor Freude darüber, Vater zu werden, in die Luft springen würde, aber sie hatte gedacht, dass er es akzeptieren und das Richtige tun würde. Doch da hatte sie sich geirrt.

Sie straffte die Schultern und wandte sich an Ramona. »Sobald du geprüft hast, dass das alles legal ist, unterschreibe ich.«

Ihre Anwältin zog die Augenbrauen in die Höhe. »Du willst diesen Erziehungsplan annehmen?«

»Ja.« Sie wandte sich an Rhys. »Ich werde dich nicht zwingen, dein Kind zu sehen, wenn du das so offensichtlich nicht willst. Ich würde gern sagen, ich hoffe, dass du das später einmal bedauerst, aber irgendwie glaube ich das nicht.«

Wenn sie Scham oder Verlegenheit erwartet hatte, wurde sie enttäuscht. Rhys sah seinen Anwalt an. »Steht irgendetwas hiervon dem Abschluss des Scheidungsverfahrens im Weg?«

Die Änderungen am Erziehungsplan waren ein Stich in ihr Herz gewesen, doch diese Aussage war ein Tritt in den Magen.

Mr. Norris wirkte leicht unbehaglich, als er sagte: »Das denke ich nicht. Ramona und ich werden die Dokumente noch ein letztes Mal durchgehen. Danach müssen Sie beide nur unterschreiben, und wir reichen die Unterlagen bei Gericht ein.«

Mackenzie schaute ihre Anwältin an. »Gibt es sonst noch was?«

»Nein. Du kannst gehen.«

Mackenzie nickte und stand auf. Dann verließ sie den Konferenzraum und bog aus Versehen in die falsche Richtung ab. Gerade wollte sie zum Empfang zurückkehren, als sie eine vertraut aussehende Blondine in einem der Büros sitzen sah. Die Frau schaute auf, als sie vorbeiging, und ihre Augen weiteten sich vor Wiedererkennen und Schock.

Mackenzie zwang sich weiterzugehen, direkt auf die Glastür zu, die sie vor sich sah. Sie stieg in den Jeep und startete den Motor, dann fuhr sie auf direktem Weg nach Painted Moon.

Es gelang ihr, jeden Gedanken, jedes Gefühl sorgfältig im Zaum zu halten, bis sie in Brunos Büro platzte. Ihr Geschäftspartner sah sie an und sprang auf.

»Was ist passiert?«

»Er will das Baby nicht. Was mit mir ist, ist mir egal, aber wie soll ich meinem Kind erklären, dass der eigene Vater es nicht kennenlernen will?«

Starke Arme zogen sie gegen eine warme, breite Brust. Mackenzie ließ ihre Tasche auf den Boden fallen und schlang beide Arme um Brunos Taille. Dann ließ sie den Tränen freien Lauf und schluchzte laut.

»Ich liebe ihn nicht«, stieß sie mit zittriger Stimme hervor. »Ich will nicht mit ihm zusammen sein. Was auch immer wir hatten, ist schon lange vorbei. Aber er ist nicht der, für den ich ihn gehalten habe. Er ist kein guter Mann. Wir reden hier von einem *Baby*. Selbst Leute, die keine Kinder mögen, bemühen sich um ihre eigenen.«

Bruno sagte nichts, sondern hielt sie einfach ganz fest und strich ihr beruhigend über den Rücken.

Nach einer gefühlten Stunde, was vermutlich aber nur zehn oder fünfzehn Minuten waren, hatte Mackenzie sich wieder unter Kontrolle.

»Ich benehme mich sehr unprofessionell.«

Er lachte leise. »Papperlapapp.«

Sie hob den Kopf und schniefte. »Was hast du gesagt? Papperlapapp? Bist du hundertzwanzig, oder was?«

Er nahm eine Box mit Taschentüchern aus dem Regal und führte Mackenzie zum Sofa in der Ecke. Dann setzte er sich neben sie und sah sie an.

»Es tut mir leid, dass Rhys so ein Idiot ist.«

»Mir auch. Und es überrascht mich.« Sie wischte sich das Gesicht ab und putzte sich die Nase. »Ich habe mich so in ihm geirrt. Was habe ich sonst nicht gesehen? Es ist sein eigenes Kind. Vermutlich sein einziges Kind. Er ist kein siebzehnjähriger Sportcrack, der sein Collegestipendium verliert, weil er seine Freundin geschwängert hat, sondern ein erwachsener Mann. Wir waren sechzehn Jahre zusammen. Das Baby sollte ihm etwas bedeuten, tut es aber nicht.«

»Er ist ein Idiot. Und in einigen Jahren wird er seine Entscheidung bereuen.«

Sie nickte. »Du hast recht. Und wo du das jetzt sagst, merke ich, dass mir seine Reue egal ist. Ich will nicht, dass mein Kind leidet.«

»Das wird sie nicht. Du wirst eine tolle Mutter sein. Außerdem hat sie Stephanie und ihre Familie, Four und ihre Familie. Und sie hat mich.«

Mackenzie brachte ein Lächeln zustande. »Du hoffst immer noch auf ein Mädchen?«

»Ja, aber über einen Jungen würde ich mich genauso freuen.

Du hast eine Familie, Mackenzie. Vielleicht keine biologische, aber wir sind trotzdem für dich da.«

»Du bist sehr gut zu mir.«

Sein dunkler Blick war ganz ruhig. »Mir liegt etwas an dir.«

Sie nickte. »Mir auch an dir. Und ich habe dein Hemd ganz nassgeweint.«

»Ich werde es als Ehrenabzeichen tragen.«

Sie lachte und wischte über den weichen Baumwollstoff. »Das wird wieder trocknen, aber dabei knittern. Ich werde mich bemühen, es mir nicht zur Gewohnheit werden zu lassen, an deiner Schulter zu weinen. Aber nur für den Fall der Fälle solltest du ein zweites Hemd im Büro haben.«

»Erzähl mir, was bei dem Treffen noch passiert ist.«

Sie erzählte ihm von dem erbärmlichen Besuchsplan. »Rhys bietet mir mehr Kindesunterhalt an. Um seine Schuldgefühle zu mindern, schätze ich. Ramona wird alles noch einmal durchgehen, und wenn es in Ordnung ist, unterschreiben er und ich, und dann werden wir geschieden.«

»Wie fühlst du dich deswegen?«

»Traurig. Ich habe mich in so vielem geirrt. In ihm. In Barbara. In meinem Platz auf Bel Après. Es ist, als hätte ich eine Lüge gelebt, oder so.«

»Du hast nicht gelogen. Das waren sie.«

Er setzte sich wieder aufs Sofa und zog sie mit sich, sodass sie an ihm lehnte. Auch wenn der Kontakt nicht vertraut war, fühlte es sich nett an. Behaglich und sicher. Bruno wusste immer, was zu tun war. Und er war stark.

»Du scheinst zu trainieren«, sagte sie, ohne nachzudenken.

Seine Brust vibrierte unter ihrer Wange, als er lachte. »Ja, das tue ich fast jeden Morgen.«

Sie setzte sich so hin, dass sie am Sofa lehnte statt an ihm, und zog ihr Oberteil straff über den Bauch. »Langsam sieht man wirklich was.«

»Das ist schön. Der Beweis neuen Lebens. Hat das Baby sich schon bewegt?«

»Nein. In den Büchern steht, das passiert zwischen der sechzehnten und zwanzigsten Woche, aber bei der ersten Schwangerschaft kann es auch später sein. Ich bin beinahe in der zwanzigsten Woche, also bin ich schon ein wenig nervös, aber bisher habe ich noch nichts gespürt. Ach ja, in ein paar Wochen habe ich eine Ultraschalluntersuchung, bei der ich das Geschlecht erfahre.«

»Darauf freue ich mich schon.«

»Ich mich auch.« Sie setzte sich auf. »Mein Nervenzusammenbruch ist offiziell vorbei. Ich habe den falschen Mann geheiratet und werde es nächstes Mal besser machen.«

»Ja, das wirst du.« Er lächelte. »Weißt du, was super wäre?«

»Was?«

»Wenn du, nachdem du das Geschlecht erfahren hast, eine Farbe für die Wände im Kinderzimmer aussuchst.«

Beim Gedanken an die kleinen Farbmusterkarten, die er ihr gezeigt hatte, stöhnte sie auf. »Muss ich?«

»Ja. Ich bestehe darauf.«

»Du bist so herrisch.«

»Die Wände müssen gestrichen werden, damit Four sich an das Wandgemälde machen kann. Wir versuchen alle, dir zu helfen, aber das machst du uns ganz schön schwer. Also in zwei Wochen, abgemacht?«

Sie lächelte ihn an. »Was, wenn ich euch nicht so lange warten lasse?«

Sie stand auf und ging zu seinem Schreibtisch. Dort zog sie die zweite Schublade von oben auf und nahm den Stapel Farbmuster heraus.

»Die hier«, sagte sie und zeigte auf ein blasses Gelb. »Das ist ein guter Hintergrund für die Dschungeltiere.«

Er lächelte. »Keine Einhörner?«

»Ich habe um Tukane und Affen gebeten, aber so wie ich Four kenne, wird sie irgendwo ein Einhorn oder einen Drachen drunterschummeln.«

»Das klingt doch gut.« Er stand auf und kam auf sie zu. »Komm. Ich lade dich zum Mittagessen ein. Wir können zu diesem kitschigen Mexikaner gehen, den du so magst. Da wird Orla dich dann bemuttern, dir die gesunden Varianten deines Lieblingsessens bringen, und danach fühlst du dich besser.«

»Das wäre super. Ich will mich nur kurz frischmachen. Wir treffen uns dann im Flur.«

Als sie sich zum Gehen wandte, dachte sie, dass Rhys so viel weniger war, als sie gedacht hatte, während Bruno so viel mehr war. Beinahe jeden Tag zeigte er ihr, dass er ein gütiger und ehrenhafter Mann war, dazu ein ausgezeichneter Manager und ein verdammt guter Geschäftsmann. Außerdem war er wahnsinnig gut darin, sie im Arm zu halten, und es machte ihm nichts aus, wenn sie sein Hemd nassweinte. Doch das, was sie am meisten an ihm mochte, war vermutlich der Ausdruck in seinen Augen, wenn er von ihrem Baby sprach. Ihre Freundinnen waren nicht die Einzigen, die während ihrer Schwangerschaft an ihrer Seite standen, denn Bruno stand mitten zwischen ihnen.

31. KAPITEL

Die große Bar im Verkostungsraum von Painted Moon war nach dem Ausräumen besser, als Stephanie gehofft hatte. Drei Wochen nach Beginn ihres neuen Jobs steckte sie knietief in der Renovierung, arbeitete jeden Tag viele Stunden und liebte jede Sekunde davon.

Sie hatte bereits ein Mailing für die ehemaligen Kunden von Painted Moon entworfen, in dem diese von dem Verkauf des Weinguts unterrichtet wurden und davon, dass Mackenzie nun die neue Winzerin war. Bruno und Mackenzie hatten die neuen Etiketten für die restlichen Weine aus der Schatzkammer abgenommen, sodass sie mit diesem Projekt auch loslegen konnte. All die Dinge, die sie an jedem einzelnen Tag tun musste, erfüllten Stephanie mit neuer Energie. Manchmal war die Arbeit schwer, fühlte sich aber trotzdem gut an, weil sie sie herausforderte.

Jetzt stand sie mitten auf der Baustelle und schaute sich an, was in dieser Woche geschafft worden war. Bruno hatte es gern, wenn sie das freitags tat und ihn dann über den Fortschritt unterrichtete. Den Plan für die folgende Woche war sie mit dem Bauleiter bereits durchgegangen und hatte erfreut festgestellt, dass sie immer noch im Zeitrahmen und im Budget lagen. Was ein kleines Wunder war.

Mackenzie schob sich durch die Plastikplanen, mit denen die Baustelle abgehängt war. Avery folgte ihr.

»Guck mal, wen ich hier beim Herumschleichen ertappt habe«, sagte Mackenzie grinsend. »Mir gefällt ihr Aussehen. Ich denke, wir sollten sie behalten.«

Avery lachte. »Da kommt ihr wohl nicht drum rum.«

»Ah, gut.« Mackenzie warf Stephanie einen Blick zu. »Morgen

ist die Homecoming-Party der Schule. Ich bin so gegen fünf Uhr bei dir? Oder ist das zu früh.«

»Das ist perfekt, wenn du bei der Schmink-Session dabei sein willst.«

»Dabei sein ja, aber nur als Zuschauerin.« Mackenzie umarmte Avery. »Was solche Sachen angeht, bin ich nicht halb so gut wie deine Mutter. Aber ich möchte auf dem Badewannenrand sitzen und dir sagen, wie hübsch du bist.«

Mackenzie winkte den beiden zu, bevor sie in ihr Büro zurückkehrte. Stephanie schaute ihre Tochter an. Zwischen ihnen lief es immer noch gut. Zu der morgigen Schulfeier würde Avery mit ein paar Freundinnen gehen. Sie hatten zusammen eine Limousine gemietet und eine anschließende Party bei Stephanie geplant. Sie und Avery hatten den Großteil der Woche damit zugebracht, sich Menüs auszudenken und eine Filmliste zusammenzustellen. Carson würde zu Four flüchten, wo er und Jaguar einen Videospielmarathon geplant hatten, sobald die jüngeren Kinder im Bett waren.

»Was kann ich für dich tun, liebste Tochter?«, fragte Stephanie.

Avery schaute sich in dem Raum um. »Das wird super aussehen, Mom.«

»Das glaube ich auch.« Stephanie zögerte, nicht sicher, ob sie darauf hinweisen sollte, dass ihre Tochter der Frage ausgewichen war. Sie spürte, dass Avery etwas auf dem Herzen hatte, und beschloss, ihr ein wenig Zeit zu geben, um es von sich aus anzusprechen.

»Es wird auch einen Verkaufsbereich geben, oder?«, fragte Avery.

»Ja. Ähnlich wie bei Bel Après, aber mit einem etwas anderen Vibe.«

Avery seufzte. »Vibe? Wirklich?«

»Jupp. Ich bin hip, ich benutze Slang.«

»Ach Mom.« Avery ging um den provisorischen Schreibtisch herum, der mit Bauplänen bedeckt war. »Wenn der Umbau fertig ist, kann ich dann hier einen Teilzeitjob bekommen, anstatt weiter bei Bel Après zu arbeiten?«

»Sicher, meine Süße. Aber warum willst du den Job wechseln?«

»Es bringt keinen Spaß mehr. Grandma ist so … anstrengend. Sie kommt ständig in den Verkostungsraum und schreit die Angestellten an. Sogar mich hat sie ein paar Mal angebrüllt, und dabei habe ich nur Regale aufgefüllt. Ich brauche einen Job, um mein Benzin bezahlen zu können, und ich dachte, hier, mit dir zusammen, bringt es bestimmt mehr Spaß.«

Stephanie versuchte, sich die Freude über diese Aussage nicht anmerken zu lassen. »Im März werde ich anfangen, Mitarbeiter für den Verkostungsraum und den Verkauf einzustellen. Wenn du Interesse hast, kannst du gern einen Bewerbungsbogen ausfüllen.«

Avery verdrehte die Augen. »Na gut. Aber ich weise darauf hin, dass ich über Erfahrungen verfüge und eine Empfehlung von Mackenzie bekommen kann.«

»Das wäre hilfreich.«

»Ich bekomme keine Vorzugsbehandlung, oder?«

»Vielleicht eine kleine.«

Anstatt zu lächeln, wirkte Avery betrübt. Sie sah Stephanie an, dann wandte sie den Blick ab. Stephanie wartete.

»Hast du in letzter Zeit mit Dad geredet?«, fragte ihre Tochter schließlich.

»Nicht wirklich.«

Das war eher höflich als die Wahrheit. Seitdem sie Kyles Antrag abgelehnt hatte, hatte sie nichts mehr von ihm gehört. Ihre gesamte Kommunikation bezüglich seiner Vaterwochenenden war über die Kinder gelaufen. Das passierte manchmal, deshalb glaubte Stephanie nicht, dass Avery oder Carson vermuteten, dass etwas nicht stimmte.

Irgendwann würde sie Kyle dazu zwingen müssen, mit ihr zu reden, denn wegen der Kinder konnten sie einander nicht für den Rest ihres Lebens aus dem Weg gehen.

»Also hat er nichts wegen Thanksgiving gesagt?«

Ah, der Feiertag. Dieses Jahr sollten die Kinder bei Kyle sein. Manchmal verbrachten sie die Zeit in Seattle, aber genauso oft blieb er mit ihnen in Walla Walla. Das hing normalerweise davon ab, ob er über den *Apple Cup* berichten musste – das jährliche Spiel zwischen den beiden rivalisierenden Unis Washington State und University of Washington – und wo der ausgetragen wurde.

»Ich bin Thanksgiving bei Four«, erklärte Stephanie. »Will dein Dad, dass ihr zu ihm nach Seattle kommt?« Sie würde ihre Kinder vermissen, war es aber gewohnt, gelegentlich von ihnen getrennt zu sein.

»Äh, nicht wirklich.« Avery biss sich auf die Unterlippe. »Du hast wirklich nicht mit ihm geredet, oder? Dad ist in New York. Er hat ein Vorstellungsgespräch und wird über Thanksgiving dort bleiben.«

Stephanie versuchte, sich ihre Überraschung nicht anmerken zu lassen. »Also will er es landesweit versuchen«, sagte sie und erinnerte sich daran, dass er ihr bei ihrem letzten Gespräch diese Möglichkeit an den Kopf geworfen hat. »Das freut mich. Das hätte er schon vor langer Zeit tun sollen.«

»Er meinte, er hätte wegen Carson und mir nicht so weit weg sein wollen, aber jetzt sind wir älter.«

Eine interessante Formulierung in Anbetracht der Tatsache, was er mir erzählt hat, dachte Stephanie, beschloss dann aber, gnädig zu sein und davon auszugehen, dass beides wahr sein konnte.

»Das freut mich für ihn. Also würdest du über Thanksgiving gern nach New York fliegen?«

Avery wich ihrem Blick aus. »So in der Art. Ich war noch nie da, und es ist eine coole Stadt, und bis dahin wird Dad wissen, ob er den Job bekommen hat oder nicht. Und falls ja, können wir mit ihm zusammen auf Wohnungssuche gehen. Er würde für die Zeit ein Airbnb für uns mieten.« Sie zog die Nase kraus. »Carson und ich müssen uns da ein Schlafzimmer und ein Bad teilen, was echt eklig ist, aber trotzdem. Es ist New York. Was denkst du darüber?«

»Ich denke, dass du ein wunderbares Thanksgiving hier verpassen wirst.« Stephanie ging zu ihrer Tochter und zog sie in die Arme. »Aber ich möchte, dass du Spaß mit deinem Dad hast.«

»Bist du sicher? Wirst du dich nicht zu einsam fühlen?«

»Ich werd's überleben.« Stephanie ließ sie los. »New York ist eine große Stadt, Avery. Wir werden uns darüber unterhalten müssen, wie ihr euch schützen könnt.«

»Ich weiß. Ich werde für Carson verantwortlich sein. Er will übrigens, dass Dad den Job bekommt, weil er dann zu einem Spiel der Yankees gehen kann.« Sie seufzte. »Baseball. Warum muss es ausgerechnet Baseball sein?«

Sie lachten beide.

Nachdem Avery gegangen war, holte Stephanie ihr Handy heraus und schickte Kyle eine Nachricht.

Ich habe gehört, du bist in NYC. Wann hattest du vor, es mir zu sagen?

Seine Antwort kam kurz darauf.

Ich hätte etwas sagen sollen. Sorry, ich habe noch mit unserer letzten Unterhaltung gekämpft. Eigentlich hatte ich andere Pläne, aber dann kam diese Gelegenheit, und nun bin ich hier.

Meinst du, dass du den Job bekommst?

Vermutlich. Was bedeutet, ich muss umziehen. Und es wird die Sache mit den Kids komplizierter machen.

Auf mehr als eine Weise, dachte Stephanie. Wenn sie ihren Dad an der Ostküste besuchten, steigerte das die Chancen, dass später einer von ihnen oder sogar beide auch dort aufs College gehen wollten. Der Gedanke daran, ihre Kinder so weit weg zu wissen, missfiel ihr, aber sie wusste, dass sie tapfer sein musste. Die beiden hatten es verdient, ihre Träume zu verwirklichen.

Wir kriegen das schon hin. Avery hat mir von Thanksgiving erzählt. Das hätte ich lieber von dir gehört.

Ja, ich hätte etwas sagen sollen. Aber ist es für dich in Ordnung?

Das ist es. Auch wenn deine Tochter nicht erfreut darüber ist, dass sie Schlaf- und Badezimmer mit ihrem Bruder teilen muss.

Wir müssen alle Opfer bringen. Bist du sicher, dass es für dich okay ist?

Ja. Du kannst die Flugtickets für die beiden kaufen. Oh, und Avery wird bestimmt shoppen gehen wollen. Lass sie nicht zu viel Geld ausgeben.

Es entstand eine lange Pause, bevor er antwortete.

Du fehlst mir.

Jetzt war es an ihr zu zögern.

Um ehrlich zu sein, hatte sie in letzter Zeit nicht wirklich viel an Kyle gedacht, weil sie sich auf ihren neuen Job und ihre Kinder konzentriert hatte. Für sie war ihre Ehe schon lange vorbei. Aber es wäre grausam, das zu sagen.

So ist es für uns beide am besten. Das weiß ich. Wir sehen uns bald.

Ja, bis bald.

Barbara spürte die Hitze der Flammen, als sie immer höher in den Himmel stiegen. Sie drangen so schnell vor, fraßen eine Reihe Weinstöcke nach der anderen, brannten sie zu nichts als Asche runter. Die Feuerwand raste an ihr vorbei und hinterließ nichts als trockene, verbrannte Erde.

Verzweifelt lief sie hin und her und wusste nicht, was sie tun sollte. Sie fand weder Wasser noch jemanden, der ihr helfen konnte. Sie schrie, doch der Wind verschluckte das Geräusch. Die Temperatur stieg, bis Barbara fürchtete, sich auch in Staub zu verwandeln und weggeblasen zu werden.

Sie rannte auf die Weinstöcke zu, erkannte dann aber, dass das Feuer sich gedreht hatte und nun sie jagte. Sie versuchte zu entkommen, doch mit einem Mal konnte sie sich nicht mehr bewegen und weckte sich selbst mit ihren Schreien auf.

Abrupt setzte sie sich in ihrem kühlen, dunklen Schlafzimmer auf und versuchte, wieder zu Atem zu kommen, während ihr Herz raste und ihr der Schweiß über den Rücken lief. Dieser Albtraum war ihr vertraut – zu Anfang ihrer Ehe mit James, als alles noch so schwer gewesen war, hatte sie ihn oft gehabt. Doch danach jahrelang nicht mehr.

Immer noch zitternd sank sie in die Kissen zurück. Mit einem Mal war ihr eiskalt, und sie zog schnell die Decke über sich. Das Bett wirkte so groß und leer ohne Giorgio. Er ist an der Ostküste, zum Geburtstag seiner Tochter, dachte sie und schaute auf den Wecker.

Fünf Uhr. Das bedeutete, bei ihm war es acht?

Sie griff nach ihrem Handy und wählte seine Nummer. Nach dreimaligem Klingeln hörte sie seine Stimme.

»Ja?«

»Giorgio, Gott sei Dank. Ich hatte einen schlimmen Traum. Ich habe geträumt, dass Bel Après in Flammen steht und ich nichts tun konnte.« Die Erinnerung ließ sie erschaudern. »Es war schrecklich. Diesen Traum hatte ich früher immer, als James und ich so zu kämpfen hatten. Ich hatte ganz vergessen, wie das war. Ich zittere immer noch.«

Doch anstatt sie zu trösten oder ihr Fragen zu stellen, schwieg er.

»Giorgio? Bist du noch da?«

»Ja.«

Er klang ungeduldig. Oder verärgert.

»Was ist los? Wir haben seit ein paar Tagen nicht mehr gesprochen. Was hast du so gemacht?«

»Das ist deine Frage?«, fragte er kalt. »Was ich gemacht habe?«

»Warum bist du sauer auf mich?« Sie setzte sich auf. »Du hast heute Morgen vielleicht eine Laune.«

»Gestern Abend war die Geburtstagsfeier von Rosemary. Du hättest hier bei mir sein sollen. Du hast nicht angerufen, hast kein Geschenk oder Blumen geschickt. Du hast es komplett vergessen.«

»Habe ich nicht.« Die Lüge kam ihr automatisch über die Lippen. »Ich konnte gestern Abend nicht anrufen. Als ich nach Hause kam, war es schon zu spät. Ich wollte nicht alle aufwecken.«

»Wir beide wissen, dass das nicht stimmt. Es hat eine Weile gedauert, bis ich die Wahrheit gesehen habe, Barbara, aber jetzt habe ich es getan. Dir ist niemand wichtig außer dir selbst. Du kannst es ganz gut vortäuschen, aber mehr auch nicht.«

Ihr stockte der Atem. »Giorgio, nein! Sag das nicht. Das

meinst du nicht so. Ich liebe dich. Das mit Rosemary tut mir leid. Wirklich unendlich leid. Lass es mich wiedergutmachen. Wenn du nach Hause kommst, fahren wir zusammen weg. Vielleicht nach Portland. Wir können in das Hotel fahren, das du so magst. Nur wir beide.«

Das lange Schweigen, das folgte, machte ihr mehr Angst als Giorgios Wut. Ihr Herzschlag beschleunigte sich.

»Ich werde nicht zurückkommen.«

»Was soll das heißen?«

»Ich ziehe zurück zu meiner Familie.«

Ihr wurde eiskalt, als sie begriff, was er da gerade gesagt hatte.

»Nein! Das geht nicht. Du kannst mich nicht verlassen. Darling, nein. Bitte.« Tränen stiegen in ihr auf und rollten ihr über die Wangen. Ihre Stimme klang belegt. »Giorgio, ich liebe dich. Du bedeutest mir die Welt.«

»Wenn das stimmen würde, hätten wir diese Unterhaltung jetzt nicht. Du warst meine Prinzessin, aber ich nie dein Prinz. Ich weiß nicht, was du in mir gesehen hast. Ich war nicht mal Mittel zum Zweck, denn ich habe nichts, was du willst. Ich schätze, das Problem ist, dass Bel Après deine einzig wahre Liebe ist und ich immer an zweiter Stelle kommen würde. Vielleicht ist dir das genug, aber mir reicht es nicht.«

»Giorgio, hör auf.« Es fiel ihr schwer zu reden, doch sie zwang sich, es weiter zu versuchen. »Verlass mich nicht. Ich liebe dich.«

»Ich glaube nicht, dass du überhaupt dazu fähig bist zu lieben. Den Ring kannst du behalten.«

»Giorgio. Giorgio, nicht. Bitte, ich …«

Die Stille in der Leitung verriet ihr, dass die Verbindung unterbrochen worden war. Er war nicht mehr da – er hatte einfach aufgelegt.

Barbara ließ das Handy aufs Bett fallen und drückte sich ein Kissen aufs Gesicht, um ihren Schrei zu dämpfen. Sie schrie, bis ihre Kehle rau war und sie keinen Laut mehr von sich geben konnte. Dann rollte sie sich auf die Seite und weinte.

Nun, da der Wein in die Fässer gefüllt war, konnte Mackenzie sich eine kleine Verschnaufpause gönnen. Theoretisch gab es nichts, was sie tun konnte, außer sich in der Nähe der Fässer herumzutreiben, während die Wissenschaft und die Natur ihr Werk vollbrachten. Dennoch, wenn es um ihren Wein ging, war sie jemand, der sich Sorgen machte, also zog sie es vor, in der Nähe zu bleiben – als würde ihre Gegenwart einen Unterschied machen.

»Ich bin unleidlich«, sagte sie, als sie in Brunos eleganten Mercedes stieg. »Ich will nicht weg.«

Er sah sie an, und seine Augen funkelten amüsiert. »Du klingst wie eine Zweijährige.«

»Gut. Ich würde auch am liebsten mit dem Fuß aufstampfen. Ich muss hier sein. Das ist kein guter Zeitpunkt, von hier wegzugehen.«

»Der Wein wurde in die Fässer gefüllt. Was willst du jetzt noch tun?«

»Für emotionale Unterstützung sorgen.«

»Das heute ist die erste Veranstaltung für Winzer seit der Ernte. Du und ich sind die neuen Besitzer von Painted Moon. Wir müssen uns dort blicken lassen.«

Sie wusste, dass er recht hatte, war aber trotzdem widerspenstig. »Das wird komisch.«

»Bist du nervös?«

»Ja. Ich weiß nicht, was ich zu den Leuten sagen soll. Ich war immer Teil von Bel Après, und das bin ich jetzt nicht mehr.«

Er streckte den Arm über die Mittelkonsole aus und drückte Mackenzies Hand. »Du wirst das schon machen. Alle werden sich freuen, mit dir zu reden. Und Barbara wird nicht da sein.«

Ihre Stimmung hob sich. »Bist du sicher?«

»Als ich die Einladung für uns angenommen habe, habe ich gefragt. Der Veranstalter meinte, Rhys und Lori würden für Bel Après kommen.«

Mackenzie war nicht sicher, wie sie es finden sollte, ihren Ex-Mann so bald nach dem Anwaltstermin wiederzusehen. Wobei –

sie wohnten in der gleichen Stadt und arbeiteten im gleichen Bereich. Sie würden sich zukünftig regelmäßig über den Weg laufen. Da war es besser, dieses erste, unangenehme berufliche Treffen hinter sich zu bringen.

»Kommst du damit klar, Rhys zu sehen?«, fragte Bruno.

»Wieso kannst du meine Gedanken lesen?«

»Ich habe nur geraten.«

»Na ja, ich schätze, diese Frage drängt sich auf.« Kurz dachte sie nach. »Ich bin nicht scharf darauf, ihn zu sehen. Ich bin menschlich von ihm enttäuscht, stelle unsere gesamte Beziehung infrage und habe das Gefühl, zu viel Zeit mit ihm vergeudet zu haben. Aber ich bin nicht wütend. Meine generelle Unzufriedenheit hat mehr mit dem Baby als mit ihm zu tun.«

»Das klingt logisch. Und an der Barbara-Front?«

Sie lächelte. »Hast du mit so einem Level an emotionalen Verwicklungen gerechnet, als du unseren Gesellschaftervertrag unterschrieben hast?«

Er grinste. »Ich wusste, dass es altes Gepäck geben wird. Aber deins ist wenigstens interessant.«

»Ich hoffe, dass es ganz schnell sehr langweilig wird. Okay, Barbara …« Kurz schloss sie die Augen. »Ich habe keine Angst, mich ihr zu stellen, auch wenn ich es lieber nicht tun würde. Es behagt mir nicht, eine Szene zu machen. Oder jemanden anzuschreien.«

»Keine Szenen heute«, versprach er ihr. »Wir gehen hin, sagen Hallo, bleiben eine höfliche halbe Stunde oder so und verziehen uns wieder.«

»Du hast einen Plan.«

»Den habe ich immer.«

»Ich mag dein Talent, Dinge vorherzusehen. Das gibt mir das Gefühl, mich entspannen zu können.«

Er schaute sie an. »Gut. Einige Menschen finden meine Planungswut nervig.«

Sie lächelte. »Aber nicht die stets perfekte Gloria.«

Nun musste er grinsen. »Sie fand, ich plane zu viel.«

»Wow! Sie hat einen Makel! Ich freue mich so. Ich hatte mir schon Sorgen gemacht, dass deine Vergangenheit zu perfekt gewesen ist, was nicht fair wäre. Immerhin musst du dich jeden Tag mit meiner herumschlagen.«

»Du bist es wert.«

Sie sagte sich, dass er das nur auf geschäftlicher Ebene meinte und nicht persönlich, aber das änderte nichts daran, dass ihr ganz warm ums Herz wurde.

Sie lehnte sich in ihrem Sitz zurück und versuchte, nicht an die bevorstehende Veranstaltung zu denken. »Ich trage eine falsche Yogahose«, grummelte sie. »Das ist schrecklich.«

»Wieso ist sie falsch, und was ist daran schrecklich?«

»Sie sieht komisch aus. Eigentlich soll sie wie eine Anzughose wirken, doch das tut sie nicht. Bald werde ich echte Umstandshosen tragen müssen, aber das will ich nicht. Diese ganze Babysache ist ein einziges Chaos. Was hat die Natur sich nur dabei gedacht?«

»Dir wäre es lieber, wenn Kinder schon voll ausgebildet erscheinen? Vielleicht unter einem Baum?«

»Nein, nicht unter einem Baum. Einem Busch. Oder irgendeiner anderen Pflanze. Etwas Hübschem wie einer Lilie oder einer Orchidee.«

»Klimatisch gesehen könnte das ein Problem sein. Orchideen wachsen nicht überall.«

»Das stimmt. Okay, das derzeitige System ist vermutlich das beste, aber trotzdem. Umstandshosen sind ätzend. Und ich hasse mein Oberteil.«

»Hör auf rumzujammern. Du siehst hübsch aus. Ich weiß, du bist nervös, aber in ein paar Stunden sind wir damit durch, und du kannst wieder vor dem Fasslager rumlungern.«

»Versprochen?«

»Versprochen.«

Er bog auf den Parkplatz des Hotels ein. Die Veranstaltung fand in einem der großen Konferenzräume statt. Der Winzerverband organisierte solche Meet & Greets ein paar Mal im Jahr, damit die Leute aus der Branche zusammenkommen und sich untereinander austauschen konnten.

Mackenzie und Bruno gingen hinein. Sie versuchte, nicht darüber nachzudenken, ob sie wohl schwanger aussah oder was die Leute sagen würden. Das letzte Mal hatte sie die meisten der Gäste auf der Sommersonnenwendfeier gesehen, als sie noch mit Rhys verheiratet gewesen war und für Barbara gearbeitet hatte. Etwas mehr als fünf Monate später war nun alles anders.

Sie betraten den bereits gut gefüllten Raum. Mackenzie unterdrückte den Drang, sich an Brunos Arm festzuklammern oder sich hinter ihm zu verstecken. Alles wird gut, sagte sie sich. Sie wusste, wie man Small Talk hielt, und sie war stolz auf das, was sie geschafft hatten.

Lächelnd trat sie auf eine Gruppe Männer zu, die sie kannte.

»Hallo, zusammen.«

»Mackenzie! Wie schön, dich zu sehen.«

»Hey, Mackenzie. Wer ist der neue Kerl?«

Sie stellte Bruno vor. Alle wussten, dass er ihr Geschäftspartner war, und stellten ihm sofort unzählige Fragen.

Paul, der Manager eines großen Weinguts am anderen Ende des Tals, beugte sich zu Mackenzie. »Wie war die Ernte? Ihr habt zu hundert Prozent mechanisch geerntet?«

»Ja, wegen des Timings konnten wir niemanden zum Handpflücken anstellen.« Sie lächelte. »Ich habe mich mit Händen und Füßen gewehrt, muss aber sagen, dass der Prozess sehr glatt über die Bühne gegangen ist. Ich war mit dem Ergebnis sehr zufrieden. Nächstes Jahr werden wir einen Teil per Hand pflücken, aber jetzt, da ich die Maschinen im Einsatz gesehen habe, werde ich auch weiterhin den Großteil mechanisch ernten lassen.«

»Ich bin schockiert.«

»Ich auch, aber gegen die Ergebnisse fehlen mir die Argumente. Es wird ein gutes Jahr werden.«

»Wir hatten Glück«, sagte Paul. »Wenn es bis zum Ende der Erntezeit so heiß geblieben wäre, hätten wir ziemliche Probleme bekommen.«

»Stimmt. Aber das ist es ja zum Glück nicht.«

Paul wollte eine Frage stellen, hielt aber kurz inne und verlagerte das Gewicht. »Okay, das ist jetzt etwas unangenehm. Rhys und Lori sind gerade gekommen.«

»Würdest du dich lieber mit ihnen unterhalten?«

Er entspannte sich. »Nein, natürlich nicht. Das weißt du. Rhys hat keinen Weitblick, und Lori hat nie etwas zu sagen. Es ist nur … ihr beide wart verheiratet.«

»Ja, ich erinnere mich.« Sie bemühte sich, ruhig und entspannt zu wirken. »Schon okay, Paul. Rhys und ich arbeiten uns durch die Scheidung. Wir sind dabei, die letzten Papiere zu unterschreiben, und dann werden wir getrennte Wege gehen.«

»Und du kommst damit klar?« Er klang besorgt.

Sie dachte an all das, was in so kurzer Zeit passiert war. Wie anders die Dinge jetzt waren, wie anders sie selbst war. Die Reise war schmerzhaft gewesen, aber sie schätzte, dass sie den richtigen Weg eingeschlagen hatte.

»Mir geht's gut, und ich bin sehr glücklich. Komm im Frühjahr doch mal nach Painted Moon und schau dir an, was wir da machen. Es ist ziemlich magisch.«

Bruno und die Winzer, mit denen er sich unterhalten hatte, gesellten sich zu ihnen. Mackenzie versuchte, aufmerksam zuzuhören, war sich aber die ganze Zeit bewusst, dass Rhys irgendwo im Raum war.

Würde er herkommen und mit ihr reden? Sollte sie versuchen, mit ihm zu sprechen? Würde das je leichter werden?

Sie schüttelte die Fragen ab und konzentrierte sich auf die Unterhaltung. Nachdem sie noch ein paar Minuten geplaudert hatten, verabschiedeten Bruno und sie sich, um sich anderen Gästen zuzuwenden. Mackenzie stellte ihm Leute vor, die er nicht kannte, und machte sich erneut mit den Winzern und Weingutbesitzern vertraut, die sie seit Jahren kannte.

Jack, ein grummeliger alter Mann, der seit den 1980er-Jahren Wein anbaute, zog sie beiseite.

»Gut für dich«, sagte er. »Diesen ganzen Bel-Après-Quatsch

hinter dir zu lassen. Mit Painted Moon bist du besser dran. Drück ihm deinen Stempel auf. Barbara hat sich immer bemüht, dir die Flügel zu stutzen. Sie wollte nicht, dass irgendjemand der Star ist, doch du kannst nicht anders, du glänzt einfach, wo immer du bist.«

Dieses unerwartete Kompliment überraschte sie. »Das ist sehr nett von dir.«

»Nein, es ist die Wahrheit. Wir alle wussten, dass du talentiert bist. Sie hatte nur das Glück, dich als Erste an sich gebunden zu haben.«

Sie lächelte. »Daran hatte Rhys auch seinen Anteil.«

»Stimmt, aber wir alle haben dir ein Angebot machen wollen. Wir hatten von den Leuten von der WSU von dir gehört und wussten, dass du etwas Besonderes hast. Aber sie war zuerst da.«

»Das habe ich nicht gewusst«, gab Mackenzie zu und war erstaunt zu hören, dass damals überhaupt jemand von ihr gehört hatte. Wie anders wäre alles gekommen, wenn sie nicht für Bel Après gearbeitet hätte? Das würde sie wohl niemals erfahren.

Sie entschuldigte sich und holte sich ein Glas Wasser. Sehnsüchtig schaute sie zu den Flaschen mit den Weinen. Veranstaltungen wie diese boten die Gelegenheit zu probieren, was die anderen so machten. Und sie hatte das Verkosten immer genossen – aber heute nicht.

»Du bist gekommen.«

Sie drehte sich um und sah Lori vor sich stehen.

»Stimmt.« Mackenzie schaute sich um. »Bist du mit Owen hier?«

Lori funkelte sie an. »Wer hat dir davon erzählt?«

»Stephanie hat erwähnt, dass du mit ihm zusammen bist. Das freut mich. Er ist ein toller Kerl.«

Sie wollte noch mehr sagen, doch Loris Miene verspannte sich.

»Glaubst du, mich interessiert, was du über ihn oder sonst irgendetwas denkst? Ich kann nicht fassen, dass du dich traust, dich hier zu zeigen, nach allem, was du getan hast.«

Auch wenn Loris Gift nicht so tödlich war wie das ihrer Mutter, war das Thema doch vertraut. Mackenzie wusste, dass sie die Wahl hatte: Sie konnte auf die gleiche Weise reagieren – oder sie konnte versuchen, zu der Frau durchzudringen, die sie immer als Teil ihrer Familie angesehen hatte.

»Lori, bitte. Ich möchte mich nicht mit dir streiten. Ich weiß, es ist jetzt alles anders, aber ich wollte nie jemandem wehtun. Und ich mag dich noch immer. Können wir nicht wenigstens Freunde sein?«

Lange starrte Lori sie an. »Wir waren niemals Freunde. Ich habe dich akzeptiert, weil ich es musste, aber ich wusste immer, was du für eine bist. Egal, was mit dem Weingut passiert, ich bin froh, dass du weg bist und ich niemandem mehr etwas vorspielen muss.«

Damit ging sie. Mackenzie starrte ihr hinterher und versuchte, nicht zu reagieren. Ihre Wangen wurden heiß, und ihre Beine waren ein wenig wacklig, doch sie würde sich nicht einschüchtern lassen.

Plötzlich tauchte Bruno an ihrer Seite auf. »Was ist passiert?«

»Nichts.«

Er sah sie an. »Ich habe euch beobachtet. Das war kein freundlicher Austausch.«

»Oh. In dem Fall … Ich dachte, Lori und ich mögen einander, aber sie hat mir unmissverständlich klargemacht, dass dem nie so war.«

»Geht es dir gut?«

»Noch nicht, aber bald wieder.«

»Willst du gehen?«

Sie lächelte ihn an. »Ich ziehe nicht den Schwanz ein.«

»Gut. Da sind nämlich noch ein paar Leute, die ich dir gern vorstellen würde. Lass mich in der Zwischenzeit sagen, dass ich mich darauf freue, dich in Umstandshosen zu sehen.«

Diese in keinem Zusammenhang stehende Bemerkung war so überraschend, dass Mackenzie laut lachen musste. »Das kann nicht dein Ernst sein. Und falls doch, bist du sehr, sehr seltsam.«

»Damit kann ich leben, wenn es dir wichtig ist.«

»Danke. Also, warum freust du dich darauf, mich in Umstandshosen zu sehen? Ich glaube nicht, dass die an irgendjemandem sonderlich schmeichelhaft aussehen.«

»Du wirst sie rocken.«

Sie sah ihn an. »Du bist immer so nett zu mir.«

»Du bist meine Geschäftspartnerin, wie sollte ich da sonst zu dir sein? Außerdem bist du nicht mehr traurig wegen Lori, oder?«

Sie merkte, dass er recht hatte. »Du versuchst, mich abzulenken.«

»Ich versuche es nicht, Mackenzie, ich tue es. Das ist ein Unterschied.«

»Stimmt. Das werde ich mir merken.«

32. KAPITEL

Mit einem Süßkartoffelauflauf in der Hand traf Stephanie am Haus ihrer Mutter ein. Zum Familiendinner heute brachte jeder etwas mit – zumindest hatte es so in Loris Nachricht gestanden. Seltsam, dachte Stephanie, als sie eintrat. Normalerweise würde ihre Mutter nie zulassen, dass jemand einfach so etwas zu essen mitbrachte. Was, wenn die Gerichte nicht zueinanderpassten oder die Farben nicht harmonierten? Aber sie war gebeten worden, ein Kartoffelgericht mitzubringen, das zu Schweinefleisch passte, also hatte sie es getan.

Sie ging an Fours Kindern vorbei, die mit Owen und Jaguar Karten spielten, und gesellte sich zu ihren Schwestern und ihrer Mutter in die Küche.

»Hallo, zusammen«, sagte sie und stellte die Auflaufform auf den Tresen. »Der ist frisch aus dem Ofen, er sollte also noch warm genug sein.«

Four umarmte sie. »Du siehst so glücklich aus.«

»Ich fühle mich auch gut.«

»Das sieht man.«

Stephanie zog ihren Mantel aus und hängte ihn an einen Haken im Vorraum der Küche. »Hi, Lori. Owen wirkt inmitten der ganzen Kinder ziemlich entspannt. Ich denke, mit ihm hast du das große Los gezogen.«

Lori sah sie erst misstrauisch an, bevor sie leicht lächelte. »Ja, das denke ich auch.«

Stephanie atmete tief ein, bevor sie zögerlich ihre Mutter umarmte. »Hey, Mom. Wie geht's?«

Ihre Mutter erwiderte die Umarmung nicht und sah auch nicht im Mindesten erfreut aus.

»Super. Können wir jetzt bitte mit dem Essen anfangen? Hat

jemand den Tisch überprüft? Ist er richtig gedeckt? Lori, das war deine Aufgabe. Los, schauen wir uns an, wie du versagt hast.«

Sie rauschte aus der Küche, Lori dicht auf den Fersen. Stephanie wandte sich an Four.

»Da hat aber jemand gute Laune.«

Four holte den großen Schweinebraten aus dem Ofen und stellte ihn auf den Herd. Dann nahm sie Stephanies Hand und zog sie daran in die Vorratskammer.

»Giorgio hat Barbara abserviert«, flüsterte sie. »Weitere Einzelheiten weiß ich nicht. Es ist vor ein paar Tagen passiert. Ich habe nicht gewusst, dass sie einen Streit hatten, aber Lori meinte, in letzter Zeit wäre es nicht gut zwischen ihnen gelaufen. Das Einzige, was ich mir vorstellen kann, ist, dass er ihren Egoismus leid war. Sie wollte nicht mit ihm zum Geburtstag seiner Tochter an die Ostküste fliegen.«

»So was würde Mom niemals als wichtig erachten. Vor allem nicht bei allem, was sonst so los ist.«

»Ich weiß das, und du weißt das, aber ich glaube, für ihn war das ein Weckruf.« Um Fours Mundwinkel zuckte es. »Das macht mich traurig. Er war ihre Chance darauf, glücklich zu sein, und jetzt ist er weg. Sie wird immer gemeiner werden, bis niemand mehr etwas mit ihr zu tun haben will. Das ist sehr bedauerlich.«

Sie hörten Stimmen aus der Küche und huschten schnell aus der Kammer.

Ihre Mutter funkelte sie an. »Wenn ihr zwei damit fertig seid, wie die Schulmädchen zu flüstern, können wir uns daranmachen, das Essen auf den Tisch zu bringen.«

Stephanie ignorierte den wütenden Blick und die scharfen Worte, ging zu ihrer Mutter und nahm ihre Hand.

»Was mit Giorgio passiert ist, tut mir sehr leid. Ich wünschte, du hättest es mir erzählt. Ich hätte vorbeikommen und bei dir sein können.«

Ruckartig zog ihre Mutter die Hand zurück. Ihre braunen

Augen wirkten kalt und leer. »Um genau was zu tun? Mir geht's hervorragend. Giorgio war ein lächerlicher Mann mit unmöglichen Vorstellungen. Er hat nie verstanden, welch große Verantwortung ich trage. Mit ihm zusammen zu sein war reine Zeitverschwendung. Gut, dass ich ihn los bin.«

Stephanie schüttelte den Kopf. »Mom, das meinst du nicht so. Du hast ihn geliebt. Er hat dich glücklich gemacht. Es tut mir leid, dass er weg ist, und wenn ich irgendetwas tun kann …«

»Was solltest du schon für mich tun können? Du hast deinen Job gekündigt und mich mit meiner Hochzeitsplanung im Stich gelassen. Ich brauche wirklich nicht noch mehr von deiner ›Hilfe‹«. Sie malte Gänsefüßchen in die Luft.

Für einen Moment schien die Zeit stillzustehen. Stephanie sah Loris erleichterten Blick, weil mal jemand anderes Barbaras schlechte Laune abbekam. Sie sah, wie engherzig ihre Mutter sich benahm, und wusste, dass sie lieber allein sterben würde, als eine vermeintliche Schwäche zuzugeben. Und sie sah sich selbst – stärker als vorher. Auf dem Weg in die richtige Richtung. Ja, es würde Herausforderungen geben, aber den schwersten Teil hatte sie hinter sich. Sie war mutig gewesen, und solange sie das weiterhin wäre, würde alles gut werden.

Sie dachte an all das, was sie ihrer Mutter entgegenschleudern könnte. Die schneidenden Worte, die sarkastischen Kommentare. Und sie sagte sich, dass es das nicht wert war. Barbara würde immer sein, wer sie war. Sie würde sich nicht ändern, außer sie wollte es.

»Ich bin da, wenn du mich brauchst«, sagte sie deshalb nur. »Aber wie auch immer, es tut mir leid.«

Ihre Mutter schaute den Braten an. »Der ist fertig. Hol Jaguar, damit er ihn anschneidet, und dann tragt das Essen auf den Tisch. Vorausgesetzt, diese Aufgabe überfordert euch nicht.«

Damit ging sie ins Esszimmer. Stephanie schaute ihr nach. »Es muss schwer sein, sie zu sein.«

Four lächelte. »Und das, meine liebe Schwester, ist die Lektion, die wir hieraus lernen sollten.«

Mackenzie betrachtete das verschwommene Bild, das – theoretisch – ihre Tochter war. Laut der Ärztin hatte sie ein gutes Gewicht, ihr Blutdruck und die Blutzuckerwerte waren perfekt, und das Baby entwickelte sich genau, wie es sollte.

»Fünf Monate erledigt, noch vier vor mir«, sagte sie sich, als sie später nach Painted Moon zurückfuhr. Und sie würde tatsächlich ein Mädchen bekommen.

Diese Information musste sie erst einmal sacken lassen. Bruno hatte sie damit aufgezogen, dass er ein Mädchen wollte, also würde er sich über die Neuigkeit freuen. Was ihre eigenen Gefühle anging, glaubte sie, dass ein Mädchen für sie als Mutter vielleicht einfacher sein würde. Schließlich war sie selbst mal ein Mädchen gewesen und wusste ein paar Mädchensachen.

»Ein Mädchen«, flüsterte sie. »Ich muss mir einen Namen überlegen. Vielleicht Amy, nach meiner Mutter.«

Sie berührte ihren Bauch. »Hey, Amy. Ich bin deine Mom.« Sie grinste. »Das ist das Seltsamste, das ich je gesagt habe, aber es stimmt. Ich bin deine Mom.«

Sie ließ die Worte sacken, fragte sich, wann sie sie auch wie eine Mutter fühlen würde. Sie war schwanger. Und sie würde eine Tochter bekommen.

Bei dem Gedanken spürte sie, dass sie lächelte, und überlegte, wem sie das alles erzählen wollte. Natürlich Bruno und Stephanie. Four. Sollte sie es auch Rhys sagen? Würde ihn das Geschlecht ihres Babys interessieren? Er hatte nie gefragt, und sie wusste nicht, ob sie es von sich aus ansprechen sollte.

»Darum kümmere ich mich nächste Woche«, sagte sie, als sie die Tore von Painted Moon passierte. Heute ging es nur um sie und die Menschen, die sie liebte. Sie bekam ein Mädchen!

Nachdem sie geparkt hatte, eilte sie ins Büro. Doch bevor sie dort ankam, sah sie Bruno aus dem Gebäude kommen, als hätte er auf sie gewartet.

»Du bist zurück.« Er klang angespannt.

»Ja.« Sie hatte ihm nicht erzählt, dass sie heute den Termin beim Arzt hatte, sondern erklärt, dass sie einige Erledigungen tätigen musste. Sie hatte gewusst, dass es heute den ersten Ultraschall geben würde, und war nicht sicher gewesen, ob sie danach mit jemandem darüber würde sprechen wollen. Wie albern, dachte sie nun, da sie es hinter sich hatte.

»Wir müssen reden.«

Etwas in seiner Stimme ließ sie innehalten. Was auch immer er zu sagen hatte, es würde nichts Gutes sein. Hatte es einen Brand gegeben? Forderte er sein Überbrückungsdarlehen zurück? Nein, das konnte es nicht sein. Es waren noch ein paar Wochen, bis die Scheidung rechtskräftig war und sie ihr Geld erhalten würde. Das wusste er, und er würde sein Geld nicht vorher verlangen. Also was war es dann?

»Ich habe dir etwas gekauft«, sagte er und bedeutete ihr, in die Produktionshalle voranzugehen. »Es sollte eine Überraschung sein, aber jetzt, wo es da ist, bin ich mir nicht sicher, ob ich das Richtige getan habe. Wenn du wütend bist, verstehe ich das. Ich kann sie immer noch an jemand anderen verkaufen. Ich dachte nur, dass du mit den Weinbergen von Pepper Bridge etwas anderes machen wolltest, und da kam diese Gelegenheit auf.«

»Es hat etwas mit dem Weingut zu tun?«, fragte sie.

Er blieb stehen. »Ja. Warum?«

»Du hast mir Angst gemacht.«

Seine Miene wurde weich. »Wirklich? Das tut mir leid. Das wollte ich nicht. Es geht um …« Er räusperte sich. »Ich habe einige Weine gekauft.«

Was sollte das heißen? »Du hast Rebstöcke gekauft?«

Warum würde er so etwas tun? Selbst wenn man die Zeit ignorierte, die es bräuchte, um aus den Setzlingen erwachsene Weinstöcke zu machen, war das etwas, das man heutzutage einfach nicht mehr tat. Painted Moon besaß exzellente Reben. Wenn sie etwas verändern wollte, musste sie das kaufen, was sie brauchte, und die Weinstöcke veredeln. So würden sie nur ein Jahr verlieren.

Sie betraten das große, offene Gebäude. Auf einer Werkbank stand ein Paket von der Größe eines Schuhkartons.

»Nein, keine Weinstöcke. Diese hier.« Er zeigte auf die Kiste. »Durch einen Freund eines Freundes kenne ich einen Typen aus der Region um Bordeaux in Frankreich. Er hatte ein paar finanzielle Probleme, und ich habe ihm geholfen. Als Dank hat er uns die hier geschickt.«

Er hob den Deckel an. Darin lag feuchtes Zeitungspapier, das um etwas gewickelt war, das wie dicke Stöcke aussah. Mackenzie spürte, wie ihr der Atem stockte, als sie näher trat.

»Ableger«, hauchte sie andächtig. »Er hat dir Ableger geschickt.«

»Nur ein paar. Er meinte, er würde den Rest gleich Anfang des neuen Jahres schicken. Es ist besser, sie zu schneiden, während die Weinstöcke inaktiv sind.« Er schenkte ihr ein schiefes Grinsen. »Aber das weißt du natürlich.«

Vorsichtig wickelte sie das Zeitungspapier ab und starrte die wunderschönen dicken Pfröpflinge an. Sie waren gesund und ungefähr zwanzig Zentimeter lang. Richtig auf die vorhandenen Weinstöcke gepfropft, würden sie innerhalb von zwei Jahren Wein produzieren.

Sie sah ihn an. »Welche Sorten sind das?«

»Cabernet Sauvignon, Merlot, Petit Verdot. Er schickt genug für zwanzig Hektar. Ich habe die Details zu den Weinbergen. Seine Familie stellt dort seit ungefähr sechshundert Jahren Wein her.«

Französische Trauben. Er bot ihr wunderschöne, lebendige, elegante französische Trauben an.

»Weißt du, was ich damit alles anstellen kann?«, fragte sie und kam sich vor, als hätte sie das Gesicht Gottes berührt. »Weißt du das? Wir könnten etwas Traditionelles machen. Wir können eigene Weine anbauen, die im gesamten Staat einzigartig sind.« Schnell legte sie die Setzlinge ab und hob die Hände. »Ich zittere. Oh Bruno. Ich weiß nicht, wie du das gemacht hast, aber ich danke dir so sehr.«

»Du bist nicht sauer?«

»Warum sollte ich sauer sein?«

»Weil ich mich in deinen Bereich eingemischt habe. Du kümmerst dich um die Weine, ich mich um alles andere. Es war nur … Als er mir das Angebot unterbreitet hat, dachte ich, es würde dich glücklich machen.«

»Und das tut es.«

Sie wollte sich ihm gerade an den Hals werfen, als sie ein seltsames Gefühl im Bauch verspürte. Ein leichtes Flattern, eine Bewegung, die sie noch nie zuvor gefühlt hatte. Beinahe als …

»Das Baby«, hauchte sie und griff instinktiv nach Brunos Hand, um sie auf ihren Bauch zu legen. »Sie bewegt sich. Spürst du das?«

Mehrere Sekunden standen sie so da, dann passierte es erneut. Brunos Augen weiteten sich, bis er so benommen und verängstigt aussah, wie sie sich fühlte.

»Das Baby?«, fragte er.

Sie nickte. »Oder ich habe ernsthafte Verdauungsprobleme und brauche eine Toilette.«

»Nein, die hast du nicht.« Er lächelte. »Du hast *sie* gesagt.«

»Ja. Es ist ein Mädchen. Dein Wunsch geht in Erfüllung.«

»Bist du glücklich?«

»Ja. Ich werde sie Amy nennen, nach meiner Mom.«

»Das ist ein sehr schöner Name.«

Für einige Minuten standen sie so beieinander, seine Hand auf ihrem Bauch, bevor die Bewegungen aufhörten. Langsam wurde sich Mackenzie ihrer Nähe und der seltsamen Intimität bewusst. Sie ließ Brunos Hand los und trat einen Schritt zurück.

»Sorry. Ich wollte dich nicht in eine unangenehme Lage bringen. Ich dachte nur, du möchtest vielleicht spüren, wie sie sich bewegt.«

»Das wollte ich. Danke.«

Sie wandte den Blick ab. »Gut. Ich werde es mir nicht zur Gewohnheit machen, deine Hände auf meinen Körper zu legen, weil …« Halt den Mund, sagte sie sich, weil sie gerade dabei war, die Situation nicht gerade angenehmer zu machen.

Sie räusperte sich. »Was ich meinte, war …«

Bruno stellte sich vor sie. »Hör auf zu reden.«

»Ja, das wäre vermutlich besser.«

»Es war nicht unangenehm.«

Sie hob den Blick und sah ihn an. »Nicht?«

»Nein. Es hat mir gefallen.«

Das Baby zu fühlen oder sie zu berühren? Bevor sie das fragen konnte, war er näher gekommen und nahm nun sanft ihr Gesicht in seine Hände.

Seine Finger waren warm und hielten sie ganz sanft. Vermutlich hätte sie sich zurückziehen können, wenn sie das gewollt hätte, doch das wollte sie nicht. Als er den Kopf senkte, wusste sie genau, was er jetzt tun würde. Angespannte Erwartung kämpfte mit Vorsicht. War sie gewillt, das Risiko einzugehen, das dieser Kuss bedeutete? Was, wenn der alles veränderte? Was, wenn es …

Seine Lippen streiften ihre. Unter dem kaum spürbaren Kontakt stockte Mackenzie der Atem, und die Welt um sie herum versank. Sie spürte Hitze und ein Kribbeln und Sehnsucht und tausend andere, wundervolle Dinge, die sie nicht benennen konnte, die ihr aber das Gefühl gaben, dass *alles* an diesem Moment absolut richtig war.

Bruno zog sich ein Stück zurück, die Hände immer noch an ihren Wangen, und schaute ihr in die Augen. Dort sah sie ihr Verlangen gespiegelt, aber auch Fragen. Er wollte, dass sie sich sicher war.

Sie lächelte. »Das sollten wir öfter machen.«

»Deine Art zu denken gefällt mir.«

Noch einmal küsste er sie, dieses Mal intensiver. Mackenzie schlang die Arme um seinen Hals und zog ihn an sich. Sie berührten einander überall, und sie genoss es mit jeder Faser ihres Seins. Ihre Brüste drückten sich gegen seinen Oberkörper, ihre Schenkel pressten sich aneinander, seine Lippen luden sie ein, alles zu nehmen, alles zu geben und alles zu wollen.

Das ist es, dachte sie glücklich. Unerwartet und sexy und einfach nur richtig.

Als er sich zum zweiten Mal zurückzog, waren sie beide ein wenig atemlos.

»Was für ein Tag«, sagte sie etwas zittrig. »Ich finde heraus, dass ich ein Mädchen bekomme, wir spüren seine ersten Bewegungen, du kaufst mir Trauben aus Frankreich, und jetzt küssen wir uns. Das ist ganz schön viel zu verarbeiten.«

»Zu viel?«

»Nein. Genau richtig.«

Er lächelte. »Heute Abend gemeinsames Dinner?«

»Ja, bitte.«

»Ich bringe was mit.«

Sie lachte. »Einer von uns wird lernen müssen zu kochen.«

Er legte den Arm um sie, und gemeinsam gingen sie in Richtung Büro. »Mach dir darüber keine Gedanken. Ich heuere einen Koch an.«

»Natürlich tust du das.« Sie lachte immer noch, als sie das Büro betraten.

Mackenzie spuckte den Wein in eine Schale, dann spülte sie den Mund mit Wasser aus. Gemäß dem Plan, den sie für sich erstellt hatte, arbeitete sie sich durch Hermans Fässer, aber es ging nur langsam voran. Das Leben wäre wesentlich leichter, wenn sie den Wein wie ein normaler Mensch verkosten könnte.

»Nicht, dass ich mich beschwere«, erklärte sie Amy. »Ich will, dass du gesund bleibst.«

Sie machte sich Notizen auf ihrem Klemmbrett. In den nächsten Wochen wollte sie mit dem Mischen der Weine anfangen. Die Reaktion auf Stephanies erstes Mailing an die Kunden von Painted Moon war überwältigend positiv gewesen. Wenn jeder, der Interesse an den Weinen aus der Schatzkammer und Mackenzies neuen Cuvées bekundet hatte, kaufen würde, wären sie innerhalb weniger Minuten ausverkauft.

Ich fühle mich gut, dachte sie glücklich. Sowohl körperlich als auch emotional. Sie liebte ihre Arbeit, hatte sich endlich damit abgefunden, schwanger zu sein, und in weniger als zwei

Wochen würde sie Bruno nicht mehr zwei Millionen Dollar schulden.

Der Termin zur finalen Unterschrift ihrer Scheidungspapiere stand fest, und Rhys hatte das Geld schon auf ein Treuhandkonto überwiesen. Sobald das Gericht seinen Teil getan hatte, wäre Mackenzie Single und für einen Moment reich. Zehn Minuten später würde sie das Geld zwar an Bruno überweisen, aber trotzdem. Allein der Gedanke daran machte sie schwindelig.

Sie lachte noch immer leise vor sich hin, als sie schnelle Schritte hörte. Sie drehte sich um und sah Barbara auf sich zustürmen. Ihre baldige Ex-Schwiegermutter war blass, hatte geweitete Augen, und ihre bedrohliche Miene stand in seltsamem Kontrast zu dem maßgeschneiderten Kostüm und der Perlenkette.

»Du hast mich ruiniert!«, rief Barbara angespannt.

Mackenzie hatte keine Angst, war aber vorsichtig. Sie trat ein wenig nach rechts, sodass eine Reihe Fässer zwischen ihr und Barbara stand.

»Warum bist du hier?«, fragte sie bemüht ruhig.

»Um dich ein für alle Mal zur Rede zu stellen. Du hast mir alles genommen, und nun wirst du dafür bezahlen.«

»Ich habe dir gar nichts genommen. Du bist diejenige, die mich gefeuert und danach versucht hat, mich aus dem Haus werfen zu lassen. Du bist diejenige, die mir das Erbe meines Kindes abkaufen wollte.«

»Und warum auch nicht? Du bist gar nichts für mich. Überhaupt nichts!« Sie fasste sich an die Kehle. »Du hast mir den Deal mit den Chinesen weggeschnappt.«

»Was?« Mackenzie trat hinter den Fässern hervor und ließ ihr Klemmbrett mit einem lauten Knall auf einen Tisch klatschen. »Warte mal. Du wolltest nie etwas mit China zu tun haben. Wir haben darüber gesprochen, und du hast jedes Mal Nein gesagt. Genau wie du es abgelehnt hast, Land in Oregon zu kaufen, damit wir großartige Pinots herstellen können. So wie du jeden anderen meiner Vorschläge abgelehnt hast. Die China-Sache kannst du mir nicht anhängen.«

Sie funkelten einander an. Mackenzie sammelte sich als Erste.

»Barbara, es tut mir leid, dass es so weit gekommen ist. Du hast mir so viel bedeutet. Ich wollte dir nie wehtun. Du warst wie eine Mutter für mich.«

»Ich war nie deine Mutter. Ein Kind wie dich wollte ich nicht haben. Du bist ein Niemand. Ich habe dir mit Bel Après vertraut, und du bist einfach gegangen.« Wütend kniff sie die Augen zusammen. »Ich wünschte, du wärst tot.«

Die Worte schmerzten, aber nicht so sehr, wie sie es vor drei Monaten getan hätten. Mackenzie schätzte, dass sie sich zusammen mit ihrem dickeren Bauch auch ein dickeres Fell zugelegt hatte.

Sie nahm sich eine Sekunde, um sich zu sammeln. »Du wirst jetzt gehen. Wenn du noch mal herkommst, werde ich ein Kontaktverbot gegen dich erwirken lassen. Außerdem werde ich mit Rhys darüber sprechen, dass du niemals Zeit allein mit unserem Baby verbringen darfst. Das lasse ich sogar in den Erziehungsplan aufnehmen. Im Gegensatz zu dir beschütze ich das, was mir gehört, Barbara. Und jetzt geh.«

Sie zeigte auf die offene Tür und sah erst dann, dass Bruno dort stand. Sie war dankbar für seine Anwesenheit und noch dankbarer, dass er sie die Situation handeln ließ.

»Ich werde dich für immer hassen«, zischte Barbara.

Mackenzie wurde von einer Welle der Traurigkeit ergriffen. »Ich werde dir nicht das Gleiche sagen. Die Energie bist du nicht wert.«

Sie nahm ihr Klemmbrett in die Hand und studierte ihre Notizen, tat, als könnte sie sie trotz der Emotionen, die sie aufwühlten, lesen. Mehrere Sekunden später hörte sie sich entfernende Schritte, dann Schweigen. Barbara war fort.

Bruno kam zu ihr. »Wir werden uns einen Wachdienst besorgen.«

»Nein. Wir werden abwarten, was passiert. Wenn sie noch mal auftaucht, sprechen wir mit einem Richter.«

»Hast du das ernst gemeint, dass sie nicht mit Amy allein sein darf?«

»Jedes einzelne Wort. Ich vertraue ihr mein Kind nicht an. Auch wenn sie vermutlich lieber Glas fressen würde, als Zeit mit meiner Tochter zu verbringen.« Sie lächelte humorlos. »Egal wie, ich soll morgen die finalen Dokumente unterschreiben. Glaubst du, Rhys wird dieser Klausel zustimmen? Ich denke schon. Er will einfach nur geschieden werden und würde alles tun, um so schnell wie möglich wieder frei zu sein. Das werde ich ausnutzen.« Sie zuckte mit den Schultern. »Es ist ja nicht so, als würde ich etwas total Absurdes verlangen. Er wird schon zustimmen.«

»Du hast eine ganz schön rücksichtslose Seite an dir«, zog Bruno sie auf. »Das gefällt mir.«

»Ich bin ehrlich gesagt selbst ein wenig beeindruckt.«

33. KAPITEL

Der Morgen von Thanksgiving dämmerte kalt und klar. Mackenzie wachte wie üblich gegen kurz nach sechs Uhr auf. Nachdem sie sich eine Yogahose und ein T-Shirt angezogen hatte, trank sie ein ganzes Glas Wasser und turnte dann zwanzig Minuten zu dem albernen Schwangerenyoga-Video, bevor sie nach unten ging, um sich ihren ekelhaften Proteinshake zuzubereiten.

Technisch gesehen konnte sie ein echtes Frühstück essen, wenn sie wollte, aber das war ihr zu aufwendig. Sie brauchte Proteine und die richtigen Kohlenhydrate und Ballaststoffe. Und ein Proteinshake war da am einfachsten.

Auf halbem Weg die Treppe hinunter hörte sie ein Geräusch in der Küche. Kurz darauf stieg ihr der Duft von gebratenem Bacon in die Nase. Sie rannte los und fand Bruno am Herd stehend, wo der Bacon in der Pfanne zischte. Der Tisch war gedeckt.

Bruno war so auf seine Aufgabe konzentriert, dass er Mackenzie zuerst gar nicht sah. Er hatte sich eine weiße »Küss den Koch«-Schürze über seine Jeans gebunden und trug darunter ein langärmliges T-Shirt.

Die alte Dunstabzugshaube über dem Herd war so laut, dass er Mackenzie nicht kommen hörte. Sie trat hinter ihn und schlang ihm die Arme um die Taille.

»Was für eine Überraschung«, sagte sie und lehnte sich an ihn. »Happy Thanksgiving.«

Er drehte sich um und lächelte. »Happy Thanksgiving. Heute ist Feiertag, also dachte ich, ich schleiche mich früher rein und bewahre dich vor deinem Proteindrink.«

»Das ist sehr fürsorglich von dir. Danke.«

»Gern geschehen. Und jetzt setz dich hin, damit ich dir Eier machen kann.«

Sie trank von dem Saft, den er ihr hingestellt hatte, während er sich weiter um das Frühstück kümmerte. Als der Toast aus dem Toaster poppte, holte Mackenzie ihn heraus und brachte ihn an den Tisch. Bruno stellte die beiden Teller ab, und sie setzten sich einander gegenüber.

»Ist es in Ordnung, dass ich den Schlüssel benutzt habe, den du mir gegeben hast?«, fragte er. »Ich werde das auch nicht zur Gewohnheit werden lassen.«

»Ich habe dir den Schlüssel gegeben, damit du ihn benutzt.«

Wozu er normalerweise keinen Grund hatte. Seit ihrem ersten Kuss waren erst ein paar Wochen vergangen. Sie waren ein paar Mal gemeinsam essen gegangen und hatten sich weiterhin geküsst, aber mehr nicht. Mackenzie spürte, dass er es um ihretwillen langsam angehen ließ.

Sie nahm einen Happen von ihrem Ei, stöhnte leise, weil es so köstlich war, und entschuldigte sich dann, um ihr Handy zu holen. Als sie wieder am Tisch saß, drehte sie es so, dass Bruno das Bild sehen konnte, das Lori ihr weitergeleitet hatte. Es zeigte Rhys am Strand, gemeinsam mit der Blonden, die Mackenzie im Café und in der Kanzlei seines Anwalts gesehen hatte.

»Ich bin mir sicher, Lori glaubt, mir damit wehzutun«, sagte Mackenzie und nahm ihre Gabel in die Hand. »Aber mir macht es nichts aus. Wir haben uns beide weiterentwickelt.«

Er legte das Handy ab. »Bist du dir sicher?«

»Ja, das bin ich. Oh, und ich habe gestern die Überweisung angestoßen. Du solltest morgen eine entsprechende Mitteilung erhalten.«

Er zog eine Augenbraue in die Höhe. »Du hast den Überbrückungskredit zurückgezahlt.«

»Das habe ich.« Sie grinste. »Es war zugleich befreiend und schmerzhaft.«

»Willst du das Geld zurück?«

»Nein. Hör auf. Darüber macht man nicht mal Witze. Ich war dir das Geld schuldig, und jetzt habe ich es zurückgezahlt.

Danke für den Kredit. Und dafür, dass du Painted Moon mit mir zusammen gekauft hast.«

»Gern geschehen.« Er legte seine Gabel ab und fing Mackenzies Blick auf. »Du bist jetzt offiziell geschieden.«

»Stimmt. Ich bin Single. Schwanger, aber Single.«

»Das mit der Schwangerschaft mag ich. Das ist sexy.«

»Wohl kaum, aber danke, dass du das sagst.«

Während sie einander anschauten, spürte Mackenzie die vertraute Hitze in ihrem Unterleib aufsteigen. Ihre empfindlichen Brüste fingen an zu kribbeln. Laut den Büchern, die sie gelesen hatte – und einer etwas unangenehmen Unterhaltung mit ihrer Gynäkologin –, war es vollkommen in Ordnung, Sex zu haben. Sie sollte keine heißen Bäder nehmen, aber wenn sie was Wildes tun wollte, durfte sie das. Schwangerschaften waren schon echt seltsam.

Bruno schaute zur Uhr. »Wir sollen gegen eins bei Four sein.«

»Ja, das hat sie gesagt.«

Sie würden Thanksgiving mit Fours Familie verbringen. Rhys war in Mexiko, Barbara hatte gesagt, dass sie dieses Jahr überhaupt keine Feier besuchen würde, und Lori war bei Owens Familie, also würde nur der lustige Teil der Barcellonas anwesend sein.

»Hast du, äh, irgendwelche Pläne für den restlichen Vormittag?«, fragte er mit belegter Stimme, und seine Augen funkelten. »Also, nach dem Frühstück, meine ich.«

Sie stand auf, ging um den Tisch herum und zog Bruno auf die Füße. »Das Frühstück kann warten.«

EPILOG

Drei Jahre später …

»Du hast dich selbst übertroffen«, sagte Mackenzie und schaute sich den Außenbereich des Verkostungsraums von Painted Moon an.

Große Markisen boten Schatten für fünfzig runde Tische, an denen jeweils zehn Personen Platz fanden. Im Osten lag die Tanzfläche, im Westen war das lange Buffet aufgebaut. Kellner würden mit Appetithäppchen die Runde machen, und es gab mehrere Bars, an denen den Gästen Weine und andere Getränke geboten wurden. Zwischen den Markisen hingen Lichterketten, und der DJ war dabei, sein Pult aufzubauen.

»Die Party wird episch«, sagte Stephanie lachend.

»Lass das bloß Avery nicht hören«, zog Mackenzie sie auf. »Du weißt, was sie davon hält, wenn Leute unseres Alters Slang reden.«

Untergehakt spazierten sie über den Platz. Große Ventilatoren, die zwischen die Pflanzen gestellt waren, würden für eine angenehme Brise sorgen. Zum Glück spielte das Wetter mit, und es würde am Abend auf um die achtundzwanzig Grad abkühlen.

»Ich freue mich so, dass du und Bruno das macht«, sagte Stephanie. »Es ist eine wundervolle Tradition, die es wert ist, fortgeführt zu werden.«

»Ich fühle mich deswegen ein bisschen seltsam«, gab Mackenzie zu. »Aber was die Tradition angeht, hast du recht.«

In den letzten zwei Jahren hatte Barbara entschieden, keine Sommersonnenwendfeier auf Bel Après abzuhalten. Im letzten Januar war Stephanie zu Mackenzie und Bruno gekommen, um mit ihnen darüber zu sprechen, ob sie diese Tradition nicht auf

Painted Moon fortführen wollten, und sie hatten ihr das Go gegeben, um mit der Planung anzufangen.

»Ich habe befürchtet, dass niemand kommt«, sagte Mackenzie leise.

Stephanie lachte. »Warum? Alle wollen hier sein. Wir haben fünfhundert Einladungen rausgeschickt und vierhundertachtundneunzig Zusagen bekommen.«

»Das überrascht mich immer noch.«

»Du bist seltsam.«

Mackenzie lachte. »Da hast du vermutlich recht.« Sie schaute sich um und betrachtete, was sie alles zusammen erschaffen hatten. »Das ist wirklich gut. Ich bin so glücklich.«

»Ich auch.«

Mackenzie trat zurück und zeigte auf ihre Freundin. »Das liegt daran, dass du einen funkelnagelneuen Freund hast.«

Stephanie errötete. »Liam lässt mein Leben wirklich mehr funkeln.«

Liam war Professor am örtlichen College. Attraktiv wie ein Filmstar und fünf Jahre jünger als sie, hatte er Stephanie letzten Herbst von den Füßen gerissen. Zwischen ihnen wurde es langsam ernst, und Mackenzie hatte das Gefühl, dass es in einigen Monaten eine Ankündigung von den beiden geben würde.

»Okay«, sagte Stephanie gespielt ernst. »Ich habe noch ein paar Details zu checken, und du musst dich umziehen. Wage es ja nicht, zu spät zu deiner eigenen Party zu kommen.«

»Ich werde pünktlich sein«, versprach Mackenzie.

Sie ging ins Farmhaus und dachte darüber nach, wie weit sie alle seit der letzten Sommersonnenwendfeier gekommen waren. Avery war in Georgetown auf dem College. Carson war im letzten Jahr der Highschool und überlegte immer noch, ob er auch aufs College gehen oder lieber Profi werden sollte. Four, Jaguar und ihre Kinder waren, wie sie immer gewesen waren – liebevoll, zufrieden und einzigartig. Rhys hatte schon wieder eine neue Frau in seinem Leben. Seine Beziehung zu Amy konnte man bestenfalls als distanziert bezeichnen. Er sah sie nur selten, und auch wenn Mackenzie das traurig machte, würde sie ihn nicht drängen. Amy war von Menschen umgeben, die sie liebten, und Bruno hatte genug Vaterliebe für zehn Kinder.

Lori hatte Owen geheiratet und war sofort schwanger geworden. Ein paar Mal hatte Mackenzie versucht, sich mit ihr zu versöhnen, doch Lori war wirklich nicht an einer Freundschaft interessiert. Noch enttäuschender war nur, dass Barbara zu einer Art Einsiedlerin geworden war. Sie zeigte sich nur selten in der Öffentlichkeit, und nach allem, was Stephanie ab und zu mal erwähnte, wurde sie mit jedem Tag verbitterter und gemeiner.

Was sie selbst anging – Mackenzie war glücklich. Glücklicher, als sie es je gewesen war. Sie hatte eine Arbeit, die sie liebte, ein Weingut, das sie mit Freude erfüllte, und einen Ehemann, der ihr das Gefühl gab, die wundervollste Frau der Welt zu sein.

Auf der Einfahrt blieb sie kurz stehen, um die Veränderungen am Farmhaus zu bewundern. Im letzten Jahr hatten sie ein großes Wohnzimmer sowie ein Büro anbauen lassen, das sie sich mit Bruno teilte. Das ehemalige Büro im ersten Stock war zum Spielzimmer für Amy geworden. Sie hatten außerdem die Küche und die Badezimmer renoviert, aber kein weiteres Schlafzimmer hinzugefügt. Denn Mackenzie hatte ihre Lektion gelernt. Und deshalb war dieses Haus nicht groß genug, als dass sie und Bruno getrennte Leben führen konnten. Sie teilten ihren Alltag miteinander, und genauso wollten sie es haben.

Sie betrat das Haus und rief, dass sie da war.

»Wir sind oben.«

Sie eilte hinauf und fand Bruno im Zimmer ihrer Tochter, wo er Amy gerade Blumenclips in die roten Haare klemmte.

»Mommy«, sagte ihre Zweijährige und streckte lächelnd die Arme aus. »Ich trage Rosa.«

Mackenzie musterte das verspielte Kleid und die passenden Schuhe. »Das sehe ich. Du siehst wunderschön aus.«

»Du auch.«

»Danke. Und jetzt werde ich mich in mein Partykleid schmeißen.«

Bruno – attraktiv wie immer in schwarzer Hose und dunkelgrauem Hemd – zog die Augenbrauen in die Höhe. »Brauchst du Hilfe?«

»Ich weiß genau, wohin deine ›Hilfe‹ führen würde, und dazu haben wir keine Zeit.«

Obwohl der Gedanke daran, was er mit ihr anstellen wollte, ihr ein wenig die Knie weich werden ließ. Selbst nach beinahe drei gemeinsamen Jahren konnten sie nicht genug voneinander bekommen. Gerade erst letzte Woche, als sie über die Pepper-Bridge-Weinberge geschlendert waren, waren die Dinge etwas außer Kontrolle geraten, und sie hatten sich im Truck geliebt. Die Erinnerung daran ließ sie immer noch lächeln.

»Gebt mir fünfzehn Minuten«, sagte sie und verschwand im Schlafzimmer.

»Keine Hektik!«, rief Bruno ihr hinterher. »Wir haben ausreichend Zeit. Es ist unsere Party – wir können kommen, wann wir wollen.«

Mackenzie duschte und föhnte sich die Haare. Nachdem sie die Wimpern getuscht hatte, zog sie das Kleid an, das sie früher am Tag rausgehängt hatte. Angesichts dessen, dass sie stundenlang auf den Beinen sein würde, entschied sie sich für flache Schuhe. Dann öffnete sie ihr Schmuckkästchen, um sich etwas Schönes auszusuchen.

In den letzten Jahren hatte sie gelernt, dass Bruno es liebte, ihr Schmuck zu schenken. Und überraschenderweise mochte sie es, ihn zu tragen. Sie legte eine breite Kette mit einem Smaragdanhänger an und dazu ein paar goldene Armreife. Ihren Ehering trug sie immer, und heute entschied sie sich dazu noch für einen hübschen Diamantring für ihre rechte Hand.

»Donna ist da«, sagte Bruno und kam zu ihr, um sie an sich zu ziehen.

Donna, ihre Vollzeit-Nanny/Haushälterin, war ein Geschenk Gottes. Sie liebte Amy beinahe so sehr wie Mackenzie und Bruno und unterstützte sie, damit ihr geschäftiges Leben so glatt wie möglich laufen konnte.

»Sie kommt doch auch zur Party, oder?«, fragte Mackenzie und schaute ihm in die Augen.

»Ja. Sie bleibt, bis Amy bereit ist, ins Bett zu gehen.«

Sie liefen nach unten, sammelten Donna und Amy ein und gingen zur Party hinüber. Die ersten Gäste waren schon eingetroffen. Der angeheuerte Parkservice kümmerte sich um die Wagen, und die Luft war von Musik erfüllt.

Bruno ging an Mackenzies Seite, Amy auf dem Arm. Das kleine Mädchen lehnte sich gegen seinen Vater, und das rosafarbene Kleid bot einen hübschen Kontrast zu seinem dunklen Hemd. Vor ein paar Jahren hätte Mackenzie gesagt, dass Painted Moon zu besitzen das Beste war, was ihr je passiert war. Doch inzwischen wusste sie, dass das nicht stimmte. Das wahre Geschenk in ihrem Leben war die Liebe. Die Familie, die sie über die Jahre aufgebaut hatte, die Tochter, die sie auf die Welt gebracht hatte, und der wundervolle Mann, der sie von ganzem Herzen liebte. Das war es, was wirklich wichtig war, und heute Abend würden sie am besten Tag des Jahres all das feiern.

Susan Mallerys kleines Weinlexikon

Als Erstes möchte ich sagen, dass es keine richtige oder falsche Weise gibt, Wein zu trinken. Trinkt, was immer ihr mögt, zu welchem Essen ihr wollt. Aber seid offen dafür, etwas Neues auszuprobieren. Um eines möchte ich jedoch dennoch bitten: Gebt niemals Eiswürfel in euren Wein, ich flehe euch an! ☺ Eis verwässert die Aromen, und die Verunreinigungen im Wasser verändern das Gleichgewicht des Weins. Wenn ihr nicht wollt, dass der Wein im Glas warm wird, probiert Thermogläser aus.

Nun aber zu den grundlegenden Weinbegleitungen – also welcher Wein zu welchem Essen passt. Vereinfacht gesagt geht es darum, dass die Aromen und Intensitäten ausgeglichen sein sollten. Ein leichterer Wein wird also zu leichteren Speisen gereicht, denn ein schwerer Wein würde ein leichtes Essen erdrücken. Und ein schweres, würziges Gericht raubt einem leichten Wein allen Geschmack. Es ist außerdem gut zu wissen, dass die Speisen die Aromen eines Weines komplett verändern können, und umgekehrt. Ihr glaubt mir nicht? Dann probiert mal einen Dessertwein, zum Beispiel einen Eiswein. Zu süß? Zu dickflüssig? Probiert ihn nun mit einem Stück Zitronenkuchen. Mit einem Mal passt der Dessertwein, weil die Säure der Zitrone die Süße des Weines ausgleicht.

Es gibt Dutzende verschiedene Rebsorten, deshalb werde ich mich an ein paar Basisweine halten, die man so ziemlich überall auf der Welt finden kann. Meine Vorschläge sind genau das: Vorschläge. Sie geben euch einen Anhaltspunkt. Wenn ihr gern Wein trinkt, dann spielt mit den Kombinationen von Essen und Wein. Das bringt viel Spaß und kann ganz köstlich sein!

Sauvignon blanc

Ein leichterer, fruchtigerer Weißwein. Er wird am besten gekühlt serviert und ist sehr süffig. Probiert ihn mit purem oder mit Kräutern verfeinertem Ziegenkäse. Er passt auch gut zu Salaten mit leichtem Essig-Öl-Dressing und sommerlichen Früchten. Ein Glas Sauvignon blanc und eine reife Nektarine sind eine wirklich spektakuläre Kombination.

Chardonnay

Der Chardonnay hat sich im Laufe der Jahre verändert. Die meisten Winzer lassen den Chardonnay heute in Stahltanks reifen anstatt in Eichenfässern, sodass der Geschmack leichter ist und ohne die frühere Butternote. Ich persönlich liebe einen eichigen, buttrigen Chardonnay, aber die sind nicht jedermanns Geschmack. Ein Chardonnay passt gut zu leichtem Fisch, vor allem wenn dazu eine Sahne- oder Buttersoße gereicht wird. Ein Klassiker sind auch Spaghetti mit Scampi in Weißweinsoße. Probiert auch mal ein Stück Brie auf französischem Baguette zu einem Glas Chardonnay. Ihr werdet es vermutlich lieben.

Pinot noir

Der Pinot noir ist ein leichterer Rotwein, der oft einen Hauch Süße enthält. Nicht überwältigend, aber diese Süße führt dazu, dass man ihn mit ungewöhnlichen Speisen kombinieren kann. Hierbei sollte man auf ein ausgewogenes Verhältnis von süß und herzhaft achten. Schweinefleisch ist perfekt, aber einer der besten Begleiter für Pinot noir ist thailändisches Essen. Wirklich. Probiert es mal. Als Käsebegleitung bieten sich Burrata oder Mozzarella an. Dazu ein wenig Basilikum, Tomate und Olivenöl, und ihr zaubert Magie auf den Tisch.

Cabernet Sauvignon

Ich gebe zu, das ist einer meiner Lieblingsweine. Ich liebe Weine, die Körper und Aroma haben. Cabernets und ihre Cuvées sind bei uns zu Hause oft beim Dinner auf dem Tisch zu finden. Zum Beispiel als Begleiter zu Rindfleisch, Lachs und herzhafteren Hühnchengerichten. Auch zu Pastagerichten mit Tomatensoße passt er hervorragend. Ich spreche aus Erfahrung, wenn ich sage, dass ein Cabernet und ein Burger wunderbar zusammenpassen. Was Käse angeht, versucht es mit Gouda oder Blauschimmelkäse. Und zuletzt noch ein Tipp: dunkle Schokolade und Cabernet Sauvignon. Der perfekte Abschluss für jedes Essen.

Syrah/Shiraz

Der Syrah/Shiraz ist ein schwererer Rotwein, der gut zu stark gewürztem und scharf angebratenem Fleisch passt. Als Syrah ist er auf die elegantere, französische Art gekeltert, als Shiraz ist er etwas kräftiger. Wenn ihr nicht sicher seid, ob euch Rotweine schmecken, fangt nicht mit ihm an. Er hat sehr viele Aromen. Als Käse passen gut ein scharfer Cheddar oder ein Stilton.

Champagner

Ich weiß, das wisst ihr schon, aber Champagner dürfen sich nur die Schaumweine nennen, die aus der Champagne in Frankreich kommen. Ansonsten sind es schlichte Schaumweine, auch Cava oder Sekt genannt. Um die Flasche zu öffnen, ohne den Korken laut knallen zu lassen, haltet den Korken in einer Hand und die Flasche am Boden in der anderen. Dreht dann die Flasche, anstatt den Korken zu drehen. Ich weiß, das Ploppen des Korkens klingt schön, aber wenn er wegfliegt, kann es gefährlich werden. Außerdem geht viel Champagner verloren, wenn er überläuft, und ungefähr die Hälfte der Kohlensäure! Champagner ist ein magischer Wein, den man wirklich zu allem trinken kann. Wirklich! Ein fettiges Essen? Der Champagner durchschneidet das Fett und bringt die besten Aromen hervor. Fast Food? Tacos? Fischbrötchen? Nehmt Champagner. Brunch – okay, das wisst ihr schon. Geburtstagskuchen? Am besten mit Champagner.

Das sind meine Weinempfehlungen. Aber letztendlich hängt es davon ab, was euch schmeckt. Habt keine Angst davor zu experimentieren. Wenn ihr mehr wissen wollt, besucht einen Weinhändler in eurer Nähe. Die bieten oft Verkostungen an. Sobald ihr die klassischen Weine probiert habt, könnt ihr euch an ungewöhnlichere Trauben und Weine aus anderen Ländern wagen. Cheers!

Quinoa-Salat, wie es euch gefällt

Hier sind zwei köstliche Varianten für einen Quinoa-Salat, die ihr ganz auf euren Geschmack abstimmen könnt. Verwendet die Zutaten, die ihr liebt, und lasst alle anderen weg. Und wenn ihr keine Quinoa mögt, nehmt stattdessen die gleiche Menge gekochte Pasta.

Quinoa-Salat auf Thai-Art mit Erdnussdressing

Zutaten

1½ Tassen Quinoa
1 große Karotte, geschält und gewürfelt
2 Stangen Sellerie, gewürfelt
1 rote Paprika, gewürfelt
2 Lauchzwiebeln in Ringen
½ Gurke, gewürfelt
½ Tasse Erdnüsse
½ Tasse frischer Koriander, gehackt
½ TL Meersalz

* Erdnussdressing

¼ Tasse cremige Erdnussbutter
½ Tasse + 2 TL milden Reisessig
½ TL geröstetes Sesamöl
½ TL frisch geriebenen Ingwer
½ Tasse Pflanzenöl

Zubereitung

Die Quinoa wie üblich zubereiten. Ich nehme dazu meinen Schnellkochtopf. 1½ Tassen Quinoa auf 1¾ Tassen Wasser, auf höchster Stufe 3 Minuten kochen und dann 8 Minuten quellen lassen. Danach abkühlen.

Die Zutaten für das Dressing verquirlen. Quinoa und restliche Zutaten zusammen in eine große Schüssel geben und gut vermischen. Gern ein wenig ziehen lassen, damit sich die Aromen entfalten. Kalt oder lauwarm servieren.

Quinoa-Salat auf italienische Art mit Vinaigrette

Zutaten

1½ Tassen Quinoa
1 große Karotte, geschält und gewürfelt
2 Stangen Sellerie, gewürfelt
½ Tasse Blumenkohl, gewürfelt
¼ Tasse TK-Erbsen, aufgetaut
¼ Tasse TK-Mais, aufgetaut
½ Tasse Cherrytomaten, geviertelt
120 g Mozzarella, gewürfelt
¼ Tasse Pinienkerne
¼ Tasse frische Petersilie, gehackt

* Vinaigrette

Ein einfaches, aber köstliches Dressing aus Zutaten, die wir meistens im Haus haben. Alternativ könnt ihr auch euer liebstes italienisches Fertigdressing benutzen.

¼ Tasse Apfelessig
½ Tasse Olivenöl
1 TL Honig
1 Knoblauchzehe, gehackt
⅛ TL Salz und Pfeffer

Zubereitung

Die Quinoa wie üblich zubereiten. Ich nehme dazu meinen Schnellkochtopf. 1½ Tassen Quinoa auf 1¾ Tassen Wasser, auf höchster Stufe 3 Minuten kochen und dann 8 Minuten quellen lassen. Danach abkühlen.

Die Vinaigrette anmischen. Quinoa und restliche Zutaten zusammen in eine große Schüssel geben und gut vermischen. Gern ein wenig ziehen lassen, damit sich die Aromen entfalten. Kalt oder lauwarm servieren.